Jörg von Bargen · Die Gutachter

Bibliografische Information der Deutschen Nationalbibliothek

Die Deutsche Nationalbibliothek verzeichnet diese Publikation in der Deutschen Nationalbibliografie; detaillierte bibliografische Daten sind im Internet über http://dnb.ddb.de abrufbar.

ISBN 978-3-89969-177-1

www.principal.de
Umschlagfoto: © thorabeti-Fotolia.com

Printed in Germany

Jörg von Bargen

Die Gutachter

Kriminalroman

PRINCIPAL VERLAG

Der Autor:

Der promovierte Diplom-Kaufmann Jörg von Bargen studierte in Hamburg Betriebswirtschaft und Soziologie. Als Cuxhavener, der mehrere Jahre in Bremerhaven zur Schule gegangen ist und dort gelebt hat, verbinden ihn Elbe und Weser gleichermaßen. Schließlich münden beide in die Nordsee. Zuletzt arbeitete er als Pressesprecher einer Konzernholding, bevor er sich als Unternehmensberater selbstständig machte. Heute lebt er mit seiner Familie in Buchholz in der Nordheide.

Prolog

Hamburg in den späten Vierzigerjahren

Die drei Jugendlichen schlenderten gemächlich nebeneinander her und näherten sich wie zufällig den zerstörten Häuserblöcken am Ende der Straße. Gelegentlich blickten sie sich um, doch niemand interessierte sich für ihr Tun an diesem frühen Nachmittag. Offensichtlich hatten sie ihr Ziel erreicht. Diesen Bereich des Wohnviertels hatten die Wiederaufbaumaßnahmen trotz Währungsreform noch nicht erreicht. Zu mächtig waren die Zerstörungen in der Hansestadt. Vor einer der deprimierenden Ruinen blieben sie stehen. Das ehemalige Siedlungshaus war nur noch ein Schatten seiner selbst. Trotzdem hatte es die letzten Jahre einigermaßen überstanden und würde bald eingerüstet und wieder aufgebaut werden.

Nochmals linste das Trio vorsichtig in alle Richtungen, darauf bedacht, nicht beobachtet zu werden. Nichts rührte sich. Im Gänsemarsch betraten sie das Gebäude. Sie verspürten wenig Lust, bei dem, was sie vorhatten, erwischt zu werden. Das gäbe ein Höllenspektakel mit den Erwachsenen.

Das Mädchen und die beiden Jungen kannten sich aus. Zielsicher stiegen sie die Treppenstufen in den weitgehend unzerstörten Keller hinunter. Sie wandten sich nach rechts. Der Hinweis an der Wand auf einen Luftschutzraum war mittlerweile bedeutungslos geworden. Am Ende des Kellerflurs öffneten sie einen wackeligen Verschlag und traten ein. Es roch miefig nach Fäulnis und Feuchtigkeit. Das Mädchen mochte sechzehn, siebzehn Jahre alt sein. Die beiden Jungen waren vermutlich ein, zwei Jahre jünger. Einer von ihnen zog eine Flasche Alkohol unterm Hemd hervor. Er drehte den Verschluss auf, nahm einen kräftigen Schluck und reichte die Flasche weiter. Ihren verzogenen Gesichtern war anzusehen, dass es ihnen nicht wirklich schmeckte. Warmer Korn gehörte nicht gerade zu den kulinarischen Ereignissen im Leben junger Menschen. Aber es war verbotener Alkohol. Folglich musste man davon trinken, selbst wenn es einen schüttelte. Das galt vor allem für die Jungen. Sie hatten sich zu beweisen. Ab dem dritten Schluck schmeckte es besser. Die Wirkung des Getränks ließ nicht lange auf sich warten. Der kleinere der beiden Jugendlichen gab als Erster auf. Mit unsicheren Schritten verließ er den Kellerraum und wankte zur Treppe. Er wollte nur noch an die frische Luft.

Das Mädchen starrte ihm hinterher. »Was ist denn mit deinem Kumpel los?«, fragte sie genervt.

»Keine Ahnung, er verträgt wohl nichts.«

Sie trat dicht an ihn heran. Offensichtlich hatte sie anderes im Sinn, als sich zu betrinken. »Und was ist mit dir? Traust du dich?«

»Worauf du dich verlassen kannst.«

Das Pärchen trennte sich später auf der Straße. Sie würden sich wieder treffen, fühlten sich gut, waren lebenshungrig.

Eine Horde Kinder stürmte die Straße hoch. Ihr Ziel war der weitgehend zerstörte Hochbunker am Anfang des Ruinenfeldes, das das Material für manchen Neubau gesichert hatte, als die Trümmerfrauen damit begannen, die ersten Häuser hochzuziehen. Sie gedachten, sich mit Kindern der Nachbarstraße zu treffen, obwohl es ihre Eltern strikt verboten hatten, sich dort aufzuhalten. Betonbrocken ragten in die Höhe. Stahlskelette hingen daran herunter, hatten sich zum Teil von der Last der Zementmäntel gelöst und rotteten vor sich hin. Überall auf dem Gelände lauerten sichtbare und vor allem unsichtbare Fallstricke auf sie, die sehr gefährlich zu werden drohten, achtete man nicht darauf, wo man hintrat. Der Jugend fehlte das Gespür dafür. Krieg spielen war angesagt. Straßenzug gegen Straßenzug.

Bei ihrer Spielerei ging es gehörig zur Sache. Die Gruppe war ein gefährliches Medium. Die Rädelsführer waren zwischen 16 und 18 Jahre alt, ihre Gefolgsleute einige Jahre jünger. Selbstverständlich trugen sie selbst gebastelte Waffen mit sich.

An diesem Tag war alles anders. Die beiden Gruppierungen der miteinander konkurrierenden Straßen würden nicht aufeinander losgehen. Still standen sie vor einem hoch aufragenden Betonpfeiler, von dem aus man einen guten Blick in die Umgebung hatte. An dessen Fuß lag die Leiche eines jungen, etwa zwölf-, dreizehnjährigen Mädchens. Um seinen Kopf und einen Teil seiner Glieder hatte sich eine Blutlache gebildet. Arme und Beine standen in einem unnatürlichen Winkel von dem Körper ab. Ein Spezialist hätte festgestellt, dass es keine Stunde tot war.

»Es ist Karin Bardenhagen!«, rief eines der hinzugeeilten Mädchen. »Sie wohnt neben uns. Wir gehen zusammen in eine

Klasse. Wo ist Claus, ihr Bruder? Man muss ihm doch Bescheid sagen und der Mutter auch.«

Ein hoch aufgeschossener schlaksiger Fünfzehnjähriger drängte sich durch die Traube der jungen Menschen. Er schaute auf das tote Mädchen hinunter und nickte. Wortlos wandte er sich ab. Ein Freund gesellte sich zu ihm und legte ihm einen Arm um die Schulter. Schweigend starrten sie auf ihre Füße.

Es dauerte gut vierzig Minuten, bis Polizei und Krankenwagen eingetroffen waren. Ein Leichenwagen sollte wenig später folgen. Die Mutter des toten Kindes arbeitete im Fischereihafen. Sie traf eine weitere halbe Stunde danach ein. Die verhärmte Frau war wenig älter als vierzig. Ihr Mann war im Krieg geblieben. Seitdem musste sie sich und ihre Kinder über die Runden bringen.

Der Tod des Kindes war für alle unbegreiflich. Offiziell ging man von einem schrecklichen Unfall aus. Nur, was suchte das Mädchen allein auf dem Betonpfeiler. Es gehörte schon eine gehörige Portion Furchtlosigkeit dazu, diesen auf der wackeligen Holzleiter hochzuklettern, die sich die Kinder zusammengebastelt hatten. Das trauten sich allenfalls die Älteren. Eigentlich zählte sie im Gegensatz zu ihrem Bruder eher nicht zu den Mutigen in der Straße.

Am darauffolgenden Tag kursierten die ersten Gerüchte. Man sprach von einem Selbstmord des Mädchens. Der hinzugerufene Arzt hatte dessen Tod festgestellt, offizielle Ursache: Genickbruch. Fremdverschulden schloss er aus. Der Polizist, der mit der Untersuchung des Falls beauftragt war, klappte schon bald sein Buch zu. Ihn drängte nichts nach großartigen Untersuchungen. Er schrieb einen kurzen Bericht und ging zügig zur Tagesordnung über. So fiel es niemandem an offizieller Stelle ein, zu fragen, was das Mädchen auf dem Betonpfeiler gesucht hatte. Es drang nur durch, dass Karin Bardenhagen seit geraumer Zeit Probleme in der Schule hatte. Dabei galt sie in den ersten Schuljahren als vorzügliche Schülerin. Also doch Selbstmord?

Bis zu ihrem Ableben hielt die Mutter an der Unfallthese fest und wehrte sich erbittert gegen jegliche andere Version der Todesursache ihres Kindes. Sie konzentrierte stärker als zuvor all ihre Kraft und Liebe auf ihren Sohn. Jeder Pfennig, der übrig war, wurde gespart und in seine Ausbildung gesteckt. Er war hochbegabt und verfügte bei aller Wildheit über einen unbändigen Ehrgeiz. Er wollte seine Lebenssituation unbedingt verändern. Bis zum Abitur machte er gemeinsam mit einem Freund die Gegend unsicher. Sie waren clever genug, sich nicht erwischen zu lassen. Danach wurden sie unauffälliger. Irgendwann trennten sich ihre Wege. Doch bereits während des Studiums sollten sie sich wiedertreffen.

Er wurde der ganze Stolz seiner Mutter. In ihrem Wohnzimmer hingen die Kopien all seiner Zeugnisse und Urkunden hinter Plexiglas. Er ging einen erfolgreichen Weg an der Hamburger Universität. Am Ende hatte sie beinahe eine Art Altar für ihn errichtet. Über den Tod seiner Schwester wurde kein Wort mehr verloren. Es wurde zum Tabuthema. Er wusste, dass sie weiter um sie trauerte. In mancher Nacht hörte er sie schluchzen. Er dagegen hatte sich schnell mit ihrem Tod abgefunden. In seinem Alter reichte Trauer gerade über den Tag hinaus. Darin unterschied er sich kaum von anderen jungen Menschen. Er ging konsequent seinen Weg, setzte sich über alles hinweg, was für ihn hinderlich sein konnte. Und er hatte Glück. Nicht nur Hamburg erholte sich von den Kriegseinwirkungen. Deutschland blühte auf, schwenkte schneller als erwartet zu Macht und Einfluss in der Welt. Diesmal wurden allerdings keine Nachbarn bedroht oder gar mit Krieg überzogen, keine Andersdenkenden oder Minderheiten gnadenlos ausgemerzt. Das Land hatte seine Lektion gelernt. Die Machtverhältnisse hatten sich weltweit radikal verändert. Die Menschen in Deutschland misstrauten eher Männern in Uniform, als dass sie ihnen zujubelten. Man nutzte seine Chancen lieber auf friedlichem Weg. Made in Germany stand nicht mehr für Panzer und Stukas, sondern für Zivilautos, Maschinen oder Chemieprodukte. Erst später sollten auch wieder Kriegswaffen produziert werden, nicht nur für den Hausgebrauch, sondern vor allem für andere Staaten. Sollten die sich mit Bomben, Granaten und Gewehren gegenseitig ausmerzen. Dem geläuterten Deutschland reichte es, damit sein Geld zu verdienen und den Wohlstand seiner Bürger zu mehren. Wo fing Moral an, wo hörte sie auf? Man verzichtete auf die erste Strophe des Deutschlandliedes und beruhigte damit hoffentlich die Nachbarn, die das Wirtschaftswunder misstrauisch beäugten. Erstaunt durften diese zur Kenntnis nehmen, dass die Teutonen offensichtlich ihre Lektion gelernt hatten.

1

Hamburg in der Gegenwart

Der Regen hatte erst gegen Abend nachgelassen. Die Asphaltstraßen glänzten, als habe sie jemand fürsorglich gereinigt und anschließend eingesprayt. Das Frühjahr ließ einen nassen Sommer befürchten. Für den flüchtigen Betrachter hatten die Sendboten des Klimawandels Norddeutschland noch nicht wirklich erreicht. Das Wetter war so unbeständig, wie es die Menschen seit Generationen gewohnt waren.

Es ging auf Mitternacht zu. Zu dieser Uhrzeit waren die letzten Nachtschwärmer mitten in der Woche mit anderen Themen befasst. Die Mehrzahl der Hamburger schlief den Schlaf der Gerechten. Die Straßenbeleuchtung sorgte für eine schwache Orientierung, sollte sie benötigt werden. Energiesparen war angesagt. Wer sich jetzt draußen aufhielt, hatte andere Probleme zu lösen als die Frage, wie der Sommer ausfallen würde oder ob man besser von der Ostsee aufs Mittelmeer umbuchte oder umgekehrt. Das galt mit Sicherheit für den Mann, der mit farbbefleckter Jeans aus der Eckkneipe hinauswankte. Sein zotteliges dünnes, grau gesträhntes Haar stand wie elektrisiert von seinem Kopf ab. Seine Finger und insbesondere die Nägel waren so schmutzig, dass sie mit normaler Seife wohl kaum zu säubern waren. Da hätte es schon einer Bürste und Kernseife bedurft. Die tief ins Gesicht eingekerbten Falten deuteten darauf hin, dass er sich jenseits der fünfzig bewegte. Vielleicht hatte ihn auch nur der Alkohol frühzeitig altern lassen. Sein Pullover stand vor Dreck. Diverse Löcher darin signalisierten, dass ein Wechsel längst angebracht gewesen wäre. Sein aufgedunsenes, gerötetes, großporiges Gesicht verriet, dass er in der Vergangenheit besser weniger getrunken hätte. Er hatte seit dem späten Nachmittag vor dem Tresen gesessen und mit unterschiedlichen Gästen das Leid dieser Welt beklagt. Das kostete ihn am Ende seinen letzten Geldschein. Er lehnte sich mit unsicherem Stand an die Hauswand und atmete kräftig durch. Das änderte wenig an seinem Zustand. Ihm war anzusehen, dass der Alkohol, den er in den letzten Stunden zu sich genommen hatte, seine verheerende Wirkung nicht verfehlt hatte. Trotzdem wäre er garantiert geblieben, hätte der Wirt ihm Kredit gegeben. Es war nicht so sehr die Angst um sein Geld, die ihn davon abhielt. Sein später Gast hatte bisher noch jede Zeche bezahlt. Vielmehr hätte er nicht zum ersten Mal Bier und Schnaps so sinnlos in sich hineingeschüttet, dass er irgendwann vom Hocker gefallen wäre. Letztlich wäre es an ihm hängen geblieben, ihn nach Hause zu schleifen und dort die Treppen hinaufzulotsen. Dieses ging selten ohne Gepolter und unsägliche Diskussionen mit den aufgescheuchten Nachbarn ab. Das wollte er sich so spät am Abend nicht antun. Der Betrunkene hatte kurz über einen Standortwechsel nachgedacht. Ein Griff in die Hosentasche hielt ihn trotz seiner Promille davon ab. Darin klimperten nur ein paar Centstücke. Die reichten nicht mal mehr für eine Gewürzgurke.

Für einen kurzen Moment schien es, als müsse er sich orientieren. Leise vor sich hin brabbelnd wie ein Kleinkind hatte er dennoch keine Probleme damit, schwankend den Weg zu seiner Wohnung zu finden. Das war allerdings weniger auf letzte Reste seiner Konzentrationsfähigkeit zurückzuführen, als vielmehr der Tatsache geschuldet, dass er nur zwei Häuserblöcke weit zu gehen hatte. Wenig später versuchte er krampfhaft, den Schlüssel ins Schlüsselloch der Eingangstür des Wohnhauses zu stecken, in dem er seit zwei Jahrzehnten lebte. Seit dort Sicherheitsschlösser eingebaut worden waren, hatte er damit im angenebelten Zustand so seine Schwierigkeiten. Zittrige Finger und Tunnelblick waren nicht gerade dienlich für die schmale Öffnung des Schließzylinders. Das bereitete manchem sogar im nüchternen Zustand Probleme.

Das Haus in der Fährstraße konnte sein Alter nicht verbergen. Vermutlich wurde es nach dem Krieg von den Trümmerfrauen hochgezogen. Mittlerweile hätte es eine nachhaltige Instandsetzung gut vertragen. Die graue körnige Putzfassade bröckelte an diversen Stellen. Den Holzfenstern wäre ein Anstrich ebenso bekommen. Die freien Flächen vor dem Gebäude waren ungepflegt. Der Wohnungsgesellschaft war anscheinend nicht daran gelegen, das Gebäude auch nur einigermaßen zu erhalten. Erste Entmietungstendenzen waren bereits spürbar. Reparaturen erfolgten schleppend. Den ersten älteren Herrschaften waren schon Angebote unterbreitet worden, ihre Wohnungen aufzugeben. Bisher ging das dezent vonstatten. Die Hauseigentümer waren momentan an anderen Stellen aktiv. Ihnen stand dennoch der Sinn nach einer Luxussanierung. Wilhelmsburg war eindeutig im Kommen. Dagegen sprach bislang der relativ hohe Anteil älterer Mieter. In wenigen Jahren sähe es sicherlich anders aus. Hier setzte man vorerst auf die natürliche Auslese. Für den, der dann noch Ansprüche an seine Wohnung geltend machte, ließen sich Mittel und Wege finden, ihn hinauszugraulen. Bei der Wohnraumknappheit der Hansestadt war es beinahe lukrativer, mit Immobilien zu spekulieren, als mit Waffen oder Drogen zu handeln. Ungefährlicher war es allemal. Autobomben waren in diesem Metier eher unüblich. Agierte man zurückhaltend, bekam nicht einmal eine breitere Öffentlichkeit etwas davon mit. Stürzten sich die Medien auf den einen oder anderen Miethai, musste der sich nur kleinmachen. Er wurde schnell vergessen. Solch eine Kampagne verzog sich zügig wie der erste Herbststurm.

Der Betrunkene versuchte, sich zu konzentrieren. Dies allerdings mit begrenztem Erfolg. Ausgelöst durch den exzessiven Alkoholgenuss hatte sich das Zittern seiner Hände deutlich verstärkt. Ob er bei einem Nachbarn klingeln sollte? Soviel verriet ihm sein umnebeltes Gehirn: Das würde Ärger geben. Beim letzten Mal war es zu heftigen Auseinandersetzungen gekommen, als er am Klingelbrett herumgespielt hatte. Wer liebte es schon, gegen Mitternacht unsanft aus seinem Tiefschlaf geweckt zu werden? Und das von einem Betrunkenen, der kaum in der Lage war, allein die Treppenstufen hochzusteigen, ohne einen Höllenlärm zu veranstalten. Er blickte nach oben. Kein Fenster war erleuchtet. Die nächste Auseinandersetzung ließ sich wohl kaum vermeiden. Auf welchen Knopf sollte er drücken? Am besten auf alle? Oder war ein letzter Versuch angesagt, den Schlüssel ins Schlüsselloch zu befördern. Sein Zustand war zu schlecht, als dass er es ernsthaft versuchte. Zweimal war ihm das Schlüsselbund aus den Fingern entglitten. Erst nach mehreren zähen Versuchen, es auf dem Boden wiederzufinden, hielt er es in Händen. Heftig atmend stand er vor der Tür, in der Hoffnung, ihm würde eine andere Lösung seines Problems einfallen. Seine Knie wurden zusehends wackeliger. Passte er nicht auf, rutschte er auf den Hintern und schlief ein. Auf einen Nachbarn zu hoffen, der ähnlich wie er zu später Stunde nach Hause wollte, konnte er sich abschminken. Sie waren entweder zu alt oder mussten am Morgen früh raus, um pünktlich zur Arbeit zu kommen. Da zählten Kneipenbesuche unter der Woche eher zu den seltenen Ereignissen.

»Na, schon wieder besoffen?«, erklang hinter ihm die Stimme eines Mannes. Der Betrunkene hatte ihn nicht kommen hören. »Augenblick, ich helfe Ihnen, sonst müssen Sie im Hauseingang übernachten. Das wäre nicht gut für Ihre Gesundheit.« Er ging dicht an ihn heran, tätschelte seine Wange. »Wir wollen doch nicht, dass Ihre Schaffenskraft Schaden nimmt. Noch werden Sie gebraucht.«

Leider passten die freundlichen Worte und der scharfe Tonfall nicht zueinander. Trotz seines vernebelten Gehirns erkannte er die Stimme des Mannes. Gerade auf diese Unterstützung hätte er gerne verzichtet. Hilflos setzte er an, seinen Zustand zu erklären, wurde aber abrupt unterbrochen.

»Ich habe Ihnen gesagt, Sie sollen kürzertreten mit Ihrer Sauferei! Darüber werden wir uns heute Nacht eingehend unterhalten. Ihretwegen habe ich mir zwei Stunden lang die Beine in den Bauch gestanden. Ich habe wahrlich Besseres zu tun, als auf Sie zu warten. Wissen Sie, wie spät es ist?«

Aufgebracht riss er dem Betrunkenen das Schlüsselbund aus der Hand und schloss die Tür auf. Anschließend stieß er ihn ins Treppenhaus. Beinahe wäre er gefallen. Lallend versuchte er sich zu beschweren. Doch der unwillkommene Begleiter packte ihn von hinten im Nacken und drückte ihn zur Treppe. Schwerfällig schaffte er die Holzstufen nach oben, unterstützt von seinem Besucher. Vermutlich wurde dabei mancher Nachbar aus dem Schlaf gerissen. Bis die es schafften, sich lauthals zu beschweren, hatten sie glücklicherweise die Wohnung des Betrunkenen betreten. Auf sie drang der Geruch von Farben und Verdünnungsmitteln ein. Ergänzt wurde diese Komposition um alte Essensreste und einem entsetzlichen Fäkaliengestank, der sie aus der Toilette erreichte. Wenn man sie schon nicht regelmäßig säuberte, wäre es in jedem Fall eine gute Idee gewesen, wenigstens die Tür geschlossen zu halten. Das Wohnzimmer war eher provisorisch in ein Maleratelier umgewandelt worden. Der Fremde verzichtete darauf, sich umzusehen oder dem Künstler Vorhaltungen zu machen. Alkoholiker verspürten eher selten das Bedürfnis nach Sauberkeit und Ordnung. Vielmehr packte er den Wankenden abermals von hinten und drängte ihn ins kleine Bad. Eigentlich handelte es sich eher um eine Toilette mit eingebauter Dusche. Er beförderte ihn in die Duschtasse, griff nach der Handbrause und stellte sie auf ›Kalt‹ ein. Der harte Wasserstrahl durchdrang im Nu die Kleidung des Mannes und tat seine Wirkung. Ächzend ging er in die Knie und rutschte ein Stück nach vorne. Wenige Minuten später lag ein zitterndes Häufchen Elend vor dem Mann, das bereits in der Lage war, erste vollständige Sätze von sich zu geben.

»Aufhören, bitte hören Sie auf! Ich erfriere!«, flehte er ihn an.

Dieser drehte endlich das Wasser ab und redete zornig auf ihn ein: »Dies ist das letzte Mal, dass ich Sie in solch einem Zustand erlebe! Beim nächsten Mal gibt es kein Pardon und Sie landen in der Elbe. Ziehen Sie Ihre nassen Klamotten aus und trocknen sich ab. Irgendwo wird es ja wohl hoffentlich ein halbwegs sauberes Handtuch geben.«

Er ging in die Knie und starrte den Betrunkenen wütend an. Mit Daumen und Zeigefinger presste er dessen Wangen zusammen. »Wir haben miteinander zu reden. Ich gestatte niemandem, unser Projekt zu gefährden! Merken Sie sich, jeder ist ersetzbar. Und wenn ich selbst den Pinsel schwingen muss. Glauben Sie mir, Sie jedenfalls würden das nicht mehr erleben!« Er erhob sich und wies ins Rund. »Wie kann man nur in solch einem Dreck leben? Sie würden es gar nicht merken, wenn Sie in einem Schweinestall landeten. Selbst das wäre eine Verbesserung für Sie.«

Kleinlaut gehorchte der Gescholtene. Die Angst schnürte ihm den Kehlkopf zu. Zumindest war sie ein probates Heilmittel gegen seine Trunkenheit. Gegen seinen gut durchtrainierten Besucher hätte er selbst im nüchternen Zustand kein Land gesehen. Der Fremde wandte sich von ihm ab und ging ins Wohnzimmer. Es war ihm anzusehen, wie sehr er sich vor dem Mann in seiner unaufgeräumten, verdreckten Behausung ekelte. Nach einigem Zögern ließ er sich auf einem Stuhl nieder. Das Risiko, sich in eine Farblache oder auf eine verfaulte Bananenschale zu setzen, war nicht von der Hand zu weisen. Der Gescholtene rappelte sich mühsam auf und griff nach einem Handtuch, um sich abzutrocknen. Anschließend zog er sich einen fleckigen Jogginganzug über. Halbwegs ernüchtert folgte er seinem Besucher. Von seinem schütteren Haar troffen letzte Wassertropfen. Er warf einen verschüchterten Blick auf seine Hände. Sie waren sein wichtigstes Handwerkzeug. Zu seinem Glück hatte das Zittern nachgelassen. Der Mann vor ihm jagte ihm eine Höllenangst ein. Er kannte nicht einmal seinen Namen, obwohl sie seit geraumer Zeit zusammenarbeiteten. Er wirkte südländisch auf ihn. Er vermutete italienische Wurzeln, obwohl er perfekt Deutsch sprach. Dem Dialekt nach zu schließen, stand seine Wiege nicht in Palermo, sondern irgendwo in Süddeutschland. Wieder redete dieser auf den Künstler ein: »Wie weit sind Sie gekommen?«

Er schlurfte, ohne ein Wort zu sagen, ans andere Ende des Zimmers und griff sich zwei Bilder, die er jeweils mit einer Decke vor den Blicken Dritter geschützt hatte. Er stellte sie auf zwei leere Staffeleien und beseitigte den Sichtschutz. Der Fremde kam zu ihm herüber und betrachtete die Werke eingehend. Schließlich nickte er zustimmend. »Nicht schlecht. Ich nehme die mit. Ohne Alkohol wären Sie längst ein gemachter Mann und dürften im Fernsehen Interviews geben.« Er betrachtete den Maler mit gerunzelter Stirn. »Wie kann man sein Talent nur so gnadenlos versaufen?«

Durch das Lob mutiger geworden fragte er nach Geld. Der Mann griff in die Hosentasche und beförderte zwei 50-Euro-Scheine ans Tageslicht. »Das reicht für ein ordentliches Frühstück und Mittagessen. Demnächst gibt's mehr, aber nur, wenn Sie trocken bleiben. Sie haben die Liste, Sie wissen, was wir von Ihnen erwarten. Sind Sie bei meinem nächsten Besuch trocken, gibt's einen anständigen Nachschlag.«

»Mit den paar Flocken komm ich nicht weit.«

»Sie hatten genug und mussten die Kohle ja die letzten Tage versaufen. Den Fehler mache ich kein zweites Mal, dass ich zu viel Geld hier liegen lasse.«

Er schnappte sich die Bilder, bedeckte sie mit den Tüchern und verließ grußlos die Wohnung. Er ließ einen verbitterten Künstler zurück, bei dem sich langsam Kopfschmerzen einstellten. Der ballte die Hand zu einer Faust und richtete sie gegen die geschlossene Tür. Nachdem der Mann verschwunden war, kehrte so etwas wie Mut in ihn ein.

»Du arroganter Wichser«, murmelte er leise vor sich hin, »glaub ja nicht, du hast schon gewonnen und ich fress Scheiße. Du wirst dich noch wundern. Auch andere haben gute Ideen.«

Erstmals seit Längerem blickte er sich mit kritischem Blick in seiner Wohnung um. Er gestand sich ein, dass der wütende Besucher recht hatte. Er musste etwas ändern. So konnte und wollte er nicht weiterleben. Gedanklich war er auf dem richtigen Weg. Allerdings sah er den Auslöser seiner Lebenssituation weniger in seiner Trunksucht als in den Umständen seines Lebens, auf die er vermeinte, keinen Einfluss nehmen zu können. Wie die meisten Trinker sah er sich als Opfer, nicht als Täter. Was hatte er für Flausen im Kopf gehabt, als er als Meisterschüler die Akademie verlassen hatte. Sie waren alle geplatzt, seine Blütenträume. Wäre er nicht dem deutschen Italiener begegnet, er müsste sich wohl mit der Gestaltung von Webseiten über Wasser halten oder würde Porträts verstorbener Haustiere malen. Wer gab einem Alkoholiker halbwegs anständig dotierte Aufträge? Er spürte in seiner Magengegend das bekannte Brennen. Trotzdem gab er dem Gefühl nicht nach, nach dem Flachmann zu greifen, den er als eiserne Reserve im Regal versteckt hatte. Versonnen überprüfte er seine Hände. Sollte er an dem Bild weitermalen, das er wohlweislich in einer Ecke des Raumes verborgen hielt? Oder war das Risiko in seinem momentanen Zustand zu groß, etwas daran zu vermasseln? Ihm durfte kein Fehler unterlaufen. Dort stand eine bessere Zukunft, als er sich vor Jahr und Tag erträumt hätte. Unentschlossen knabberte er an seinem Daumennagel.

Erstmals seit Monaten drang der Geruch der Toilette zu ihm herüber. Er musste würgen. Erstaunt über sich setzte er sich in Bewegung. In der Küche fand er ein Scheuermittel. Die Klobürste war allemal noch gebrauchsfähig. Allzu oft hatte er sie in letzter Zeit nicht benutzt. Energisch nahm er seine Arbeit auf. Zufrieden blickte er eine gute Stunde später auf sein Machwerk. Toilette und Waschbecken waren einigermaßen sauber. Selbst unter die Dusche konnte man sich wieder stellen, ohne seine Gesundheit zu gefährden. Das Brennen in seiner Magengegend hatte sich während seiner ungewohnten Aktivität zurückgezogen. Nun meldete es sich in bekannter Qualität zurück. Gab er jetzt nach, wären all seine Mühen umsonst gewesen. Mit einer Standfestigkeit, die er in den letzten Monaten hatte vermissen lassen, zog er sich aus und legte sich ins Bett. Vermutlich hätte er es sogar vorher frisch bezogen. Leider gab es in seinem Haushalt keine sauberen Laken. Dafür musste er erst sorgen. Auch Rom wurde nicht an einem Tag erbaut. Es sollte eine schreckliche Nacht werden, mit rasendem Puls und kaltem Schweiß. Er kannte die Symptome und wusste, dass es dagegen nur ein probates Mittel gab. Doch er hielt durch.

Früh am Morgen stellte er sich erneut unter die Dusche. Es lagen schwere Zeiten vor ihm. Ein letzter Funken Verstand verfestigte sich in ihm. Schaffte er es diesmal nicht, vom Alkohol loszukommen, würde er irgendwann auf der Straße verrecken. Dann war eh alles egal. Nochmals wollte er nicht so gedemütigt werden wie in der vergangenen Nacht. Kurz nach neun stand er vor der Staffelei. Hingebungsvoll versuchte er den Pinselstrich des angesagten Künstlers zu kopieren. Je nach Tagesform gelang ihm das mal besser, mal weniger gut. Aber nie schlecht. Ihm war nicht wohl bei der Arbeit. Er musste sein Talent verraten, um es wieder neu beleben zu können. Dafür fehlten ihm die finanziellen Mittel. Nur mit seiner Begabung zum Fälschen konnte er sich aus diesem Dilemma befreien. Der südländisch wirkende Mann hatte trotzdem recht. Bekam er seine Trinkerei nicht in den Griff, war alles für die Katz. Er spürte in sich eine Kraft, die ihm helfen würde, seine Sucht zu besiegen. Geradezu euphorisch stellte er das beinahe fertige Bild zur Seite. Er fühlte sich stark genug, an seinem Lieblingsobjekt weiterzuarbeiten. Am Ende des Tages wusste er, dass er sich selbst übertroffen hatte. Ihm war eine gute Fälschung gelungen. Das Gemälde strahlte ein eigenständiges Leben aus. Sein Auftraggeber konnte damit ebenso zufrieden sein wie er selbst. Bis sein nächtlicher Besucher das mitbekam, saß er hoffentlich mit einer dicken Brieftasche irgendwo am Mittelmeer und konnte seiner Kunst frönen. Garantiert hätte der kein Verständnis für seine Pläne.

Dieser war zwiespältig zurückgefahren. Er kam nicht umhin, das Talent des Malers anzuerkennen. Aber er war Realist. Sie liefen Gefahr, dass dessen Alkoholismus irgendwann ihre Pläne gefährdete. Er musste sich unbedingt zu diesem Thema mit seinen Partnern unterhalten. Mit Sicherheit teilten sie seine Bedenken. Fragte sich nur, welche Konsequenzen sie daraus ziehen mussten und wann sie es tun sollten. Seiner Ansicht nach gab es nur eine Option. Sie mussten ihn aus dem Verkehr ziehen. Andererseits durften sie das Kind nicht mit dem Bad ausschütten. Noch funktionierte alles in ihrem Sinn, wie die Bilder auf dem Rücksitz bewiesen. Und Talente wie er lagen nicht auf der Straße.

* * *

Hilpert blickte sich in dem Esszimmer der Blankeneser Villa um. Gemeinsam mit seiner Freundin Petra besuchte der ehemalige Hauptkommissar an diesem Abend ihren Vater, der gleichzeitig sein Chef war. Der Anlass des Treffens war, er wollte seinen gut dotierten Job in der Industrie kündigen, um wieder in den Polizeidienst einzutreten. Er war es gewohnt, Probleme direkt anzupacken und sie nicht schmoren zu lassen. Je länger man wartete, desto schwerer fiel es einem, das unangenehme Gespräch zu führen. Er erwartete nicht, auf Verständnis zu treffen. Er fühlte sich wohl in dem Haus. Standen einem die finanziellen Mittel zur Verfügung, hieß es noch lange nicht, dass man damit auch den guten Geschmack gepachtet hatte. In diesem Umfeld paarten sich allerdings finanzieller Wohlstand und ästhetische Kompetenz. Obwohl er sich hier des Öfteren aufhielt, entdeckte er ständig Neues. Sei es die filigrane Anrichte aus Teakholz oder ein Detail auf dem Selbstporträt eines bekannten Künstlers, dessen Name ihm ständig entfiel. Er bezeichnete sich eher als Kunstbanause. Trotzdem konnte er sich der unaufdringlichen Eleganz dieses Zimmer und eigentlich des gesamten Ensembles nicht entziehen. Dies insbesondere, weil es der Hausherr verstanden hatte, den Eindruck eines Museums zu vermeiden. In diesen Räumlichkeiten ließ es sich durchaus leben. Man musste nicht auf Filzpantoffeln über die wertvollen Holzfußböden rutschen.

Wellner hatte einen Rotwein zum Abendessen aufgetischt für den mancher Kenner seine Familie verlassen hätte. Nach einem ersten vorsichtigen Schluck setzte Fabian Hilpert das Glas langsam ab. Er war sich unsicher, ob ihm nach seinem Outing nochmals nachgeschenkt würde. Er schätzte den Unternehmer, obwohl er dessen Firma verlassen wollte. Neben ihm zerlegte Petra mit Akribie ihre Ente und hörte gleichzeitig aufmerksam zu. Wellner ging gelassen auf Hilpert ein.

»Fabian, ich habe es befürchtet, dass es dich zur Polizei zurückzieht. Ich respektiere deine Entscheidung, sosehr ich sie bedaure. Was soll ich sonst dazu sagen?«

Petra schüttelte verständnislos den Kopf. »Du bist der Einzige, den ich kenne, der wissentlich den Goldklumpen fallen lässt und dafür die Erdnuss aufhebt.« Temperamentvoll fuhr sie fort: »Da willst du dich erneut in den Staatsapparat begeben, dich mit inkompetenten Vorgesetzten auseinandersetzen und Leuten hinterherjagen, die im Zweifelsfall noch auf dich schießen. Du bist verrückt! Aber ich liebe dich selbst dann, wenn du wieder in deinen alten Job zurückgehst.«

Hilpert griff nach ihrer rechten Hand und küsste sie zärtlich. Automatisch fuhr sie mit der freien Hand über seinen Oberschenkel, bis sie realisierte, dass ihr Vater ihr gegenübersaß. Hastig zog sie sie zurück und schaute unschuldig zu ihm hinüber.

Der Unternehmer blieb sachlich. »Du hast knapp zwei Jahre bei uns gearbeitet. Ich weiß, dein Bereich funktioniert gut, mittlerweile auch ohne dich. Ich hätte dich gern an anderer Stelle eingesetzt. Aber was nicht geht, geht nicht. Du erhältst zwei Jahresgehälter als Abfindung und musst mir das Versprechen geben, bei uns einzuspringen, solltest du gebraucht werden.«

Hilpert wollte reagieren und wurde augenblicklich von Wellner unterbrochen. »Das mit der Abfindung ist unwiderruflich.«

»Aber ...«

»Kein Aber. Wir haben dir viel zu verdanken.«

»Außerdem kannst du die Kohle ja bei mir abarbeiten«, wandte Petra ungerührt ein.

»Dafür brauchte ich ein ganzes Leben.«

»Davon gehe ich aus. Weniger wäre inakzeptabel.«

Es wurde ein ungezwungener Abend. Von der Ente blieben gerade noch die Knochen übrig. Wellner blieb gelassen. Als erfahrener Manager wusste er, dass jedermann ersetzbar war. Und den Menschen verlor er eh nicht. Der war ihm mit Abstand am wichtigsten. Zu seiner Freude gab es keinerlei Ermüdungserscheinungen in der Beziehung zwischen den beiden. Eher war das Gegenteil der Fall, wie der heutige Abend bewies. Petras demonstratives Gähnen läutete eine knappe Stunde später den zweiten Teil der Abendbeschäftigung des Paares ein. Wellner deutete das Zeichen richtig und hob die Runde auf. Schließlich mussten die beiden zurück in die HafenCity.

Hilpert hatte an diesem Vormittag eine Mail an seinen ehemaligen Vorgesetzten, Polizeidirektor Weber, mit der Bitte geschickt, wieder in den Polizeidienst aufgenommen zu werden. Er war durch und durch Ermittler. Hier lagen seine Talente, seine Interessen. Las er in der Zeitung von Gewaltverbrechen, entdeckte er sich dabei, wie er versuchte, plausible Lösungsansätze anzudenken. So manches Mal hielt er bereits das Telefon in Händen, um einen seiner ehemaligen Kollegen anzurufen. Vermutlich warteten sie atemlos auf ihn, den Schlaumeier vom Dienst. Also unterließ er die Anrufe. Hoffentlich nahmen sie ihn auf. Seine Intimfeinde im Rathaus waren verschwunden oder hatten sich in ihre Schneckenhäuschen verkrochen. Im Verlauf seiner letzten Ermittlungen konnte er neue Freunde bei der Kripo hinzugewinnen. Sie legten hoffentlich ein gutes Wort für ihn ein. Er war eigentlich optimistisch, dass alles in seinem Sinn klappen könnte.

Weber hatte in seiner Antwortmail deutlich gemacht, wie sehr ihn seine Entscheidung zurückzukehren freute. Er wollte sich mit Hilpert kurzfristig treffen. Im Gegensatz zu seiner damaligen spontanen Kündigung hatte er diesmal über seine Entscheidung lange nachgedacht. Finanzielle Aspekte waren für ihn bedeutungslos. Allein in seinem Schließfach schlummerten mehr als eine halbe Million Euro, die ihm sein albanischer Freund Pristic vor geraumer Zeit überlassen hatte. Das Geld war mit Sicherheit an der Steuer vorbei bei ihm gelandet. Verdient wurde es augenscheinlich mit kriminellen Aktivitäten. Ihm fiel bislang keine sinnvolle Verwendung dafür ein. Zumindest würde er es nicht für sich verbrauchen. Er hatte in den letzten beiden Jahren mehr Geld aus versteuertem Einkommen zurückgelegt, als er künftig im Jahr als Erster Hauptkommissar bei der Hamburger Polizei verdienen würde. Hielt seine Partnerschaft mit Petra, könnte er auf jegliches Einkommen verzichten. Seine Freundin war reich. Normalerweise hätte er sie längst gefragt, ob sie ihn heiraten wollte. Unter den gegebenen Umständen traute er sich nicht. Vielleicht sollte er doch allen Mut zusammenraffen und sie fragen, ob sie seine Frau werden möchte. Sie musste wissen, dass er sie und nicht ihr Geld meinte. Er wollte diese Frage in Ruhe überdenken.

Ihm standen härtere Zeiten bevor, als er ahnte. Fabian Hilpert musste begreifen, dass Petra die stille Hoffnung mit sich trug, er könnte seine Entscheidung nochmals überdenken. Ihre Toleranz, die sie im Gespräch mit ihrem Vater an den Tag gelegt hatte, war zum Teil gespielt. Vielmehr nahm sie den Kampf auf. All ihre großartigen Argumente, mit denen sie ihn umzudrehen versuchte, versandeten, bevor sie sie anzubringen vermochte. Obwohl sie eigentlich alles besprochen hatten, fühlte sie sich von ihm überrollt. Was ärgerte sie mehr, ihre Ohnmacht, Einfluss auf seine Entscheidungsfindung zu nehmen, oder seine Resistenz gegenüber materiellen Anreizen? Wo die Wünsche und Bedürfnisse anderer gerade mal anfingen, lehnte er sich bereits zufrieden zurück. Seine Antriebsfedern hatten wenig mit Geld zu tun. Sie liebte und sie hasste ihn dafür. Wollte sie ihn umdrehen, musste sie sich etwas Geeigneteres einfallen lassen als Geld. Vielleicht Erpressung oder Liebesentzug?

2

Mit einem satten Grinsen legte Sibelius den Telefonhörer auf und rieb sich anschließend die Hände. Wäre es nicht zu früh am Tag gewesen, hätte er sich einen Whiskey gegönnt. Das konnte er ja am Abend nachholen. Diesen Termin zu vereinbaren, war entschieden leichter gewesen, als er befürchtet hatte. Dabei lag ihm der Anruf in den letzten Tagen wie ein Stein im Magen. Oftmals hatte er den Telefonhörer in die Hand genommen und wieder weggelegt. Diesmal hatte er sich endlich dazu durchgerungen. Die Fantasie gaukelte einem so manches Mal Probleme vor, die sich als gegenstandslos erwiesen, brachte man den Mut auf, Fakten zu schaffen. Dabei war er kein ängstlicher Mensch, der sich nicht traute. Er galt eher als vorsichtig und überlegt, aber durchsetzungsfähig. Die Lebenserfahrung hatte ihn gelehrt: Besaß man keine Chance für einen zweiten Versuch, musste der erste Schuss sitzen. Eher unbewusst fuhr er sich über den nahezu kahlen Kopf. Es zeigte sich wie so oft in seinem Leben, mit Geld waren die meisten Menschen zu ködern. Zu viele hatten zu wenig davon. Letztlich war alles ausschließlich eine Frage des Preises. Geld versprach Wohlstand und Sicherheit. Es gab einem die Chance, am Überfluss der Welt teilzuhaben. Werte wie Loyalität, Zugehörigkeit oder Freundschaft wurden auf diesem Altar gern geopfert. Fragen der Moral wurden an die Seite geschoben. Für wen waren sie wichtig? Was wollte man sich dafür kaufen? Vielleicht Zufriedenheit oder Anerkennung? Das gab es selbstredend kostenlos. Sibelius kannte sich damit aus. Mit seiner Brieftasche hatte er in der Vergangenheit manchen Politiker und Staatsangestellten auf seine Seite gezogen. Eine Spende im geeigneten Moment oder ein dicker Umschlag, diskret überreicht, bewirkten wahre Wunder. Das Geld musste nur den richtigen Empfänger zum richtigen Zeitpunkt finden. Warum durfte sich in diesem illustren Gebiet der Vorteilsnahme nicht auch eine ganz gewöhnliche Sekretärin aufhalten? Er wusste aus Erfahrung, dass diesen Mitarbeiterinnen häufig eine besonders enge Beziehung zu ihren Chefs nachgesagt wurde. Sie waren normalerweise loyal und somit schwer zu beeinflussen. Er stützte seinen Kopf auf beiden Händen auf und dachte nach. Weshalb hatten es ihm gerade die Grundstücke dieses Bauunternehmens angetan? Ein Freund hatte ihn darauf aufmerksam gemacht. Sicher handelte es sich um Filetstücke in Hamburgs bester Lage. Aber ihm gehörten bereits einige davon. Eine Immobilie mehr oder weniger machte ihn weder reich noch zu einem armen Schlucker. Vermutlich stand seine eigene Lebensgeschichte dafür. Er stammte aus eher bescheidenen Verhältnissen, war in Barmbek aufgewachsen. Seine Eltern hatten sich geradezu zerrissen, ihm eine gute Ausbildung zu sichern. Seine Karriere entwickelte sich seit den späten Sechzigern. Immobilien hatten es ihm von Anbeginn an angetan. Er startete mit einer renovierungsbedürftigen Wohnung auf St. Pauli. Mittlerweile gehörte ihm die gesamte Häuserzeile. Ordentlich hergerichtet warfen die Objekte erkleckliche Mieten ab. Überall hatte er seitdem seine Abdrücke in der Hansestadt hinterlassen. Er war zu Liegenschaften an der Elbe und der Alster gekommen, die eigentlich als unverkäuflich galten. Er hatte sich in der HafenCity breitgemacht. Manch renommierte Gesellschaft zählte in einem seiner Geschäftshäuser zu seinen Mietern. Er besaß in Hamburg und Umgebung inzwischen ein kleines Immobilienimperium. Sibelius hatte sich nie gefürchtet, in Gegenden zu investieren, die vor Jahren noch auf keiner In-Liste standen. Mittelweg konnte jeder, in Alsternähe war jeder erfolgreich, der über das nötige Kleingeld verfügte. Auf die Schanze musste man vor Jahren erst einmal gekommen sein. Als er in Wilhelmsburg das erste Wohnhaus erworben hatte, war er belächelt worden. Heute wollte niemand etwas davon wissen. Bei der Frage, wie viele Wohnungen oder Häuser er sein Eigen nannte, müsste er aus dem Stand passen. Er hatte stets klare, eindeutige Ziele verfolgt, setzte auf gute oder entwicklungsfähige Lagen und gleichermaßen niedrige Einkaufspreise. Die Finanzkrise spielte ihm voll in die Karten. Auf Anhieb steigerte sich der Wert seiner Immobilien um gut 30 Prozent, ohne dass er einen Finger gerührt hätte. Und deren Wertzuwachs war bei Weitem noch nicht abgeschlossen. Wollte er verkaufen, bliebe viel Geld übrig. Aber er dachte gar nicht daran, auch nur eine einzige Wohnung abzugeben. Endlich fiel ihm die Antwort auf die Frage nach seiner Motivation ein. Mit einem angedeuteten Lächeln auf den Lippen wurde sie ihm klar. Er war Jäger und Sammler geblieben. Er jagte Immobilien und ließ sie nicht mehr los. In den frühen Fünfzigern gehörte er einer Jugendbande an. Sie nahmen sich, was sie ergattern konnten und gaben ebenfalls nichts mehr her. So war es bis heute geblieben. Allerdings arbeitete er nicht mehr mit Messer oder Fahrradkette und vor allem nicht für kleines Geld. Seine Waffen waren filigraner und wirksamer geworden. Er setzte seine Mittel eiskalt ein, war sich selbst für eine Erpressung nicht zu schade. Er galt als konsequent, viele hielten ihn für brutal. Was scherten ihn die alten Leute, die er erbarmungslos auf die Straße setzen ließ, denen er den Strom, das Wasser abstellte?! Wer stände ihm zur Seite, sollte ihn sein Glück verlassen? Er fühlte sich für niemanden verantwortlich, dem er durch sein Handeln die Existenzgrundlage nahm. Jeder war seines Glückes Schmied. Mitleid war etwas für die Schwachen.

Vor dem Hintergrund seiner Liegenschaften residierte er in der St. Benedictstraße relativ bescheiden. Das Jugendstilhaus war zugleich Bürozentrale und Wohnstätte. Im Erdgeschoss duldete er gerade mal eine Sekretärin und einen Anwalt, mit dem er vor Jahrzehnten bereits gemeinsam die Schulbank gedrückt hatte. Ins Souterrain hatte er sich eine Garage einbauen lassen. Dort durfte sich sein Daimler langweilen. Er erhob sich und ging auf die Kopie eines großformatigen Chagall zu, der ihm gegenüber an der Wand hing. Er war durchaus kunstinteressiert, auch wenn er nicht daran dachte, sich teure Originale an die Wände zu hängen. Kopien taten es genauso gut. In diesem Fall war allerdings der Tresor wichtiger, der dahinter verborgen in die Wand eingelassen worden war. Er wusste selber, dass dieses Versteck keinen Profi daran hinderte, es gewaltsam zu öffnen. Den durchschnittlichen Eindringling verwies es allemal in seine Schranken. Darin bewahrte er Beträge bis zu 50.000 Euro auf. Nach Bargeld wurde immer wieder geschrien. Wer liebte schon den Steuereintreiber? Er schob das Bild zur Seite und gab den Code ein. Es war der Geburtstag seiner vor Jahren verstorbenen Mutter. Ohne Hast griff er in die Öffnung und entnahm mehrere Geldbündel.

»Zehntausend sollten für den Anfang reichen«, murmelte er.

Er verstaute das Geld in einen Briefumschlag und steckte ihn in die Innentasche seines Jacketts. Wollte man große Fische fangen, musste man einen ordentlichen Köder an den Haken hängen. Kein Hai jagte einem Regenwurm hinterher. Er blickte auf seine Armbanduhr. Es verblieb ihm ausreichend Zeit, um sich mit der Frau zu treffen. Sorgfältig verschloss er seinen Safe und schob das Bild darüber. Seit er seinen siebzigsten Geburtstag vor vier Jahren gefeiert hatte, fuhr er nur noch selten mit der eigenen Limousine. Also veranlasste er seine Mitarbeiterin, nach einem Taxi zu telefonieren. Sie wollten sich an einem der Stände im Hanseviertel treffen. An der ›Große Bleichen‹ stieg er aus. Die restlichen Meter schaffte er zu Fuß. Er liebte diesen Teil Hamburgs, die stattlichen Gebäude und vor allem die Binnenalster.

Eine halbe Stunde später ließ er sich nahe ihres Treffpunkts ein Glas Chablis einschenken. Das war ein weiterer Vorteil, wenn man nicht Auto fuhr. Man konnte jederzeit Alkohol trinken, ohne seinen Führerschein zu gefährden. Jetzt um die Feierabendzeit war er nicht der Einzige, der es sich schmecken ließ. Mancher Familienvater atmete nach seiner Arbeit einmal kräftig durch, bevor er sich auf den Weg nach Hause begab. Wenig später entdeckte er die durchaus ansehnliche Frau, mit der er sich verabredet hatte. Sie schaute sich unsicher um, als befürchtete sie, verfolgt zu werden. Tatsächlich interessierte sich niemand für sie. Noch vor zehn Jahren hätte er sich für sie gerade gemacht. Mit 74 war es ihm zu umständlich. Alles zu seiner Zeit. Sexus war eindeutig auf dem Rückzug. Und es störte ihn nicht einmal. Er winkte ihr zu. Es war ihr anzusehen, dass ihr das Treffen geradezu physisch unangenehm war. Sibelius bot ihr ein Getränk an. Sie lehnte dankend ab. Er spürte ihre Unsicherheit. Ein falsches Wort und sie ging. Zum Verräter musste man geboren sein.

Ansonsten war es ein steiniger Weg dorthin. Folglich kam er schnell auf den Punkt.

»Wir brauchen nicht lange zu diskutieren, Frau Köhler«, eröffnete er das Gespräch, nachdem sie sich die Hand gereicht hatten. »Ich mache Ihnen ein Angebot, das Sie annehmen oder ablehnen können. Sagen Sie Nein, werde ich Sie kein zweites Mal belästigen.«

Sie nickte wortlos. Also fuhr er fort: »Sie sind mir behilflich, die marode Firma Ihres Chefs zu erwerben. Dafür benötige ich umfangreiche Detailkenntnisse. Wird der Übernahmevertrag zu meinen Konditionen abgeschlossen, erhalten Sie von mir 50.000 Euro. Den gleichen Betrag gibt es in Raten ab sofort von mir. Immer vorausgesetzt, ich bin mit Ihrer Mitarbeit zufrieden und kann mich auf Sie und Ihre Insiderinformationen verlassen.«

Langsam wich ihre Zurückhaltung. Sie schluckte nervös. Die Hoffnung auf das viele Geld löste selbst ihre Zunge. »Sie sind scharf auf die Grundstücke, stimmt's?«

»Wie mir scheint, kennen Sie sich aus.«

»Ich bin lange genug in meinem Job. Ich weiß, wonach der Immobilienmarkt in Hamburg lechzt: nach guten Grundstücken. Dazu braucht man kein Insiderwissen. Das kann man jeden zweiten Tag in der Zeitung lesen. Nur, wie kann ich mich darauf verlassen, dass Sie tatsächlich zahlen?«

Ruhig faltete er seine Hände, als wollte er zum Gebet ansetzen. »Es gibt keine Garantie. Weder für Sie noch für mich. Das ist manchmal so im Geschäftsleben. Entweder man vertraut einander oder sucht sich andere Partner. Dazwischen gibt es nichts.« Er sah sie ironisch grinsend an. »Wollen Sie etwa mit mir einen notariell beglaubigten Vertrag abschließen?«

Sie ging nicht weiter auf seine letzte bissige Bemerkung ein, sondern blieb gelassen. Im Prinzip konnte sie nur gewinnen. Seine direkte Art sagte ihr zu. Sie hatte sich bereits entschieden und musste nicht lange nachdenken.

»Ich verstehe. Ihr Angebot ist interessant für mich. Jansen hat den nach wie vor florierenden Betrieb heruntergewirtschaftet. An der Börse wollte er sich beweisen, der Idiot. Morgen stehe ich da, ohne Job, ohne Einkommen, nur weil er sich überschätzt hat. Mit 48 ist man zwangsläufig nicht mehr erste Wahl.« Sie verschärfte ihren Ton um eine Nuance. »Aber mit 100.000

Euro ist mir nicht gedient. Ich möchte 150.000 Euro und nach Übernahme des Betriebs einen Fünfjahresvertrag. Glauben Sie mir, ich verstehe meine Arbeit. Und es wäre dumm, die Firma einfach zu schließen. Auch ohne die Grundstücke verkörpert sie einen beachtlichen Wert. Sie ist in den Markt eingeführt und verfügt über einen guten Ruf. Die Branche boomt.«

Sibelius überlegte einen kurzen Moment, ob er mit ihr feilschen sollte. Doch er entschied sich dagegen. Vermutlich hatte die Frau recht. Und würde seine Planung aufgehen, käme es auf 50.000 Euro nicht an. Das geforderte Gehalt hatte der Betrieb sowieso zu erwirtschaften. Das musste er nicht aus seiner Tasche bezahlen. Nach allem, was ihm bekannt war, lagen die Probleme im Finanzgebaren des Eigentümers und nicht in dem eigentlichen Kerngeschäft. Warum sollte er den Betrieb nicht weiterlaufen lassen? Den bisherigen Geschäftsführer schmiss er raus und übergab ihr die Leitung. Er reichte ihr die Hand. »Einverstanden. Damit Sie sehen, dass ich es ernst meine, habe ich eine kleine Anzahlung mitgebracht. Wie man hört, zahlt Jansen zurzeit recht unregelmäßig.«

Er reichte ihr den Umschlag. Hastig griff sie danach und steckte ihn in ihre Handtasche, ohne hineinzuschauen. »Das Geld kommt im richtigen Augenblick. Meine Bank schickt schon erste Mahnschreiben wegen meiner Wohnungsfinanzierung.«

»Sie müssen liquide sein. Morgen erhalten Sie nochmals 10.000 Euro. Gehen Sie vorsichtig mit dem Geld um. Zahlen Sie nur kleine Summen auf Ihr Konto ein. Bezahlen Sie alles in bar, was sich auf diesem Weg abwickeln lässt, ohne dass es auffällt.«

Zufrieden nickte sie zu seinen Worten. »Worauf Sie sich verlassen können.«

»Also morgen Abend, gleiche Zeit, gleicher Ort«, fuhr er fort. Er reichte ihr einen Zettel. »Das ist meine private Telefonnummer. Unter der bin ich gut zu erreichen, sollte ich mich nicht im Büro aufhalten. Das Telefon ist tagsüber ständig besetzt.«

»Besitzen Sie kein Handy?«

Genervt winkte er ab. »Damit habe ich nichts am Hut. Ich bin den größten Teil meines Arbeitslebens ohne dieses Gerät ausgekommen. Ich sehe keinen Grund, mich davon stressen zu lassen. Meine Köchin weiß, was ich essen will, wenn ich das Haus verlasse. Meine Sekretärin nimmt alles Wichtige entgegen. Und ...«, er grinste in ihre Richtung, »manch einer ist schon über ein Handyprotokoll oder eine Ortung gestolpert.«

»Wenn Sie meinen.« Einen Wimpernschlag lang fragte sie sich, worauf sie sich da einließ. Unbewusst drückte sie ihre Unterarmtasche an sich. Nun ging es um ihre Zukunft. »Es gibt da eine Geschichte, die Sie vielleicht interessieren mag. Sie hat allerdings nichts mit Immobilien zu tun.«

»Wenn es ums Geldverdienen geht, bin ich für alles offen«, erwiderte er emotionslos.

»Sprechen wir beim nächsten Treffen darüber. Ich möchte jetzt lieber gehen.«

»Einverstanden.«

Er leerte sein Glas und verabschiedete sich von der Frau. Sie suchte die nächste Damentoilette auf. Gierig öffnete sie den Umschlag. Er enthielt tatsächlich 10.000 Euro. Und sie hatte noch keinen Finger für Sibelius gerührt. Dieser verließ das Hanseviertel Richtung Große Bleichen. Er ging die wenigen Schritte hoch zum Ramada Hotel. Vor dem Haupteingang fand er problemlos ein Taxi. Die Frau stellte für ihn kein Problem dar. Ihre Forderungen sah er gelassen. Er war bereit, das Baugeschäft vorläufig weiterzuführen. Mit Sicherheit konnte sie ihm dabei behilflich sein. Vielleicht bot es sich an, den Betrieb zu einem anderen Zeitpunkt zu verkaufen. Als Chef größerer Maurerkolonnen sah er sich nicht. Ihn drängte nichts nach Personaldebatten und Auseinandersetzungen mit Betriebsräten oder Gewerkschaften. Mit Handwerkern stritt er sich nur, wenn es um die eigenen Immobilien ging. Er war als knauserig und pingelig bekannt. Aber er zahlte stets pünktlich, was in seiner Branche nicht selbstverständlich war. Dafür lebte man mit seinem Pauschalabzug von drei Prozent, egal, ob vereinbart oder nicht.

Gisela Köhler fühlte sich wie berauscht. Der Vertrauensbruch gegenüber ihrem Chef berührte sie nicht sonderlich. Er hatte eine wohlhabende Familie im Kreuz. Wenn er fiel, landete er weich. Sie dagegen musste sich ihr Geld mühsam ohne die Unterstützung durch einen Lebensgefährten verdienen. Ihre Rente würde ebenfalls nicht sonderlich üppig ausfallen. Ihre Ersparnisse waren durchaus überschaubar. Dieses Angebot sicherte einen wichtigen Teil ihres künftigen Lebens. Beinahe liebevoll strich sie über ihre Handtasche. Die ersten zehntausend Euro konnte ihr niemand mehr wegnehmen. Am nächsten Tag wollte Sibelius denselben Betrag drauflegen. Das zählte. Gefühle für andere konnte sie sich nicht erlauben. Ganz im Gegenteil hatte sie beschlossen, alle Karten, die sie in der Hand hielt, zu spielen. Loyalität musste man sich leisten können. Ihre Gedanken schweiften ab. Sie hatte schließlich ein weiteres Eisen im Feuer. Da ging es um ungleich mehr Geld. Hier wusste sie nur noch nicht, wie sie vorgehen sollte. Vor allem konnte sie die Risiken nicht einschätzen. Doch an diesem Abend würde ihr gewiss etwas einfallen. Mit Sibelius hatte sie möglicherweise einen starken Partner an der Seite, der ihr behilflich sein konnte. Vor allem musste sie ihren Anteil sichern. Ihr Wissen gehörte zu ihren Pfründen. Wie viel es am Ende wohl wert war?

Sie überlegte kurz. War es eine gute Idee, mit so viel Geld öffentliche Verkehrsmittel zu nehmen? Sie entschied sich dagegen. Entschlossen verließ sie das Einkaufszentrum und schlenderte zum Jungfernstieg hoch. Der Mai zeigte sich von seiner besten Seite. So gesehen unterstrich der angenehm warme Wind, der ihr von der Alster entgegenkam, ihre euphorische Stimmung. Unter anderen Umständen hätte sie sich einen Kaffee im Alsterpavillon gegönnt, vielleicht garniert mit einem guten Cognac. In ihrer Tasche steckten etwa zehntausend Gründe, die sie veranlassten, das nächste freie Taxi anzuhalten. Die Alster lief nicht davon. Einen Drink konnte sie auch zu Hause nehmen. Sie lächelte sanft, als sie im Fond der Limousine saß. Bis vor einigen Tagen drohte sie, an ihren Sorgen zu ersticken. Nun schien ihr die Sonne ins Gesicht. Durch ihren Kopf spukte nur noch das Thema Geld.

Die erste Zahlung stellte tatsächlich gerade mal einen Anfang dar. Wie sich zeigte, hielt Sibelius Wort. Schon am nächsten Tag konnte sie einen weiteren Umschlag in ihre Handtasche stopfen. Diesmal war sie mutiger und nickte zu einem Glas Wein. Fasziniert vernahm er ihre Geschichte. Sie war hochinteressant, vor allem aber brisant. Da wollte er dranbleiben. Er würde sehr vorsichtig agieren müssen. Er verdonnerte sie und sich zur Verschwiegenheit. Diese Frau war ihr Geld wert. Gedanklich schlug er sich dafür auf die Schulter. Es war eine brillante Idee, sie angerufen zu haben. Und dennoch sollte er irren. Er hätte sie besser nie in seinem Leben getroffen.

Sie nahm diesmal wie selbstverständlich ein Taxi und gab, entgegen ihren sonstigen Gewohnheiten, sogar ein ordentliches Trinkgeld. Zu Hause musste sie erst einmal ein Versteck für die Geldbündel auswählen. Große Kreativität entwickelte sie dabei nicht. Bislang gab es für sie keinen Grund, ein Schließfach bei ihrer Bank anzumieten. Das wollte sie schleunigst ändern. Sie nahm den Telefonhörer in die Hand und tätigte einen Anruf, auf den sie hätte verzichten sollen. Ihr neuer Geschäftspartner hätte ihr davon garantiert abgeraten.

3

Es war bereits dunkel geworden. Professor Malte Obal rieb sich die angestrengten Augen. Die Schreibtischlampe mit dem schwachen Leuchtmittel warf ein milchiges Licht auf den Bereich seiner Schreibtischplatte, den er benötigte, um arbeiten zu können. Er hatte seinen PC abgeschaltet, sodass der Bildschirm ihm nicht als zusätzliche Lichtquelle diente. Der Rest des Raumes lag in einem schummrigen Grau vor ihm. Man war kaum in der Lage, Einrichtungsgegenstände konkret auszumachen. Ihm war anzumerken, dass er nicht bei der Sache war. Er hätte niemandem sagen können, wie oft er angesetzt hatte, das vor ihm liegende Manuskript zu lesen. Er schätzte die Studentin, die ihn gebeten hatte, den Artikel kritisch durchzugehen. In den Seminaren stach sie durch intelligente Fragen und überlegte Antworten hervor. Sie formulierte präzise. Trotzdem hatten ihre Texte eine geradezu prosaische Qualität. Die junge Frau würde ihren Weg gehen, mit und ohne seine Hilfe. Er hatte sich für sie entschieden. Professor Obal gehörte zu den jüngeren Dozenten, die ihre Studenten ermutigten, sich mit Fachbeiträgen zu Themen zu äußern, denen sie sich gewachsen fühlten. Und er ermunterte sie, eigene Positionen aufzubauen, sie zu vertreten, für sie zu kämpfen, selbst wenn mit erbittertem Widerstand der Arrivierten zu rechnen war. Akzeptierte er die wissenschaftliche Qualität der Arbeiten, unterstützte er die Autoren bei dem Versuch, die Artikel bei den Fachblättern unterzubringen. Dabei war er nicht auf der

Suche nach Thesen, die seine eigenen Lehrmeinungen stützten. Ihm ging es ausschließlich um Kompetenz und Akribie. Er wusste, nur neue Ideen brachten die Wissenschaft nach vorne. Das unnachgiebige Festhalten am Alten führte in letzter Konsequenz zu Stillstand und Langeweile. Allerdings erwartete er korrekte Analysen und Beweisführungen. Schnellschüsse aus der Hüfte zerlegte er in Lichtgeschwindigkeit. Niemand musste ihm erklären, dass nicht jede gute Idee von ihm kommen konnte. Was ihn besonders auszeichnete: Es kam ihm nie in den Sinn, seine Studenten zu bestehlen. Bei seinen eigenen wissenschaftlichen Bemühungen verzichtete er gänzlich auf fremde Kreativität. Der Einzige, den er gelegentlich um Rat fragte, war sein ehemaliger Ordinarius, dem er gewaltige Wertschätzung entgegenbrachte, der ihn in früheren Jahren gefördert und gefordert hatte. Er hatte damals manche seiner gewagten Gedankenkonstrukte unterstützt, selbst wenn sie im Nachhinein nicht zu halten waren.

Diese Form des Umgangs mit der Kreativität anderer hatte er beibehalten und weiterentwickelt. Das machte ihn in der Studentenschaft nachgerade beliebt und populär. Man riss sich darum, an seinen Veranstaltungen teilnehmen zu dürfen, suchte seine Nähe. Er galt als Kunsthistoriker mittlerweile auch international als Koryphäe auf dem Gebiet der klassischen Moderne. Sein Rat war nicht nur beim hoffnungsfrohen Nachwuchs gefragt. Er hatte damit insbesondere den Respekt seines Vorgängers, Professor Bardenhagen, gefunden, der vor acht Jahren seinen Sessel geräumt und in den verdienten Ruhestand getreten war. Der Mann hatte einen langen Schatten geworfen, hinter dem er sich heute nicht mehr verstecken musste.

Obal saß in einem kargen, zweckmäßig eingerichteten Büro. Es wäre wohl kaum jemandem eingefallen, dass in diesen Räumlichkeiten ein Sachverständiger saß, der zuweilen Urteile über Millionenwerte abgab. Egal, wie renommiert man war, der Platz im Philosophenturm der Hamburger Universität war knapp. Das störte ihn nicht wirklich. Wissenschaftliche Kompetenz spiegelte sich nicht in der Größe von Büroräumen wider. In Harvard saßen Nobelpreisträger in Minibüros, bei denen der Tierschutz eingeschritten wäre, verwendete man sie als Hundehütte. Er setzte seine Lesebrille ab und rieb sich die Augen. Anschließend erhob er sich von seinem Sitz und trat ans Fenster. Der Campus war wie leer gefegt. Die diskutierenden Studentengruppen hatten sich verzogen. Niemand eilte mehr zu den Gebäuden, um seine Vorlesung zu erreichen. Das Audimax konnte er nur erahnen. Dunkel lag das muschelförmige Gebäude vor ihm. An diesem Abend fand keine Veranstaltung statt. Die Zeiten der heißen politischen Veranstaltungen gehörten längst der Vergangenheit an. Wann gab es eigentlich den letzten längeren Demonstrationszug? Er sehnte sich nicht danach, aber inzwischen begann das universitäre Leben langweilig zu werden. Nach wie vor war er mit seinen Gedanken ganz woanders. Erleichtert reagierte er auf das Läuten seines Handys. So konnte er wenigstens das ungeliebte Tun für eine Weile unterbrechen. Die weibliche Anruferin hielt sich nicht lange mit Begrüßungsfloskeln auf. Ihre Stimme klang gehetzt. Mit gerunzelter Stirn hörte er ihr zu.

»Ich habe deine SMS nicht verstanden. Was meinst du damit, dass wir den Kunstmarkt falsch einschätzen? Bislang hielt ich zumindest dich für einen ausgewiesenen Kenner der Materie. Und ein wenig Ahnung behaupte ich, ebenfalls zu haben.«

Aufgeregt sprudelte es aus ihm heraus. Er redete in barschem Ton auf sie ein, äußerst verärgert über ihre Reaktion. »Rebecca, hörst du denn keine Nachrichten oder wirfst einen Blick ins Internet? Fängst du jetzt auch noch mit dümmlichen Modejournalen und Illustrierten an?«

Sie unterließ es, auf seine Vorwürfe einzugehen. Dazu kannte sie ihn zu gut. Obal dachte schnell. Jeder, der nicht folgen konnte, bekam erst einmal sein Fett weg. Da war er gnadenlos und nahm auf niemanden Rücksicht.

»Ich verstehe deine Kritik nicht«, versuchte sie zu retten, was zu retten war. »Klar habe ich mir heute schon die Nachrichten angehört. Die Welt steht noch. Größere Kriege sind nicht ausgebrochen, die Politik ist unfähig wie immer. Ergo hat sich gegenüber gestern nichts nennenswert verändert. Also worauf willst du hinaus?«

»Na, die Versteigerung bei Sotheby's in New York. Munch, der Schrei, zum Vierten.«

»Ach du meinst den Rekordpreis von 120 Millionen Dollar. Das ist 'ne ganze Zeit her. Davon spricht kein Mensch mehr. Natürlich habe ich das mitbekommen. Ja, das war schon spektakulär. Aber inwieweit haben wir damit zu tun? Oder arbeitet ihr gerade am Schrei, zum Fünften?«

»Streng deinen Kopf an, Dummchen! Denk an unsere Geschäfte! Bisher haben wir uns nur mit Kleinkram abgegeben. In dem Pott, um den wir spielen könnten, ist sehr viel mehr drin, als man uns weismachen will. Da kenne ich mich aus.«

Ihrer Reaktion war anzumerken, dass ihr Gesprächspartner sie nicht vollends überzeugte. »Wir kommen doch gut zurecht, leisten uns Sachen, von denen wir früher allenfalls geträumt haben. Wir können uns wahrlich nicht beschweren.«

Sein Ton wurde um Nuancen bissiger. »Begreifst du es denn nicht? Ein großer Coup und wir sind durch bis ans Ende unserer Tage.«

»Kapiert. Woran denkst du denn?«

»Was hältst du von einem van Gogh?«

»Ein neuer van Gogh auf dem Markt? Du beliebst zu scherzen. Damit füllen wir alle Gazetten. Das bringen die in der Tagesschau und in allen nur denkbaren Magazinen. Darüber wirst du selbst in der Financial Times lesen können.«

Sie spürte, wie er am anderen Ende die Luft scharf durch die Nase sog. Ganz offensichtlich hatte sie die falsche Taste gedrückt.

»Du hörst mittendrin auf zu denken. Deine Bedenken sind bedeutungslos, weil wir es anders anstellen werden. Van Gogh hat in seinem letzten Lebensabschnitt wie ein Besessener gemalt, gelegentlich zwei Bilder am Tag. Mit Sicherheit liegen irgendwo Gemälde von ihm herum, von denen der aktuelle Besitzer bis heute nicht weiß, wer sie geschaffen hat, welchen Wert sie repräsentieren. Also haben wir schon mal ein Stück Historie für das Kunstwerk.«

»Willst du es etwa auf eine Versteigerung ankommen lassen?«

»Bist du des Wahnsinns? Nein, wir picken uns einen dieser reichen Fanatiker heraus, zu dessen Glück nur ein van Gogh fehlt. Wir bauschen die Geschichte ein wenig auf. Etwa um den Aspekt, dass der bisherige Eigentümer des Bildes Regressansprüche an den Verkäufer stellen könnte, gelangte der Kauf an die Öffentlichkeit.«

»Wird er seine Erwerbung nicht anderen zeigen wollen?«

»Soll er. Wichtig ist, er macht sein Schnäppchen für, sagen wir mal, 30 oder 40 Millionen, ohne Rechnung, ohne Quittung.«

»Bist du jetzt übergeschnappt? Wer hat so viel Geld rumliegen?«

»Da gibt es genügend Leute, für die das gerade mal ein Taschengeld ist. Wir sorgen dafür, dass er das Meisterwerk in ein verdunkeltes Zimmer hängt. Gelegentlich zeigt er es einigen Freunden, gibt damit an und hält ansonsten die Schnauze. Da wird mir sicherlich der richtige Name einfallen. Ginge er damit an die Öffentlichkeit, müsste er vermutlich der Steuerfahndung eine Menge erzählen.«

»Und unsere Partner? Was werden die dazu sagen?«

»Behandeln die uns etwa großzügig? Nein! Die können mich mal! Die speisen uns mit schlappen 10 Prozent ab. Wer weiß, wovon? Der Künstler bekommt ein Almosen. Der ganze Rest bleibt bei denen. Die machen den großen Reibach. Trotzdem geben sie sich mit Kleingeld zufrieden. Diesmal langen wir kräftig hin. Verstehst du, es geht um Millionen, allein für uns!«

Sie klang immer noch nicht überzeugt. »Ich weiß nicht, ob das eine gute Idee ist. Stell dir vor, das kommt raus.«

»Das wäre schon jetzt eine gewaltige Katastrophe für uns.«

»Da hast du auch wieder recht. Wie willst du vorgehen?«

»Ganz einfach, ich werde Herrn Vogelsang, unseren Künstler, aufsuchen. Mal sehen, wie der zu meiner Idee steht.«

»Pass bloß auf, du weißt, er trinkt gern einen über den Durst. Wenn der anfängt, sich über unsere Geschäfte in seiner Stammkneipe aufzuplustern, bekommen wir erst recht Probleme. Und ich meine nicht das Finanzamt oder den Uni-Präsidenten. Unsere Partner machen mir nach wie vor Angst, wenn die von dem Deal erfahren. Hinter denen stecken meiner Meinung nach mafiöse Strukturen.«

»Wo ist das Problem? Vogelsang säuft nur zu Hause oder in seiner Stammkneipe an der Ecke. Für sein Gesabbel interessiert sich garantiert kein Mensch.«

»Und wenn er einen Kollegen trifft und sich aufspielt? Mit zwei Promille ist alles möglich.«

»Stimmt schon. Ich nehme ihn mir ordentlich zur Brust. Das kriege ich gebacken. Man muss den nicht körperlich bedrohen. Der ist auf der Suche nach einer besseren Zukunft. Der hat seinen jetzigen Zustand satt. Glaub mir, wenn er über ein Haus an der Elbe nachdenkt, meint er nicht Veddel. Und unsere Partner, wer sollte die über unser kleines Nebengeschäft informieren? Du nicht, ich nicht, Vogelsang erst recht nicht.«

Wirklich überzeugt klang sie nicht. »Also wohl ist mir bei der Sache nicht. Bitte brich nichts übers Knie. Bedenke die Risiken, die du eingehst.«

»Es geht hierbei um ein langfristiges Projekt. Wir müssen ein Motiv fürs Bild finden, das passen könnte. Unser Künstler muss die Farben und Leinwände organisieren. Wir müssen uns nach einem Käufer umsehen. Und wir brauchen einen weiteren Sachverständigen, am besten aus Amsterdam. Aber da kenne ich mich aus.«

»Sicher, trotzdem ...«

Er ließ sie nicht ausreden. »Überleg selbst, wenn das Ding gelaufen ist, lassen wir uns für ein Semester beurlauben und schauen uns die Welt an. Ägypten, Indien, Myanmar und zwar first class. 'n geiles Boot in Miami. Wolltest du nicht schon immer mal in die Welt der Reichen schnuppern? Bald hast du die Gelegenheit dazu.«

Damit hatte er sie offensichtlich vollends überredet. Ihr Widerspruch schmolz dahin wie ein Eisberg im offenen Meer. Rebecca liebte weite Reisen. Für einen Trip einmal um die Welt würde sie vermutlich alles hergeben, was ihr lieb und wert war. Selbst ihn. Nach dem Gespräch war ihm wohler. Er hatte seiner Freundin nicht die volle Wahrheit mitgeteilt. Das Bild war von ihm längst in Auftrag gegeben worden. Der Maler war euphorisch auf seine Idee eingestiegen und hatte wie besessen losgelegt. Begeistert klatschte er in die Hände. Sie würden absahnen wie nie zuvor in ihrem Leben. Er atmete ruhig ein und aus und versuchte seinen Adrenalinhaushalt wieder in den Griff zu bekommen. Noch war Normalgeschäft angesagt. Unabhängig von allen privaten Interessen brauchte er Rebecca. Sie ging wie keine zweite mit Geld um. Sie wusch es tatsächlich wie ein Mafioso, verfügte über Bankkontakte, von denen er nicht einmal wusste, dass es sie gab. Trotz aller materiellen Orientierung war er kein Ökonom. Aber seine Freundin war es. Sie kannte sich aus mit internationalen Geldströmen.

Diese drückte derweil die rote Taste auf ihrem Handy. Bislang reichte es bei ihr zu einer Risikobetrachtung. Die finanziellen Potenziale rückten erst jetzt vor ihr geistiges Auge. Funktionierte der Plan ihres Freundes, gab es bis ans Ende ihres Lebens keine materiellen Engpässe mehr. Und er hatte recht. In den Regalen des Lebens konnten sie danach beruhigt in Augenhöhe zugreifen. Es gab kein Bücken mehr nach dem günstigeren Angebot. Interkontinentalflüge fanden nur noch auf Liegesitzen statt. Seufzend fuhr sie sich durchs kurze dunkle Haar. War ihre Meinung eigentlich gefragt? Malte tat eh, was er für richtig hielt. Und bisher fuhr sie auf seinem Trittbrett recht ordentlich mit. Ihre Beziehung war stärker von rationalen Motiven bestimmt als durch emotionales Miteinander. Sie verstanden sich gut. Trotzdem lebte jeder nebenbei sein eigenes Leben. Unter Garantie würde er nicht irgendwann der Vater ihrer Kinder werden, obwohl sie sich im Bett recht gut verstanden.

Diesmal vertiefte sich der Professor in die Unterlage, die vor ihm lag und beschäftigte sich damit konstruktiv kritisch. Zufrieden schnalzte er mit der Zunge wie nach einem Schluck Wein. Der Aufsatz war seine Mühe wert. Nach einer guten Stunde griff er zufrieden zum Telefon.

»Hallo Frau Christansen, ich habe Ihren Artikel gelesen. Ihre Thesen sind zwar zum Teil recht gewagt, aber Ihre Ableitungen sind unter wissenschaftlichen Gesichtspunkten durchaus vertretbar. Grundsätzlich können wir die Thematik auch für Ihre Masterarbeit verwenden.«

Am anderen Ende der Leitung saß eine 23-jährige Studentin, die in den folgenden Tagen Probleme bekommen würde, wieder von Wolke sieben herabzusteigen. Ihrem Professor ging es ebenfalls gut. Er hatte Träume, die so gar nicht zu dem Idealbild eines verklärten Wissenschaftlers passten. Sie waren handfest. Deren Erfüllung schien zum Greifen nah. Er wusste, wen er in Amsterdam kontaktieren könnte. Ab einer bestimmten Summe brachen garantiert auch dessen Dämme der Redlichkeit. Außerdem kannte er das bevorzugte Hobby dieser Person: hübsche, junge Studentinnen. Grinsend zog Obal eine Schublade auf und griff nach einem Umschlag. Die Fotos darin waren von bester Qualität. Auf dem Chip gab es sogar bewegte Bilder. Im Handyzeitalter verfügte jeder junge Mensch über eine Möglichkeit zu fotografieren. Es hatte schon seine Vorteile, wenn man seine Kontakte zum akademischen Nachwuchs pflegte. Er wollte diese

Karte nur ziehen, wenn nichts anderes griff. Im eigentlichen Sinne fühlte er sich nicht als Erpresser. Mit spitzen Fingern griff er abermals in den Umschlag und hielt einen USB-Stick in Händen. Seine Miene verfinsterte sich. Darüber würde er noch reden müssen. Er beförderte das gesamte Material wieder in seine Schreibtischschublade. Momentan durfte er sich nicht mit unbedeutenden Kleinigkeiten belasten. Er erhob sich und ging ans Fenster. Obals Büro lag im siebten Stock des Philosophenturms und nun dachte er darüber nach, ob er sich an diesem Wochenende die Schiffsparade zum Hafengeburtstag ansehen wollte. Sah er zum Himmel, war er unsicher, ob es ein guter Gedanke war, sich mit anderen hunderttausend Besuchern dem Wind und Regen auszusetzen. Dieser Mai hatte sich nach erfreulichen Anfängen entschieden, in der Maske des Aprils zu erscheinen. Die wenigen schönen Tage gehörten längst der Vergangenheit an. Das bedeutete im Zweifelsfall nasse Füße und eine schlechte Sicht auf die Ereignisse, die sich auf dem Wasser abspielen würden. Auf NDR 3 konnte er die schönsten Bilder frei Haus geliefert betrachten. Besser, er verbrachte mit Rebecca einen Abend mit einer Flasche Rotwein und Sex. Sie wollten sich in einer Stunde in seiner Wohnung treffen. Fragte sich nur, ob sie nicht eine andere Idee hatte, ihre Freizeit zu verbringen. Diesmal lachte ihm das Glück, in genau umgekehrter Reihenfolge. Die Aussicht auf die große Reise schien sie nachhaltig zu motivieren. Es wurde ein anregender Abend. Allerdings bekamen sie nicht viel von dem Hafengeburtstag mit. Damit konnten beide leben. Hafengeburtstage wurden alle Jahre wieder gefeiert.

4

Die Hände über seinem stattlichen Bauch gefaltet, signalisierte Kriminaldirektor Webers Gesichtsausdruck, dass er mit sich und der Welt im Reinen war. Man sah ihn selten in dieser Pose in seinem Sessel sitzen. Eher wirkte er wie aufgezogen, wenn es um die Ermittlungen seiner Mitarbeiter ging. Ihn zeichnete eine gesunde Ungeduld aus. Er grinste den Mann um die dreißig an, der ebenfalls in entspannter Haltung vor ihm saß.

»Wie es aussieht, war die Arbeit in der freien Wirtschaft kein

Honigschlecken, Hilpert. Kann es sein, dass ich bereits das erste graue Haar auf Ihrem Kopf bemerke?«

Der Angesprochene grinste zurück. »Wo steht geschrieben, dass nur bei der Hamburger Polizei geschuftet wird?«

Weber beugte sich vor und fiel in einen eher geschäftlichen Ton, als reichten ein, zwei ironische Anmerkungen für den Tag. Er war letztlich der eher trockene Hanseat, der sich nur selten aus der Reserve locken ließ. Seine Leute wussten das zu schätzen. »Kommen wir auf unser ursprüngliches Thema zu sprechen. Ihre Wiedereinstellung ist wie geschnitten Brot durch die zuständigen Gremien gewinkt worden. Der Personalrat hat ebenfalls genickt. Sie wissen, dass ich mit diesen Herrschaften gelegentlich im Clinch gelegen habe. Ich selbst muss nicht betonen, wie sehr es mich freut, Sie wieder bei uns begrüßen zu dürfen.« Er wischte mit einer Hand über seine hohe Stirn und schaute Hilpert erwartungsvoll an. Furchtbar viele Haare musste er nicht mehr zur Seite schieben. Überlegt fuhr er fort: »Diesmal machen wir nicht denselben Fehler wie vor zwei Jahren. Ich habe mich mit Baumgartner unterhalten. Er sähe Sie am liebsten als Chef einer kleinen schlagkräftigen Sondereinheit, die sich mit komplizierten Mordfällen insbesondere aus dem Bereich organisierte Kriminalität befasst. Aber eigentliche Schwerpunkte gibt es nicht. Obwohl Sie sich ganz offensichtlich als Spezialist für ›Cold Cases‹ geoutet zu haben scheinen.«

»Damit könnte ich mich durchaus anfreunden. Mittlerweile schätze ich es, gelegentlich am Schreibtisch zu sitzen und meinen Kopf zu gebrauchen.«

»Bloß das nicht. Die Gegenwart ist belastend genug. Verstaubte Akten sollen andere durchblättern. Also, Baumgartner freut sich auf die Zusammenarbeit mit Ihnen. Dem Vernehmen nach kommen Sie ja seit den letzten Ereignissen vorzüglich miteinander aus. Da ist es das Beste, Sie hängen sich in der ersten Zeit eng an seine Mordkommission an, die er kürzlich übernommen hat. Ihr Team können Sie sich selbst zusammenstellen.«

»Das hatte ich mir erhofft. Bei unserer dünnen Personaldecke reichen für den Anfang wohl eine Handvoll Leute.«

»Das bekommen wir allemal gebacken. Wenn Sie nichts dagegen haben, erhalten Sie Ihre Büros in Nachbarschaft zu MK 4 von Baumgartner. Bis Ihre Mannschaft steht, können Sie bei ihm die eine oder andere Anleihe nehmen.«

»Das wird ihn freuen.«

Weber lachte auf. »Worauf Sie sich verlassen können. Aber Sie haben bei ihm einen Stein im Brett. Solange Sie seine Freundin in Ruhe lassen, wird er Ihnen geben, wonach es Ihnen gelüstet.«

»Die Staatsanwältin?«

»Wer denn sonst?! Mittlerweile soll sie geschieden sein.«

Er war mit den Aussichten zufrieden, die Weber ihm eröffnete. Irgendwie hatte er sich auf komplizierte Kapitalverbrechen eingeschossen. Er betrachtete sie als Herausforderung. Als er seine Freundin Petra und ihren Vater über seine Entscheidung informierte, zurück zur Polizei zu gehen, musste er zu seinem Erstaunen feststellen, dass sein Chef, Dr. Wellner, dies mit Fassung trug, obwohl er ihn nur ungern abgab und lieber gefördert hätte. Dieser hatte längst begriffen, dass er seinen Sicherheitschef nicht würde halten können. Weder mit Geld noch mit großartigen Perspektiven im Unternehmen. Hilpert fühlte sich als Ermittler. Bei dieser Arbeit konnte er seine Stärken ausspielen. Hier fand er seine Befriedigung. Er genoss die Zusammenarbeit mit den Kollegen. Man verstand sich und schätzte einander. Petra dagegen stemmte sich mit zunehmender Intensität gegen seine Entscheidung und bezeichnete ihn erst vor Kurzem als Ignoranten, der nicht in der Lage war, die größte Chance, die das Schicksal ihm zuspielte, für sich zu nutzen. Er durfte es ihr nicht verübeln. Letztlich stammte sie aus einer Familie, in der die Verantwortung für die Firma stets über allem stand. Offenbar hatte sie gehofft, er würde seine Entscheidung nochmals überdenken. Als ihr klar wurde, dass er nicht bereit war, sich umstimmen zu lassen, kam es zum Eklat. Sie stritten sich so heftig in ihrer Wohnung in der HafenCity, dass er es vorzog, sich für ein paar Tage in ein Hotel zurückzuziehen. Seit mehreren Tagen hatten sie keinerlei Kontakt zueinander. An diesem Vormittag hatte er allen Mut zusammengerafft und sie angerufen. Als Ergebnis wollten sie sich an diesem Abend treffen, um sich auszusprechen. Sie mussten zu einer Entscheidung kommen. Seine Wohnung in der Isestraße war längst anderweitig vergeben. Auf Dauer nervte ihn das Hotel, sah man von den Kosten einmal ab. Kein Luxus, keine Bequemlichkeit war so groß, dass er sich damit auf Dauer abgeben wollte. Eigentlich hasste er Hotels. Und als Polizeibeamter musste er künftig auf sein Geld achten, auch wenn er mittlerweile über beachtliche Reserven verfügte.

Als er Webers Zimmer verließ, stolperte er beinahe über eine Frau, die offensichtlich auf ihn gewartet hatte. Sie war mittelgroß, hatte kurze, hellblonde Haare und einen blassen Teint. Sie gehörte zu dem Typus Frau, den man leicht übersah. Auch bei einem zweiten Hinsehen brachte sie kein Männerherz zum schnelleren Schlagen. Auffallend stachen ihre muskulösen, sehnigen Arme hervor. Er wusste nicht warum, aber mit ihr würde er sich durchaus zu einer Streife auf den Kiez wagen. Sie strahlte Stärke und Durchsetzungsvermögen aus.

»Du bist Hilpert, nicht wahr?«, sprach sie ihn unverhohlen an. Sie duzte ihn, wie es unter Kollegen üblich war.

»So ist es.«

»Ich möchte in deine Sonderermittlungsgruppe.«

»Wie das, wir kennen uns doch gar nicht.«

»Ich kenne Leute, die dich kennen.«

»Aha und wer bist du?«

Spontan reichte sie ihm die Hand. »Claudia Ernst, Kommissarin.«

»Und wie lange bist du dabei?«

»Jetzt im dritten Jahr, in MK 4.«

»Und warum sollte ich gerade dich nehmen?«

»Weil ich gut bin.«

Er grinste sie an. »Von mir aus. Gehen wir in die Kantine und führen ein Vorstellungsgespräch. Bei einem Kaffee passt das besser.«

»Ach richtig, du bist ja längere Zeit als Wirtschaftsbonze tätig gewesen. Da sind solche Gespräche ja gang und gäbe.«

»Wo du recht hast, hast du recht. Allerdings wählt man dort luxuriösere Begegnungsstätten aus.«

»Die Kantine reicht mir vorerst. Das ›Atlantic‹ können wir ja für ein Zweitgespräch wählen«, erwiderte sie schlagfertig.

»Ich komme drauf zurück, wenn du die Kosten übernimmst.«

»Das könnte dir so passen. Wie man hört, hast du in den letzten Jahren die dicke Kohle abgeräumt, während ich jeden Cent umdrehen musste.«

Er schaute sie grinsend an. »Du siehst ganz verhärmt aus. Ich denke drüber nach. Ich kann ja schon mal mit 'nem Kaffee anfangen.«

»Du beschämst mich.«

Das kurze Geplänkel gefiel ihm. Er war gespannt, wie sich das weitere Gespräch entwickeln würde.

Vorsichtig pustete Hilpert in seinen Kaffeebecher, als habe er Angst, sich die Zunge zu verbrennen. Er ließ seine Kollegin reden. Sie brachte nicht die ganz große Erfahrung bei Morduntersuchungen mit. Aber sie war aufgeweckt und interessierte sich für alle möglichen Dinge. Man begegnete ihr beileibe nicht nur in der Sporthalle oder auf der Laufstrecke. Gleichwohl saß vor ihm ein durchtrainierter Mensch, für den 50 Liegestütze vermutlich kein Problem darstellten. Sie war nicht auf den Mund gefallen. Am Ende nickte er ihr zu. Später hätte er niemandem erklären können, weshalb er sich für sie entschieden hatte. Weil sie so direkt war oder so sportlich und trotzdem gebildet? Oder weil sie wie er aus tiefer innerer Überzeugung Polizistin geworden war?

»Okay, wenn niemand was dagegen hat, bist du in meiner Gruppe willkommen.«

»Gruppe? Hast du schon andere angeheuert?«

»Nicht wirklich. Aber mit dir werden wir zu einer Gruppe.«

»Du meinst Kleingruppe!«

»Sei nicht so pingelig.«

Lachend schafften sie ihre Becher weg.

Als er Weber über das Gespräch telefonisch berichtete, vermeinte er zu spüren, wie dieser tief durchatmete. Seine Antwort kam eher zögerlich: »Da werden Sie sich mit dem Vorgesetzten von Kommissarin Ernst austauschen müssen. Sie verfügt über viele Talente. Wie sind Sie auf sie gestoßen? Intuition, Zufall? Sie verfügen doch hoffentlich nicht über das zweite Gesicht!«

»Sie ist eher auf mich gestoßen, hat mich direkt angesprochen.«

Diesmal vernahm er das Lachen seines Vorgesetzten. »Das passt zu ihr. Die wartet nicht erst darauf, gefragt zu werden. Die geht ohne Umwege auf ihr Ziel zu. Könnte mit dem ehemaligen Bundeskanzler Schröder verwandt sein. Der hat sich ebenfalls ungern bitten lassen und sich lieber nach vorne gedrängelt. Was mache ich mir einen Kopf?! Soll sie sich selber mit ihrem Vorgesetzten auseinandersetzen.«

»Wer ist es?«

»Wer wohl? Natürlich Kriminalrat Baumgartner.«

»Richtig, sie ist ja in MK 4 eingesetzt. Das kriegen wir geregelt.«

»Davon gehe ich aus.«

Petra empfing Fabian Hilpert an diesem Abend mit gefurchter Stirn. Er blickte sie kritisch an. »Falten machen alt. Damit siehst du fast wie dreißig aus.«

»Ich bin beinahe dreißig.«

»Aber normalerweise kommst du jünger rüber.«

Egal, was sie sich zurechtgelegt hatte, dieses holprige Kompliment nahm ihr allen Wind aus den Segeln. Wenig überzeugend bemühte sie sich um die Poleposition. Sie sah nur in sein grinsendes Gesicht. Unwillig winkte sie ab. »Was soll's.« Sie ging dicht an ihn heran und fuhr mit einer Hand durch sein Haar. »Ich habe dich vermisst.«

»Du hättest ja anrufen können.«

»Ich habe mich nicht getraut. Meine Reaktion auf deine Entscheidung war so emotional. Ich würde dich auch lieben, wenn du die Kanalisation reinigen würdest. Bitte komm zurück. Ich werde mich bemühen, deinen Job zu respektieren und die Angst um dich runterschlucken.« Mit beiden Händen begann sie, sein Hemd aufzuknöpfen. »Außerdem will ich jetzt Sex mit dir haben. Ich habe schon davon geträumt. Diskutieren können wir danach, falls du dazu in der Lage bist.«

»Warst du auf einem Seminar für Decision Making?«, fragte er erfreut. »So schnell hat noch keine Frau den gordischen Knoten durchschlagen.«

»Das ist ganz einfach«, erwiderte sie sanft. »Ich liebe dich ohne Wenn und Aber. Und ernähren kann ich mich selber.« Sie zog sein Hemd aus und griff nach seiner Hand. »Jetzt hör auf zu quatschen und komm. Es gibt viel nachzuholen.«

Ihm war klar, dass die letzte Diskussion mit ihr nicht ausgestanden war. Dafür kannte er sie zu gut. Sie gab nie auf. Aber ihre Vorstellung darüber, wie sie die nächsten Stunden miteinander verbringen würden, fand seine ungeteilte Zustimmung.

»Du hast dir 'ne Frau als erste Kollegin ans Bein gebunden?«, stellte sie später am Abend entgeistert fest. »Ist sie in der Lage, dir zu helfen, wenn es brenzlig wird?«

»Wenn du sie kennengelernt hast, wirst du sehen, dass sie manchem Mann Paroli bieten kann. Und ich bin sicher, sie ist ein kluger Kopf.«

Petra strich über seine Hand. »Du musst es wissen, du bist der Profi.« Sie beugte sich über ihn und blickte fest in seine Augen. »Oder ist das wieder solch eine dralle Schönheit wie diese Alexandra?«

»Eher nicht. Gegen dich hat eh niemand 'ne Chance.«

»Das war die richtige Antwort. Der Kandidat bekommt hundert Punkte und darf sich ein Geschenk aussuchen.«

Er fuhr mit einer Hand über ihren verlängerten Rücken und endete irgendwo an ihrem Hinterteil. Seine zweite Hand folgte. »Der Kandidat hat sich entschieden.«

Sie seufzte und drückte sich an ihn. »Es ist ein hartes Los, mit dir ein Verhältnis zu haben. Aber ich bin belastbar.«

Ihr schwerer Atem bewies, dass er ins richtige Fach gegriffen hatte.

Claudia Ernst hatte zur Feier des Tages beschlossen, eine Flasche Rotwein zu öffnen. Sie trank selten Alkohol und wenn, dann in Maßen. Für einen halbtrockenen Spätburgunder aus dem Badischen fand sich gelegentlich Platz. Sie war immer noch über das Ergebnis des Gesprächs mit Hilpert überrascht. Eigentlich war sie auf diverse Anläufe eingestellt, hatte sich auf Unmengen an Fragen vorbereitet. Er wollte hingegen nicht viel von ihr wissen. Dabei fand sie, viel zu viel über sich geredet zu haben. Er hatte sich nicht beschwert, sie nicht abgewürgt oder unterbrochen. Er hatte einfach nur zugehört. Trotzdem war sie bei ihm angekommen. Sie kam aus einer Polizistenfamilie. Bereits vor dem Abitur stand für sie fest, es ihrem Vater gleichzutun. Er war mittlerweile in Pension, aber sein Stolz auf sie und ihre berufliche Entscheidung waren deutlich zu spüren. Am Tag der Beförderung zur Kommissarin hatte er die halbe Familie nebst Nachbarn eingeladen. Plötzlich war sie für ein paar Stunden der Star in der Runde. An und für sich entsprach es eher ihrer Einstellung, sich zurückzuhalten und andere glänzen zu lassen. Ihre

Mutter hatte allerdings ihre Entscheidung sehr kritisch beäugt. Sie kannte die Rückseite des Mondes. Dort erlebte sie den frustrierten Ehemann, der miterleben musste, wie verhaftete Straftäter schneller auf freien Fuß gesetzt wurden, als sie am Abend die Bratkartoffeln aufsetzen konnte. Sie wusste um seine Enttäuschung, als die Beförderung in den gehobenen Dienst immer wieder aufgespart wurde. Wer Karriere machen oder reich werden wollte, hatte bei der Polizei wahrlich nichts zu suchen. Andererseits ging ihre Tochter sehenden Auges ihren Weg.

Claudia nahm einen kleinen Schluck. Die Art und Weise, wie Hilpert mit ihr umgegangen war, gefiel ihr. Er war sachlich und vor allem nicht aufgeblasen. Sie spürte, dass man neben ihm nicht nur geduldet war, sondern auch selber glänzen durfte. Noch stand ihr das Gespräch mit Baumgartner bevor. Würde er sie gehen lassen oder ihr Steine in den Weg legen? Sie war unsicher. Sie stellte das Glas zurück und mixte sich einen Energietrank. Zum Kochen hatte sie nie eine Einstellung gefunden. Zumindest aber standen bei ihr nach 19 Uhr Kohlehydrate auf der schwarzen Liste. Sie wollte in Form bleiben. Fettpolster waren da eher hinderlich. In ihrer Wohnung tat sie nur das Nötige, um sich unter der Woche nicht zuzumüllen. Für den Feinschliff leistete sie sich zweimal im Monat eine Putzfrau. Wie war das mit ihren Bedürfnissen? Sehnte sie sich nach einem Ehemann, nach einer eigenen kleinen Familie? Wollte sie Kinder? Ging sie ehrlich mit sich um, war sie mit ihrem augenblicklichen Leben vollauf zufrieden. Gelegentlich traf sie sich mit einem Bekannten, von dem sie wusste, dass er verheiratet war. Ihre Begegnungen waren kurz, heftig, unbedeutend. Die Pausen dazwischen wurden seit geraumer Zeit immer länger. War er dabei, sich neu zu orientieren? Sie konnte damit leben und konzentrierte sich umso stärker auf ihre Arbeit. Mancher Kollege wusste zu schätzen, dass sie freiwillig seinen Bereitschaftsdienst übernahm. Gewährte man ihr einen Wunsch, würde sie vielleicht über eine Beförderung zur Oberkommissarin nachdenken. Aber wirklich wichtig war auch dies nicht für sie. Es ging ihr da weniger um den Titel oder die Verbesserung ihres Einkommens, eher suchte sie nach der Bestätigung ihrer Arbeit. Sie genoss die Ruhe des Abends und schenkte sich ein weiteres Glas ein. In ihrem Wohnzimmer suchte man vergeblich nach einem Fernseher. Ihr aktuelles Wissen bezog sie aus dem Internet. Trotzdem fand sich bei ihr ausreichend Literatur im Haushalt. Mit sicherer Hand griff sie nach einem Buch, das auf dem Beistelltisch neben ihrer Couch lag. Sie las zurzeit eine Biografie über Hemingway. Das Leben dieses amerikanischen Schriftstellers interessierte sie seit Jahren. Mancher Kollege wäre bass erstaunt, erlebte er sie mit angewinkelten Beinen auf ihrer Couch sitzend und in ihre Lektüre vertieft. Sie war vielschichtiger, als man ihr auf den ersten Blick zugetraut hätte.

Mit einem schmalen Lächeln auf den Lippen ließ sie ihr Buch sinken. Hilpert, der Sauhund, hatte all ihre kleinen Geheimnisse bereits im ersten Gespräch freigelegt. Jetzt begriff sie, weshalb er sie genommen hatte. Weil sie ihrem Kopf gestattete, sich auch außerhalb des angestammten Jobs zu tummeln. Sie würden sich garantiert verstehen. Wollte sie für ihn nicht zum gläsernen Menschen werden, musste sie sehr vorsichtig mit ihren Antworten auf seine kurzen Fragen umgehen. Andererseits kannte sie wenige Menschen, die sich für sie interessierten und zuhörten, wenn sie redete. Was war so intim, dass sie es vor ihm verbergen musste? Hätte sie einen Grund, ihm etwas verschweigen zu wollen? Im Großen und Ganzen nicht. Sie klappte das Buch zu und legte es zur Seite. Sich selber durfte sie es sich eingestehen. Er gefiel ihr als Mann ausnehmend gut. Aber sie wusste, er war vergeben.

Hilpert besuchte Baumgartner bereits am nächsten Vormittag. Er hasste es, Dinge nicht selbst und nicht direkt anzusprechen.

Der Polizeirat ging auf ihn zu und reichte ihm die Hand. »Ich wusste, dass du zu uns zurückkehren würdest. Ich hoffe, Webers Vorschlag sagt dir zu.«

»Der ist total okay. Ich komme heute aus einem anderen Grund.«

»Du meinst Claudia Ernst?«

»War sie schon bei dir?«

»Allerdings. Bis vor zwanzig Minuten saß sie mir gegenüber.«

»Und?«

»Nichts und. Du willst, sie will, wie sollte ich mich dem entgegenstemmen? Arbeiten wir nicht für die gleiche Sache?«

»Ich wollte sie eigentlich nicht heiraten.«

»Lass dich überraschen, die wirst du nicht los. Wenn die sich in eine Sache verbeißt, klacken die Kiefer zusammen und niemand vermag sie zu lösen. Ein Pitbull ist gegen sie ein Mops.«

»So euphorisch und das am frühen Morgen?«

»Sie ist etwas Besonderes, kennt keinen Feierabend und ist loyal.«

»Und dann gibst du sie so einfach her?«

»Wer sagt so 'nen Scheiß? Außer dir würde sie niemand bekommen.«

»Nun gut, noch habe ich nicht angefangen.«

»Glaub mir, die zählt die Tage.«

»Jetzt übertreibst du.«

Baumgartner tätschelte ihm die Wange wie einem Kind, das belohnt werden sollte, und grinste ihm ins Gesicht. »Du wirst sehen, mit welchen Erwartungen man dich empfängt. Und damit meine ich beileibe nicht nur Claudia Ernst.«

»Ihr spinnt doch alle.«

»Was soll ich dazu sagen? Ich halte dich für einen sehr befähigten Ermittler.«

»Marco, behalte bloß einen kühlen Kopf. Meine Sanduhr läuft auch nicht schneller durch als eure.«

»Einverstanden, so, jetzt habe ich Hunger. Gib 'n ordentliches Mittagessen aus. Noch räumst du die dicke Kohle im Konzern ab. Ich bin nur ein armer unbedeutender Beamter, der gerade seine Miete bezahlen kann.«

»Ich hatte schon befürchtet, du wärst zu stolz, dich von mir einladen zu lassen. Was meinst du, sollten wir Stange nicht ebenfalls mitnehmen?«

»Was glaubst denn du, wessen Idee das war?!«

»Dann man immer zu. Ich freu mich auf euch! Wir nehmen in jedem Fall ein Taxi.«

»Sehr gute Idee. Ich sehe, du hast in der freien Wirtschaft hinzugelernt. Da können wir wenigstens ein Bier mehr trinken. Danach läuten wir den Feierabend ein. Alka Seltzer für morgen früh habe ich in der Hosentasche.«

»Beeilen wir uns, bevor das Bier in unserer Kneipe warm wird.«

Das Essen wurde schnell zur Nebensache degradiert. Dafür durfte der Kneipenwirt unweit des Präsidiums sich über einen ordentlichen Bierumsatz freuen. Hilpert bewegte sich wieder in der Welt, in der er sich auskannte, in der er sich wohlfühlte, mit Menschen, die ähnlich tickten wie er.

5

Das Kinn auf beide Hände gestützt, stierte er auf den Schriftverkehr mit der Bank. Kopfschüttelnd beugte er sich vor. Er erlebte, was Heerscharen an Kleinunternehmern vor ihm schon erdulden mussten. In guten Zeiten warfen sie einem das Geld hinterher. Gab es Probleme, wurde man umgehend zum Unberührbaren. Entnervt öffnete er eine Datei seines Laptops, und schaute auf die Quartalsumsätze ihrer Gesellschaft. Sie konnten sich sehen lassen. Die Kalkulation war mehr als zufriedenstellend. Der Kostenschnitt zum Ende des letzten Jahres hin begann sich bereits positiv bemerkbar zu machen. Trotzdem reichte es hinten und vorn nicht, um den Forderungen seiner Kreditgeber nachzukommen. Bis zum heutigen Tag hatte er die Verluste aus seinen Börsengeschäften nicht annähernd wettmachen können. Die Darlehen, die er damals aufgenommen hatte, belasteten seine G+V wie ein Felsbrocken aus der Eiszeit, der sich durch keine Gerätschaft bewegen ließ. Mit einem Seufzer lehnte er sich in seinem Sessel zurück. Er brauchte kurzfristig eine Million Euro. Nur dann wäre seine Hausbank zu einem Stillhalteabkommen mit ihm bereit und würde ihm die restlichen zwei Millionen stunden. Selbstverständlich zu einem zweistelligen Zinssatz. Trotzdem war das nur eine Seite seiner Probleme. Es fehlte mindestens eine zusätzliche Million, um seine Produktion zu modernisieren. Eigentlich waren es sogar zwei Millionen, die er dafür in die Hand nehmen musste. Die eingesetzten Bagger und Laster waren häufiger in der Werkstatt als auf den Baustellen. Er benötigte unbedingt einen neuen Kran. Noch lieferten sie einigermaßen fristgerecht. Aber lange hielt es ihre marode Technik nicht mehr durch. Seine Bank würde ihm gerade mal einen Papierblock garniert mit einem Einwegkugelschreiber überlassen, käme ihm die Idee, sich an sie zu wenden, um frisches Kapital aufzunehmen. Er hatte ein Angebot eines Investors aus Hamburg über drei Millionen Euro auf dem Tisch liegen. Die reichten knapp, um seine Verluste aus dem

Börsengeschäft auszugleichen. Danach stände er allein auf weiter Flur, ohne finanzielle Reserven, umgeben von einer Familie, die aus dem Tal der Ahnungslosen herauskriechen musste, attackiert von Lieferanten und dem Finanzamt, die ihre Forderungen geltend machten. Das Baugeschäft, das er in zweiter Generation führte, würde auch ohne ihn florieren. Er war ersetzbar wie so viele andere. Kaufleute, Techniker, Architekten klopften regelmäßig an ihrer Tür, auf der Suche nach einer qualifizierten Tätigkeit. Vermutlich wäre er der Erste, der bei einem Verkauf gehen müsste. Brannte ein Haus, war es fraglos eine richtige Entscheidung, zumindest den Brandstifter aus dem Spiel zu nehmen. Ohne Not hatte er sich zu Spekulationen bewegen lassen, die er nicht verstand. Mittlerweile hatte er es schriftlich, von Börsengeschäften keine Ahnung zu haben. Er hätte es vorher wissen müssen, aber sein Finanzberater war so überzeugend. Das Schlimmste war, es handelte sich um einen Freund aus alten Schultagen. War die Katastrophe eingetreten, zählte das nicht mehr. Dann war sich jeder selbst der Nächste.

Ein leises Klopfen an der Bürotür ließ ihn hochfahren. Eine Frau mittleren Alters betrat sein Zimmer. Ihre dunklen, streng nach hinten gekämmten Haare zeigten erste Grauansätze. Gisela Köhler trug einen Midirock, der ihre schlanken Beine nur andeutete. Sie strahlte Attraktivität und Lebensfreude aus. Sie repräsentierte den Typus von Frau, der sich nicht genieren musste, sich mit einem deutlich jüngeren Mann in der Öffentlichkeit zu zeigen. Gleichwohl war sie in den letzten Jahren der Hort der Zuverlässigkeit und Berechenbarkeit geblieben. Wo andere im kreativen Gewusel ihrer Unordnung stecken zu bleiben drohten, war sie Wegweiser und Kompass zugleich. Wenn sie einen Vorgang nicht fand, war er verloren oder entwendet worden.

»Das Sekretariat von Dr. Sibelius hat angerufen, Herr Jansen. Meine Kollegin hat mir mehrere Alternativtermine durchgegeben.«

Werner Jansen schien durch sie hindurchzublicken, als er seinen Kopf in ihre Richtung drehte. »Ich habe kein Interesse auf weitere Gespräche mit dem Herrn. Sein Angebot löst meine Probleme nur ansatzweise. Da stehe ich morgen exakt wieder dort, wo ich gestern herumdilettiert habe. Er ist ein Schnäppchenjäger. Außerdem missfallen mir seine Geschäftspraktiken.«

»Sie sind sicher, sich eine Absage leisten zu können?«

»Eher nehme ich bei meinem Schwiegervater eine Anleihe auf, als dass ich Sibelius zum Zug kommen lasse.«

»Halten Sie das wirklich für eine vernünftige Lösung? So richtig gut haben Sie sich doch nie mit ihm verstanden.«

»Fällt Ihnen etwas Besseres ein?«

Sie zuckte mit den Achseln. »Vielleicht bessert Sibelius sein Angebot ja nochmals nach.«

»Da müsste er wenigstens das Doppelte bieten. Warum sollte er? Glauben Sie, der Weihnachtsmann legt Ostereier? Der will seinen Schnitt machen.«

Ohne ein weiteres Wort zu verlieren, zog sie sich zurück. Die Diskussion war in eine Richtung gedriftet, die ihr nur wenig behagte. Ihr Chef blieb mit dicken Sorgenfalten an seinem Schreibtisch zurück. Freudlos erfasste er die Vorgänge vor sich. Es gab genug zu tun. Er war Inhaber eines Betriebs, der über ein prall gefülltes Auftragsbuch verfügte. Und trotzdem standen sie mehr oder minder am Abgrund. Die Banken ließen ihm keine Luft zum Atmen. Seine Mitarbeiterin kam ihm in den Sinn. So direkt hatte sie ihn bisher nie auf das Geschäft angesprochen. Hatten die Umstände sie ebenfalls unruhig werden lassen? Klar, ging sein Betrieb den Bach hinunter, traf es sie gleichermaßen. Mit Ende vierzig standen die Firmen nicht mehr Schlange, um sie zu übernehmen. Er griff wieder nach dem Schreiben der Bank und starrte darauf, ohne dass ihm die rettende Idee kommen wollte. Das aufkeimende Mitgefühl für seine Mitarbeiterin verlor sich im Sumpf seiner eigenen Probleme.

Gisela Köhler schloss vorsichtig die Tür und setzte sich an ihren Arbeitsplatz. Sie überlegte kurz und griff nach dem Telefon. Mit zittrigen Fingern zog sie ihren Stenoblock hervor und starrte auf die Telefonnummer, die sie darauf notiert hatte. Rasch wählte sie die Nummer, ängstlich nach der Bürotür schauend. Nichts rührte sich. Jansen zeigte kein Interesse daran, ihr zu folgen und sich für ihr Tun zu interessieren. Sie sprach leise, als sie am anderen Ende eine männliche Stimme vernahm. »Herr Doktor, wenn Sie Ihr Angebot nicht erhöhen, wird das nichts.«

»Blödsinn, der muss zugreifen, ansonsten geht alles unter den

Hammer. Dann kann er froh sein, die Hälfte meines Angebots zu erzielen.«

»Denken Sie an seinen Schwiegervater. Der wird garantiert aushelfen können. Besichert der sich über die Grundstücke, ist es das gewesen.«

»Verdammt, ich denke, die können sich nicht ausstehen?«

»Sie wissen doch, in der Not frisst der Teufel Fliegen. Außerdem sind da noch die Enkelkinder.«

»Und der Alte, wird der zahlen?«

»Für den Vater seiner heiß geliebten Enkelkinder tut der alles, für den Schwiegersohn gar nichts.«

»Scheiße, ich denk darüber nach. Das werde ich verhindern. Man hat so seine Möglichkeiten. Bleiben Sie am Ball. Danke für den Hinweis.«

»Da wird erst mal eine weitere Rate fällig. Illoyalität lohnt nur, wenn sie sich bezahlt macht.«

»Okay, Sie erhalten die nächsten zehntausend Euro wie gehabt.«

»Fünfzehntausend.«

»Auch gut.«

Zufrieden legte sie auf. Ein schlechtes Gewissen hatte sie sich längst abgeschminkt. Nach einer gescheiterten Ehe musste sie allein für ihre Zukunft sorgen. Sibelius hatte bislang Wort gehalten und anstandslos gezahlt. Das Unternehmen war ihrer Auffassung nach in der gegebenen Konstellation nicht zu halten. Dafür drückten die Darlehen, die Jansen ohne betriebswirtschaftliche Notwendigkeit aufgenommen hatte, zu heftig. Wirklich werthaltig waren nur die Grundstücke, obwohl sie ebenfalls kräftig beliehen waren. Aber in Hamburg galten gut gelegene Baugrundstücke als absolute Mangelware. Sie wurden zum Teil gehandelt wie seltene Edelmetalle. Mit einer entsprechenden Bebauung ließe sich damit viel Geld verdienen. Sozialer Wohnungsbau kam allerdings nur bedingt infrage. Vielmehr wandte man sich in der bevorzugten Lage eher an die Begüterten, die die Möglichkeit hatten, die aufgerufenen Preise zu zahlen. Zahlte man in der Gegend für eine Wohnung fünftausend Euro für den Quadratmeter, war das fast schon ein Schnäppchen. Rechnete man das in DM um, wurde einem beinahe schlecht. Gisela Köhler packte ihre Sachen zusammen, als das Telefon sie vom Gehen abhielt.

»Lutz, was willst du?« Ihrer Miene war anzusehen, dass das Gespräch sie nicht erfreute. Wütend bellte sie ins Telefon. »Wo soll ich das Geld hernehmen? Du weißt selbst, ich muss für meinen Lebensunterhalt allein aufkommen.« Aufgebracht beendete sie das Gespräch. Ihr Neffe hatte sie als Anzapfstelle auserkoren, um seinen Alkohol- und Drogenkonsum zu finanzieren. Gerade jetzt passte er nicht in ihr Konzept. Sie brauchte einen klaren Kopf. Er musste vorerst selber sehen, wie er zurechtkam. Klappte das Geschäft, konnte sie immer noch über ihn nachdenken. Ob der Junge jemals von seiner Sucht loskam? Sie war da mehr als unsicher.

Jansen presste seine Fäuste gegeneinander. Wollte er nicht brutal aus seinem Geschäft gedrängt werden, musste er handeln. Zögerlich griff er zum Telefonhörer. Als habe er sich verbrannt, zuckte seine Hand zurück. Nein, er wollte dieses Problem im direkten Gespräch angehen. Wenn überhaupt, hatte er nur so eine Chance.

Eine halbe Stunde später verabschiedete sich seine Mitarbeiterin. Er warf einen Blick auf seine Uhr. Bis auf den Vertriebsleiter war das Bürogebäude wie leer gefegt. Zittrig nahm er die Wiedervorlagemappe zur Hand, in der alle Unterlagen für sein Bankgespräch lagen, das er am nächsten Vormittag führen wollte. Dabei kannte er bereits deren Entscheidung. Sie würden seinen Kreditwunsch wie gehabt ablehnen und ihn drängen, zumindest einen Teil seiner Kreditverpflichtungen abzulösen, wissend, dass er es nicht konnte. Geradezu andächtig blätterte er die Papiere durch. Voller Wohlgefallen strich er über den Grundbuchauszug für die Nienstedter Grundstücke. Trotz der Belastung lagen darin erhebliche Reserven. Er konnte sie nicht so ohne Weiteres verkaufen. Um sein Geschäft zu retten, musste er die Grundstücke mit Mehrfamilienhäusern bebauen. Der zu erwartende Gewinn aus dem Verkauf der einzelnen Wohnungen könnte ihn retten. Nur bekam er keine Finanzierung für das Vorhaben. All seine Argumente hinsichtlich der Werthaltigkeit der Liegenschaft verpufften wie eine Ware ohne Wert. Der kalkulierte Überschuss von knapp zwei Millionen Euro würde die Firma ein gutes Stück nach vorne katapultieren. Nur woher wollte er das Geld nehmen, um mit der Bautätigkeit beginnen zu können? Er blätterte weiter in den Unterlagen, um nochmals einen Blick in das neue Wertgutachten zu werfen. Es lag nicht in seiner Mappe. Automatisch griff er nach dem Telefonhörer, um seine Mitarbeiterin zu bitten, es für ihn rauszusuchen, bis ihm einfiel, dass sie gegangen war. Sie war ein Stück von ihm selbst geworden. Funktionierte sein Laden überhaupt ohne sie? Er war sich da sehr unsicher. Nun musste er selbst aktiv werden. Ächzend erhob er sich und ging die wenigen Meter nach nebenan. Tatsächlich lag die gesuchte Unterlage auf dem Schreibtisch von Frau Köhler. Verwundert nahm er sie an sich. Weshalb hatte sie sie nicht in seine Mappe zurückgelegt? Sie wusste doch von seinem Banktermin. Normalerweise konnte er sich blind auf sie verlassen. Er grinste in sich hinein. Wem wollte er verdenken, in der Situation, in der sie sich befanden, einen Fehler gemacht zu haben? Da musste er sich nur an die eigene Nase fassen. Eher desinteressiert blickte er auf ihren Vorlageblock und entdeckte eine Hamburger Telefonnummer, mit der er nichts anfangen konnte. Er schaute etwas genauer hin. Davor stand das Kürzel Dr. S. Wie in Trance wählte er die Nummer.

»Hier bei Dr. Sibelius«, vernahm er eine weibliche Stimme.

»Oh, Entschuldigung«, erwiderte er erschrocken. »Wo bin ich denn jetzt gelandet?«

»Im Privathaus von Dr. Sibelius«, erwiderte sie. »Die Nummer ist eigentlich geheim.«

Er entschuldigte sich abermals und legte auf. Was hatte seine Frau Köhler mit Sibelius zu tun? Eine dumpfe Ahnung stieg in ihm hoch. Ging es um schnell verdientes Geld durch die eine oder andere Indiskretion? Wütend schlug er mit der Faust auf den Tisch. Offensichtlich hatte Sibelius seine Mitarbeiterin umgedreht. Nun hatte er seine fünfte Kolonne im eigenen Haus. Er wollte sich unverzüglich darum kümmern. Die Frau musste schleunigst aus ihrer Position entfernt werden. Vorher musste er aber wissen, was sie Sibelius alles verraten hatte. Sie kamen um ein Gespräch darüber nicht herum. Er atmete heftig durch. Jetzt galt es, einen wichtigeren Termin wahrzunehmen. Er wollte seinen Schwiegervater in Buchholz treffen. Der Professor war der letzte Strohhalm, an den er sich klammern konnte. Hoffentlich war er für die erforderliche Million gut. Ansonsten konnte er seine Sachen zusammenpacken. Jansen meldete sich bei ihm telefonisch an und verließ danach das Bürogebäude. Er warf einen Blick zurück. Als sein Vater vor rund 45 Jahren mit dem Bauen begann, standen die Zeichen auf Sturm. Die Firma schaffte es kaum, die vielfältigen Aufträge abzuarbeiten. Es wurde ordentlich verdient. Als er das Geschäft Ende der Achtziger übernahm, konnte er sich nicht beschweren. Sie waren hervorragend mit Eigenkapital ausgestattet, und verfügten über eine moderne Technik. Die Mitarbeiter standen genauso loyal zu ihm wie zu seinem Vater. Es galt schwere Zeiten zu durchstehen, zeitweise lag die Baukonjunktur am Boden. Sie mussten bereits im Herbst Kurzarbeit anmelden, kamen um die eine oder andere Kündigung nicht herum. Damals war er voll auf den Betrieb konzentriert. Seine Frau half, wo sie konnte, um gemeinsam mit ihm das Wellental zu durchschreiten. Er konnte sich stets auf sie verlassen. Es wäre ihm in den Tagen nie in den Sinn gekommen, an der Börse zu spekulieren und dafür Geschäftskredite zu verwenden. Auf solche Gedanken kam man, wenn es einem im Kern zu gut ging. Heute könnten sie in Saus und Braus leben, wäre es nicht über ihn gekommen. Ein Stück vom großen Kuchen hatte er haben wollen. Gierig war er geworden. Es war sein Ziel, auf einen Hieb mehr Geld zu verdienen als mit 25 Jahren Arbeit. Das war gnadenlos nach hinten losgegangen. Wütend auf sich ballte er die Fäuste. Seine Mitarbeiterin kam ihm wieder in den Sinn, die sich anscheinend mit diesem Sibelius zusammengetan hatte. Hinter seinem Rücken beteiligte sie sich daran, ihm den Todesstoß zu versetzen wie einem angeschossenen Stück Wild im Wald. Er machte sich gerade. Noch hatte es ihn nicht erwischt. Noch war er aktiv. Es war schon dumm, sich so auf einen letztlich fremden Menschen zu verlassen, wie er es bei ihr getan hatte. Er lachte verbittert auf. Konnte er es der Frau verdenken, dass sie sich an den Stärkeren klammerte? Am Ende dachte jeder zuerst an sich. Da ging es ihm letztlich nicht anders. Er durfte keine Zeit verschenken und musste sich schleunigst mit ihr treffen. Am besten an diesem Abend. Trotzdem war als Erstes die Nordheide angesagt. Jansen verließ das Bürohaus aus den Siebzigern. Zu der Zeit liebte man Waschbeton. Er erinnerte sich daran, mit welchem Stolz sein Vater das Gebäude nach seiner Fertigstellung betrachtet hatte. Heute baute man anders. Im zweiten Stock sah er Licht im Fenster. Sein Vertriebsleiter saß wahrscheinlich an einer Verkaufskalkulation für ein Doppelhaus in Schnelsen. Mit dem zu erwartenden Überschuss würden sie nicht weit kommen. Fehlte das große Geld, reichte das kleine erst recht nicht. Mit der Fernbedienung öffnete er seinen Bentley. Wie lange würde er sich diesen Luxus leisten können? Der Wagen war das letzte Relikt aus besseren Zeiten. Irgendwann würde es nicht mehr für die Leasingrate reichen und er musste ihn zurückgeben. Zum Glück gehörte der Golf seiner Ehefrau. Ein paar Jahre weiter und ihre Liegenschaft in Wilhelmsburg würde einen erklecklichen Gewinn abwerfen. Die ersten Spekulanten hatten inzwischen festgestellt, dass die Elbe nicht nur an der HafenCity und an Blankenese vorbeifloss. Vermutlich verblieb ihnen nicht die Zeit, diesen Gewinn abzuschöpfen.

Er lehnte sich in seinem Sitz zurück, bevor er den Motor startete. An diesem frühen Abend war ihm nicht danach, sich den Feierabendverkehr auf der A1 anzutun. Also nahm er die Wilhelmsburger Reichsstraße, an deren Verlegung mittlerweile fleißig gewerkelt wurde. Unweit des Harburger Bahnhofs fuhr er auf die Bremer Straße. Ihm war nicht nach schneller Fahrt zumute. Er würde auch so früh genug ankommen. Zu Kreuze kriechen musste er. Am liebsten wäre er umgekehrt. Beide, Schwiegervater wie Schwiegermutter, lehnten ihn ab seit sie sich kannten. Ihm ging es mit ihnen nicht anders. Mit ziemlicher Sicherheit würden sie ihn sofort finanziell unterstützen, verspräche er im Gegenzug, allein nach Neuseeland auszuwandern. Garantiert würden sie unter dieser Voraussetzung sogar einen Bankkredit aufnehmen. Dafür musste er allerdings seinen Personalausweis verbrennen. Auf der B75 kam er zügig voran. In Dibbersen fuhr er an der Ampelkreuzung geradeaus weiter und nahm den Abzweiger nach Buchholz direkt hinter dem Gewerbegebiet. Dort fuhr er die Steinbecker Straße hoch. Je näher er seinem Ziel kam, desto stärker drückte es in seiner Magengegend. Das bevorstehende Gespräch mit seinem Schwiegervater stand ihm vor dem Kopf. Bardenhagen hatte sich vermutlich einen vergeistigten Wissenschaftler als Schwiegersohn gewünscht, der einmal im Jahr ein dickes Buch veröffentlichte, das keinen Menschen interessierte. Nach seiner Überzeugung hatte er nicht einmal eine qualifizierte akademische Ausbildung, da er seinen Abschluss an einer Fachhochschule und nicht an einer ordentlichen Universität gemacht hatte. Werner Jansen war das egal. Die Studienzeit in Buxtehude konnte ihm niemand nehmen. Davon abgesehen war er durch und durch Techniker und hatte es gelernt, die Statik von Häusern oder deren Wohnflächen zu berechnen. Mit bildender Kunst hatte er sich so gut wie nie befasst. Als er seine spätere Ehefrau kennenlernte, besuchte er ihr zuliebe gelegentlich die Kunsthalle. Aber zum Fan hatte es ihn nicht gemacht. Sie liebten sich trotz oder gerade wegen ihrer unterschiedlichen Geschmäcker. Nach fast dreißig Jahren Ehe spielten diese keine wesentliche Rolle mehr. Sein Schwiegervater hielt ihn für einen Kretin und ließ es ihn in früheren Zeiten gerne spüren. Erst nach der Geburt ihres Ältesten versandten diese Spitzen. Sie hatten sich zu einem konstruktiven Miteinander zusammengerauft. Gefühle wie Liebe oder Hass gab es nicht. Sie behandelten einander wie Fremde. Ein Wunder, dass sie sich duzten. Trafen sie sich, vermieden sie längere Gespräche miteinander. Noch schwerer tat er sich mit seiner Schwiegermutter. Diese trug die Nase so hoch, dass sie ständig Gefahr lief, über ihre eigenen Füße zu stolpern. Die Stellung und das internationale Renommee ihres Mannes hatte sie für sich verinnerlicht. Da passte kein Bauingenieur hinein, der sich nicht an der HafenCity versucht hatte, keine Villen in den Elbdörfern baute, dessen Eltern nicht im Who's Who standen. Seine langjährige Ehe mit ihrer Tochter und zwei Enkelkinder änderten nichts daran, dass sie ihn ablehnte. Ihm war es im Laufe der Jahre gleichgültig geworden. Er hatte längst aufgehört, sich darüber zu ärgern. Seine Frau hatte sich ebenfalls damit abgefunden. Glücklicherweise war sie das genaue Gegenteil ihrer Mutter, auch wenn diese ständig versuchte, Einfluss auf sie zu nehmen. Private Kontakte in die Nordheide, an denen er sich beteiligte, wurden auf ein absolutes Minimum reduziert. Kam es zu einem der seltenen Besuche in Hamburg, hielt er sich solange im Büro auf, bis er die beiden gerade noch verabschieden konnte.

Seufzend atmete er durch, bog Am Butterberg links ab und erreichte wenig später das Einfamilienhaus seiner Schwiegereltern. Es erstrahlte in der klassischen Architektur der Nordheide. Krüppel-Walmdach, eine rote Klinkerfassade, ein nach Osten ausgerichteter Erker im Erdgeschoss, Gauben im Dachgeschoss, dunkle Dachpfannen. Preise gewann man damit nicht, aber die Ansichten passten. Vermutlich würde in 50 Jahren ganz ähnlich gebaut werden. Im Norden der Lüneburger Heide bildeten Häuser aus Stahl und viel Glas die Ausnahme, obwohl es sie durchaus gab. Das Haus war einige Meter von der Straße entfernt errichtet worden und wurde von einem halbhohen Zaun eingefriedet. Gedacht war er für Fritz, den kräftigen Schäferhund, der auf ihn zugeschossen kam und ihn freudig begrüßte. Jansen streichelte ihn liebevoll. Der Hund war der Einzige in dem Haus, der ihn mochte. Eigentlich ein Wunder, dass er nicht gegen ihn abgerichtet worden war. Es hätte gepasst. Ein ungutes Gefühl beschlich ihn. Was suchte er hier? Musste er es sich wirklich antun, mit der Arroganz seiner Schwiegereltern bedacht zu werden? Jetzt, wo er am Boden lag? Wäre es nicht besser, umzudrehen und das Unabänderliche hinzunehmen? Aber es gab jemanden, dem er noch mehr Abneigung entgegenbrachte: Sibelius. Gegen ihn durfte er nicht kampflos aufgeben. Mit einem Seufzer ging er weiter, gefolgt von einem Hund, der ihn gerne angesprungen und die Hand geschleckt hätte. Doch das war ihm in der Hundeschule längst ausgetrieben worden.

Claus Bardenhagen stand in der geöffneten Eingangstür und reichte Jansen die Hand, als er auf ihn zuging. »Wenn du dich allein zu uns in die Walachei wagst, muss es dringend sein, Werner. Sonst trifft man dich bei uns nur unter Geleitschutz.«

»Jetzt übertreibst du.«

»Wenn du meinst. Zu Hause ist hoffentlich alles in Ordnung.«

»Mach dir darüber keine Gedanken. Es geht um etwas anderes.«

»Dann ist ja gut.«

Jansen berichtete ihm über seine verzweifelte Lage, ohne Beschönigungen, ohne Entschuldigungsversuche. Bardenhagen hörte konzentriert zu. Er war fünfundsiebzig. Die Zeit schien vor seinen Gesichtszügen haltgemacht zu haben. Die wenigen Falten in seinem markanten Gesicht schienen auf einen wesentlich jüngeren Mann hinzuweisen. Er war über eins achtzig groß und deutete immer noch eine kompakte Figur an. Nur seine vollen weißen Haare verrieten letztlich sein Alter. Ihm war anzumerken, dass hinter ihm ein erfülltes Berufsleben mit diversen Erfolgen stand. Er ruhte in sich, zufrieden mit dem, was ihm das Leben beschert hatte.

»Ich habe schon so was läuten hören, dass deine Firma in

Schwierigkeiten steckt.« Bardenhagen schüttelte unwillig den Kopf. »Die Situation ist ärgerlich, vor allem, wenn man bedenkt, dass die eigentlichen Geschäfte rundlaufen.« Er kratzte sich nachdenklich an der Stirn. »Mal angenommen, ich könnte die Million besorgen, wären damit alle Probleme gelöst? Könntest du beruhigt weitermachen?«

»Nein, ich bekäme den erforderlichen Aufschub von unserer Hausbank. Ich müsste trotzdem einen Investor für das Bauvorhaben finden. Aber ich bekäme die erforderliche Zeit.«

Die Tür zum Esszimmer, in dem sie sich unterhielten, wurde geöffnet. Christel Bardenhagen, die Ehefrau des Hausherrn, trat ein und setzte sich wie selbstverständlich zu den beiden Männern. Im Gegensatz zu ihrem sonstigen Verhalten Jansen gegenüber verhielt sie sich zurückhaltend und verzichtete - für ihn überraschend - auf Vorwürfe oder Schuldzuweisungen. Sie war einige Jahre jünger als ihr Mann. Ihre feinen Gesichtszüge verrieten eine ehemals attraktive Frau, deren Ausstrahlung man sich auch im Alter nicht entziehen konnte. Allerdings wies ihre scharf gezeichnete Nase auf einen durchsetzungsfähigen Menschen hin. Mit kurzen Fragen ließ sie sich auf den Stand des Gesprächs bringen. Jansen wusste, Bardenhagen würde ohne seine Frau keine Entscheidung treffen. Also antwortete er emotionslos.

Sie nickte zu seinen Worten, bis sie ihre eigenen Überlegungen äußerte: »Bist du dir sicher, dass wir nicht Gefahr laufen, gutes Geld schlechtem hinterherzuwerfen?«

»Wer wollte das ausschließen? Zumindest stehen die Grundstücke als gewisse Sicherheit.«

»Die sind doch ebenfalls hoch beliehen«, ließ sie nicht locker. Sie kam aus einer Hamburger Reederfamilie. Von der ehemaligen Herrlichkeit war zwar wenig übrig geblieben, aber sie wusste mit Zahlen umzugehen. Vermutlich besser als ihr Ehemann.

»Nach wie vor stecken dort erhebliche Reserven drin, vor allem, wenn ich die Chance bekomme, sie zu bebauen. Deshalb will ja auch Sibelius den Betrieb übernehmen.«

»Sibelius«, murmelte sie. »Ich meine den Namen schon gehört zu haben.«

»Es handelt sich um einen Hamburger Immobilienhai.«

Sie schüttelte den Kopf. »Damit hatte ich nie zu tun.«

Für einen Moment schwiegen sie sich beredt an, bis Christel

Bardenhagen wieder zu reden begann. »Wir müssen dir nicht erzählen, dass wir die Million nicht rumliegen haben. Uns geht es vor allem um unsere Tochter und die Kinder.«

Mit dieser Aussage gab sie mehr von sich preis, als durch einen längeren Monolog. Und sie war noch nicht am Ende mit ihren Bedenken. »Wir haben von meinem Erbe damals einen gewissen Teil in Bildern angelegt. Die können wir unmöglich verkaufen. Es würde deinem Schwiegervater das Herz brechen. Das kann keiner wollen. Einiges steckt in Immobilien. Die verscherbelt man nicht so einfach auf dem Wochenmarkt. Aber wem erzähle ich das?«

Jansen kam sich vor wie ein Bittsteller und begriff, er war es. Doch auf seine Emotionen legte in diesem Haus niemand Wert. Abrupt stand sie auf. »Wir denken darüber nach. Sicher willst du jetzt nach Hause, es geht auf halb zehn zu.«

Er erhob sich sofort. Eleganter als seine Schwiegermutter konnte man diesen Rausschmiss nicht vollziehen. Unabhängig davon war er in diesem Haus nichts Besseres gewöhnt. »Du hast recht, Birgit dürfte bereits auf mich warten. Du weißt selbst, sie sorgt sich leicht.«

Er verabschiedete sich knapp und verließ das Haus, ohne dass man ihn zur Tür geleitet hätte. Im Vorgarten atmete er tief durch. Er hatte es versucht. Von dieser Seite erwartete er keine Unterstützung. Sie würden ihn im Regen stehen lassen und im Zweifelsfall den Regenschirm abnehmen, als ihm Unterschlupf zu gewähren. Sein Schwiegervater hatte es vorgezogen, sich hinter seiner durchsetzungsfähigen Frau zu verstecken. Die hatte ihm ihre Abneigung überdeutlich zu verstehen gegeben.

Christel Bardenhagen blickte ihm stumm hinterher, als er das Esszimmer verließ. Warum hatte sie sich in den vergangenen Jahrzehnten nicht an ihren Schwiegersohn gewöhnen können? Er war ein gut aussehender Mann. Auch wenn seine Haare im Stirnbereich schütter zu werden begannen und er gern ein paar Kilo hätte abnehmen dürfen, kam er bei Frauen an. Trotzdem waren ihr keine Affären zu Ohren gekommen. Was störte sie an ihm? Die Antwort war eindeutig: Er verkörperte andere Werte als sie. Er hielt sie für aufgeblasene Spießbürger und sie ihn für einen Kretin.

»Er bekommt keinen Cent!«, wandte sie sich an ihren Mann.

»Es geht nicht um ihn«, erwiderte er mit fester Stimme.

Sie sah ihn erstaunt an. Es war lange her, dass er ihr in Gelddingen widersprach. »Ach ja?!«

»Allerdings. Es geht um unseren Ruf. Es geht um die Familie. Die können wir nicht sich selbst überlassen.«

Sie seufzte auf. »Du meinst, wir sollten ihm das Geld geben?«

»Ja, aber zu unseren Bedingungen.«

»Du willst dich von deinen Bildern trennen?«

»Für unsere Enkelkinder und unsere Tochter gäbe ich alles, was ich habe. Ich muss mit ihnen reden. Die sollen mitentscheiden. Davon abgesehen, haben wir finanzielle Reserven.«

Sie stand auf, trat hinter seinen Stuhl und legte ihre Arme auf seine Schultern. »Dann ist das so. Aber Jenny ist noch in London. Soviel ich weiß, kommt sie erst in drei Wochen zurück.«

»Dann müssen die Dinge solange warten. So schnell zerlegen einen die Banken nicht.«

Claus Bardenhagen erhob sich ebenfalls und schaute ins energische Gesicht seiner Frau. Ihre Augen blitzten. Er wusste, es ging ihr wie ihm gegen den Strich, Jansen zu unterstützen. Doch genau wie er stellte sie die Familie über alles. So gesehen gehörte ihr Schwiegersohn dazu.

Jansen entschied sich, über die Dörfer zurückzufahren. Ein greller Blitz kurz vor der Ortsausfahrt Nenndorf verriet ihm, dass er abermals in die Tasche greifen musste. Die Tachonadel stand bei knapp siebzig Stundenkilometer, zu viel für eine geschlossene Ortschaft. Der zu erwartende finanzielle Schaden hielt sich in Grenzen. Die Strafe sollte ihn nicht aus der Bahn werfen. Ihm ging das Gespräch mit seinen Schwiegereltern durch den Kopf. Im Grunde hatte er sich von den beiden nichts anderes erwartet. Sie hielten es nicht einmal für angebracht, ihm ein Getränk oder etwas zu essen anzubieten. Die würden ihn selbst im Schlaraffenland hungern lassen. Eigentlich ärgerte er sich über sich selbst, dass er sie überhaupt angesprochen hatte. Momentan lief nichts rund. Wieder kam ihm Gisela Köhler in den Sinn. Dieser Frau hätte er in der Wüste seinen letzten Wasservorrat anvertraut. Wie es schien, hinterging sie ihn. Und er hatte nichts davon mitbekommen. War er nur naiv oder dumm? Entschlossen bog er in

Tötensen links ab. Kurz darauf konnte er seiner Limousine auf der A261 die Sporen geben. Erneut ignorierte er die Geschwindigkeitsbegrenzung, als er die A7 Richtung Elbtunnel erreichte. Jetzt am Abend war ihm, wenigstens was dies anging, das Glück hold. Kein Blitzer verdarb ihm die Laune. Diesmal wäre es deutlich teurer geworden, von einem Fahrverbot ganz abgesehen. Aber es kribbelte in seinem Bauch. Er musste diese Geschichte noch an diesem Abend zu einem Ende bringen. Mit jedem Kilometer, den er hinter sich brachte, verstärkte sich seine Wut auf die Frau, der er lange Jahre vertraut hatte. Es gab sogar mal eine Zeit, da hatte sein Herz höher geschlagen, wenn er an sie dachte. Glücklicherweise hatte sich sein Verstand durchgesetzt.

6

Lothar Breuer stieg schwerfällig die Treppe hoch. Er beklagte wenigstens fünfundzwanzig Kilo Übergewicht. Da fiel einem manche Bewegung schwerer, die man vor Jahren im Sturmschritt gemeistert hätte. Nach jedem Treppenabsatz musste er kurz verschnaufen. Sein Puls schlug bis zu seinem Hals. Sein Arzt redete stets mit hochgezogener Augenbraue mit ihm, wenn es um seine Cholesterinwerte und seinen Blutdruck ging. Er schaffte es einfach nicht, seine Essgewohnheiten zu ändern. Vom regelmäßigen Glas Bier ganz abgesehen. Vor allem konnte er sich nicht damit anfreunden, sich mehr zu bewegen. Da reichte es nicht, seine Zigaretten selber zu drehen. Lieber stopfte er sich mit Tabletten voll, in der Hoffnung, dass diese sein Problem lösen könnten. Endlich hatte er seine Etage erreicht und blickte erstaunt auf die Eingangstür der Wohnung seiner Nachbarin. Sie war nur angelehnt. Durch den Türspalt gewahrte er Licht. Sie musste also zu Hause sein. Hatte sie vergessen, die Tür zu schließen? Das widersprach eindeutig ihren Gewohnheiten. Wurde die Haustür nicht sorgfältig zugezogen, gab es von der Frau schon mal ein paar böse Worte. Er klopfte vorsichtig an und rief ihren Namen. Er erhielt keine Antwort. War sie vielleicht ohnmächtig geworden? So was sollte es ja geben. Er atmete tief durch und betrat die Diele. Durch die geöffnete Tür zum Wohnzimmer erblickte er eine Person am Boden liegend. Als er näher trat, erblickte er eindeutig Frau Köhler. Er beugte sich zu ihr herunter und erkannte Hämatome an ihrem Hals. Aufgeschreckt erhob er sich, blickte sich hektisch um und eilte hinaus. Er klaubte seinen Schlüssel aus der Hosentasche und öffnete mit schweißnassen zittrigen Händen die Tür zu seiner Wohnung. Er trat ungeahnt schnell ein und schlug sie ohne Rücksicht auf die Nachbarn mit lautem Knall zu. Schwer atmend musste er mehrmals ansetzen, bevor er die Nummer der Polizei ins Handy eingeben konnte. Der Beamte am Telefon versprach, umgehend Kollegen zu schicken und wies ihn an, in seiner Wohnung zu bleiben. Für einen Moment vermeinte er, Schritte im Treppenhaus zu vernehmen. Dann hörte er, wie unten die Haustür zuschlug. Danach war Ruhe.

Betroffen von den letzten Ereignissen setzte er sich in seiner Küche an den Tisch und versuchte, zur Ruhe zu kommen. Allem Anschein nach hatte sich der Mörder noch in der Wohnung aufgehalten, als er sie betreten hatte. Kalter Schweiß bildete sich auf seiner Stirn. Vielleicht läge er jetzt neben seiner toten Nachbarin, hätte er nicht so schnell reagiert. Offensichtlich hatte er an diesem Abend alles Glück der Welt gehabt. Er ging zum Eisschrank, holte eine Flasche Korn heraus, öffnete den Verschluss und setzte zu einem kräftigen Schluck an. Auf ein Glas verzichtete er vorsichtshalber. Vermutlich hätte er den Stoff verschüttet. Er schüttelte sich, als hätte er Benzin verschluckt, und spürte, wie der Alkohol zu wirken begann. Ein wohliges Gefühl durchflutete ihn. Noch ein zweiter Schluck und die Flasche verschwand wieder im Eisschrank. Die Polizei würde ihn garantiert befragen wollen. Da bot es sich an, einigermaßen nüchtern zu bleiben. Schließlich wusste er, was sich gehörte.

Hilpert blickte erschrocken auf die Uhr. Mittlerweile war es nach elf und er hockte mit seinem Kollegen Stange zusammen, im trauten Gespräch über alte Zeiten. Dabei lagen diese gar nicht so lange zurück. Er rief Petra auf ihrem Handy an und konnte beruhigt zur Kenntnis nehmen, dass sie ebenfalls noch im Büro saß. Stange hatte seine Hände hinter dem Kopf verschränkt. Entspannt wippte er in seinem Sessel. Das Gespräch mit dem Kollegen und Freund hatte bereits einen Teil seines Bereitschaftsdienstes verstreichen lassen. Am heutigen Abend war es ruhig, als hätten sich die Kriminellen der Hansestadt am vergangenen Wochenende auf dem Hafengeburtstag ausgetobt und schöpften nun Kraft für die nächste Untat. Bevor sie ihr Gespräch fortsetzen konnten, holte sie das Telefon in die Realität zurück. Die Hoffnung auf die positiven Folgen des Hafengeburtstags erwies sich als trügerisch. In einer Eigentumswohnung in Groß Flottbek war die Leiche einer Frau gefunden worden. Alles wies auf ein Kapitalverbrechen hin.

Stange erhob sich ächzend. »Nichts mehr mit schönen Lenz machen. Die Pflicht ruft.«

Spontan erhob sich sein alter und neuer Kollege. »Ich komme mit, wenn du nichts dagegen hast. Da kann ich gleich wieder Stallgeruch annehmen.«

»Gute Idee, du warst ja immerhin zwei Jahre weg.« Er reichte ihm ein paar Latexhandschuhe herüber. »Nicht dass du wertvolle Spuren beschädigst. Man muss bei euch gebildeten Amateuren höllisch aufpassen. Schau genau hin, wie gearbeitet wird. Dann machst du später nicht zu viele Fehler.«

»Danke für die subtilen Hinweise, Papa. Ich werde mich bemühen, ein folgsamer Sohn zu sein.«

»Schön zu sehen, dass ihr jungen Leute die Weisheit des Alters zu schätzen wisst.«

Lachend gingen sie zusammen zum Aufzug. Zwischen den beiden lagen keine zehn Jahre Altersunterschied.

Trotz des relativ spärlichen Verkehrs benötigten sie gut 20 Minuten, bis sie die Osdorfer Landstraße unweit des Elbe-Einkaufszentrums verlassen konnten. »Die Adresse ist Bei der Flottbeker Mühle«, murmelte Stange. Wenig später standen sie vor einem sorgfältig restaurierten Wohnkomplex, dem man nicht mehr ansah, dass er mehrere Jahrzehnte auf dem Buckel hatte. Ein Uniformierter wies auf den mittleren Eingang des Mehrfamilienhauses.

Stange sah sich interessiert in dem Appartement um. »Hier lässt es sich leben. Viel Grün vor der Haustür. Eine moderne Wohnung.« Die Tote war geschmackvoll eingerichtet, ohne dass man den Eindruck gewann, es mit einer reichen Frau zu tun zu haben. Er winkte einen Kollegen zu sich. »Weiß man, wer die Ermordete ist?«

Der Angesprochene blätterte in seinem Block, bevor er antwortete: »Gisela Köhler, 48 Jahre alt.« Bevor Stange weiterfragen konnte, fuhr er fort: »Nach dem jetzigen Stand der Untersuchung wurde sie erwürgt.«

»Mit den Händen?«

»Nein, mit einer Kordel, vermutlich von ihrem Morgenmantel.«

»Konnte sie sich noch wehren oder schreien?«

»Nein, der Angriff kam anscheinend überraschend von hinten und wurde mit großer Kraft ausgeführt. Wir haben keine Abwehrspuren gefunden.«

»Hm, das riecht nicht nach einer geplanten Tat. Kann man davon ausgehen, dass der Täter ein Mann war?«

»Oder eine kräftige Frau. Schließlich ist es keine neue Erkenntnis, dass manche Frau Wert auf ein ausgeprägtes Muskeltraining legt.«

»Was sagt der Doc über den Todeszeitpunkt?«

»Den kann er ziemlich genau abgrenzen. Sie starb wohl zwischen 22 und 22.30 Uhr.«

»Also ist sie keine zwei Stunden tot«, murmelte Stange. »Wer hat sie gefunden?«

»Ein Nachbar. Er hatte sich gewundert, dass ihre Wohnungstür nur angelehnt war.«

»Wurde er schon vernommen?«

»Ja, er hat von der Tat nichts mitbekommen. Er kam von einem Verwandtenbesuch. Als er die Tote sah, ist er wohl aus ihrer Wohnung herausgestürzt und hat sich in seinen eigenen vier Wänden verschanzt.« Er blätterte weiter. »Ach ja, er meint, jemand sei die Treppe heruntergestürmt, als er mit uns telefonierte.«

»Und hat er jemanden gesehen?«

»Keinen Zipfel. So wie der Mann auf mich wirkt, war der froh, dass er sich absetzen konnte, ohne dass ihm etwas geschehen ist.«

»Wer will es ihm verdenken?«

»Was ist mit den anderen Nachbarn?«

»Die werden zurzeit vernommen. Sieht allerdings schlecht aus. Die haben tief und fest geschlafen oder Fernsehen geguckt.« Er blätterte abermals seinen Block durch. »Hier, unser Spätheimkehrer glaubt eine Luxuslimousine gesehen zu haben. Es soll ein

Bentley gewesen sein. Am Steuer will er die Silhouette eines Mannes erkannt haben. Dieser sei losgefahren, als er ihn gewahrte.«

»Gibt es eine brauchbare Personenbeschreibung?«

»Keine Chance. Ich könnte mir in einem Prozess sogar vorstellen, dass man ihm selbst die Geschlechtsbestimmung um die Ohren hauen würde. Es herrschte schummriges Licht, gerade gut genug für Greifvögel.«

»Hat er sich das Nummernschild gemerkt?«

»Warum sollte er?«

»Klar, dafür hatte er keinen Grund.« Wie geistesabwesend massierte sich Stange das Kinn. »War es der Mörder, der das Treppenhaus genommen hatte, können wir den Bentleyfahrer vergessen. Möglicherweise stand der nur zufällig dort und hat mit der Toten nichts am Hut gehabt.«

Hilpert ergänzte: »Mal unterstellt, unser Zeuge ist nicht Opfer einer Halluzination geworden, wäre es natürlich auch denkbar, dass eine weitere Person auf die Tote gestoßen ist. Dann könnte der Bentleyfahrer wiederum unser Mörder sein.«

»Du sagst es.« Erneut wandte sich Stange an den Kollegen. »Sonst noch etwas?«

»Das Wohnzimmer wurde eindeutig durchsucht.«

»Wurde etwas gestohlen?«

»Ihre Brieftasche ist leer. Eine Schublade ihres Highboards stand offen. Schwer zu sagen, ob sie dort weiteres Geld aufbewahrt hat. Aber es ist anzunehmen.«

»Also haben wir es aller Voraussicht nach mit einem Raubmord zu tun.«

»Sieht so aus.«

»Hat man ihr sonst noch etwas angetan?«

»Nein, wie wir bislang realisiert haben, gab es keinen sexuellen Übergriff.«

Sie sahen sich die Frau, die am Boden lag, genauer an.

»Nicht unattraktiv«, gestand Stange ein. »Ihre Kleidung ist unversehrt, nur etwas verrutscht. Das war kein Sexualmord. Oder siehst du das anders, Fabian?«

Sein Kopfschütteln reichte ihm als Antwort. Davon abgesehen würde die Gerichtsmedizin zu einer abschließenden Einschätzung kommen. Im Schlafzimmer der Ermordeten machte sich

Hektik breit. Stanges Kollege winkte ihm aufgeregt zu. Sie gingen zu ihm.

»Schaut her, die Tote war durchaus vermögend.« Auf der Bettdecke lagen mehrere Bündel 200- und 500-Euro-Noten. »Sie hatte das Geld unter der Matratze versteckt. Es sind immerhin 30.000 Euro. Bis ins Schlafzimmer hat es der Täter offensichtlich nicht mehr geschafft. Der Nachbar ist wohl zu früh aufgetaucht. Sonst hätte er garantiert das Versteck gefunden. Größere Geldsummen werden gern im Schlafzimmer untergebracht. Solche Leute wissen das.«

»Mal 'ne Frage«, unterbrach Hilpert. »Wie ist der Mörder eigentlich in die Wohnung gekommen?«

»Sie muss ihm die Tür geöffnet haben oder er hatte einen Schlüssel. Es wurde keine Gewalt angewendet. Das Schloss ist unversehrt.«

Hilpert strich sich übers Kinn. »Es handelte sich also um einen späten Besuch. Möglicherweise hat sie deshalb das Geld vorsorglich unter der Matratze verstaut. Oder es wurde etwas anderes gesucht und wir liegen mit unserer These vom Raubmord falsch.«

Er nahm sich die Zeit, die Wohnung näher zu beäugen. Trotz der Geldbündel und der vorzeigbaren Adresse zeigte sich, dass die Ermordete nicht unbedingt zu den Reichen und Schönen dieser Stadt zählte. Das Mobiliar war sorgfältig ausgesucht und zusammengestellt worden. Vermutlich günstig erstandene Einzelstücke ergänzten eine zweckmäßige, preiswerte Couchgarnitur. An den Wänden hingen überwiegend Fotos aus dem familiären Bereich. Eines zeigte sie und einen Mann, der eine gewisse Ähnlichkeit mit ihr aufwies. Zwischen ihnen stand ein ungefähr 18-jähriger Jugendlicher mit langen, ungepflegten Haaren. Brummig starrte er in die Kamera. Nur an der Stirnseite hingen ein paar Kunstdrucke, einfach gerahmt, made by Karstadt. Auf die klassische Schrankwand wurde verzichtet. Stattdessen nahm ein Highboard einen Teil der Längsseite des Wohnzimmers ein. Darüber hing ein Bücherbord mit einer begrenzten Auswahl an Titeln. Er entdeckte mehrere Bücher zum Thema Moderne Kunst, eines davon noch sorgfältig verpackt in seiner Plastikhülle. Eine große Leseratte war sie jedenfalls nicht gewesen. Ihr Notebook hatte die Spusi bereits einkassiert. Vielleicht ergaben sich dort Hinweise auf die Herkunft des Geldes.

Stange blätterte derweil ihre Kontoauszüge durch. Er wies mit dem Zeigefinger darauf. »Sie arbeitete bei der Jansen Baugesellschaft mbH. Mir scheint der Laden muss Probleme gehabt haben. Jedenfalls kam ihr Gehalt in den letzten Monaten recht unregelmäßig. Das letzte steht noch aus.« Stange reichte Hilpert ein Schreiben der Hamburger Sparkasse, in dem die pünktliche Zahlung ihrer Darlehensraten angemahnt wurde. »Ihre finanzielle Misere hörte schlagartig im März auf. Sie wies die fehlenden Raten an. Hier, eine Bareinzahlung auf ihr Konto von 1.000 Euro. Sie muss jedenfalls über zusätzliches Geld verfügt haben. Ihr Märzgehalt ist erst Mitte April gutgeschrieben worden.«

»Wofür bekommt diese Frau so viel Geld? Hat sie irgendwelche Geschäftsgeheimnisse verraten?«, sinnierte Hilpert. »Hatte der Mord an ihr vielleicht ganz andere Ursachen? Und man spielt uns nur einen Raubüberfall vor? Aber ist die Firma bedeutend genug, dass jemand beauftragt, sie auszuspionieren, und viel Geld dafür gezahlt wird? Mir ist der Name ihres Arbeitgebers nie untergekommen. Was kann man über ein Baugeschäft verraten, das berichtenswert wäre?«

»Da werden wir wohl vorbeischauen und fragen müssen«, meinte Stange.

»Jetzt kurz vor Mitternacht? Da dürfte niemand mehr im Büro sitzen.«

»Wohl wahr, großer Meister. Am besten, du fährst nach Hause. Ich schau mich weiter um.«

Hilpert war im Begriff zu gehen, als ihm eine Idee kam. »Vielleicht wusste der Täter, dass Frau Köhler Nebeneinnahmen hatte. Und er hat sie deshalb an diesem Abend aufgesucht.«

»Damit wären wir wieder bei einem Raubmord«, bemerkte Stange. »Wir müssen in beide Richtungen recherchieren.«

Werner Jansen öffnete leise die Tür zu seinem Schlafzimmer. Die Vorsicht war vergebens. Die schläfrige Stimme seiner Frau klang ihm entgegen. »Du bist spät dran. Gab es zusätzlichen Ärger in der Firma?«

»Nein, nein«, erwiderte er kurz angebunden. Was ihm jetzt um Mitternacht noch fehlte, war eine Diskussion mit seiner Frau. Normalerweise reichte eine schroffe Ablehnung von seiner Seite, um eine Auseinandersetzung aus dem Weg zu gehen. Doch diesmal tat ihm seine Frau nicht den Gefallen zurückzustecken. Er vernahm das kurze Klicken, als sie das Licht einschaltete.

»Nun sag schon, wo kommst du her? Hast du eine andere?«

Erschrocken blickte er auf ihr trauriges Gesicht. Kurz vor ihrem fünfzigsten Geburtstag war sie immer noch eine ansehnliche Frau. Leicht gewelltes, schulterlanges blondes Haar, eine kleine Nase, gleichmäßige Gesichtszüge. Die paar Kilo, die sie mittlerweile zu viel mit sich herumtrug, störten ihn nicht. Er liebte sie, seit er sie zum ersten Mal in den Kolonnaden gesehen hatte. Er hatte sie niemals betrogen. Er setzte sich zu ihr an den Rand ihres Bettes und nahm ihr Gesicht in beide Hände. »Du weißt doch, ich würde dich nie hintergehen.«

Sie lächelte ihn an. »Das muss ich dir wohl glauben. Wie sonst hättest du das Verhalten meiner Eltern dir gegenüber so lange ertragen können. Aber was ist mit dir? Du bist seit Monaten nicht mehr der Alte.«

Bislang hatte er alles darangesetzt, seine Frau von wirtschaftlichen Problemen fernzuhalten. Diesmal brach es aus ihm heraus. Er erzählte ihr alles, ohne etwas auszulassen.

Sie drückte ihn an sich. »Wir müssen mit den Kindern reden. Irgendwie schaffen wir das. Schließlich habe ich dem Druck meiner Eltern ebenfalls standgehalten. Und das deinetwegen. Glaub mir, das nennt man Liebe.« Er gab ihr einen sanften Kuss und legte sich zu ihr. »Wir haben zwei großartige Kinder, wir haben uns. Wir stehen das durch. Die Schuldtürme sind längst abgeschafft worden und selbst den Pranger gibt es nicht mehr.«

Hilpert stellte den Wagen im Parkhaus ab und ging von dort aus zum Fahrstuhl, der ihn direkt in Petras Wohnung brachte. Wie im Kino, dachte er. War das eigentlich seine Welt? Im Hochfahren wurde ihm wieder einmal bewusst, es war ihre Wohnung. Ihm gehörten gerade mal seine persönlichen Dinge. Je nach Tagesform belastete ihn die Situation mehr oder weniger. Als er den Hausflur betrat, spürte er, dass sie noch nicht heimgekommen war. Fast schien es ihm, als schlüge die Stille auf ihn ein. Er ging auf den überdachten Balkon und beobachtete die Bewegungen auf der Elbe. Nun vernahm er das zögerliche Stampfen eines größeren Schiffs, das offenbar den Hafen verließ. Rote und grüne Irrlichter verrieten, dass die Sportboote längst nicht zur

Ruhe gekommen waren. Er selbst hatte gelegentlich über ein eigenes Boot nachgedacht, bis ihm klar wurde, dass ihm die Zeit dafür fehlte, es regelmäßig zu nutzen. Und er war sich unsicher darüber, wie lange der Spaßfaktor hielt. Wenn er an schönen Sommertagen durch die Mariner an der Ostsee ging, beschlich ihn das Gefühl, dass die meisten Freizeitkapitäne lieber im Hafen lagen und sich ein Bier oder ein edleres Getränk gönnten. Vermutlich aus der Angst heraus, jemand anders könnte ihnen den schönen Liegeplatz streitig machen. Vielleicht auch wegen der horrenden Spritpreise. Er griff nach der Fernbedienung des Fernsehers und jonglierte durch das Programmangebot. Es verhielt sich wie immer. Die guten Sendungen waren längst vorbei oder es gab keine. Mit detektivischem Instinkt fand er den Knopf zum Ausschalten. Er überlegte, ob er sich hinlegen sollte. Doch der Mordfall hielt ihn gefangen. Irgendetwas hatte ihn in Köhlers Wohnung gestört. Die Ruhe und die durch zuckende Lichtblitze unterbrochene Dunkelheit gaben ihm Gelegenheit, sich auf das Gesehene zu konzentrieren. Er schloss die Augen und überlegte. Richtig, wozu benötigte eine Frau, die sich erkennbar nicht für Malerei interessierte, Bücher über bildende Kunst? Er wusste, dass sie ihren Preis hatten. Ein Buch war sogar eingeschweißt. Es verdeutlichte im Grunde ihr Desinteresse daran. Jetzt ärgerte er sich darüber, sich nicht weiter damit beschäftigt zu haben. Er griff in seine Jackentasche und holte sein Handy hervor. Stange musste inzwischen zurück sein.

Dieser nahm seine Entdeckung interessiert auf. Bis ihm wohl einfiel, dass es bereits nach 1 Uhr war und Hilpert keinen Bereitschaftsdienst hatte.

»Was sagt deine Petra dazu, dass du nachts durch die Gegend telefonierst?«

»Nichts, sie ist noch unterwegs.«

Stange war klug genug, hierauf nicht weiter einzugehen. Seine Ehe war Opfer seines Berufs geworden. Er hoffte, es erging Fabian Hilpert besser als ihm, weil der nicht verheiratet war. Bei einer Trennung würde wenigstens kein Porzellan zerschlagen. Soviel er wusste, war er ebenso alles andere als erfolgreich bei seinen Zweierbeziehungen. Hilpert beendete das Gespräch. Gerade weil sein Kollege darauf verzichtet hatte, sich zu äußern, wurde ihm selbst bewusst, dass er seine private Situation regeln musste. Er entkleidete sich und stellte sich anschließend unter die Dusche. Beim Abtrocknen überlegte er, ob er sich ins gemeinsame Schlafzimmer oder ins Gästezimmer legen sollte. Er atmete einmal tief durch. Ein Eifersuchtsdrama fehlte ihm gerade noch in seinem Programm. Petra musste sich nicht erklären, wenn sie später nach Hause kam. Er selbst hasste diese investigativen Fragen, wenn es ihn betraf. Also legte er sich ins gemeinsame Bett und fiel in einen leichten Schlaf. Gegen halb drei vernahm er im Wohnzimmer Geräusche und war sofort hellwach. Offensichtlich war seine Freundin zurück. Kurz darauf legte sie sich neben ihn. Sie dünstete eindeutig Alkohol aus. Roch sie auch nach einem fremden Mann? Die Überlegung tat ihm weh. Betroffen blieb er liegen. Stand er wieder einmal am Ende einer Beziehung, bevor sie richtig in die Gänge gekommen war? Galt es, nach einer eigenen Wohnung Ausschau zu halten? War es überhaupt ein Zustand, sich von seiner Freundin freihalten zu lassen? Möglicherweise löste sich dieses Problem demnächst von allein. Wütend dachte er an seine ehemalige Wohnung in der Isestraße. Vielleicht hätte er sie nicht aufgeben sollen. Sicherlich schickte man ihm dorthin keine Fotografen von ›Schöner Wohnen‹. Aber er hatte sie gemietet und musste sich bei niemandem dafür bedanken, wenn er morgens aufstand oder sich abends ins Bett legte. Seine Freundin verfügte über nennenswerte finanzielle Mittel. Neben einem beachtlichen Familienvermögen bezog sie ein Gehalt in der Firma ihres Vaters, von dem man bequem eine Großfamilie satt bekam. Als er eine Beteiligung an den Kosten der Wohnung in der HafenCity angeboten hatte, gönnte sie ihm ein schallendes Gelächter. Und sie hatte recht. Er wäre gar nicht in der Lage, sich hieran nennenswert zu beteiligen. Allein der Fensterputzer verschlang im Monat mehr Geld, als manche Familie für ihre Wohnung hinblätterte. Er spürte ihre Hand, die nach ihm tastete. Als sie seine Schulter berührte, schien sie zufrieden zu sein und zog sich zurück. Als er ihre regelmäßigen Atemzüge vernahm, hätte er sie am liebsten geweckt und hochnotpeinlich befragt. Er unterdrückte abermals das bohrende Gefühl der Eifersucht und versuchte selbst einzuschlafen. Es dauerte noch einige Minuten, bis er erfolgreich war. Immer traf es die Unschuldigen. Er versank in ein Meer aus Selbstmitleid. Wenigstens das gelang ihm problemlos.

Petra schlief, als Hilpert am nächsten Morgen ohne Frühstück das Appartement verließ. Ihm war nicht nach billigen Ausreden und einer Diskussion darüber zumute. Er wollte ihr ausreichend Zeit geben, sich im Kopf zu sortieren und eine intelligente Erklärung zu finden. Trotzdem quälte ihn in der Magengegend ein leichtes Drücken. Was mochte sie bis in den frühen Morgen angestellt haben und vor allem mit wem? Wollte er es wirklich wissen? Eigentlich tat es durchaus eine gut überlegte Lüge. Er schlug mit der Faust gegen das Lenkrad, wohl wissend, dass sich damit keine Probleme lösen ließen. Er litt lieber eine gewisse Zeit und durfte erleben, wie der Schmerz nachließ, als dass er sich mit eifersüchtigen Gedanken selbst kasteite. Am Ende trennte man sich trotzdem und ließ sich vom Hausarzt die erforderlichen Pillen verschreiben, die das Magendrücken bekämpfen sollten. Wenigstens das galt es zu vermeiden.

7

Er hatte Glück. Direkt vor dem Eingang des Mietshauses aus den frühen Fünfzigerjahren fand er einen Parkplatz. Der gebrauchte Golf wollte so gar nicht zu der teuren Designerjeans und den Nobelslippern passen, die der südländisch aussehende Mann trug. In diese Gegend in Wilhelmsburg traute man sich mit einer größeren Limousine nur ungern. Leichtmetallfelgen oder der Mercedesstern wurden gerne Opfer frustrierter Jugendlicher mit schmalem Geldbeutel. Zumindest ein Kratzer mit einem rostigen Nagel musste eingeplant werden. Bei diesem älteren Modell kam es nicht drauf an. Da lohnte sich nicht einmal mehr eine Autowäsche. Er blickte die verwitterte Putzfassade hoch. Sie konnte ihr Alter nicht verbergen. Und eine sorgfältige Pflege hatte man ihr ebenso wenig angedeihen lassen. Erstaunlicherweise waren hierher noch keine Sprayer gekommen. Anscheinend lebten in der Gegend ein paar kräftige Männer, die dieser Form der Kunstausübung kein Verständnis entgegenbrachten und gern mal zuschlugen. Weiter vorne zum Anfang der Straße hin waren bereits die ersten Gebäude eingerüstet worden. Die Wohnungen wurden saniert. Zum Teil legte man sie zusammen, um zu attraktiveren größeren Einheiten zu kommen, und ergänzte sie soweit möglich um großzügigere Balkone. Wilhelmsburg war mittlerweile von Politik und Spekulanten entdeckt worden. Und das nicht erst seit der Bundesgartenschau. Die Hansestadt benötigte Wohnraum und bis zur Elbe war es nicht weit. Man baute rasch ein paar Vorurteile ab und schon konnte man auch in dieser Gegend ordentliche Mieten erzielen. In fünfzehn Jahren gehörte das Gros der aktuellen Mieter vermutlich einer aussterbenden Spezies an. Wenn es überhaupt so lange dauern mochte. Er zuckte mit den Schultern. Diese Fragen spielten für ihn keine Rolle. Was interessierten ihn Rentner oder Hartz-IV-Empfänger, denen man irgendwann ihre bezahlbaren Wohnungen nahm. Für ihn galt es, andere Probleme zu lösen. Er ging die wenigen Schritte zur Eingangstür und drückte die Klinke herunter. Wie erwartet, war nicht abgeschlossen worden. Die Holzstufen knarrten, als er hinaufging. Vor ihm lagen zwei Stockwerke, die er bequem schaffte, ohne dass sich sein Puls sonderlich erhöhte. Er verzichtete darauf, den Klingelknopf zu drücken, sondern klopfte mehrmals gegen die Tür. Dahinter vernahm er ein Schlurfen. Kurz darauf stand er vor dem mittelgroßen Mann mit eingefallenen Wangen und dem schütteren, mit grauen Strähnen durchzogenen Haar. Die geplatzten Äderchen an seiner Nase machten deutlich, dass er Alkohol nicht nur zu medizinischen Zwecken verwendete. Zu seinem Erstaunen schien der Mann nüchtern zu sein. Erleichtert atmete er auf. Er hatte sein Gegenüber schon in anderem Zustand erlebt. Ungern hätte er ein weiteres Exempel an ihm statuiert. Er hasste diese regelmäßigen Visiten bei dem Künstler. Er ekelte sich vor seinen Ausdünstungen. Glücklicherweise jagte er ihm ausreichend Furcht ein, dass er wenigstens seine Arbeit nicht vernachlässigte. Fragte sich nur, wie lange.

Der Maler rieb seine farbverschmierten Hände gegeneinander und grinste ihn überraschend selbstbewusst an. »Sie beehren mich mal wieder mit Ihrem Besuch. Kommen Sie rein, ich hab einiges zu zeigen.«

Seit seiner letzten Visite hatte sich viel verändert. Das Provisorium, in dem der Künstler arbeitete, das Gemisch aus Künstlerwerkstatt und Wohnzimmer, war geblieben. Geändert hatte sich die Unordnung, die ihn früher so abstieß. Das Frühstücksbrötchen neben dem Pinseltopf, die dreckige Kaffeetasse, unter der sich auf dem Tisch ein Rand gebildet hatte, waren verschwunden.

Bei seinen letzten Besuchen musste er über die Farbkleckse auf dem PVC-Boden hinübersteigen. Ihm war es damals zu riskant gewesen, festzustellen, ob die Farbe auf dem Boden bereits eingetrocknet oder noch frisch war. Offensichtlich hatte sich jemand mit Schrubber und Feudel darüber hergemacht. Das Chaos, das sich auf dem überdimensionierten Tisch von fünf mal zwei Metern bis vor Kurzem breitgemacht hatte, war in einen halbwegs geordneten Zustand gebracht worden. Wie hatte es der Maler nur geschafft, dieses Monstrum die beiden Stockwerke heraufzubefördern? Konnte man es zerlegen? Die verbliebene Unordnung durfte man getrost als kreatives Chaos bezeichnen, das einem Künstler unbesehen zugestanden werden mochte. Irgendetwas anderes hatte sich ebenfalls verändert, das visuell nicht einzuordnen war. Richtig, vor gar nicht langer Zeit roch es in der Wohnung wie in den Gassen einer mittelalterlichen Stadt, in der der Abfall und sonstige Exkremente einfach zum Fenster hinausgeworfen wurden. Der Gestank war verschwunden. Er nickte unbewusst. Er war eigentlich zum Kontrollieren gekommen. Trotzdem interessierte es ihn, wer für die neue Ordnung zuständig war. Er wies mit der Hand ins Geviert. »Haben Sie Besuch von Ihrer Mutter bekommen?«

»Das glauben Sie. Ich hab hier tagelang ausgemistet.«

»Das ist wirklich beeindruckend. Aber geht das nicht zulasten Ihrer Arbeit?«

Der Maler wies auf eine verhängte Staffelei. »Lassen Sie sich überraschen.«

Der Hausherr ging voraus. Mit seinen Sanierungsmaßnahmen war er allem Anschein nach nicht bei sich selber angekommen. Sein zotteliges Haar hätte durchaus eine Wäsche vertragen können. Ein Friseurbesuch wäre nicht unangebracht. Zumindest roch er nicht mehr. Der Künstler fasste an die Ecken der Decke und zog diese vorsichtig herunter. Sein Gast war hinter ihn getreten. Zufrieden nickte er dem Mann in dem fleckigen Kittel zu. Er wollte dichter an das Bild herangehen, wollte es mit der Hand berühren, als der Maler ihn vehement davon abhielt. »Nichts anfassen! Die Farben sind relativ frisch. Ihr Fingerabdruck könnte darauf stören. Da muss noch einiges getan werden, bis wir den erforderlichen Alterungsprozess hergestellt haben.«

»Wie lange schätzen Sie, wird das dauern?«

»Geben Sie mir zwei Wochen.«

»Das passt.«

Der Maler griff nach einem Tuch und wischte sich die Hände ab. Anschließend verhängte er das Gemälde. »Wie sieht es mit einem kleinen Vorschuss aus?«

»An wie viel haben Sie denn gedacht?«

»3.000 Euro, meine Miete wird fällig, Farben und Leinwände bezahlen sich auch nicht von allein.«

Sein Gegenüber lachte auf. »Sie werden immer unbescheidener. Das gefällt mir an Ihnen. Wem Geld nichts bedeutet, der ist mir suspekt.«

Er griff in die Innentasche seines Jacketts und entnahm ihr einen Briefumschlag. »Da sind 1.500 Euro in kleiner Stückelung drin. Das müsste für die nächsten Wochen reichen.«

»Scheiße, ich hab die Schnauze voll, dass Sie mich ständig mit Almosen abspeisen! Die ersten Bilder müssen doch ordentlich Moos gebracht haben!«

»Halten Sie bloß den Ball flach. Wenn Sie den Alkohol weiter im Schrank stehen lassen, gibt es mehr. Fangen Sie wieder an zu saufen, war's das. Dann bekommen Sie echte Probleme. Erinnern Sie sich an meinen letzten Besuch? Das wäre gegenüber dem, was Sie erwartet, das reine Honigschlecken gewesen.«

»Wie darf ich das verstehen?«

»So wie ich es gesagt habe.«

»Wollen Sie mir etwa drohen?«

»Genau das will ich. Die Leute hinter uns verstehen keinen Spaß. Niemand gestattet einem versoffenen Maler, unser Konzept zu gefährden. Sind wir mit allem durch, verfügen Sie über genug Geld, um sich jeden Tag in der Toskana oder auf Mallorca ins Koma zu saufen. Bis dahin erwarte ich, dass Sie trocken sind wie ein Löschblatt. Machen Sie, wie versprochen, das nächste Dutzend voll.«

Er tätschelte mit einer Hand die Wange des Künstlers. »Glauben Sie ja nicht, der Einzige auf dieser Welt zu sein, der den Pinsel schwingen kann. Die Qualität muss stimmen. Schließlich sind die Gutachten entscheidend. Es werden nicht nur unsere Leute auf die Bilder gucken. Also strengen Sie sich an.«

»Keiner kann Dix besser als ich.«

»Das mag sein. Gut, dass niemand so ganz genau sagen kann,

welches seiner Werke von den Nazis vernichtet wurde. Was macht der Macke?«

»Den können Sie nächste Woche abholen.«

»Ausgezeichnet. Dann gibt's denselben Betrag noch einmal.«

Er nickte dem Maler zu, ging zur Tür und wandte sich um. »Nehmen Sie bitterernst, was ich sage! Es geht um sehr viel. Meine Partner fackeln nicht lange. Gegen die bin ich ein Waisenknabe!«

Er ließ einen nachdenklichen Mann zurück. Am liebsten hätte er sich die nächste Flasche gegriffen, um seinen Frust abzureagieren. Doch eine innere Stimme schien ihm davon abzuraten. Alkoholismus ließ sich nicht abstellen wie ein Handy. Begann er wieder zu trinken, würde er garantiert mit dem jungen Mann aneinandergeraten. Ihm war klar, wer als Sieger aus dieser Auseinandersetzung hervorgehen würde. Er hatte sich mit diesen Leuten eingelassen und konnte ihnen nicht mehr entweichen. Außerdem wollte er Norddeutschland endlich den Rücken zukehren, wollte weg aus dem tiefen Wilhelmsburg, wo die Abrissbirne das Haus, in dem er lebte, bislang nicht erreicht hatte und es dennoch bedrohte. Für einen Umzug fehlte ihm das Geld. Sein Talent hatte sich leider nie durchgesetzt. Stets hatte es ihm an den entscheidenden kreativen Ideen gemangelt. Die Gabe des Nachahmens hingegen, war ihm in die Wiege gelegt worden. Grinsend griff er nach einem abgedeckten Bild, das er scheinbar achtlos in eine Ecke gestellt hatte. Er schlug die Decke zurück und grinste in sich hinein. Leise flüsterte er, als befürchtete er, der gerade gegangene Besucher könne ihn hören: »Wenn das kein van Gogh ist!?« Dieses Bild sollte seine eigentlichen Probleme lösen. Dafür fehlten allerdings die erforderlichen Gutachten. Sie waren der entscheidende Knackpunkt. Man musste natürlich einen Abnehmer mit dem erforderlichen Kleingeld finden. Er verhüllte das Gemälde wieder. Es war nur für wenige Betrachter vorgesehen. Nichts gegen Otto Dix oder Max Beckmann. Sie waren großartige Künstler. Aber mit einem van Gogh konnte man ordentlich absahnen. Er kicherte unartikuliert. Vielleicht reichte es auch noch für einen Cézanne. Da lag die ganz große Kohle herum und wartete nur darauf, von ihm abgegriffen zu werden. Die richtigen Verbindungen waren hergestellt. Um sich in Ruhe verabschieden zu können, benötigte er wenigstens eineinhalb Millionen Euro, vielleicht sogar zwei. Er durfte keine Risiken eingehen. Vor allem durften seine bisherigen Partner nichts davon mitbekommen. Sie lehnten das Fälschen der ganz großen Namen kategorisch ab. Deshalb war er entschlossen, seine Auftragsarbeiten vereinbarungsgemäß zu beenden. Und danach war er dran. Er rieb sich die Hände und dachte über einen Schluck Wodka nach. Entschieden schüttelte er den Kopf. Er wusste, spätestens in einer Stunde wäre die Flasche leer. Momentan hatte er seine Alkoholsucht einigermaßen im Griff. Zumindest redete er sich das ein. Er war nicht in der Lage zu dosieren. Begann er zu trinken, litt irgendwann die Präzision im Pinselstrich darunter. Und er erwartete wichtigen Besuch. Roch der seine Fahne, sprang er möglicherweise gleich ab. Dann war sein Gemälde nur ein Plagiat, das er auf dem nächsten Flohmarkt anbieten konnte.

Sein Auftraggeber setzte sich nachdenklich hinter das Lenkrad seines Fahrzeugs. Er war sich unsicher, ob er auf Dauer mit Rudi Vogelsang weiterarbeiten sollte. Sein Alkoholismus war das größte Handicap dieses genialen Fälschers, obwohl seine aktuelle Verfassung keinen Grund zum Klagen gab. Irgendein ungeplantes privates Problem, prompt hing er wieder an der Flasche. Er kannte sich mit Alkoholismus aus. Sein Vater war ein starker Trinker. In den trockenen Phasen versprach er stets Besserung. Tage später schlug er auf ihn oder seine Mutter ein. Schon als Jugendlicher hatte er wie besessen seinen Körper trainiert. Mit fünfzehn Jahren verwies er seinen Vater erstmals in seine Schranken. Ein Jahr später hätte er ihn nach einem Angriff auf seine Mutter beinahe zu Tode geprügelt. Danach hatte dieser sich nicht mehr getraut, die Faust gegen ein Mitglied der Familie zu erheben. Mittlerweile hatte sich das Problem von allein gelöst. Irgendwann spielte sein Herz nicht mehr mit. Er musste sich zusammenreißen. Vogelsang wurde gebraucht. Den konnte er nicht so einfach verprügeln und hoffen, er würde sich wunschgemäß verhalten. Glücklicherweise gab es momentan keinen Bedarf. Ganz im Gegenteil, er war nicht nur kreativ, sondern vor allem auch produktiv. Er musste wie besessen malen. Der Dix war fast fertig. Ein Nolde würde folgen. Sie hatten bereits eine ganze Reihe Bilder der ›klassischen Moderne‹ unter die Leute gebracht, zwei lagen auf Lager. Wie verrückt hatten sich die privaten Sammler darauf gestürzt. Seine Fälschungen waren beinahe besser als vergleichbare Originale. Mit dem entsprechenden Zertifikat auf der Rückseite des Gemäldes bekam alles seinen Wert. Es ging nicht um die Kunst an sich, sondern vielmehr um den Namen, der dahinter stand. Wieder kam ihm der Künstler in den Sinn. Sie mussten sich etwas einfallen lassen, solange er noch keinen Schaden anrichten konnte. Er war das schwächste Glied in der Kette. Er drehte den Zündschlüssel und fuhr an. Er musste sich unbedingt mit seinen Leuten beraten.

Vogelsang stand eine gute Stunde später vor seiner Staffelei, als er das verabredete Zeichen an seiner Haustür vernahm. Er huschte zur Tür und öffnete sie schwungvoll. »Sie sind pünktlich, das ist gut.«

Sein Besucher trat ein und blickte sich ungeduldig um. »Wo ist das gute Stück?«, fragte er unwirsch.

Vogelsang war hinter ihn getreten. »Gemach, gemach! Glauben Sie, es steht für alle Besucher sichtbar auf einer Staffelei?«

Während der Maler an ihm vorbeischlurfte, warf er einen Blick auf das Bild, an dem Vogelsang aktuell arbeitete. »Aha, ein Dix. Unser Auftraggeber gibt sich also weiterhin mit kleinen Sachen ab.« Er rieb sich die Hände. »Umso besser für uns. Trotzdem eine gute Arbeit.«

»Wem sagen Sie das«, antwortete der Mann mit den farbverschmierten Fingern. »Kommen Sie, schauen Sie sich das Spätwerk des Großmeisters van Gogh an.«

Vogelsang nahm die Decke von dem Gemälde, das er erst vor Kurzem eingehend betrachtet hatte. Es war Sinnbild für seine bessere Zukunft. Beinahe liebevoll stellte er es auf eine zweite Staffelei. Professor Obal trat dicht heran und ließ es auf sich wirken.

»Man muss sich außerordentlich anstrengen, um das Bild nicht für einen van Gogh zu halten«, lobte er den Maler. »Es ist fast zu gut. Sie haben sich hinsichtlich der Farben und des Papiers an meine Vorgaben gehalten?«

»Worauf Sie sich verlassen können.«

»Wir müssen beim Alterungsprozess nachhelfen.«

»Keine Angst, das ist bereits geregelt. Da habe ich meine Kontakte.«

»Großartig, wann kann ich das Bild abholen?«

»In einigen Tagen sollten wir so weit sein. Jetzt bloß keine Hektik.«

»Ich werde täglich vorbeischauen und sehen, dass Sie keinen Blödsinn machen.«

»Keine Angst, ich arbeite mit einem absoluten Profi zusammen. Der war auch bei den anderen Bildern tätig. Und die Ergebnisse kennen Sie ja.«

»Ausgezeichnet. Da ist Ihnen ein großer Wurf gelungen. Halten Sie sich bloß weiter mit dem Alkohol zurück. Im betrunkenen Kopf sind schon ganz dumme Sachen passiert.«

»Ich bin trocken wie ein Handtuch. Und das bleibt so, bis das Ding gelaufen ist.«

Der Wissenschaftler winkte ab. »Versprechen Sie nichts, was Sie nicht halten können. Mir reicht's, wenn Sie die Mengen, die Sie in sich reinschütten, einigermaßen im Griff haben.« Er fasste in die Hosentasche und zog mehrere Scheine heraus. »Kaufen Sie sich ein paar neue Klamotten und gehen Sie mal zum Friseur. Sie sehen wie ein Penner aus.«

Kurz darauf verabschiedete er sich. Es war nicht gut für ihn, hier gesehen zu werden.

Vogelsang blickte dem Kunsthistoriker hinterher. Der hatte keine Ahnung, wie es ihm ging. Trank er nur einen Schluck, würden alle Dämme brechen. Nur ein wenig trinken konnte er nicht. Was gäbe er dafür, könnte er nach einem Glas die Flasche wegstellen und sich anderen Freuden des Lebens zuwenden. Er ging an das Regal und griff nach dem Flachmann hinter den Farbverdünnern. Die Flüssigkeit schien ihn hypnotisieren zu wollen. Er wusste, es handelte sich um den Rest seines eisernen Vorrats. Doch er blieb stark und leerte die Flasche in seinem Spülbecken in der Küche. Er musste, er wollte trocken bleiben. Ohne Alkohol ging alles besser. Er konnte wieder arbeiten wie in jungen Jahren. Es gelang ihm, seine eigentlichen Auftraggeber bei Laune zu halten. Sie schrien förmlich nach weiteren Bildern. Er hielt sie für dumm. Für einen van Gogh musste er vermutlich ein Dutzend anderer Künstler fälschen. Er machte alles einfacher. Vor allem benötigte man gerade mal einen Käufer. Waren sie erfolgreich, konnte er auf einen Schlag anständig abkassieren. Und Obal würde nicht versuchen, ihn zu betrügen oder mit einem Trinkgeld abzuspeisen. Der hatte viel zu viel zu verlieren, ging ihre Aktion nach hinten los. Der war erpressbar. Von seinen anderen Auftraggebern kannte er nicht einmal die Namen. Daran wollte er nichts ändern. Ansonsten bliebe ihnen irgendwann nichts anderes übrig, als ihn zu entsorgen. Er wollte für seine Zukunft vorsorgen und nicht auf seinen schnellen Tod hinarbeiten.

* * *

Sibelius hielt den Atem an, als er das Bild der ermordeten Frau auf dem Bildschirm sah. Es war zweifelsfrei seine neue Geschäftspartnerin, Frau Köhler. Wütend fluchte er vor sich hin. Seine Investition konnte er in den Wind schreiben. Er konnte die Grundstücke vergessen. Das war jedoch nicht sein größtes Problem. Wie sollte er sich nun verhalten? Hatte sie etwas von ihrem Deal in ihren Unterlagen vermerkt? Musste er mit der Polizei rechnen?

* * *

Die Hände ungnädig vor der Brust verschränkt, blickte Rebecca Rehm vom Audimax zum Philosophenturm hinüber. Ungeduldig warf sie einen hastigen Blick auf die Uhr. Sie hasste es, zu warten. Ihre Verabredung war überfällig. Das akademische Viertel war beinahe aufgebraucht. Endlich hörte sie hinter sich ihren Namen rufen.

»Rebecca, hallo!«

Sie blickte den Mann, der auf sie zukam, mit funkelnden Augen an. »Du bist spät dran, ich wäre fast gegangen.«

»Tut mir leid, ich wurde außerhalb aufgehalten.«

»Warst du nicht im Institut?«

»Nein, ich hatte ein eingehendes Gespräch mit einem netten Künstler.«

Ihre schlechte Laune verflüchtigte sich in Rekordtempo. »Lass gut sein, die Viertelstunde tut nichts zur Sache. Was hat er gesagt?«

Rebecca mochte Anfang, Mitte dreißig sein. Sie war schmal gebaut. Trotzdem zeichneten sich bei ihr deutliche weibliche Formen ab. Ihre kurzen dunklen Haare korrespondierten trefflich mit ihrer hellen Haut. Vielleicht hätte sie in jungen Jahren darauf verzichten sollen, ihre Stirn zu krausen. Nun würde allenfalls

Botox helfen können, sie einigermaßen zu glätten. Oder man lebte mit den Falten, die sich nicht mehr verleugnen ließen. Eine Hornbrille gab ihr den Anstrich von Intellektualität. Sie trug Jeans, dazu Slipper. Um ihren Hals hatte sie einen luftigen Schal gelegt. Sie war ein Typ, bei dem einmal hinschauen nicht reichte. Mit jedem weiteren Blick gewann sie an Attraktivität. Er hatte eine hohe Stirn, blonde, schüttere Haare, obwohl er höchstens 5 Jahre älter war als sie. Er wirkte wie ein Norddeutscher aus dem Lehrbuch der Vorurteile, ein wenig langweilig, nicht hässlich. Die paar Kilo Übergewicht, die er beklagte, hatten sich primär in der Taillengegend festgesetzt. Garantiert täten ihm regelmäßige Trainingseinheiten gut. Er sah es schon als sportliche Großleistung an, wenn er die Treppen zu seiner Wohnung hochstieg und oben nicht erschöpft zusammenbrach. Er strahlte eine Aura von Kompetenz und Zuverlässigkeit aus. Er war kein Womanizer. An ihm war vermutlich manche Frau ohne sonderliches Interesse vorbeigegangen. Professor Malte Obal hatte als Kunsthistoriker andere Qualitäten.

»Wie ist es?«, redete sie auf ihn ein. »Hast du das Bild gesehen?«

»Und ob. Es ist genial. Wir müssen jetzt in den Semesterferien sehen, dass wir Kontakt nach Amsterdam aufnehmen.«

»Du hast Vreeburg angerufen?«

»Worauf du dich verlassen kannst. Er hat mir bereits gemailt. Er erwartet uns sehnsüchtig.«

»Wann bekommst du das Bild?«, wollte sie wissen.

»Anfang übernächster Woche.«

»So schnell? Das überrascht mich. Ist Vogelsang nüchtern gewesen?«

»Schwer zu sagen, zumindest war er nicht betrunken. Du weißt doch selbst, Alkoholiker schütten immer etwas in sich rein. Aber seine Finger waren ruhig, er klang relativ klar. Ich meine, er hatte sogar seine Wohnung aufgeklart, denn es roch nicht so streng wie sonst.«

»Das ist schon mal die halbe Miete.«

»Würde der nicht trinken, könnte er zu den ganz Großen gehören.«

»Bist du dir da sicher? Wirklich großartige Ideen hat er bislang nicht entwickelt.«

»Du unterschätzt ihn, glaub mir.«

»Hauptsache, er versaut nicht alles auf den letzten Metern. Ich kann nur noch an unsere große Reise denken. Die Baedeker stapeln sich inzwischen bei mir.«

»Das wird schon klappen. Dieser van Gogh ist jedenfalls genial. Egal, wie oft ich hingeschaut habe, er sieht echt aus. Das heißt, eine genaue Analyse kann ich erst vornehmen, wenn ich über das fertige Gemälde verfüge.«

»Hast du dir inzwischen eine Geschichte dazu einfallen lassen?«

»Eine? Eher ein Dutzend! Die letzten Wochen dieses Künstlers waren so chaotisch, da ist viel vorstellbar. Wer wollte widersprechen? Zeitzeugen leben nicht mehr. Und zu einem Genie gehört selbstverständlich die Legendenbildung.«

Nachdenklich wiegte sie den Kopf. »Nicht dass du übertreibst.«

»Keine Angst, meine liebe Rebecca, ich weiß, was ich tue, und ich habe nicht die Absicht, einen Kitschroman zu erfinden.«

»Und hast du einen Abnehmer im Visier?«

»Na klar, der wippt längst unruhig mit den Beinen.«

»Was schätzt du, wie viel spuckt er aus?«

Er grinste sie wohlwollend an. »Seine erste Ansage waren 20 Millionen.«

»Das ist 'ne ganze Menge.«

»Sei nicht so bescheiden. Für einen van Gogh ist das viel zu wenig.«

Sie hakte sich bei ihm ein und sie verließen das Universitätsgelände. Sich leise unterhaltend, schlenderten sie die Schlüterstraße hoch. Rebeccas Tonlage war anzumerken, dass sie noch Mühe hatte, seinen Optimismus zu teilen. »An welchen Betrag denkst du denn?«

»Etwa an das Doppelte.«

»Bist du verrückt?«

»Nein, nur zwingend logisch. Kein Mensch verschleudert einen echten großformatigen van Gogh unter 30 Millionen. Ein zu niedriger Preis würde einen Kunstliebhaber nur skeptisch werden lassen.«

»Hoffentlich springt der nicht ab.«

»Keine Sorge, wenn er erst erfährt, welche Leute sich für das Bild interessieren, zahlt der, ohne mit den Zähnen zu knirschen.«

»Du hast weitere Kaufinteressenten aufgetan?«

»Natürlich nicht. Ich muss den Kreis der Eingeweihten so klein wie möglich halten. Aber eine kleine Lüge zum gegebenen Zeitpunkt bewirkt zuweilen eine ganze Menge.«

»Du weißt hoffentlich, was du tust. So viel Geld«, flüsterte sie erregt. »Und alles in bar. Das wird nicht einfach werden, das zu waschen.«

Er verhielt seinen Schritt und blickte ihr mit hochgezogener Augenbraue ins Gesicht. »Machst du auf den letzten Metern etwa schlapp? Um dieses Problem wolltest du dich kümmern.«

»Keine Angst«, winkte sie ab. »Ich weiß selbst, dass du nicht nur wegen meiner schönen blauen Augen auf mich gekommen bist. Du brauchst mich als Bankerin.«

Er legte seinen Arm um ihre Schultern. »Etwas mehr Selbstbewusstsein, Rebecca. Du bist eine attraktive Frau. Und ich bin stolz darauf, dass du mich erhört hast.«

»Romantische Anwandlungen bei dir, dem Erfinder des Egoismus? Du erstaunst mich.«

»Da kannst du mal sehen, wie wenig du mich kennst.«

»Ich kenne dich gut genug, und was ich über dich weiß, reicht mir.«

»Erzähl nichts, du bist schließlich auch kein Kind von Traurigkeit.«

Sie blieb stehen und schaute ihm unverwandt in die Augen. »Es gibt eine klare Abmachung zwischen uns. Jeder tut, was er für richtig hält. Niemand fragt, niemand gibt Antworten.«

»Schon gut. Ich bin ja bei dir.«

Sie überquerten die Rothenbaumchaussee und gelangten in die Moorweidenstraße, ließen das Elysee Hotel rechts liegen und bogen in die Feldbrunnenstraße ein. Dort hatte er eine 85-Quadratmeter-Wohnung in einem ansehnlichen Jugendstilhaus gemietet. Rebecca war nicht seine große Liebe. Doch im Bett verstanden sie sich prima. Sie war kein Kind von Traurigkeit. Er wusste, dass er für sie in dieser Hinsicht eher den Notnagel spielte. Sie dachte und handelte wie man es eher einem Mann unterstellte. Momentan gab es zu ihm keine Alternative. Das konnte sich schnell ändern. Unabhängig davon genossen sie den großen

Vorteil, dass sich keiner von ihnen im Bett verplappern konnte. Vor allem aber gab es keine Eifersüchteleien zwischen ihnen. Er lächelte mit schmalen Lippen. Zwei ausgewiesene Egoisten auf dem Weg zu den Millionen. Was wollte man mehr? Vor seinem geistigen Auge bewegten sich all die schönen Dinge, nach denen ihm war und die er sich momentan nicht leisten konnte. Noch nicht.

8

Hilpert musste an diesem Tag eigentlich nicht ins Präsidium fahren. Der Beginn seiner Tätigkeit war auf den ersten Juni datiert. Also standen ihm bis dahin fast 14 Tage Freizeit zu. Unter anderen Umständen hätte er versucht, Petra zu überreden, mit ihm ein paar Tage ans Meer zu fahren. Er war seit Langem nicht mehr an der Ostsee gewesen. Ein Trip nach Timmendorf oder Scharbeutz hätte ihm gut zu Gesicht gestanden. Aber davon sah er erst einmal ab. Ob seine Freundin wirklich daran Freude hatte, mit ihm ein paar Tage Urlaub zu verleben, wollte er nach der gestrigen Nacht nicht mehr unterschreiben. Egal, wer ihn auf seine Gefühle angesprochen hätte, er würde jeglichen Gedanken an Eifersucht weit von sich gewiesen haben. Sich selber musste er nicht belügen. Er war so aufgewühlt, dass es ihn schier zerreißen wollte. Dagegen kannte er nur ein Rezept: sich in die Arbeit zu stürzen. Sie hielt ihn davon ab, zu intensiv über seine private Situation nachzudenken.

Stange sah gelangweilt auf die Uhr, als er dessen Zimmer betrat. »Ich habe mit dir etwas früher gerechnet.«

»Woher wusstest du, dass ich kommen würde?«

»Intuition, reine Intuition. Vergiss nicht, ich bin Ermittler.«

»Blödsinn, nun spuck's schon aus, was hat mich verraten?«

»Du rufst mich zum aktuellen Fall mitten in der Nacht an. Deine Freundin ist nicht zu Hause. Da bedarf es keiner großen detektivischen Fähigkeiten, um deine weiteren Schritte vorherzusagen. Man weicht einer Auseinandersetzung aus und stürzt sich lieber in die Maloche.«

»Bernd, du fängst an, Sherlock Holmes Konkurrenz zu machen. Vielleicht ist es 'ne Idee, deine weisen Analysen der Nachwelt zu erhalten.«

»Manchmal muss man dir zu deinen großartigen Ideen gratulieren.« Mit großer Gebärde strich er sich durchs Haar. »Ich denk drüber nach.«

»Sollte es an einem Kugelschreiber hapern, ich könnte dir einen leihen. Papier liegt hier genug herum.«

»Ich komme bei Gelegenheit darauf zurück. Vielleicht ist es besser, den Text direkt in den PC einzugeben. Ich habe nämlich des Öfteren Probleme, meine eigene Schrift zu entziffern.«

Sie lächelten sich zu. Die kleine Neckerei hatte Hilpert entkrampft. Er sah seinen Kollegen kritisch an. »Weshalb bist du überhaupt hier? Deine Bereitschaft ist doch längst vorüber. Hättest du jetzt nicht frei und könntest zu Hause ausschlafen?«

»Ach, weißt du, ich konnte gut auf meinem Klappbett schlafen. Rasierapparat und Zahnbürste liegen ohnehin in meinem Schreibtisch. Frische Klamotten habe ich ebenfalls dabei. Du weißt selbst, je heißer ein Fall, desto größer die Wahrscheinlichkeit, dass man ihn erfolgreich löst. Jede Stunde, die wir verlieren, wirft uns zurück. Komm, setz dich zu mir an meinen Schreibtisch. Mittlerweile liegen uns eine Reihe interessanter Fakten vor.«

Besorgt betrachtete Hilpert seinen Kollegen. Die Trennung von seiner Familie musste ihn tiefer getroffen haben, als er bislang angenommen hatte. Das Präsidium als Übernachtungsstätte zu nutzen, konnte man nur als Ausdruck größter Verzweiflung bezeichnen. Danach kam das Pik As* und dann die Straße. So brennend schätzte er den aktuellen Fall nicht ein, dass man deshalb Tag und Nacht am Ball bleiben musste. Schließlich war kein achtjähriges Kind entführt worden. Ganz offensichtlich benötigte der Kollege eine private Neuorientierung. Hoffentlich erging es ihm nicht bald ebenso. Er wusste selbst, wie schwer es war, gerade als Polizist Bekanntschaften zu schließen. Dabei konnte er ihm nicht helfen. Ganz im Gegenteil, er war eher ein ausgewiesener Spezialist im Zerlegen privater Beziehungen. Er wusste mit absoluter Sicherheit, wie es nicht ging. Darin war er unschlagbar.

*Pik As ist eine Übernachtungsstätte in Hamburg für obdachlose Männer.

Mit einem Seufzer bat er Stange um die neuesten Ermittlungsergebnisse.

»Uns ist ein interessanter Name untergekommen.«

Stange reichte ihm ein Stück Papier herüber. Darauf las er einen Namen: Dr. Peter Sibelius.

»Die hatten Kontakt miteinander?«

»Wenigstens behauptet das Frau Köhlers Adressbuch.«

Dieser Name war Hilpert vor Kurzem zu Ohren gekommen. Den Mann verfolgte der Ruf als Immobilienspekulant. Ihm gehörten eine ganze Reihe älterer Mehrfamilienhäuser in Hamburg. Seine Spezialität war die Entmietung von Objekten, die anschließend renoviert und zu horrenden Preisen veräußert oder neu vermietet wurden. Dank seiner Mithilfe verlor manches Viertel in Hamburg seinen bisherigen Charakter. Gelegentlich stürzte sich die Boulevardpresse auf ihn. Ein Stab an Anwälten verfasste entsprechende Dementis. Er machte weiter, als sei es das Selbstverständlichste auf der Welt, Menschen aus ihren Mietwohnungen zu vertreiben. Oft genug kam er durch. Das System war weitgehend auf seiner Seite, sah man davon ab, dass die überwiegend älteren Betroffenen häufig nicht die Kraft aufbrachten, sich ihm entgegenzustemmen. Es wurde gemunkelt, dass er über vorzügliche Kontakte im Rathaus und in den Bezirken verfügte. Nur, was nicht zu beweisen war, konnte nicht gegen ihn verwendet werden.

Hilpert kratzte sich nachdenklich am Kopf. »Kann das ein Zufall sein? Ein Immobilienspekulant und die Mitarbeiterin eines Bauunternehmens haben Kontakt zueinander? Sie wird ermordet und in ihrer Wohnung liegen 30.000 Euro in bar herum.«

»So weit sind wir auch schon gekommen. Sibelius hat zugesagt, uns zu besuchen. Er verhielt sich am Telefon sehr konstruktiv. Er verzichtet sogar auf das Hinzuziehen eines Anwalts. Wenn du willst, bleib dabei. Die eine oder andere Frage wird dir sicherlich einfallen.« Stange warf einen Blick auf die Uhr. »Er müsste in einer Stunde bei uns aufschlagen.«

»Ohne Anwalt?«

»Keine Ahnung. Vielleicht hat er ja seine Meinung geändert.«

Sibelius erinnerte die beiden Beamten im Vernehmungsraum an einen ehemaligen Wehrmachtsoffizier, wie sie gern in Nazifilmen dargestellt wurden. Mit wachen wasserblauen Augen taxierte er die Kommissare. Den Mann würde man nicht mit dem nächsten Bluff beeindrucken können. Auf eine Begleitung hatte er tatsächlich verzichtet.

»Nun, meine Herren, was kann ich für Sie tun?«

»Gisela Köhler, sagt Ihnen der Name etwas?«, ging Stange auf ihn ein.

»Muss er?«

»Bleiben wir doch einfach bei dem bewährten Schema. Wir stellen die Fragen, Sie antworten.«

Unruhig wie ein Kind, das auf dem Kirschbaum des Nachbarn erwischt wurde, rutschte Sibelius auf seinem Stuhl hin und her. Offensichtlich hatten sie den wunden Punkt gefunden, bei dem sich seine bisherige Souveränität zurückzog. In seinem Gesicht arbeitete es, als dächte er darüber nach, ob er die Wahrheit erzählen oder lügen sollte. Als wäre er schwerhörig, entschied er sich abermals für eine Gegenfrage.

»Was ist mit der Frau?«

»Sie ist tot, wurde ermordet.«

»Oh verdammt, das konnte niemand wollen!«

»Wie darf ich das verstehen?«

»Nun, Frau Köhler war, sagen wir mal, für mich freiberuflich tätig.«

»Aha, daher die 30.000 Euro.«

»Sie haben das Geld bei ihr gefunden? Sie wurde deshalb nicht umgebracht?«

»Es stammt also von Ihnen?«

»So ist es. Insgesamt 35.000 Euro.«

»Und die haben Sie ihr so mir nichts, dir nichts in die Hand gedrückt?«

»Ja, aus unerfindlichen Gründen lehnte sie Banküberweisungen ab.«

»Selbstredend. Worin bestand ihre Tätigkeit?«

»Nun, sie hat mich über den Betrieb, in dem sie tätig war, auf dem Laufenden gehalten. Ich habe die feste Absicht, diesen zu übernehmen.«

»Ist der so wertvoll?«, erkundigte sich Stange.

»Es geht mehr um zwei Grundstücke in bester Hamburger Lage, die mich interessieren.«

»Aha, wir reden also über eine Art Industriespionage?«, klinkte sich Hilpert ein.

Sibelius lachte auf. »Da sind große Worte für solch einen kleinen Laden.«

»Nun, eine Tote gibt es bereits zu beklagen.«

»Entschuldigung, Sie haben recht. Das war wirklich unsensibel von mir. Wissen Sie schon etwas über das Mordmotiv?«

»Dazu ist es zu früh. Kommen wir auf die 35.000 Euro zurück, die Sie ihr gezahlt haben. Das ist schließlich kein Pappenstiel. Geben Sie regelmäßig so viel Geld für eine Informantin aus?«

»Es kommt auf den Einzelfall an. Ich unterstelle, Sie kennen sich nicht richtig in diesem Geschäft aus. Es geht um weitaus mehr als hundert- oder zweihunderttausend Euro, die man einem Vermittler überlässt. In diesem Fall wäre nicht einmal eine Maklercourtage angefallen. Bei den Werten des Grundstücks reden wir schnell über 1, 2 oder 3 Millionen Euro und mehr. Gute Grundstücke in Hamburg sind rar und entsprechend teuer.« Die Arroganz schien ihm bei jedem seiner Worte aus dem Mund zu tropfen. »Wenn ich einen prominenten ehemaligen Banker zitieren darf: Wir reden über Peanuts. Nur, im Gegensatz zu ihm handelt es sich um mein Geld, das eingesetzt wird, nicht um das einer Kapitalgesellschaft, die dafür aufkommen muss, wenn die Sache schiefgeht.«

»Interessanter Ansatz«, befand Stange. »Hätten Sie nicht Lust, uns an Ihrem Herrschaftswissen zu beteiligen? Wir lernen gern dazu.«

Sibelius redete wie ein Wasserfall. Der Tod der Frau schien ihn betroffen gemacht zu haben. Trotzdem führte es die Ermittler nicht weiter. Er sprach über den Mangel bebaubarer Grundstücke in Hamburg. Er informierte sie über die Preissteigerungen bei Immobilien und wie sehr es ihm Jansens Grundstücke angetan hatten. Völlig emotionslos informierte er sie, wie er die Notlage des Bauunternehmens für seine Interessen ausnutzen wollte. »Ich war dabei, den Laden für 'n Appel und 'n Ei zu übernehmen. Das kann ich mir jetzt wohl abschminken.«

»Wieso das?«

»Meinen Sie, ich will in einen Mordfall verwickelt werden? Nein danke, noch mehr als Immobilien liebe ich mich und meine Ruhe. Man muss auch verzichten können. Das ist in meinem Alter kein Problem mehr. Ich muss niemandem mehr etwas beweisen, am allerwenigsten mir selbst.«

»Wie sind Sie denn auf Jansen gekommen? Der hat Ihnen bestimmt keine SMS geschickt, in der er auf seine Probleme aufmerksam gemacht hat.«

»Das wär schön. Nein, man arbeitet mit dem einen oder anderen Informanten zusammen und erhält so seine Tipps.«

»Verstanden. Trotzdem müssen wir Sie nach Ihrem Alibi befragen.«

»Das wird für mich außerordentlich schwierig. Ich lebe allein, bin früh zu Bett gegangen.«

»Das ist nicht gut für Sie.«

Sibelius beugte sich dem Hauptkommissar entgegen, die Hände vor der Brust verschränkt.

»Wenn ich möchte, dass jemand, den ich nicht mag, das Zeitliche segnen soll, nehmen Sie tatsächlich an, ich mache diesen Job selbst? Denken Sie, ich bin so senil, dass ich mich nicht um ein Alibi bemühe? Wofür halten Sie mich? Für einen Mafioso? Ich bin Geschäftsmann. Man mag meine Methoden missbilligen, aber sie sind legal. Ich beauftrage keine Killer, die andere umbringen sollen. Ich lasse Geld für mich arbeiten. Glauben Sie mir, das ist weitaus effektiver.«

Stillschweigend mussten sie ihm zustimmen. Das waren die einfachsten Regeln in diesem Geschäft. Man konnte Sibelius nicht als Kriminellen bezeichnen. Ebenso wenig ließ er sich mit einem Durchschnittsbürger vergleichen. Der Mann galt als clever und brutal. Ihre Fragen hatten sich vorerst verbraucht. Um ihn festzuhalten, fehlte es an Indizien, die gegen ihn sprachen. Davon abgesehen glaubten sie nicht ernsthaft daran, dass er sein geliebtes Hamburg verlassen könnte. Wenn er Urlaub machte, fuhr er im Höchstfall von Harvestehude nach Blankenese.

Später diskutierten die beiden Kriminalbeamten die Ergebnisse der Vernehmung. Hilpert klackerte unruhig mit seinen Fingerkuppen auf der Tischplatte. Schließlich schlug er mit der flachen Hand darauf. »Was der Knabe uns erzählt hat, können wir in jedem Wirtschaftsmagazin nachlesen. Ich nehme jede Wette dafür an, dass er uns wichtige Informationen verschwiegen hat. Den sollte man im Auge behalten! Bernd, der weiß erheblich mehr, als er uns erzählt hat.«

»Manchmal ist es direkt schade, dass die altehrwürdigen Daumenschrauben abgeschafft worden sind.«

Hilpert blieb Optimist. »Den schaffen wir bei nächster Gelegenheit. Ich bin davon überzeugt, dass er mit dem Mord nichts am Hut hat. Die Machart ist dilettantisch. Sie wirkt auf mich wie aus der Hüfte geschossen. Das passt nicht zu ihm. Der denkt nach, bevor er zuschlägt, und besorgt sich ein hieb- und stichfestes Alibi. Außerdem traue ich ihm die Tat nicht zu. Dafür erscheint er mir nicht kräftig genug.«

Sibelius fuhr mit dem Taxi zurück in sein Büro. Er hatte seinen Mund zu einem feinen Lächeln verzogen. Da tun sich Abgründe auf, dachte er. In ihrem letzten gemeinsamen Gespräch hatte Gisela Köhler ihm gegenüber Anmerkungen gemacht, die es in sich hatten. Seinerzeit hielt er ihre Informationen für überzogen. Ihm schien, als wollte sie sich bei ihm aufspielen, um mehr Geld abzustauben. Der Mord veränderte seine Einstellung total. Er glaubte zu wissen, weshalb sie sterben musste. Darum wollte er sich nun kümmern. Egal, wie alt er war, Geld übte auf ihn einen unfassbaren Reiz aus. Und seine Nase sagte ihm, es ging um einen großen Batzen. Er empfand es nur gerecht, wenn er daran beteiligt würde. Er rieb sich die Hände. Manchmal galt es tatsächlich, den Augenblick zu nutzen. Er musste nur vorsichtig sein. Wer einmal mordete, war dazu ein weiteres Mal fähig. Und um Opfer zu werden, fühlte er sich zu jung, um sich allein wirksam zu verteidigen, zu alt. Er wollte in Ruhe nachdenken, bevor er aktiv wurde.

* * *

Stange und Hilpert waren mit ihren Verhören längst nicht durch. Als nächster Kandidat wartete bereits Werner Jansen auf sie. Er setzte sich verunsichert an den Besprechungstisch. Ihm war anzumerken, dass er nicht zu den ständigen Gästen bei der Kriminalpolizei zählte. Unruhig wanderte sein Blick von einem Beamten zum anderen. Endlich wurde es ihm zu bunt. »Also, meine Herren, was kann ich für Sie tun? Sie haben mich sicherlich nicht aus reinem Vergnügen zu sich bestellt. Sie haben zu tun. Meine Arbeit erledigt sich ebenfalls nicht von allein.«

»Das müssten Sie sich doch denken können, weshalb wir Sie zu uns gebeten haben«, antwortete Stange. »Schließlich ist eine enge Mitarbeiterin von Ihnen ermordet worden.«

»Natürlich, ich kapier das. Nur was kann gerade ich zur Wahrheitsfindung beitragen?«

»Sibelius, Dr. Sibelius, was sagt Ihnen der Name?«, startete Stange mit der ersten Frage.

»Daher weht der Wind. Dann wissen Sie vermutlich das Wichtigste. Ich will nicht lange um den heißen Brei herumreden. Mir ist bekannt, dass er ein Immobilienspekulant der übelsten Sorte ist. Offensichtlich hatte sich Frau Köhler mit ihm zusammengetan, um mich auszuhorchen.«

»Es geht um Ihre Grundstücke?«

»Ich sehe, Sie haben sich schlaugemacht. Ja, das stimmt. Wobei man das als Gesamtkomposition sehen muss. Die Musik liegt in den Mehrfamilienhäusern, die man daraufstellen kann. Das Ganze in bester Lage in Hamburg. Danach würde sich mancher die Finger lecken. Man verkauft die Wohnungen Stück für Stück oder die fertigen Objekte im Ganzen. Bei der momentanen Marktverfassung könnte man die Vertriebsabteilung mit Schimpansen besetzen und nichts verkehrt machen.«

»Und warum fangen Sie nicht an zu bauen, wenn das so einfach ist?«

»Es ist eben nicht einfach. Für die erste Bauphase benötige ich eine Zwischenfinanzierung, die später dann durch die Erlöse aus den Verkäufen getilgt würde. Außerdem muss ich den Erwerbern Bürgschaften stellen.«

Stange nickte zu seinen Worten. »Das heißt, die Käufer zahlen nach Baufortschritt?«

»Korrekt. Manche sind aber auch nur bereit, die fertige Wohnung zu übernehmen und dann den vollen Kaufpreis zu belegen.«

»Kapiert. Und wo liegt Ihr Problem?«

»Tja, wenn Sie mir eine Bank nennen, die mir das Geld für die erste Bauphase vorstreckt, die die Bürgschaften raustut, spendiere ich mehr als 'ne Kiste Bier. Aber eher finden Sie in der Herbertstraße 'ne dreißigjährige Jungfrau, als eine Bank, die mir eine Baufinanzierung macht.«

»Ich verstehe. Sie erhalten also keine Kredite, um mit dem Bau beginnen zu können.«

»So ist es. Sibelius weiß genau, wo ich stehe, und versucht das für sich zu nutzen. Er kennt den Stand meiner Bemühungen, um an Geld zu kommen. Und er weiß, ab welchem Preis unsere Hausbank nicken und mich im Regen stehen lassen wird. Hinzu kommt, die Raten für die Grundstücksfinanzierungen sind bald wieder fällig. Somit haben die mich ganz schön in der Zange.«

»Wie sind Sie denn in diese Schieflage gekommen? Soweit man hört, hat Ihre Firma einen ordentlichen Ruf.«

»Ich glaubte, an der Börse schneller mein Geld verdienen zu können als mit dem Normalgeschäft.«

»Da sind Sie ja kein Einzelfall.«

»Das hilft mir nur nicht weiter. Sind Sie erst einmal auf einer rutschigen schiefen Ebene, geht es unabänderlich nach unten. Niemand reicht einem die Hand, um die Fahrt aufzuhalten, aus Angst, er könnte mitgezogen werden.«

Wirkliches Mitleid wollte sich bei Stange nicht einstellen. Seine Eltern in Buchholz hatten eine Nachbarin von Anfang 70. Die hatte vor einigen Monaten ihrem Bankberater eine Generalvollmacht erteilt und musste ihr sauer Erspartes für Derivate hergeben. Die erhoffte Zusatzrente war wie eine Seifenblase zerplatzt. Um diesen Menschen oder das Kreditinstitut zu verklagen, fehlte ihr die Kraft.

»Kommen wir auf Ihre Mitarbeiterin zurück. Seit wann wissen Sie denn um deren Illoyalität?«

»Ich bin gestern durch einen dummen Zufall darauf gestoßen.«

»Da trifft es sich ja gut, dass man sie ausgeschaltet hat.«

»Wie darf ich das verstehen? Wollen Sie mir irgendetwas unterstellen?«

Stange reagierte kurz angebunden. »Es ist unser Job, den Mord aufzuklären. Da können wir auf Befindlichkeiten keine Rücksicht nehmen.«

Jansen hielt energisch dagegen. »Zumindest kann ich eine angemessene Behandlung verlangen!«

»Sie tun ja gerade so, als drohten wir Ihnen Folter an.«

Bevor sich die Gangart verschärfte, mischte sich Hilpert in das Gespräch ein. »Herr Jansen, was für einen Wagen fahren Sie?«

»Einen Bentley, warum fragen Sie?«

»Solch ein Fahrzeug wurde um die Tatzeit vor dem Haus der

Ermordeten beobachtet. Ein Mann soll darin gesessen haben. Solch ein spektakuläres Fahrzeug brennt sich ins Gedächtnis von Menschen ein. Ein kleiner Fiat oder ein Opel Astra wäre da günstiger gewesen. Danach schaut man sich seltener um.«

Der Unternehmer schluckte, bevor er antwortete. Seine anfängliche Aggressivität verflüchtigte sich wie der Rauch einer Zigarette. Nervös spielte er mit seinen Fingern. »Es ist richtig, ich bin dort gewesen. Ich war aus Buchholz gekommen, wo ich meine Schwiegereltern um finanzielle Unterstützung gebeten hatte.«

»Und war Ihre Mission erfolgreich?«

»Allem Anschein nach nicht. Ich bin nicht unbedingt das, was man einen Lieblingsschwiegersohn nennt. Eher das Gegenteil. Vermutlich lassen die mich am langen Arm verhungern.«

Hilpert horchte auf. »Sind Sie vorbestraft oder haben die Angewohnheit, Ihren Nachbarn durchs Terrassenfenster zu linsen?«

Jansen lachte auf. »Das ist viel simpler. Ich passe nicht ins Bild dieser feingeistigen Spießbürger.«

»Ach ja, was macht denn Ihr Schwiegervater Großartiges?«

»Er war Kunsthistoriker an der Uni Hamburg. Er soll großes internationales Renommee besitzen. Auch heute noch, obwohl er längst pensioniert ist.«

»Und Sie lesen zur Entspannung Comics und sind Fußballfan?«

»Sie bringen es auf den Punkt. Die Kunsthalle interessiert mich nur, wenn dort das Dach saniert werden müsste und man uns dafür den Auftrag erteilte. Da soll jetzt zwar gebaut werden, aber leider ist dieser Auftrag an mir vorbeigegangen. Ich habe wenig Interesse an alten Meistern oder abstrakter Kunst. Wenn ich Musik höre, dann lieber Hardrock als Bach oder Hindemith.«

Die Beamten blickten sich vielsagend an. Für einen kurzen Moment brachten sie dem Mann ihr ungeteiltes Mitgefühl entgegen. Aber sie befanden sich nicht auf einer Veranstaltung des CVJM. Sie ermittelten in einem Mordfall.

»Und was suchten Sie vor der Haustür Ihrer ehemaligen Mitarbeiterin, wenn ich auf meine Ausgangsfrage zurückkommen darf?«

»Ich wollte sie zur Rede stellen.«

»Was hat Sie davon abgehalten, sie aufzusuchen?«, bohrte Stange nach.

»Ich war bereits ausgestiegen, als ein jüngerer Mann auftauchte und ins Haus ging.«

»War die Tür zu dieser späten Zeit nicht verschlossen?«

»Doch, doch, aber er besaß anscheinend einen Schlüssel.«

Hilpert horchte auf. »Woher wussten Sie, dass es sich um einen Besuch für Frau Köhler handelte? Es hätte ja auch ein Nachbar gewesen sein können.«

»Ich habe ihn erkannt. Das war kein Nachbar, sondern ihr Neffe, ein ungepflegter Typ, irgendwie unsympathisch. Wie sie mir vor geraumer Zeit erzählte, hat er wohl Drogenprobleme. Keine Ahnung, wie der an ihren Schlüssel gelangt ist. Also habe ich mich wieder in meinen Wagen gesetzt.«

»Können Sie uns mit einem Namen dienen?«, meldete sich Stange.

»Natürlich, er heißt Lutz Köhler. Ich meine, er ist der Sohn ihres Bruders.«

»Haben Sie eine Adresse?«

»Sorry, da muss ich passen.«

»Wie alt schätzen Sie ihn?«

»Anfang zwanzig.«

»Und wie sieht er aus?«

»Lange zottelige Haare, hohle Wangen. An dem ist kaum ein Gramm Fett. Er hat so 'ne Art Glupschaugen.«

»Wie Kinski?«

»Genau.«

Stange schrieb mit und reichte den Zettel an einen Kollegen weiter, der bislang vor der Tür des Vernehmungsraums gestanden hatte. Er beorderte ihn zu sich. »Ich brauche die Adresse dieses Mannes.«

Anschließend setzten sie die Befragung fort. »Was geschah dann?«

»Kurz darauf erreichte ein weiterer Mann, so um die 60, das Haus, schloss auf und ging hinein. Ich schätze, es handelte sich diesmal tatsächlich um einen Nachbarn. Der Menschenauflauf war mir zu groß geworden, also bin ich abgedampft. Ich hatte beschlossen, sie am nächsten Tag im Büro anzusprechen.«

»Wäre das nicht sowieso die bessere Alternative gewesen?«

»Das Gespräch mit meinen Schwiegereltern hatte mich aufgewühlt. Ich brauchte ein Ventil für meine Wut. Die Warterei vor dem Haus hat mich dann beruhigt.«

»Sie wissen, dass das 'ne gefährliche Aussage ist. Die meisten Tötungsdelikte erfolgen aus einem Impuls heraus.«

»Das gilt nicht für mich. Ich bin nicht ins Haus gegangen. Ich bin kein Mörder!«

»Sie sind anschließend schnurstracks nach Wilhelmsburg gefahren?«

»Genau. Gegen elf war ich zurück, meine Frau kann das sicher bestätigen.«

Stange griff nach dem Telefonhörer. »Wenn Sie mir Ihre Nummer geben würden.«

Wenige Minuten später war er schlauer. Jansens Ehefrau hatte auf den Wecker geblickt, als sie ihren Mann kommen hörte. Für wirklich wichtig hielt er diese Information nicht. Fraglos konnte Jansen die Frau vorher erdrosselt haben. Niemand konnte den Todeszeitpunkt auf die Minute genau bestimmen. Oberflächlich gesehen, passte Jansen wie die Faust aufs Auge. Nach Mordmotiven mussten sie gar nicht erst suchen. Sie lagen auf der Hand. Zeitlich kam es ebenfalls hervorragend hin. Irgendwie war diese Lösung zu einfach. Wie erregt hätte Jansen gewesen sein müssen, um diese Tat zu begehen? War er der Typ für einen Mord im Affekt? Gab es dafür überhaupt Typen oder hing es ausschließlich von der emotionalen Situation ab, in der man sich gerade befand? Hatten sie den Falschen im Visier und der Mörder hatte bereits zugeschlagen, als Jansen vor der Haustür stand? Immerhin gab es da noch den Neffen. Drogensüchtige waren ständig auf der Suche nach Geld für den nächsten Schuss. Denen war eine spontane Tat durchaus zuzutrauen. Zwei Verdächtige auf einen Schlag, was wollten sie mehr? Bedachte man, dass die Tat keine 24 Stunden vorher verübt worden war, konnten sie mit diesem Ergebnis zufrieden sein.

»Ich hätte da noch eine Frage«, setzte Hilpert wieder an. »Frau Köhler, galt sie als Kunstliebhaberin? Interessierte sie sich für Malerei?«

»Nicht dass ich wüsste. Im Grunde habe ich mich kaum für ihr Privatleben interessiert. Sie war da eher zurückhaltend. Vielleicht hat sie dafür über die Jahre eine gewisse Vorliebe entwickelt und es ist an mir vorbeigegangen. Wir kannten uns lange, aber nicht übermäßig gut. Ging es um Privates, war sie eher verschlossen. Und ich habe andere Probleme, als mich darum zu kümmern.«

Vorerst kamen die Beamten nicht weiter. Jansen konnte gehen. Er besaß einen festen Wohnsitz. Ein konkreter Tatverdacht ließ sich zwar konstruieren, nur mit wirklichen Beweisen oder Indizien konnten sie nicht aufwarten. Das würde sich erst ändern, wenn die Ergebnisse der Spurensicherung ausgewertet waren. Das Problem der Fluchtgefahr hielt sich in Grenzen. Trotzdem wollten sie ihn im Auge behalten. Über Tatmotive musste man sich bei ihm keine Gedanken machen. Trotzdem benötigte man mehr als ein paar Verdachtsmomente, um einen bisher unbescholtenen Bürger festzusetzen. Die beiden Kommissare unterhielten sich leise über die Vernehmung, als ihnen ein Zettel hereingereicht wurde. Köhler, der Neffe der Ermordeten, besaß offensichtlich keinen festen Wohnsitz. Die letzte Adresse von ihm war mittlerweile kalt. Die Vermieterin wollte ihn seit einem halben Jahr nicht mehr gesehen haben. Nach ihrer Aussage schuldete er ihr mehrere Monatsmieten.

»Den schreiben wir zur Fahndung aus«, entschied Stange.

Sie unterhielten sich angeregt weiter. Ihre Vernehmungsergebnisse waren eher mager, sah man davon ab, dass sie zwei theoretisch Verdächtige vorweisen konnten. Stanges Telefon erwies sich wieder einmal als Störenfried. Es meldete sich die Vermittlung. »Ein Herr Jansen möchte Sie sprechen.«

»Der ist doch gerade erst gegangen. Hat der etwas vergessen?«, fragte er eher sich als die Kollegin. »Er soll hochkommen.«

Zu ihrer Überraschung betrat ein etwa fünfundzwanzigjähriger junger Mann das Büro. Er war groß gewachsen, seine wasserblauen Augen korrespondierten harmonisch mit seinem mittellangen blonden Haar. Hübscher Bursche, dachte Hilpert. Er stellte sich als Florian Jansen vor. Wie sich zeigte, handelte es sich um den Sohn des Bauunternehmers. Er trat mit dem gesunden Selbstbewusstsein junger Leute auf, die wussten, dass sie attraktiv waren und denen es nie am erforderlichen Kleingeld fehlte, um sich zu leisten, wonach ihnen der Sinn stand. Er war aber weit genug davon entfernt, arrogant aufzutreten. Alles in allem kam er sympathisch rüber.

»Ich will Sie nicht lange aufhalten«, eröffnete er das Gespräch.

»Es ist nicht auszuschließen, dass Sie in der Wohnung von Frau Köhler auf meine DNA stoßen werden.«

»Haben Sie sie gestern aufgesucht?«, fragte Stange interessiert nach.

»Nein, zuletzt war ich bei ihr vor etwa zwei Monaten.«

»Und was haben Sie dort gesucht?«

»Wir hatten ein Verhältnis, das ich erst vor Kurzem beendet habe.«

»Ach ja«, antwortete Hilpert wenig intelligent. »War sie nicht etwas zu alt für Sie?«

»Ich habe sie als attraktiv empfunden. Außerdem haben wir uns im Bett hervorragend verstanden. Und heiraten wollte ich sie eh nicht. Sie hat ebenso wenig daran gedacht. Sie denken an ein Beziehungsdrama?«

»Man muss alles in Betracht ziehen, wenn es um die Klärung eines Mordes geht. Ansonsten interessieren mich Ihre privaten Vorlieben nicht weiter.«

Stange machte sich kurze Notizen. Er starrte auf seinen Notizblock und umkringelte mit seinem Kugelschreiber ein Wort, bevor er mit einer Frage ansetzte: »Warum haben Sie das Verhältnis beendet? Gab es einen besonderen Anlass?«

»Sie meinen einen Streit oder Ähnliches?«

»Zum Beispiel.«

»Das kann man so nicht sagen. Es waren eher die Ereignisse der letzten Zeit, insbesondere die Schieflage der Firma meines Vaters. Sie lag mir dauernd in den Ohren mit ihren Zukunftsängsten. Redete über ihre Rente. Dafür war selbst sie noch zu jung. Und mir war's scheißegal. Irgendwie hat sie mich für ihre Situation mit verantwortlich gemacht.«

»Sind Sie denn in der Baufirma beschäftigt?«

»Gott bewahre, nein. Ich mache zurzeit eine Traineeausbildung bei Unilever. Während des Studiums habe ich dort gelegentlich gejobbt. Sie hat mich eher in eine gewisse Familienverantwortung genommen, so 'ne Art Sippenhaft. Irgendwann ging mir das auf den Senkel.«

Stange nickte zufrieden. »Gut, dass Sie gleich zu uns gekommen sind. So kommt wenigstens zu einem anderen Zeitpunkt kein falscher Zungenschlag auf. Nach dem Motto: Sie haben ja nicht danach gefragt. Sie haben hoffentlich nichts gegen einen DNA-Test?«

»Warum sollte ich?«

»Wie sieht es denn mit Ihrem Alibi für den gestrigen Abend aus?«

»Ich war zu Hause, leider allein. Wer ahnt denn, dass eine ehemalige Freundin ermordet wird?«

»Haben Sie sich Fernsehen angeschaut?«, bohrte Stange nach.

»Bin ich bescheuert? Nein, ich hatte Kopfhörer auf und habe mir Musik angehört. Wenn Sie's meinem alten Herrn nicht weitererzählen, es war Mozart.«

Die Probe war schnell genommen. Bevor Jansen ging, hielt ihn Hilpert zurück. »Sie wissen, dass Ihr Vater zu dem engeren Kreis der Verdächtigen gehört?«

Der junge Mann lachte spontan auf, beruhigte sich jedoch umgehend. »Mein Vater, ein Mörder? Sie machen Witze!« Mit einem Schulterzucken hob er die Hände. »Klar, Sie kennen ihn nicht. Woher denn auch? Der fängt lieber 'ne Fliege mit der Hand ein, als dass er mit einer zusammengerollten Zeitung nach ihr schlüge. Ich behaupte, er ist unfähig jemanden zu töten. Sie wissen vielleicht, dass er nicht unbedingt der Favorit meiner Großeltern ist. Ich halte ihn dagegen für einen großartigen Menschen. Und er hat einen geilen Musikgeschmack. All die Rockheroen wie Deep Purple oder Black Sabbath. Trotz des Altersunterschieds sind wir uns da sehr ähnlich.«

Hilpert nickte. Mit der Musik konnte er durchaus etwas anfangen. »Was sagen Ihre Großeltern dazu?«

»Oh, wie gesagt, ich höre durchaus klassische Musik. Da bin ich offen. Was könnte man gegen Mozart einwenden?«

»Und Ihre Mutter? Wie sieht die die Welt?«

»Sie passt zu ihm wie Gretel zu Hänsel. Was glauben Sie, was die in ihrem Elternhaus aushalten musste, als sie sich für meinen Vater entschieden hatte. Das Paar Bardenhagen ist da gnadenlos. Ihre Tochter, meine Mutter, hat dagegen Charakter.«

»Und sie hört ebenfalls Hardrock?«

»Bloß das nicht. Da kommt sie ganz nach ihren Eltern. Aber sie ist tolerant und lässt ihren Mann gewähren. Als die Zeiten besser waren, hat er ihr sogar einen Flügel geschenkt. Gelegentlich spielt sie ihm vor. Er heuchelt Interesse und macht sie damit glücklich. Im Übrigen spielt er vorzüglich Gitarre. In jungen Jahren war er in einer Rockband. Haare bis zur Schulter. So hat ihn meine Mutter kennengelernt. Jimmy Page für Arme und eine Bardenhagen. Trotzdem hat es funktioniert. Irgendwann war's das mit der Musik und er hat sein Studium durchgezogen.« Ansatzlos lachte er schallend auf.

»Ist was?«, fragte Stange verwundert.

»Ich habe mir nur gerade das Gesicht meiner Großeltern vorgestellt, als sie ihn zum ersten Mal kennengelernt haben. Ein langhaariger Rocker auf der einen Seite, ihm gegenüber der feingeistige Professor nebst Gattin.«

»Wenn ich so höre, wie Sie über Ihre Eltern reden, können Sie sich wohl über Ihre Jugend nicht beschweren?«

»Nein, ich habe tolle Eltern und hatte eine großartige Kindheit.«

»Wie kommen Sie denn mit Ihren Großeltern hin?«

»Hervorragend. Gegen mich haben die nichts, nur gegen meinen alten Herrn.«

Übergangslos wechselte Stange das Thema. »Lutz Köhler, sagt Ihnen der Name etwas?«

»Sie meinen den Kinskiverschnitt? Worauf Sie einen lassen können. Dieser Schnorrer ist laufend bei seiner Tante angekrochen gekommen und hat sie angebettelt. Von Arbeit hielt er jedenfalls nicht viel. Mir hat er auch schon 'nen Fünfziger aus den Rippen geleiert. Er ist ein unangenehmer Mensch.«

»Bedingt durch die Drogen?«

»Nein, ich kenne ihn seit seinem zwölften Lebensjahr. Ich habe ihn nie gemocht. Und das wird sich bestimmt nicht ändern.«

»Würden Sie den für den Mörder halten?«

»Zuzutrauen wäre es ihm durchaus. Der braucht ständig Kohle für seine Drogen. Aber seine Tante umzubringen, ist eher unlogisch. Mit ihrem Tod hat er niemanden mehr, von dem er auch nur einen Cent bekäme.«

»Und wenn er bei ihr einen größeren Geldbetrag vermutet hätte?«

»Was weiß ich. Ich habe mich für seine Psyche nicht weiter interessiert. Sie wissen selbst, meine Familie plagen ganz andere Sorgen.«

»Ihr Vater hat sich verspekuliert?«

»So ist es. Sein Problem ist, er hat dafür einen Bankkredit verwendet, den er eigentlich hätte in die Firma stecken sollen.«

»Ist er denn so etwas wie ein Spekulant?«

»Nicht wirklich. Er ist falsch beraten worden und hat leider darauf verzichtet, mich oder meine Schwester zu befragen.«

»Geht die Firma den Bach runter?«

»Das müssen Sie ihn fragen. Wenn meine Großeltern ihm helfen, hat er unter Umständen eine Chance.«

»Verfügen die über so viel Geld?«

»Ich hoffe es einfach, sonst wird es schrecklich für ihn. Meine Mittel reichen leider nicht, um ihm zu helfen.«

»Er wird ja nicht gleich verhungern«, wandte Stange ein.

»Darum geht es nicht. Das Lebenswerk seines verstorbenen Vaters steht auf der Kippe. Das könnte er nur schwer verkraften, ginge das den Bach runter.«

Hilpert kam nochmals auf die Ermordete zu sprechen. »War Frau Köhler an bildender Kunst interessiert?«

»Das wäre mir neu. Wenn wir in der guten Zeit zusammen waren, haben wir uns selten über große Themen hergemacht. Das war schon ziemlich eindeutig, was uns zusammentrieb. Viel geredet oder diskutiert haben wir eher nicht.«

Dem Ermittlerduo fiel vorerst keine weiteren Fragen ein. Sie sahen einander an, als Florian Jansen kurz darauf den Raum verließ.

Bedächtig klappte Stange seinen Aktendeckel zu. »Hat der seine ehemalige Geliebte umgebracht? Wenn ja, warum?«

Hilpert schüttelte den Kopf. »Das ist ein cooler Typ. Der entledigt sich seiner Frauen nicht auf diese Art. Schließlich ist er nicht Heinrich VIII. Warum auch? Er ist ledig. Solch einer geht, wenn er keinen Bock mehr auf das Mädchen hat, ohne sich die Hände zu beschmutzen. Und die Frau war zu alt, um ihn mit einer Schwangerschaft zu überraschen.«

»Und wenn sie ihn verlassen hätte?«

»Unwahrscheinlich. Sie war eine Endvierzigerin, bei der mancher junge Mann zugegriffen hätte. Aber ich halte sie nicht für den Typ, die den jungen Kerlen in deren Wachträumen erscheint. Dafür ist der Lack zu sehr ab. Du musst bedenken, spätestens am Morgen danach sieht er sie ungeschminkt. Bei jüngeren Mädels ist das kein Problem. Beginnt das Alter zuzuschlagen, machen sich die ersten grauen Haare und die Falten um die Augen herum bemerkbar.«

»Im Kern gebe ich dir recht«, stimmte ihm Stange zu. »Wollte jeder Verlassene den Expartner aus dem Weg räumen, unser Land wäre menschenleer. Und junge Leute sagen tatsächlich Tschüss und ziehen ab, ohne sich groß Gedanken zu machen. Die sind da knallhart.«

»Klar, trotzdem kommt es auch bei denen gelegentlich zu Kurzschlusshandlungen.«

Stange blickte seinen Kollegen traurig an. »Ich weiß. Schließlich verdiene ich mein Geld damit.«

Hilpert lachte lauthals auf. »Das hieße, eine perfekte Welt würde uns arbeitslos machen.«

Stange grinste zurück. »Mal den Teufel nicht an die Wand.«

9

Birgit Jansen legte den Telefonhörer auf. Das Gespräch ihres Mannes bei der Polizei hatte sie beunruhigt. Was wollten die von ihm? Vor ihr saßen ihre Eltern. Mit roten Köpfen hatten sie auf ihre Tochter eingeredet. Diese reagiert erstaunlich ruhig und bestimmt. »Es erübrigt sich jegliche Diskussion. Ich respektiere es, wenn ihr euer sauer verdientes Geld für den eigenen Lebensabend verwenden wollt und uns deshalb nicht unterstützen könnt. Das muss nicht weiter diskutiert werden.«

»Das müssen wir nicht«, unterbrach sie ihre Mutter. »Papa und ich sind sehr wohl bereit, euch aus der Patsche zu helfen, soweit wir können. Aber für Werner machen wir keinen Finger krumm. Du weißt, wir waren immer gegen ihn.«

»Und du weißt, dass du von meinem Mann sprichst, dem Vater meiner großartigen Kinder, der stets für uns gesorgt hat. Habt ihr euch jemals gefragt, ob ich ihn liebe?«

Betreten wich sie dem Blick ihrer Tochter aus. Selbst die Liebe zu ihr vermochte es nicht, ihre Vorurteile gegen ihren Schwiegersohn zu beseitigen. Kurz nachdem Werner zur Polizei gefahren war, standen sie überraschend vor ihrem Haus in Wilhelmsburg. Sie lebten in einer Gegend, die so gar nicht zu den Vorurteilen passte, die man sich von diesem Stadtteil gebildet hatte. Das gesamte Umfeld war gut bürgerlich. Jansen hatte dort vor Jahren ein Zweifamilienhaus gebaut. Die Kinder verfügten über ihren eigenen Teil des Hauses. Gemeinsamer Treffpunkt waren Küche und Wohnzimmer. Ihre Umgebung war relativ grün, die Bebauung wurde von Einzel- und Doppelhäusern geprägt. Die Elbe war in der Nähe. Auf Anweisung ihrer Kinder hatten sie vor fünf Jahren große Teile der Inneneinrichtung aussortiert. Bis auf die Bilder und Grafiken an den Wänden wurde das gesamte Untergeschoss erneuert. Das begann bei der Küche und endete bei den Fußböden, wo ein helles Ahornparkett angesagt war. Zu der Zeit dachte der Hausherr noch nicht über Börsengeschäfte nach, sondern konzentrierte sich auf seine ureigene Tätigkeit. Und das mit Erfolg. Ihm war die Einrichtung eine Spur zu modern, zu unpersönlich. Aber die Jugend, assistiert von der Mutter, setzte sich gegen ihn durch. Und er hatte gerne nachgegeben. Seine Familie stand über allem. Die Kinder hatten sich mittlerweile verabschiedet und lebten in eigenen Wohnungen, das Ahornparkett war geblieben.

Diesmal versuchte sich Birgits Vater. »Wer weiß, was es mit dem Tod dieser Frau Köhler auf sich hat. Sollte ich mich nicht täuschen, handelte es sich um eine attraktive Frau.«

»Ach und du meinst, mein Ehemann hat seine langjährige Geliebte umgebracht?«

»Na ja«, versuchte er zu retten, was zu retten war, »jetzt, wo er auf unsere Mithilfe angewiesen ist, passt ein Verhältnis selbstverständlich nicht ins Bild.«

Wütend fuhr sie ihren Vater an: »Blödsinn, was du da erzählst, Vater! Werner ist kein Mörder und er hatte mit seiner ehemaligen Mitarbeiterin kein Verhältnis!«

»Woher willst du das wissen?«

»Ich weiß es.«

»Ich meinte ja nur.«

Brigit Jansen beugte sich vor und nahm ihre Eltern ins Visier. »Ihr helft uns ohne Wenn und Aber, oder ihr verzichtet darauf. Ich gehe auf keinerlei Bedingungen ein. Wir feiern Ende dieses Jahres silberne Hochzeit und ihr habt nichts Besseres zu tun, als mir diesen Mann ausreden zu wollen. Teilt das mal euren Enkelkindern mit. Die lieben nämlich ihren Vater.«

Überraschend versuchte ihre Mutter vorsichtig die Wogen

zu glätten. Sie kannte ihre Tochter. Wenn sie sich etwas in den Kopf gesetzt hatte, ließ sie nicht locker. »Kind, das siehst du falsch. Wir wollen uns keineswegs in dein Leben einmischen.« Sie verschnaufte für einen kurzen Moment. Sie wusste, ihr letzter Satz war gelogen. Schaute sie zu ihrer Tochter hinüber, begriff sie, dass diese es ebenfalls wusste. Überlegt fuhr sie fort: »Wir helfen, wo wir können. Aber wir möchten in jedem Fall mit den Kindern reden. Letztlich geht es um deren Erbe.« Sie blickte ihrer Tochter fest ins Gesicht. »Und natürlich auch um deines. Du weißt, wir würden alles für euch tun.«

»Dann müsst ihr damit leben, dass Werner dazugehört. Die Kinder stehen zu ihrem Vater und ich stehe zu meinem Mann.«

»Selbstverständlich. Wir hatten uns wohl falsch ausgedrückt.«

Birgit hatte sich wieder beruhigt. »Gut, die Idee! Die Meinung der Kinder einzuholen, finde ich in Ordnung. Wir sollten allerdings nicht sechs Wochen warten, bis Jenny zurück ist. Ich rufe beide jetzt an.«

»Solch eine wichtige Entscheidung willst du am Telefon besprechen?«, wandte Claus Bardenhagen ein.

»Es ist doch alles ganz einfach«, erwiderte Birgit. »Es gibt nur ein Ja oder Nein.«

Birgit Jansen griff zum Telefon und erreichte ihren Sohn. Das Gespräch mit ihm war kurz.

»Ich weiß um Papas Probleme. Wenn Oma und Opa aushelfen können, würde es mich freuen. Ich kann für mich selber sorgen.«

»Irgendwo geht es schließlich um dein Erbteil.«

»Es geht vor allem um meine Eltern. Da weiß ich, wo ich stehe.«

»Dank dir, ich liebe dich.«

»Ich dich auch, Grüße an die beiden. Die sollen Papa ordentlich behandeln.«

Bevor sie weiterreden konnte, hatte er das Telefonat beendet. Sie konnte nicht ahnen, dass er gerade das Polizeipräsidium verlassen hatte und das Gespräch nachwirken ließ.

»Nun, was hat er gesagt?«, wollte ihre Mutter wissen.

»Das was ich erwartet habe. Er meint, er findet selbst zurecht.«

Mit gerunzelter Stirn mischte sich ihr Vater ein: »Das will ich von ihm selber hören.«

»Ruf ihn später an. Denk über deine Wortwahl nach, was seinen Vater betrifft. Sonst hast du einen deiner Enkel verloren.«

Müde winkte er ab. »Schon gut. Weshalb solltest du mich belügen?«

Erneut gab Birgit eine Nummer ein. Diesmal ohne Erfolg. »Seltsam, ich erreiche Jenny nicht. Ich versuche es später noch einmal. Normalerweise telefonieren wir jeden Tag um diese Zeit miteinander.«

Ihre Eltern erhoben sich. Wieder übernahm ihre Mutter das Reden. »Soweit wir können, unterstützen wir euch. Jenny wird garantiert wie Florian entscheiden. Deinen Werner lassen wir zufrieden. Bitte gib uns Bescheid, wenn sie sich gemeldet hat.«

* * *

Hilpert zog seinen Aufenthalt im Präsidium so weit in die Länge, wie es gerade noch vertretbar war. Stange meldete sich bereits nach 16 Uhr ab. Offenbar fand man auf einer Klappliege doch nicht den gesunden Tiefschlaf, den der Körper letztlich forderte. So sehr sich Baumgartner anschließend über Hilperts Besuch freute, mehr als eine halbe Stunde konnte er nicht für ihn abknapsen. Gelegentlich musste selbst er arbeiten. Glücklicherweise traf er auf den Gängen Claudia Ernst, seine künftige Mitstreiterin. Die hielt es mit ihm immerhin bis nach 19 Uhr aus. Ob er wollte oder nicht, er musste zurück in die HafenCity, musste sich dem Gespräch mit Petra stellen. Vielleicht war es angesagt, ein Hotelzimmer zu reservieren. Er ließ es sein. Das konnte er genauso gut später tun.

»Du bist spät dran«, empfing ihn Petra. »Hast du nicht eigentlich ein paar Tage frei?«

»Ich bin an einem Tatort gewesen. Eine Frau wurde ermordet.«

Sie blickte ihn strafend an. »Du bist schon wieder mittendrin, stimmt's?« Sie winkte entnervt ab. »Du bist ja nie draußen gewesen. Du hast nur so getan.«

Er verzichtete darauf, auf die Vorwürfe zu antworten. Petra lag richtig. Was hätte er einwenden wollen?

»Du hättest mich heute Morgen wenigstens wecken können.

So bin ich erst kurz vor elf ins Büro gekommen«, beschwerte sie sich.

»Entschuldige, ich habe nicht dran gedacht. Du hattest so fest geschlafen.«

»Interessiert es dich nicht, wo ich mit wem gewesen bin?«

»Wenn du es mir erzählen willst, wirst du es sicher tun.«

»Sag ich nichts darüber, gehst du zur Tagesordnung über?«

»Du wirst mich bestimmt darüber in Kenntnis setzen, sollte meine Anwesenheit unerwünscht sein.«

Sie ging ganz dicht an ihn heran und grinste ihn frech an. »Du bist doch nicht etwa eifersüchtig?«

Er versuchte, cool zu bleiben. Trotzdem fehlte seiner Antwort die rechte Überzeugung. »Kein Stück.«

»Du siehst aber so aus.«

»Blödsinn.«

»Gut, soll ich nun erzählen, was ich angestellt habe oder darf ich es für mich behalten?«

»Entscheide das selbst.«

»Du musst mir erst verraten, ob du eifersüchtig bist.«

Sollte er sich weiter winden und mit jedem Satz unglaubwürdiger werden? Konnte er es sich leisten, die Wahrheit zu sagen? Was blieb ihm anderes übrig. »Ja«, knurrte er, »ich bin eifersüchtig. Den ganzen Tag über war ich wie blockiert.«

Sie zog seinen Kopf passgenau zu sich herunter und gab ihm einen sanften Kuss auf den Mund. Anschließend drückte sie ihn von sich weg. »Das ist ein schönes Gefühl. So aufgewühlt habe ich dich lange nicht erlebt. Keine Angst, ich bin mit einer ehemaligen Studienkollegin versackt. Wir haben geschnattert, ordentlich Wein getrunken und die Zeit vergessen.«

Diesmal nahm er sie in den Arm und flüsterte ihr ins Ohr: »Ich dachte schon, es sei angebracht, wieder die Koffer zu packen.«

»Das hast du doch erst vor Kurzem getan. Einmal sollte dir reichen. Ich liebe dich und würde dich nie hintergehen.«

Er strich ihr mit einer Hand über den Rücken. »Musst du so schrecklich reich sein?«

»Komm, sei kein Macho.« Sie zog ihn mit einer Hand zu ihrem Schlafzimmer hin. »Diesmal verzichte ich auch darauf, dich für deine Mühe zu entlohnen, versprochen.«

Bis eben hatte er befürchtet, dass ihre Beziehung beendet war. Nun bekam sein Leben einen neuen Kick. Zumindest bereinigte diese Nacht all seine Befürchtungen, die die Gefühle seiner Lebensgefährtin ihm gegenüber betrafen. Petra verhielt sich nicht wie eine Frau, die mit ihrem Partner abgeschlossen hatte. Eher wie eine, die ihren Partner gerade neu entdeckte. Und er ließ sich gerne fallen.

Am darauffolgenden Morgen trennten sie sich mit dem gegenseitigen Versprechen, den Abend gemeinsam zu verbringen. Da ihn nichts trieb, blieb er am Frühstückstisch sitzen und genehmigte sich eine weitere Tasse Kaffee. Er war unentschlossen, was er an diesem Tag unternehmen sollte. In dem Augenblick erreichte ihn ein Anruf von Stange. »Hast du Lust, uns bei der Suche nach dem Neffen der Toten zu unterstützen?«

Alles war besser, als den halben Tag auf die Elbe zu starren und die vorbeifahrenden Schiffe zu beobachten. Das mochte eine Herausforderung für einen Touristen aus dem Süden sein, der auf dem Chiemsee eher selten größeren Passagierdampfern begegnete. Für ihn gehörten Schiffe zum täglichen Einerlei. Also sagte er zu. Er war kein Mensch, der mit Wonne die Zeit totschlug. Er brauchte Bewegung, das galt gleichermaßen für Kopf und Glieder. Er rief Petra im Büro an und informierte sie über sein Vorhaben.

Statt einer Antwort lachte sie kurz auf. »Warum bin ich jetzt nicht überrascht? Aber verlass dich darauf, den nächsten Urlaub machen wir dort, wo du eine Woche brauchst, um nach Hamburg in dein geliebtes Präsidium zu kommen.«

Unterm Strich war er gut weggekommen. Berufstätige Frauen brachten mehr Verständnis für arbeitswütige Männer auf als treu sorgende Hausfrauen und Mütter, die sich am Abend gern mal mit dem Ehemann über ihre Alltagssorgen unterhalten hätten.

10

Stange begrüßte ihn mit strahlendem Gesicht. »Klasse, dass du mir behilflich sein willst. Zwei Kollegen sind überraschend ausgefallen. Bis die wieder bei uns aufschlagen werden, vergehen ein paar Stunden.«

»Gleich zwei? Ist bei euch die Grippeepidemie ausgebrochen?«

»Nur zum Teil. Gegen einen Kollegen wird intern ermittelt. Er soll sehr klebrige Finger gehabt haben.«

»Hat das mit den Ermittlungen gegen die Hells Angels zu tun?«

»Sieht so aus.«

»Wie ist man ihm auf die Schliche gekommen?«

»Er lebt in Scheidung. Seine Frau bestand darauf, an seinen Nebeneinkünften beteiligt zu werden. Tja, die Auseinandersetzung darüber ist bis zu uns durchgedrungen. Bei dem Thema Nebeneinkünfte sind alle Lauscher aufgegangen. Du kennst ja das Prozedere. Da muss der Kollege nun allein durch. Ich fürchte nur, er war kein Einzeltäter. Irgendwo turnt ein weiterer Maulwurf durch unsere Gänge. Aber das ist momentan nicht unsere Baustelle.« Er drückte ihm ein Stück Papier in die Hand. »Das ist die letzte Adresse von Lutz Köhler, die wir ausfindig machen konnten.«

»Der ist in Harburg gelandet?«

»Wie man sieht. Er soll in einer ehemaligen Baubude untergekommen sein. Tagsüber ist er dort wohl schwer zu erreichen. Da muss er sich vermutlich um die Kohle für seinen Drogenkonsum kümmern.«

»Das hat wohl nicht gelangt, was er bei seiner Tante abgegriffen hat.«

»Sieht ganz so aus.« Stange reichte ihm ein Foto des Gesuchten. »Wir haben es bei der Ermordeten gefunden. Es scheint recht aktuell zu sein.«

Hilpert musterte das Bild. »Er sieht aus wie ein junger Mann der zur Schule geht oder gerade eine Ausbildung angefangen hat.«

»Tja, man darf halt nicht alles für bare Münze nehmen, was einem die Augen vorgaukeln. Der hat seine Schule schon vor Jahren geschmissen und ist sich für regelmäßige Arbeit stets zu schade gewesen.«

Hilpert grinste seinen Kollegen an. »Dann wollen wir uns mal am Abend um das Früchtchen kümmern. Hältst du ihn für den Täter?«

»Schlecht zu sagen. Eigentlich war sie für ihn lebend wichtiger als tot. Aber Drogensüchtigen ist alles zuzutrauen. Sie leben für den Augenblick. Über den nächsten Tag wird nicht nachgedacht.«

Er winkte ab. »Wem erzähle ich das? Du warst doch selbst mal bei der Drogenfahndung.«

»Wie wahr. Seitdem hat sich nichts verändert. Die Süchtigen zerstören sich selbst. Üblicherweise wird die gesamte Familie in Mitleidenschaft gezogen.«

Hilpert verbrachte den weiteren Vormittag damit, sich langsam an seinen neuen Arbeitsplatz zu gewöhnen. Die Räumlichkeiten seiner Sonderkommission wurden bereits hergerichtet. In wenigen Tagen würde er von seinem Schreibtisch aus tätig werden können. Am Nachmittag besuchte er Baumgartner und traf dort seine künftige Mitarbeiterin, die Feuer und Flamme war, als er von seinem Auftrag am Abend berichtete. Selbst wenn er es versucht hätte, keine Macht hätte sie davon abgehalten, ihn nach Harburg zu begleiten. Er ließ sich nicht lumpen und lud sie zum Abendessen ein. Da sie eh die Elbbrücken nehmen würden, suchten sie den Italiener in der Amsinckstraße auf, der sich auf einem ehemaligen Werftgelände eingerichtet hatte. Als sie auf den Parkplatz fuhren, starrten sie die gewaltigen Pylone der Elbquerung an, die für die S-Bahn von und nach Harburg in einem langen Bauprozess errichtet worden waren. Als heimelig konnte man die Atmosphäre nicht bezeichnen. Es war halt mal was anderes.

Sie beließen es bei einem Nudelgericht und waren gegen 21 Uhr wieder auf der Straße. Noch war es relativ hell, sodass sie es langsam angehen ließen. Sie nahmen die Autobahn. Der Verkehr hatte sich merklich beruhigt. Zusehends baute sich in ihnen Spannung auf. Was erwartete sie in Harburg? Hinter der Abfahrt zum Hafen gelangten sie auf die Neuländer Straße. Voller Erstaunen nahm Hilpert zur Kenntnis, wie sich der Ort zu mausern begann. In den letzten Jahren hatte ihn nichts dorthin gezogen. Ihm blieb nichts anderes übrig, als Abbitte zu leisten. An allen Ecken war gebaut worden. Alte Speicher und Silos hatte man zum Teil runderneuert. Er entdeckte diverse Neubauten und Parkhäuser. Von ihrer Fahrtrichtung war es ihnen nicht möglich, in den Schellerdamm einzubiegen. Sie fuhren ein Stück höher bis zur Harburger Schlossstraße und bogen an deren Ende in den Karnapp ein. Am Anfang der Seevestraße ließen sie den Wagen stehen und gingen zu Fuß weiter. Um diese Zeit gab es Parkplätze in Hülle und Fülle. Sie würden erst am nächsten Morgen knapp werden. Je weiter sie vorankamen, desto stärker verlor sich der Eindruck eines aufblühenden Geschäftsviertels. Selbst die Qualität des Straßenbelags verschlechterte sich mit jedem Schritt. Auf dem Gelände der Bundesbahn wäre eine Aufräumaktion garantiert als großartige Idee aufgenommen worden.

Hilpert fragte sich langsam, ob es richtig gewesen war, diese Gegend, ausschließlich von einer Frau begleitet, aufzusuchen. Er blickte zu seiner Kollegin hinüber. Sie wirkte auf ihn ruhig und gelassen. Er entdeckte keine Spur von Ängstlichkeit bei ihr. Das zumindest vermittelte ihm ein gutes Gefühl. Mittlerweile waren sie in die Alte Seevestraße eingebogen. Die Betonpfeiler der Brückenkonstruktion schienen sich ihnen bedrohlich zu nähern. Im Zwielicht erahnten sie linker Hand die Holzhäuser, in denen sie Köhler vermuteten. Sie bewegten sich auf einem Terrain, das auf sie wie eine Parallelwelt wirkte, und das auf wenigen Hundert Quadratmetern. Über sich vernahmen sie das sanfte Brummen des spärlichen Verkehrs, der über die Hannoversche Straße lief. Um sich zu orientieren, gingen sie einige Schritte weiter. Rechts von sich erblickten sie eine Ruine, die weitgehend zugemüllt war. Hilpert fühlte sich wie in einem Krimi der schwarzen Serie. So oder ähnlich musste es in New York an den Docks ausgesehen haben, bevor die Gegend von Grundstücksspekulanten entdeckt wurde.

Wohnhäuser würde man in dem Bereich unter der Brücke wohl kaum errichten wollen. Spekulanten durfte man hier nicht erwarten. Trotzdem hatte es dorthin Menschen verschlagen. Er hatte keine Idee, was man da sonst veranstalten konnte. Aufräumen, dachte Hilpert. Aufräumen für die Versprengten der Gesellschaft. Wenigstens das könnte man tun. Nur hatten die keine Lobby. Zum Wählen gingen die gewiss nicht. Vermutlich erreichten sie nicht einmal die Wahlscheine, da sie über keine gültige Postadresse verfügten.

Ein Geräusch in ihrem Rücken ließ die Beamten herumfahren. Aus dem Schatten eines Brückenpfeilers löste sich ein breitschultriger Mann. Bodybuilder, kam es Hilpert in den Sinn. Dieser machte einen bedrohlichen Schritt auf sie zu.

»Na, was sucht ihr beiden Hübschen denn an diesem Ort?«, sprach er sie an. »Wollt ihr euch ein wenig amüsieren? Ist euch die Gegend nicht zu ungemütlich?«

Bevor Hilpert antworten konnte, vernahm er die Stimme von Claudia Ernst. »Das geht dich einen feuchten Kehricht an, was wir hier treiben!«

»Mutig, mutig, junge Frau«, erwiderte der Berg von einem Mann. »Aber in der Unterwelt haben wir das Sagen. Und wir finden, ihr habt bei uns nichts zu suchen.«

»He, was soll das Palaver?«, drang eine weitere Stimme auf sie ein. »Sag den beiden, sie sollen sich verpissen. Sie stören uns bei der Arbeit.«

Hilpert lachte brüllend auf. »Arbeit zu dieser Zeit, in dieser Gegend? Bist du ein Comedian? Kennt man dich aus dem Fernsehen? Komm näher, ich möchte dein Gesicht sehen!«

In ihr Blickfeld geriet ein jüngerer Mann um die zwanzig. Das spärliche Licht ließ asketische Gesichtszüge erkennen. Anscheinend gehörte er selbst zu seinen besten Kunden. Sein kräftiger Partner hatte sich Hilpert ausgesucht. Die Frau schien er nicht als Gegner ausgemacht zu haben. Er wollte nach dessen Sweatshirt greifen, als er das metallische Klacken vernahm, das entstand, wenn eine Pistole durchgeladen wurde. Er begriff, einen Fehler gemacht zu haben, den er nur schwerlich würde korrigieren können. Die Kommissarin stand breitbeinig seitlich von ihm, beide Hände an der Waffe. Ihr Ton klang überzeugend, als sie ihn aufforderte, sich in die Knie zu begeben. Ruhig kam er ihrer Aufforderung nach. Bislang galt die alte Regel, dass Muskelkraft gegen ein Neun-Millimeter-Vollmantelgeschoss keine Chance hatte.

Hilpert winkte den zweiten Mann zu sich. Dieser näherte sich ihm vorsichtig. »Wo hast du das Dope gebunkert?«

»Ich weiß nicht, was du meinst«, erwiderte er mutiger, als man ihm zugetraut hätte.

Hilpert fasste in seine Hosentasche und beförderte das Messer heraus, das er stets bei sich trug. »Pass auf, ich fange mit deinen Ohren an. Am Ende halte ich deine Eier in der Hand. Verlass dich darauf. Und du wirst mir alles erzählen, was ich wissen will und noch viel mehr.«

»Du bist verrückt!«, schrie der Mann ihn an.

»Sag ihm, wo die Ware ist«, schaltete sich sein Kollege ein, der nach wie vor kniete. »Für die paar Gramm lässt man es nicht drauf ankommen.«

Der Dealer wies mit dem Zeigefinger nach vorne. »Neben der Zufahrt zum Parkplatz dort drüben findest du in einer Dose, was du suchst. Aber du machst einen großen Fehler.«

»Gut und wo ist die Kohle?«, setzte Hilpert nach, ohne auf die Worte des Mannes einzugehen.

»Die hab ich«, antwortete der Bodybuilder. »Ich greif in meine Tasche und hol sie raus. Ich mach keinen Scheiß. Ihr hoffentlich auch nicht.«

Dessen Gelassenheit machte Hilpert stutzig. Welches Dealerduo ließ sich schon gerne ausnehmen? Er ging dichter an den muskulösen Mann heran. Jetzt erkannte er ihn. »Hempel!«, stieß er hervor. »Immer noch im Geschäft, wie man sieht.«

»So ist es, Herr Hauptkommissar. Jeder tut, was er am besten kann.«

Sein Partner wurde etwas mutiger. »Ach, die Herrschaften sind miteinander befreundet? Dann wissen Sie vielleicht, dass alles geregelt ist.«

»Halt die Schnauze!«, erreichte ihn die passende Antwort seines Begleiters.

Ruhig nahm Hilpert das Geld an sich. Von dem neben ihm Knienden drohte keine Gefahr. Der kannte ihn gut genug und wusste, dass er nicht lange herumfackelte. Hilpert ging in die Knie und redete auf ihn ein: »Wir suchen einen etwa zwanzigjährigen Junkie. Sein Name ist Lutz Köhler, asketischer Typ, Glupschaugen.«

»Nie gehört. Wer interessiert sich denn für Namen und Äußerlichkeiten?«

Hilpert überlegte kurz. »Okay, ihr könnt verschwinden. An eurer Stelle würde ich meinen Standort wechseln.«

Das Kraftpaket erhob sich und wandte sich ihm zu. »Ich hoffe, du hast nicht in die Scheiße gefasst, Hilpert. Aber das ist nicht mein Problem.«

Mit zügigen Schritten gingen sie zur Betontreppe, die sie wieder in die Oberwelt führen sollte.

Claudia Ernst sah den beiden entgeistert hinterher. »Mensch, Fabian, die haben unter Garantie an anderen Stellen weiteres Rauschgift und Geld gebunkert.«

»Das mag stimmen. Doch zu zweit sollte man keine zu großen Risiken eingehen. Wer weiß, wer sich noch in dieser Gegend aufhält. Selbst wenn wir ein Kilo und ein paar Tausender mehr einkassieren könnten, hätten wir damit kein Problem gelöst.« Er dachte über die Worte des einen Dealers nach und kratzte sich am Kopf.

»Und was stellst du jetzt mit dem Geld und dem Rauschgift an?«

»Ich denke drüber nach.« Schließlich grinste er sie an. »Ich werde es wohl behalten.«

»Das ist keine gute Idee.«

»Dann musst du mich bei der Dienstaufsicht verpetzen. Oder willst du was abhaben?«

»Leck mich.«

Sie kehrten um und fanden tatsächlich unter einer Konservendose den Stoff. Weit würde man damit nicht kommen. Die Kommissarin brummelte leise vor sich hin. Sie verstand nichts und war darüber verärgert. Hilpert wirkte dagegen eher gut gelaunt. Er zählte das Geld. »Hm, gut 2.000 Euro, die Jungs sind fleißig gewesen.«

Sie verzichtete darauf, ihm Fragen zu stellen. Dass er sich bereichern wollte, schien ihr weit hergeholt. Sie wusste, dass er auf viel Geld verzichtet hatte, als er sich entschied, zur Polizei zurückzukehren. Da konnte man das Drogengeld eher als Peanuts bezeichnen, auch wenn man kein Großbanker war. Sie dachte darüber nach, wer diesen Begriff für höhere Verluste seines Kreditinstituts verwendet hatte. Sie kam nicht auf den Namen. So schnelllebig war die Welt. Gestern ereiferte sich das Land über eine Sache, füllte damit die Gazetten, wenig später wusste man kaum, worum es gegangen war. Sie war eher missgestimmt, weil ihr Partner offensichtlich etwas im Schilde führte und sie nicht an seinen Gedanken teilhaben ließ. Damit hatte sie zu leben. Um etwas aus ihm herauspressen zu wollen, musste sie ihm vermutlich die Pistole an die Stirn setzen. Dafür war sie wiederum nicht neugierig genug. Sie gingen zurück zu der Stelle, an der sie die Dealer getroffen hatten. Nichts rührte sich.

Sie wollten gerade abbrechen, als sie eine krächzende Stimme vernahmen. »Seid ihr neu? Habt ihr den Stoff am Mann?«

Hilpert zog eine kleine Stabtaschenlampe aus der Hosentasche und leuchtete damit in die Richtung, aus der sie eine Bewegung wahrnahmen.

»Hast du Kohle dabei?«, erwiderte er schlagfertig.

»Klar.«

Der Unbekannte näherte sich ihnen. In dem kleinen Lichtkegel der Taschenlampe erhaschten sie einen Blick auf sein Gesicht. Es war eindeutig der Gesuchte. Er streckte ihnen die Hand mit mehreren Scheinen entgegen. »Seht ihr?«

»Ausgezeichnet! Was deine Tante wohl dazu sagen würde, wenn sie wüsste, wofür du ihr sauer erarbeitetes Geld verbrätst.«

»Meine Tante ist ...« Als würde er merken, sich zu verplappern, brach er mitten im Satz ab. »Wer seid ihr, was wollt ihr von mir?«

»Na, ganz einfach, wir sind die Polizei. Und wir suchen dich. Nicht unbedingt lustig, was mit deiner Tante passiert ist. Oder wie siehst du das?«

»Ich hab nichts damit zu tun!«, schrie er sie an. »Als ich in ihre Wohnung gegangen bin, war sie bereits tot.«

»Und woher hast du ihren Wohnungsschlüssel?«

»Den hab ich ihr vor Kurzem aus dem Wohnzimmer geklaut. Der lag da aufm Couchtisch.«

»Und die Kohle? Wie bist du daran gekommen?«

»Damit konnte sie eh nichts mehr anfangen. Die lag im Highboard in einer Schublade.«

»Großartig, wie du mit deiner Trauer umgehst«, giftete ihn die Kommissarin an. »Komm, es gibt da ein paar Leute, die sich mit dir unterhalten wollen.«

Er versuchte, sich in der Dunkelheit zu verdrücken. Doch gegen die sportliche Polizistin hatte er keine Chance. Mit wenigen Schritten stand sie vor ihm und packte ihn am Hemdkragen. Er spürte, sie war nicht nur schneller als er, sondern vor allem wesentlich kräftiger. Resigniert ließ er sich abführen. Hilpert beobachtete die Aktion mit vor der Brust verschränkten Armen. Seine Kollegin kam auch ohne ihn mit der Situation vorzüglich zurecht. Mit ihr hatte er den richtigen Griff getan. Machte sie so weiter, wäre er bald arbeitslos, obwohl er noch gar nicht offiziell angefangen hatte. Sie steckten den jungen Mann in den Fond des Wagens und stellten die Kindersicherung ein. So ohne Weiteres konnte er ihnen nicht entkommen. Davon unabhängig machte er nicht den Eindruck, als ginge von ihm irgendeine Gefahr aus.

Sein Widerstand war offensichtlich gebrochen. Während der Fahrt spielte er abwechselnd die Rolle des reuigen Sünders, der in tiefe Trauer verfallen war, und dann wieder die des aufmüpfigen Revoluzzers, der völlig unschuldig verhaftet wurde. Im Präsidium hatte er sich schließlich entschieden, auf heulendes Elend zu setzen. Hilpert war froh darüber, dieses Verhör nicht führen zu müssen. Der Verhaftete nervte ihn ungemein. Mit ihm konnte sich Stange am nächsten Vormittag auseinandersetzen. Vorher war ein medizinischer Check angesagt. Er würde sich nicht sonderlich anstrengen müssen, um alles aus dem Drogensüchtigen herauszuholen, was für ihren Fall sachdienlich war. Setzte die Wirkung der Drogen vollends aus, würde er Stange alles gestehen, was sie hören wollten, nur um an neuen Stoff zu kommen. Fragte sich allerdings, was sie mit diesen Informationen anfangen konnten. War er wirklich der Mörder seiner Tante? Einiges sprach dagegen. Doch wie wollte man das Verhalten Drogensüchtiger mit kalter Logik erklären? In bestimmten Situationen waren sie zu allem fähig. Insbesondere dann, wenn der Stoff knapp und die Kasse leer waren.

Hilpert und Claudia trennten sich. Er wollte die Chance nutzen, all diese Gedanken vorerst zur Seite zu drücken. Noch standen ihm ein paar freie Tage zur Verfügung. Er beabsichtigte, sie entschieden für sich nutzen. Die Realität bekam ihn früh genug zu packen. Freie Tage erhielten schon bald den Status einer aussterbenden Spezies.

Zu Hilperts Überraschung empfing ihn Petra mit zwei Flugtickets. »Da du ansonsten wieder bei deinen künftigen Kollegen im Polizeipräsidium rumhängen wirst, habe ich uns ein verlängertes Wochenende in Berlin organisiert, mit Luxushotel. Ich habe alles mit Kreditkarte bezahlt. Du musst nur deinen Koffer packen. Das kannst du besser als ich. Morgen früh geht es los. Widerspruch wird nicht geduldet.«

»Einverstanden, aber ich nehme keine Krawatte mit.«

Mit oder ohne Krawatte, Berlin war eine Reise wert.

11

Tatsächlich musste sich Stange bei dem Verhör mit dem Neffen der Toten nicht sonderlich anstrengen. Als er ihm von dem hohen Geldbetrag unter ihrer Matratze erzählte, spürte er das Erstaunen seines Gegenübers. Garantiert wusste Lutz Köhler nichts darüber. Eher sah man ihm den Ärger an, nicht richtig gesucht zu haben. Ansonsten gab er zu, dass er aus ihrer Wohnung mehrere Hundert Euro entwendet hatte. Seine Tante sei bereits tot gewesen, als er eingetreten war. Er wollte sich dort nur wenige Minuten aufgehalten haben und habe Furcht gehabt, allein mit ihr entdeckt zu werden. Als der Nachbar in die Wohnung gekommen war, wollte er sich im Schlafzimmer versteckt haben. Danach sei er wie von Sinnen die Treppe hinuntergestürzt. Er wollte nur noch weg. Wie bei vielen Drogensüchtigen ging ihm der Tod der Verwandten nicht wirklich nahe. Eher beschäftigte ihn die Frage, wer ihm künftig bei der Finanzierung seines Drogenkonsums behilflich sein könnte. Stange entschied, ihn vorerst in Untersuchungshaft zu belassen. Bei der Beweislage und dem Fehlen eines festen Wohnortes stellte dies kein Problem dar. Vielleicht konnten sie ihm behilflich sein, seine Drogensucht zu bekämpfen. Er war jedoch skeptisch. Trotz aller Verdachtsmomente glaubte er nicht an dessen Täterschaft. Gönnte er dem Junkie einen eingehenderen Blick, bezweifelte er, dass der die Energie aufbrachte, die Frau so kraftvoll erwürgt zu haben, dass sie keine Möglichkeit hatte, sich zu wehren. Auf Köhlers Stirn zeigten sich erste Schweißtropfen. Seine Bewegungen wurden fahriger, seine Sprache unverständlicher. Schon bald würde die Wirkung des Beruhigungsmittels, das ihm der Amtsarzt verabreicht hatte, nachlassen. Als Ergebnis des Entzugs bekäme er jegliches Geständnis. Leider wäre es eine Ware ohne Wert und würde ihre Ermittlungen nicht weiterbringen. Sie suchten einen Mörder, keinen Sündenbock. Am Nachmittag wollte einer seiner Kollegen nochmals die gleiche Befragung durchführen. Ob es Sinn machte? Sie würden sehen. Hilpert konnte er nicht bitten, der hatte sich vorerst abgesetzt. Vermutlich hätte er sich dafür bedankt. Drogensüchtige erfreuten nicht unbedingt das Herz der Vernehmenden.

Zu Beginn der neuen Woche saß Hilpert offiziell an seinem Schreibtisch. Die Tage in Berlin hatte er genossen. Mittlerweile war ihr Kurzurlaub längst Vergangenheit. So intensiv sie die wenigen Tage genutzt hatten, so schnell überrollte sie ihr beruflicher Alltag. Trotzdem saß er gerne an seiner alten Wirkungsstätte. Die Umgebung war einfacher gestrickt, als er es im Konzern gewohnt war. Die Technik erwies sich als überholungsbedürftig, das Mobiliar zeigte deutliche Gebrauchsspuren. Ihm war es gleichgültig. Er gehörte wieder dazu. Und er fühlte sich wohl. Nur das zählte. Eine Reihe seiner Kollegen, die ihn aus alten Zeiten kannten, schauten bei ihm herein. Egal, zu welchem Dezernat sie gehörten, qualifizierte Unterstützung wurde auf allen Etagen geschätzt. Einige von ihnen verstanden seine Entscheidung nicht. Wie konnte man in den Staatsdienst zurückkehren, wenn man es in kurzer Zeit geschafft hatte, sich in der freien Wirtschaft zu behaupten, und im Monat mehr verdiente als der Bürgermeister? Nicht jeder begriff seine Motive. Noch überhäufte man ihn nicht mit Arbeit. Er saß an seinem Schreibtisch eher wie die Spinne im Netz. Ein neutraler Beobachter hätte darauf gesetzt, dass er auf etwas wartete. Er sollte nicht enttäuscht werden. Tatsächlich saß an diesem Vormittag ein Kollege von der Dienstaufsicht vor ihm.

»Ihr seid schnell«, empfing Hilpert ihn, »das muss der Neid euch lassen.«

Erstaunt schaute ihn Oberkommissar Krüger an. »Sie haben mich erwartet?«

»Kann man so sehen. Ich vermute, es geht um diese Preziosen.«

Er öffnete die Schublade und entnahm ihr das Geldbündel und das Rauschgift. »Wie seid ihr darauf gekommen? Anonym?«

Krüger nickte zu seinen Worten. Er machte einen erleichterten Eindruck. »Ich kann somit davon ausgehen, dass Sie das Zeugs abgeben wollten und ich nur schneller gewesen bin?«

»Jein«, erwiderte Hilpert. »Eigentlich wollte ich es noch ein paar Tage behalten.«

»Wie das? Stimmen meine Erkundigungen, haben Sie es nicht nötig, Drogengeld einzukassieren. Und die Stoffmenge scheint mir recht übersichtlich. Viel stellt man damit nicht auf die Beine.«

»Das ist ganz einfach, ich will einen Maulwurf in unseren Reihen ausgraben.«

Interessiert beugte sich der Kollege vor. »Maulwurf?«

»Einer der beiden Dealer machte eine Bemerkung in diese Richtung.«

»Und haben Sie schon einen Plan?«

»Plan wäre zu viel des Guten. Vielleicht sollten wir ihm eine Falle stellen. Also, obwohl ihr mein Büro durchsucht habt, konntet ihr nichts finden. Streut das mal in die Gegend.«

»Das soll uns helfen?«

»Mit etwas Glück allemal. In unseren Räumlichkeiten gibt es wenigstens einen Kollegen, der mir was ans Zeug flicken will, bevor ich richtig gestartet bin, sonst hätte es diese anonyme Anzeige nicht gegeben. Gewähren wir ihm die Chance und gönnen ihm das Erfolgserlebnis.«

»Aha und wie geht es weiter?«

»Ich prahle ein wenig damit herum, dass Sie zu oberflächlich gesucht haben. Lassen Sie sich von Ihrem Boss ordentlich zusammenscheißen.«

»Und wofür soll das gut sein?«

»Ganz einfach. Er soll sich seine Gedanken machen, wie ihr mich zu fassen bekommt. Dem wird schon was einfallen.«

»Ich verstehe zwar immer noch nicht alles, aber wenn Sie meinen.« Krüger schüttelte kaum merklich den Kopf und grinste unsicher. »Sie sind ja für unkonventionelle Ermittlungsmethoden bekannt. Dann mal ran an den Speck. Welches sind die nächsten Schritte?«

»Ihr müsst euch meine Kollegin Claudia Ernst vornehmen. Nehmt sie ruhig hart ran.«

»Und warum das?«

»Wegen der Glaubwürdigkeit.« Hilpert blickte auf seine Beute. »An und für sich brauche ich die Sachen nicht. Nehmen Sie die ruhig mit. Lassen Sie hinter vorgehaltener Hand durchscheinen, dass mit einer weiteren Durchsuchung meines Büros zu rechnen ist. Wir trennen uns jetzt aufgebracht. Ich nach dem Motto, was werfen Sie mir eigentlich vor. Wissen Sie nicht, mit wem Sie es zu tun haben? Sie hingegen lassen jeden wissen, dass ich ein arroganter Arsch bin, der sich maßlos überschätzt und besser in der freien Wirtschaft geblieben wäre. Tönen Sie ein bisschen herum, dass Sie mich kriegen werden oder so.«

»Ich lasse mich überraschen. Nur was ist, wenn Ihr Plan in die Hose geht?«

»Am besten sichern Sie sich ab. Reden Sie über unseren kleinen Deal mit Kriminaldirektor Weber. Ziehen Sie aber sonst niemanden ins Vertrauen.«

»Was ist mit meinem Vorgesetzten?«

»Wenn er okay ist, schenken Sie ihm reinen Wein ein. Vor allem muss er die Klappe halten können. Nicht zu dick auftragen. Immer dran denken, wir wollen einem Kollegen auf die Fährte kommen. Der wird nicht in jede Falle stolpern, die wir für ihn aufstellen. Das müssen wir etwas intelligenter angehen.«

»Mein Chef ist in Ordnung. Mit dem kann ich reden.«

»Umso besser. Wünschen wir uns gegenseitig Glück.« Hilpert überlegte. »Da hätte ich noch 'ne Idee. Verbreiten Sie ganz dezent, dass man mir sowieso nicht ans Leder flicken konnte.«

»Und warum nicht?«

»Unser Freund muss den Eindruck bekommen, dass man der anonymen Anzeige gegen mich von oben nur halbherzig nachgegangen ist. Dass man sich nicht so richtig an mich herangewagt hat. Wo ich doch einen Orden erhalten habe und in den Medien gefeiert wurde. Dazu kommen meine Kontakte in die Wirtschaft.«

»Wenn ich Sie recht verstehe, wollen wir unseren Maulwurf bewegen, ein klein wenig nachzuhelfen?«

»So in etwa.«

»Lassen wir uns überraschen. Würde mich freuen, wenn wir das Schwein zu fassen bekämen. Ich hasse diese Typen, die auf beiden Schultern tragen.«

»Da sind wir einer Meinung.«

* * *

Die junge Frau mochte 25 Jahre alt sein. Sie hatte lange blonde Haare, die in sanften Wellen auf ihre Schulter flossen. Trotz eines längeren Zugs durch Soho und einer ereignisreichen Nacht sah sie aus, als sei sie gerade erst dem Bad entstiegen. Sie drehte sich in ihrem Bett dem Mann zu, der noch tief schlief. Er war keine fünf Jahre älter als sie und trug eine dieser Kurzhaarfrisuren, die momentan offensichtlich im Trend lagen und üblicherweise von Männern bevorzugt wurden, die den Verlust ihrer

Haare zu beklagen hatten. Das galt jedoch nicht für ihn. Was an Haaransätzen zu erkennen war, wies auf ein klassisches Schwarz hin, das perfekt mit seinen braunen Augen harmonierte. Er hatte die Decke zum Teil abgestrampelt, sodass ein gut trainierter Körper zu erkennen war. Er gehörte zu dem Typus Mann, bei dem sich seine Geschlechtsgenossen schleunigst ein Shirt überzogen, wenn man ihm in Badehose am Strand begegnete. In Nord- und Mitteleuropa wäre er ohne Abstriche als Latin Lover durchgegangen und zwar als einer der besseren Sorte. Allerdings suchte man auf dem Fußboden, auf dem ihre achtlos abgestreiften Kleidungsstücke lagen, vergeblich nach einer dreiviertellangen Lederjacke. Er hatte es bei einem Shirt belassen. Sanft fuhr sie mit ihren Händen über seine unbehaarte Brust. Irgendwann landete sie zwischen seinen Beinen. Mit einem Gemisch aus Seufzer und Grunzen reagierte er auf ihre Streicheleinheiten. Sie ließ nicht locker. Er ließ sie gewähren. Als sie sich auf ihn hockte, war er längst für eine Fortsetzung ihrer nächtlichen Aktivitäten bereit. Sie kannten sich noch nicht so furchtbar lange. Das änderte nichts daran, dass sie sich bei ihrem Tun gut zu ergänzen schienen. Später lagen sie heftig atmend nebeneinander.

Herausfordernd spielte sie mit seinen Brustwarzen. »Ich freu mich auf unseren Trip nach Italien. Das Wetter soll zurzeit bombenmäßig sein.« Sie drehte sanft an einer seiner Brustwarzen. »Gute Idee, das Handy ausgeschaltet zu lassen. Da stört uns die nächsten Tage niemand mit dummen Telefonaten. Und anrufen können wir, wen und wann immer wir wollen.«

Er nickte zu ihren Worten und verschränkte die Hände hinter seinem Kopf. Am liebsten hätte er noch ein wenig Zeit im Bett verbracht. Sie hatten sich in der Cafeteria ihrer Uni kennengelernt. Das altehrwürdige Gemäuer versprach zuweilen mehr, als es halten konnte. Das galt weniger für das Ambiente, wohl aber für die Qualität des Essens. In England wurde man automatisch Teefan, weil der Kaffee ungenießbar war. Und welcher Kontinentaleuropäer trank schon freiwillig englisches Bier? Glücklicherweise konnte der durchschnittliche Insulaner keinen Einfluss auf Getränke in Dosen oder Flaschen nehmen, die man vom Festland importierte. Ansonsten müsste man vermutlich selbst das Mineralwasser zum Blumengießen verwenden. Umberto kam aus einer italienischstämmigen Familie, die in zweiter Generation ihren

Lebensunterhalt mit einem italienischen Restaurant in London verdingte. Und das mit gutem Erfolg. Trotzdem war er aus der Art geschlagen. Statt den Gaumenfreuden widmete er sich der Geologie. Dank eines längeren Studienaufenthaltes in München sprach er vorzüglich Deutsch. Er galt als Sprachtalent. Sein Vater versuchte ihn anfangs umzustimmen. Aber die stolze Mutter kämpfte mit ihm den erfolgreichen Kampf um eine akademische Ausbildung für den ältesten Sohn. Mittlerweile erzählte sein Erzeuger jedem Gast voller Stolz, dass Umberto garantiert Professor werden würde. Zum Glück für ihn wurden für sein Fach keine Nobelpreise verteilt. Zumindest im Familienkreis müsste er sich auf eine Dankesrede vor der Stockholmer Akademie vorbereiten. Jenny Jansen hatte vor drei Wochen ihre Masterarbeit eingereicht. Ihr Dozent hatte ihr den ersten Hinweis darauf gegeben, dass es nur noch um die Note ging. Nach menschlichem Ermessen war sie mit ihrem Studium durch. Und die Ergebnisse konnten sich sehen lassen. Die letzten 18 Monate ihres Aufenthalts in England waren weitgehend von ihren Großeltern finanziert worden. London war teuer. Mit tausend Euro kam man nicht furchtbar weit. Glücklicherweise war sie in einer Wohngemeinschaft untergekommen. Auch wenn ihr Vater selten Stellung zu seinen finanziellen Problemen bezog, war ihr nicht entgangen, dass es sehr eng geworden war. Trotzdem oder gerade deshalb hatte sie sich den Aufenthalt in Italien verdient, ohne Stress, ohne Anrufe aus Hamburg. Für alle Notfälle schickte sie ihrem älteren Bruder eine SMS und schaltete ihr Handy ab. Sie warf einen Blick auf ihre Armbanduhr. Ihr Flieger ging in vier Stunden. Für Londoner Verhältnisse war das durchaus ein zeitlicher Vorrat, den man benötigte, um in Ruhe nach Heathrow zu gelangen. Sie führten nur kleines Gepäck mit sich. In Italien hatte die Sonne im Juni gefälligst zu scheinen und zwar jeden Tag. Selbst ein gelegentlicher Regen schaffte es nicht, die Hitze zu verdrängen. Wichtigstes Requisit war daher, neben der Sonnenmilch, der Bikini. Sie war auf die Fahrt in Sardinien gespannt.

Mit einem Satz sprang sie aus dem Bett. »Beeilung, wenn ich bitten darf. Der Flieger wartet nicht auf uns.«

Ergeben folgte er ihr. Ihre Taschen waren gepackt. Ihre Unterlagen steckten griffbereit in seiner Umhängetasche. Ihr Taxi holte sie pünktlich ab. Die Fahrt zum Flughafen verlief problemlos, als hätten die Londoner durch die Olympiade gelernt, ihr Verkehrschaos besser zu beherrschen. Das musste allerdings bezweifelt werden. Wohl aber halfen den Fußgängern die reichlich aufgestellten Hinweisschilder, an ihr jeweiliges Ziel zu gelangen. Sie schmiegte sich an den jungen Mann, der neben ihr saß und stöhnte erfreut auf, als sie Heathrow deutlich früher erreichten als befürchtet. Sie konnten sich in aller Ruhe im Flughafen ein weiteres Frühstück erlauben. Es war sogar genießbar.

12

Viel Zeit verblieb Hilpert nicht, sich intensiver um den Kollegen mit den klebrigen Fingern zu kümmern. Er vermutete ihn im Drogendezernat. Das war's an Vermutungen, obwohl er dort bis zu seinem Kosovo-Aufenthalt tätig gewesen war. Er installierte in seinem Büro ein paar technische Schmankerl und entschied sich, vorerst abzuwarten. Am späten Nachmittag flatterte bereits der erste Fall auf seinen Schreibtisch. Baumgartner hatte ihn gebeten, sich an der Untersuchung eines Tatorts zu beteiligen. Ein Kunsthistoriker war in seiner Wohnung ermordet worden. Hilpert bemerkte, dass er mit Riesenschritten in die Normalität seines beruflichen Alltags gedrängt wurde. Und das war gut so. Er bat Claudia Ernst zu sich. Gemeinsam machten sie sich mit einem Dienstfahrzeug auf den Weg. Er spürte in sich die Spannung aufkommen, die ihn stets erfasste, wenn er an den Ort eines Verbrechens unterwegs war. Sie drangen in die Privatsphäre eines Menschen ein, der noch vor Stunden gelebt hatte, dem der neugierige Besuch Fremder zu Lebzeiten alles andere als gelegen gekommen wäre. Diese Gedankengänge waren gegenstandslos geworden. Sie suchten die Wohnung eines Mordopfers auf, für das solche Überlegungen hinfällig geworden waren.

Fast schien es ihm, als sei das halbe Präsidium zur Untersuchung abgestellt worden. An allen Ecken der kleinen Wohnung wurden Spuren aufgenommen. Überall schien er zu stören. Ihm ging das Gewusel schon bald gegen den Strich. Die Todesursache war eindeutig. Für Zeugenbefragungen hatte Baumgartner drei erfahrene Beamte abgestellt. Was wollte Hilpert besser machen als die Kollegen? Der Arbeitsplatz des Toten, der Universitätscampus, war nur wenige Gehminuten von seiner Wohnung entfernt. Also beschloss er, dessen Büro im Von-Melle-Park aufzusuchen. Am Tatort blieb nichts unentdeckt, was er nicht auch in zwei Stunden begutachten konnte. Er streifte seine Handschuhe und Überschuhe ab und griff sich Obals Schlüsselbund. Knapp informierte er seine Kollegin über sein Vorhaben. Sie sah ihm achselzuckend hinterher. Jeder führte seine Ermittlungen, wie es ihm in den Kram passte. Ihr Interesse galt dem Tatort. Hier hoffte sie, auf erste Spuren zu stoßen, die sie weiterbringen konnten.

Keine zehn Minuten später stand Hilpert vor dem Philosophenturm. Interessiert schaute er hinauf. Vermutlich stand er vor einem der höheren Hamburger Gebäude. Wolkenkratzer prägten nicht unbedingt das Bild der Hansestadt. Er verzichtete darauf, die Etagen zu zählen, sondern betrat das Foyer. Wie nicht anders zu erwarten, empfing ihn studentisches Gewirr. Eilige junge Leute begaben sich auf den Weg zu ihren Veranstaltungen oder schlenderten zu den Ausgängen. An allen Ecken hingen selbst gefertigte Plakate, die irgendetwas ankündigten, Jobangebote wie Termine für Protestveranstaltungen. Der durchschnittliche Student fand stets einen Anlass, gegen etwas zu sein oder sich für etwas zu engagieren. Nicht selten war ihr Anliegen legitim. Vom Hörensagen wusste er von der Studentenbewegung der späten Sechzigerjahre. Davon spürte er nichts. Gelegentlich bedauerte er es, diese Erfahrung nicht gemacht zu haben. Er stieg in den Aufzug und fuhr in den sechsten Stock.

Eine Sekretärin mittleren Alters mit verweinten Augen öffnete die Bürotür des Ermordeten. Sie bestätigte Hilpert, dass er bei Studenten wie Kollegen geschätzt und beliebt gewesen war. Neugierig blickte er sich um. Bislang hatte er sich keinen Kopf gemacht, wie solche Ordinarien residierten. Aber mit dieser sachlichen Bescheidenheit hatte er nicht gerechnet. Selbstredend bogen sich die Regale an den Wänden ob der vielen Bücher, die in dem relativ kleinen Zimmer untergebracht werden mussten. Auf dem Schreibtisch, dem kleinen Besprechungstisch und sogar auf den Stühlen starrte ihn Literatur an. Lasen diese Leute eigentlich, was in gebundener Pracht auf sie einstürmte? Oder ging es vor allem darum, Intellektualität zu demonstrieren? Obal konnte er nicht mehr fragen. Soweit dieser noch Probleme hatte, ging es garantiert nicht mehr um die Analyse von Bildern und die richtigen Quellenangaben. Er musste sich nicht mehr mit Internetrecherchen herumschlagen, die beweisen wollten, dass er nachlässig mit dem geistigen Eigentum anderer umgegangen sei.

Hilpert konzentrierte sich im ersten Gang oberflächlich mit der Literatur in den Regalen. Gab es Schrifttum zu verbergen, eignete sich dafür zweifellos eines der vielen Bücher. Nur, was hätte er verbergen sollen? Von der Tür her vernahm er ein Geräusch. Er blickte auf und realisierte Claudia Ernst, die das Zimmer betrat. Sie hatte ebenfalls kurzfristig entschieden, sich den Kollegen von der Spurensicherung nicht in den Weg zu stellen.

Entgeistert sah sie sich um. »Oh Gott, der muss ja Tag und Nacht gelesen haben. Wohl besser, ich helfe dir bei der Durchsuchung.«

»Okay, nimm dir mal seinen Schreibtisch vor.«

»Das will ich gern tun.« Gab es interessante Hinweise in diesem Raum, war die Wahrscheinlichkeit groß, sie im Schreibtisch zu finden.

Als sie die Schublade öffnete, fiel ihr ein C4-Umschlag in die Hände. Sie öffnete ihn und hielt kurz darauf diverse Fotos und einen USB-Stick in Händen. Lächelnd winkte sie Hilpert zu sich. »Am besten, du schaust mir über die Schulter. Recht interessant, was ich gefunden habe.«

Er pfiff durch die Zähne, als er die Motive betrachtete. »Das sind ja hochinteressante Bilder. Die wurden offensichtlich mit einer Handykamera aufgenommen.« Er sah genauer hin. »Derselbe Herr und jeweils wechselnde Damen. Selbst für einen flotten Dreier war er sich nicht zu schade.« Er nahm sich Bild für Bild vor. »Der Knabe muss ein reges Sexualleben geführt haben. Ich zähle wenigstens sieben verschiedene Gespielinnen. Die Örtlichkeit scheint stets die gleiche zu sein. Das ist ein Studierzimmer, ähnlich wie dieses hier und die treiben es auf dem Schreibtisch im Stehen. Wahnsinn! Da kann man fast neidisch werden.«

»Macho!«, schalt sie ihn. Claudia schüttelte den Umschlag und vernahm ein leises Klacken. Sie griff hinein. »Sieh mal einer an, ein Chip. Woll'n mal sehen, was der uns verrät. Gelobt sei die moderne Technik.«

Nun sahen sie in bewegten Bildern, was sie vorher nur statisch mitbekommen hatten. »Da ist sogar Ton drauf«, bemerkte seine Kollegin. »Gib mal mehr Lautstärke.«

Sie bemühten sich, das Gesagte zu verstehen, aber es blieb beim Versuch. Er wiederholte die kurze Sequenz. »Die sprechen nicht Deutsch. Das hört sich holländisch an.« Er reichte ihr sein Handy. »Mach dir selbst ein Bild.«

Sie hielt das Handy dicht ans Ohr. »Du hast recht, das könnte Holländisch sein. Vielleicht finden wir in seinem Schreibtisch Antworten auf das Bildmaterial.«

Der einzige Zusammenhang, den sie zu den Niederlanden fanden, war ein Stapel an Bildbänden und wissenschaftlichen Büchern über van Gogh. Was verband den genialen Maler mit dem tragischen Schicksal eines Landsmanns, der ein Jahrhundert später in einem Arbeitszimmer junge Frauen beglückte? Betrachteten sie die Sequenzen genauer, konnten Sexualdelikte wohl ausgeschlossen werden. Der Mann dürfte um die vierzig sein. Die Mädchen waren deutlich jünger, soweit man erkennen konnte, so um die zwanzig. Im rechtlichen Sinne schien keine von ihnen minderjährig zu sein. Gewalt wurde ebenso wenig angewendet. Hilpert versuchte das Notebook des Toten in die Gänge zu bringen, scheiterte aber bereits am Passwort.

»Wir nehmen das Teil mit«, entschied er. »Sollen sich die Profis daran versuchen.«

Nach einer halben Stunde brachen sie die Suche nach Hinweisen ab. Entweder gab es keine oder sie durften auf die Spurensicherung hoffen. Als sie das Universitätsgebäude verließen, trafen sie auf ihre Kollegen, die das Büro des Toten aufsuchen wollten. Hilpert überließ ihnen den Computer. Das Bildmaterial und den Chip behielt er. Es würde eh bei ihnen landen.

Nunmehr hatten sie ausreichend Gelegenheit, sich auf den Tatort zu konzentrieren. Sie benötigten gerade zehn Minuten zur Feldbrunnenstraße. Ein Teil des Ermittlungsteams war abgezogen worden.

Ein Kollege trat auf sie zu. »Da seid ihr ja wieder. Ich dachte schon, ihr habt Feierabend gemacht. Also der Professor ist von hinten erstochen worden. Vermutliche Tatwaffe ein Messer aus seiner Küche. Das muss blitzschnell gegangen sein. Die Waffe wurde von hinten geführt. Ein Stich, der direkt die Lunge traf.

Lange leiden musste er nicht. Der war tot, bevor er am Boden lag.«

»Und sonst?«, fragte Hilpert. »Irgendwelche Besonderheiten?«

»Er bekam wohl gelegentlich Besuch von einer dunkelhaarigen Frau. Eine Haarbürste hinter den Polstern seiner Couch im Wohnzimmer, ein paar Haarspangen und ein Haarreifen sprechen dafür.«

»Wir müssen uns sein privates und berufliches Umfeld vornehmen. Vielleicht gibt es von dort weitere Hinweise.«

Hilpert orientierte sich in der Wohnung um einiges genauer als bei seiner ersten Begehung. Auch hier dominierten die Bücher das Geschehen. Ansonsten hatte der Ermordete für eine geschmackvolle Einrichtung gesorgt. Eine helle, eher zierliche Sitzgarnitur im Wohnzimmer schien von den Bänden in den Regalen geradezu bedroht zu werden. Einen Fernseher suchte man vergebens. Dafür fand sich an der Stirnseite des Raums Platz für einen Schreibtisch. Die kreisrunden Ränder auf dessen Unterlage verrieten, dass sie gern als Ablage für Gläser genutzt wurde. Die Menge der Bücher im Schlafzimmer blieb überschaubar. Ein drei Meter breiter Schrank an der Längsseite und eine französische Liege engten den Raum für das geschriebene Wort merklich ein. Allerdings fanden diverse Bücher ihren Platz auf einem Nachttisch neben der Liege. Hilpert sah sie sich eingehend an. Er fand van Gogh in jeglicher Variation. Im Wohnzimmer hatte sich seine Kollegin über den Schreibtisch hergemacht. Diesmal stieß sie nicht auf Fotos mit eindeutig sexuellen Motiven, dafür auf einen Zettel mit dem Namen eines Holländers, Dr. Ruud Vreeburg. Offensichtlich war er Kustos im Reichsmuseum. Unter seinem Namen fand sich eine Telefonnummer.

»Den rufen wir nachher mal an«, entschied Hilpert. »Mal sehen, was der zu sagen hat.«

»Du sprichst Niederländisch?«

»Das weniger, aber der versteht mit Sicherheit entweder Deutsch oder Englisch. Unsere kleineren Nachbarn sind im Gegensatz zu uns zumeist reine Sprachgenies.«

»Hoffen wir, dass du da richtigliegst. Ob der mit uns redet?«

»Wir werden sehen. Ansonsten müssen wir den offiziellen Weg über die holländischen Kollegen gehen.«

Einer der Spurensicherer hatte sich um die Kontoauszüge des

Toten gekümmert. »Er hat sich vor einem dreiviertel Jahr einen Porsche geleistet und aus der Zusatzliste rauf und runter bestellt. Ist bei gut 160.000 Euro gelandet.«

»Hat er die Kiste bar bezahlt?«, fragte Hilpert interessiert nach.

»Nein, knapp die Hälfte wurde finanziert. Zu verdammt guten Konditionen. Klar, als Uniprofessor gilt man bei den Banken als erste Adresse. Und die verdienen sich durch Gutachten gern ein Taschengeld nebenbei hinzu.«

»Kleingeld ist gut. Ich sehe zwei Geldeingänge von jeweils 30.000 Euro. Kamen aus Italien. Also solche Nebengeschäfte lob ich mir.«

»Dann passt die Anschaffung erst recht. Seht euch um. Der Mann bewohnte von den Kosten her eine überschaubare Wohnung. Die Einrichtung kann sich jeder Student leisten. Er war ledig und schien auch keine Alimente zu zahlen oder andere Verpflichtungen zu haben. Sonst noch was Verwertbares?«

»Mal abgesehen von ein paar Wertpapierabrechnungen nichts. Gesamtwert etwa 40.000 Euro.« Er blätterte seinen Block durch. »Er ist wohl gern gereist. Einmal im Jahr ging es für mehrere Wochen nach Südamerika, China, Japan und so weiter. Er hat eine Art Reisetagebuch geführt. Interessant, was er so schreibt, aber auf den ersten Blick wenig ergiebig für diesen Fall.«

»Trotzdem, legt mir die Dinger mal auf meinen Schreibtisch.«

»Mit dem größten Vergnügen. Schließlich muss es nicht immer nur Micky Maus sein.«

»Da kann ich dir nur zustimmen. Wie ist der Täter eigentlich hereingekommen?«, wandte er sich an Claudia Ernst.

»Es gibt keine Einbruchsspuren, das Schloss ist unversehrt. Der Mörder besaß entweder einen Schlüssel oder wurde hereingelassen.«

»Ah ja. Dann müssten sich Täter und Opfer gekannt haben.« Ihm kam diese Information bekannt vor, als hätte er sie erst vor Kurzem schon mal gehört. Allerdings in anderem Zusammenhang. Dann fiel es ihm ein. Im Fall Köhler fand ihr Mörder ebenfalls problemlos Einlass. Dort wiesen die Indizien auf ihren Neffen hin. Dieser leugnete bislang vehement, mit der Tat zu tun zu haben. Richtig weitergekommen waren sie mit dem Fall nicht, sah man davon ab, dass der Neffe in Untersuchungshaft saß.

Nach wie vor behauptete er, sie aufgesucht zu haben, um sie um Geld zu bitten, nicht um sie umzubringen. Sie habe bereits tot auf dem Boden gelegen. Insgesamt seien ihm etwa 300 Euro in die Hand gefallen. Nach eigener Aussage war er nicht mehr dazu gekommen, das Schlafzimmer zu durchsuchen, da ihn der Nachbar gestört habe. Hilpert wollte Stange nochmals darauf ansprechen. Die Parallelen hielten sich in Grenzen. In beiden Fällen hatte der Täter die Mordwaffe aus der jeweiligen Wohnung verwendet. Hatten sie es unabhängig voneinander mit zwei ungeplanten Tötungen zu tun? Oder gab es Verbindungsstücke, die sie bislang nicht einschätzen konnten? Er dachte an die Kunstbücher, die so gar nicht zu der Toten passen wollten. Nach gut einer halben Stunde gab er seine Durchsuchung auf. Er winkte Claudia Ernst zu und fuhr mit ihr zurück ins Präsidium. Gegen Abend wollten sie sich gemeinsam besprechen.

Stange gesellte sich zu ihnen, als sie bei trockenen Keksen und einem Becher Kaffee ihre wenigen Erkenntnisse zusammenwarfen.

»Wie heißt der ermordete Professor? Obal?« Er kratzte sich nachdenklich am Kopf. »Professor, Kunsthistoriker, irgendwo klingelt es bei mir.« Er blickte sich nach einem Kaffee um, bevor er sich aus Hilperts Becher bediente. »Beim nächsten Mal bitte etwas Zucker dazu«, grinste er ihn an. Sein Kollege grinste zurück und trank den Rest aus. Wer wie er längere Zeit auf dem Balkan zugebracht hatte, konnte damit leben, wenn jemand aus seinem Becher trank. So schnell wurden keine ansteckenden Krankheiten übertragen. Um zum Automaten zu laufen, war er zu faul.

»Das kann niemand mit ansehen«, schaltete sich Claudia Ernst ein. »Also ein Kaffee mit Milch und Zucker und einer nur mit Milch. Lasst aber meinen Becher zufrieden, solange ich für euch die Kellnerin spiele. Ich mag das nicht, wenn andere daraus trinken.«

Hilpert wollte ihr grinsend Geld reichen. Sie lehnte entschieden ab. »Das bekomme ich gerade noch gebacken. Bei größeren Ausgaben kannst du mir gerne unter die Arme greifen.«

»Hm, die Kleine weiß, was sich gehört«, meinte Stange fröhlich. »Die solltest du dir warmhalten.«

»Lass sie das bloß nicht hören. Bei unserer letzten Aktion hat die ein 115 Kilo Muskelpaket in die Knie gezwungen. Die muss bei mir keinen schlanken Fuß machen, um zu punkten. Die ist einfach nur nett.«

Später diskutierten sie gemeinsam die beiden Fälle. Plötzlich schlug sich Stange mit der flachen Hand gegen die Stirn. »Wie kann man nur so bescheuert sein?! Klar gibt es neben der Machart eine Verbindung der beiden Fälle. Bardenhagen!«

»Ach ja? Und was soll mir der Name sagen?«, fragte die Kommissarin unaufgeregt.

»Er ist Obals Vorgänger gewesen und der Schwiegervater eines unserer Verdächtigen, Jansen.«

»Wohnt der nicht in Buchholz?«, wollte Hilpert wissen.

»Du sagst es.«

»Den könnte ich ja mal besuchen. Ich muss eh mal wieder bei meinen Eltern vorbeischauen.«

»Gute Idee. Melde dich aber bei den dortigen Kollegen an. Schließlich begibst du dich nach Niedersachsen.«

Er schaute zu Claudia Ernst herüber. »Sonst noch was Interessantes?«

Sie nahm ihren Notizblock zur Hand. »Ja, die Kollegen haben den Namen von Obals Freundin ausfindig gemacht. Sie ist Dozentin im Fachbereich Wirtschaftswissenschaften. Ihr Name ist Rebecca Rehm. Sie wohnt in einem gepflegten Mehrfamilienhaus in Bahrenfeld am Hellweg. Nette Gegend, viel Grün. Leider haben die Kollegen sie nicht angetroffen.«

»Gibt es eine Telefonnummer?«

Sie nickte.

»Versuch doch mal anzurufen.«

Sie griff nach ihrem Handy und gab eine Nummer ein. »Es nimmt niemand ab. Da läuft nur die Mailbox.«

Sie sprach ein paar Worte drauf und bat um Rückruf.

Hilpert warf einen Blick auf die Uhr. »Es ist sieben vorbei. Vielleicht trifft sie sich mit Freunden. Was weiß ich. Versuch es bitte nachher noch mal. Es gibt eine weitere Verbindung der Fälle und zwar die Kunstbücher, die Frau Köhler erst jüngst erstanden haben muss, obwohl sie damit wenig am Hut hatte. Ich bin ziemlich sicher, dass beide Morde miteinander zusammenhängen. Da liegen zu viele Mosaiksteinchen herum, die zueinander zu passen scheinen. Trotzdem machen wir jetzt Feierabend.«

Mit einem Ruck stand er auf. »Ab sofort bin ich Privatmann.«

»Grüße an deine Freundin!«, rief Claudia ihm hinterher. Nach ihr rief niemand zu Hause.

Wie sich zeigte, erwartete ihn Petra bereits. Den Abend verbrachten sie konventionell wie ein altes Ehepaar vor dem Fernseher mit einem trefflichen Rotwein. Sie hatte ihren Kopf an seine Schulter gelegt. Schnell vernahm er regelmäßige Atemgeräusche. Vorsichtig stand er auf und entkleidete sie, soweit es ohne größere Umstände ging. Als er versuchte, ihren Rock herunterzuziehen, wachte sie auf.

»Ich bin einfach so eingeschlafen. Es war eine unglaublich anstrengende Woche.« Sie zog sich vollends aus und verschwand im Badezimmer. Er folgte ihr kurz darauf. Warum sollte man nicht mal zeitig ins Bett gehen? Etwas Schlaf schadete nie. Sie kuschelte sich an ihn und war augenblicklich im Land der Träume. Er konnte eh immer schlafen.

13

Am nächsten Vormittag erreichte Hilpert Claus Bardenhagen. War man erst einmal pensioniert, trieb es einen nicht mehr mit Macht durchs Land. Man zog sich vorzugsweise in die eigene enge Umgebung zurück. Dieser zeigte sich über den Anruf wenig überrascht.

»Das habe ich mir gedacht, dass Sie wegen meines Nachfolgers auf mich zukommen würden. Schreckliche Sache. Gibt es schon erste Ergebnisse?«

»Nein, wir stehen erst am Anfang unserer Ermittlungen.«

»Natürlich, ich verstehe.«

Sie verabredeten sich für den frühen Nachmittag. Anschließend rief Hilpert seine Mutter an, die erfreut zur Kenntnis nahm, dass ihr einziger Sprössling sie besuchen wollte. Alle Vorwürfe, die sie sich aufgespart hatte, wurden durch die Freude ersetzt, ihren Jungen mal wieder live erleben zu dürfen. Das Angebot auf ein kräftiges Mittagessen nahm er dankend an. Ihre Rippchen waren unschlagbar. Gegen halb zwölf verließ er das Präsidium. Zu dieser Zeit kam er problemlos durch die Stadt. Selbst der Elbtunnel glänzte durch freie Fahrt. Wie nicht anders zu erwarten, empfing ihn seine Mutter mit Unmengen an Fleisch. Hilpert hätte sich nach dem Essen am liebsten eine Runde Schlaf gegönnt. Diese Idee musste er beerdigen, bevor sie sich in seinem Kopf festsetzte. Neidvoll blickte er seinem Vater hinterher, der sich in seinem Zimmer im Keller auf die Couch legen würde, um das Mittagessen in Ruhe zu verdauen. Er dagegen musste selbst auf den Magenbitter verzichten.

Gegen zwei Uhr suchte Hilpert Bardenhagen auf. Der ehemalige Ordinarius wirkte desinteressiert auf ihn, als habe er sich um Wichtigeres zu kümmern. Trotzdem beantwortete er seine Fragen eingehend, ohne dass es dem Kommissar weitergeholfen hätte. Als er ihn auf eine mögliche Verbindung zu seinem Schwiegersohn ansprach, blitzten seine Augen.

»Ich würde es begrüßen, ihn mir auf diesem Weg vom Leib zu halten. Aber eigentlich traue ich ihm einen oder sogar mehrere Morde nicht zu.«

»Ihr Enkel sah das ähnlich.«

»Sie haben mit Florian gesprochen? Weshalb denn das?«

»Es hatte sich so ergeben.«

»Ich verstehe. Ja, er hängt an seinem Vater.«

»Obal hat sich in letzter Zeit wohl sehr intensiv mit van Gogh beschäftigt?«

»Das erscheint mir nicht ungewöhnlich. Schließlich gehört der Maler zu seinem Hauptbetätigungsgebiet.«

»Sagt Ihnen der Name Dr. Vreeburg etwas?«

»Sie belieben zu scherzen. Er gehört in Amsterdam zu den bedeutendsten Van-Gogh-Spezialisten.«

»Obal hatte Kontakt zu ihm aufgenommen.«

»Die beiden treffen sich gelegentlich. Soviel ich weiß, sind sie privat befreundet. Sie müssten etwa im gleichen Alter sein. In Sachen van Gogh kann auch beruflich durchaus ein Schuh draus werden.«

»Inwieweit könnte der Künstler in diesem Fall das Verbindungsglied sein?«

»Fragen Sie mich was Leichteres. Vielleicht sollte Obal ein Bild von ihm begutachten und er hat den Kollegen um eine Meinung gebeten. Somit wäre es dann logisch, sich der Mithilfe des holländischen Kollegen zu versichern. Bei van Gogh macht dem niemand etwas vor.«

»Ob es sich eventuell um ein bislang unentdecktes Exponat handelt?«

»Das kann bei dem Künstler nie ganz ausgeschlossen werden. Seine Geschichte ist ja hinlänglich bekannt.«

»Wir reden in dem Fall über ein Bild von hohem Wert?«

»Bei den Preisen, die momentan international aufgerufen werden, würde ein neuer van Gogh ordentlich was bringen. Dabei kommt es natürlich auf den Erhaltungsgrad und das Format an. So besessen, wie der zeitweise gearbeitet hat, bannte er nicht nur höchste Qualität auf die Leinwand.«

»Und der Gutachter partizipiert mit daran, wenn er ein Gutachten über solch ein Bild abgibt?«

»Davon können Sie ausgehen.«

»Über welche Preise reden wir? Können Sie mir eine Vorstellung eröffnen?«

»Fragen Sie mich was Leichteres. Auf einer Auktion in London oder New York sind 50 Millionen, 100 Millionen und mehr denkbar, wenn die Gesamtbedingungen stimmig sind. Die Welt ist verrückt geworden. Fast scheint es, als würde jeder Preis gezahlt werden. Wer will es den reichen Leuten verdenken. Eine Finanzkrise zieht die nächste nach sich. Das Vertrauen in die großen Leitwährungen schwindet jeden Tag ein Stück dahin. Überall trifft man auf Inflationsängste. Die Preise für die großen Meister sind dagegen ständig nach oben gegangen.«

»Für solche Beträge könnte man es durchaus auf einen Mord ankommen lassen«, bemerkte Hilpert süffisant.

»Sie sind der Spezialist dafür. Ich halte mich lieber an die Kunst. Morde und die Motive für ein Verbrechen interessieren mich nicht sonderlich. Und wann wird schon jemand aus dem eigenen Bekanntenkreis getötet? Das ist doch eher die Ausnahme, zumindest bei mir.«

»Kommen wir auf die bildende Kunst zurück. Wenn man ein Bild nun, sagen wir mal, unredlich erworben hat, wie könnte man es dann veräußern?«

»Eine Versteigerung verböte sich von allein. Das wäre aber nicht das Problem. Es gibt auf dieser Welt genügend private Sammler, die sich nicht darum scheren, wo das Objekt herkommt.

Hauptsache, sie können sich ihre Träume erfüllen. Man braucht nur die entsprechenden Kontakte.«

»Also müsste man sich an einen Mann wie Obal wenden?«

»Zum Beispiel. Ob er gut beraten wäre, sich an solchen Machenschaften zu beteiligen, sei mal dahingestellt. Nur macht dann sein Tod überhaupt Sinn? Wäre es da nicht eher angebracht, auf seine Gesundheit zu achten?«

»Nicht, wenn es dem Täter nicht klar war.«

Bardenhagen überlegte kurz und schüttelte dann den Kopf. »Ich halte es für unwahrscheinlich, dass jemand, der sich in unserer Branche nicht auskennt, so ohne Weiteres den ermordet, der ihm ein dringend benötigtes Gutachten anfertigen und darüber hinaus einen Interessenten für solch ein Exponat besorgen könnte.«

»Vielleicht war alles bereits fertig?«

»Herr Kommissar, wenn jemand mit einem bislang unbekannten van Gogh irgendwo aufkreuzt, für den Obal erst kürzlich ein Gutachten angefertigt hat, weiß man doch gleich, dass er vermutlich sein Mörder gewesen ist oder dass er mit der Tat zu tun hat. Hinzu kommt, bei solch einem Objekt reicht ein Gutachten meiner Meinung nach nicht aus.« Er stockte in seinem Redeschwall. »Sagten Sie nicht, er hat Kontakt zu Vreeburg aufgenommen? Da könnte ein Schuh draus werden. Aber nach wie vor scheint mir der Mord an Obal wenig plausibel. Wenn ich Sie wäre, würde ich woanders graben.«

»Ich verstehe, ich muss unbedingt mit dem Mann aus Holland reden. Wissen Sie, ob er Deutsch spricht?«

»Ja, sogar akzentfrei!«

»Das hört sich gut an.«

Sie kamen zusehends ins Plaudern, bis sich Hilpert erhob und sich bedankte. Wahrscheinlich vermisste man ihn inzwischen in Hamburg.

Nach 16 Uhr saß er wieder hinter seinem Schreibtisch. Die Auskünfte, die er von Bardenhagen erhalten hatte, halfen ihm beim aktuellen Mordfall nur bedingt weiter. Zumindest hatte er ihm einen gewissen Einblick ins Kunstgeschäft vermittelt. Das war allemal den Schweiß der Edlen wert gewesen. Trotzdem würde es für ihn ein Buch mit sieben Siegeln bleiben.

Lachend betrat Claudia Ernst sein Zimmer. Hilpert blickte belustigt zu ihr herüber. »Was erheitert dich so?«

»Am besten, du kommst mit zu mir. Ich habe Vreeburg im Internet gefunden. Aber lass dich selbst überraschen.«

Kurz darauf konnte er sich ihrer fröhlichen Stimmung anschließen. Der sexuell aktive Mann auf den Fotos aus Obals Schreibtisch strahlte ihnen von seiner Webseite entgegen. Allerdings sittsam gewandet, in Denkerpose mit Lesebrille, Cordjacke und Pfeife. Allem Anschein nach nahm er in dem Museum eine durchaus gewichtige Position ein und war an der Universität als Dozent tätig.

»Klasse«, lobte Hilpert seine Kommissarin. Seine Nase hatte ihn bei ihr nicht verlassen. Sie beherrschte mehr als ein paar Griffe aus den Kampfsportarten. Es wäre in der Tat eine gute Idee, sich näher mit diesem Mann zu befassen. Das war selbstredend bei einem Ausländer etwas schwieriger als bei einem Deutschen. Er wollte darüber nachdenken. Bis dahin machte er sich über die Protokolle der Nachbarbefragungen her, die mittlerweile in seinem Büro eingetrudelt waren. Zu ihrem Leidwesen geschah die Tat um die Mittagszeit. Die meisten Wohnungsmieter gingen ihrer Arbeit nach. Ein älterer Herr glaubte, zu der Zeit schwere Schritte vernommen zu haben. Aber darauf wäre Hilpert auch von allein gekommen, dass der Täter ein Mann oder eine kräftige Frau gewesen sein musste. Der Stich mit dem Messer war kraftvoll ausgeführt worden. Seitens Obals Kollegen klangen durchaus auch kritische Bemerkungen durch, die ihre Wertschätzung für ihn an der einen oder anderen Stelle relativierte. Für die Älteren akzeptierte er zu viele neue Ideen. Andere bemängelten seine große Nähe zu den Studenten. Klang da so etwas wie Neid durch? Das Herz der jungen Leute hatte er jedenfalls gewonnen. Sie trauerten um ihn und schilderten ihn als überaus kompetent, liberal und leistungsorientiert. Er sei bereit gewesen, sich jegliche These anzuhören, selbst wenn sie noch so weit hergeholt war. Er verlangte dagegen eine klare wissenschaftliche Begründung. Aussagen ohne Substanz seien von ihm im Vorbeigehen zerfetzt worden. Motive für ein Tötungsdelikt fanden sich keine. Zuneigung oder kritische Distanz reichten nicht. Verwundert bemerkte er einen Stapel Kladden und fragte sich, was sie auf seinem Schreibtisch suchten. Bis ihm einfiel, dass es sich um die Reiseberichte handelte, die er sich anschauen wollte. Er griff nach einem der Hefte, als ihm der holländische Dozent in den Sinn kam. Ihn sollte er zügig befragen. Irgendwo hatte er seine Telefonnummer vergraben. Er kramte die Unterlagen durch. Je mehr er suchte, desto geringer wurde die Wahrscheinlichkeit, diese zu finden. Wütend auf sich fluchte er, als habe man sein Auto zugeparkt. Erst als seine Kollegin vor ihm stand, beruhigte er sich wieder.

»Sieh mal einer an, der große Analytiker hat sogar Temperament«, frotzelte sie. »Was ist passiert, dass du dich so aufregst? Hat dir jemand deine Pornoheftsammlung durcheinandergebracht? Kann ich dir irgendwie behilflich sein?«

Sie konnte. Keine zehn Sekunden später hielt er die gesuchte Telefonnummer in Händen. Diese Kollegin durfte ihn nie mehr verlassen. Sie garantierte seine Arbeitsfähigkeit. Und über Mutterwitz verfügte sie ebenfalls. Erleichtert wählte er die Nummer.

Wie sich zeigte, sprach Dr. Vreeburg tatsächlich vorzüglich deutsch. Sehr kooperativ zeigte er sich anfangs nicht. »Sie wollen mich telefonisch vernehmen? Sie machen Scherze! Ihnen ist schon klar, dass ich holländischer Staatsbürger bin.«

In dieser Situation half nur noch ein kongenialer Partner des engagierten Polizisten: die Erpressung. »Ich dachte, ich täte Ihnen einen Gefallen, wenn ich Sie sozusagen auf kleinem Dienstweg anspreche.«

»Kleiner Dienstweg?«

»Ich meinte informell.«

»Aha, ich verstehe. Nur, wie kommen Sie gerade bei mir darauf?«

»Nun, wir haben bei dem Toten ein paar Fotos und Videos gefunden, die Sie möglicherweise nur sehr ungern in den Händen Ihrer Kollegen, oder wesentlich schlimmer, im Internet sehen möchten.«

Für einen kurzen Moment war Stille angesagt. Hilpert befürchtete bereits, sein Gegenüber könnte aufgelegt haben.

»Und Sie planen nicht, die Fotos weiter zu verwenden?«

»Keine Angst, ich will Ihre Ehe nicht gefährden.«

»Ich bin nicht verheiratet. Also, was wollen Sie wissen?«

»Weshalb war Obal mit Ihnen in Kontakt getreten?«

»Nun, er wollte auf einen bislang unbekannten van Gogh gestoßen sein. Er bat mich um eine zweite Expertise.«

»Konnte er das nicht allein?«

»Bei einem van Gogh begibt man sich lieber auf die sichere Seite. Sobald man damit an die Öffentlichkeit geht, gibt es Gegenmeinungen. Besser, man ist von vornherein gut aufgestellt.«

»Ich kenne mich in der Malerei nicht weiter aus. Sie gelten als Van-Gogh-Fachmann?«

»Bisher war ich das.«

»Und ist das Bild echt?«

»Keine Ahnung, ich habe es nie in Händen gehalten. Obal und ich wollten uns die nächsten Tage in Hamburg getroffen haben. Dort hätte ich mir das Gemälde anschauen können. Zumindest war er sehr davon überzeugt.«

»Man wird gut bezahlt für solche Gutachten?«

»Bei solch einem wertvollen Objekt allemal.«

»Das hieße, Obal tat Ihnen mit seiner Anfrage einen Gefallen.«

»Das kann man so sehen. Hinzu kommt das wissenschaftliche Renommee. Van Gogh gehört zur Spitzenklasse der Malerei. Womit wollen Sie den toppen? Einen verschollenen Rembrandt finden wir garantiert nicht mehr. Und dann gehört man zu den Wissenschaftlern, die ihn vorstellen. Das wäre 'ne interessante Perspektive gewesen, unabhängig vom Honorar.«

»Wäre es denkbar, dass es sich um eine Fälschung handelte?«

»Sie belieben zu scherzen. Dafür hätte sich Obal nie hergegeben. Und ich hätte in keinem Fall mitgemacht, dafür meine Unterschrift zu leisten.«

»Ich bedanke mich für das Gespräch. Sollte ich weitere Fragen an Sie haben, kann ich auf Sie zählen?«

»Sie verfügen über so gute Argumente, da kann ich schlecht Nein sagen.«

»Da fällt mir eine letzte Frage ein. Wenn Sie ledig sind, weshalb stören Sie die Fotos?«

»Käme jemand auf die Idee, sie ins Internet zu stellen, wäre es meiner Karriere nicht unbedingt dienlich.«

»Sieht man das bei Ihnen in Holland nicht etwas gelassener?«

»Nicht wenn es sich um Studentinnen handelt.«

»Danke für das offene Gespräch.«

»Danke für Ihren fairen Umgang mit den Bildern.«

Nach dem Telefonat starrte Hilpert gedankenverloren auf den Hörer. Weshalb bewahrte Obal diese Fotos auf? Was hatte er damit vor? Wer hatte sie ihm verschafft? Er wandte sich mit diesen Fragen an seine Kollegin.

Sie starrte ihn nachdenklich an, bevor sie antwortete: »Erpressung, mir fällt nur Erpressung ein.«

»Von Professor zu Professor?«

»Erhebt dich ein akademischer Titel gleichzeitig zu einem besseren Menschen?«

»Wohl kaum. Das hieße, Obal war ohne Wenn und Aber auf ein eindeutiges Gutachten aus. Man möchte fast meinen, es müsste sich zwangsläufig um eine Fälschung handeln.«

»Und mit zwei erstklassigen Gutachten wird daraus ein Original«, erwiderte sie selbstbewusst. »Solche Bilder werden hoch gehandelt.«

»Wie hoch denn?«

Sie zuckte mit den Achseln. »Frag mich was Leichteres. Erst vor geraumer Zeit wurde ein Lichtenstein für 30 Millionen Dollar versteigert. Ein Bild des Norwegers Munch erzielte das Vierfache.«

»Du schaust dir Kunstsendungen im Fernsehen an?«

»Nein, das ist weltweit über alle Sender gegangen. Solch spektakuläre Ereignisse interessieren die Menschen.« Sie sah ihm an, dass sie nicht gerade auf einen ausgewiesenen Kunstkenner getroffen war. »Warum sollte ein neu entdeckter van Gogh nicht 100 Millionen oder mehr bringen. Einerseits verhungern jeden Tag Hunderttausende Menschen, andererseits werden an allen Ecken dieser Welt neue Milliardäre nach oben gespült. Der eine steckt im Laufe der Jahre 'ne Milliarde in einen Fußballklub. Der andere sammelt Briefmarken. Viele horten Kunstobjekte. Manche Menschen fühlen sich durch teure Bilder oder andere Wertgegenstände ungemein geadelt. Und sie sind ganz nebenbei außerordentlich wertbeständig. Wenigstens ist das Risiko, damit Schiffbruch zu erleiden, deutlich geringer als beim Fußball.«

»Vorausgesetzt, man hat keine Fälschung untergeschoben bekommen.«

»Wahr gesprochen.«

»Und wie schützt man sich dagegen?«

»Gute Frage. Ich vermag das nicht zu beurteilen. Bei großen

Versteigerungen ist wohl alles im grünen Bereich. Ansonsten müssen die sich auf die Gutachten verlassen, die es zu den Werken gibt.« Sie fuhr sich mit beiden Händen durchs Haar. »Aus der Sicht von Klein Fritzchen verschleudern diese Superreichen ihr Geld geradezu. Und trotzdem steht am Ende ein ungeheurer Wertzuwachs. Man muss halt abwarten können. Das gilt natürlich nur für unbestrittene Meisterwerke oder für solche, die dazu gemacht werden.«

Er verstand, worauf sie hinauswollte. »Zumindest habe ich eines kapiert: Wir müssen nach einem van Gogh suchen. Finden wir ihn, haben wir unseren Mörder.«

»Das dürfte ja kein Problem sein«, erwiderte sie beinahe fröhlich.

»Tja, leider zählen Museen nicht mit.«

»Schade. Das macht unseren Job ungleich schwieriger. Ich hatte mich schon auf eine Dienstreise nach Amsterdam gefreut.«

»Das könnte dir so passen. Die angenehmen Dinge des Arbeitslebens bleiben den Chefs vorbehalten. An dieser Regel wird nicht gekratzt.«

»Scheiß Klassengesellschaft.«

»Sag ich doch.«

Ächzend erhob er sich von seinem Sessel. »Machen wir Schluss. Wenn du Lust hast, gebe ich eine Tasse Bier aus.«

»Sieh mal einer an, da will jemand punkten. Aber ich muss gestehen, du weißt einer Frau zu gefallen.«

»Man tut, was man kann. Schließlich bin ich in den besten Jahren.«

Sie beließen es bei einem Glas. Es war spät geworden.

14

Seit seiner Emeritierung ging Professor Bardenhagen mit seinem Schäferhund regelmäßig die gleiche Runde. Als er noch an der Uni als Ordinarius für Kunstgeschichte tätig war, fehlte ihm die Zeit dafür. Heute nahm er sie sich, weil er sie hatte. Er lebte seit nunmehr dreißig Jahren in der Nordheide. Sein Haus, das er sich in Buchholz, Am Butterberg, leistete, hätte in Hamburg an halbwegs ordentlicher Adresse das Doppelte, wenn nicht das

Dreifache, gekostet. Mittlerweile war es für ihn und seine Frau eigentlich zu groß. Aber die Nordheide war für sie eine Art Rückzugsgelegenheit aus der norddeutschen Metropole geworden. Sie war dicht bei und weit genug weg. Ihre einzige Tochter hatte ihre eigene Familie gegründet. Selbst die Enkelkinder schauten nur dann und wann herein. Die Dienste, insbesondere seiner Frau, als kostenloser Babysitter, wurden seit Jahren nicht mehr in Anspruch genommen. Manchmal dachte er über seinen verstorbenen Sohn nach, der mit vierzehn Jahren an Hirnhautentzündung gestorben war. Das lag gut vierzig Jahre zurück. Der Schmerz war überwunden. Trotzdem kehrte die Erinnerung gelegentlich zurück. Das galt vor allem für seine Frau. Materiell hatten sie ausgesorgt. Er verfügte über eine stattliche Pension. Außerdem hatte er stets eine Nase für begabte junge Künstler gehabt. An den Wänden seines Hauses hingen zum Teil Gemälde, die überaus gut gehandelt wurden. Es mussten längst keine Darlehen mehr abgezahlt werden. Sie waren das, was man gemeinhin als gut situiert bezeichnete. Erst vor Kurzem hatte ihm ein Makler ein Angebot von über einer Million für ihr Haus unterbreitet. Bardenhagen hatte es kalt lächelnd abgelehnt. Trotzdem war der Tag nicht mehr weit, an dem das große Grundstück mit der leichten Hanglage für sie zu anstrengend wurde. Von der Arbeit im Haus ganz zu schweigen. Sie besaßen ganz in der Nähe in Bendestorf, unweit von den ehemaligen Filmstudios entfernt, eine großzügige Eigentumswohnung. Das Gebäude verfügte über einen Fahrstuhl. Für die Pflege des Gartens war die Hausverwaltung zuständig. Für die Wohnung waren die Mieter verantwortlich, ein älteres Lehrerehepaar, das sorgfältig auf Ordnung bedacht war. Irgendwann kamen sie nicht umhin und sie mussten sich umorientieren. Sie wollten dort hinziehen, wenn ihnen das Haus über den Kopf wuchs.

Er dachte, wie so oft in den letzten Tagen, über das Gespräch mit seinem Schwiegersohn nach. Sie konnten ihm problemlos die erhoffte Million überlassen. Ihre finanzielle Situation war deutlich besser, als sie ihm gegenüber zugegeben hatten. Sie hatten darüber in der Familie bislang mit niemandem gesprochen. Für ihre Enkelkinder blieb danach immer noch genug übrig. Sie sperrten sich einfach gegen Jansen. Über die Jahre hatten sie ihre Vorbehalte gegen ihn konserviert. Nun kamen die Verdächtigungen gegen ihn hinzu. War er wirklich nicht in den Mord an seiner Sekretärin verwickelt? Claus Bardenhagen blieb stehen und grinste in sich hinein. Hoffte er es in seinem tiefen Inneren? Mit ausladendem Schritt ging er weiter. Besser, er beantwortete sich diese Frage nicht. Seine Tochter stand voll hinter ihrem Mann. Die Auseinandersetzung mit ihr hatte er beileibe nicht vergessen. Sie kamen an Jansen wohl nicht vorbei. Er war Teil der Familie und wurde gleichermaßen von seinen Kindern geliebt. War es vielleicht an der Zeit, in ihrem Verhalten ihm gegenüber eine Kehrtwendung vorzunehmen? Er pfiff seinen Hund zu sich und nahm ihm den Ball aus dem Maul, den er ständig mit sich herumtrug. Seltsamerweise war das Tier ganz vernarrt in seinen Schwiegersohn. Sah er ihn, war er an seiner Seite. Kannte er sich besser mit Menschen aus als er und seine Frau? Unsicher zog er eine Packung Zigarillos aus der Jackentasche. Wenn seine Frau weit genug weg war, gönnte er sich gelegentlich das Vergnügen. Was hatte sie eigentlich gegen ihn eingenommen, dass ihre Abneigung über Jahrzehnte hielt? Trotz seiner momentanen finanziellen Probleme hatte er für ihre Tochter und später für die Kinder anständig gesorgt. War es so wie beim Nordirlandkonflikt, bei dem die feindlichen Parteien nicht mehr die Ursachen für ihr Handeln hätten nennen können? Nein, es ging um mehr. Werner Jansen hatte sie stets unverhohlen spüren lassen, wie sehr er ihre Wertewelt, ihre Art, das Leben zu führen, ablehnte. Für versnobt hielt er sie. Alles, was ihnen wichtig war, ging an ihm vorbei wie ein Herbststurm an der Nordsee. Schwärmten sie von einem Beethovenkonzert in der Einspielung von Karajan, konterte er mit einer Live-CD von Led Zeppelin. Sprach Bardenhagen die bildende Kunst an, verwies sein Schwiegersohn auf irgendein dümmliches Comicheft. Wie konnte ein erwachsener Mann sich an Asterix und Obelix ergötzen? Vermutlich ging es ihm um die reine Provokation. Seine Frau hätte viel Geld gegeben, wenn er aus ihrem Dunstkreis verschwunden wäre. Dagegen standen allerdings ihre Tochter und die Kinder. Sie hingen an Werner, genau wie sein Schäferhund.

Die Straße war frei. Also konnte er den Hund laufen lassen. Er warf den Ball nach vorne. Wie ein Pfeil jagte er ihm hinterher, um ihn wenig später stolz vor seinen Füßen abzulegen. Funktionierte alles in seinem Leben so perfekt wie dieses Tier, er könnte problemlos in den Tag hineinleben. So lange er denken konnte, hatte er einen Hund an seiner Seite und war nie von einem enttäuscht worden. Er dachte über das Gespräch nach, das er mit dem jungen Hauptkommissar geführt hatte. Weshalb musste Obal sterben? Ging es tatsächlich an, dass er einen verschollenen van Gogh in seinen Räumlichkeiten stehen hatte? Wurde er deshalb ermordet? Für solch ein Kunstwerk zahlten Privatsammler horrende Preise. Dafür lohnte sich vielleicht ein Mord.

Sie gingen die Steinbecker Straße hoch und bogen vor der Kurve in Richtung des Gewerbegebiets links ab. Wenig später standen sie vor dem Gasthof und Restaurant ›Zur Eiche‹. Wie er jetzt erst feststellte, hatte man es umbenannt. ›Henry's‹ las er. Klar, die Tochter hatte das Regiment übernommen. Neue Besen kehren gut. Tatsächlich war im Innenbereich einiges verändert worden. Aber im Schankraum war alles weitgehend beim Alten. Seit Jahren gönnte er sich dort gelegentlich ein Bier. Je nach Befindlichkeit konnten es auch mehrere werden. Zuweilen unterhielt er sich mit Stöver, dem Wirt, über die aktuelle Kommunalpolitik oder über den HSV. Dabei war dieser Mensch gleichzeitig noch Bayern-Fan. Er genoss es, mit ihm darüber zu frotzeln. Das Leben bestand nicht nur aus Pflichtelementen. Seit er denken konnte, war er HSV-Fan. Diese Liebe hatte sich zu dem Zeitpunkt entzündet, als sie auf den Hinterhöfen Fußball spielten. Seine Frau hatte dafür kein Verständnis. Sie war zuerst interessiert an Tennis, später an Golf. Zu Polo reichte es glücklicherweise nicht mehr. An diesem Abend war es relativ ruhig. Der Wirt glänzte durch Abwesenheit. Richtig, die Urlaubszeit stand vor der Tür. Viele potenzielle Gäste trainierten mittlerweile ihre Stressstabilität auf der Autobahn. Da einsame Biere einen fahlen Nachgeschmack hatten, machte er sich nach dem zweiten Glas auf den Heimweg. Seine Frau würde es zu schätzen wissen, wenn er zeitig zurück war und die Tür ohne ihre Unterstützung öffnen konnte. Kurz hinter dem Parkplatz des Hotels trat ein mittelgroßer Mann auf ihn zu, der sich bislang im Schatten eines Lieferwagens verborgen gehalten hatte. Der Hund knurrte ihn an. Ein knappes Kommando von Bardenhagen und er war ruhig.

»Das war aber ein kurzer Kneipenbesuch, Herr Professor.«

Vor ihm stand ein Mann, der vermutlich keine 30 Jahre zählte. Im schwachen Licht der Parkplatzbeleuchtung konnte er ihn schlecht erkennen, zudem hatte er sein Gesicht mit einer Skimaske bedeckt. Er glaubte, einen leichten süddeutschen Akzent herauszuhören.

»Sollten wir uns kennen?«, antwortete er unwirsch. Was hatte es einen Fremden zu interessieren, wie lange er sich bei einem Bier aufhielt? Und weshalb hatte er sich vermummt?

»Nein eher nicht. Dafür kenne ich allerdings eines Ihrer Enkelkinder. Liebe Grüße von Jenny.«

In Bardenhagen machte sich Besorgnis breit. »Jenny? Was ist mit ihr?«

»Oh, es geht ihr vorzüglich. Zumindest war es so, als wir uns zuletzt gesehen hatten.«

»Ist sie nicht in London?«

»Nein, momentan hält sie sich woanders auf.«

»Was heißt woanders?«

Der Unbekannte ging nicht weiter auf die Frage ein. »Wie gesagt, es geht ihr gut - oder besser, noch gut.«

Sein Hund spürte, dass der Fremde nicht zu Bardenhagens Freunden zu zählen schien. Gut vernehmbar knurrte er abermals in dessen Richtung.

Dieser ließ sich nicht beirren. »Wenn Sie nicht wollen, dass Ihrem Köter was passiert, nehmen Sie ihn besser an die Leine. Außerdem habe ich nicht die Absicht, Sie zu bedrohen oder Ihnen sonstigen Schaden zuzufügen. Und ich mag Hunde und tue ihnen nur ungern ein Leid an.«

»Sagen Sie mir endlich, was mit Jenny ist!«

»Was soll mit ihr sein? Sie ist in netter Begleitung bei Freunden von mir in Sardinien. Dort lässt sie es sich gut ergehen.«

»Woher soll ich wissen, ob Sie die Wahrheit sagen?«

»Kann eine Handykamera lügen? Hier, werfen Sie einen Blick auf das Bild. Aber ich will das Teil unbeschädigt zurückhaben.«

Der Professor setzte sich seine Lesebrille auf und schaute auf das Foto. Es war eindeutig Jenny, die in die Linse lachte. Im Hintergrund konnte man das Meer erahnen. Erschüttert gab er das Handy zurück. »Was wollen Sie von mir? Geht es um Geld?«

»Nein, behalten Sie bloß Ihre Kohle. Es ist eher Ihre Kompetenz als Wissenschaftler gefragt.«

»Wollen Sie mich durch den Kakao ziehen?«

»Wie käme ich dazu? Nein, eigentlich geht es um mehrere

Gutachten, die Sie für uns unterzeichnen sollen. Sie sind bereits geschrieben. Sie haben also keine Arbeit damit. Ein paar Unterschriften, ein paar Stempel, schon ist die Kiste gelaufen.«

»Sind Sie des Teufels? Wissen Sie überhaupt, was Sie da von mir verlangen?«

»Ich habe keine Lust, mit Ihnen groß zu diskutieren. Bis übermorgen Nachmittag erhalten wir von Ihnen, was wir wollen, oder Ihr liebreizendes Enkelkind schickt Ihnen demnächst eine Postkarte aus Tanger. Für blonde Mädels werden dort Höchstpreise gezahlt. Vor allem, wenn sie so hübsch sind wie Jenny. Ich werde Sie morgen anrufen. Bis dahin haben Sie sich hoffentlich eine Meinung gebildet.«

Bardenhagen wollte sich von ihm abwenden, als der Unbekannte ihn am Ärmel seines Hemdes festhielt. »Glauben Sie nur nicht, die Polizei könnte Ihnen behilflich sein. Ich bin lediglich ein Rädchen im Getriebe. Sie haben es mit richtigen Profis zu tun, die selbst vor Mord nicht zurückschrecken.«

»Haben Sie etwas mit dem Tod von Obal zu tun?«

»Keine Fragen, je weniger Sie wissen, desto besser ist es für alle Beteiligten.«

Der Unbekannte wandte sich von ihm ab und ging auf einen Sportwagen zu. Das wuchtige Brummen des Motors klang gequält auf, als er anfuhr. Wenig später war das Fahrzeug verschwunden. Erschüttert setzte der ältere Herr seinen Weg fort. Fast schien es, als habe das Gespräch seine Haltung verändert. Leicht vornübergebeugt öffnete er 15 Minuten später die Pforte zu seinem Grundstück. Mit wem konnte er über das Erlebte reden? Mit wem sich beraten? Wie sollte er sich verhalten? Durfte er alle Werte verraten, denen er sich ein Leben lang verpflichtet gefühlt hatte? Hatte er eine andere Option? Er dachte an Jenny. Kopfschüttelnd schloss er die Haustür auf.

»Du bist früh dran«, vernahm er die Stimme seiner Frau. »Hatte der Wirt keine Zeit für dich?«

Er gesellte sich zu ihr. »Ich fürchte, es geht nicht so sehr darum, ob ich mich mit Herrn Stöver unterhalten konnte.«

Sie wandte sich ihm zu. Er musste sich nicht weiter äußern. Sie spürte, dass ihm mehr als eine Laus über die Leber gelaufen war. Als habe jemand bei ihm einen Schalter umgelegt, begann er zu erzählen. Im Gegensatz zu ihrem sonstigen Verhalten hörte sie ihm zu und verzichtete darauf, ihn zu unterbrechen. Als er geendet hatte, schaute sie ihn verstört an. Nur langsam erholte sie sich von dem Gehörten. Resolut streckte sie das Kinn vor.

»Wir müssen einen Familienrat einberufen.«

»Gleich morgen?«, fragte er irgendwie erleichtert. Endlich kam Bewegung in die Angelegenheit und sie konnten agieren.

»Wo denkst du hin? Nein, sofort! Wir müssen zu schnellen Entscheidungen kommen.«

Er warf einen Blick auf seine Armbanduhr. »Wenn du meinst. Hoffentlich erreichen wir alle.«

Tochter und Schwiegersohn verzichteten auf große Fragen. Sie reagierten eher überrascht als befremdet und versprachen, umgehend zu kommen.

Florian, ihr Enkel sträubte sich erst dagegen. »Es geht auf 23 Uhr zu. Ich muss morgen zeitig in die Firma.«

Energisch fuhr Christel Bardenhagen ihn an: »Man kann nicht über alles am Telefon reden. Ich erwarte, dass du dich ins Auto setzt und zu uns kommst! Deine Eltern sind auch da.«

Er kannte den Ton seiner Großmutter und wusste, wann Widerspruch zwecklos war. Also beugte er sich ihrer unerbittlichen Ansage. »Du wirst deine Gründe haben, Oma. Ich bin in etwa einer Stunde bei euch.«

Erwartungsvoll sahen sie einander kurz vor Mitternacht an. Werner Jansen begriff schnell, weshalb seine Schwiegereltern ihm die Ehre einer Einladung angedeihen ließen. Realist, der er war, hatte er nicht mit einem Ende der Eiszeit gerechnet. Was Bardenhagen ihnen mitzuteilen hatte, verschlug ihm allerdings die Sprache. Erst mit zeitlicher Verzögerung stellte sie sich wieder bei ihm ein. »Jenny verschleppt? Bist du sicher, dass sich da niemand mit uns einen bösen Scherz erlaubt?«

Claus Bardenhagen schüttelte den Kopf. »Ich habe ihr Bild vor dem Hintergrund des Meeres gesehen. Die Schweine haben unsere Kleine einkassiert!«

Jansens Frau schrie auf und begann zu weinen. Ihr Mann nahm sie in den Arm und streichelte sie zärtlich.

»Da ist eindeutig was passiert«, argwöhnte sie schluchzend. »Ich habe in den letzten Tagen vergeblich versucht, sie zu erreichen. Ihr Handy ist abgeschaltet. Sonst haben wir regelmäßig gegen acht miteinander gesprochen.«

Florian Jansen hatte sich bislang zurückgehalten. Langsam formulierte er seine Gedanken. »Ist es nicht besser, wir informieren die Polizei?« Er blickte zu Bardenhagen herüber. »Opa, die werden erneut auf dich zukommen. Und du musst denen Gutachten für jeden Mist unterschreiben. Willst du das?«

»Das ist völlig unerheblich«, widersprach seine Großmutter. »Es geht um das Leben deiner Schwester. Die machen in Sardinien kurzen Prozess. Letztlich muss dein Großvater nur ein paar Unterschriften leisten.«

»Aber ...«, versuchte Bardenhagen, sich bemerkbar zu machen.

Sie ließ ihn nicht ausreden. »Es gibt kein Wenn und Aber.«

Erstmals in seinem Leben stand Werner Jansen ohne Abstriche auf der Seite seiner Schwiegermutter. »Du hast recht. Machen wir einen kleinen Fehler, ist Jenny tot oder fristet tatsächlich ihr Dasein in irgendeinem arabischen Bordell.« Energisch blickte er zu seinem Schwiegervater hinüber. »Du gibst denen, was die wollen. Und wenn du einem banalen Farbbrei hohe Brillanz bestätigst. Dein Ruf als Wissenschaftler gegen das Leben meiner Tochter.«

Bardenhagen schaute in die Runde. Selbst sein Enkelsohn hatte sich zurückgelehnt und schien sich der Meinung seines Vaters anzuschließen.

»Ich gebe dir recht, Werner. Ich werde es machen.«

Wieder mischte sich sein Enkel ein: »Ich will dabei sein, wenn du mit diesem Verbrecher sprichst. Die bekommen nur, was sie wollen, wenn garantiert ist, dass Jenny zu uns zurückkommt.«

»Ich weiß nicht, ob das 'ne gute Idee ist. Vielleicht haben die Entführer was dagegen.«

»Wir werden sehen, Opa.«

Das Telefon unterbrach ihr Gespräch. Bardenhagen vernahm die Stimme des Fremden. »Ich werde Sie morgen gegen 20 Uhr aufsuchen.«

»Mein Enkel möchte dabei sein.«

»Soll er. Hauptsache, er macht keine Scheiße und versucht nicht, den Helden zu spielen, sonst bekommt er Probleme. Und noch mal: keine Polizei! Sie würden uns zwingen, sofort zu handeln.«

Kurz darauf fuhr die Familie Jansen zurück nach Hamburg. Die Bardenhagens verbrachten die Nacht eher im Wachzustand, als dass sie ihren Schlaf fanden. Erst gegen Morgen kamen sie zur Ruhe, wenn auch nur für wenige Stunden. Dem Rest der Familie sollte es nicht besser ergehen.

15

Am darauffolgenden Vormittag riss das Telefon das Ehepaar Bardenhagen in die Realität zurück. Der Hausherr erkannte sofort die Stimme des Erpressers.

»Ich habe darüber nachgedacht. Es ist besser, wir treffen uns ohne Ihren Enkel. Junge Leute neigen dazu, übereilt zu handeln. Wir wollen keine Fakten schaffen, die nicht mehr rückgängig zu machen sind.«

Unwillkürlich stimmte ihm der Professor zu. Florian war ihm ebenfalls zu impulsiv. Also verabredeten sie sich gegen Mittag vor seinem Haus. Diesmal suchte ihn der Fremde in einer bequemen Limousine auf und hatte auf eine Maskierung verzichtet. Bardenhagen hätte bei dem Mann eher einen italienischen als einen süddeutschen Dialekt vermutet.

»Packen Sie einen Stapel Ihres persönlichen Briefpapiers und Ihre Stempel zusammen. Wir fahren gemeinsam zu einem Hotel in der Umgebung. Dort ist alles vorbereitet.«

Er nahm den Weg durch die Innenstadt. Sie fuhren Richtung Bahnhof. Vorbei an einem VW-Händler ging es die Lüneburger Straße hoch. Sie bogen in Reindorf ab Richtung Itzenbüttel. In dem kleinen, von Landwirtschaft geprägten Ort verzichteten sie darauf, in Richtung Jesteburg zu fahren, sondern nahmen den nicht ausgebauten Weg zum Hotel ›Grüner Jäger‹. Offensichtlich war Bardenhagens Fahrer dort bekannt. Zumindest winkte man ihnen von der kleinen Rezeption aus zu, als sie das Haus betraten. Im ersten Stock öffnete er die Tür eines einfach möblierten, aber sauberen Zimmers. Dort erwartete sie bereits ein Notebook mit angeschlossenem Drucker. Widerstandslos reichte Bardenhagen dem Mann seine Geschäftsbögen, als dieser ihn dazu aufforderte. Während der ganzen Zeit hatten sie keine drei Worte miteinander gewechselt. Auch jetzt vernahm man nur das Gebläse des Computers und das sanfte Klackern des Laserdruckers, wenn er eine Seite ausspie. Sorgfältig stapelte er die Bögen jeweils objektweise aufeinander. Bardenhagen verzichtete darauf, die Expertisen zu zählen, die er akribisch unterschreiben und abstempeln musste. Er hatte nur das Ansinnen, das Hotel so schnell wie möglich wieder zu verlassen. Trotzdem hielt er sich mehr als drei Stunden darin auf. Die fertiggestellten Papiere kamen jeweils in eine schmale Pappmappe und verschwanden anschließend in einem Pilotenkoffer. Irgendwann war der Druckvorgang beendet und die letzte Unterschrift getätigt.

Zufrieden schnalzte der Fremde mit der Zunge und beendete das Schweigen. »Sie waren kooperativ, wir sind es ebenso.« Er gab eine Nummer ins Telefon ein und stellte eine Verbindung her. »Sie sagen kein Wort!«, wies er Bardenhagen an. Als Erstes vernahm der Professor eine männliche Stimme mit einem, wie er herauszuhören vermeinte, schwachen englischen Akzent. Weisungsgemäß sprach er kein Wort. Leise schrie er auf, als er deutlich die Stimme seines Enkelkindes vernahm. »Jenny!«, flüsterte er erregt.

In diesem Moment riss ihm sein Gegenüber das Handy aus der Hand. »Ich habe gesagt, kein Wort! Es ist nicht auszuschließen, dass wir nochmals Ihre Hilfe benötigen. Das entscheidet sich in den nächsten Wochen.«

»Und meine Enkeltochter?«

»Der geht es gut.«

»Muss sie leiden?«

»Keine Angst, für sie ist das bislang nur ein unterhaltsamer Urlaub. Sollten Sie weiter so kooperativ bleiben wie bisher, können Sie sie demnächst sprechen. Jetzt geht es vor allem darum, dass Ihre Familie die Schnauze hält und niemand ausflippt.«

»Natürlich, Sie können sich darauf verlassen.«

»Gut, halten Sie vor allem Ihren Enkelsohn am festen Zügel. Nicht dass der Klugscheißer uns in die Suppe spuckt. Typen wie er meinen, alles besser zu wissen. Bis sie begreifen, wie das Spiel abläuft, ist das Kind bereits in den Brunnen gefallen.«

»Darauf können Sie sich verlassen. Florian wird nichts unternehmen, was seiner Schwester schaden kann.«

»Das freut mich zu hören. Ich habe auch etwas, was für Sie von Interesse sein könnte.« Er griff in den Pilotenkoffer und entnahm einen dicken A3-Briefumschlag. Er drückte ihn Bardenhagen in die Hand. »Wir wollen uns nichts schenken lassen. Darin sind 100.000 Euro.«

Erschrocken wich der Professor einen Schritt zurück. »Ich möchte kein Geld dafür haben. Es geht ausschließlich um Jenny.«

»Nehmen Sie es als Ausdruck unserer Seriosität, was die Gesundheit Ihrer Enkeltochter betrifft. Tun wir so, als würden wir ein ganz normales Geschäft abwickeln. Haben Sie dafür keine Verwendung, stiften Sie es Ihrer kirchlichen Gemeinde. Sollte ich recht informiert sein, kann Ihr Schwiegersohn das Geld gut gebrauchen. Der pfeift doch auf dem letzten Loch.«

»Woher wissen Sie das?«

»Ein kluger Mann sagte irgendwann einmal, Wissen ist Macht. Wir tun nichts aus dem Bauch heraus. Bei uns ist alles detailliert geplant. Das sichert unseren Erfolg. Deshalb sollten Sie uns sehr ernst nehmen.«

»Das tun wir. Wir sind schließlich keine Kamikaze.«

»Dann sorgen Sie dafür, dass sich an dieser Einstellung nichts ändert. Ich habe keinen Einfluss auf das Geschehen in Italien. Sie könnten eine Armee dorthin schicken und würden nichts erreichen.«

»Wir sind alle auf der gleichen Linie und wollen Jenny gesund zurückhaben. Jeder von uns wird sich an diese Disziplin halten.«

»Dann wird alles gut werden, mein Wort darauf. Wir sind keine Freaks.«

Was ist das Wort eines Kriminellen wert?, fragte sich der Kunsthistoriker. Wie weit reichte es? Jetzt wollte er daran glauben. Nur die Hoffnung auf ein positives Ende zählte. Alles hatte sich dem unterzuordnen.

Der Unbekannte packte das Notebook ein und schloss den Pilotenkoffer. Den Drucker ließ er stehen. »Kommen Sie, wir sind vorerst mit allem durch.«

An der Rezeption winkte er der jungen Frau zu. »Ist bei mir noch etwas offen?«

»Nein, es ist alles bezahlt«, strahlte sie ihn an.

»Sehr schön. Der Drucker, den ich oben habe liegen lassen, ist für Sie. Der Schlüssel steckt.«

»Oh, vielen Dank.«

Sie schwiegen sich wieder gemeinsam an, als sie zurückfuhren. Als sie vor Bardenhagens Haus Am Butterberg hielten, legte ihm der Unbekannte eine Hand auf die Schulter. »Ihre Enkeltochter wird sich regelmäßig telefonisch bei Ihnen melden. Verzichten Sie darauf, sie anzurufen. Es ist nur frustrierend auf ein totes Telefon zu starren. In einigen Wochen sind wir mit allem durch.«

Am frühen Nachmittag saß er vor seiner Frau und zeigte ihr den Geldumschlag. »Was fangen wir damit an?«

Sie antwortete pragmatisch: »Gib es Werner. Der braucht das Geld dringend. Am besten packst du noch was drauf.«

»Woher kommt der plötzliche Sinneswandel?«

»Mir ist erst jetzt durch sein Verhalten klar, was für ein großartiger Vater er ist. Wahrscheinlich hätten wir ihm viel früher eine Chance geben sollen. Er verhält sich wie ein Mensch, der zur Familie gehört. Er hat Rückgrat.«

»Da kann ich dir nur zustimmen. In den nächsten Tagen überweise ich auf sein Geschäftskonto 250.000 Euro.«

»Und das Schwarzgeld?«

»Das bekommt er so.«

»Hoffen wir, dass der Betrag wenigstens seine Brandstelle beruhigt.«

»Ich bekomme bald neue Mittel frei. Das geht ebenfalls an ihn. Jetzt müssen wir zusammenhalten. Was interessiert da schnödes Geld?! Unser Alter ist trotzdem abgesichert.«

Ein weiteres Problem mussten sie an diesem Abend lösen. Verabredungsgemäß traf ihr Enkelsohn am späten Nachmittag bei ihnen ein. Er beruhigte sich nur sehr zögerlich, als sein Großvater ihm berichtete. Mit gerötetem Gesicht schimpfte er mit den beiden: »Ich wollte doch dabei sein! Jetzt haben wir alle Trümpfe aus der Hand gegeben und Jenny ist immer noch verschwunden! Wir hätten die Polizei einschalten sollen.«

Energisch hielt Bardenhagen dagegen: »Dann ist alles zu spät und wir sehen deine Schwester nie mehr. Meinst du, die durchstreifen in Sardinien die Berge, um nach ihr zu suchen? Bis die sich mit der italienischen Polizei verständigt haben, ist Jenny längst tot oder außer Landes geschafft worden. Und wer sagt, dass sie sich tatsächlich in Sardinien aufhält?«

Sein Enkel beruhigte sich langsam. »Du hast ja recht.«

Das Läuten des Telefons unterbrach die Auseinandersetzung.

Automatisch griff Florian Jansen nach dem Telefon und horchte hinein. Bevor er antworten konnte, war die Leitung bereits wieder tot. »Es war Jenny«, erläuterte er den alten Leuten. »Es geht ihr gut.«

Er umarmte seine Großeltern. »Ihr habt wohl doch das Richtige getan. Vermutlich wollen die von dir noch mehr Gutachten.«

»Glaube ich nicht«, widersprach Bardenhagen. »Ich hätte auch hundert Pamphlete unterschrieben und besiegelt. Das wissen die. Ich habe darüber nachgedacht. Ist Jenny zu Hause, könnte ich theoretisch die Behörden über die falschen Gutachten informieren. Mit ziemlicher Sicherheit wollen die ganz in Ruhe die Bilder an den Mann bringen. Die wissen, solange Jenny nicht bei uns ist, halte ich die Füße still.«

»Und was tust du, nachdem Jenny zurück ist?«

»Vielleicht ist es besser, die Schnauze zu halten. Ich werde meinen Ruf als Wissenschaftler nicht freiwillig zerstören. Außerdem wissen wir nicht, mit wem wir es zu tun haben. Die können jederzeit eine ähnliche Aktion starten.«

»Da ist was dran.« Wieder griff er zum Telefon. »Ich informiere Mama und Papa. Die sitzen zu Hause und sorgen sich.«

Anschließend schob ihm sein Großvater den Briefumschlag zu. »Den hat man mir aufgedrängt.«

Florian Jansen grinste ihn an. »Sie versuchen, dich über die kalte Küche zu kriminalisieren, Opa. Was soll's. Papa kann die Kohle sicher gut gebrauchen.«

»Gibst du sie ihm?«

»Nein, das machst du schön selber. Zeig ihm, dass wir eine Familie sind. Er hat es eh verdient. Ihr habt lange gebraucht, das zu merken.«

»Wie du meinst, mein Junge. Ich muss dir zustimmen.«

Zwei Tage später stand derselbe Fremde mit der südländischen Aura und den perfekten deutschen Sprachkenntnissen vor dem pensionierten Kunsthistoriker. »Ich möchte Ihnen etwas zeigen und Sie bitten, es zu prüfen.«

»Sie bitten mich?«

»Ich habe Respekt für Ihre Situation, da können wir uns zumindest wie anständig erzogene Menschen verhalten.«

»Wo geht es hin?«

»Wir fahren nach Hamburg. Vor heute Abend sind Sie nicht zurück.«

»Ich benachrichtige nur meine Frau.«

»Sie soll mit niemandem darüber reden. Als Gegenleistung bekommen Sie dies.«

Er blickte auf ein Foto, das seine Enkeltochter zeigte. Aber sie war nur Staffage. Neben ihr auf einem Gartentischchen lag eine Zeitung, die in den Mittelpunkt rückte.

»Sie bekommen von mir später eine CD. Darauf werden Sie anhand der Zeitung erkennen, dass die Aufnahme gestern gemacht wurde.«

»Danke. Sagen Sie Ihren Leuten, sie bekommen so viele Gutachten, wie sie wünschen. Nur Jenny darf nichts geschehen.«

»Wir wollen doch Ihren Namen nicht inflationieren. Nein, Sie haben uns gegeben, was wir wollten. Wir werden ebenso Wort halten.«

Am Abend war er zurück. Seine Frau ging erwartungsvoll auf ihn zu. »Was wollten die von dir?«

»Ich sollte einen van Gogh identifizieren.«

»Und?«

»Er könnte durchaus echt gewesen sein. Aber letztlich bin ich dafür nicht so der Spezialist wie etwa Obal oder Vreeburg.«

Sie hakte sich bei ihm ein. »Das ist ja weiter kein Problem. Was geschieht jetzt?«

»Sie wollen ein paar technische Prüfungen vornehmen. Gegebenenfalls erwarten sie ein letztes Gutachten von mir.«

Erleichtert strich sie mit einer Hand über seinen Arm. »Das ist ja eine eher leichte Übung für dich.«

»Nicht so ganz«, antwortete er mit zittriger Stimme. »Du erinnerst dich an die Ermordung von Professor Obal? Da gab es doch einen Hinweis auf einen van Gogh.«

»Dann sind sie seine Mörder?«

»Sieht ganz so aus.«

Vorbei war es mit ihrer Erleichterung. Allem Anschein nach hatten sie es mit Leuten zu tun, die bereits gemordet hatten. Und wer erst einmal seine Hemmschwelle überwunden hatte, war in der Lage, es immer wieder zu tun. Was war mit ihrer Jenny? Würden sie sie am Leben lassen? Konnten die sich das überhaupt erlauben? War sie vielleicht in der Lage, einen der Beteiligten zu identifizieren? Glücklicherweise beruhigte sie ein abendlicher Kurzanruf ihres Enkelkindes für ein paar Stunden. Wie stand es um den Rest ihrer Familie? Diese Typen konnten das Leben eines jeden von ihnen bedrohen. Es gab niemanden, den sie um Hilfe ersuchen konnten. Solange sie Jenny gefangen hielten, waren ihnen die Hände gebunden. Und danach eigentlich ebenso. Auch die nächste Nacht sollte unruhig verlaufen.

16

Zum wiederholten Mal studierte Hilpert die spärlichen Ermittlungsunterlagen. Ihm schien es, als hätte sich ihre Arbeit zum Tod des Kunsthistorikers verkapselt. Wirklich neue Fakten gelangten in den letzten Tagen nicht in ihren Blickwinkel. Die Vernehmung der Freundin des Ermordeten kam ihm in den Sinn. Rebecca Rehm hatte sie kaum weitergebracht. Er war sich sicher, dass sie mehr wusste, als sie ihnen mitgeteilt hatte. Ein inneres Gefühl sagte ihm, dass sie etwas verschwieg. Fragte sich nur, was und warum. Hatte es mit dem Mord zu tun oder war es privater Natur? Gern hätte er darauf eine Antwort. Aber bislang konnte in Deutschland niemand zu ausführlichen Zeugenaussagen gezwungen werden. Waterboarding und Elektroschocks standen auf der Liste der unerlaubten Hilfsmittel. Wer wollte feststellen, wo sie gelogen und wo sie die Wahrheit gesagt hatte? Einen Anfangsverdacht gegen sie gab es nicht. Als Täterin kam sie in keinem Fall infrage. Dafür fehlte ihr erkennbar die Kraft. Trotzdem stand Rebecca Rehm weit oben auf seinem Zettel. Er war davon überzeugt, dass sie in die Ereignisse eingebunden war. Fragte sich nur wie? Er beschloss, sie erneut zu befragen. Für einen ordentlichen Ermittler gehörte es sich, nicht aufzugeben, sondern am Ball zu bleiben. Kurz entschlossen versuchte er, sie über Handy zu erreichen. Bis auf die lapidare Ansage, dass die Angerufene nicht erreichbar sei, kam er nicht weiter. An diesem Tag unternahm er noch mehrere erfolglose Anläufe. Im Verlauf des Nachmittags begann er nervös zu werden. Junge Frauen liefen nicht mit abgeschalteten Handys durch die Gegend. Es sei denn, es gab einen triftigen Grund dafür.

Gegen 16 Uhr bat er Claudia Ernst zu sich und ordnete knapp an: »Bitte grase die Uni ab und such anschließend ihre Wohnung auf.«

Unruhig spielte er mit seinem Bleistift, als seine Mitarbeiterin gegangen war. Erreichten sie Rebecca Rehm nicht bis zum Abend, würde er sie zur Fahndung ausschreiben. Ein Druck in seiner Magengegend signalisierte ihm, dass sie das Verschwinden der Frau nicht auf die leichte Schulter nehmen durften. Konnte es sein, dass man mit ihr eine störende Mitwisserin ausgeschaltet hatte? Ein Anruf der Kommissarin bekräftigte eine Stunde später seine Befürchtungen. Rebecca Rehm fehlte unentschuldigt an ihrem Arbeitsplatz an der Uni. Wie man ihr mitgeteilt hatte, stand dies im krassen Gegensatz zu ihrem bisherigen Verhalten. Sie galt als strebsam und absolut zuverlässig. Ein Typ wie sie entschloss sich nicht spontan zu einem Kurzurlaub an der Ostsee und verzichtete darauf, sich abzumelden. Seine Unruhe verstärkte sich. Trotzdem wartete dieser Tag mit einer anderen Überraschung für ihn auf. Aus der Pförtnerloge informierte man ihn, dass ein Dr. Vreeburg ihn zu sprechen wünschte. Was führte den Dozenten aus Holland zu ihm? Ihm kamen die Fotos in den Sinn. Vermutlich sah man es in den Niederlanden ähnlich konservativ wie in Deutschland, wenn es Staatsbedienstete mit ihren Schutzbefohlenen trieben. Egal, wie alt oder jung sie waren.

Hilpert erkannte den Wissenschaftler sofort von den Fotos her, als dieser sein Zimmer betrat. Er trug die an den Schläfen leicht ergrauten vollen Haare etwas länger. Der Mann war so groß wie er. Er war schlank und wirkte auf ihn durchtrainiert. Spätestens sein Händedruck unterstrich diese Vermutung. Man konnte Vreeburg als attraktiven Mann bezeichnen, der dem Augenschein nach nur wenige Anstrengungen unternehmen musste, um die eine oder andere junge Frau in die geeignete Position zu bekommen. Kombiniert mit seinem Status musste er wahrscheinlich eher interessierte junge Mädels abweisen, als dass er sie hechelnd verfolgte.

»Sie können sich sicher vorstellen, weshalb ich Sie aufsuche, Herr Kommissar«, hielt sich der Holländer nicht mit großartigen Begrüßungsfloskeln auf.

»Es geht um das Bildmaterial?«

»Ich hätte es nicht besser ausdrücken können.«

Hilpert grinste ihn an. »Ist es im Zeitalter von Handykameras nicht ziemlich gefährlich, sich nicht vorher umzuschauen, bevor man sich ins Vergnügen stürzt?«

»In der Nachbetrachtung muss ich Ihnen recht geben. Aber irgendwie gehört das bei den jungen Leuten wohl dazu. Zumindest werde ich es künftig bei einer Frau belassen.«

Hilpert blickte ihn grinsend an. »Es waren mehrere Mädels in dem Raum?«

»Zuweilen war das der Fall.«

Hilpert behielt sein breites Grinsen. Offensichtlich war er in Liebesdingen zu konservativ. »Wissen Sie, mir ist es egal, was Sie in Ihrer Freizeit anstellen. Sollten die Fotos für die Aufklärung des Mordes unerheblich sein, habe ich nicht die Absicht, diese gegen Sie zu verwenden. Allerdings ...«

»Allerdings was?«

»Nun, wie ich eben sagte, ich habe einen Mord aufzuklären. Vielleicht könnten Sie mir dabei behilflich sein.«

»Fragen Sie, ich habe nichts zu verbergen.«

»Weshalb hat Obal die Bilder in seiner Schublade verwahrt? Er war doch kein Spanner - oder?«

»Nein, eher das Gegenteil. Das ist ganz einfach. Reden wir nicht drum herum. Er wollte mich erpressen.«

»Wie das?«

»Nun, er brauchte für den van Gogh ein Gutachten von mir.«

»Sie meinen, es könnte sich um eine Fälschung gehandelt haben?«

Er schüttelte den Kopf. »Nein, dazu war er viel zu versiert. Das konnte er sich nicht erlauben. Außerdem wusste er, dass ich mich dafür nie hergeben würde. Nein, es ging um Geld.«

»Wie darf ich das verstehen?«

»Wir können davon ausgehen, dass er eine gewisse Summe für die Gutachten bekommt. Was ist mehr als die Hälfte?«, fragte er ironisch. »Richtig, alles«, gab er sich im gleichen Atemzug die Antwort.

»Es geht um viel Geld?«

»Ein paar Hunderttausend Euro kommen da schnell zusammen.«

»Ich verstehe. Und Obal war solch ein Charakterschwein?«

»Davon können Sie ausgehen. Er lebte gerne gut. Schnelle Autos, weite Reisen, teure Kleidung.«

»Das heißt, er wollte Sie um Ihr Honorar bringen?«

»Nun gut, ein paar Euro wären auch bei mir gelandet.«

»Sagt Ihnen der Name Rebecca Rehm etwas?«

»Natürlich, das ist seine Freundin gewesen.«

»Kennen Sie sich gut?«

»Es ging so. Wir trafen uns gelegentlich.«

»Wenn sie sich verstecken wollte, wo glauben Sie, würde sie versuchen unterzukommen?«

»Keine Ahnung. Dafür haben wir uns zu selten gesehen.«

»Ich komme nochmals auf den van Gogh zurück. Wo könnte man den Wert solch eines Bildes ansetzen?«

»Das ist schwer zu sagen. Die höchsten Gebote werden gemeinhin auf den bedeutenden Auktionen erzielt. Dort trifft man auf Bieter aus der ganzen Welt. Aber ein echter van Gogh wird sehr selten international angeboten. Meines Wissens ist keiner auf dem Markt. Wer solch ein Kleinod besitzt, behält es. Momentan spielt die Kunstwelt verrückt. Es wird offensichtlich jeder Preis gezahlt, der aufgerufen wird. Leider habe ich das Bild nie gesehen. 70 Millionen, das Doppelte oder mehr ist durchaus denkbar. Letztlich kommt es auf das Objekt an.«

»Ich verstehe. Und der Mörder, der sich nach bisherigen Erkenntnissen das Teil gegriffen hat, wie wird der solch ein spektakuläres Werk los?«

»Gute Frage. Hat er Glück, verfügt er über das Gutachten von Obal. Dieser hatte in der internationalen Kunstszene einen ausgezeichneten Ruf. Ob der einem Erwerber reicht, wird sich erweisen.«

»Mit anderen Worten, wir müssen nur auf den Tag warten, an dem das Bild angeboten wird?«

»Glauben Sie an den Weihnachtsmann? Wer einen van Gogh sozusagen unterm Ladentisch ergattern kann, greift danach und hält den Mund. Das sind zum Teil Besessene, die ihre Finger nach solchen Exponaten ausstrecken. Gehen Sie davon aus, das Objekt ist für die Kunstwelt vorerst verloren.«

»Was ist mit Spekulanten?«

»Die gibt es natürlich auch. Die geben das Werk vielleicht in fünf oder zehn Jahren auf den Markt. Die ökonomischen Prinzipien greifen selbst in meinem Metier. Sie wissen doch, Angebot und Nachfrage.«

»So lange bleibt es im Tresor liegen?«

»Sie sagen es.«

»Aber in der Zeit ist es nur totes Kapital.«

»Bei den Leuten, die in diesem Business unterwegs sind, kommt es auf die eine oder andere Million nicht an.«

»Was soll's, es geht nicht um mein Geld. Eines interessiert mich am Rande. Weshalb sprechen Sie so gut Deutsch?«

»Meine Mutter kommt aus Bremen.«

Dem Kommissar fielen keine weiteren Fragen ein. Wenige Minuten später verließ ihn der Kunsthistoriker, nachdem er sich bereit erklärt hatte zu kooperieren, falls seine Mithilfe benötigt werden sollte. Hilpert lehnte sich in seinem Sessel zurück und überlegte, was Vreeburg ihm Neues mitgeteilt hatte. Genau genommen herzlich wenig. Und dafür war er extra aus Amsterdam gekommen? Er griff in die Schublade seines Schreibtisches und betrachtete abermals die kompromittierenden Fotos. Dafür nahm man schon mal den langen Weg auf sich. Mit Rebecca Rehm war er ebenfalls nicht weitergekommen. Er wählte Claudias Nummer an. Diese hatte sich mittlerweile vor deren Wohnung eingefunden und stand vor verschlossener Tür.

»Bleib, wo du bist«, wies er sie an. »Ich komme rüber.«

Bei der dichten Verkehrslage wurde ihm einmal mehr klar, weshalb Hamburg als Metropole Deutschland bezeichnet wurde mit der höchsten Staugefahr. Er hatte sich durch die Stresemannstraße gequält. Bei dem Schneckentempo, das ihm vorgegeben wurde, lief er wenigstens nicht Gefahr, von einem der Blitzer überrascht zu werden, deren Opfer man gern gedankenverloren wurde. Er benötigte fast 40 Minuten, bis er endlich die Bahrenfelder Chaussee erreichte. Am Ende des Hellwegs erblickte er Claudia Ernst, die ihm erleichtert zuwinkte.

»Bist du hierher gekrochen?«, empfing sie ihn leicht genervt. »Ich habe mir die Beine in den Bauch gestanden.«

»Ich muss dir doch nicht erzählen, wie der Feierabendverkehr in unserer geliebten Stadt verläuft. Zu Fuß wäre ich bestimmt schneller gewesen. Vielleicht sollte ich mir ein Motorrad anschaffen. Wie ist der Stand der Dinge?«

»Also, Obals Freundin hat nicht geöffnet. Sie ist entweder

verschwunden, oder sie liegt in ihrer Wohnung und modert vor sich hin. Eigentlich müsste man das riechen.«

»Dann sollten wir die Tür öffnen.«

»Das erzähl mal dem Hausmeister. Ohne Durchsuchungsbeschluss regt der keinen Finger.«

»Das wollen wir mal sehen. Er wohnt hier im Haus?«

»Ja, im Erdgeschoss.«

»Wie heißt der?«

»Wienand.«

Ein dickleibiger Endsechziger mit hoher Stirn und ungesunder rötlich blauer Gesichtsfarbe öffnete die Tür. Eine Bierfahne drang auf die Kommisare ein.

Bevor Hilpert zu Wort kam, polterte er los: »Ich hab Ihrer Kollegin bereits gesagt, dass ohne Durchsuchungsbefehl nichts geht.«

»Ich mache Sie darauf aufmerksam, dass vermutlich Gefahr im Verzug ist.«

»Das ist mir scheißegal.«

»Wie Sie meinen.« Hilpert zog aus seinem Jackett Handschellen und öffnete eine der Krallen. »Sie sind vorläufig festgenommen. Behinderung der Kriminalpolizei in einer Mordermittlung. Sie können ein paar Utensilien mitnehmen. Im Gefängnis brauchen Sie die.«

»Was?«, schrie der Mann auf. »Sie wollen mich verhaften? Das wollen wir mal sehen!«

Hilpert packte ihn an seinem Hemdkragen. »Auch noch Widerstand gegen die Staatsgewalt. Das fängt an, teuer zu werden, Mann. Wollen Sie unbedingt ins Gefängnis?«

Als der Hausmeister realisierte, dass es der Beamte vor ihm offensichtlich ernst meinte, wurde er umgänglicher. »Schon gut, ich hol die Schlüssel.«

Er wollte die Wohnungstür schließen. Das scheiterte allerdings am Widerstand des Hauptkommissars. »Niemand kann wollen, dass ich Ihre Tür eintreten muss, weil Sie die lieber verschlossen halten.«

»Nein, nein, selbstverständlich nicht. Ich bin gleich zurück.«

Was Hilpert von dem engen Flur aus erblickte, wies nicht gerade auf einen ordentlichen Zeitgenossen hin, der Wert auf einen geordneten Haushalt legte. Der Geruch ließ sich gerade noch aushalten. Ihm war's gleich, schließlich war er nicht beim Gesundheitsamt angestellt. Kurz darauf kam der Hausmeister mit einem einzelnen Sicherheitsschlüssel zurück.

Hilpert bat ihn heraus. »Sie öffnen uns die Tür. Nicht dass Sie für uns den falschen Schlüssel herausgesucht haben.«

So weit hatte der Mann vor ihm gar nicht gedacht. Zufrieden schlug er ihm auf die Schulter, als die Tür aufging. »Warum nicht gleich so? Es geht doch. Warum sperren sich so viele Leute, mit der Polizei zusammenzuarbeiten?«

Der Hausmeister wollte vorgehen. Hilpert hielt ihn zurück. »Lassen Sie, den Rest schaffen wir allein. Schönen Dank für die Kooperation.«

Sie betraten ein etwa 65 Quadratmeter großes Appartement. Die Mieterin musste ein sehr akribischer, ordentlicher Mensch sein. Als habe sie sich auf ihren Besuch vorbereitet, lagen nirgendwo Kleidungsstücke, Papiere oder in der Küche Essensreste herum. Die Betten waren gemacht. Die Luft roch einigermaßen erträglich. Vermutlich hatte sie die Räumlichkeiten erst vor wenigen Tagen verlassen. Nichts deutete darauf hin, gewaltsam dazu gedrängt worden zu sein. Soweit sie es beurteilen konnten, hatte sie keine persönlichen Kleidungsstücke oder Kosmetikartikel eingepackt. Unter das Bett im Schlafzimmer war ein Hartschalenkoffer geschoben worden. Zwei Reisetaschen fanden sich zwischen Kleiderschrank und Außenwand aufeinandergestapelt an. Bei Hilpert verstärkte sich das dumpfe Gefühl in der Magengegend. Im Wohnzimmer blickte er sich um. Ein prall gefülltes Bücherregal beherrschte den rechteckigen Raum an einer der beiden Längsseiten. Interessiert nahm er sich die Titel vor.

»Sieh mal einer an, die hat garantiert ein Dutzend Kunstbücher da stehen«, wandte er sich an Claudia Ernst. Er wies auf einen Bücherstapel auf einem Beistelltisch. »Van Gogh zum Ersten und zum ...« Kopfschüttelnd setzte er seine Suche fort. »Dieser Maler ist der Schlüssel zu dem Fall. Oder besser das verschwundene Bild. Der Mann selbst weilt ja nicht mehr unter uns.«

Wieder strich er durch die Wohnung, blickte in ihren Schreibtisch, ohne dass ihm etwas ins Auge sprang. Was wollte man finden, wenn man nicht wusste, wonach man suchte? Dieses Problem war ihm bei seinen Ermittlungen in vielfältiger Form untergekommen. Also musste man sich mehr auf seine Intuition verlassen. Nur schaltete man die nicht wie eine Waschmaschine an. Sie stellte sich ein oder blieb stumm. Zumindest war sie reisefreudig, wie die Prospekte bewiesen. Er blätterte ihre Kontoauszüge durch, ohne Auffälliges zu bemerken. Sie lebte offenbar im Rahmen ihrer Möglichkeiten. Die Leasingrate für ihr privates Auto war überschaubar, die Miete angemessen. Für ihre Verhältnisse gab sie allem Anschein nach - ähnlich wie Obal - überdurchschnittlich viel Geld für Reisen aus. Sie verfügte über ein dickes Plus auf ihrem Girokonto und er vermutete Finanzanlagen oder Sparbücher in einem Schließfach. Grundsätzlich passte, was sie vorfanden. Seiner Partnerin erging es nicht anders, sie entdeckte ebenfalls nichts Spektakuläres. Sie waren bereits im Begriff zu gehen, als ihm eine Idee kam. Mit wenigen Schritten ging er zurück ins Wohnzimmer und begann übers ganze Gesicht zu grinsen.

»Da bekomme ich doch noch einen Zipfel zu fassen.«

»Und zwar?«, wollte sie wissen. Claudia Ernst war nichts aufgefallen, was sie weitergebracht hätte.

»Schau dir die Wände an.«

Gehorsam folgte sie seinem Rat. »Nette Fotos hängen da.«

»Ja, es gibt vielfältige Motive, Landschaften, Menschen. Wen sehen wir nicht?«

Diesmal nahm sie sich mehr Zeit. »Richtig, ihr Freund findet nicht statt. Seltsam.«

»Finde ich auch. Was fällt noch auf?«

»Hör auf mit dem Ratespiel, wir sind nicht im Fernsehen.«

»Die hat im Regal und auf dem Tischchen Kunstbücher im Wert von einigen Hundert Euro liegen. An den Wänden hängt nicht ein Bild.«

»Was heißt das?«

»Sie hat an der bildenden Kunst offensichtlich kein erkennbares ästhetisches Interesse.«

»Was kommt sonst infrage?«

»Bei einer Volkswirtin geht es vermutlich um Kohle.«

»Sie wird Obal bestimmt nicht bei seinen Gutachten behilflich gewesen sein.«

»Dabei konnte er sie garantiert nicht gebrauchen.«

»Wobei dann?«

»Schwer zu sagen. Vielleicht sollte sie für das Bild einen Kunden beschaffen?«

»Daraus könnte ein Schuh werden. Nur, soweit ich alles verstanden habe, ist es kein Problem, einen van Gogh zu verkaufen. Nach meinen Recherchen stehen diverse Superreiche danach Schlange.«

»Na gut, aber die stehen nicht unter S wie Superreich im Telefonbuch.«

»Stimmt. Trotzdem behaupte ich, Obal hätte aufgrund seines Jobs genug Gelegenheiten gehabt, entsprechende Kontakte aufzutun.«

Claudia fuhr ihm in bekannter Manier in die Parade. »Der Gutachter eines Gemäldes begibt sich selbst auf die Suche nach einem Käufer? Wo gibt es denn so was?!«

Hilpert reagierte gelassen. Der Fall erwies sich als komplizierter, als er sich anfänglich vorgestellt hätte. Da war es unglaublich wichtig, jemanden zur Seite zu haben, der mitdachte, jemand der einen von einer falschen Fährte herunterholte. Seine Partnerin war Garant dafür.

»Du hast recht. Da habe ich nicht zu Ende gedacht. Welchen Job macht diese Rebecca dann?«

»Sie ist Dozentin an der Uni, ehemalige Bankerin. Die kennt sich mit Geld aus.«

Hilpert schlug sich mit der flachen Hand gegen die Stirn. »Na klar, die sollte das Geld waschen. Schließlich geht es um Millionenbeträge, die nicht so einfach auf das Girokonto der Sparkasse überwiesen werden können. Das wird schwer werden, ihr das zu beweisen.«

Als sie die Wohnung verließen, trat der Hausmeister auf sie zu und verlangte nach dem Schlüssel. Hilpert reichte ihn ihm. »Wir befürchten ein Kapitalverbrechen. Kommen Sie nicht auf die Idee, die Wohnung zu betreten. In den nächsten Tagen wird die Spurensicherung tätig.«

»Und wenn die Frau hier wieder aufschlägt?«

»Dann informieren Sie sie darüber, dass sie sich im Polizeipräsidium melden möge. Hier ist meine Karte.«

Sie ließen einen verwirrten Menschen zurück, der versuchte, sich aus allem einen Reim zu machen. Weit sollte er mit seinen Überlegungen nicht kommen. Er schlurfte in seine Wohnung zurück und fand trotz aller Unordnung den Eisschrank. Nach dem zweiten Bier waren ihm die Geschehnisse bereits gleichgültig. Er hatte genug Sorgen, was scherten ihn da die Mieter. Die nörgelten ohnehin nur ständig herum. Und die arrogante Rehm hatte eh keinen Blick für ihn übrig. Sollte sie bleiben, wo der Pfeffer wächst. Voller Bedauern schob er die leere Flasche zur Seite. Im Eisschrank standen noch ein paar davon.

17

Schon bei der Lösung anderer Fälle hatte es sich für Hilpert bezahlt gemacht, sich des Sachverstands Dritter zu bedienen. Wozu gab es Fachleute, wenn das eigene Wissen nicht reichte? In Sachen Ökonomie hatte er seinen Freund Thiemann. Mittlerweile verstand er nach seinen knapp zwei Jahren in der freien Wirtschaft selbst eine Menge davon. Nur, wer half ihm bei der bildenden Kunst weiter? Seine Eltern waren über die röhrenden Hirsche nicht hinausgekommen. Die meisten seiner Freunde gönnten sich zuweilen eine Lithografie, wenn sie die nackten Wände ihrer Behausungen anstarrten. Die betenden Hände hatten bei dieser Generation ausgedient. Hätte er sie zu dem Künstler befragt, dessen Werk ihr Leben bereicherte, müssten sie passen. Es sei denn es handelte sich um einen Picasso, an dem auch der letzte Kunstbanause nicht vorbeikam, wenigstens was seinen Namen betraf. Trotzdem musste er nicht weit schauen, um sich jemanden zu greifen, der ihm weiterhelfen konnte: Petras älterer Bruder Achim. Mit ihm verstand er sich blendend. Schließlich saß der auf einem Lehrstuhl für Literatur an der Uni Bremen. Wer Shakespeare im Urtext gelesen hatte, kannte sich garantiert mit Malerei aus. Als sie zurück im Präsidium waren, klemmte er sich gleich ans Telefon. Er hatte Glück und erreichte ihn. Gott lobe die Handys. Eben noch gehasst, verschaffte es ihm nun die direkte Verbindung.

»Fabian, ich sitze gerade in der Mensa und gönne mir einen Kaffee. Was kann ich für dich tun?«

Zügig schilderte Hilpert sein Problem.

»Ich beschäftige mich, wie du weißt, eher mit Büchern. Aber

es existieren durchaus Parallelen. Was genau willst du denn wissen?«

»Wie kommen diese horrenden Preise zustande?«

»Also in der Kunst gibt es keine objektiven Preise. Vielmehr misst man einem Buch, einem Bild einen gewissen Wert zu.«

»So ähnlich wie an der Börse, wo der Aktienkurs innerhalb eines Tages in die Höhe explodieren kann oder gnadenlos in den Keller saust, obwohl in dem Unternehmen nichts passiert ist?«

»Das kann man nur bedingt miteinander vergleichen. Hinter den Börsenkursen steckt zumindest der Anflug von Rationalität. Also VW steigert seine Gewinne unerwartet um 10 Prozent und nicht wie prognostiziert um 6 Prozent. Das Resultat ist unter Umständen ein Kurssprung der Aktie nach oben. Ein van Gogh wird bei einer Versteigerung mit sagen wir 40 Millionen Euro angesetzt und er bringt 90 Millionen. Was ist passiert, dass der Wert des Bildes bei der Versteigerung so stark gestiegen ist?«

»Keine Ahnung.«

»Siehst du, so ist es bei Kunstobjekten. Alles ist denkbar, man weiß nur nicht, wann was warum geschieht. Ich gebe dir ein anderes Beispiel. Vor Jahren wurde behauptet, das Bild, ›Der Mann mit dem Goldhelm‹, sei nicht von Rembrandt gemalt worden, sondern in seiner Werkstatt entstanden. Was geschah?«

»Du wirst es mir sagen.«

»Der Wert des Bildes sank von damals geschätzten, ich meine, 50 Millionen Dollar auf 5 Millionen. Ohne sonstige externe Einwirkungen entsprach dies einem Rückgang um 90 Prozent und das sozusagen über Nacht. Mit dem Exponat selbst war nichts geschehen.«

Hilpert begann zu verstehen. »Das heißt, Werte werden gemacht?«

»Bis zu einem gewissen Punkt stimmt das. Sie hängen eng mit dem Namen des Künstlers zusammen.«

»Und wie sieht es momentan aus?«

»Es ist die Zeit für Spekulationen. Wirtschaftskrise, Eurokrise, notleidende Staaten. Da flüchtet man sich gerne in Sachwerte. Immobilien steigen im Wert, Gold wird zum Objekt der Begierde. Gleiches gilt für Gemälde, Uhren usw. Hinzu kommt, jeden Tag erscheint ein Neureicher auf der Bildfläche, der sich gerne mit

Preziosen schmücken möchte. In dieser Welt werden im Sekundentakt Vermögen zerstört und an anderen Stellen bauen sich neue auf.«

»Bleiben wir bei Bildern. Dass die im Preis steigen, verstehe ich. Aber von aktuellen Werken mal abgesehen, bleibt ja deren Anzahl begrenzt. Rembrandt ist lange tot. Gleiches gilt für van Gogh oder Picasso. Es kommen zwar neue Künstler hinzu, deren Anzahl hält sich allerdings in Grenzen.«

»Richtig. Und wer über ein Kunstwerk verfügt, gibt es in Zeiten wie diesen ohne Not nicht ab.«

»Was heißt das?«

»Nun man besucht Museen oder private Kunstsammler und bedient sich dort«, antwortete Petras Bruder.

»Also Kunstraub.«

»Ja, das Geschäft ist außerordentlich lukrativ. Man darf sich nur nicht erwischen lassen.«

»Und was fällt dir sonst noch ein?«

»Fälschungen. Das ist ebenfalls ein sehr einträgliches Business.«

»Geht das so einfach?«

»Selbstredend nicht. Du brauchst einen talentierten Maler, potente Abnehmer und vor allem Sachverständige, die die Bilder dem jeweiligen Künstler eindeutig zuordnen.«

»Das heißt, ich lasse einen Picasso herstellen, der wird auf alt gemacht, besorge mir ein Gutachten und ab geht die Post.«

»Ganz so leicht ist das nicht. Bei den absoluten Spitzenkünstlern braucht man eine Legende, die sich um das Bild rankt. Hinzu kommt, deren Gesamtwerk ist mehr oder weniger bekannt. Kommt ein neues, nicht katalogisiertes Bild auf den Markt, muss man sich sehr anstrengen, um dessen Echtheit anerkannt zu bekommen.«

»Wie ist es mit van Gogh?«

»Da hast du einen aus der Spitzengruppe der ersten Liga zu fassen bekommen. Eine Fälschung ist vermutlich schwer an den Mann zu bringen.«

»Weshalb? Hatte er eine komplizierte Maltechnik?«

»Nein, aus einem anderen Grund. Taucht morgen ein neuer van Gogh auf, stürzt sich die halbe Welt darauf. Das käme einer mittleren Sensation gleich und zwar weltweit. Das Risiko, entlarvt zu werden, wäre außerordentlich hoch.«

»Mal unterstellt, es gäbe dieses Bild, es muss ja keine Fälschung sein. Wie verkauft man solch ein Machwerk?«

»Da musst du einen Privatinteressenten finden.«

»Du meinst, der ließe sich so ohne Weiteres einlullen?«

»Wenn die Gutachten stimmen, warum nicht? Logischerweise sind die nicht so dumm und fallen auf den ersten plumpen Trick herein.«

»Wenn du Fälschungen an den Mann bringen wolltest, wie würdest du es anstellen?«

»Ich würde Exponate aus der zweiten Liga fälschen, also Künstler, die im deutlich einstelligen Millionenbereich gehandelt werden. Am besten einen, den die Nazis verfemt haben. Da ist die Legendenbildung müheloser. Vielfach haben die Maler im Verborgenen gewirkt. Etliche Werke gelten als verschollen oder wurden durch Luftangriffe zerstört. Da muss man etwas länger stricken, aber Geld lässt sich damit allemal verdienen. Denk an diesen Menschen in München. Der soll mal eben 1.500 Bilder in seiner Wohnung aufbewahrt haben. Mit Sicherheit sind da Exponate bei, von der die Fachwelt nichts gehört hat.«

»Ich verstehe.«

Sie begannen abzuschweifen. Hilpert war ein Stück schlauer geworden. Kurz darauf verabschiedeten sie sich, nicht ohne sich auf ein Glas Rotwein zu verabreden. Achim Wellners Vater verfügte über einen Weinkeller, bei dem man schnell mit der Zunge zu schnalzen begann.

Nachdenklich wippte Hilpert in seinem Sessel. Was fing er mit den Informationen von Petras Bruder an? Er war sich unsicher. Nach wie vor war er weit davon entfernt, sich für einen Kenner der Materie zu halten. Er hatte sich in diesem Metier einige Zentimeter nach vorne gerobbt, nicht mehr, nicht weniger. Wollte er weiter an Boden gewinnen, musste er sich umschauen. Wie war das noch bei Fälschungen? Selbstredend benötigte man einen Künstler, der im Stil irgendeines Meisters zu arbeiten verstand. Und dann galt es, einen Fachmann zu finden, der das Bild wunschgemäß zuordnete. Er stellte es sich schwierig vor, einen renommierten Wissenschaftler aufzutun, der sich an solch einer Aktion beteiligte. Obal war Sachverständiger. Und er hatte einen teuren Geschmack. Musste er möglicherweise wegen eines getürkten Gutachtens sterben? Wurde er von einem frustrierten Käufer getötet? Denkbar war es. Sicherlich wäre es von Vorteil, einen weiteren Fachmann zu befragen, der sich in diesem Metier auskannte. »Obal«, leise murmelte er den Namen des Mordopfers, als würde es ihm weiterhelfen. Da kannte er einen holländischen Wissenschaftler. Nur der war zu weit weg. Er schlug sich mit der flachen Hand gegen die Stirn. Es gab ja Professor Bardenhagen! Und der saß warm und trocken in Buchholz. Mit dem könnte er sich von Heidjer zu Heidjer unterhalten. Diesmal musste er nicht lange in seinen Unterlagen herumkramen, um an dessen Telefonnummer zu gelangen. Sie war ein vierstelliges Prachtstück aus längst vergangenen Zeiten, wie man sie gelegentlich in kleineren Ortschaften antraf. Die Vorwahl hatte er im Kopf. So weit weg war er nicht von seinem Heimatort, dass er diese vergessen hätte. Bardenhagen reagierte eher zurückhaltend auf seine Bitte. Trotzdem verabredeten sie sich für den nächsten Tag. Der Kommissar nahm es gelassen zur Kenntnis. Nur wenige Menschen verhielten sich erfreut, wenn die Polizei mit ihnen reden wollte. Die meisten gingen einem lieber aus dem Weg. Wer wollte es ihnen verdenken?

Hilpert ließ sich die Informationen, die sie über den Toten gesammelt hatten, durch den Kopf gehen. Obal hatte zu Rebecca Rehm nach ihrer Aussage eine lockere Beziehung mit gelegentlichem Sex ohne weitere gegenseitige Verpflichtungen. Er war lebensbejahend, nicht das, was man gemeinhin unter einem vergeistigten Professor verstand. Unter Garantie konnte er Geld gebrauchen. Andererseits nagte er als Ordinarius nicht am Hungertuch. Eine adäquate Wohnung, ein schnelles Auto gab sein Gehalt allemal her. Und die eine oder andere ordentliche Urlaubsreise war ebenfalls drin. Damit war er beim Thema Fälschungen und den dafür erforderlichen Gutachten angelangt. Hiermit ließ sich natürlich das große Geld verdienen - und das steuerfrei. Das war dann die Eigentumswohnung in Eimsbüttel oder Harvestehude, der Porsche und First-Class-Reisen auf einem Haufen. Stellte man es clever an, war die Wahrscheinlichkeit, damit erwischt zu werden, relativ gering. Wer wollte im Extremfall nachweisen, dass er nicht auch Opfer eines genialen Fälschers geworden war? Die Anzahl der Gutachten mussten sich halt in Grenzen halten. Aber warum brachte man jemanden um, der aus einem bemalten Stück Leinwand oder Papier quasi mit einem Federstrich ein wertvolles Kunstwerk zu machen verstand? Diese Unlogik wollte ihm nicht eingehen. Solche Leute wurden gehegt und gepflegt, man hielt sie sich warm und trocken. Die bummelten nicht im Dutzend durch die Kolonnaden und warteten auf ein entsprechendes Angebot von Kriminellen. Überhaupt gingen diese ein beachtliches Risiko ein, sprachen sie einen seriösen Wissenschaftler an. Hatte Obal jemandem ins Handwerk gepfuscht? Wenn ja, fragte sich nur wie? Noch fehlte es ihm an Antworten. An diesem Tag würden sich ihm keine mehr auftun. Also verließ er gegen halb sechs sein Büro. Seine Kollegin blickte ihm einigermaßen verwirrt hinterher, als er ihr zum Abschied zuwinkte. Eigentlich war es eine gute Idee, die heiligen Hallen zeitig zu verlassen. Folgerichtig schichtete Claudia Ernst ihre spärlichen Unterlagen aufeinander und griff zum Telefon. Die Fahndung nach Rebecca Rehm ergab keine neuen Ergebnisse. Sie blieb verschwunden. Ein Telefonat mit deren Eltern brachte sie nicht weiter. Vielmehr musste sie die sorgenvollen Worte der Mutter über sich ergehen lassen. Kurz darauf fiel auch bei ihr der Bleistift. Im Kofferraum führte sie ständig ihre Sportsachen mit sich herum. Diesen Abend konnte sie mal wieder um die Alster laufen. Um diese Zeit waren die Außentemperaturen dafür perfekt. Sie musste sich in der Kantine nur noch eine Flasche Wasser organisieren.

Am Harvestehuder Weg fand sie wider Erwarten einen Parkplatz, als habe ihn extra jemand für sie frei gemacht. Nach einigen Dehnübungen sprintete sie in gehörigem Tempo los. Langsam zu laufen, ging ihr gegen den Strich. An diesem frühen Abend traf sie niemanden, der es mit ihr aufgenommen hätte. Sie war gut in Form. Vermutlich hätte sie eine passable Mittelstreckenläuferin abgegeben, wäre ihr Ehrgeiz groß genug gewesen. Ihr reichte es, den inneren Schweinehund zu besiegen. Andere Gegner waren ihr relativ gleichgültig. Und als Mitteleuropäerin hätte sie im internationalen Konkurrenzkampf gegen die Läuferinnen aus Kenia oder Äthiopien sowieso keine Chance. Da lief sie lieber auf einem Polizeiwettkampf dem einen oder anderen Kollegen davon. Das reichte allemal fürs Ego. Und den Betroffenen reichte es ebenfalls. Die hatten dann wieder Stoff, sich über das Thema Emanzipation auszulassen und über Mannweiber herzuziehen.

18

Vogelsang kam an diesem Vormittag schwer aus den Federn. Das lag nicht etwa am Alkoholgenuss des gestrigen Tages, denn damit hielt er sich nach wie vor konsequent zurück. Er ließ sich durch das Brennen in der Magengegend nicht davon überzeugen, es wenigstens mit kleinen Dosen zu versuchen. Er blieb absolut trocken. Mit jedem erfolgreichen Tag steigerte er sein Selbstbewusstsein und seine Widerstandskraft gegen die Sucht. Vielmehr hatte er bis in die Nacht hinein wie besessen an einem Nolde gearbeitet. Gelegentlich geriet er in eine überbordende kreative Phase. Dann konnte ihn nichts von seiner Malerei abbringen. Die Angst vor seinem gelegentlichen Besucher und vor allem der Tod des Kunstprofessors hatten ihm klargemacht, dass die Leute, für die er arbeitete, nicht spaßten. Solange sie Bilder von ihm benötigten, war er einigermaßen sicher. Verzichtete er auf seinen geliebten Alkohol, gab es für seine Auftraggeber keine Veranlassung, ihn auszutauschen. Er war gut in seinem Metier, aber er wusste, allein in Hamburg liefen eine Reihe an Kollegen herum, die ähnlich begabt waren wie er und genauso klamm, wenn es darum ging, den Lebensunterhalt, die Miete zu bezahlen. Schwieriger zu lösen schien ihm die Frage nach einem Gutachter. An jemandem mit Renommee heranzukommen, hielt er für nahezu unmöglich. Obals Tod musste ein gewaltiges Loch gerissen haben. Doch das sollte nicht seine Sorge sein. Man verlangte nach wie vor Bilder von ihm - und er lieferte. Was wohl mit dem van Gogh geschehen war? Mit dem Bild hätte er all seine finanziellen Probleme lösen können. Er schüttelte sich, als könnte er damit seine Erinnerung daran verschwinden lassen und nahm einen Schluck Kaffee. Beinahe hätte er ihn ausgespuckt. Wie so oft hatte er viel zu viel Kaffeepulver in den Filter gelöffelt oder je nach Sicht der Dinge zu wenig Wasser genommen. Zwei Tassen von dem Gebräu und er würde vermutlich mit Herzbeschwerden zusammenbrechen. Der Toast hatte sich bereits gewellt. Er musste mal wieder einkaufen gehen. Seine Versorgungslage war an diesem Morgen dennoch relativ uninteressant für ihn. Er stand vor der Staffelei und starrte auf das Motiv. Zufrieden grunzend nahm er den Pinsel in die Hand und begann damit, vorsichtig die gewünschte Farbe zu mischen. Zehn Minuten später war er in sein neues Werk vertieft. Gegen Mittag vernahm er an der Wohnungstür ein energisches Klopfen. Er öffnete. Vor ihm stand der italienisch anmutende, kräftige junge Mann, dem er vor geraumer Zeit eine kalte Dusche zu verdanken hatte.

Dieser musterte ihn von oben bis unten. Er schien es nicht für erforderlich zu halten, ihn zu begrüßen. »Sie sind nüchtern und arbeiten. Was ist mit Ihnen los? Hatten Sie eine Erscheinung? Oder sind Sie einfach nur vernünftig geworden?«

Die Arroganz des Mannes machte Vogelsang wütend. Trotzdem zwang er sich zur Gelassenheit. Auf Dauer ging es nicht um seine Befindlichkeit, sondern um die Qualität seines künftigen Lebens. Dafür lohnte es allemal, die eine oder andere Kröte zu schlucken. Sein Besucher betrat die Wohnung und ging geradewegs auf das angefangene Bild zu. Beifällig nickte er. »Nicht schlecht. Ich muss Sie loben.« Er wandte sich dem Künstler zu. »Es wird für uns zu heiß in Hamburg. So wie die Dinge liegen, ist es besser, wir nehmen einen Standortwechsel vor. Sie erhalten ein schönes Atelier mit Nordlicht, weitab vom Schuss und eine Haushälterin. Er griff in die Hosentasche und zog ein Bündel Geldscheine heraus. Hier sind 2.000 Euro. Bezahlen Sie davon Ihre Miete drei Monate im Voraus. Packen Sie die Sachen zusammen, die Sie unbedingt benötigen. Das neue Atelier ist gut ausgestattet. Wir werden Sie frisch einkleiden. Nehmen Sie nur das Allernotwendigste mit.«

»Ja und wohin geht es?«

»Lassen Sie sich überraschen. Es ist nicht furchtbar weit entfernt von hier. Sie müssen keine neue Fremdsprache lernen, nicht mal einen Dialekt.« Er sah das Flackern in den Augen des Malers. »Keine Angst, von Zeit zu Zeit gibt es auch einen Schluck aus der Pulle. Morgen Nachmittag erhalten Sie Unterstützung beim Packen.«

Vogelsang sah dem Mann hinterher, als der die Wohnung verließ. »2.000 Euro«, flüsterte er leise. »Das ist wenigstens ein Anfang.«

Er dachte gar nicht daran, seinem Vermieter das Geld in den Rachen zu schmeißen. Er würde es vorsorglich für schlechtere Zeiten zur Seite legen. Wieder kam ihm der van Gogh in den Sinn. Es war eine Schande, dass er von dem Bild nicht mehr profitieren konnte. Professor Obal fiel ihm ein. Er hatte von dessen Tod aus dem Fernsehen erfahren. Mit ihm wollte er das große Ding gestartet haben. Nun war er tot, das Gemälde verschwunden? Er fühlte sich wie in einem Actionfilm, wo dem Helden gerade der Ausgang aus einer Höhle versperrt worden war. Er musste sich auf seine alten Auftraggeber konzentrieren. Es ging um mehr als um Geld, es ging um sein Leben. Ob sie wohl wussten, dass das Bild von ihm angefertigt worden war? Sein Kontaktmann hatte ihn bislang nicht darauf angesprochen. Das musste nichts bedeuten. Am besten, er machte sich ganz klein. Nicht dass ihn das gleiche Schicksal ereilte wie den Kunsthistoriker. Er sah sich in seinem Wohnzimmer um. Eigentlich konnte er sich mit einem Standortwechsel nur verbessern. Schlechter als jetzt ging es nicht, trotz seiner Aufräumaktion. Dennoch wollte bei ihm keine rechte Freude aufkommen. Er misstraute seinen sogenannten Partnern. Momentan wurde er gebraucht. Fragte sich nur, wie lange. Sie konnten nicht den Markt mit Fälschungen überschwemmen. Irgendwann fiel das auf. Aber war er in seiner Wohnung sicherer als an einem anderen Ort? Obal hatte es in seinen eigenen vier Wänden erwischt. Die mussten ihn nicht an einen anderen Ort bringen, um ihn aus dem Weg zu schaffen. Also war seine Arbeit noch gefragt. Für alle Eventualitäten fehlte ihm eine Lebensversicherung. Er zog einen Schreibblock aus einer Schublade und setzte sich an seinen Tisch. Er hatte bisher ein knappes Dutzend Bilder abgeliefert, zwei waren in der Mache. Er vermerkte Bildtitel und die kopierten Künstler auf einem Blatt, faltete es und steckte es in einen Briefumschlag. Darauf schrieb er: *Erst öffnen und der Polizei übergeben, wenn ich länger als 8 Wochen nichts von mir hören lasse* und unterschrieb den kurzen Text. Vogelsang schlurfte die Treppen hinunter und steckte den Umschlag in den Briefkasten seiner Nachbarin. Hoffentlich reichte das als Vorsichtsmaßnahme. Bei Bedarf mussten seine Partner davon erfahren. Natürlich durfte er ihnen nicht den Namen der Empfängerin seiner kleinen Botschaft mitteilen. Hoffentlich waren seine Ängste unbegründet.

Am nächsten Abend saß er neben seinem Auftraggeber in dessen Kleintransporter. Er hatte nur wenig Privates eingepackt. Selbst auf seine Zahnbürste konnte er verzichten. Dafür bestand er darauf, diverse Malutensilien mitzunehmen. Aus den Augenwinkeln blickte er zu dem jungen Mann hinüber. Dieser verhielt sich ihm gegenüber wie verwandelt, seitdem er das Trinken eingestellt hatte. Die Fahrt wurde länger, als Vogelsang dachte. Sie nahmen die Wilhelmsburger Reichsstraße Richtung Innenstadt. Über Veddel ging es auf die A1. Sie folgten der Autobahn. Wollen wir nach Lübeck?, fragte er sich. So weit sollte die Fahrt jedoch nicht gehen. Auf der Höhe von Ahrensburg verließen sie die Schnellstraße. In dieser Gegend kannte er sich nicht aus. Sie fuhren noch etwa drei Kilometer und stießen auf ein relativ einsam gelegenes Einfamilienhaus älterer Bauart. Dort empfing ihn eine hübsche dunkelhaarige Frau mit dicker Hornbrille, die ihm als seine künftige Haushälterin vorgestellt wurde. Ihre Augenbrauen verrieten, dass bei der Haarfarbe garantiert nachgeholfen worden war. Er hätte es schlechter treffen können. Was sein Atelier im Obergeschoss betraf, wurde er nicht enttäuscht. Es fehlte an nichts. Erst später sollte er begreifen, dass seine Bedenken nicht aus der Luft gegriffen waren. Er hielt sich in einem Gefängnis de luxe auf. Von hier aus kam er nicht so ohne Weiteres weg. Vorerst genoss er die Ordnung, die ihn umgab, die sauberen Bettlaken, die nette Aufpasserin, das bessere Essen. Vorbei war es mit Fast Food und Pizzen aus der Tiefkühltruhe. Ihn erwarteten Lebensumstände, an die man sich gewöhnen konnte.

* * *

Hilpert traf an diesem Morgen bereits kurz nach sieben im Präsidium ein. Petra war auf Geschäftsreise. Er erwartete sie erst zum Wochenende zurück. So allein verspürte er keine Lust, sich selbst ein Frühstück zu machen. Also gönnte er sich erstmals seit Längerem in der Kantine ein belegtes Brötchen und einen großen Milchkaffee. Er hatte noch nicht die Tasse an den Mund geführt, als sich Stange zu ihm gesellte. Er sah schlecht aus. Das galt gleichermaßen für die Manschetten des Hemdes, das er trug. Sie hatten sich an den Rändern dunkel verfärbt. Hilpert starrte ihn an.

»Du hast Probleme, dich allein zurechtzufinden, stimmt's?«
»Wie kommst du denn darauf?«, erwiderte Stange genervt.
»Na, das Hemd trägst du bestimmt den dritten Tag. Irgendwann fängst du an zu riechen.«
Sein Kollege schaute zu ihm herüber wie ein ertappter Sünder. »Du hast schon recht. Ich laufe dem Haushalt und der Wäsche hinterher. Ich muss mich erst daran gewöhnen, Selbstversorger zu werden. Das geht nicht von jetzt auf gleich.«
»Ich sehe, du brauchst eine ordentliche Einweisung in den qualifizierten Gebrauch der Waschmaschine und des Bügeleisens. Ich komme heute Abend bei dir vorbei und dann machen wir klar Schiff.«
»Das kann ich unmöglich von dir verlangen.«
»Kannst du wohl. Ich habe am Nachmittag eine Vernehmung in Buchholz, anschließend bin ich bei dir. Du wohnst immer noch in der Wellingsbütteler Landstraße?«
»Ja, fragt sich nur, wie lange. Die monatliche Belastung ist recht gepfeffert. Frau und Kind verlangen ihr Recht. Und für mich allein sind 95 Quadratmeter reichlich überdimensioniert.«
Sie trennten sich vor acht. Hilpert war gespannt, ob sich in seinem Büro am Vorabend etwas ereignet hatte. Neugierig überprüfte er die beiden Videokameras, die er vorsorglich in und vor seinem Arbeitsbereich installiert hatte. Ob einer seiner Kollegen die Gelegenheit genutzt hatte, ihm etwas unterzuschieben? Als er die Aufnahmen prüfte, zeigte sich schnell, dass sich am gestrigen Abend tatsächlich jemand in seinen Räumlichkeiten aufgehalten hatte. Der Mann war ihm unbekannt. Er bat Stange zu sich und ließ den kurzen Film abermals laufen.
»Den kenne ich«, erklärte er. »Das ist Freese von der Drogenfahndung. Der hat 'ne ganze Zeit undercover gearbeitet. Was macht der bei dir?«
»Das wird sich zeigen.« Hilpert griff zum Telefon und gab eine Nummer ein. Auch Krüger von der Dienstaufsicht schien einen frühen Arbeitsbeginn zu schätzen. Verwundert nahm er Hilperts Einladung an, ihn in seinem Büro aufzusuchen. Interessiert sah er sich kurz darauf das Video an. »Was hat Freese denn bei Ihnen zu suchen? Man wird sehen.«
Krüger musste sich nicht lange umschauen, bald hielt er einen durchsichtigen Beutel mit weißem Pulver und tausend Euro in

kleinen zerknitterten Scheinen in Händen. »Der Film rettet Sie, Hauptkommissar. Am besten, ich gehe zurück an meinen Schreibtisch und warte auf den anonymen Anruf. Der wird so sicher kommen wie der Regen im Sommer.«

Gegen zehn stand er wieder vor Hilpert, diesmal in Begleitung seines Vorgesetzten, Polizeirat Hinze. Dieser kassierte die Beweismittel ein. »Dann wollen wir uns mal um unseren Maulwurf kümmern. Gute Arbeit, meine Herren.«

Später saß ihm Claudia Ernst gegenüber. »Ich hab mir schon gedacht, dass du 'ne Idee ausbrütest, als du die Klamotten behalten hast. Aber du hättest mich ruhig einweihen können.«

»Das wäre nicht gut gewesen. Wer die Wahrheit nicht kennt, kommt glaubwürdiger rüber.«

»Wenn du meinst. Hauptsache, es ist von deiner Seite kein Misstrauen mir gegenüber.«

»Dann wärst du nicht meine Partnerin.«

Sie gab sich mit der Antwort zufrieden und berichtete kurz über ihre Bemühungen auf der Suche nach Rebecca Rehm. Ihre Ansage war kurz, es gab keine neuen Entwicklungen. Die Frau war nach wie vor verschwunden. »Ich werde mich nochmals auf den Weg zu ihren Eltern machen«, unterrichtete sie ihn. »Mag sein, dass die mehr wissen und damit hinterm Berg halten. Aber ich bin da skeptisch. Die wirken auf mich wie einfache Leute, die sich nicht trauen, die Polizei zu belügen.«

»Hoffen wir, dass sie nicht Opfer eines Verbrechens geworden ist«, bemerkte Hilpert fast schon resigniert. »Die wusste mehr, als sie uns erzählt hatte. Damit stellt sie für andere mit Sicherheit 'ne Gefahr dar. Wie kann so eine intelligente Frau nur so blöd sein?«

Leise unterhielten sie sich über seinen Verdacht, was die vermutliche Fälschung eines van Gogh betraf.

»Hört sich plausibel an«, stimmte Claudia Ernst ihm zu. »Bin mal gespannt, was der Professor zur Sache beizutragen hat. Wollen wir uns heute Abend austauschen, wenn du zurück bist?«

»Geht nicht. Bin schwer beschäftigt.«

»Deine Freundin?«

»Nein, Kollege Stange.« Er berichtete ihr kurz über seine geplante Aufräumaktion.

»Bernd ist 'n Netter, ich bin dabei. Ich kann mir kaum was Geileres vorstellen, als Staub zu saugen, Wäsche zu waschen und zu putzen.«

»Da geht's dir wie mir. Aber ich kann bügeln wie kein Zweiter.«

»Du erstaunst mich immer wieder aufs Neue, Fabian. Wann treffen wir uns bei Bernd?«

»Zwischen halb acht und acht.«

»Ich werde pünktlich sein.« Sie war bereits im Gehen, als sie nochmals zurückkam. »Die Adresse, ich brauche seine Adresse.«

»Das sollte meine leichteste Übung sein.«

Er setzte sich an seinen Schreibtisch und schrieb etwas auf einen Zettel. »Wir treffen uns in Wellingsbüttel. Hier, damit du nicht vergisst, wo er wohnt.«

Gegen halb drei war die Amsinckstraße frei, die Elbbrücken zeigten sich ebenfalls von ihrer besten Seite. Die Autobahn gehörte weitgehend ihm, sodass er Hamburg schnell im Rücken hatte. In zwei Stunden durfte er ein anderes Bild erwarten. In Dibbersen verließ er die Autobahn, folgte der Bundesstraße und fuhr durchs Buchholzer Gewerbegebiet. Pünktlich stand er vor dem Einfamilienhaus des Professors. Bardenhagen war der Typ, der garantiert darauf Wert legte. Am Butterberg musste man sich keine Gedanken über einen Parkplatz machen, sah man davon ab, dass der Professor für ihn die Zufahrt zur Garage geöffnet hatte. Er ließ seine gewohnte Souveränität vermissen, als sie sich begrüßten. Er wirkte auf Hilpert unkonzentriert und fahrig. Auf seiner Stirn zeigten sich Schweißtropfen, als habe jemand die Heizung zu hoch gestellt.

»Geht es Ihnen nicht gut?«, fragte Hilpert mitfühlend.

»Die letzten Ereignisse waren wohl etwas zu viel für mich«, erwiderte der Kunsthistoriker. »Die finanziellen Probleme meines Schwiegersohns, der Mord an seiner Mitarbeiterin, der gewaltsame Tod meines ehemaligen Mitarbeiters.«

»Sie müssen mir sagen, wenn es Ihnen zu viel wird. Ich komme sonst zu einem anderen Zeitpunkt bei Ihnen vorbei.«

»Lassen Sie nur, Ihre Fragen werde ich sicher überstehen. Was hinter einem liegt, kann man von der Liste streichen.«

»Es geht um den van Gogh. Können Sie sich vorstellen, dass

es sich dabei um eine Fälschung handelt und Obal für ein getürktes Gutachten herhalten sollte?«

Bardenhagen fuhr sich mit der Hand über die Stirn. Die Frage schien ihn zu verstören. Entschieden winkte er ab. »Undenkbar, damit hätte er seine gesamte Karriere gefährdet. So was liegt jahrelang wie ein Blindgänger herum und kann jederzeit hochgehen. Das wäre dumm von ihm gewesen, und Obal war ein brillanter Kopf.«

»Hätte er einen Abnehmer für das Bild gefunden, wäre ihm Geld genug in den Schoß gefallen, um bis ans Ende seiner Tage herrlich und in Freuden leben zu können.«

»Das mag stimmen, was Sie sagen. Aber es geht in unserem Beruf beileibe nicht nur um Geld.«

»Es ist doch richtig, der Ermordete lebte gerne gut.«

»Ich weiß nicht so recht. Wenn Sie meinen.«

»Nun, er fuhr ein schnelles Auto, dem Vernehmen nach bevorzugte er weit entfernte Urlaubsziele. Und er übernachtete nicht gerade in Jugendherbergen.«

»Sie glauben, er hat über seine Verhältnisse gelebt?«

»Schwer zu sagen. Allerdings sind seine Konten ausgeglichen. Zudem verfügte er über nicht unerhebliche Vermögenswerte.«

»Ich kann dazu nichts beitragen. Ich habe ihn als kompetenten Mitarbeiter und würdigen Nachfolger erlebt. Finanzielle Probleme seinerseits sind mir nicht zugetragen worden.«

Bevor er zu einer weiteren Frage ansetzen konnte, betrat die Ehefrau des Befragten das Wohnzimmer. Sie begrüßte Hilpert und schimpfte mit ihrem Ehemann: »Claus, du bist ein schlechter Gastgeber. Oder hast du dem Hauptkommissar etwas zu trinken angeboten?«

»Nein, Entschuldigung.«

Hilpert konnte schlecht ablehnen und stimmte einem Kaffee zu. Der Hausherr entschied sich für einen Tee. Zu seinem Erstaunen sah Christel Bardenhagen aus, als habe sie erst vor Kurzem geweint. Gingen ihr die Ereignisse der letzten Tage ebenfalls an die Nieren? Er fühlte sich wie ein Eindringling, der in eine trauernde Familie eingebrochen war. Da musste er durch. Als Ermittler konnte er nur bedingt Rücksicht auf die Befindlichkeit von Menschen nehmen. Erst als das Getränk vor ihm stand, nahm er die Befragung wieder auf.

»Nehmen wir mal an, Obal hätte ein Gutachten erstellt. Würde das ausreichen?«

»Eher nicht. Unter Garantie würde ein Interessent eine weitere qualifizierte Meinung verlangen.«

»Das habe ich kapiert. Wenn beispielsweise Dr. Vreeburg zusätzlich die Echtheit des Exponats bestätigt hätte?«

»Das wäre schon eine gewichtige Position, die man aufgebaut hätte. Trotzdem, bevor solch ein Bild in die Versteigerung zum Beispiel bei Sotheby's gelangt wäre, hätte man unter Garantie weitere Expertisen eingeholt. Das kann bis zum Streit unter Wissenschaftlern gehen. Für die großen Meister werden so horrende Summen geboten, dass man angehalten ist, jeden Irrtum auszuschließen. Das dauert, bis man einen unbekannten van Gogh international anerkannt bekommt.«

»Und wenn man das Bild unter der Hand an einen Interessenten verkaufen wollte?«

»Was weiß ich? Der gäbe sich vielleicht mit dem Gegebenen zufrieden. Zumindest würde das den Preis nach unten ziehen. Aber so gut kenne ich mich in diesem Metier nicht aus.«

»Sie sind nie von einem privaten Erwerber gebeten worden, die Echtheit eines Gemäldes zu testieren?«

»Durchaus, nur ein van Gogh oder ein Maler ähnlicher Bedeutung ist nicht dabei gewesen, leider.«

Hilpert spürte, dass dem Professor seine Fragen nicht sonderlich lieb waren. Er führte es auf dessen Gemütsstand zurück und dachte gerade darüber nach, abzubrechen, als Werner Jansen das Wohnzimmer betrat. Der Bauunternehmer nickte den beiden zu.

»Tut mir leid, wenn ich störe. Ich hatte in Buchholz zu tun und dachte, ich schau mal kurz bei euch rein.«

»Bleib hier, Werner«, begrüßte ihn sein Schwiegervater. »Lass dir von Mutter einen Kaffee geben. Setz dich zu uns. Ich habe kein Problem damit, wenn du bei dem Gespräch dabei bist.« Er wandte sich Hilpert zu. »Ich hoffe, Sie sehen das genauso? Man sieht sich viel zu selten in der Familie.«

Erstaunt nahm Hilpert die Idylle in sich auf. Bis zu diesem Moment war er davon ausgegangen, dass Jansen der ungeliebte Schwiegersohn war, sozusagen das männliche Aschenputtel der Familie. Nun wurde er behandelt wie der Heilsbringer. Dieser schien die besondere Behandlung nur bedingt zu würdigen, als misstraute er dem Süßholzgeraspel seines Schwiegervaters. Er sah ebenfalls mitgenommen aus. Wie ein Mann, der Sorgen hat, dachte Hilpert. Nur für ihn traf es tatsächlich zu. Neben den finanziellen Problemen gehörte er nach wie vor zu der Gruppe derer, die man verdächtigte, seine Mitarbeiterin getötet zu haben. Nach letzter Aussage von Stange stand er nicht ganz vorne an. Sie hatten weiterhin den drogenabhängigen Neffen im Visier. Doch auch bei ihm waren sie unsicher. Trotzdem beschlich Hilpert das Gefühl, als verbände die Familie ein gemeinsames Trauma. Fragte sich nur, welches. Was mochte das verbindende Element sein? Hatte es mit den Morden zu tun? Oder ging es um etwas rein Persönliches? Vielleicht sollte er sich nochmals die gesamte Familie vorknöpfen. Nur, was wollte er ihnen vorwerfen? Ihre Traurigkeit?

Jansen beteiligte sich zurückhaltend an dem Gespräch, das der Kommissar mit Bardenhagen führte. Bis sie auf die ökonomischen Aspekte der Bilderfälschungen zu sprechen kamen. Überraschend meldete er sich zu Wort. »Wenn es sich um unseriöse Geschäfte dreht, würde ich mir Sibelius greifen. Der ist sich für kein Geschäft zu schade, egal, wie schmutzig es ist.«

Bardenhagen versuchte abzuwiegeln, allerdings ohne nennenswerte Ergebnisse.

Vielmehr verhakte sich dieser Gedanke in Hilperts Kopf. Den Mann hatten sie aus den Augen verloren. Und er stimmte Jansen zu. Dieser Spekulant roch Geschäfte wie ein Trüffelschwein und war sich zweifellos für unseriöse Geschichten nicht zu schade. War er gut für gefälschte Kunstwerke? Wie wollte man darüber urteilen, ohne ihn eingehend befragt zu haben? Bevor er sich auf den Weg machte, warf der Kommissar die Frage von Kunstdiebstählen in den Raum. Hierbei kam Bardenhagen ein wenig aus seiner Deckung heraus.

»Bei den Preisen, die momentan international aufgerufen werden, ist das selbstredend ein lukratives Geschäft. Erst neulich ist in Amsterdam ein Riesending gelaufen. Man darf sich nur nicht erwischen lassen.«

»Und wie bringt man solche Exponate an den Mann?«

»Da existieren durchaus Möglichkeiten. Es gibt reiche Exzentriker, die für den Besitz eines großen Meisters alle moralischen

Bedenken fallen lassen. Manch einer setzt überdies Spezialisten darauf an, ganz bestimmte Werke zu stehlen.«

»In Amsterdam ging es zum Beispiel gleich um sieben Exponate. Es war sogar ein Picasso dabei.«

»Das dürfte schon etwas schwieriger werden. Daher wurde ja zeitweise vermutet, dass unter Umständen eine Erpressung denkbar wäre.«

»Eine Art Entführung von Bildern?«

»Sie sagen es. Meines Wissens sind die Täter dingfest gemacht worden. Es wird befürchtet, dass ein Teil der Bilder zerstört wurde.«

»Kommen wir noch mal auf den van Gogh zurück und unterstellen, er sei echt. Bei der Vorgeschichte könnte der Erwerber ihn nur hinter verdunkelten Fenstern betrachten.«

»Das stimmt zwar, aber manchem Zeitgenossen reicht das.«

Er verließ das Haus mit der Erkenntnis, es mit einem Gewerbe zu tun zu haben, in dem viel Platz für irrationales Handeln vorhanden war. Stärker beeindruckte ihn das mitgenommene Aussehen der beiden Männer. Auf der Habenseite verbuchte er Jansens Hinweis auf Sibelius. Dieser war sich garantiert für kein schmutziges Geschäft zu schade, wenn er damit sein Geld verdienen konnte. Der Erlös aus dem Verkauf eines getürkten oder gestohlenen echten van Gogh war mit Sicherheit interessanter als der Überschuss aus einem Grundstücksgeschäft. Hoffentlich wurden sie nicht Opfer ihrer Vorurteile. Trotzdem wollte er sich den Mann vorknöpfen.

19

Es ging auf 19 Uhr zu, als er endlich die Elbbrücken vor sich hatte. Vor deren Einfahrt ging er konsequent vom Gas herunter. Halb verdeckt von einem Verkehrsschild wartete ein Blitzer wie ein Wegelagerer nur darauf, die Autofahrer abzukassieren, die schneller als 60 fuhren. Sah man von einer Baustelle auf der Höhe des Maschener Kreuzes einmal ab, war er auch zurück recht ordentlich durch den Verkehr gekommen. Das galt weniger für die Blechlawinen, die bestrebt waren, Hamburg den Rücken zu kehren. Dort quälten sich die Fahrzeuge in gemächlichem Tempo dem Feierabend entgegen. Am nächsten Morgen sollte sich das gleiche Spiel in entgegengesetzter Richtung wiederholen, wenn es die Menschen aus den Randgebieten in die Hansestadt an ihre Arbeitsplätze trieb. Glücklicherweise galt das nicht für ihn. Er fuhr nach Hamburg über den Heidenkampsweg hinein und orientierte sich Richtung Außenalster. Von dort aus nahm er die Bramfelder Straße. Die Fuhlsbütteler Straße bot ihm schließlich Barmbek pur. So manches Haus entlang seines Weges hätte eine Renovierung dringend benötigt. An diversen Stellen hatte die Abrissbirne das irdische Leben einiger Gebäude beendet. Hier und da entstanden neue Objekte. Es würden noch einige Hektoliter Wasser die Elbe herunterlaufen müssen, bis die Tristesse ein Ende hätte. Trotzdem ging es voran. Er ließ den Ohlsdorfer Friedhof rechts liegen. Als er in die Wellingsbütteler Landstraße einbog, veränderte sich das Bild der Bebauung sprunghaft. Er passierte gepflegte Häuser, umgeben von liebevoll hergerichteten Gärten. Selbst eine Siedlungsanlage aus den späten Dreißigerjahren machte einen soliden Eindruck. Hier ließ es sich wohnen. Kurz darauf hatte er sein Ziel erreicht. Direkt vor dem Haus, in dem Stange lebte, fand er einen Parkplatz. Manchmal war das Leben gut zu einem. Er stand vor einem rot verklinkerten Mehrfamilienhaus, das keine zehn Jahre alt war. Als er auf den Eingang zuging, entdeckte er eine Tiefgaragenzufahrt. Auch wenn Stanges Ehe nicht gehalten hatte, für Hamburger Verhältnisse wohnte er vorzüglich. Allerdings musste er hinnehmen, dass in dem Haus auf einen Aufzug verzichtet worden war. Es ging zu Fuß in den 4. Stock. Zu seinem Glück mussten sie keine Waschmaschine nach oben befördern. Sein Handy brummte in seiner Hosentasche. Seine Mutter nutzte die Gelegenheit, mit ihm zu schimpfen, da er sich in den letzten Tagen nicht bei ihr gemeldet hatte. Nach endlosen Versprechen, die er garantiert nicht einhalten würde, versöhnte sie sich mit ihm und er konnte die letzten Meter unbehelligt zu Stanges Wohnung zurücklegen. Vorsichtshalber schaltete er sein Gerät aus. Wozu hatte man eine Mailbox. Wer ihn sprechen wollte, konnte ihm eine Mitteilung hinterlassen. Seiner Mutter fielen im Verlauf eines Abends oft genug Themen ein, die sein Vater zur Genüge kannte, zu denen er sich nicht mehr äußerte. Wozu hatte man einen Sohn?! Als er Stanges Wohnung betrat, prallte er beinahe zurück. Hätte er eine Erwartung geäußert, sie wäre übertroffen worden, leider im Negativen. Das Wohnzimmer war unaufgeräumt, in der Küche spielte sich das halbe Chaos ab. Offenbar hatte Stange seit Tagen keinen Müll mehr hinuntergebracht. Das gebrauchte Geschirr stapelte sich in der Spüle. Pappkartons eines Pizzaservices lagen auf der Arbeitsplatte und nahmen einen Teil des Küchentisches ein. Vermutlich gab es in der ganzen Wohnung kein sauberes Besteck.

Hilpert schaute sich konsterniert um. »Wenn du so weitermachst, kommst du als Messie ins Fernsehen. Ob das karrieredienlich ist, wage ich zu bezweifeln«, wandte er sich an den Freund und Kollegen.

Stange konnte man anmerken, dass ihm die Situation peinlich war. Er versuchte, sich mit fadenscheinigen Entschuldigungen herauszuwinden. Ohne Erfolg. Hilpert drückte ihm einen Besen aus der Küche in die Hand und beorderte ihn ins Wohnzimmer, um den Laminatboden zu reinigen. Erst jetzt realisierte er, dass es besser gewesen wäre, Gummihandschuhe, Putzmittel und Abfalltüten mitzubringen. Dieses Problem löste glücklicherweise ihre Kollegin, die kurz nach ihm eintraf. Sie hatte in weiser Vorausschau daran gedacht. Gleichzeitig übernahm sie das Kommando. Und es wurde dringend erforderlich, dass ein Mensch mit Erfahrung sich zu kümmern begann, denn den Höhepunkt der Aktion erlebten sie erst, als sie einen Blick ins Schlafzimmer taten. Stange hatte die dreckige Wäsche wahllos auf das ungemachte Bett geworfen. Claudia nahm ihm den Besen aus der Hand und gab ihm Order, als Erstes die Unterwäsche in die Waschmaschine im Hauswirtschaftsraum zu stopfen. Glücklicherweise verfügte er über einen Trockner. Im nächsten Gang wuschen und trockneten sie seine Oberhemden. Die Geschirrspülmaschine schaffte die Mengen an Geschirr nicht. Folgerichtig durfte sich Hilpert um den restlichen Abwasch kümmern, während Claudia Ernst mit der Entsorgung des Mülls begann. Trotz ihrer Fitness wurde ihr das Treppensteigen auf Dauer zu viel. Also unterbrachen ihre Kollegen ihr Tun und brachten die prall gefüllten Tüten in den Keller. Stange würde sie am nächsten Tag zu irgendeiner Müllkippe bringen müssen. Die Müllbehälter vor dem Haus fassten die Mengen nicht annähernd. Nach zehn kümmerte sich Hilpert um die Bügelwäsche. Darin machte ihm tatsächlich niemand etwas vor. Gegen halb zwölf hatte er seinen Kollegen so weit angelernt, dass der künftig seine Hemden selber bügeln konnte. Gegen eins beendeten sie ihre Arbeit bei einer Flasche Bier. Stange bewegte sich in der Zeit in einem Gemisch aus peinlicher Berührtheit und Dankbarkeit. Seine Kollegen verzichteten auf Vorhaltungen und kluge Ratschläge. Hilpert drohte ihm an, in vierzehn Tagen eine unangemeldete Kontrolle vornehmen zu wollen.

Ob Stange durch ihre tatkräftige Unterstützung zu einem qualifizierten Hausmann heranreifen würde, durfte letztlich bezweifelt werden. Wenigstens hatten sie seine Wohnung auf Vordermann gebracht. Und er würde in den nächsten Wochen in einem frischen Hemd zum Dienst erscheinen können. Das zumindest konnten sie als Teilerfolg verbuchen. Fröhlich gestimmt verließen Hilpert und Claudia Ernst ihren Kollegen. Sie waren geschafft, aber zufrieden, Stange aus einer großen Verlegenheit geholfen zu haben. Hilpert nahm sein Handy zur Hand und schaltete es wieder ein.

»Muttern dürfte mittlerweile im Bett liegen. Sie wird jetzt garantiert nicht mehr anrufen«, erläuterte er Claudia beim Heruntergehen im Treppenhaus. Seine Mailbox verriet, dass Petra mindestens zweimal versucht hatte, ihn zu erreichen. Für einen Rückruf war es zu spät. Er wollte es am nächsten Morgen versuchen. Vor dem Haus trennten sie sich. Seine Kollegin parkte gut 50 Meter in entgegengesetzter Richtung von ihm entfernt, während er nur wenige Schritte zu gehen hatte. Trotz der späten Zeit konnte er noch die warme Luft spüren, die ihnen der sonnige Herbsttag beschert hatte.

In früheren Zeiten hätte ihn das Gefühl der Bedrohung vermutlich früher erreicht. Diesmal war es eindeutig zu spät dran. Neben der Fahrertür trat aus dem Schatten eines Baumes ein vermummter Mann auf ihn zu. Hilpert vermeinte, den Bodybuilder zu erkennen, dem er in Harburg Geld und Dope abgenommen hatte. Das Messer in seiner Hand trug er mit Sicherheit nicht nur zur Zierde mit sich herum. Diesen potenziellen Gegner hatte er nicht auf der Rechnung. Er wollte nach der Waffe greifen. Dies unterband eine Stimme in seinem Rücken.

»Lass stecken, Hilpert, sonst legen wir dich gleich hier um!«

Er blickte sich um und erkannte im Licht einer Straßenlaterne einen weiteren Mann, der sich eine Sturmhaube über den Kopf gezogen hatte. Statur und Stimme wiesen auf den Begleiter des kräftigen Mannes in Harburg hin.

»Siehst du, jetzt sind wir am Drücker. Unser Boss findet es gar nicht lustig, wenn man uns unser Geld und das Dope abnimmt«, sprach der Mann in seinem Rücken weiter auf ihn ein. »Los, beide Hände hinter den Kopf!«

Inzwischen war der zweite Mann neben ihn getreten. Erst jetzt gewahrte Hilpert die Schusswaffe in dessen Hand. Er wirkte entschlossen, also folgte er seiner Anweisung.

»Am liebsten würde ich dich umlegen, aber das gehört sich nicht auf der Straße.«

»Hör auf zu quatschen!«, mischte sich der kräftige Mann ein. Er ging auf Hilpert zu und schlug ihm mit der flachen Hand ins Gesicht. Hinter dem Schlag lag das Gewicht eines Zweimetermannes. Hilpert taumelte und wäre beinahe gefallen, hätte er sich nicht an einem Baum festhalten können. Ein weiterer Schlag in die Nieren und er sackte in die Knie und übergab sich. Es sah nicht gut aus für ihn. Hechelnd kniete er auf dem Asphalt und wusste nicht, wie es weitergehen sollte. Wut darüber, wie er leichtfertig durch die Gegend gestrolcht war, vermischte sich mit der Verzweiflung über seine Situation. Wie wollte er da rauskommen? Seine Schmerzen erschwerten es ihm, mit klarem Kopf zu reagieren. Es langte nicht einmal zu einer übereilten Handlung.

»Man mischt sich nicht in fremde Geschäfte ein. Jetzt erhältst du dafür deine Strafe und wirst dich gefälligst künftig zurückhalten!«, vernahm er wieder den kräftigen Bass.

Der zweite, schmal gebaute Kumpan trat ihm mit der Schuhspitze in die Seite. »Hast du verstanden, was Sache ist, du Klugscheißer?«

Hilperts Aufstöhnen reichte ihm offensichtlich als Antwort. In diesem Moment fuhr Claudia an ihnen vorbei. Gleichzeitig läutete sein Handy. Automatisch versuchte er, danach zu greifen.

»Lass das Gerät in der Hosentasche!«, herrschte ihn der Mann vor ihm an. »Das ist zu dieser Zeit garantiert nur die Mailbox. Die wird dich bis auf Weiteres nicht mehr interessieren. Wir halten ein paar Wochen Krankenhausaufenthalt für angemessen.«

Hilpert brauchte über die Bedeutung dieser Worte nicht weiter nachzudenken. Quietschende Reifen unterbrachen die Stille der Nacht. Eine Autotür wurde geöffnet und mit Kraft zugeschlagen. Schnelle Schritte, die auf sie zueilten, ließen die Männer hektisch werden. Claudia Ernst sprintete auf sie zu. Die Pistole in der Hand blieb sie wenige Schritte vor ihnen stehen. »Runter mit den Waffen!«, fuhr sie die Männer an.

»Was kümmern dich unsere Probleme? Besser, du lässt deine Knarre fallen, ansonsten muss Hilpert dran glauben«, knurrte der Mann mit der Pistole zurück.

Mehr gab es für ihn nicht zu sagen. Ein greller Schuss peitschte durch die Nacht. In dem Lichtblitz ihrer Pistole war zu sehen, wie der Getroffene mit den Händen nach seinem Oberschenkel griff. Ungläubig blickte er in ihre Richtung. Sein kräftiger Begleiter regte sich nicht. Er ließ sein Messer fallen, ohne einen Laut von sich zu geben. Keine Minute später stand Stange vor ihnen. Hilpert kam langsam auf die Beine. Er verspürte kaum Schmerzen. Die würden allerdings zügig wiederkehren.

»Die wollten mich zerlegen, Claudia«, wandte er sich an seine Kollegin. »Du hast einen gut bei mir.«

»Das ist doch wohl mein Job, dir zur Seite zu stehen. Schließlich sind wir Partner.«

Sie rissen den Angreifern die Vermummung von den Köpfen. Hilpert hatte recht mit seiner Vermutung. Der herbeigerufene Notarzt versorgte den Angeschossenen notdürftig. Er würde um eine Operation nicht herumkommen.

Etliche Stunden verbrachten sie im Präsidium und mussten sich erklären. Trotz aller Erleichterung darüber, dass der Anschlag auf den Kommissar erfolglos geblieben war, blieb ein übler Nachgeschmack zurück. Garantiert würden sich die Medien auf Claudia stürzen. Die Presse erhielt endlich mal wieder eine ordentliche Geschichte von Hilpert und seiner Kollegin frei Haus serviert.

Der Arzt hatte ihm ein paar Schmerztabletten in die Hand gedrückt und geraten, sich ein paar Tage im Büro abzumelden. Er erreichte das Appartement in der HafenCity erst nach drei Uhr. Petra hatte auch auf dem Festnetz mehrfach versucht, ihn zu erreichen. Und sie gab nicht auf. Gegen vier konnte er ihr per Handy erzählen, was sie sonst möglicherweise über die Zeitung oder übers Fernsehen oder Internet erfahren hätte. Sie war erleichtert, dass er nicht aus den Armen einer anderen Frau nach Hause gekommen war, und erschüttert über den Anschlag auf ihn.

»Nimmt das denn nie ein Ende?«, fragte sie konsterniert.

»Das nennt man Berufsrisiko«, versuchte er, das Geschehen auf die leichte Schulter zu nehmen.

»Ist es nicht!«, ereiferte sie sich. »Warum trifft es immer wieder dich?!«

Darauf konnte er nichts erwidern. Irgendwo hatte sie recht. Er und seine Kollegin hatten beschlossen, sich einen Tag Urlaub zu gönnen. Er verspürte wenig Lust, sich gegenüber Dritten zu erklären. Ihr waren durch die Untersuchung des Schusses eh die Hände gebunden. Sah man vom Fernsehen ab, ließ sie der Blätterwald an diesem Tag weitgehend zufrieden. Der Anschlag auf ihn fand für die Presse zu einem denkbar ungünstigen Zeitpunkt statt. Die Tageszeitungen waren längst ausgeliefert. Für ein Sonderblatt war die Aktion nicht spektakulär genug. Hilpert ging mittags wenige Schritte vor die Haustür und genehmigte sich in einem der Restaurants am Kaiserkai eine mächtige Currywurst mit allen gesunden Zutaten wie Ketchup und vor allem Mayonnaise auf den Pommes. Petra war nach wie vor unterwegs und hatte somit keine Gelegenheit, ihn auf Salate oder Obst einzustimmen. Die Sonne stand prall am Himmel. Folgerichtig genehmigte er sich ein großes Weißbier. Es gab Augenblicke, da konnte man die Bayern nur lieben. Interessiert blickte er auf die andere Elbseite. Dort wurde gearbeitet. Dort war der Fluss noch Lebensader und nicht touristische Attraktion. Selbst den Schiffen auf dem Wasser gönnte er einen interessierten Blick. Er genoss den Tag ohne berufliche Verpflichtungen, ohne Petra, fühlte sich wie ein Besucher der Stadt. Er schaute zum Himmel hoch und streckte seine Beine aus. Die paar Wolken würden alles, aber keinen Regen bringen. Er spürte nur einen kurz aufwallenden Schmerz, wenn er eine ruckhafte Bewegung machte. Also unterließ er es tunlichst. Das Leben war immer mal wieder gut für einen sorglosen Tag. Als Realist wusste er, es würde nicht so bleiben. Die Ereignisse der vergangenen Nacht hatten ihn nicht wirklich berührt. War er seines Lebens überdrüssig? Eigentlich nicht. Er konnte sich seine Reaktion nicht erklären. Musste er sich Gedanken über den Auftraggeber des Anschlags auf ihn machen? Vielleicht war es eine Idee, in den nächsten Tagen mal bei der Drogenfahndung vorbeizuschauen. Die wussten bestimmt, zu wem das unselige Duo gehörte.

20

Egal, wie Hilpert argumentierte, man bauschte seine Rolle als Ermittler in den Medien am Tag darauf wie gewohnt auf. Fast schien es, als hätten die zuständigen Redakteure nur darauf gewartet, die Geschichte zu verfremden. Wieder einmal war er der Held und Claudia das Flintenweib, das die Drecksarbeit erledigte. Für sie wäre es besser gewesen, zart und unschuldig in die Kamera zu schauen, als selbstbewusst und emanzipiert. Vor geraumer Zeit erklärte ihm ein Journalist, halb ironisch, halb im Ernst, dass er seine Geschichten, die er schrieb, nicht durch die Wahrheit verfälschen würde. Damals hatte Hilpert gelacht. Jetzt, da sie direkt betroffen waren, fand er es nicht mehr lustig. Sie saßen seit dem frühen Morgen beieinander und lasen die Artikel in den verschiedenen Publikationen. Er wollte seine Kollegin aufbauen, sie trösten, stellte jedoch zu seinem Erstaunen fest, dass sie die Ereignisse nicht sonderlich zu berühren schienen.

»Fabian, du kennst die Wahrheit, ich kenne sie. Was interessiert uns, was die Zeitungen daraus machen? Letztlich ziehst du keinen Vorteil für dich daraus und ich keinen Nachteil für mich.«

Vorsichtig schaute er in ihre Richtung, unsicher darüber, ob ihre Worte wirklich ihrer Überzeugung entsprachen oder sie nur die Diskussion abbrechen wollte. Trotzdem knabberte Hilpert an dem Thema Ungerechtigkeit herum. Ihm war klar, dass es wenig Sinn machte, die Zeitungen anzurufen und zu versuchen, den Tenor ihrer Artikel geradezubiegen. Welcher Redakteur korrigierte schon gern seinen Bericht, wenn er von einer breiten Öffentlichkeit wohlgefällig aufgenommen wurde und keine Klagen drohten? Aber er konnte versuchen, an anderer Stelle etwas für seine Kollegin in die Wege zu leiten. Noch am selben Tag saß er Weber gegenüber. Dieser nahm seinen Vorschlag, Claudia zur Oberkommissarin zu befördern zwiespältig auf.

»Ich bin bei Ihnen, was die Qualität dieser Mitarbeiterin angeht. Aber meine Argumente nach oben hin würden besser durchdringen, wenn Sie in Ihrem aktuellen Fall konkrete Ergebnisse vorweisen könnten.«

»Das ist nicht gerecht. Es geht nicht darum, dass Kommissarin Ernst möglicherweise mein Leben gerettet hat. Das war ihr Job. Und zufällig habe ich davon profitiert. Sie hat in rasender Geschwindigkeit die Situation erkannt und gehandelt. Hätten Sie miterlebt, mit welcher Kaltblütigkeit sie eingegriffen hat, Sie würden mich besser verstehen.«

Weber nahm seine Worte mit gerunzelter Stirn auf. Er kannte Hilpert und wusste, dieser Mann würde ihn nie um eine Gefälligkeit bitten. »Ich werde alles daransetzen, Ihrer Bitte zu entsprechen. Wenn ich mitbekomme, mit welchem Stolz Baumgartner durch die Gänge zieht und seine ehemalige Mitarbeiterin lobt, muss ich wohl zur Kenntnis nehmen, es mit einem besonderen Talent zu tun zu haben. Wir kriegen das geregelt. Was Ihren Fall betrifft, geben Sie bloß Gas!«

»Glauben Sie ernsthaft, ich starre Löcher in die Luft?«

»Nein, ich weiß, mit welcher Intensität Sie daran arbeiten.« Er reichte Hilpert die Hand. »Viel Glück.«

»Das können wir gebrauchen. Noch lieber wäre mir eine zündende Idee.«

»Dann zeigen Sie mal, was Sie können, Hilpert.«

Später setzte er sich mit Claudia zusammen. Sie nickte zu seiner Idee, sich gemeinsam eingehender mit Dr. Sibelius zu beschäftigen. Vorher wollte sie erneut Obals spärliche Unterlagen durchgehen, die ihnen die Spurensicherung zur Verfügung gestellt hatte.

Bereits gegen elf stand Claudia mit einem schmalen Aktenordner vor Hilpert. »Schau dir mal an, was unser Professor sein Eigen nennt.«

Er musste zweimal hingucken, bevor er alles realisierte. »Wer hätte das gedacht! Dem werten Herrn gehörte ein fettes Aktiendepot.«

Er griff nach einem Taschenrechner und begann zu rechnen. Zehn Minuten später war er schlauer. »Obal hat etwa 250.000 Euro angelegt. Sieh mal nach, ob es entsprechende Abbuchungen von seinem laufenden Konto gibt.«

»Schon geschehen. Das Geld ist offensichtlich in kleineren Tranchen bar geflossen. Da ist nebenbei einiges zusammengekommen.« Sie grinste ihn an. »All das für ein paar Seiten Papier, auf das er seine Gutachten geschrieben hat.«

Hilpert kratzte sich am Kopf. »Das ist selbst für einen Universitätsprofessor eine Menge Schotter. Vielleicht hat er geerbt?«

»Darauf gibt es keinerlei Hinweise«, erwiderte sie bestimmt.

»Der Tote hat sich augenscheinlich nebenbei ein nettes Taschengeld verdient.«

»Kann man so sehen«, stimmte Hilpert ihr zu.

Er verschränkte die Arme vor seiner Brust und lehnte sich so weit in seinem Sessel zurück, dass man meinte, er liefe Gefahr, hintenüber zu stürzen. Davor bewahrte ihn eine eingebaute Sperre. »Was sind das für Typen, denen er getürkte Gutachten besorgt hat?«

»Schwer zu sagen, irgendwie riecht es nach organisierter Kriminalität. Nur, warum haben die ihn umgebracht? Oder sind die mit allem durch?«

Er nickte zu ihren Worten. »Vermutlich hat er gegen ihre Interessen gehandelt und dabei seine Rolle als Gutachter überschätzt. Seine Fantasie reichte vielleicht nicht aus, sich vorzustellen, einfach so abserviert zu werden.«

»Da ist was dran. Nur wie beweisen wir unsere Vermutungen? Bisher lutschen wir am Daumen, insbesondere, was den van Gogh betrifft.«

Fast schien es, als sei Claudia mehr mit einem eingerissenen Fingernagel beschäftigt, der sie störte. Mit einem entschiedenen Ruck riss sie ein Stück des Nagels ab. Sie fluchte für einen flüchtigen Moment und landete wieder beim Tagesgeschäft.

»Es ist gleichgültig, was wir beweisen können. Tun wir mal so, als stimmten unsere Annahmen. Dann stellt sich doch die Frage nach dem Motiv für Obals Ermordung.«

»Genau. Es muss mit diesem dubiosen van Gogh zusammenhängen. Ich hatte vor Kurzem ein Gespräch mit dem Bruder meiner Lebensgefährtin. Er meinte, es sei recht problematisch, Werke von Spitzenkünstlern zu kopieren und als Originale an den Mann zu bringen. Bardenhagen sieht das ähnlich.«

»Sind die so schwer nachzumachen?«

»Darum geht es nicht. Ein neu entdeckter van Gogh ist in der internationalen Kunstszene eine Granate, und nicht nur dort. Hat man Pech, stürzen sich die Medien und die Kunstsachverständigen darauf wie die Stare auf die reifen Kirschen. Da müsste diese Fälschung von unglaublicher Qualität sein. Jedes Detail hätte zu stimmen. Wenn ich nur an den sachgerechten Alterungsprozess denke, an die Auswahl des richtigen Papiers, an die Zusammenstellung der Farben.«

»Dann versucht man halt, solch ein Gemälde stiekum an den Mann oder die Frau zu bringen.«

»Das wäre selbstverständlich eine Alternative. Aber kann solch ein Erwerber das Wasser halten? Will der nicht wenigstens seinen guten Freunden seine Errungenschaft zeigen? Überleg selbst, da erwirbt ein reicher Mensch einen van Gogh. Er darf ihn niemandem zeigen, darf nicht damit angeben, darf mit niemandem darüber reden. Wer hält das auf Dauer durch? Der muss doch dran ersticken. Eins, zwei, drei steht ein Kenner der Materie davor und behauptet, es sei eine Fälschung. Schon ist die Kacke am Dampfen.«

Claudia antwortete schulterzuckend - der eingerissene Fingernagel war längst vergessen: »Keine Ahnung, wie die Jungs so ticken. Dafür fehlt mir zudem die Kohle. Ein Restrisiko bleibt selbstredend.«

»Es ist nicht unerheblich«, ergänzte Hilpert. »Es geht immer um die damit verbundenen Konsequenzen. Spielen wir das Ding mal weiter durch. Sie hätten Obal machen lassen und er würde auffliegen. Mit Sicherheit steht sein Name auf manchem falschen Gutachten. Der eine oder andere Erwerber würde seinen Beckmann, seinen Dix prüfen lassen und muss zur Kenntnis nehmen, betrogen worden zu sein. Das lässt sich garantiert nicht jeder gefallen. Wie gut ist die Deckung der Hintermänner, die die Strippen ziehen? Kommt man an die ran? Haben die das Geld an einem sicheren Ort gebunkert und gehen sorgfältig damit um? Oder fahren die Herrschaften jetzt alle Ferrari und lassen die Puppen tanzen?« Kopfschüttelnd dachte er über seine letzten Worte nach. »Es gibt nur eine logische Antwort«, durchschlug er den gordischen Knoten, »der van Gogh ist falsch und an der Fälscherorganisation vorbeigegangen. Obal gibt dieses Gemälde in Auftrag, will einmal richtig abkassieren. Er besorgt die Gutachten und will sich mit der Kohle verpfeifen. Seine Kumpel sind ihm gleichgültig.«

»Und als sie davon Wind bekommen, wittern sie das immense Risiko mit solch einem spektakulären Gemälde. Sie töten Obal und greifen sich das Bild«, vollendete Claudia den Gedankengang. »Ich finde, das klingt recht plausibel.«

Hilpert nickte zu ihren Worten. »Was geschieht nun mit dem Meisterwerk?«, fragte er unsicher. »Ich würde es verbrennen.«

Sie sah ihn verständnislos an und tippte mit dem Zeigefinger gegen ihre Stirn. »Das sind Fälscher und Betrüger. Die machen damit dasselbe wie mit ihren anderen Bildern. Sie werden versuchen, es an den Mann zu bringen.«

»Unwahrscheinlich. Damit laufen sie in die gleiche Falle. Die Konsequenzen wären letztlich dieselben, als hätte Obal es auf den Markt gebracht. Meiner Meinung nach werden sie es vernichten. Zumindest wären sie damit gut beraten.«

Sie winkte ab. »Von der Logik her ist das nachzuvollziehen. Aber glauben will ich es nicht.«

»Ich seh das trotzdem so«, versteifte sich Hilpert. Er sah ihr an, dass sie seine Schlussfolgerung nur bedingt akzeptierte.

Vorsichtig versuchte sie sich mit einem Widerspruch: »Geht solch eine Vorgehensweise nicht irgendwo an der menschlichen Natur vorbei? Für dieses Teil können die Millionen und Abermillionen abgreifen. So was vernichtet man nicht ohne Not. Ich behaupte, es steht irgendwo in einer Ecke und davor zerbrechen sich ein paar Leute den Kopf, was man damit anstellen könnte. Vergiss nicht 120 Millionen Dollar für den ›Schrei‹.«

»Gott erhalte uns die menschliche Gier, die das Denkvermögen paralysiert«, meinte Hilpert beinahe beschwörend. »Sie verschafft uns Arbeit und hilft uns hoffentlich bei unseren Ermittlungen. Lassen wir uns überraschen.«

Claudia blieb gnadenlos am Ball. »Der Herr da oben wird uns wohl kaum behilflich sein. Der hat andere Sorgen. Da müssen wir selber in die Hufe kommen. Wie gehen wir weiter vor?«

»Ganz einfach. Wo eine Fälschung, da ein Maler. Geh erneut alle Unterlagen von Obal durch. Vielleicht kommt uns ein Name, eine Adresse unter. Horch dich bei uns im Haus um, ob jemand einen talentierten Maler kennt, der sich in der Vergangenheit als Fälscher hervorgetan hat.«

»Geht in Ordnung.«

Sie war im Begriff aufzustehen, als Hilpert ihr bedeutete zu bleiben. »Wir sind noch nicht fertig. Unterstellen wir mal, deine These stimmt und die versuchen tatsächlich, diese - wie wir annehmen - Fälschung an den Mann zu bringen. Dann stellt sich denen eine wichtige Frage.«

»Spann mich nicht auf die Folter.«

»Vermutlich hat Obal dafür ein Gutachten angefertigt, sollte unser Verdacht stimmen. Jedem Insider ist allerdings klar, dass nur sein Mörder über das Bild, kombiniert mit seiner Expertise, verfügen kann.«

Sie begriff schnell. »Das heißt, man muss sich einen neuen Fachmann suchen, der die Echtheit des Gemäldes bestätigt.«

»Am besten zwei«, ergänzte Hilpert. »Ich weiß schon, wer uns bei dieser Frage behilflich sein kann. Ich denke da an unseren holländischen Freund, der sich gerne mal 'ne junge Studentin greift. Der kann uns sicher helfen, denn er sollte sich da auskennen.« Energisch griff er nach dem Telefon und gab Vreeburgs Handynummer ein.

Der Wissenschaftler ging ruhig auf seine Frage ein. »Sie meinen, Obal wollte eine Fälschung unter die Leute bringen. Ich kann dazu nichts sagen, da ich das Bild immer noch nicht gesehen habe. Ich will das aber nicht glauben. Dagegen spricht so viel. Und dann gleich einen van Gogh? Irgendwie klingt das bescheuert. Er kannte sich wahrlich in unserem Business aus.«

»Sie sind also nicht darauf angesprochen worden? Man hat Sie nicht um ein Gutachten gebeten?«

»Dann könnten sich die Mörder ja gleich bei der Polizei stellen, Herr Hauptkommissar. Ich bin mit Sicherheit der Letzte, den man damit konfrontieren würde.«

»Ich verstehe. Trotzdem, sollten Sie irgendwelche Gerüchte erreichen, informieren Sie mich bitte. Sie stecken viel tiefer in diesem Metier drin als wir. Und nach allem, was wir wissen, gelten Sie als Koryphäe auf diesem Gebiet.«

»Wenn Sie das sagen. Ich frage mich nur, wie Sie darauf kommen, Obal könnte versucht haben, ins Fälschergeschäft einzusteigen. Wäre das zu seinen Lebzeiten herausgekommen, könnte er sich von einem Tag auf den anderen als Pflastermaler auf dem Jungfernstieg betätigen. Er ist bisher hervorragend über die Runden gekommen. Sein Rat war gefragt und wurde auch anständig entlohnt.«

»Es gibt Aspekte, die in diese Richtung weisen. Leider kann ich darauf nicht eingehen. Zumindest verfügte er über Zusatzeinnahmen, für die es keine Erklärung gibt.«

»Ach, tatsächlich? Dazu kann ich mich nicht äußern. Über solche Dinge haben wir uns nie unterhalten. Da haben uns eher andere Themen interessiert.« Es entstand eine kurze Pause, bevor der Holländer weitersprach: »Vielleicht hat er ein, zwei eigene Gemälde veräußert?«

»Er besaß so wertvolle Exponate?«

»Das passiert schon mal, dass sich ein zeitgenössischer Maler bei einem mit einem Bild bedankt.«

»Das heißt, das eine oder andere Bild in seiner Wohnung besitzt einen gewissen Wert?«

»Davon können Sie ausgehen.«

»Hängen in Ihrer Wohnung ebenfalls wertvolle Gemälde?«

»So ist es.«

»Wie viele haben Sie davon bislang verkauft?«

»Sind Sie wahnsinnig? Keines!«

»Und Obal soll sich von seinen Preziosen getrennt haben und das ohne Druck?«

»Sie haben recht. Das Geld musste woanders hergekommen sein.«

Hilpert kam ins Grübeln. »Klar, der war ja nicht bescheuert und spricht mit anderen über seine Nebeneinkünfte. Immer unterstellt, sie fanden statt.«

Vreeburg ließ nicht locker. »Meines Erachtens sind Sie auf der falschen Fährte. Was er damit gefährdet hätte, wäre mit Geld nicht zu bezahlen gewesen. Sein Beruf war sein Leben. Er konnte nichts anderes. Da ging es ihm ähnlich wie mir.«

Vreeburgs Argumente hatten Überzeugungskraft. Waren sie dabei, sich in eine Sache hineinzubohren, für die sie über keinerlei Belege verfügten? An sich ging es bis zu diesem Zeitpunkt eher um eine Ahnung. Sie sammelten Fakten und bildeten sich eine Meinung. Sie mussten aufpassen, nicht an der falschen Stelle zu landen. Mit gerunzelter Stirn legte er den Hörer auf und lehnte sich in seinem Sessel zurück. Entschieden winkte er ab. Es war ihr Job, Spuren zu verfolgen, selbst dann, wenn die Beweislage dürftig war oder sie in der falschen Richtung unterwegs waren. Und momentan stand es noch nicht an, der Staatsanwaltschaft Material zu überlassen, mit dem sie eine Anklage erheben konnte. Sie mussten sich nur vor Irrwegen bewahren. Trotz der gegenteiligen Meinung des Holländers wollten sie den eingeschlagenen Kurs beibehalten.

Claudia hatte sich endgültig erhoben. »Ich kümmere mich wie

besprochen um Obals Unterlagen. Und du, was stellst du an? Hast du eine Idee?«

»Ich greife mir Sibelius. Wo eine Fälschung ist, wird jemand benötigt, der einen Dummen kennt, der dafür viel Geld hinblättert.«

»Du glaubst, dem wurde ein Kuckucksei untergejubelt?«

»Mitnichten. Ich sehe den eher als Vermittler. Der ist viel zu clever, als dass er sich mit einem Kuckucksei überraschen ließe.«

»Alles klar, Wir sehen uns heute Nachmittag wieder.«

Bevor er sich Gedanken über den Immobilienspekulanten machte, rief er bei der KTU an. »Könnt ihr nochmals jemanden in die Wohnung von Professor Obal schicken? Der soll alle Bilder aufnehmen und deren Wert taxieren lassen.«

»Ist schon geschehen. Schau in die Ermittlungsakte. Du findest darüber eine kurze Stellungnahme.«

»Muss ich wohl übersehen haben.«

»Das passiert. Wem unterlaufen keine Fehler?«

Tatsächlich fand er eine Aufstellung diverser Gemälde einschließlich der Wertansätze. Sie kamen auf etwa 1,2 Millionen Euro. Vreeburg hatte also recht gehabt. Es fanden sich keinerlei Hinweise darauf, dass sich Obal von dem einen oder anderen Bild getrennt hätte. Es gab keine Belege darüber, keine freie Stelle an den Wänden seiner Wohnung.

Claudia hasste Schreibtischarbeit, war aber Profi genug, sich ihr zu stellen. Und sie sollte bis Mittag sehr erfolgreich werden. Mittlerweile lagen ihr Obals Telefonprotokolle der letzten Wochen vor. Mit einem Zungenschnalzen realisierte sie, dass er einen Tag vor seinem Tod mit Sibelius telefoniert hatte. Diese Information gab sie sofort an Hilpert weiter.

»Da wollen wir doch mal sehen, was der Herr dazu sagt«, war sein trockener Kommentar.

Sie nahm den USB-Stick zur Hand, der in dem Umschlag steckte, in dem sie auf die Fotos von Vreeburg mit den jungen Studentinnen gestoßen waren. Kollegen hatten sich inzwischen einen Einblick verschafft, ohne auf Auffälliges gestoßen zu sein. Sie entdeckte die bekannten Motive, der Dozent in reger Aktion. Mangelnden Fleiß konnte man ihm nicht absprechen. Hätte man sie später befragt, weshalb sie sich die gesamte Sequenz angesehen hatte, sie wäre eine Antwort schuldig geblieben. Zumindest war es kein Interesse an den immer wiederkehrenden Motiven.

An diesem Vormittag platzte die nächste Bombe. Der holländische Dozent vergnügte sich in einer Sequenz eindeutig mit Obals Freundin. Die Kontakte zueinander waren entschieden enger, als man bislang versucht hatte, ihnen weiszumachen. Ihre Gesprächspartner waren nicht annähernd so wahrheitsliebend, wie sie den Anschein zu erwecken suchten. Claudia Ernst nahm es gelassen zur Kenntnis. Jeder, der von der Polizei vernommen wurde, versuchte im Zweifelsfall die eigene Weste so rein wie möglich zu halten. Bloß keine Ansatzpunkte liefern, die den interessierten Ermittler veranlassen konnten, nochmals nachzufragen. Hilpert versuchte die neue Information in sein Ermittlungspuzzle einzufügen. Sie wollte ihm nicht so recht weiterhelfen.

Er hielt gerade den Telefonhörer in Händen, um einen Termin mit Sibelius zu vereinbaren, als der Begriff Ökonomie ein Lächeln auf seine Lippen zauberte. Er verfügte doch über beste Kontakte ins Big Business. Petras Vater musste ihm behilflich sein. Der stimmte seinem Vorschlag auf ein Glas Rotwein mit ihm ohne weitere Diskussion zu. Alkohol mundete am besten in Gesellschaft. Das galt insbesondere für Rotwein. Sie verabredeten sich für den Abend in Wellners Villa an der Elbchaussee. Ihm war eine Idee gekommen. Vielleicht gelang es ihnen, den Mörder aus der Reserve zu locken. Zufrieden verabredete er sich anschließend für den frühen Nachmittag mit Sibelius. Zu seinem Erstaunen erklärte der sich freiwillig bereit, ihn im Präsidium aufzusuchen. Er machte keinerlei Ärger, drohte nicht mit einem Anwalt oder seiner angegriffenen Gesundheit. Konzentriert ging Hilpert seine Stichwortliste durch, die er am frühen Morgen angelegt hatte. Rebecca Rehm war nach wie vor vom Erdboden verschwunden. Ihre Beziehung zu Vreeburg warf ein neues Licht auf sie, genauso wie auf den Holländer. Wieder einmal galt die bekannte Devise, gerade das zuzugeben, was eindeutig bewiesen war. Das galt allem Anschein nach selbst für Leute, die sich bislang nicht als Berufsverbrecher hervorgetan hatten. Hatte sie sich versteckt? War ihr jemand dabei behilflich gewesen? Wovor hatte sie Angst? Allerdings signalisierte ihm sein Bauchgefühl, dass durchaus ein Verbrechen vorstellbar war. Hilpert mochte gar nicht daran denken. Eine weitere unliebsame Zeugin wurde möglicherweise aus dem Verkehr gezogen und sie standen herum, ohne eine brauchbare Idee. Was wusste sie, was für andere gefährlich werden konnte? Warum war es ihnen nicht gelungen, sie in dem Verhör zu einer umfänglichen Aussage zu bewegen? Er ging die Liste der potenziellen Zeugen weiter durch. Für eine ordentliche Fälschung benötigte man einen ordentlichen Künstler. Mit der Suche nach ihm waren sie ebenfalls kein Stück weitergekommen. Sie hatten nicht einmal einen Namen. Wütend schlug Hilpert mit der flachen Hand auf die Schreibtischunterlage. Der Fall zog und zog sich. Er fühlte sich wie ein Wanderer an einer Wegkreuzung, an der man den Wegweiser abgebaut hatte. Bei der Frage nach der Erfolg versprechenden Richtung versagte selbst der Kompass, da sie die Richtung nicht kannten. Besaß er überhaupt einen? Wohl eher nicht.

Später traf er sich mit Stange. Seit ihrer Aufräumaktion wirkte der Kollege frischer und selbstbewusster auf sie. Tatsächlich aber lag das vor allem an seiner Nachbarin, auf die er ein Auge geworfen hatte. Das erste gemeinsame Abendbrot lag bereits hinter ihnen. Und der Nachtisch hatte augenscheinlich gemundet, auch wenn sie keine großen Worte darum machten. Er teilte Hilperts Meinung, dass beide Morde vermutlich miteinander zusammenhingen. Nur, was hatte eine Sekretariatsmitarbeiterin bei einem Bauträger mit Kunstfälschungen am Hut? Er war beinahe bestrebt, diesen Gedanken zu verwerfen. Dann dachte er wieder an die Verbindungsstücke zwischen beiden Verbrechen. Nach wie vor widerstrebte es ihm, an Zufälle zu glauben.

Sibelius setzte sich ihm satt grinsend gegenüber. Er spielte perfekt den seriösen Geschäftsmann, der sich nichts vorzuwerfen hatte. Seine Kleidung wirkte wie inszeniert. Dunkler Anzug, dezent gestreifte Krawatte, Doppelmanschetten, schlichte silberne Manschettenknöpfe. Hilpert fragte sich, ob er es mit einem gerissenen Unternehmer zu tun hatte, der, ohne nach links und rechts zu schauen, seinen Weg ging, oder mit einem Kriminellen, dem jedes Mittel recht war, wenn es um seinen materiellen Vorteil ging. Wahrscheinlich war die Grenze fließend. Konnte man ihm einen Mord zutrauen? Für den Augenblick war es gleichgültig, wie er sein Gegenüber einschätzte. Er mochte den Mann nicht. Folglich musste er sich zusammenreißen, um seine Abneigung nicht zu deutlich spüren zu lassen. Hilpert hasste diese Typen, die im Kern amoralisch handelten, es gleichzeitig aber verstanden, Recht und Gesetz auf ihre Seite zu ziehen. Er und seine Kollegen mussten sich ständig mit solchen Charakteren auseinandersetzen. Diese verstanden es trefflich, gemeinsam mit ihren Anwälten, das bestehende Rechtssystem für ihre Interessen zu missbrauchen, die Grauzonen auszuloten. Und der Gesetzgeber schaute verschämt weg.

Konzentriert stellte er die erste Frage: »Weshalb ich Sie nochmals zu einem Gespräch gebeten habe, Herr Sibelius, es geht um den Mord an dem Kunsthistoriker Professor Obal. Ist Ihnen der Name schon mal untergekommen?«

Für einen kurzen Augenblick schien es, als würde der Befragte angestrengt nachdenken. Trotzdem kannte Hilpert die Antwort, bevor Sibelius zu reden ansetzte.

»Sorry, nie gehört.«

Hilpert grinste in seine Richtung. »Sind Sie ganz sicher?«

»Absolut.«

»Fein, dann frage ich mich, aus welchem Grund Sie ihn im Verlauf der letzten Tage zweimal angerufen haben?«

»Hab ich wirklich?«

»Sieht ganz so aus.«

»Trotzdem, ich kenne keinen Opals.«

»Obal, ich sagte Professor Obal.«

»Tatsächlich? Da muss ich mich verhört haben. Wissen Sie, wenn man in die Jahre kommt, lässt die Hörkraft etwas nach. Den kenne ich selbstverständlich. Er interessierte sich für eine Wohnung, die ich in Othmarschen zur Vermietung anbiete.«

»Sie kümmern sich selbst um die Vermietung Ihrer Immobilien?«

»Gelegentlich durchaus.«

»Und Sie haben Professor Obal ein Angebot unterbreitet?«

Sibelius winkte ab. »So weit ist es leider nicht mehr gekommen. Sie wissen ja selbst, dass er ermordet wurde.«

»Interessante Aspekte, die Sie mir da eröffnen. Dann kann ich davon ausgehen, dass Sie die Anfrage in irgendeiner Form festgehalten haben?«

»Selbstverständlich.«

»Reden wir nicht drum herum. Ich bin davon überzeugt, dass Sie lügen.«

»Wie kommen Sie darauf?«

»Obal lebte wenige Minuten fußläufig von seinem Arbeitsplatz am Von-Melle-Park entfernt in einer fabelhaft restaurierten Altbauwohnung. Da wollen Sie mir erzählen, er interessierte sich für eine Alternative in Othmarschen? Er verfügte selbst über eine Garage für seinen Porsche.«

»Über seine Beweggründe vermag ich nichts zu sagen. Ich wusste nicht einmal, dass er Professor war.«

»Er hat Ihnen keine Visitenkarte überlassen?«

»Das schon, aber ich habe sie nicht eingehend studiert.«

»Na gut. Mit Vermutungen lässt sich kein Staat machen. Es ist besser, Fakten zu schaffen. Ich mache Sie darauf aufmerksam, dass ich einen Durchsuchungsbescheid für Ihr Büro erwirkt habe.« Er warf einen kurzen Blick auf seine Armbanduhr. »In exakt zehn Minuten werden wir überprüfen können, ob Sie die Wahrheit gesagt oder gelogen haben. So lange lade ich Sie gern auf einen Kaffee ein. Oder hätten Sie lieber einen Tee?«

Völlig überrascht von Hilperts Ansage sprang Sibelius von seinem Sitz hoch, für einen Mann seines Alters eine beachtliche Leistung. »Sind Sie des Teufels! Wie können Sie ...« Er musste abbrechen. Es hatte ihm die Stimme verschlagen.

Hilpert blieb gelassen. »Sollte sich herausstellen, dass Sie gelogen haben, nehmen wir Sie noch heute fest. Mein Wort darauf. Wir sollen einen Mord aufklären, keinen Nachbarschaftsstreit schlichten. Da ist es unsere Aufgabe, hart und konsequent durchzugreifen.«

Sibelius hatte sich schwer atmend wieder auf seinen Stuhl gesetzt. Langsam fand er zu alter Souveränität zurück. »Wir werden am Schluss sehen, wer als Erster durchs Ziel läuft, Hilpert.«

»Falsch, vermutlich sind Sie, bis wir so weit sind, bereits vorher unterm Hintern zusammengebrochen«, erwiderte er ungerührt.

Man sah dem älteren Mann an, wie es in ihm arbeitete. »Sie müssen es ja wissen. Halten wir uns an die Fakten. Als ich Frau Köhler einen zweiten Geldumschlag brachte, erzählte sie mir von einem van Gogh, den man für relativ kleines Geld erwerben könne.«

In Hilperts Kopf ging ein ganzer Kronleuchter an. Sein Gefühl hatte ihn nicht getrogen. Die Morde waren miteinander verknüpft. Er musste sich zusammenreißen, wollte er nicht lospoltern. »Damit hätten Sie früher kommen können. Da wäre uns viel Arbeit erspart geblieben.«

»Hätte ich die Verbindung gesehen wie Sie, wäre ich selbstverständlich auf Sie zugekommen. Aber ich höre nicht regelmäßig den Polizeifunk ab.«

Er hatte in Sibelius einen cleveren Gegenspieler, der auch nach einem Niederschlag schnell wieder auf die Beine fand. Folglich zwang er sich zur Ruhe, wollte er die Gesprächsführung nicht aus der Hand geben.

»Wie ist die Ermordete denn Ihrer Meinung nach an solch eine Information gelangt? Man kann wahrlich nicht behaupten, dass sie sich in der interessierten Kunstszene aufhielt.«

»Die Frage habe ich mir des Öfteren gestellt. Keine Ahnung.«

»Und danach gefragt hatten Sie nicht?«

»Warum sollte ich?«

»Haben Sie ihr einfach so geglaubt?«

»Sie klang sehr überzeugend. Außerdem war sie brennend an einer Zusammenarbeit mit mir interessiert. Da erzählt man keinen Stuss.«

An der Stelle kamen sie vorerst nicht weiter. Folglich fand Hilpert zu seinem Ausgangsthema zurück. »Sie sagten, Sie interessieren sich für die bildende Kunst?«

»Allerdings. Davon unabhängig muss man kein Kunsthistoriker sein, um mit dem Namen van Gogh etwas anfangen zu können. Eigentlich wollte ich akademischer Kunstmaler werden.«

»Und weshalb ist daraus nichts geworden?«

»Mein Talent reichte leider nicht aus. Ich habe Leute getroffen, die waren doppelt so gut wie ich. Selbst die gehörten noch lange nicht zu den Besten.«

»Ich verstehe. Reden wir weiter über den van Gogh. Wenn man bei Ihnen ein gewisses Verständnis für die bildende Kunst unterstellen darf, dann müssten Sie doch wissen, dass dieser Künstler nicht wie Viehfutter auf dem Markt gehandelt wird.«

Sibelius reagierte mittlerweile wieder wie zu Anfang des Gesprächs. »Wer wollte da widersprechen.«

»Trotzdem haben Sie das Geschäft ernst genommen?«

»Frau Köhler gab mir die Telefonnummer von Professor Obal. Der ist mir vom Namen her durchaus bekannt gewesen. Schließlich war er nicht Kunstkritiker bei der Bildzeitung. Den rief ich daraufhin wegen des Bildes an.«

Hilpert hörte aufmerksam zu. Das Gespräch nahm langsam eine Wende, die ihn näher an die Tatmotive für zwei Morde heranbrachte.

»Also ging es nicht um eine Wohnung?«

»Nein, da habe ich gelogen.«

»Und wie hat er reagiert?«

»Ich möchte mal sagen, anfangs außerordentlich überrascht, fast schon verärgert. Er hielt sich sehr bedeckt.«

»Und wie verliefen die weiteren Telefonate?«

»Wesentlich aufgeschlossener. Er wollte völlig unerwartet einen Preis von mir wissen. Etwa im Sinne, was könnten Sie sich unter bestimmten Bedingungen vorstellen, was Sie für das Bild ausgeben würden. Es kam mir vor wie ein Test.«

»Meinen Sie, diesen bestanden zu haben?«

»Schwer zu sagen.«

»Was hat denn zu dem Umschwung in seiner Meinungsbildung geführt?«

»Ich schätze, er hat sich über mich erkundigt, über die Geschäfte, die ich stemme, über meine Geschäftspartner.«

»Wie viel haben Sie ihm geboten?«

»22 Millionen Euro.«

»Und er?«

»Er hat lachend abgelehnt.«

»Wie hoch wären Sie gegangen?«

»Je nach Qualität des Bildes bis zu 40 Millionen.«

»Und Sie hätten sich den Schinken ins Wohnzimmer gehängt?«

»Bin ich bescheuert?! Nein, ich kenne wenigstens zwei, drei Leute, die für einen van Gogh das Doppelte zahlen und ihre jungfräulichen Enkel als Draufgabe anbieten würden. Die sind verrückt danach. Sollte Ihnen solch ein Gemälde unterkommen, rufen Sie mich gerne an.« Er grinste den Hauptkommissar verwegen an. »Aber solche Geschäfte haben Sie ja nicht nötig, bei den Kontakten, die Ihnen in die Wirtschaft hinein nachgesagt werden.«

Hilpert blieb unbeirrt. »Wie konnten Sie so sicher sein, nicht mit einer Fälschung konfrontiert zu werden?«

»Keine Angst, da habe ich meine Spezis. Davon abgesehen hatte er mir zwei Gutachten von Van-Gogh-Spezialisten zugesichert. Das hätte mir allemal gereicht.«

»Haben Sie ihm denn einen höheren Preis genannt?«

»Allerdings, 30 Millionen.«

»Wie hat Obal darauf reagiert?«

»Er wollte darüber nachdenken. Es war deutlich herauszuhören, dass ihm nicht an einer Versteigerung in London oder New York gelegen war.«

»Machte Sie das nicht stutzig?«

»Natürlich. Ich bin zu lange im Geschäft, als dass ich solche Anomalien hinnähme. Ich habe selbstverständlich danach gefragt.«

»Nun lassen Sie sich doch nicht alle Informationen aus der Nase ziehen. Was hat er dazu gesagt?«

»Es ging um eine ganz simple Logik. Er meinte, die Eigentumsverhältnisse seien undurchsichtig gewesen.«

»Das heißt?«

»Ganz einfach. Tun wir so, als würde eine Versteigerung 100 Millionen Dollar oder Euro erbracht haben. Darauf kommt es schon nicht mehr an. Muss man die durch 4 oder 5 teilen, kommt weniger raus, als könnte man für sich allein 30 oder 40 Millionen abgreifen. Und das alles an der Steuer vorbei. So entsteht eine Win-win-Situation. Die meisten Menschen sind gierig, sehen wir von uns mal ab. Das sollte selbst für Sie keine neue Weisheit sein.«

Hilpert musste das Gesagte vorerst verdauen. Die hohen Summen, die für bestimmte Künstler bezahlt wurden, wollten ihm nicht in den Kopf. Mit Sicherheit hätte Sibelius keinen Grund gehabt, Obal umbringen zu lassen. Eher musste er an dessen Gesundheit interessiert gewesen sein. Er sollte ihm bei dem Geschäft seines Lebens behilflich sein. Es sei denn, er war abermals dabei, auf eine Lügengeschichte des Immobilienspekulanten hereinzufallen. Weitere Fragen wollten ihm im Augenblick nicht einfallen. Er musste darüber nachdenken, was er mit der Aussage des Mannes anfangen sollte. War sie der letzte Beleg dafür, dass

Obal in die Van-Gogh-Affäre verwickelt war? Oder wollte ihn Sibelius auf eine falsche Fährte locken?

Hilpert erhob sich aus seinem Sessel und wies mit einer Hand auf die Zimmertür. »Sie können gehen.«

»Danke. Und die Durchsuchung meiner Räumlichkeiten?«

»Die wird vorerst auf Eis gelegt. Ich rufe meine Leute an, wenn Sie gegangen sind.«

Er sah dem Mann hinterher, als der sein Büro verließ. Verließ ihn ein legitimer Nachfolger des Lügenbarons von Münchhausen? Er war lange genug im Geschäft, um zu wissen, dass in diesem Leben allerorten gelogen wurde. Das galt selbstredend auch für ihn. Kein Richter dieser Welt hätte ihm einen Durchsuchungsbeschluss oder Haftbefehl gegen Sibelius ausgestellt. Trotzdem hatte sein Bluff funktioniert. Ob der sich künftig nochmals düpieren ließe, musste Hilpert bezweifeln. Mit beiden Händen rieb er sich die Augen. Sein Besucher hatte etwas Richtiges von sich gegeben. Verfügte das Bild erst einmal über zwei ordentliche Zertifikate, war die Frage beinahe gegenstandslos, ob es echt oder gefälscht war. Da mussten schon eindeutige Belege vorgelegt werden, die gegen die Urheberschaft des Künstlers sprachen. Vermutlich war es ebenso schwierig, den Beweis dafür zu erbringen, dass es sich bei dem Gemälde um ein Plagiat handelte. Es sei denn, man bekam es mit einem plumpen Machwerk zu tun. Alles hing von den Gutachtern und der Qualität der Arbeit ab. Stimmte beides, war es gleichgültig, ob sie einem Original van Goghs hinterherjagten oder einem Fake.

21

Kaum war Sibelius verschwunden, betrat Claudia neugierig sein Büro. »Nun, bist du mit der Vernehmung zufrieden?«

»Ja und nein.« Er berichtete ihr ohne große Umschweife von dem Gespräch. Letztlich kam sie ebenso wenig zu einer abschließenden Einschätzung wie er. Wie einen guten Wein ließ sie sich die Informationen auf der Zunge zergehen.

»Dieser Mensch passt vorzüglich ins Bild. In dem ganzen Konzert fehlte bislang ein Verkäufer.«

»Das stimmt nicht ganz«, widersprach Hilpert. »Obals verschwundene Freundin kommt ebenfalls aus dem Fach.«

»Ich bezweifle, ob die dafür die erforderliche kriminelle Energie aufgebracht hätte. Außerdem sehe ich die eher bei der Geldwäsche. Zwanzig, dreißig Millionen tragen auf. Die zahlt man nicht so einfach auf sein Sparkonto ein.«

Er lachte auf. »Ich gebe zu, an deinen Überlegungen ist was dran.«

»Und dieser schreckliche Sibelius passt fantastisch zu der Geschichte. Er ist ein widerlicher, skrupelloser Kaufmann.«

»Du meinst, wer alte Menschen entmietet, bringt auch gefälschte Meisterwerke an den Mann?«

»Du weißt ja, wer lügt, der stiehlt und so weiter.«

Hilpert grinste sie an. »Und am Ende steckt der Häuser in Brand.« Er nahm sich die Notizen aus dem Gespräch mit Sibelius vor. »Hier steht es schwarz auf weiß. Er hat behauptet, von Gisela Köhler die Informationen über den van Gogh bekommen zu haben. Fragt sich, wie ist die daran gekommen?«

»Der Schwiegervater ihres Chefs passt doch als Kunsthistoriker wie die Faust aufs Auge«, platzte Claudia heraus.

»Du meinst, Professor Bardenhagen macht mit Kunstfälschern gemeinsame Sache?«

»Unwahrscheinlich, aber über den kann man Kontakte knüpfen, ohne dass er mitbekommt, was dahintersteckt.«

»Man müsste herausfinden, ob Jansen und Obal einander kannten.«

Claudia erhob sich von ihrem Stuhl. »Ich kümmer mich drum.«

»Nicht so hektisch!«, nötigte Hilpert sie, sich wieder zu setzen. »Was macht die Suche nach unserer verschwundenen Ökonomin?«

»Still ruht der See. Die bleibt verschollen, als habe sie jemand im Bermudadreieck ausgesetzt.«

»Scheiße, hoffentlich haben wir es nicht bereits mit einem weiteren Opfer zu tun.«

Mit einem Schulterzucken verließ sie ihn. In diesem Fall war alles denkbar. Je größer die Beute, desto größer die Bereitschaft, sich dafür krummzulegen.

Nachdem Claudia Ernst gegangen war, konzentrierte er sich auf seine Stichwortliste. »Bardenhagen«, murmelte er. Sollte der wirklich der gewollte oder ungewollte Vermittler in dieser Fälschungsgeschichte sein? Hatten sie es überhaupt mit Fälschungen zu tun? Nach wie vor behandelten sie Mutmaßungen wie Tatsachen. Das war in ihrem Geschäft außerordentlich problematisch. Schnell geriet man auf eine falsche Fährte und kam davon nicht mehr herunter. Er dachte an die NSU-Ermittlungspannen, in denen sich die unterschiedlichen Dienste gegenseitig in die Hacken traten und in alle Richtungen ermittelten, nur nicht in die richtige. Am Ende hätten die wahrscheinlich sogar Videos ignoriert, die einzelne Tathergänge dokumentierten, wenn sie nicht ins Konzept passten. Zumindest passten ihre bisherigen Ermittlungsergebnisse. Wie war das mit Gisela Köhler? Wie war die an Obal herangekommen und hatte sein vermutlich größtes Geheimnis in Erfahrung gebracht? Garantiert nicht über die Linie Bardenhagen - Jansen. Wo waren Männer am unvorsichtigsten? Wann bekam man sie als Frau am besten zu fassen? Er grinste, schließlich gehörte er selbst zur männlichen Spezies und kannte sich aus. Gisela Köhler war eine attraktive Frau. Der Altersunterschied zu Obal betrug gerade mal acht Jahre. Darüber redete man heutzutage nicht mehr. Dieser Fall war nicht seine Spielwiese, sondern lag bei Stange. Wollte er sich damit befassen, musste er dem Kollegen das Wort gönnen. Spontan griff er zum Telefon. Stange lud ihn erwartungsgemäß ein, sich zu ihm zu gesellen und die Ermittlungsakte einzusehen. Deren Durchsicht brachte sie nicht weiter. Hilpert überlegte, ein weiteres Mal die Wohnung aufzusuchen, als ihm der Neffe der Toten einfiel.

»Diesen Lutz Köhler, habt ihr den noch in Gewahrsam?«

»Ja, er ist der Verdächtigte Nummer eins. Obwohl ich unsicher bin, ob wir mit ihm nicht falschliegen.«

»Er sitzt in U-Haft?«

»Du sagst es.«

»Wir sollten ihn erneut zu uns bestellen.«

Stange blickte auf seine Uhr. »Ich schätze, er könnte gegen 15 Uhr hier sein. Ich werde es veranlassen. Gehen wir erst einmal essen und greifen uns danach den Knaben.«

»Gute Idee.«

Die Kantine verwöhnte sie mit einem undefinierbaren Fischgericht. Dafür war der anschließende Kaffee durchaus genießbar.

Lutz Köhler rutschte unruhig auf seinem Stuhl hin und her, als die beiden Kriminalbeamten ihm gegenüber Platz nahmen. Sie sahen ihn unverwandt an, bis er die Geduld verlor. »Was wollen Sie von mir? Ich hab doch schon alle Fragen beantwortet.«

Hilpert schob ihm ein Foto von Obal zu. »Kennen Sie den Mann?«

Köhler blickte flüchtig darauf und schob es Hilpert zurück. »Klar kenn ich den. Der hat 'ne ganze Zeit mit meiner Tante rumgemacht. Der ist Kunstprofessor oder so etwas. Dabei war sie um einiges älter als er. Sie hatte es ja nur mit den jüngeren Kerlen.«

»Und wo hat sie ihn kennengelernt?«

»Das ist vielleicht 'n Jahr her. Es war auf einem Betriebsfest ihrer Firma. Da waren viele Leute, die dort nicht arbeiteten.«

»Woher wissen Sie das so genau?«, fasste Stange nach.

»Weil ich da war. Da gab's ordentlich zu saufen. War ganz witzig.«

»Und Obal war ebenfalls bei diesem Fest?«

»Richtig, Obal, genau, das ist sein Name. Den hatte ich ganz vergessen. Zumindest war der dabei.«

»Haben Sie eine Ahnung, wie lange das mit den beiden ging?«

»'n Vierteljahr oder so. Ich hab ihn manchmal getroffen, wenn ich meine Tante besucht hab. Plötzlich sah man ihn nicht mehr.«

»Gab es einen Grund dafür?«

»Sie können Fragen stellen. Meine Tante wird auch grad mit mir darüber gequatscht haben. Vielleicht hatte er genug von ihr oder sie von ihm.«

Hilpert nahm den hageren jungen Mann näher ins Visier. »Reichen Sie mir mal die Hand.«

»Was soll das?«, fragte Köhler konsterniert.

»Kommen Sie doch einfach meinem Wunsch nach. Ich werde Ihnen schon nichts tun.«

Zögernd kam der junge Mann der Aufforderung nach.

»Drücken Sie mal ordentlich zu«, forderte ihn Hilpert auf.

Was kam, war lächerlich.

»Krempeln Sie mal einen Ärmel Ihres Hemdes hoch.«

Er betrachtete den zerstochenen dünnen Arm, der nur aus Haut und Knochen zu bestehen schien. Hilpert lehnte sich in seinem Stuhl zurück. Schließlich nickte er seinem Kollegen zu.

»Ich habe genug gehört und gesehen. Von mir aus können wir abbrechen.«

Im Korridor vor dem Vernehmungszimmer nahm er Stange zur Seite. »Wenn der seine Tante von hinten erwürgt hat, ohne dass sie sich nennenswert wehren konnte, heiße ich Kunze. Der erwürgt kein achtjähriges Kind. Dazu ist er viel zu schwach. Wenn der 'ne Mücke mit 'ner Zeitung erledigt hat, kannst du den für den Rest des Tages vergessen. Dann ist der total ausgepowert. Schick ihn nach Hause.«

»Und wo ist das?«

»Besorg ihm einen Therapieplatz. Vielleicht hat er noch 'ne Chance und wird wieder clean.«

»Meinst du wirklich, er wäre daran interessiert?«

»Frag ihn, ohne seine Mitarbeit geht das ohnehin in die Hose.«

»Wenn du meinst, wie könnte ich dir einen Wunsch abschlagen?«

Eigentlich hatte Stange wenig Lust, sich um den Drogensüchtigen zu kümmern. Zumeist war das mit Arbeit, Ärger und Erfolglosigkeit verbunden. Wollte er sich um einen Loser kümmern, musste er nicht weit gehen, sondern konnte gleich bei sich beginnen. Doch wie sich zeigte, gab es überall Leute, denen es wesentlich beschissener ging als ihm. Also setzte er sich ans Telefon und ließ Köhler erneut zu sich kommen. Tatsächlich war der junge Mann bereit mitzumachen.

In seinem Büro wählte Hilpert zögernd die Nummer von Werner Jansen. Der Bauunternehmer reagierte einigermaßen gelassen über den Anruf.

»Sie wollen etwas über unser letztes Betriebsfest wissen?«, fragte er erstaunt. »Wozu soll das denn gut sein? Das ist mittlerweile ein paar Tage her.«

»Lassen Sie das meine Sorge sein. Professor Obal gehörte ebenfalls zu den Geladenen?«

»Richtig.«

»Wie kam er zu der Ehre?«

»Ich kannte ihn aus der Zeit, als er als Dozent am Lehrstuhl meines Schwiegervaters tätig war. Wir sind seit Jahren gut miteinander bekannt gewesen. Wir waren fast so etwas wie Freunde.«

»Wie das?«

»Glauben Sie, ich bin der Einzige auf dieser Welt gewesen, der unter der Arroganz meines Schwiegervaters zu leiden hatte?«

»Ich verstehe. Aber bei unserem letzten Gespräch hatte ich das Gefühl, dass sich ihr Verhältnis deutlich gebessert hat.«

»Das kann man so sehen«, erwiderte er relativ ungerührt. »Trotzdem, wurde man ein halbes Leben wie ein Aussätziger behandelt, stellt sich nicht per Knopfdruck die große Liebe ein. Selbst Respekt muss man sich verdienen. Das gilt für beide Seiten.«

»Gibt es einen Grund für den Sinneswandel Ihres Schwiegervaters?«

Hilpert spürte, dass der Mann am anderen Ende der Leitung schlucken musste. Er antwortete mit belegter Stimme: »Ja, es gibt einen gewichtigen Grund.«

»Wollen Sie mir den nicht nennen?«

»Ich kann nicht. Außerdem hat er nichts mit dem Fall zu tun. Das ist rein privater Natur.«

»Die Erfahrung zeigt, dass oftmals die unbedeutenden Kleinigkeiten weiterhelfen. Meinen Sie nicht, Sie sollten mich beurteilen lassen, was uns in der Sache weiterhilft oder vernachlässigt werden kann?«

Werner Jansen entgegnete etwas gefasster: »Das betrifft mein Privatleben. Irgendwo gibt es eine Grenze, die auch für Sie gilt. Hier haben Sie sie erreicht. Ich breite meine Gefühle nicht wie ein Bettlaken aus und bitte dafür um Verständnis.«

»Herr Jansen, ich kann Sie nicht zwingen, mir Ihr Herz auszuschütten. Auf der anderen Seite soll ich einen Mord aufklären. Da kann ich auf Ihre individuellen Bedürfnisse nur bedingt Rücksicht nehmen. Nach wie vor gehören Sie zu den Tatverdächtigen.«

»Natürlich, ich verstehe. Entschuldigen Sie.«

»Trotzdem wollen Sie sich nicht weiter äußern?«

»Sie bringen es auf den Punkt. Manchmal gibt es gute Gründe, gegen sein Gefühl zu handeln. Sie werden mich hoffentlich zu einem anderen Zeitpunkt verstehen.«

»Sie müssen es wissen. Ich behalte Sie zumindest im Auge und komme darauf zurück. Am besten, wir wechseln das Thema. Ist es richtig, dass Obal ein Verhältnis mit Frau Köhler hatte?«

»Es wurde darüber gemunkelt. So gut kannten wir uns wiederum nicht, dass er mir seine Frauengeschichten gebeichtet hätte. Mit ihr habe ich selbstverständlich nicht darüber geredet. Ich mische mich nicht in das Privatleben meiner Leute.«

Nachdenklich legte Hilpert auf. Die Frage, woher die Ermordete ihr Wissen um den van Gogh bezogen hatte, war für ihn geklärt. Garantiert hatte Obal im Bett zu viel geredet. Was war mit Jansen? Weshalb verhielt der sich so zögerlich? Hatte es mit der Familie zu tun? Schlummerte dort mehr an Wissen über den Fall, als ihm bislang mitgeteilt wurde? Er hielt Jansen nicht für einen eiskalten Mörder. Dieser Mann war eher zu weich als zu hart. Welche Einwände hatte Bardenhagen gegen diesen Menschen gehabt? War etwas Konkretes vorgefallen? Die Aversion entwickelte sich vor mehr als einem Vierteljahrhundert, vermutlich beim ersten Kennenlernen. Hatten die Eltern andere Vorstellungen, was ihren Schwiegersohn betraf als ihre Tochter? So etwas sollte es geben. Nur, was änderte plötzlich die Meinung der alten Leute? Hatte es mit den Morden zu tun? Eher nicht. Er stierte auf seine mageren Ergebnisse. Er war ein Stück weitergekommen, ohne behaupten zu können, so etwas wie einen Durchbruch geschafft zu haben. Nervös trommelte er mit den Fäusten einen undefinierbaren Rhythmus auf der Schreibtischplatte. Als Schlagzeuger für eine Rockband empfahl er sich eher nicht. Jäh brach er ab. Ihm verblieb noch Zeit bis zu seinem Termin mit Wellner. Vielleicht hatte er Glück und er erreichte Vreeburg.

22

Sibelius verließ das Präsidium mit zwiespältigen Gefühlen. Er durfte sich keinen Illusionen hingeben. Er zählte zu dem Kreis der Verdächtigen und konnte es sich nicht erlauben, regelmäßig die Polizei auf den Füßen stehen zu haben. Dazu segelte er zu dicht am Rande der Legalität. Eine überraschende Buchprüfung würde seine Kreise empfindlich stören und seine künftigen Handlungsspielräume erheblich einschränken. Käme man an seine vertraulichen Unterlagen heran, erginge es manchem Funktionsträger der Stadt schlecht. Leider beträfe es auch ihn. Bestechung und Bestechlichkeit hatten jeweils ihre strafrechtliche Qualität. Andererseits bestätigte ihm das Gespräch mit Hilpert, dass die ermordete Frau keineswegs Hirngespinsten aufgesessen war, als sie ihm von dem Bild erzählt hatte. Dass Obal ihn um einen Preis gebeten hatte, war eine glatte Lüge. Der Mann war viel zu vorsichtig gewesen und hatte Gespräche mit ihm rundweg abgelehnt. Gisela Köhlers Informationen gingen weit über das hinaus, was er Hilpert eingestanden hatte. Er fühlte sich in der Zwickmühle. Wollte er Profit aus seinem Wissen schlagen, musste er besonnen die Initiative ergreifen. Dabei konnte er keine Polizei im Nacken gebrauchen. Trotzdem war dies das kleinere Problem. Die Leute, mit denen er es zu tun bekäme, waren gefährlich. Sie mordeten gnadenlos. Darauf musste er sich einstellen. Sie würden ihn garantiert nicht freiwillig als Seniorpartner akzeptieren. Das hatten sie deutlich unter Beweis gestellt. Er war trotzdem entschieden. Bei diesem Geschäft ging es um das große Geld. Er kannte sich. Eher trocknete der Atlantik aus, als dass ein Sibelius die Chance darauf verpasste. Er fühlte sich wieder wie der hungrige junge Bursche, dem alle Mittel recht waren, um seinen Schnitt zu machen. Es blieb ihm nichts anderes übrig, als aufzurüsten. Ab sofort wollte er sich einen bewaffneten Begleiter gönnen. Da dieser gelegentlich schlafen musste, reichte einer nicht aus. Er wusste, wer künftig auf ihn achten sollte. Bereits in der Vergangenheit musste er sich gelegentlich den Rücken freihalten lassen.

In seinem Büro setzte er sofort seinen Plan um. Eine Stunde später verfügte er mit Rolf und Gerd Kanter über ein Duo, das ihm Tag und Nacht zur Seite stehen würde. Gingen seine Blütenträume auf, so konnte er die Kosten für seine Leibwächter problemlos wieder reinholen. Entschiedenes Handeln war seine Stärke. Und er war jetzt handlungsfähig. Noch am selben Abend griff er zum Telefon.

Der Angerufene reagierte überraschend entspannt. »Sie wollen an dem Geschäft mit dem van Gogh beteiligt werden? Kommen Sie vorbei und holen sich den Schinken ab. Obals Gutachten können Sie sich irgendwo hinschmieren. Wir haben zwar ein weiteres Zertifikat, aber der Wissenschaftler gilt nicht als Koryphäe auf diesem Gebiet. Das hilft uns vielleicht in zehn Jahren, wenn Gras über die Sache gewachsen ist.«

»Falsch«, konterte Sibelius unwirsch. »Ich habe einen Interessenten an der Angel. Der würde für einen van Gogh töten. Denken Sie sich 'ne anständige Legende aus. Ich verkaufe das Teil.«

»Und Sie sind sich sicher, dass der Erwerber nicht an die Öffentlichkeit geht?«

»Der wird hübsch die Schnauze halten. Tun wir so, als müsse er viel Geld an der Steuer vorbei unterbringen.«

»Was ist, wenn er erfährt, dass es sich um eine Fälschung handelt?«

»Da müsste man sich warm anziehen. Das würde er sich nicht gefallen lassen. Und der ist nicht ohne Einfluss.«

»Trotzdem schlagen Sie mir das Geschäft vor?«

»Er wird die Wahrheit nicht erfahren. Welchem seriösen Kunsthistoriker wollte er das Bild zeigen? Da bin ich völlig entspannt.«

Sibelius' Gesprächspartner schien nachdenken zu müssen. Man vermeinte, die Stille hören zu können, bis er sich endlich äußerte: »Wie stellen Sie sich die Verteilung des Verkaufserlöses vor?«

»Fifty-fifty, nach Abzug meiner Kosten.«

»Welche Kosten sollten Ihnen entstehen?«

»Nun, ich habe Vorsorge um meine Gesundheit tragen müssen. Das kostet.«

»Ein Mann wie Sie und so ängstlich?«

»Wenn man in die Jahre kommt, hängt man am Leben. Vom letzten Ende lässt man sich nur ungern etwas abschneiden.«

»Wie hoch ist denn der angedachte Preis?«

»Je nach Größe und Qualität zwischen 20 und 30 Millionen.«

Sibelius' Gesprächspartner atmete tief durch. »Das hört sich interessant an. Selbst bei der Hälfte wäre das ein Schlag aus der Gulaschkanone.«

»Mein Reden.«

»Nur darf der Deal nicht schiefgehen. Das wäre für keinen der Beteiligten gut.«

»Wenn die Qualität des Bildes stimmt, wüsste ich nicht, was da in die Hose gehen sollte.«

»Darüber machen Sie sich keine Sorgen. Es ist nicht zu toppen. Geben Sie mir ein paar Tage Zeit. Ich denk über Ihr Angebot nach.«

»Lassen Sie mich nicht zu lange warten.«

»Immer mit der Ruhe. Wie erreiche ich Sie, Herr Sibelius?«

»Ich stehe im Telefonbuch.«

»Das ist ja wie in den guten alten Zeiten. Verfügen Sie über kein Handy?«

»Ich will mich davon nicht nerven lassen.«

»Wir hören voneinander. Halten Sie bloß die Schnauze über den Inhalt unseres Gesprächs.«

»Meinen Sie, ich bin ein Amateur?«

»Man wird ja wohl noch seine Bedenken äußern dürfen.«

Sibelius atmete erleichtert auf, nachdem er aufgelegt hatte. Er griff in ein Seitenfach seines Schreibtisches. Dort hatte er für äußerst angenehme Momente einen Whisky stehen, den selbst eingefleischte Schotten nur aus Büchern oder Prospekten kannten. Er schenkte sich großzügig ein und nahm einen vorsichtigen Schluck. Verzückt verdrehte er die Augen. Das Leben war schön. Bedacht, als habe er Angst, etwas zu verschütten, stellte er das Glas ab. Aus den Tiefen seines Jacketts zog er ein Notizbuch. Das funktionierte als seine Adressverwaltung. Er blätterte hin und her, bis er die private Telefonnummer dieses Honorarkonsuls von der Elbchaussee zu fassen bekam. Vor einigen Jahren hatte er von ihm ein Grundstück am Harvestehuder Weg mit Blick auf die Alster erworben. Das war kurz vor dem Beginn der Finanzkrise, als in den USA der Immobilienmarkt zusammenbrach. Der Preis, den er damals gezahlt hatte, war stolz. Heute hätte er dafür vermutlich 30 Prozent mehr zahlen müssen. Der Konsul wollte Kasse machen, da er ein Gemälde erwerben wollte. Daran erinnerte er sich genau. Wenn er sich nicht täuschte, hatte es sich um einen Max Beckmann gehandelt. Sibelius sah dessen glühende Augen förmlich vor sich, als er von dem Bild schwärmte. Was er wohl zu einem van Gogh sagen würde? Wie viel würde er dafür ausspucken? Er konnte seine Neugier nicht zügeln und wählte die Nummer. Wenig später hatte er tatsächlich diesen aufgeblasenen Konsul in der Leitung.

Er klang anfangs unwirsch, weil sich jemand erdreistet hatte, ihn ohne Voranmeldung zu später Stunde anzurufen. Sein Ton änderte sich merklich, als Sibelius ihm den Grund für die Störung nannte. Er vernahm am anderen Ende fast ein Hecheln, bevor sich der Mann äußerte.

»Sie haben die Hand auf einem van Gogh? Das ist kein Scherz?«

»Glauben Sie, ich rufe Sie aus Jux und Tollerei an?«

»Warum soll der denn privat verkauft werden? Bei den heutigen Preisen kann der auf einer Versteigerung in New York einen richtigen Schnitt machen.«

Sibelius druckste herum. »Das ist 'ne Familiengeschichte. Da will jemand nicht teilen. Geistert das durch die Presse, bringt ihm das bloß Ärger.«

»Aha«, antwortete der Konsul. »Man hat also einem Mütterchen, das keine Ahnung hat, das Bild aus den Rippen geleiert?«

»Nicht ganz, sondern deren Erben.«

»Über welchen Preis wird nachgedacht?«

»Keine Ahnung, ich hole nur Gebote ein. Ich bin auf Sie durch unser Grundstücksgeschäft gekommen.«

»Ich verstehe. So aus dem Bauch heraus kann ich das nicht machen.«

»Das ist ganz einfach. Nennen Sie mir den Preis, der Ihnen in den Sinn kommt.«

»Ungern, so etwas tu ich ausgesprochen ungern.«

»In Ordnung, Herr Konsul, ich will Sie nicht drängen. Wenn ich Ihnen noch einen schönen Tag wünschen darf?«

»Halt, Sie sind zu schnell. Ich sage mal 20 Millionen.«

Sibelius lachte auf. »Damit haben Sie allenfalls meine Spesen bezahlt. Aber gut, ich nehme Sie in die Liste auf.«

Er beendete das Gespräch und blieb mit gekreuzten Armen vor dem Apparat sitzen. Er kannte sich mit seinen Pappenheimern aus. Tatsächlich läutete sein Telefon bereits zwei Minuten später. Vor seinem geistigen Auge sah er den Konsul mit rotem Gesicht und zerfurchter Stirn und lachte auf, bevor er abnahm.

»Sibelius«, platzte dieser los, »ich habe nachgedacht. Nennen Sie mir das bisher beste Angebot, es soll Ihr Schaden nicht sein.«

»45 Millionen Dollar.«

»Das ist der helle Wahnsinn! Wer zahlt so viel Geld?«

»Sorry, Diskretion ist die Basis all meiner Geschäfte. Und damit wir uns richtig verstehen, ich erhalte eine Vermittlungsprovision von 2 Prozent.«

Der Konsul keuchte: »Sie sind alle verrückt! Wo sehen Sie den realistischen Preis?«

»Zwischen 50 und 60 Millionen Dollar.«

Sein Gesprächspartner reagierte nicht auf den angesagten Betrag. Offensichtlich schien er ihn nicht zu schocken. »Und wie soll gezahlt werden?«

»Cash.«

»Das könnte passen. Also gut, ich biete 55 Millionen, vorausgesetzt, das Meisterwerk entspricht meinen Vorstellungen. Ihre Gebühr beträgt ein Prozent.«

Sie einigten sich auf eine Provision von 700.000 Euro. Sibelius schaute auf seine rechte Hand. Sie zitterte. Dieses Geschäft betäubte selbst seine Sinne. Diesmal schenkte er sich ordentlich nach und nahm einen mächtigen Schluck Whisky. Er griff nach seinem Telefon und wählte die Nummer, die man ihm aufgegeben hatte.

»Strengen Sie sich an«, begann er sich übergangslos zu melden. »Mir liegt ein Angebot über 35 Millionen Dollar vor. Auszahlung in cash. Besorgen Sie mir das Bild. Ich muss meinem Kunden was zeigen.«

»Und dann brennen Sie damit durch?«

»Bei diesem Betrag muss niemand den anderen bescheißen. Für jeden 17,5 Millionen, ohne Ärger, ohne Aufregung, ohne zusätzliche Kosten.«

»Und die Polizei? Macht die den Kunden nicht nervös? Obals Tod hat schließlich ordentlich Staub aufgewirbelt.«

»Der weiß, dass die Geschichte nicht koscher ist. Der will das Bild. Das braucht er für sein Ego.«

»Ein paar Wochen sollten wir trotzdem warten.«

»Blödsinn! Bringen Sie mir den Schinken. Sie erhalten dafür einen Schuldschein über 17,5 Millionen von mir. Machen Sie sich keine Sorgen. Ich bin für diesen Betrag gut.«

»Ich weiß. Sie erhalten in den nächsten Tagen ein Paket von mir.«

»Vergessen Sie nicht die Gutachten.«

»Die sind wertvoller als alle Schuldscheine dieser Welt und verbleiben vorerst bei mir. Vorsicht ist die Mutter der Porzellankiste.«

»Einverstanden. Sie sind clever. Das gefällt mir. Es gibt zu viele Idioten auf dieser Welt.«

Er rieb sich die Hände. Den Konsul wollte er ein wenig schmoren lassen. Doch der verspürte keine Lust, im Tal der Ahnungslosen zu verbleiben und rief noch am selben Abend an. Sie verhandelten ein letztes Mal und einigten sich auf 60 Millionen Euro. Sibelius ging es nicht um die letzten Millionen. Gewiss hätte sich der Inhaber eines unbestrittenen Originals so verhalten. Er versprach eine erste Besichtigung des Bildes für die nächste Woche.

Er musste sich nur einen geeigneten Ort einfallen lassen. Dieser Hilpert ließ ihn unter Umständen überwachen. Dem traute er alles zu.

Der Angerufene stierte nachdenklich auf das Telefon, als könnte es ein Problem für ihn lösen. Dieser verdammte Sibelius war ihnen auf die Spur gekommen und wollte an ihren Geschäften partizipieren. Wahrscheinlich hatte die Köhler geplaudert. Nun kam er ausgerechnet mit diesem verdammten Angebot, dem man sich kaum entziehen konnte. 17,5 Millionen Euro würden alle finanziellen Probleme lösen, die ihm gerade einfielen. Und er hatte keine, zumindest keine nennenswerten. Dabei war es völlig gleichgültig, welchen Preis der Interessent tatsächlich bereit war zu zahlen. Er wusste, dass sie ein schwer zu kalkulierendes Risiko eingingen, stiegen sie auf das Angebot ein. Andererseits hatte er sich über Sibelius schlaugemacht. Der Mann agierte ausschließlich aus einer sicheren Deckung heraus. Und er hatte es vor allem nicht nötig, seine Geschäftspartner zu betrügen. Garantiert kämen sie an ihren Anteil. Aber er stand im Fokus der Polizei. Bestimmt wurde er überwacht. Damit wurde er zu einer potenziellen Gefahr für sie. Er durfte mit seinen Leuten nicht darüber reden. Die würden ihn drängen zuzugreifen. Einen Gewinn in dieser Höhe hatten sie nicht einmal annähernd mit allen Fälschungen zusammen erzielt, die sie bislang auf den Markt geworfen hatten. Nach dem Deal hätten sie ausgesorgt oder würden schon bald im Gefängnis landen. Die Strafe war ebenfalls klar. Mord, Beihilfe zum Mord wurden gnadenlos gesühnt. Dagegen war der Verkauf gefälschter Exponate beinahe ein Kavaliersdelikt. Nur, wie sollte er weiter vorgehen? Sibelius war auf ihn gestoßen. Ein Wink an die Polizei und es war vorbei mit dem schönen Leben. Auf seine Komplizen konnte er nicht zählen. Das Problem musste er allein lösen. Eine Idee begann sich in seinem Kopf festzusetzen. So könnte es gehen. Vorsichtig tastete seine Hand zum Handy. Auch er verwendete ausschließlich die Prepaidvariante.

»Passen Sie auf, Sibelius. Erstens erscheint uns ein Anteil von 17,5 Millionen zu gering. Wir wollen 20 Millionen, denn wir hatten die ganze Arbeit. Unser Künstler will ein wenig am Bild nachbessern. Es gibt wohl ein paar Schwachpunkte, die ausgemerzt werden müssen. Dafür benötigt er etwa 14 Tage. In den nächsten Tagen liegt in Ihrem Briefkasten ein Farbfoto des Meisterwerks. Damit können Sie Ihren Kunden bereits anfüttern. Machen Sie sich vor allem Gedanken darüber, wie unser Anteil gesichert werden kann. Nicht dass Sie uns eine Karte von den Bermudas schicken und machen uns eine lange Nase.«

Sibelius sagte ohne zu zögern zu. Erst später wurde ihm klar, dass er sich hätte zieren müssen. Sein Gegenüber hatte sicherlich begriffen, dass in dem Topf mehr Geld lag, als er zugegeben hatte.

Zügig stellte sich bei ihm wieder die alte Gelassenheit ein. Er wollte keineswegs irgendjemanden um seinen Anteil bringen. Ein paar Millionen mehr oder weniger waren ihm gleichgültig. Er bekäme ohnehin den größten Batzen. Nur das zählte. Schließlich hatte man so seine Prinzipien. Er rieb sich grinsend die Hände. Irgendwo waren die Menschen alle gleich. Ab einer gewissen Größenordnung setzte sich die Gier nach dem Geld durch. Auf beiden Seiten. Trotzdem hätte er sich eingehender mit dem Mann am anderen Ende des Telefons auseinandersetzen sollen. Sibelius war durchschaut worden. Sein neuer Partner las in ihm wie in einem Buch. Das schwächte seine Position.

23

Auf dem Weg nach Blankenese ging Hilpert das Telefonat durch den Kopf, das er wenige Minuten vorher mit dem Dozenten aus Holland geführt hatte. Vreeburg war zuvorkommend wie üblich. Als er ihn auf Rebecca Rehm ansprach, brauchte er nicht lange, um sich zu fangen.

»Gibt es davon ebenfalls Fotos?«

»Sie sagen es.«

»Ja, die Welt ist schlecht, man kann niemandem trauen. Es stimmt, Rebecca und ich hatten eine Beziehung.«

»Besteht sie immer noch?«

»Schwer einzuschätzen. Aber sollte sich die Gelegenheit ergeben, wäre ich nicht abgeneigt. Keine Ahnung, wie sie das sieht.«

»Wusste Obal davon?«

»Fragen Sie mich was Leichteres. Die beiden waren locker

miteinander verbandelt. Sie nahm sich, wonach ihr der Sinn stand, er ebenso. Man kann nicht behaupten, dass sie auf eine Ehe mit Kindern oder Ähnliches orientiert waren.«

»Was verband die zwei denn sonst?«

»Ich weiß es nicht. Mir war es gleichgültig, wie die zueinander standen. Wir hatten Spaß miteinander. Nur das zählt für mich.«

Das Telefonat blieb ansonsten belanglos. Vreeburg hielt sich bedeckt. Von dem kooperationsbereiten, sympathischen Mann war wenig übrig geblieben. Stimmte seine Aussage, so verband Obal und seine Freundin ein modernes Miteinander, ohne große Emotionen, ohne nennenswerte Verpflichtungen. Für Hilperts Fall war das eher bedeutungslos. Er war eh nie von einer Beziehungstat ausgegangen.

An diesem regnerischen Tag ließ sich die Elbe von der Elbchaussee aus eher erahnen als sehen. Fast schien es, als wollte der Regen zwischen Straße und Fluss einen undurchdringlichen Sichtschutz produzieren. Hilpert war nicht auf einer Sightseeingtour und nahm dies gleichgültig zur Kenntnis. Er hatte in seinem Leben genug Wasser und Schiffe gesehen. Ihn beschäftigte mehr die Rolle, die die junge Frau in der Beziehung zu den beiden Männern spielte. Er bezweifelte, dass sie sich damit zufriedengab, gelegentlich mit dem einen oder anderen das Bett zu teilen. Sie war Betriebswirtschaftsdozentin an der Uni. Ihr Schwerpunkt lag im Bereich Bankbetriebswirtschaft. Vreeburg wie Obal beschäftigten sich dagegen mit der bildenden Kunst. Stimmte es, dass sich Obal im Zentrum eines Fälscherrings bewegte, lag ihre Aufgabe möglicherweise im Bereich Finanzierung. Garantiert legte man Wert auf Barzahlung. Er lachte auf. Finanzierung war gut, vermutlich ging es um Geldwäsche. Bei den hohen Summen, die erwirtschaftet wurden, müsste man über voluminöse Schließfächer verfügen. Große Sprünge konnte man damit ebenso wenig machen. Dicke Autos, prächtige Immobilien erwarb man nicht so ohne Weiteres, indem man das Geld auf den Tisch des Hauses blätterte. Irgendwann wurde das Finanzamt auf den Plan gerufen. Fragte sich nur, ob Vreeburg der seriöse Wissenschaftler und Frauenheld war, oder ob er bei der Geschichte fleißig mitmischte? Es würde nicht leicht werden, den Holländer im Visier zu behalten. Vielleicht war es angesagt, seine niederländischen Kollegen um Amtshilfe zu ersuchen. Nur, was konnte er denen momentan erzählen? Schließlich verdächtigte er keinen Drogensüchtigen, der in Amsterdam versuchte, an seinen Stoff zu kommen.

Viel schlauer war Hilpert nicht, als er vor Wellners Haus parkte. Nach wie vor beeindruckte ihn die eigenwillige Architektur, die weit weg war von Putzfassaden, Türmchen oder Friesengiebeln. Petras Vater begrüßte ihn freundlich wie immer. Sie waren so etwas wie Freunde geworden. Der Altersunterschied von gut 20 Jahren spielte für sie keine Rolle. Mittlerweile hatte sich Hilpert daran gewöhnt, dass in diesem Haushalt Dinge selbstverständlich waren, die dem Normalsterblichen verschlossen bleiben würden. Das begann bei der wertvollen Einrichtung und endete beileibe nicht bei dem teuren Wein, den sie diesen Abend trinken würden. Zu seinem Bedauern musste er nach dem zweiten Glas passen. Auch für ihn war sein Führerschein ein kostbares Gut. Wellner hörte ihm aufmerksam zu, als er die Problematik der Fälschungen ansprach.

»Seltsam, wie sich Dinge kreuzen können. Erinnerst du dich an den Honorarkonsul, auf dessen Empfang du vor geraumer Zeit mit Petra gewesen bist?«

Wellner musste nicht weiter ins Detail gehen. An diesem Abend hatte sich Hilpert nach einem Streit wieder mit seiner Freundin versöhnt. Der Konsul und seine Villa waren ihm eher snobistisch vorgekommen. Zumindest gab es keine Veranlassung, ihn künftig zu seinen engeren Freunden zu zählen. Das Desinteresse aneinander schien gegenseitig zu sein.

»Also, der hat mich gestern Abend angerufen. Er benahm sich ungewöhnlich aufgeregt«, fuhr Wellner fort. »Jetzt kommt's: Er wollte von mir wissen, wie viel Geld ich für einen van Gogh in einem bestimmtem Format bezahlen würde.«

»Ist er nicht konkreter geworden?«

»Nein, er hat sich ansonsten eher bedeckt gehalten. Die gesamte Geschichte klang wenig seriös.«

»Wie kommst du darauf?«

»In der momentanen Marktsituation ist jeder Eigentümer eines Bildes solch eines grandiosen Künstlers gut beraten, es über eine internationale Auktion anzubieten. Da werden Preise erzielt, von denen man nur träumen kann. Davon abgesehen ist die Frage der Echtheit damit in jedem Fall ad acta gelegt.«

»Hat er einen Preis genannt?«

»Nicht direkt, er sprach von einem Schnäppchen.«

»Was immer man darunter verstehen mag.«

»So ist halt das Leben«, ging Wellner auf ihn ein. »Der eine freut sich, wenn er eine Designerjeans zum halben Preis bekommt. Der andere ist begeistert, wenn er statt 20 nur 10 Millionen für ein Bild auf den Tisch des Hauses legen muss.«

»Insbesondere, wenn er dafür ein bisschen von seinem Schwarzgeld loswird. Wird ja zunehmend riskanter, sich von Schweizer Banken beraten zu lassen. Da kann man sich besser gleich freiwillig stellen.«

Wellner blinzelte ihn belustigt an. »Was ich an dir so liebe, ist die Toleranz, die du den Begüterten dieser Welt entgegenbringst, lieber Fabian.«

Dieser begriff, dass er auf dem Weg zu einer dieser unsäglichen Neiddiskussionen war. Dabei missgönnte er niemandem seinen Reichtum. Er verstand nur nicht, dass Menschen, die materiell auf der Sonnenseite lebten, auch noch den Fiskus betrügen mussten. Ruhig fand er zu seinem Thema zurück. »Wie sieht es denn mit der Echtheit des Bildes aus?«

»Er meint, es sollen zwei Gutachten von Wissenschaftlern vorliegen, die über jeden Zweifel erhaben sind.«

»Was hast du ihm geantwortet?«

»Meine Vorlieben lägen ganz woanders. Ich konnte und wollte ihm nicht wirklich raten.«

»Verstanden. Stell dir vor, ich hätte dich um einen Preis gebeten.«

»Momentan stehen die Zeichen auf Sturm. Stimmt das Produkt, kannst du beinahe jeden Preis fordern. Mit Sicherheit findet man jemanden, der dafür tief in die Tasche greift.«

In Hilpert breitete sich zunehmend Unruhe aus. »Bitte ruf diesen Konsul an, sag ihm, ich möchte ihn sprechen. Am besten jetzt.«

»Von mir aus.«

Das Telefonat verlief anfangs relativ unerfreulich. Allem Anschein nach war Wellners Bekannter verschnupft darüber, dass sich die Polizei mit seiner geplanten Transaktion beschäftigte. Erst als Hilpert den Begriff Fälschung in den Mund nahm, wurde der Konsul wach. Er schluckte nervös, als die Namen Sibelius und Obal fielen. Am Ende drehte er sich um 180 Grad und erklärte sich bereit, sich an einer Falle für den Spekulanten zu beteiligen. Er spürte, dass er wohl auf dem Weg zu einer Riesendummheit gewesen war. Noch hatte er sich nichts vorzuwerfen. Niemandem außer ihm war bekannt, wie er den Kaufpreis zu zahlen gedachte. In ihm kam sogar Freude auf, es diesem Sibelius zurückzuzahlen. Hilpert und Wellner beließen es an diesem Abend bei einer halben Flasche Wein und verzichteten ebenso auf einen Cognac zum Abschluss.

In den nächsten Tagen wollten sie nicht so recht weiterkommen. Sie stießen auf keine neuen Spuren. Hilpert hoffte auf die Falle, die sie Sibelius stellen wollten. Doch in diese Richtung herrschte Funkstille. Der Konsul wurde vertröstet, als er auf seine Bitte hin bei Sibelius vorstellig wurde, sich das Bild anschauen zu dürfen. Letzterer verwies lapidar auf Probleme, die der Eigentümer im familiären Kreis zu regeln hätte. Ein Foto, das man ihm übermittelte, hatte wenig Aussagekraft. Wer sich mit den Werken des Künstlers auskannte, vermeinte durchaus dessen Handschrift zu erkennen. Aber das war's.

Dieser Nachmittag verlief relativ ruhig. Claudia biss sich die Zähne auf der Suche nach Rebecca aus. Egal, wo sie ansetzte, die Dozentin blieb verschwunden. Glücklicherweise stießen sie auf keine Leiche. Das musste nichts bedeuten. Auch in Norddeutschland gab es ausreichend Waldbestand, der sich hervorragend dazu eignete, Leichen über Monate zu verbergen.

Hilpert dachte über das Treffen mit Wellner nach, das inzwischen eineinhalb Wochen zurücklag. Dessen Verbindungen in die Hochfinanz waren Gold wert. Ihr Plan, Sibelius eine Falle zu stellen, musste reifen. Mit Hektik kamen sie keinen Schritt voran. Dieser Mann war glitschig wie ein Aal. Wollte man den mit bloßen Händen greifen, benötigte man viel Salz. War es sinnvoll, Druck auf ihn auszuüben, um die Sache zu beschleunigen? Oder war es angesagt, ihn in Sicherheit zu wiegen und auf Distanz zu halten? Eine eindeutige Antwort wollte ihm nicht einfallen. Er kannte sich. Er war ein ungeduldiger Mensch und hasste es zu warten. Er musste Ruhe bewahren und seinen Denkapparat strapazieren. Eine unüberlegte Handlung und sein filigranes Gebilde brach in sich zusammen. Angespannt blätterte er die Ermittlungsakte durch, ohne auf irgendeinen Hinweis zu stoßen, den sie vielleicht übersehen hatten. Das Wort Fälschung wollte ihn nicht loslassen. Er dachte an Gutachter und millionenschwere Interessenten. Wie weit waren sie eigentlich mit der Suche nach dem Künstler gekommen, der die Fälschungen herstellte? Wie sich auf Nachfrage zeigte, hatten sie sich in diesem Punkt ebenfalls kein Stück vorwärtsbewegt. Mit wem könnte er darüber sprechen? Wer könnte ihm behilflich sein? Hilpert hatte keine Ahnung. Vreeburg kam ihm in den Sinn. Kannte der sich als Holländer in der deutschen Szene aus? Mussten sie überhaupt nach einem Deutschen suchen oder saß der in Belgien oder Rumänien? Letztendlich blieb nur Bardenhagen übrig. Auch wenn er nicht gerade zu den sympathischen Menschen zählte und ihn garantiert lieber von hinten sah, wollte er es mit ihm versuchen. Also rief Hilpert ihn in seiner Not an. Bei dem fing er sich allerdings einen Nasenstüber ein. Nach dem Motto, wie er ausgerechnet auf ihn käme, wenn es darum ginge, einen Bildfälscher ausfindig zu machen. Diese Alternative zerplatzte, bevor er richtig darüber nachgedacht hatte. Ein Anruf an der Uni half ihm ebenso wenig. Selbst im Betrugsdezernat konnte man ihm nicht so recht unter die Arme greifen. Es lagen keine Anzeigen betrogener Käufer vor. Die Namen, die gehandelt wurden, waren entweder nicht aktuell oder die Herrschaften saßen ein oder hatten sich aus dem Geschäft zurückgezogen. Offensichtlich hielt sich die Anzahl kreativer Künstler mit krimineller Energie in relativ engen Grenzen. Vermutlich musste man weit weg von allem Weltlichen sein, entschied man sich, diesem Beruf nachzugehen. Somit kam er in dieser Frage vorerst keinen Millimeter weiter. Sollte er sich darüber mit seiner Kollegin beraten? Sie würde sich freuen, nach einem Künstler suchen zu müssen, von dem sie weder einen Namen parat hatten, noch eine Idee, wie er aussehen könnte, welches Alter oder Geschlecht er hatte, welche Nationalität er besaß oder wo er tätig war. Am besten, sie gaben eine Anzeige auf: *kreativer Bilderfälscher gesucht.* Er grinste über seine Idee, die keine war. Schließlich gab er auf. In Ermangelung besserer Alternativen, verließ er seinen Schreibtisch verhältnismäßig früh. Er erwartete Petra am späten Abend zurück. Sie hatte den Tag in Frankfurt verbracht und wollte den letzten Flieger nehmen. In den vergangenen Wochen hatten sie sich kaum gesehen, da sie ständig unterwegs war. Diesmal sollte sie ihn positiv überraschen. Als er das Appartement betrat, kam sie ihm fröhlich lächelnd entgegen. Sie schlang ihre Arme um seinen Hals und drückte sich an ihn. Mit dem Abendessen musste er sich gedulden. Glücklicherweise verhungerte man nicht so schnell. Seine Askese sollte reichlich belohnt werden. So gesehen konnte er sich zumindest über den Abschluss des Tages nicht beschweren. Leider waren damit ihre mäßigen Ermittlungserfolge nicht vom Tisch.

24

Rudi Vogelsang arbeitete wie besessen oft bis in den Abend hinein. Stimmten die Geschichten über van Gogh, so musste es ihm in seiner letzten Schaffensperiode ähnlich ergangen sein. An manchen Tagen hieß es, sollte er gleich zwei Bilder produziert haben. An diese hohe Produktivität reichte er selbstredend nicht heran. Schließlich musste er sich auf den Arbeitsstil des jeweiligen Künstlers einstellen und durfte da keinen Fehler machen. Aber das war sein geringstes Problem. Ihn zeichnete das Talent aus, geradezu perfekt zu kopieren. Er benötigte wenig Zeit, sich in den Maler hineinzuversetzen. Nach wenigen Stunden ging die Individualität des anderen in seine über. Er wurde zu Macke, zu Dix, zu Beckmann. Und er war van Gogh gewesen. Mit dem Bild hatte er sich ohne Zweifel selbst übertroffen. Der Kopierte hätte es seiner Meinung nach nicht besser gekonnt. Die Tage ohne Alkohol waren für ihn mörderisch gewesen. Doch jede Stunde, die er durchhielt, verstärkte sein Selbstbewusstsein. Jetzt, gut drei Wochen später, hatte er seine Sucht längst nicht besiegt. Die würde ein Leben lang andauern. Mittlerweile verstand er besser mit den Symptomen umzugehen. Wenn es in ihm zu brennen begann und jede Faser seines Körpers nach Alkohol schrie, wusste er, das würde sich irgendwann beruhigen. Das beste Mittel dagegen war Arbeit. Ebenso begriff er, dass es ihn ständig weiter bedrängen würde, dieses Verlangen. Aber er war unbändig entschlossen, dem nicht nachzugeben. Anfangs bot ihm seine Haushälterin, die sich rührend um ihn kümmerte, gelegentlich ein Glas mit Hochprozentigem an. Er war fähig abzulehnen. Und sie verzichtete darauf, sich selbst zu bedienen, zumindest in seiner Anwesenheit. Seinen Geschäftspartnern war klar, dass er im nüchternen Zustand für sie am wertvollsten war.

Mit zittrigen Fingern strich der Maler über die Liste, die seine Aufträge erfasste. Man erwartete von ihm neben den bereits fertiggestellten Bildern ein knappes Dutzend weiterer Fälschungen von sieben Künstlern. Hätte er es gewollt, er wäre damit in gut 15 Wochen fertig geworden. Eine innere Stimme riet ihm, Tempo herauszunehmen. Wer wollte ihm vorschreiben, wie lange er für einen Corinth benötigte? Irgendwann würde man auf ihn verzichten können. Man konnte den Markt nicht mit Fälschungen überschwemmen und hoffen, dass es unbemerkt blieb. Solange seine Auftraggeber auf seine Kreativität angewiesen waren, war er sicher. Konnten die es sich erlauben, ihn am Leben zu lassen, wenn er ausgedient hatte? Ihm wurde flau im Magen, als er sich diese Frage stellte. Jetzt hätte er tatsächlich einen Drink vertragen können. Doch auch dieses Gefühl zog vorbei, ohne dass er ihm nachgab. Wollte er seine Überlebenschancen erhöhen, war es unabdingbar, in allen Lebenslagen einen klaren Kopf zu bewahren.

An diesem Nachmittag suchte ihn der südländische Typ mit den perfekten Deutschkenntnissen auf. Er zeigte sich hochzufrieden mit der bisherigen Ausbeute.

»Sie sind geradezu vom Saulus zum Paulus mutiert«, lobte er den Maler. Er entnahm einer eleganten Ledermappe einen Briefumschlag und reichte ihn Vogelsang. »Darin sind 10.000 Euro. Sollten wir uns weiter auf Sie verlassen können, erhalten Sie pro Bild dieselbe Summe, insgesamt also 200.000 Euro. Außerdem gibt es denselben Betrag nochmals als Prämie, wenn wir durch sind.«

»Heißt das, wir beenden die Aktion, wenn ich die Liste abgearbeitet habe?«

Sein Gegenüber tippte mit dem Zeigefinger gegen die Stirn. »Sind Sie bescheuert? Nein, wir werden eine gewisse Zeit auf Tauchstation gehen und konzentrieren uns dann an einem neuen Standort auf andere Protagonisten. In der Zeit können Sie fleißig üben.«

Die Aussage des Mannes beunruhigte ihn eher, als dass er sich zufrieden zurücklehnte. Die 400.000 Euro, die er erhalten sollte, gingen über ihre Vereinbarung hinaus. Bitter lachte er auf. Sie konnten ihm eine Million zustecken. Stand er auf der Abschussliste, wäre es ein Leichtes für seine sogenannten Partner, wieder an das Geld zu gelangen. Wo wollte er es in diesem Haus aufbewahren, ohne dass sie es finden würden? Es war ein Ding der Unmöglichkeit. Das Haus war ein besseres Gefängnis. Von hier konnte er sich nicht so ohne Weiteres verabschieden. Er legte den Pinsel zur Seite. Der Nolde, den er sich vorgenommen hatte, konnte warten. Er benötigte unbedingt einen Plan B. Unter der Dusche entwickelten sich Konturen einer Idee. Seitdem er in diesem Haus arbeitete, achtete er peinlich auf seine Hygiene und sein Äußeres. Beides wurde für ihn zum Mahnmal seines neuen Lebens. Wilhelmsburg, die zittrigen Hände, die verdreckte Wohnung lagen weit hinter ihm. Dorthin wollte er auf keinen Fall zurück. Gelegentlich schnitt ihm seine attraktive Zugehfrau sogar die Haare. Da sein Haupthaar eher schütter war, konnte sich das Ergebnis durchaus sehen lassen.

Beim Frühstück sprach er die Frau an, die sich so liebevoll um sein Wohlbefinden kümmerte. »Ich habe einen Briefumschlag, den ich gern sicher deponieren möchte.«

»Höre ich da so etwas wie Misstrauen heraus?«, fragte sie ihn mit spöttischem Unterton.

Er hatte sich bislang gefragt, ob sie Mitglied der Fälschergruppe war. Mit dieser Frage enttarnte sie sich zweifelsfrei. Sie gehörte mit zu dem Verein.

Er antwortete ungewöhnlich gelassen. Die Abstinenz gab ihm eine gehörige Portion an Reaktionsvermögen zurück. »Sie wollen mir doch nicht erzählen, dass Sie Ihr gesamtes Erspartes ständig mit sich herumschleppen.«

»Da ist was dran. Ich organisiere das. Haben Sie ein Schließfach?«

»Nein, das müsste ich mir einrichten. Hatte ich bisher Geld in der Tasche, hab ich es versoffen. Da gab's nichts aufzubewahren.«

»Wie steht es mit einem Girokonto?«

»Na ja, da geht die Miete von runter, wenn was drauf ist.«

»Apropos Miete, haben Sie die Vorauszahlungen geleistet?«

»Das muss ich vergessen haben. Ich sollte das nachholen.«

»Bei welcher Bank haben Sie Ihr Konto?«

»Wo schon? Bei der Haspa.«

»Ich komme kurzfristig auf Sie zu.«

Zu seinem Erstaunen lief alles wie geschnitten Brot. Am nächsten Vormittag ging es mit seinem südländisch aussehenden Partner zu seinem ehemaligen Wohnviertel. In seiner Bankfiliale regelte Vogelsang die Mietvorauszahlungen und richtete ein Schließfach ein. Erstmals seit Jahren registrierte er ein dickes Plus auf seinem Konto. Er spürte, dass die Leute hinter dem Schalter völlig anders auf ihn reagierten, als in den Zeiten seiner Trunksucht. Dachte er an seine rot unterlaufenen Augen, seine wirren Haare, seinen alkoholdurchtränkten Atem, verstand er sein Umfeld besser. Schaute er heute in den Spiegel, starrte ihm zwar nicht Richard Gere entgegen, sondern eher ein halbwegs gepflegter Mensch, der seinem Gegenüber keine Alkoholfahne entgegenschleuderte und nicht nach vergessener Morgentoilette roch. Er widerstand dem Angebot seines Begleiters auf ein Bier. Vielmehr gab er sich mit einem Kaffee zufrieden. Sein drängendstes Problem hatte er aus der Welt geschafft. Es zog ihn zurück ins Atelier zu seinen Bildern. Seine Bedenken waren gegenstandslos geworden. Sie fuhren in gelöster Stimmung zurück. Der eine war zufrieden, weil seine Skepsis anscheinend unbegründet war, der andere wusste neben sich einen begabten Fälscher, der augenscheinlich in seiner größten Schaffensphase war.

Am Nachmittag fuhr Vogelsangs Begleiter zurück nach Hamburg. Befriedigt hatte er registriert, mit welcher Energie sich der Maler wieder an seine Arbeit begab. Wie war es zu dieser Metamorphose gekommen? Er war sich unsicher, begriff aber, dass ihnen diese Entwicklung voll in die Karten spielte. Vogelsang ließ ein Talent aufblitzen, das ihn deutlich von einem reinen Plagiator unterschied. Er verrichtete seine Arbeit perfekt. Die Ängste, seine zittrigen Finger könnten ein Bild verderben, waren bedeutungslos geworden.

Er traf sich mit seinem Partner in der Innenstadt. Entspannt gingen sie die Mönckebergstraße Richtung Spitaler Straße hoch. Sie unterhielten sich angeregt. Jetzt nach 17 Uhr verschluckten sie die Menschen, die noch Einkäufe zu tätigen hatten oder aus den Geschäften stürmten, um endlich nach Hause zu kommen. Selbst wenn irgendjemand sie beobachtete, ihr Verhalten war völlig unverdächtig. Das galt allerdings weniger für ihre Gesprächsthemen.

»Und du bist sicher, Vogelsang hält den Stress durch und wird liefern?«

»Komm vorbei und schau dir an, was der Junge auf die Beine gestellt hat und das in affenartiger Geschwindigkeit. Ich bin wahrlich kein Spezialist in Sachen Malerei. Doch das ist beeindruckend. Seitdem der nicht mehr trinkt, ist er nicht zu stoppen.«

»Hattest du ihm angeboten, mit ihm in seine Stammkneipe zu gehen?«

»Ja, wie besprochen. Er hat abgelehnt. Wir sind zusammen einen Kaffee trinken gegangen.«

»Kaum zu glauben, so viel Willenskraft hätte ich dem nicht zugetraut. Glaub mir, der kann bis in die Puppen produzieren. Interessenten gibt es wie Sand am Meer.«

»Warum verkaufen wir nur außerhalb Hamburgs? Ich finde das ziemlich aufwendig.«

»Ganz einfach, ich will verhindern, dass sich irgendwelche Spacken im Übersee-Club treffen und über ihre Schnäppchen quatschen. Eins, zwei, drei sind die Bullen bei uns. Unterschätz die nicht. Dieser Hilpert ist nicht ohne und der hat ein paar clevere Typen um sich geschart.«

»Du meinst nicht, etwas übervorsichtig zu sein?«

»Und wenn schon, wenigstens schadet es nicht. Gerade jetzt dürfen wir keinen Fehler machen.«

»Da hast du wieder recht. Wenn Vogelsang die letzten Bilder fertiggestellt hat, willst du dann wirklich eine kreative Pause einlegen?«

»Ich halte ein, zwei Jahre für angebracht. Die Morde haben zu viel Staub aufgewirbelt. Dieser Hilpert und seine Leute wieseln überall herum. Irgendwann stellt der die richtigen Fragen und kommt in unsere Nähe.«

»Es wäre besser gewesen, wir hätten darauf verzichten können, die beiden umzulegen.«

»Ohne Frage, aber es war unbedingt nötig, sie aus dem Verkehr zu ziehen. Sie stellten eine massive Bedrohung für uns dar. Und mit dem Geld, das wir bisher eingenommen haben und mit den weiteren Erlösen können wir hervorragend leben. Wir gehen auf Tauchstation und schlagen später zu. Danach lassen wir uns irgendwo in Kalifornien oder Florida nieder und genießen den Tag. Die USA sind perfekt zum Leben. Du musst nur genug Kohle haben.«

»Was machen wir während der Zeit mit unserem Künstler?«

»Bleibt er trocken, richten wir ihm ein Atelier in der Toscana ein. Dort kann er vorarbeiten, bis ihm die Hände abfallen. Vermutlich wird der noch besser, wenn wir ihm den Zeitdruck nehmen.«

»Und wenn er erneut anfängt zu trinken?«

»Dann kommt es auf einen Toten mehr oder weniger auch nicht an. Oder hast du 'ne bessere Idee?«

»Wer malt dann für uns?«

»Das lass meine Sorge sein. Vogelsang ist nicht der einzige Maler auf dieser Welt, der das Talent zum Fälscher hat. Andererseits ist er gut. Somit wäre es besser für alle Beteiligten, wenn er sich weiter am Riemen reißen würde.«

»Okay, was fangen wir mit Sibelius an? Der Mann ist nicht zu unterschätzen.«

»Er ist eine große Gefahr für uns, er weiß zu viel. Eigentlich muss er weg. Es sei denn ...« Er blieb stehen und schien nachzudenken. Offensichtlich war ihm ein Einfall gekommen. »Ich kau da auf 'ner Sache rum. Alles Scheiße, egal, wie ich die Dinge betrachte, ich komme ständig zu anderen Ergebnissen.«

»Wo drückt dich der Schuh? Nun spuck's endlich aus.«

»Das ist alles noch unausgegoren. Ich habe selbst keine Ahnung, wo ich hinwill. Verlass dich darauf, ich sage dir früh genug Bescheid, wenn ich mit allem durch bin. Zu viel Wissen ist manchmal schädlich.«

»Du wirst es schon richten. Sollte ich helfen können, informiere mich. Du kannst auf mich zählen.«

»Ich weiß. Aber da muss ich vorerst alleine durch.«

Sie trennten sich auf Höhe des Hauptbahnhofs. Der Wortführer blieb stehen, während sein Gesprächspartner den Weg zurückging, den sie gekommen waren.

»Sibelius«, murmelte er, »was fange ich mit dir an?«

Er überquerte die Straße und wandte sich den Taxis zu, die links vom Haupteingang auf ihre Kunden warteten. Er brauchte Ruhe. Das Gewusel in der belebten Einkaufsstraße und um den Hauptbahnhof herum, begann ihn nervös zu machen. Eine Viertelstunde später betrat er seine kleine Wohnung in der Königsreihe. Unweit des jüdischen Friedhofs hatte er sie als zweiten Standort angemietet, der nur wenigen engen Gefolgsleuten bekannt war. Hier hatte er seine Rückzugsgelegenheit und konnte in aller Gelassenheit nachdenken.

Nervös biss er auf seinem Daumennagel herum. Er war sicher, dass sein Plan, Sibelius zu beseitigen, funktionieren könnte. Unsicher war er sich allerdings, ob dies tatsächlich ein guter Gedanke war. Mit dem Mann hätte er einen Sparringspartner, dessen kriminelle Energie ebenso zu ihnen passte wie seine Kontakte in die Wirtschaft. Er hatte in ihm die Idee belebt, den falschen van Gogh zu Geld zu machen - zu viel Geld. Es mussten nur ein paar Kurskorrekturen vorgenommen werden. Nach wie vor stand er zu seinem Konzept, Künstler der zweiten und dritten Reihe zu fälschen. Sie hatten national wie international einen ordentlichen Stellenwert. Ohne mit der Wimper zu zucken wurde für sie im siebenstelligen Bereich gezahlt. Andererseits lief man nicht gleich Gefahr, dass die internationale Kunstwelt aus den Fugen geriet, gelangte das Wissen um eines dieser Bilder an die Öffentlichkeit. Trotzdem reichten die Erlöse nicht annähernd an die Größenordnung heran, die ein van Gogh erwarten ließ. Um ihre finanziellen Ziele zu erreichen, mussten sie noch manches Bild unter die sogenannten Kunstkenner bringen. Hierfür benötigten sie diverse Fälschungen aus Vogelsangs Hand. Die erforderliche hohe Frequenz war hingegen ein gehöriger Risikofaktor. Sie liefen Gefahr aufzulaufen, lange bevor sie das rettende Ufer erreicht hatten. Ein einziges Bild konnte sie auf den Olymp schießen oder es vernichtete sie. Er musste einen klaren Kopf bekommen. In seiner Wohnung würde ihn der alles entscheidende Geistesblitz nicht erreichen. Außerdem war er hungrig. Er machte sich auf den Weg in die Wandsbeker Marktstraße. Bei Jim Block wollte er sich ein ordentliches Steak und ein frisch gezapftes Bier gönnen. Vielleicht entspannte er sich auf diesem Weg. Sollte er sich irren, hatte er zumindest die Aussicht auf einen netten Abschluss des Tages. Der gedämpfte Lärmpegel des gut gefüllten Restaurants tat ihm inzwischen gut. Die Hektik, die ihn in der Einkaufsstraße erfasst hatte, war von ihm abgefallen wie der Kokon von der Raupe. Er spürte, wie er lockerer wurde. Während des zweiten Glases Bier verfestigten sich die Konturen seines Plans. Je länger er darüber nachdachte, desto besser gefiel er ihm. Er zahlte und gab ein großzügiges Trinkgeld. Er musste unbedingt telefonieren.

25

Sibelius fühlte sich, als habe er an diesem Tag einen Drogencocktail genommen. Am nächsten Abend sollte ihm der van Gogh übergeben werden. Sein neuer Geschäftspartner hatte ihn auf dem Prepaidhandy erreicht, das er ihm erst vor Kurzem empfohlen hatte. Gelegentlich musste man mit lieb gewordenen Vorsätzen brechen. Er hatte auf ganzer Linie gewonnen. Vorsichtshalber beorderte er seine beiden Leibwächter für diesen Tag zu sich. Nicht, dass man ihn in Sicherheit wiegte und er zum Opfer seiner Euphorie wurde. Er kannte seine neuen Partner nicht persönlich. Aber er wusste, sie handelten konsequent und verzichteten darauf, groß nachzufragen. Er zog die mittlere Schublade seines Schreibtisches auf, griff hinein und umfasste einen Revolver. Er besaß den kurzläufigen 38er Browning seit er denken konnte. In jungen Jahren war er damit gelegentlich in den Sachsenwald gefahren und hatte sich an Schießübungen versucht. Er war ein mäßiger Schütze und gab die Versuche recht bald auf, wie Billy the Kid aus der Hüfte schießen zu können. Er säuberte die Waffe gelegentlich und wienerte sie mit einem weichen Tuch, bevor er sie einölte und zurücklegte. Zuweilen spielte er damit wie ein Junge, nahm ein virtuelles Ziel ins Visier und zog den Abzug des ungeladenen Revolvers durch. Selbst das unterblieb schließlich. Die letzten Jahre hatte er wenig Gedanken darauf verwendet. Wieder fasste er mit der Hand in die Schublade und entnahm einen kleinen Pappkarton mit Munition. Er lud die Trommel und sicherte den Revolver. Er wäre nicht der Erste, der sich durch unsachgemäßen Waffengebrauch ins Knie geschossen hätte. Mochte sein neuer Geschäftspartner kommen, er war gewappnet. Den Konsul hatte er bereits darüber informiert, dass ihr Geschäft wohl in zwei Tagen abgewickelt werden könnte. Probleme waren keine zu erwarten. Zu sehr war er von der Macht des Geldes überzeugt. Schon bald durfte er groß abkassieren. Sie mussten lediglich die Frage der Übergabe klären. Dazu hatte sich sein neuer Partner noch nicht geäußert. Er wusste, er war mehrere Tage überwacht worden. Aber nach knapp einer Woche fielen Sibelius oder seinen Leibwächtern keine Fremden mehr in ihrer Umgebung auf. Es sei denn, die eingesetzten Beamten hatten es gelernt, sich unsichtbar zu machen. Daran wollte er eher nicht glauben. Nach mehreren Tests war ihm klar geworden, dass man ihn zufriedenließ und auch nicht verfolgte. Waren die Verdachtsmomente gegen ihn zu vage oder war die Personaldecke der Polizei zu dünn? Wahrscheinlich traf beides zu. Er sollte mit seiner Vermutung richtigliegen. Noch am selben Abend erreichte Sibelius ein weiterer Anruf. Sie verabredeten sich für den nächsten Tag, 22 Uhr an der Autobahnraststätte Stillhorn an der A1 in Richtung Hamburg.

»Und wie erkenne ich Sie?«, fragte er.

»Ich fahre einen Golf, älteres Baujahr. Ich lasse die Scheinwerfer an. Das dürfte reichen. Seien Sie vorsichtig, dass Sie nicht verfolgt werden. Brechen Sie die Aktion ab, sollten Sie ein ungutes Gefühl haben. Ich weiß Sie zu erreichen. Dann treffen wir uns zu einem anderen Zeitpunkt an einem anderen Ort. Wir stehen nicht unter Zeitdruck. Niemand hetzt uns.«

Hilpert dachte angespannt nach. Der Mordfall Obal erschien ihm wie ein fester Kuchenteig, in den man unbedingt Milch schütten musste, um ihn ordentlich umrühren zu können. Nur, woher nehmen und nicht stehlen? Nach wie vor fehlten ihnen Ansatzpunkte, um an den Namen des Künstlers zu gelangen, der für die Plagiate verantwortlich zeichnete. Entnervt wollte er den Tag beenden, als ihn am frühen Abend ein Anruf von Dr. Wellner erreichte. Euphorisch erhob der Kommissar seine Stimme. »Der Konsul soll übermorgen den van Gogh übernehmen? Das ist ja großartig! Da bekommen wir Sibelius endlich zu fassen. Der wird uns mit Sicherheit seine Hintermänner verraten, wenn wir ihn in die Enge treiben können. Der ist viel zu alt, als dass er im Gefängnis vertrocknen will. Der gäbe einen perfekten Kronzeugen ab.«

Endlich kam Bewegung in den Fall. Machten sie keine Fehler, würden sie kurzfristig die Mörder zwischen die Finger bekommen. Danach wäre die Suche nach dem Kunstmaler eher zweitrangig. Aller Voraussicht nach war der eh nur ein Mitläufer, wenngleich ein wichtiger. Garantiert war er nicht ihr Mörder. Am selben Abend organisierte sich Hilpert ein Team, das ihm am übernächsten Tag zur Verfügung stehen sollte. Er bat Claudia Ernst zu sich und gab ihr den Auftrag, sich tagsüber in der Nähe von Sibelius' Haus aufzuhalten. Die Erfahrung zeigte, dass eine

Frau zumeist weniger auffiel als ein Mann, der sich bemühte, unauffällig auszusehen. Viele seiner Kollegen wurden schon auf 20 Meter Distanz identifiziert, gleichgültig, ob sie als Handwerker, als Mitarbeiter der Stadtwerke durch die Straßen gingen oder Zeitungen austrugen. Alles in allem war er zufrieden. Unterm Strich endete der Arbeitstag besser, als er sich angekündigt hatte. Man durfte halt nicht aufgeben. Hoffentlich klappte ihre Observation. Leute wie Sibelius hatten einen Riecher für Abweichungen von der Norm entwickelt. Ähnlich wie er misstrauten sie Zufällen oder ungeplanten Veränderungen. Und das aus gutem Grund. Straßen wurden selten ohne Vorankündigung aufgerissen. Der unauffällige Van vor der Haustür machte gerade in den besseren Wohngegenden wenig Sinn.

Hilpert brütete am darauffolgenden Morgen bereits früh hinter seinem Schreibtisch über ihre Aktion. Sie wollte durchdacht sein. Er war sich sicher, dass die Bildübergabe an Sibelius noch nicht stattgefunden hatte. Dieser konnte sich nicht erlauben, das Objekt zu lange bei sich aufzubewahren. Dazu war er zu sehr in ihrem Fokus. Da der Termin mit dem Konsul in seinen Räumlichkeiten verabredet war, musste er das Gemälde wohl oder übel in die Hallerstraße schaffen. Ihre wichtigste Frage war, ob sie Sibelius folgen sollten, wenn er das Haus verließ. Dieser alte Hase würde kein Risiko eingehen, sollte er Verfolger wahrnehmen. Vermutlich gäbe es eine Stadtrundfahrt im Dunkeln und eine abgebrochene Übergabe. Das würde man so lange wiederholen, bis sich für Hilpert keine Kollegen mehr zur Überwachung fanden. Also drückte er voll die Risikotaste und verzichtete darauf, Sibelius verfolgen zu lassen, sollte er sein Haus verlassen. Er musste zurückkommen und zwar mit dem Bild. Letztlich konnte er nur hoffen, dass seine Überlegungen nicht in die verkehrte Richtung gingen. Selbst wenn Sibelius den Begutachtungstermin mit dem Konsul abändern und das Bild vorerst an anderer Stelle zwischenlagerte, musste er irgendwann den Vorhang öffnen. Solange der Konsul mitspielte, konnten sie die Entwicklung eher gelassen zur Kenntnis nehmen. Vorsorglich hatte er einen Kollegen als dessen Chauffeur abgestellt, sollte ein kurzfristiger Standortwechsel anberaumt werden.

Am Nachmittag saß ihm eine ältere Dame gegenüber. Sie war Mitte siebzig, kam aber flott daher. Sie trug eine helle Bluse über einer Jeans und Turnschuhe. Hätte die Zeit nicht ihre Runen ins Gesicht der Frau geschnitten, sie wäre gut und gern 10 Jahre jünger durchgegangen.

»Mein Name ist Doris Hansen«, stellte sie sich vor. »Ich stamme aus Wilhelmsburg. Ich lebe dort seit über 40 Jahren.«

»Ich verstehe«, antwortete Hilpert entspannt. Er hatte die Frau zu sich heraufgelassen, weil sie ihn von der geplanten Aktion ablenken sollte. Sie hatten hoffentlich alle Eventualitäten durchdacht. Er begann damit, sich im Kreis zu drehen. Erfahrungsgemäß brachte das einen nicht wirklich weiter. Vor allem begann man jede Entscheidung zu hinterfragen und wusste am Ende nicht mehr, was richtig oder falsch war. Gleich würde ihm Frau Hansen über einen Anwohner berichten, der nachts die Katzen der Nachbarn malträtierte oder zu laute Musik spielte.

»Also eigentlich geht es nicht um mich, sondern eher um meinen Nachbarn über mir«, fuhr sie fort. »Der ist Kunstmaler, müssen Sie wissen.«

War Hilpert bislang eher gelangweilt auf die Frau eingegangen, gingen in seinem Kopf alle Lichter an. Nun verstand er besser, weshalb die Vermisstenstelle an ihn gedacht hatte. Nicht überall im Präsidium wurde vernetzt gedacht. Gelegentlich hatte man Glück.

»Was hat es denn mit ihm auf sich?«, fragte er ruhig. Jetzt durfte er sie nicht aus dem Rhythmus bringen.

Sie blieb die Gelassenheit in Person. Das Umfeld schien sie nicht zu beeindrucken. »Herr Vogelsang ist verschwunden.« Sie griff in die Tiefe ihrer Hängetasche und zog einen Briefumschlag heraus. »Das hat er mir vor geraumer Zeit in den Briefkasten gesteckt.«

Hilpert entnahm dem Umschlag ein Blatt Papier. Darauf war eine Reihe an Namen mit Titeln vermerkt. Es handelte sich um bekannte deutsche Maler. »Emil Nolde, ›Frau mit Armreif‹«, las er laut vor.

Offensichtlich hielt er Titel von Bildern dieser Künstler in der Hand. Interpretierte er die kurzen Zeilen des Verschwundenen korrekt, so hatte das Blatt Papier eine besondere Bedeutung. Er würde es prüfen lassen.

»Dieser Vogelsang, wie lange ist er jetzt weg?«

»Genau kann ich das nicht sagen. Ich schätze mal drei, vier, vielleicht fünf Wochen.«

»Was für ein Mensch ist er?«

»Normalerweise ist er zurückhaltend und tut niemandem etwas. Leider trinkt er gelegentlich. Da kann es durchaus mal passieren, dass er seinen Schlüssel nicht ins Schloss bekommt. Dann klingelt er spätabends die Nachbarn raus, damit ihm jemand die Haustür öffnet. Sonst bekommt man nichts von ihm mit.«

»Hat er viele Freunde oder Bekannte? Wie sieht es mit Verwandten aus?«

»Bis auf einen südländisch aussehenden jungen Mann besuchte ihn niemand. Halt, das stimmt nicht ganz. Zwischendurch kam ein Herr um die 40 bei ihm vorbei. Aber das endete von einem auf den anderen Tag.«

Hilpert war hellhörig geworden. Er griff in den Unterlagenstapel neben sich, bis er fand, was er suchte. Er entnahm einer Mappe ein Foto von Professor Obal. »Handelte es sich möglicherweise um diesen Mann?«

Umständlich setzte sie eine Lesebrille auf und blickte kurz auf das Bild. »Genau, das ist er. Hätte ich gar nicht zu kommen brauchen? Wissen Sie schon alles?«

Er widersprach vehement: »Gute Frau, Sie haben uns gerade Namen und Adresse des Mannes genannt, nach dem wir seit mehreren Wochen erfolglos fahnden.«

»Was hat er denn verbrochen?«

»Nichts, er wird als Zeuge gesucht«, umging er eine korrekte Antwort.

»Na dann ist ja alles in Ordnung. Irgendwie mag ich ihn.«

»Sind Sie mit ihm befreundet oder weshalb hat er gerade Ihnen den Zettel in den Briefkasten geworfen?«

»Das kann man so nicht behaupten. Dafür haben wir uns zu selten gesehen. Aber er hat für mich ein Bild von meiner verstorbenen Katze gemalt. Das ist so natürlich. Man möchte meinen, sie lebt. 50 Euro habe ich ihm dafür geben müssen. Da kann man wirklich nicht meckern.«

»Sie sagten, er habe gelegentlich getrunken?«

»Gelegentlich ist untertrieben. Der ist selten gerade gegangen.«

»Sie meinen, er ist Alkoholiker?«

»Ich bin keine Ärztin, aber wenn man ihn gesehen hat, war nicht viel los mit ihm. Dass der so fantastisch malen kann, darauf muss man erst mal kommen.« Sie unterbrach sich. »Das stimmt nicht ganz. Die letzten Wochen vor seinem Verschwinden kam er mir verändert vor. Ich meine, er war nüchtern. Seine Kleidung war ordentlicher als sonst, seine Haare hingen nicht mehr in Strähnen herunter.«

»Sie haben nicht zufällig einen Wohnungsschlüssel von Herrn Vogelsang?«

Sie schüttelte den Kopf. »Nein, so gut kannten wir uns nicht.«

Er gab der älteren Frau noch die Gelegenheit, über ihre neue Katze zu berichten, die nun ihr Leben bereicherte. Zehn Minuten später erlöste ihn glücklicherweise das Telefon. Er schob einen wichtigen Termin vor und verabschiedete sich von ihr. Innerhalb einer Stunde erwirkte er einen Durchsuchungsbeschluss für die Wohnung des Malers. Sie sollten enttäuscht werden. Sie fanden ein Wohnzimmer vor, das mehr oder weniger als Atelier genutzt wurde. Sie entdeckten tatsächlich die typischen Flachmänner an Stellen, wo man sie nicht erwartete. Offensichtlich bevorzugte der Mieter Wodka. Alles in allem war die Wohnung ordentlich in Schuss. Seiner Erfahrung nach befanden sich die Unterkünfte von Alkoholikern zumeist in einem weitaus schlechteren Zustand. Vielleicht war der Künstler nicht ganz an der Talsohle seiner Existenz angelangt und die alte Dame hatte recht, als sie davon berichtete, dass er wohl das Trinken eingestellt hatte. Durch Hilperts Kopf gingen diverse Gedanken. Vor wem versteckte er die Flaschen mit dem Alkohol? Garantiert nicht vor sich selber. Es gab keine Mitbewohner, die sich über sein Trinkverhalten hätten aufregen können. Nach Aussage der Nachbarin lebte er allein.

»Der Auftraggeber!«, sprach er zu sich selbst. »Dem musste er vermutlich die Rolle des trockenen Künstlers vorspielen.«

Die nette Dame hatte von einem südländisch wirkenden Mann gesprochen. Steckte der möglicherweise hinter allem? Der Kommissar war bereits im Gehen, als ihm auffiel, dass etwas fehlte, was man gemeinhin in einem Maleratelier erwartete. Nirgendwo hatte er angefangene Bilder entdeckt. Bis auf eine Handvoll älterer Exponate stieß er nur auf die Spuren der Arbeit des Künstlers, aber nicht auf dessen Ergebnisse. Es musste gewichtige Gründe geben, sie mitzunehmen. Und Hilpert glaubte den Grund dafür zu kennen. Auf einer Art Kommode lagen mehrere unsortierte Kontoauszüge von der Haspa herum, ausgestellt auf den Namen Vogelsang. Der kleine Habensaldo ließ darauf schließen, dass er bisher wohl kaum fette Beute gemacht haben konnte. Wer drückte einem Alkoholiker schon größere Geldbeträge in die Hand, wenn er etwas von ihm wollte?

Vor der Haustür entdeckte er nur wenige Dutzend Meter entfernt eine Filiale von Vogelsangs Bank. Vielleicht erreichte er etwas ohne richterlichen Bescheid. Hier sollte er irren. Das Einzige, was er in Erfahrung brachte, war, dass der Künstler erst am Vortag eine größere Geldsumme auf sein Konto eingezahlt habe. Folglich lebte er noch. Und dass er für seine Verhältnisse gepflegt aussah. Vor allem habe er nicht nach Alkohol gerochen. Dies deckte sich mit dem Zustand der Wohnung. Auf dem Weg zurück in die Innenstadt war für ihn klar, dass Vogelsang einen Tapetenwechsel vorgenommen hatte. Aber nichts deutete darauf hin, dass dies gegen seinen Willen geschehen war. Er verstand die Organisatoren der Verbrechen. Ein Alkoholiker bildete eine ständige Gefahrenquelle. Solch ein Mensch musste unter Beobachtung gestellt werden, war man auf ihn angewiesen. Das Problem hatten sie anscheinend sauber gelöst. Man musste den Bildfälschern zugestehen, sie arbeiteten strikt rational. Hilpert begriff einmal mehr, dass es schwer werden würde, sie zu überführen. Trotzdem blieb er optimistisch. Am nächsten Tag wollte Sibelius einen gefälschten van Gogh an den Mann bringen, an dem allem Anschein nach Blut klebte. Er hoffte, seine Kollegin behielt ihn im Auge. Voraussichtlich würde heute die Übergabe des Bildes an ihn erfolgen.

Claudia Ernst stand sich entweder die Beine in den Bauch oder machte sich auf dem Vordersitz ihres Wagens klein, damit man nicht auf sie aufmerksam wurde. Sie hatte etwa 20 Meter vor Sibelius' Haus einen Parkplatz erobert, von dem aus sie eine gute Sicht auf das Zielobjekt hatte. Trotzdem war sie längst entdeckt worden. Sibelius grinste in ihre Richtung, als er einen der Kanter-Brüder zu sich beorderte. »Wenn wir nachher losfahren, setzen Sie sich mit Ihrem Motorrad an ihre Hinterräder, sollte sie uns folgen. Irgendwann müssen Sie sie ausbremsen, dass wir uns absetzen können. Wie Sie das machen, ist mir egal. Das gibt ein paar Hunderter extra.«

Der Bodyguard nickte. »Ich hätte da eine Idee. Die kann allerdings etwas teurer werden, sollte mein Motorrad dabei beschädigt werden.«

»Keine Angst, das bekommen wir geregelt. Für gute Ideen, die was taugen, gibt es gutes Geld.«

Als Sibelius' Limousine aus der Tiefgarage gemächlich auf die Straße rollte, war Claudia so konzentriert nach vorne orientiert, dass ihr der Motorradfahrer, der sich hinter ihr aufhielt, nicht weiter auffiel. Sie hatte zwar Order, Sibelius nicht zu folgen, setzte sich aber darüber hinweg. In ihr begann sich das Jagdfieber breitzumachen. Der Erfolg heilte alle Übertretungen. Entschlossen betätigte sie den Blinker und hängte sich an die Limousine dran. Kurz bevor sie Sibelius in die Rothenbaumchaussee folgen konnte, setzte sich das Motorrad vor sie und bremste sie abrupt aus. Claudia schaffte es gerade noch, ihren Wagen zum Stehen zu bringen - glaubte sie. Offensichtlich schien es doch eine Berührung gegeben zu haben. Wie in Zeitlupe stürzte der Motorradfahrer direkt vor ihren Kühler. Fluchend stellte sie den Motor ab und stieg aus. Soweit sie es beurteilen konnte, waren Motorrad und Fahrer unbeschädigt geblieben. Trotzdem überschüttete er sie mit einer Schimpftirade und ließ sie nicht zu Wort kommen. Als sie sich endlich mit ihm geeinigt hatte, war Sibelius auf und davon. Wütend meldete sie sich bei Hilpert und berichtete von dem Vorfall.

»Die haben dich identifiziert und sehr elegant aus dem Verkehr gezogen«, reagierte er gefasst. »Fragt sich nur, was das für Konsequenzen haben wird. Es wäre besser gewesen, du hättest nicht versucht, ihn zu verfolgen.«

Sie verstand nur die Hälfte. »Wie meinst du das?«

»Nun, es ist zu befürchten, dass Sibelius das Bild nicht in sein Privathaus bringen wird, sollte er es heute Abend übernehmen. Jetzt ist er vorgewarnt.«

»Das sehe ich anders«, widersprach sie. »Egal, ob echt oder gefälscht, der wird seinen geliebten van Gogh nicht unbeaufsichtigt in irgendeiner Absteige deponieren. Schließlich geht es für ihn um einen Megadeal.«

»Hoffen wir, dass du mit deiner Annahme richtigliegst.« Er legte eine kleine Kunstpause ein, bevor er weitersprach: »Zumindest hat er sich mit diesem Konsul an dessen Adresse in der Hallerstraße verabredet. Er wird einen Weg finden, das Bild unterzubringen. Daran müssen wir glauben. Ansonsten können wir uns gehackt legen.« Er versuchte, das Beste aus der Situation zu machen. »Hast du dir den Namen des Motorradfahrers notiert?«

»Leider nicht. Ich war so froh, dass nichts weiter passiert war und er keine Forderungen an mich stellte. Du meinst, das war eine getürkte Angelegenheit?«

»Nennen wir es eine pfiffige Idee, um eventuelle Verfolger abzuschütteln.«

»Und was machen wir nun?«

»Ich komme mit Stange zu dir herüber. Am besten, du stellst deinen Wagen in einer Parallelstraße ab. Bloß keinen neuen Verdacht aufkommen lassen. Sibelius ist ein Gewohnheitstier. Der kommt irgendwann zurück in seine Wohnung. Mit etwas Glück bringt er das Bild mit.«

»Das wollen wir mal hoffen.«

»Wir treffen uns vor Sibelius' Haus.«

Angesäuert legte er auf. Hoffentlich hatte Claudia nicht alles in die Grütze geritten. Zuweilen war sie unbelehrbar. So sehr er ihr Selbstbewusstsein schätzte, auch mal alleine etwas zu unternehmen, so sehr verärgerten ihn ihre Alleingänge, wenn sie seine filigrane Planung wie in diesem Fall gefährdeten. Es waren genau die Details, an denen komplizierte Konstrukte scheiterten.

26

Sibelius erhaschte einen kurzen Blick auf den stürzenden Kanter. Der Mann war gescheiter, als er erwartet hatte. Grinsend wandte er sich an seinen Fahrer. »Gute Idee von Ihrem Bruder. Das gibt 'ne ordentliche Extraprämie. Die Dame sind wir wenigstens los. Jetzt ab Richtung Elbbrücken.«

»Sie meinen, die ist ein Bulle?«

»Keine Ahnung. Zumindest gehört sie nicht zu unseren Fans. Das reicht mir bereits.«

Spätestens als sie durch den Wallringtunnel fuhren, wussten sie, dass sie nicht verfolgt wurden. Entspannt lehnte er sich in seinem Sitz zurück. »Wir sind hervorragend in der Zeit.«

Ein Blick auf seine Armbanduhr verriet ihm, dass sie fast 20 Minuten zu früh auf der Autobahnraststätte angekommen waren. An diesem Abend war dort relativ wenig Bewegung zu registrieren. In den wartenden Lastern schliefen die Fahrer. Der Zustrom auf den Parkplatz war langsam abgeebbt. Tatsächlich fielen Sibelius die eingeschalteten Scheinwerfer eines einsamen Golfs auf den nahezu leeren Pkw-Stellplätzen ins Auge. Er wies Kanter an, neben dem Fahrzeug zu parken. Er blickte zur Seite, entdeckte allerdings niemanden, bis er einen Schatten wahrnahm, der aus einem der Büsche auf sie zu huschte. Sie stiegen aus.

Sibelius sprach die dunkle Person an. »Sie sind mein Date?«

»Könnte man so sagen.«

»Haben Sie das Bild dabei?«

»Es liegt im Kofferraum. Ich übergebe es allein an Sie. Ihr Fahrer kann sich ein paar Meter entfernt von hier absetzen. Niemand soll mich identifizieren können.«

»Aber ich weiß, wer Sie sind.«

»Das reicht mir allemal.«

»Einverstanden. Mein Begleiter wird Sie kurz nach Waffen durchsuchen und einen Blick in den Kofferraum werfen.«

»Okay, er soll zu mir herauskommen.«

Kanter ging gelassen auf die dunkle Person zu. Bevor er reagieren konnte, traf ihn ein furchtbarer Schlag ins Genick. Sibelius kam nicht dazu, seinen Revolver zu ziehen. Der Unbekannte riss seine Wagentür auf und setzte ihm ein Messer an die Kehle.

Mit der linken Hand reichte er ihm einen Plastikbeutel.

»Sie haben garantiert eine Waffe dabei. Stecken Sie sie vorsichtig dort hinein. Machen Sie keine Scheiße! Es würde mir großes Vergnügen bereiten, sie abzustechen. Damit wäre ich Sie für alle Tage los.«

Folgsam gehorchte er. Für den Versuch, Widerstand zu leisten, war er zu alt, sah man davon ab, dass seine Karten ausgesprochen schlecht standen. Der Angreifer nahm den Plastikbeutel mit der Pistole an sich und steckte ihn in seine Jackentasche. »Rauskommen.«

Er führte Sibelius an den Kofferraum und öffnete den Deckel.

Zu seinem Erstaunen entdeckte der Immobilienhai ein in Packpapier eingeschlagenes Bild. »Hören Sie genau hin, Sibelius. Sie nehmen das Gemälde und rufen mich morgen im Verlauf des Vormittags über das Handy an. Nicht mehr heute Nacht. Sie werden mir genau berichten, was passiert ist.«

»Wie darf ich das verstehen?«

»Sie werden mehr kapieren, wenn Sie tun, was ich sage. Es gibt keine einfachen großen Geschäfte. Das sollten Sie in Ihrem Alter wissen. Sacken Sie Ihren Bodyguard ein und fahren zurück nach Hause.«

»Sie wollen mich nicht umlegen?«

»Wie käme ich darauf. Wir denken doch über eine Zusammenarbeit nach. Nur eines: Ich gebe den Ton an, niemand sonst! Sie sehen ja, wie schnell ich Ihren Bodyguard ausschalten konnte.«

»Keine Angst, ich habe meine Lektion kapiert.«

»Umso besser, man ist nie zu alt, um was dazuzulernen.«

»Ist es nicht riskant, mit dem Bild nach Hause zu fahren?«

»Tun Sie genau, was ich Ihnen gesagt habe, und versuchen Sie nicht, etwas verstehen zu wollen. Ich weiß, was ich tue, und überlasse nichts dem Zufall.«

Wenig später verließ ihn sein Geschäftspartner in dem altersschwachen Golf. Sibelius verzichtete darauf, sich dessen Nummer zu notieren. Vielmehr begriff er, mehr als nur Glück gehabt zu haben. Unwillkürlich fasste er an seinen Hals. Er war unverletzt. Kanters Stöhnen holte ihn in die Realität zurück. Er half ihm auf und gab ihm Order, auf dem Beifahrersitz Platz zu nehmen. Zu so später Stunde hatte er keine Probleme, selbst zu fahren. Seine Augen waren für sein Alter ganz vorzüglich. Er startete den Motor und wandte sich an seinen Mitfahrer. »Nun, wie geht es Ihnen?«

»Alles im grünen Bereich. Glücklicherweise hat er mir nicht auf den Kopf geschlagen. Mein Nacken ist geschwollen.«

»Dann ist ja alles gut.«

Auf der Rückfahrt fragte er sich, worauf der clevere Mann, den er gerade getroffen hatte, hinauswollte. Ließ er ihn ins offene Messer laufen? Aber damit schnitt er sich nur ins eigene Fleisch. Die Antwort bekam er früher als erwartet. Vor der Einfahrt zu seiner Tiefgarage traf er auf Hilpert, einen Kollegen von ihm und die Frau, die sie überwacht hatte. Er wurde offensichtlich erwartet. Vielleicht sollte er seinen Tagesablauf anders einrichten und weniger berechenbar werden, fluchte Sibelius innerlich.

»Gleich zu dritt vor meiner Garageneinfahrt, ist etwas geschehen?«, fragte er mit ungutem Gefühl in der Magengegend.

»Herr Sibelius, wir haben den dringenden Verdacht, dass sich in Ihrem Fahrzeug ein wertvolles Gemälde befindet, das eine gewichtige Rolle in einem Mordfall spielt.«

Er wand sich und musste dennoch passen. Hatte sein genialer Partner geahnt, was ihn erwartete, und würde ihn tatsächlich opfern? Wie kam er darauf, aus dieser Geschichte ungeschoren davonzukommen? Der sollte sich wundern. Sein Name wäre der Erste, den er in einem Verhör von sich geben würde. Der Kofferraumdeckel hob sich. Wie gebannt starrten sie auf das eingepackte Gemälde. Hilpert zog aus der Hosentasche ein kurzläufiges Kampfmesser. Ruhig schnitt er das Packpapier an den Rändern auf.

»Nun, Herr Sibelius, wollen Sie mir nicht etwas mitteilen? Ich bin ganz Ohr.«

Er war schon dabei, den Mund zu öffnen, als das Bild zum Vorschein kam. Garantiert hatten sie keinen van Gogh vor sich, eher eine Art Gegenmodell. Zwei röhrende Hirsche auf einer Waldlichtung, alles in Öl. Sibelius lachte scheppernd auf, plötzlich ganz Herr des Geschehens. »Erzählen Sie bitte meiner Großcousine nichts über ihr Geburtstaggeschenk.« Wieder ertönte sein Lachen. »Ach richtig, Sie kennen sie ja gar nicht. Dann ist alles im grünen Bereich.«

Hilpert und seine Kollegen starrten entsetzt auf das Kunstwerk. Sie untersuchten es von allen Seiten. Darunter war kein zweites Bild verborgen. Sibelius packte es in den Kofferraum zurück und schloss den Deckel. »Gibt es noch irgendwelche Fragen von Ihrer Seite? Ansonsten würde ich gern in meine Wohnung gehen. Ich bin müde. Sie wissen doch, wie das so ist, wenn man ins gewisse Alter kommt. Da braucht man seinen Schlaf.«

Hilpert winkte wortlos ab und entfernte sich mit seinen Leuten. Sibelius setzte sich in seine Limousine und fuhr gelassen die Rampe hinunter, die Ruhe in Person. Sein Partner war brillant.

Voller Wut trat Hilpert in seinem Büro gegen den Papierkorb. Er kippte um und ergoss seinen Inhalt auf den Fußboden. Papierreste vermischten sich mit Schokoladenverpackung und einem abgenagten Apfelkern. Heftig atmend bückte er sich und räumte den Abfall verärgert ein. Während der Rückfahrt hatte er mit seinen Kollegen kein Wort gewechselt. All ihre Hoffnungen waren in dem Gelächter von Sibelius untergegangen. Was war schiefgelaufen? Weshalb war darauf verzichtet worden, das Bild zu übergeben? Lag es an der misslungenen Aktion von Claudia? Wohl kaum. Zumindest das Bild musste bereits vorher beschafft worden sein. Waren seine Hintermänner gewarnt worden? Er wollte daran nicht glauben. Zu wenige Kollegen waren in die Aktion involviert gewesen. Für seine beiden Kollegen legte er die Hand ins Feuer. Wahrscheinlicher war es, dass die Fälscher eine kleine, aber wirksame, Schleife eingebaut hatten, wie die Ägypter beim Bau ihrer Pyramiden. Dort führte mancher Gang ins Nichts und nicht in die Grabkammer eines Pharaos. Trotzdem hatte es nichts genützt, die Königsgräber waren fast ausnahmslos geplündert worden. Er würde die Leute zu fassen bekommen. Jetzt erst recht! Die Hände in den Hosentaschen vergraben, stierte er auf seinen Schreibtisch, als würde der die Antwort auf all seine Fragen kennen. Seine Wut begann zu verrauschen. Wenn auch holprig bekam er seinen Denkapparat einigermaßen wieder in die Gänge. Traktierte Papierkörbe lösten erfahrungsgemäß keine Probleme. Er begann zu grinsen. Wann hatte er eigentlich den Apfel gegessen? Das musste mindestens eine Woche zurückliegen. Das hieß, während dieser Tage hatte es das Putzkommando nicht für nötig gehalten, diesen zu leeren. Hatte man nicht aus Kostengründen die Reinigung ihrer Räume an eine private Firma ausgelagert? Wie so häufig im Leben musste man hinnehmen, dass das Kostengünstige nicht zwangsläufig gut war. Gerade die öffentliche Hand tat sich schwer, wenn es darum ging, ihr Handeln nach ökonomischen Prinzipien auszurichten. Im Zweifelsfall fasste sie mit traumhafter Sicherheit daneben.

Er konzentrierte sich auf seinen Fall. Alles wies darauf hin, dass Sibelius in die Fälscherorganisation als Seiteneinsteiger eingedrungen war. Vermutlich aufgrund des Insiderwissens, das ihm die ermordete Mitarbeiterin von Jansen vermittelt hatte. Wie Hilpert ihn einschätzte, hatte er versucht, das Ruder an sich zu reißen und das Geschäft mit dem van Gogh selbst in die Hand zu nehmen, und das war vorerst gescheitert. Sie hatten ihn mit einem unbedeutenden Schinken nach Hause geschickt. Er schlug mit der flachen Hand auf die Schreibtischunterlage. Sie waren zu voreilig gewesen. Sie hätten ahnen müssen, dass sich diese Leute nicht so leicht von ihrem Kurs abbringen ließen. Es war eindeutig ein Test, um zu sehen, wie dicht die Polizei Sibelius auf den Fersen war. Die Antwort hatten sie denen freundlicherweise frei Haus geliefert. Was er für ein Licht am Ende des Tunnels hielt, war nichts anderes als ein Glühwürmchen. Sie waren die Deppen und er führte sie an. Er spürte, wie sich in ihm wieder emotionaler Druck aufbaute. Hilpert atmete tief durch und hoffte dadurch zu alter Gelassenheit zurückzufinden. Der Erfolg hielt sich in Grenzen. Plötzlich machte es bei ihm Klick. Hastig blätterte er seine Unterlagen durch. Er hatte etwas übersehen. Endlich hielt er das Stück Papier in Händen, nach dem er gesucht hatte. Der verschwundene Kunstmaler kam aus Wilhelmsburg. Dort lebte Jansen, dort war der Sitz seiner Firma. Wie gehetzt sprang er auf und eilte nach nebenan in Claudia Ernsts Zimmer. Diese packte gerade ihre Sachen zusammen und war mit einer Hirnhälfte bereits auf dem Weg nach Hause. In seiner momentanen Verfassung waren ihm ihre Bedürfnisse gleichgültig.

»Ich will morgen Vormittag die gesamte Bagage Jansen und Bardenhagen bei uns im Präsidium sehen. Ich habe mein Leben lang nicht an Zufälle geglaubt. Und tu das jetzt erst recht nicht!« Er lachte gehässig auf. »Alle Wege führen nach Wilhelmsburg.«

Sie verzichtete darauf, ihn verstehen zu wollen, dazu war sie zu müde. »Mach, was du willst. Ich fahre in meine Wohnung, dort wartet mein Bett auf mich und vorab eine heiße Schokolade.«

Erst jetzt kam er auf die Idee, auf die Uhr zu schauen. Es war kurz vor Mitternacht. Eigentlich könnte er langsam nach Hause fahren. Petra schlief sicherlich längst. Gegen eine heiße Schokolade hätte er ebenfalls nichts einzuwenden.

* * *

Sibelius war das Lachen mittlerweile vergangen. Er hatte es der Weitsicht seiner neuen Partner zu verdanken, dass er nicht in Polizeigewahrsam gelandet war, belastet mit einem Bild, das Gegenstand einer Mordermittlung war. In der Nachbetrachtung begriff er, viel zu übereilt gehandelt zu haben. Er verstand den

Kopf der Bande nunmehr besser, weshalb der sich hinsichtlich des van Gogh so sperrig verhielt. Es ging um so viel Geld, dass selbst er ohne sonderlichen Schutz aus seiner Deckung gekommen war. Die menschliche Gier war in Symbiose Antriebsmotor und zugleich gefährliches Element menschlichen Handelns. Er war über 70 und benahm sich wie ein hungriger Wolf, der eine Meute zu ernähren hatte. Wäre das Bild bei ihm gefunden worden, hätte es größter Anstrengungen bedurft, für die nächsten Jahre nicht im Gefängnis zu landen. In seinem Alter verließ man solche ungastlichen Stätten zumeist mit den Füßen nach vorne. Bedachte er, dass er in dieser Nacht durchaus hätte sein Leben verlieren können, so hatte er sogar zweimal Glück gehabt. Für einen kurzen Augenblick überlegte er auszusteigen. Vielleicht sollte er sich sogar zur Ruhe setzen. Sein Handy schreckte ihn hoch. Zögernd griff er danach. Es gab außer ihm nur einen, der diese Nummer kannte und gleichzeitig erwartete, dass er nach Mitternacht noch wach war.

»Nun, hatten Sie Besuch von der Polizei?«

»Allerdings, Sie müssen ein Wahrsager sein.«

»Bin ich nicht, ich habe nur nachgedacht.«

»Heißt das, Sie haben eine Aktion der Polizei erwartet?«

»Nicht erwartet, sondern in meinen Plänen mit berücksichtigt. Ich bin kein Hellseher. Ich gebrauche nur meinen Verstand.«

»Jetzt bin ich ebenfalls schlauer. Ich muss mich wohl bei Ihnen dafür bedanken, dass Sie vorausschauend handeln. Es gab eine Zeit, da hätte ich das von mir ebenso behauptet.«

»Ist geschenkt. Den Hamburger Kunden können wir wohl abhaken. Vermutlich hat der mit der Polizei gemeinsame Sache gemacht. Wie steht es um Ihre Kontakte in andere Teile unseres schönen Landes?«

»Ich könnte mich im Rheinland umsehen.«

»Und ansonsten?«

»Österreich und, Sie werden es nicht glauben, seit geraumer Zeit in Richtung Asien, Japan, China.«

»Hört sich gut an. Ich komme auf Sie zu. Aber es wird dauern. Wir benötigen ein neues Gutachten. Das alte hat seinen Wert verloren.«

»Worauf sollte man sich einstellen?«

»Zumindest auf ein paar Monate. Solche Geschäfte macht man nicht an jeder Straßenecke.«

»Wem erzählen Sie das? Ich taste mich vorsichtig nach vorne.«

»Seien Sie achtsam, nehmen Sie bloß den Namen van Gogh nicht zu häufig in den Mund. Damit scheuchen wir ganze Legionen auf.«

»Sie können sich auf mich verlassen, ich bin kein Anfänger.«

Sibelius hatte sein Telefonat gerade beendet, als er ein leises Klopfen an der Tür seines Arbeitszimmers vernahm. Unsicher traten seine Bodyguards ein. Der eine hatte in der entscheidenden Situation gnadenlos versagt. Aber sie hatten ihre Jobs so gut gemacht, wie es ihnen möglich war. Der eigentliche Fehler war ihm unterlaufen. Er hatte mehr oder weniger auf Muskeln gesetzt. Tatsächlich wären teure Spezialisten angesagt gewesen. Er reichte jedem einen Briefumschlag.

»Euer Job ist hiermit beendet. Ihr könnt gehen. Sollte ich wieder eure Dienste benötigen, komme ich auf euch zu.«

Die beiden Männer schauten erst sich und dann ihn an, bis sich der ältere getraute zu widersprechen: »Halten Sie das nach den heutigen Ereignissen nicht für riskant, so ganz auf Schutz zu verzichten?«

»Wollte man mich getötet haben, hätte man die Gelegenheit auf dem Rastplatz gehabt. Und das trotz Ihrer Unterstützung. Wie Sie sehen, lebe ich noch, und zwar ohne Ihr Zutun.«

»Sie müssen es wissen. Wir verziehen uns dann.«

Sibelius war nun allein in seinem Haus, so wie er es von jeher geschätzt hatte. In dieser Situation sollte ihm ein Whiskey guttun. Was mochte den Kopf der Bande bewogen haben, ihn am Leben zu lassen? Er nahm sich vor, bei einem neuen Angebot mit offenen Karten zu spielen. Lieber verzichtete er auf den ganz großen Coup, als dass er nach den Sternen griff. Die Leute waren ihm in allen Belangen überlegen. Er verspürte kein Verlangen danach, es erneut auf eine Nagelprobe ankommen zu lassen. Wohlverhalten war angesagt. Sein Revolver mit seinen Fingerabdrücken war in fremden Händen. Damit konnte ihm größter Ärger bereitet werden. Irgendwann lag irgendwo in Hamburg eine Leiche. In der Nähe als Tatwaffe sein Revolver. Wer wollte ihm abnehmen, damit nichts zu tun zu haben. Bei seiner Historie niemand. Hatte er Pech, würde er nicht einen Cent vom Verkaufserlös für den van Gogh sehen. Sie hatten ihn im Griff. Und er kannte gerade einen Namen. Kleinmachen war angesagt, ganz klein. Worauf hatte er sich nur in seinem Alter eingelassen? Dieses Spiel hatte er verloren und es blieb ihm nichts anderes übrig, als in die zweite Runde zu gehen. Seine Geschäftspartner mussten nach wie vor davon ausgehen, dass er den Deal durchziehen wollte. Er kannte einen der Drahtzieher. Dieses Wissen würde ihn töten, befürchtete die andere Seite, dass er nicht mehr mitziehen wollte. Es ging inzwischen nicht mehr um die Frage der Höhe des Kaufpreises, sondern schlichtweg um sein Leben. Für einen kurzen Moment überlegte er, ob es sinnvoll sein könnte, zur Polizei zu gehen. Er schüttelte den Kopf. Das Einzige, was er besaß, war ein Name. Und der war ihm zugeraunt worden. Hörensagen nannte man das. Er konnte nichts beweisen. Vermutlich waren seine neuen Partner selbst auf sein Geständnis vorbereitet. Nein, er hatte sich auf den Weg durch die Wüste begeben. Sein mitgeführtes Wasser reichte nicht für den Rückweg. Hoffentlich langte sein Vorrat, um an sein Ziel zu kommen.

* * *

Er war an diesem Abend nicht der Einzige, der sich seine Gedanken machte. Der neue Geschäftspartner von Sibelius hatte das Bild auf eine Staffelei gestellt und betrachtete es interessiert. »Wenn das kein van Gogh ist. Vogelsang, du hast dich übertroffen!«

Ein leises Klopfen an seiner Wohnungstür ließ ihn aufhorchen. Er schaute durch den Spion und erkannte seinen Kumpan, der ihm entgegengrinste.

Leise öffnete er die Tür. »Findest du das gut, mich nach Mitternacht zu besuchen?«, fauchte er den späten Gast an.

»Ich dachte, ich schau bei dir vorbei und wir unterhalten uns über den van Gogh.«

»Wie das? Seit wann interessieren dich Bilder? Bislang ging es dir doch nur um Geld.«

»Du sagst es. Was fangen wir nun mit dem Bild an?«

»Ich bin mir unsicher. Mein Verstand sagt verbrennen, mein Bauch sagt verkaufen.«

»Dann hör auf deinen Bauch. Da macht jeder von uns einen ordentlichen Schnitt.«

»Sibelius behauptet, Kontakte nach Asien zu haben.«

»Das ist verdammt weit weg. Auf solch einem langen Weg kann viel passieren.«

»Richtig, das sehe ich ähnlich. Verkaufen wir erst einmal unsere anderen Bilder. Da ist das Risiko deutlich geringer.«

»Da gehen noch ein paar Monate ins Land.«

»Na und? Leben wir nicht gut davon?«

Der südländisch aussehende Mann gähnte und wandte sich zur Tür. »Ich denke darüber nach, mir in Italien ein Haus zu kaufen. Wird Zeit, dass mal größere Kohle rüberwächst. Die Preise sind momentan unglaublich niedrig. Gelobt sei die Finanzkrise.«

»Das krieg ich geregelt. In einigen Wochen kann ich 300.000 Euro lockermachen. Ich hoffe, es reicht fürs Erste.«

»Das könnte passen, wenn du 50.000 drauflegen würdest.«

»Gehen 300, gehen auch 350.«

»Klasse.«

Er starrte noch lange auf die Tür, nachdem ihn sein Gast verlassen hatte. Der van Gogh machte vieles schwieriger. Vor allem machte er sie alle gieriger, sich selber eingeschlossen. Sein Partner hatte wie alle anderen Beteiligten geifernd die Euroscheine vor seinen Augen. Fand sich der passende Käufer, ging die Post ab. Alles stand und fiel mit Sibelius und seinen Kontakten. Funktionierte der Mann erwartungsgemäß, kam das Bild in einen Container und wurde nach Japan oder China verfrachtet. Dort verschwand es vermutlich in einem Bankschließfach und durfte Patina ansetzen. Irgendwann landete es mit zwei vorzüglichen Gutachten versehen auf einer Auktion in New York oder London und würde viel Geld bringen. Wurde der Beweis erbracht, dass es sich um eine Fälschung handelte, waren sie längst aus dem Schneider. Er schlug mit der Faust in die flache Hand. Er wollte es drauf ankommen lassen. Für ihn war es mehr ein Spiel, das er gewinnen wollte. Gegen das Geld hatte er selbstredend ebenfalls keine Einwände. Vor allem aber durfte er die Fäden nicht aus der Hand geben. Und er musste seine Leute im Griff behalten.

27

Die Stimmung, die insbesondere das Ehepaar Bardenhagen verbreitete, als angespannt zu bezeichnen, wäre gerade mal als Untertreibung durchgegangen. Die Ehefrau führte sich auf, als bezichtigte man sie der furchtbarsten Verbrechen. Sie schwebte zwischen beleidigt sein und aggressiven Tönen, als habe man einem Mitglied des englischen Königshauses unterstellt, eine Illustrierte an einem Kiosk gestohlen zu haben. Das Paar war in Begleitung eines Hamburger Anwalts im Präsidium erschienen, der neben einer ausgeprägten Überheblichkeit leider über eine gehörige Portion Sachverstand verfügte. Von Anbeginn machte er klar, dass er nicht gewillt war, die leiseste Frage durchgehen zu lassen, die er für unbotmäßig hielt. Bei Hilpert hatte sich die alte Gelassenheit wieder eingestellt, die ihm bereits in der Vergangenheit behilflich gewesen war, in solch kritischen psychologischen Situationen die Ruhe zu bewahren. Er war lange genug im Geschäft und wusste, wie man unter diesen Bedingungen zurechtkam. An Claus Bardenhagen biss er sich an diesem Vormittag die Zähne aus. Er blieb wortkarg und distanziert. Fast schien es, als versteckte er sich hinter dem Anwalt wie auf dem Schulhof hinter dem großen Bruder, der einen gegen die Übermacht der anderen aus der Parallelklasse beschützen sollte. Von der Rolle des eher zu Arroganz neigenden international renommierten Kunsthistorikers war wenig übrig geblieben. Das machte ihn allerdings nicht redseliger. Zumindest sagte ihm der Name Vogelsang nichts. Der Name dieses Künstlers sei in der Kunstszene in der Vergangenheit nicht aufgetaucht. Christel Bardenhagen schaute den Kommissar die ganze Zeit über verständnislos an. Irgendwann gab Hilpert auf und überließ einem Kollegen das Feld. Die Erfahrung lehrte, dass zuweilen ein Austausch der verhörenden Beamten durchaus Wunder bewirken konnte. Im Gespräch mit Birgit Jansen spürte er, dass in der Familie eine tiefe Traurigkeit steckte, als hätte sie einen Menschen verloren. Aber es gab keine Veranlassung dafür. Die beiden Morde konnten keinen von ihnen so tief bewegen, dass sich damit dieser Kummer erklärte. Auch hier gab er nach einer Viertelstunde auf. Er war mittlerweile fest davon überzeugt, während der anstehenden Gespräche keine neuen Hinweise von Bedeutung zu gewinnen.

Er verließ den Verhörraum und atmete auf dem Flur tief durch. Jetzt hätte er eine Zigarette vertragen können. Augenblicklich verwarf er diesen Gedanken. Er verstand das Verhalten der Familienmitglieder nicht. Klar war ihm, es gab keine Trauer ohne Anlass. An eine kollektive Depression wollte er ebenso wenig glauben. Erst als Claudia Ernst auf ihn zukam, brach der Grauschimmer in seinem Kopf auf. Suche die Frau! Jenny Jansen, die Tochter des Hauses, fehlte! Nach übereinstimmender Aussage hielt sie sich in London auf. Hier vermutete er die Lösung. Die Kommissarin registrierte, wie es in ihm arbeitete.

»Was ist los mit dir? Du siehst so nachdenklich aus.«

»Die Familie wirkt auf mich, als belaste sie etwas.«

»Richtig«, stimmte sie ihm zu. »Und dieser coole Anwalt scheint verhindern zu wollen, dass man uns zu viel erzählt. Ginge es nach ihm, dürften wir überhaupt keine Fragen stellen.«

»Was sollen wir nicht wissen?«, fragte er in einem Ton, als sei ihm die Antwort längst klar. »Wer spricht mit Florian Jansen, dem Junior?«

»Stange.«

»Das trifft sich gut, ich werde mich mal dazugesellen. Der Mann strahlt noch am ehesten so etwas wie Gelassenheit aus. Mal sehen, ob ich an ihn rankomme.«

Jansen blickte erstaunt zu Hilpert hoch, als dieser den Raum betrat. »Sie sehen so aus, Hauptkommissar, als läge Ihnen etwas auf der Seele«, begrüßte er ihn selbstbewusst grinsend.

»Das kann man so sehen.«

»Worum geht es?«

»Um Ihre Schwester.«

Einen Wimpernschlag lang herrschte Stille. Stange begriff, dass das Verhör eine neue Qualität bekommen hatte. Angespannt beugte er sich vor, neugierig darauf, wie Jansen wohl reagieren würde. Dieser nickte, als sei er im Zwiegespräch mit sich zu einer Entscheidung gekommen. Ruhig entgegnete er: »Ich möchte, dass mein Vater dazustößt. Ohne ihn sage ich nichts.«

»Einverstanden, aber der Anwalt bleibt draußen.«

»Kein Problem, ich kann den aufgeblasenen Wichser eh nicht leiden. Ginge es nach mir, hätten wir ihn längst auf den Mond geschossen. Mein Großvater hingegen schwört auf ihn.«

Stange stand auf. »Ich kümmer mich drum. Wir sind gleich zurück.«

Werner Jansen blickte zu seinem Sohn herüber, der ihn gequält anlächelte. Er schien zu ahnen, worum es ging.

Wieder brachte Hilpert das Gespräch auf Jenny. »Wie steht es um Ihre Tochter?«

Vater und Sohn schauten einander an. Schließlich antwortete der Junior: »Bitte schalten Sie die Geräte aus. Sie müssen uns Ihr Wort geben, vorerst keinen Gebrauch von dem zu machen, was wir Ihnen mitteilen werden.«

Stange runzelte die Stirn. »Wir können es nicht ignorieren, wenn Sie uns über ein Verbrechen informieren.«

»Dann halten wir die Schnauze«, erwiderte der Vater, »und wenn Sie uns einbuchten.« Seine klare Ansprache, über Jahre auf seinen Baustellen trainiert, verfehlte ihre Wirkung nicht.

Hilpert winkte ab. »Was jetzt besprochen wird, bleibt unter uns, mein Wort darauf. Ich hoffe, du kannst damit leben, Bernd.«

»Leck mich am Arsch. Ich werde mich nicht gegen dich stellen.« Auch bei der Polizei verstand man es, sich trefflich auszudrücken.

Vater und Sohn tauschten abermals einen Blick. Wieder redete Florian: »Jenny ist in London entführt worden. Vermutlich hält sie sich zurzeit in Italien, genauer in Sardinien, auf.«

»Gibt es ein Lebenszeichen von ihr?«, fragte Hilpert angespannt.

»Gelegentlich erhält einer von uns einen kurzen Anruf von ihr. In den letzten Tagen hatten wir allerdings das Schweigen im Wald.«

»Wie lange befindet sie sich jetzt in der Hand der Entführer?«

»Gut drei Wochen.«

»Und was hat man von Ihnen gefordert? Geld?«

Werner Jansen griff ein. »Bei mir ist nichts zu holen. Ganz im Gegenteil.«

»Und bei Ihren Schwiegereltern?«

»Bei denen schon eher, aber ich habe nichts davon gehört, dass Geld geflossen wäre.«

»Ihr Schwiegervater spricht neuerdings mit Ihnen?«

»Die Not schmiedet zusammen. Es Liebe zu nennen, wäre leicht übertrieben.«

»Dann wollen wir uns nochmals mit ihm unterhalten.«

»Da wünsche ich Ihnen viel Glück. Zu dem Thema wird er nicht sonderlich redselig sein.«

»Wir tun, was wir können, dazu müssen wir alles wissen. Irgendwann sind wir gefordert. Da können wir nicht bei null anfangen.«

Hilpert versuchte, einen optimistischen Eindruck zu hinterlassen. Er war Profi genug, um zu wissen, dass die Überlebenschance Entführter nach mehreren Wochen äußerst gering war, wenn es nicht gerade um riesige Lösegeldforderungen ging. Man fiel den Kidnappern zur Last. Die Chance, entdeckt zu werden, vergrößerte sich ständig. Sie wurden täglich mit ihrem Verbrechen konfrontiert, ohne es rückgängig machen zu können. Folgerichtig löste man das Problem mit dem Tod des Opfers. Von dieser Regel wurde selten abgewichen.

Das Treffen mit Bardenhagen verlief beliebig. Emotionen zeigte er nur, als er seinen Unmut über das Outing der beiden ausdrückte. Ihm wäre es lieber gewesen, sie hätten darüber kein Wort verloren. Ansonsten wies er jegliche Zahlung von Geld oder andere Kompensationen weit von sich. Hilpert hätte sich das erneute Gespräch schenken können. Ihm war klar, dass Bardenhagen aus vielfältigen Gründen schwieg. Aber er glaubte zu wissen, welchen Preis er zu zahlen hatte. Er erinnerte sich an die Liste der Bilder und Künstler, die Vogelsang bei der Nachbarin hinterlassen hatte. Musste Bardenhagen dafür die erforderlichen Gutachten abliefern? Er ging davon aus, alles sprach dafür. Er behielt dieses Wissen vorerst für sich. Die Karte konnte er immer noch ziehen. Der Professor würde in seinem Alter nicht mehr davonlaufen. Der blieb ihnen erhalten. Gegen Mittag konnte die Familie gehen. Genervt von den vielen Gesprächen setzten sich die Ermittler zusammen, um über die Ergebnisse ihrer Vernehmungen zu reden.

»Was machen wir mit der Information über die Entführung von Jenny Jansen?«, wollte Stange von Hilpert wissen. »Trotz aller Versprechen können wir nicht so einfach zur Tagesordnung übergehen.«

»Da bleibt uns wohl kaum was anderes übrig. Stimmt meine These, dass ihr Großvater zu Expertisen für Fälschungen gezwungen wurde, können es sich die Herrschaften wohl kaum leisten, sie umzubringen. Mit ihrem Tod würde Bardenhagen garantiert auspacken.«

»Und wenn sie ihn ebenfalls umlegen?«

»Wäre das nicht gut für die Exponate, die sein Siegel tragen.«

»Du meinst also, Jenny wird freigelassen?«, klinkte sich Claudia mit ein.

»Zumindest wäre das logisch. Davon abgesehen fand die Entführung vor mehr als drei Wochen statt. Hätte man sie töten wollen, wäre das längst geschehen. Wo könnten wir mit der Suche nach ihr ansetzen? In England, in Italien, wo niemandem etwas über eine Entführung bekannt ist? Ist es 'ne Idee, durch Sardinien zu strolchen, am besten mit kurzläufigen Schrotflinten? Die Jungs warten nur auf uns.«

»Sagten die nicht, sie hätten in den letzten Tagen kein Lebenszeichen mehr von ihr bekommen?«, ging Stange auf ihn ein.

»Das muss nicht zwangsläufig negativ sein«, versuchte sich Hilpert in Optimismus. Er wusste selbst, dass seine Thesen auf wackeligen Füßen standen. So wie er musste sich ein junges Mädchen fühlen, das im dunklen Keller verzweifelt pfiff, um die bösen Schatten zu verscheuchen.

Nach dem Mittagessen erreichte ihn ein Telefonat aus Holland von Dr. Vreeburg. »Ich soll Sie von Rebecca Rehm grüßen. Sie ist auf dem Weg nach Hamburg.«

»Wie bitte?«, schrie Hilpert auf. »Wir haben eine Großfahndung nach ihr eingeleitet.«

»Ich weiß, es ist etwas unglücklich gelaufen. Sie hatte mich gebeten, sie bei mir aufzunehmen.«

»Und warum?«

»Aus Angst, man könnte ihr ebenso etwas antun wie Obal.«

»Das ist nicht Ihr Ernst! Wozu gibt es denn die Polizei?«

»Darüber müssen Sie sich mit ihr auseinandersetzen. Sie bat mich um einen Gefallen als Freund. Ich habe ihrer Bitte entsprochen. Schließlich ist das nicht verboten. Soviel ich weiß, wirft man ihr nichts vor. Oder sollte ich mich da irren?«

Natürlich lag der Holländer richtig. Im engeren Sinn wurde gegen die Frau nicht ermittelt. Nach dem Telefonat bat Hilpert Claudia zu sich und informierte sie über die letzte Neuigkeit.

»Die haben uns ganz schön verarscht!«, fluchte sie. »Aber gut, sie lebt. Wenn sie demnächst auftaucht, können wir sie ausgiebig verhören.«

»Da bin ich mal gespannt, was sie uns erzählen wird.«

»Ich weniger«, erwiderte sie ungerührt. »Hat die wirklich großen Schiss im Hintern, wird sie dir allenfalls ihre Maße verraten.«

»Aha, die Dame kennt sich aus.«

»Keine Angst, bei mir gibt es nicht viel zu vermessen, dafür treibe ich zu viel Sport.«

»Man kann nicht alles haben«, grinste er.

28

Rebecca Rehm suchte sie am Tag darauf am späten Vormittag auf. Unsicher betrat sie Hilperts Büro. Entspannt lehnte er sich in seinem Sessel zurück, als er sie erblickte. Er wies mit einer Hand auf den Sitz vor seinem Schreibtisch.

»Bitte nehmen Sie Platz.«

Erst jetzt fiel ihm auf, dass es höflicher gewesen wäre, aufzustehen. Also holte er Versäumtes nach und nickte ihr zu, ehe er sich wieder setzte. »Freut mich, Sie gesund und munter zu sehen. Sie sind bereits auf unserer Vermisstenliste.«

Sie setzte sich ihm gegenüber und verschränkte ihre Arme abwehrend vor ihrem Oberkörper, als würde sie diese Haltung vor seinen Fragen schützen. Hilpert beugte sich vor, als drängte es ihn danach, ihr näher zu kommen

»Warum sind Sie so sang- und klanglos verschwunden, ohne sich abzumelden?«, gab er ihr mit der ersten Frage wenig Zeit zum Nachdenken.

»Angst, ich hatte eine Höllenangst.«

»Und vor wem?«

»Vor wem wohl? Natürlich vor Obals Mörder.«

»Und haben Sie jemanden in Verdacht?«

»Wie sollte ich?«

Ihre distanzierte Körpersprache setzte sich in ihren spröden Antworten fort. Hilpert ließ sich nicht aus der Ruhe bringen. Er hatte sich im Rahmen seiner bisherigen Ermittlungen daran gewöhnt, dass sich das Gros der Befragten bei seinen Fragen bedeckt hielt. Die Motivation für dieses Verhalten war unterschiedlich. Seine Aufgabe war es, diese Fronten Schritt für Schritt aufzubrechen. Er war überzeugt, dass die aparte Frau vor ihm nicht nur zufällig betroffen war, sondern inmitten des Geschehens steckte. Sie schien es zu spüren und verschloss sich ihm gegenüber wie eine Schildkröte. Er fragte sich, weshalb sie freiwillig gekommen war, wenn sie eigentlich nicht mit ihm reden wollte.

»Sie sind in meiner Wohnung gewesen«, wechselte sie überraschend das Thema. »Durften Sie das so ohne Weiteres?«

»Sie sind lustig, wir hatten uns Sorgen um Sie gemacht, als Sie so plötzlich verschwanden. Wir haben nach Spuren gesucht, um Sie zu schützen, nicht um Ihnen zu schaden.«

»Schon gut, ich verstehe.«

»Sie haben einen großen Stapel an Kunstbüchern in Ihrem Wohnzimmer liegen.«

Erstaunt reagierte sie auf seine Feststellung. »Seit wann ist das verboten?«

»Verboten ist das selbstverständlich nicht, nur ungewöhnlich für einen Menschen, der sich in der Vergangenheit nicht sonderlich für bildende Kunst interessiert hat.«

»Woher wollen Sie das wissen?«

»Sie vergessen, dass wir in Ihrer Wohnung gewesen sind.«

»Und was hat die Ihnen erzählt?«

»Die Wohnung wenig, aber die Wände. Die waren kahl wie 'ne Gummizelle.«

Sie zupfte nervös an ihrer Bluse. Das Verhör ging ihr erkennbar gegen den Strich. »Also gut, was wollen Sie wissen.«

»Der van Gogh, was hatte es mit dem Gemälde auf sich?«

»Obal kam eines Tages zu mir und berichtete darüber, dass er die Hand auf solch einem Gemälde habe.«

»Hielt er es für ein Original?«

Sie zuckte mit den Schultern. »Schwer zu sagen, ob er es für echt hielt.«

»Er muss sich doch 'ne Meinung dazu gebildet haben.«

»Natürlich, er war geradezu begeistert davon.«

»Haben Sie das Bild gesehen?«

»Nein, wozu? Ob ich einen Blick darauf geworfen hätte oder nicht, ist völlig irrelevant. Sie haben ja selbst festgestellt, dass ich von Malerei keine Ahnung habe. Soweit es die Ästhetik betrifft, stimmt das.«

»Dafür verstehen Sie die wirtschaftlichen Aspekte umso besser?«

»Kann man so sehen. Die einen saugen sich in schwierigen Zeiten mit Immobilien oder Gold voll, die anderen setzen auf Kunst, koste es, was es wolle.«

»Wozu wurden Sie benötigt?«

»Die Transaktion sollte in bar abgewickelt werden. Vielleicht brauchte ein potenzieller Käufer Unterstützung, Vermögenswerte diskret zu verflüssigen, um das geforderte Geld aufzubringen. Wer hat schon Millionenbeträge bei sich zu Hause rumliegen? Da hätte ich behilflich sein sollen. Na ja, und wenn das Geld bei uns gelandet wäre, hätte man es irgendwie anlegen müssen. Ein Schließfach ist auf Dauer keine gute Idee.«

»Vermutlich ebenfalls diskret?«

»Sie sagen es.«

»Nennt man das nicht Geldwäsche?«

»Reden wir nicht drum herum, ja. Ich war die ganze Zeit über uneins mit mir, ob ich da mitmachen sollte. So gesehen löste Obals Tod mein Dilemma.«

»Um wie viel Geld ging es denn?«

»Um 20, 30 Millionen. Der Preis schien ständig zu steigen. Momentan spielen die Investoren verrückt. Auf den jeweiligen Märkten stapeln sich die Millionen und suchen nach sicherer Anlage.«

»Ist an Ihre Ohren gelangt, dass Obal in den Handel mit anderen Fälschungen involviert war?«

»Andere Fälschungen, wie kommen Sie darauf?«

»Man munkelt von Imitationen insbesondere deutscher Künstler wie Dix, Nolde, Klee und andere.«

»Nie davon gehört. Obal kam wegen seines van Gogh auf mich zu. Und das war's.«

»Trotzdem haben die Mörder solch einen tiefen Eindruck auf Sie hinterlassen, dass Sie meinten, sich absetzen zu müssen?«

»Kurz vor seinem Tod sprach er mich auf eine international agierende Gruppe an, die es auf ihn abgesehen habe.«

»Wie darf ich das verstehen?«

»Na ja, er sprach von mafiaähnlichen Strukturen.«

»Meinen Sie, man war hinter dem Bild her?«

»Zumindest habe ich das so verstanden.«

»Hielten die das Exponat für echt?«

»Was weiß ich? Wenigstens wurde er zusehends nervöser. Wie man sehen konnte, zu Recht.«

»Es fehlt ein weiteres Gutachten. Soviel ich weiß, wollte er Dr. Vreeburg darauf ansprechen.«

»Ruud hätte ein Zertifikat nur für ein Original abgegeben. Ich glaube nicht, dass er für eine Fälschung zur Verfügung gestanden hätte.«

»Na ja, man munkelte, Obal hätte was gegen ihn in der Hand.«

»Sie meinen die Bilder?«

»Genau die.«

»Mag sein, dass er sich darauf eingelassen hätte. Die haben es schon in sich. Er wäre besser gewesen, die jungen willigen Studentinnen zufriedenzulassen.«

»Haben Sie darüber gesprochen, als Sie sich bei ihm aufhielten?«

»Ich habe wirklich andere Probleme, das können Sie mir glauben. Sieht Vreeburg ein junges Mädchen im kurzen Rock, dreht der durch. Sein gesamter Verstand löst sich dann in Wohlgefallen auf.«

»Was hat Ihren Meinungsumschwung bewirkt? Weshalb sind Sie zurückgekommen?«

»Es war reine Logik. Ruud kann mir auf Dauer wohl kaum helfen.«

Er grinste in ihre Richtung. »Da sind Sie also bei der Polizei, Ihrem Freund und Helfer gelandet.«

»Könnte man so sehen. Ich verlange Polizeischutz.«

Er drehte seinen Kugelschreiber wie ein Spielzeug in der Hand. »Mal angenommen, Sie hätten mir alles erzählt, was Sie wissen, wem sollten Sie mit den Informationen gefährlich werden können?«

»Und wenn es da draußen Leute gibt, die meinen, ich wüsste mehr?«

Hilpert wiegelte ab. »Das halte ich für ziemlich an den Haaren herbeigezogen.«

Ihr Ton wurde eine Nuance schärfer. »Sie hören sich an wie ein Klugscheißer.«

»Solch eine gebildete Frau und so böse Worte. Was würde Ihre Mutter jetzt dazu sagen?«

Sie unterließ es, auf seinen laxen Ton einzugehen. Er fand ebenfalls zur Sachlichkeit zurück.

»Noch mal, ist Obal an Fälschungsaktionen beteiligt gewesen?«

»Ich weiß es tatsächlich nicht. Zuzutrauen wäre es ihm.«

»Weshalb?«

»Er lebte gerne gut.«

»Gilt das nicht auch für Sie?«

»Wie darf ich das verstehen?«

»Nun, unsere Experten meinen, dass Sie in den letzten Jahren bei Ihrem Lebensstil zu viel Geld zurückgelegt haben.«

»So, so, das meint also Ihr Experte.« Nervös rieb sie ihre Hände aneinander und reckte ihr Kinn vor. »Okay, in den letzten eineinhalb Jahren habe ich gelegentlich größere Bargeldmengen über die Schweizer Grenze gebracht.«

»Für wen wurden Sie da tätig?«

»Der Auftrag kam immer über Obal. In Zürich habe ich die Koffer dann weitergereicht.«

»An wen?«

»An einen mir unbekannten Mann. Sein Gesicht hatte der stets weitgehend bedeckt, wenn wir uns trafen. Außerdem hatte ich kein Interesse daran, festzustellen wie er aussah.«

»Und das Alter?«

»Keine Ahnung.«

»Und was geschah dann?«

»Dann bin ich zurück nach Deutschland gefahren.«

Ihre Aussagen kamen bei ihm zwiespältig an. »Kann ich davon ausgehen, dass Sie mir die volle Wahrheit gesagt haben?«

»Selbstverständlich. Wie steht es jetzt um meine Sicherheit?«

»Ich werde mit dem zuständigen Richter darüber reden. Vielleicht bringt man Sie in einer sicheren Wohnung unter.«

»Die ist wahrscheinlich irgendwo in der Walachei. Das kann nicht Ihr Ernst sein. Ich dachte eher an einen Bodyguard.«

»Das wird schwierig. Unsere Personaldecke ist ziemlich dünn.«

Wütend stand sie auf. »Danke, da sorge ich lieber selbst für mich. Ich lasse mich doch nicht in irgendeinen Schuppen stecken, in dem ich auf Dauer depressiv werde.«

»Wie Sie meinen. Halten Sie sich bitte weiterhin zu unserer Verfügung.«

Sie verließ ihn ohne einen Gruß. Er blieb verunsichert zurück. Was sollte er mit ihrer Aussage anfangen? Wenig, sehr wenig. Er blieb bei seiner kritischen Grundhaltung gegenüber ihrer Glaubwürdigkeit. Er musste sich nicht mit dem Gesagten zufriedengeben. Eigentlich reichte es, dort anzusetzen, wo er meinte, dass sie log. Er war davon überzeugt, dass sie tiefer in die Angelegenheit verstrickt war, als sie zugeben wollte. Vreeburg fiel ihm ein. Welche Rolle spielte der Dozent, der so sehr auf junge Mädchen abging? Gehörte er dazu? Lieferte er ebenso wie Obal und gezwungenermaßen Bardenhagen die benötigten Zertifikate? Sie mussten wenigstens ein Exponat mit allen Unterlagen in die Finger bekommen. Dann wüssten sie mehr. Fragte sich nur, wie! Irgendwo im Land gab es gewiss einige Betrogene, die davon ausgingen, für relativ kleines Geld Kunstwerke renommierter deutscher Künstler erworben zu haben. Aber sie wussten nicht, dass sie betrogen worden waren. Er stand auf, um sich mit Claudia auszutauschen. Das Schlimmste, was einem Ermittler passieren konnte, war, im eigenen Saft zu schmoren und nicht mitzubekommen, dass man sich auf eine falsche Fährte begeben hatte. Sie war ein realistischer Mensch. Sie würde ihn auf den Boden der Tatsachen zurückholen, sollte er sich verspekuliert haben.

Seine Kollegin hörte angespannt zu, als er ihr über die Vernehmung berichtete. »Du willst jemanden finden, der ein Bild erworben hat, das Obal oder Vreeburg begutachtet haben?« Sie lachte hell auf. »Da gibt jemand einen Batzen Schwarzgeld für ein vermeintliches Meisterwerk aus und muss feststellen, beschissen worden zu sein. Der müsste Masochist sein, wenn er sich bei dir melden würde. Davon mal ganz abgesehen, wie willst du das kommunizieren? Per Werbespot oder Anzeige, übers Internet? Am besten, du gibst 'ne Pressekonferenz und lässt die TV-Sender darüber berichten. Vergiss es!«

Er konnte ihr nur zustimmen. Er musste andere Wege gehen, um an sein Ziel zu gelangen. Vermutlich würde er sie an diesem Abend nicht mehr entdecken. Also entschied er sich, Feierabend zu machen. Er kam spät nach Hause und wurde von Petra dennoch getoppt. Sie konnte ihr Büro erst nach dreiundzwanzig Uhr verlassen. Es stand ein dicker Auftrag ins Haus. Sie hatten die letzten Wochen wenig voneinander gehabt. Einer von ihnen hatte stets gute Argumente, weshalb man die Zeit über Gebühr im Büro verbringen musste. War dies die Form des Zusammenlebens, wie er es sich vorstellte? War dies das Leben, das Petra auf Dauer führen wollte? Sie konnte er schlecht fragen, wohl aber sich selbst. Im Moment war er zu feige für eine ehrliche Antwort.

Am nächsten Morgen sah er die Dinge bereits wieder nüchterner. Petra strahlte ihn an und registrierte einmal mehr mit Unverständnis, welche Mengen er beim Frühstück vertilgte.

29

Sie saß stumm im Fond des Fahrzeugs. Es schien, als hätten sich dessen Insassen nichts zu sagen. In Maschen nahm der Fahrer die A1. Er verließ sie auf der Abfahrt Hittfeld. Gleich rechts davon fuhr er auf den Park-and-ride-Platz. Er wandte sich an die Frau hinter ihm.

»Ich packe das Handy in den Papierkorb beim Eingang der Tankstelle dort drüben. Danach kannst du telefonieren, mit wem du willst.«

Er stieg aus, öffnete den Kofferraum zog einen Hartschalenkoffer heraus und stellte ihn ab. Sie gesellte sich dazu. Er nickte ihr zu und setzte sich wieder hinters Steuer. Mit starrer Miene beobachtete sie, wie das Fahrzeug aus ihrem Blickwinkel verschwand. Sie atmete tief durch. Anschließend packte sie den Griff ihres Koffers, zog ihn hinter sich her, verließ den Parkplatz und wandte sich wie angewiesen nach links in Richtung der Tankstelle. Sie benötigte nur wenige Minuten, dorthin zu gelangen. Neben dem Eingang langte sie in den Abfalleimer. Ihr Entführer hatte Wort gehalten. Sie musste nicht lange suchen und hielt kurz darauf ein Mobiltelefon in der Hand. Sie wählte die Nummer ihrer Eltern. Schon vernahm sie die Stimme ihrer Mutter.

»Hallo Mama, hier ist Jenny.«

»Kind, wo bist du?«

»Ich stehe vor der Tankstelle an der Autobahnabfahrt Hittfeld. Die haben mich hier rausgelassen.«

»Wir holen dich sofort ab.«

»Was meinst du, soll ich die Polizei benachrichtigen?«

»Jetzt keine übereilten Handlungen, Jenny. Geht es dir gut?«

»Ich bin okay.«

Aufgeregt winkte Birgit Jansen ihrem Mann zu. »Jenny ist zurück. Wir müssen nach Hittfeld.«

Weinend nahm sie ihn in den Arm. »Sie lebt, es geht ihr gut.«

Vom Auto aus riefen sie ihren Sohn und ihre Eltern an. Bardenhagen bestand darauf, dass sie mit Jenny zu ihnen kamen.

Das Wiedersehen verlief tränenreich. Jenny kannte ihre Eltern. Sie hatten dicht am Wasser gebaut. Das galt vor allem für ihren Vater. Die langen Jahre am Bau hatten ihn alles andere als hart gemacht. Ein ergreifender Film im Fernsehen und seine Augen wurden feucht. Ein Erdbeben irgendwo auf dieser Welt, prompt wurde Geld auf das im Fernsehen angegebene Konto überwiesen. Ihm streckte sich keine Hand entgegen, ohne dass er etwas hineintat. Selbst ihre sonst so beherrschte Großmutter nahm sie kurz darauf völlig aufgelöst in die Arme. Ihr Großvater litt und freute sich eher im Stillen. Erst, als er sie drückte, spürte sie seine Betroffenheit und seine Erleichterung. Sie setzten sich um den großen Esszimmertisch und ließen sie berichten. Die Geschichte begann mit einer neuen Liebe und einer kurzfristig angesetzten Reise nach Italien. Bis sie begriff, das Opfer einer Entführung geworden zu sein, war bereits eine Woche vergangen. Sie sah einen nach dem anderen in der Runde an. »Kann mir jemand erzählen, was die von mir wollten? Wozu diese seltsamen Anrufe bei euch?«

Ihr Großvater klärte sie in dürftigen Worten auf. »Es ging letztlich um gutachterliche Stellungnahmen für Bilder, die ich nie gesehen habe.«

Entsetzt blickte sie ihn an. »Opa, was haben sie dir angetan? Dir, der du immer so korrekt gewesen bist.«

»Mäuschen, du bist wichtig, nicht meine akademische Reputation. Du sitzt gesund vor mir. Nur das zählt. Davon abgesehen wurde Professor Obal, mein Nachfolger, ermordet. Selbst wenn man meint, die Talsohle erreicht zu haben, hat das Schicksal noch eine schrecklichere Option in petto.«

Als die nächste Flasche Champagner auf den Tisch kam, begann sich die kleine Gesellschaft aufzulockern. Die Gespräche wurden lauter. Die Wangen der Männer, die auf gehaltvollere

Getränke umgestiegen waren, röteten sich. Der Trubel in seinem Haus wurde Bardenhagen langsam zu viel. So sehr er seine Familie liebte, so sehr war er ein Einzelgänger geblieben. Ganz dicht an sich heran ließ er eigentlich nur seine Enkel. Sie standen über allem. Das galt insbesondere für Jenny. Selbst seine Tochter hinkte da schon hinterher. Er hatte seine Widerstände gegen seinen Schwiegersohn verdrängt. Deshalb musste er ihn beileibe nicht gleich lieben. Die weinselige Atmosphäre wollte ihn nicht einfangen. Er pfiff nach seinem Schäferhund. Dieser trennte sich nur ungern von Werner Jansen. Als er allerdings die Leine in Bardenhagens Hand gewahrte, hielt ihn nichts mehr. Jenny folgte dem Hund in die Diele. »Willst du dir die Beine vertreten, Großvater?«

»Der Hund muss raus und ich muss ein bisschen runterkommen. Das war in den letzten Wochen alles zu viel für mich.«

»Nimmst du mich mit?«

»Was für eine Frage!«

Schweigend gingen sie den Butterberg hinunter, bis sie auf die Steinbecker Straße stießen. In den letzten Jahren hatte die Stadt erheblich in den Ausbau der Straßen investiert, wobei sich die betroffenen Bürger daran kräftig beteiligen durften. Man lief nicht mehr so schnell Gefahr, über die eigenen Füße zu stolpern, wenn es über unbefestigte Sandwege ging. Das Betonsteinpflaster tat nicht nur den heiß geliebten Autos gut, sondern auch den eigenen Knochen. Dem Hund war es egal. Er sprang durch die Gegend, wie es ihm in den Sinn kam. Er stellte keine Erwartungen an einen Bodenbelag.

»Jenny«, begann der alte Mann zu reden, »du bist so still. Ich erkenne dich kaum wieder. War es in Italien doch schlimmer, als du uns erzählt hast?«

Sie blieb stehen und schaute ihn unverwandt an. »Es war die Hölle, Opa. Einer meiner Wächter hat mich mehrmals vergewaltigt.« Ihre Stimme verkümmerte zu einem Schluchzen. »Er hat mich zu schlimmen Dingen gezwungen. Beim nächsten Mal will er seine Freunde mitbringen.«

»Beim nächsten Mal?«, schrie er entsetzt auf.

»Ja, sie haben mir aufgetragen, es dir exakt so mitzuteilen. Was wollen die von uns? Ich verstehe das nicht!«

»Ich kapiere, worauf die hinauswollen. Dabei habe ich denen gesagt, dass ich zu allem bereit bin, solange es dir gut geht.«

»Wozu bist du bereit?«, fragte sie nach.

Er strich ihr mit Tränen in den Augen über den Kopf und nahm sie in den Arm. »Das ist ganz einfach, mein Kleines. Sie wollen mich zwingen, ihre Fälschungen auch in der Zukunft als echt zu identifizieren. Wer weiß, vielleicht brauchen sie demnächst weitere Gutachten von mir. Obwohl ...«

»Obwohl was?«

»Die können unmöglich Dutzende an neu entdeckten Meisterwerken auf den Markt werfen. Das fällt irgendwann auf und geht nach hinten los.«

Verbissen kniff er die Lippen zusammen. Sie kannte ihn und begriff, dass er nicht mehr darüber reden wollte. Sie kehrten um und ließen den Hund vorlaufen. Schwanzwedelnd erwartete er sie vor der Gartenpforte. Er durfte sich weiter auf seine Grundbedürfnisse konzentrieren. Andere Sorgen waren ihm fremd. Vermutlich lag er bald wieder vor Werner Jansens Füßen. Inzwischen war Florian eingetroffen. Die Familienmitglieder redeten durcheinander auf ihn ein, bis es ihm zu viel wurde.

»Leute, was soll der Scheiß! Jenny ist gesund zurück. Auf diese gute Nachricht werden wir uns einen genehmigen.« Er stellte sich vor seine Schwester. »Ich hatte zeitweise befürchtet, den nächsten Drink auf deiner Beerdigung zu trinken.«

»Wie sprichst du mit Jenny?!«, maßregelte ihn seine Mutter.

»So wie es sich gehört«, erwiderte er ungerührt. Er drückte seiner Schwester einen sanften Kuss auf die Wange. »Schön, dass du wieder da bist. Wir haben dich vermisst und uns große Sorgen um dich gemacht.«

Jenny rief in die Runde: »Hört auf zu flennen! Ich möchte jetzt ein Glas Schampus haben.«

Werner Jansen dämpfte die Euphorie seiner Tochter. »Wir müssen die Polizei informieren. Dieser Hilpert ist in Ordnung. Wir sollten mit ihm kooperieren.«

»Aber nur bis zu einem gewissen Punkt«, betonte Bardenhagen. »Ich rufe Dr. Fritsche an. Er soll Jenny unterstützen.«

»Warum einen Anwalt?«, hakte Florian nach.

»Glaubst du, die Entführer sind auf Tauchstation gegangen?«, wandte Bardenhagen ein. »Die werden uns sehr genau im Visier behalten.« Er fuhr mit fester Stimme fort: »Ich darf mich mit keiner Silbe zu den Gutachten äußern. Kommen darüber in der

Öffentlichkeit Zweifel auf, geht deren gesamte Geschäftsidee in die Grütze. Wer weiß, was dann auf uns zukommt. Wer kann uns vor denen beschützen?«

»Das habe ich übersehen«, stimmte Florian ihm zu. »Ich mag Fritsche zwar nicht, aber unter diesem Aspekt ist es nicht verkehrt, wenn er uns zur Seite steht. Hilpert wird dich garantiert wieder beharken. Vor allem, wenn er mitbekommt, dass Jenny zurück ist.«

»Nicht nur mich«, merkte Bardenhagen an. »Das gilt für uns alle, natürlich auch für Jenny.«

Florian ließ sich nicht verdrießen. »Warten wir es ab. Heute wird gefeiert. Los, Opa, mach deinen Malt Single auf, den du immer vor mir versteckst.«

Ein leises Lächeln huschte über Bardenhagens Gesicht. »Was du nicht alles weißt.« Trotzdem griff er nach einer Flasche im Barschrank. Sein Enkel lag richtig, wenn er die trübe Stimmung auffrischen wollte. Am Ende beschlossen sie, mit dem Anruf bei der Polizei bis zum Abend zu warten. Irgendwann griff Jansen als betroffener Vater zum Telefon und kontaktierte Hilpert. Dieser ließ sich letztlich dazu überreden, mit der Befragung des Entführungsopfers bis zum nächsten Tag zu warten. Es gab keine Dringlichkeit, keine Spuren, die vernichtet werden konnten. Ansonsten wurde es ein weinseliger Abend. Birgit Jansen würde die Bagage mit nach Hamburg nehmen. Ein Glas Champagner führte noch nicht zur Fahruntüchtigkeit. Sie saß strahlend neben ihrer Tochter und griff zuweilen nach ihrer Hand, als wollte sie sicherstellen, dass sie wirklich zurück war.

Bardenhagen saß nach Mitternacht grübelnd in seinem Studierzimmer. In seinem Haus war es ruhig geworden. Beinahe erschien ihm, als wollte ihn diese Stille erdrücken. Sie hatten so getan, als seien ihre Probleme zur Gänze gelöst worden. Er wusste, dieser Wunsch war kaum mehr als eine vage Hoffnung. Trotz Jennys Rückkehr spürte er weiterhin die latente Bedrohung. Er musste sein Wissen über die Fälschungen für sich behalten. Selbst auf die Gefahr hin, irgendwann vor einem Gericht einen Meineid zu leisten. Es war seine Aufgabe, seine Familie zu beschützen. Jennys Schicksal war beileibe nicht das Ende der Fahnenstange. Dachte er an seinen Nachfolger Obal und an Frau

Köhler, verstand er sehr wohl, wozu diese Verbrecher fähig waren. Leise stand er auf, darauf bedacht, nicht seine Frau zu wecken. Doch die schlief tief und fest. Der ungewohnte Alkohol tat da gute Dienste. Er schlich sich in die Diele und öffnete einen der Einbauschränke. Darin stand eine prächtige Schrotflinte. Sie war ein Geschenk eines Reeders, den er einmal davor bewahrt hatte, einen mäßig gefälschten Kokoschka zu erwerben. Er knickte den Doppellauf ab und lud ihn mit zwei Patronen. Man wusste nie, wann man eine Waffe gebrauchen konnte. Danach stellte er die Büchse wieder an ihren Platz. Er war nicht wehrlos, sollte jemand auf die Idee kommen, ihn in seinen eigenen vier Wänden zu bedrohen. Sorgfältig schloss er den Schrank. Es wäre allemal besser, man ließe sie künftig zufrieden. Schrotflinten lösten keine Probleme. Das hatte nicht mal im Wilden Westen funktioniert. Gelegentlich aber vermittelten sie ein Gefühl der Sicherheit. Ob zu recht, blieb dahingestellt. Am nächsten Vormittag würde er seine Familie bereits erneut begrüßen dürfen, ebenso Fritsche, den Anwalt. Sie mussten gemeinsam diesen Tag überstehen. Ihnen durfte kein Fehler unterlaufen. In seiner Hosentasche verspürte er das Vibrieren seines Handys. Ein Anruf zu solch später Zeit verhieß selten etwas Gutes. Und er sollte recht behalten. Er hätte die Stimme des Anrufers aus Tausenden herausgehört. »Hallo Professor, wir gehen davon aus, dass wir in nächster Zeit die Früchte unserer Arbeit genießen dürfen. Wir verlangen von Ihnen ausschließlich wohlwollendes Stillschweigen. Zwingen Sie uns nicht zu Aktionen, die uns selbst zuwider wären. Nach heutigem Ermessen benötigen wir Ihre Mitarbeit nicht mehr.«

»Keine Angst, ich werde schweigen wie eine Auster. Hauptsache, Sie lassen uns zufrieden«, antwortete er folgsam wie ein kleiner Junge. Die Bildfälscher waren beileibe nicht aus der Welt. Bevor er mehr sagen konnte, war die Verbindung unterbrochen. Mit zittrigen Knien ging er ans Fenster seines Arbeitszimmers und schaute angestrengt hinaus. Er nahm nichts wahr, keine Personen, keine Bewegungen. Woher wussten die, dass er noch auf war? Ihn schauderte, wenn er daran dachte, was hätte passieren können, wenn sie sich anders entschieden hätten. Die Leute waren ihnen in allem überlegen. Sie jagten ihm Angst ein. Sie hatten es nicht mit Strauchdieben zu tun, die ein Paar Zufallstreffer landeten. Ihnen standen Profis gegenüber, die konsequent handelten. Selbst der Verzicht auf seine weitere Mitarbeit war logisch und somit nachvollziehbar. Seine Gutachten konnten nicht im Dutzend auf dem Kunstmarkt erscheinen, nicht einmal auf dem grauen. Man hatte seine Expertisen vor- und nachdatiert. Trotzdem war er irgendwann verbrannt. Auf dem Weg in den ersten Stock überlegte er, wo die Bilder gelandet waren oder noch landen mochten. Vermutlich waren Empfänger dabei, die blind auf ihn vertrauten, wie sie es über Jahrzehnte zu Recht konnten. Es schüttelte ihn, wenn er daran dachte. Er wollte sich völlig aus diesem Geschäft zurückziehen. Er hatte sein berufliches Selbstverständnis verloren. Niemand konnte nachvollziehen, wie hoch der Preis war, den er für sein Enkelkind gezahlt hatte. Er hätte es zu jedem Zeitpunkt wieder getan. Trotzdem tat es weh.

30

Die Nachricht von Jennys Rückkehr war bei Hilpert wie eine Bombe eingeschlagen. Beinahe euphorisch verabredete er sich mit ihr für den nächsten Vormittag zu einem Gespräch. Dass die Familie sie an diesem Tag mit Beschlag belegte, verstand er nur zu gut. In seinem tiefsten Inneren hatte er bereits den Tod der jungen Frau ins Kalkül gezogen. War er inzwischen so abgebrüht, dass er ausschließlich das Schlimmste befürchtete? Oder war die Realität so bitter, wie er meinte? Entführungen waren ein hartes Stück Brot. Dabei waren Amateure am gefährlichsten. Sie durchdachten selten die auftretenden Probleme, die es zu lösen galt. Am Ende siegte die Angst um die eigene Sicherheit. Oft scheiterte die Geldübergabe. In diesem konkreten Fall war dies glücklicherweise kein Thema. Bei den Italienern hatte er es offensichtlich mit Profis zu tun, die alle Unwägbarkeiten vorab ins Kalkül gezogen hatten. Er wischte seine Gedanken beiseite. Jenny Jansen lebte, nur das zählte. Er war gespannt auf ihre Geschichte. Beim Mittagessen in der Kantine besprach er die Situation mit Claudia Ernst. Sie hatte sich in kurzer Zeit zu einer Sparringspartnerin entwickelt, auf deren Rat er großen Wert legte. Sie äußerte ihre Meinung kompetent und beherrscht. Ihr ging es nicht darum zu beweisen, wie klug und erfahren sie war. Sie wollte bei der Klärung der Mordfälle behilflich sein. Dabei brachte sie ihren gesunden Menschenverstand vorzüglich mit ein.

»Dass Jenny überlebt hat, passt zu früheren Entführungen in der Region«, merkte sie nachdenklich an. »Ich habe mich ein wenig schlaugemacht. Es passt auch von der Logik her. Lösegeld wird nicht gezahlt, wenn man befürchten muss, dass das Opfer getötet wird.« Nachdenklich stocherte sie in ihrem Gemüse herum. »Nur stimmt dieser Fall hinten und vorne nicht. Dass man jetzt schon die Leute aus dem Ausland holt, um ihnen in Sardinien Unterkunft zu gewähren, wäre mir neu. Außerdem ist, wie wir wissen, nichts von einer Lösegeldforderung bekannt geworden.«

»Es gäbe zudem seitens der Familie keinen Grund, uns zu belügen«, fügte er hinzu. Er schob seinen leeren Teller ein Stück von sich weg und griff nach seiner Kaffeetasse. Ein kräftiger Schluck und das frugale Mahl war beendet. »Ich bleibe bei meiner These, Bardenhagen musste für Obal einspringen, nachdem man ihn um die Ecke gebracht hatte. Aber wie soll man das beweisen? Die Familie hält dicht. Nur eine Frage zu viel, sofort schreitet dieser Dr. Fritsche ein und unterbindet jegliche Aussage, mit der wir etwas anfangen könnten.«

Claudia grinste ihn freudlos an. »Wer will es ihnen verdenken? Die Herrschaften haben das Mädel aus London geholt, sie im Flieger nach Italien gebracht. Und die Polizei hat nichts davon mitbekommen, auf keiner Seite des Kanals.«

»Und jetzt werden sie erst recht den Mund halten«, ergänzte er. »Die Angst, Jennys Leidensweg könnte sich wiederholen, sitzt denen tief in den Knochen.«

Claudia löffelte fleißig an ihrem Dessert, als ihr eine Idee kam. »Es gibt doch die Liste von diesem Vogelsang, dem Maler, die er seiner Nachbarin übergeben hatte. Nach wie vor gehen wir davon aus, dass es sich um Titel für gefälschte Gemälde handelt.«

»Wir hatten sie einem Kunsthistoriker vorgelegt. Der kannte keinen davon. Er meinte allerdings, sie könnten auf die jeweiligen Künstler zutreffen, die dieser Vogelsang genannt hatte.«

»Dann halt sie kurzerhand Bardenhagen unter die Nase. Mal sehen, was der dazu sagt.«

»Gute Idee. Ich suche ihn ja morgen in seiner eigenen Hütte auf. Und du kommst mit. Ich spreche mit Jenny, du mit dem

Professor. Fritsche kann nicht an zwei Orten gleichzeitig sein. So gut ist selbst er nicht.«

»Du meinst, die ziehen tatsächlich den Anwalt wieder mit hinzu?«, fragte sie überrascht.

»Darauf möchte ich Wetten annehmen.«

»Da halte ich lieber nicht gegen. Davon abgesehen würde ich ebenso vorgehen.«

»Du hast kein großes Vertrauen in die Hamburger Polizei, liebe Kollegin.«

»Das hat damit nichts zu tun. Aber ich weiß um unsere personelle Situation. Am Ende wird auch der letzte Bewacher abgezogen. Und diese Mafiosi haben ein langes Gedächtnis und eine Engelsgeduld.«

»Schwer, dir zu widersprechen.«

Trotz des relativ frühen Termins hatte sich die gesamte Familie zu der Befragung in Bardenhagens Haus eingefunden. Wie prognostiziert, versuchte Fritsche, den Ton anzugeben. Diesmal ließ sich Hilpert nicht die Butter vom Brot nehmen.

»Wir wollen Fräulein Jansen nicht als Verdächtige eines Kapitalverbrechens vernehmen. Vielmehr geht es darum, ein Verbrechen an ihr aufzuklären. Da kann es nicht sein, dass Sie diese Bemühungen durch banale Formalismen behindern.«

Diesmal zeigte Fritsche seine ganze Klasse. »Darüber sind wir uns alle im Klaren. Herr Hauptkommissar, solange Sie wie ein Blinder durch die Gegend torkeln, müssen wir die Verbrecher weiterhin sehr ernst nehmen. Eine unbedachte Äußerung von ihr, schon gerät sie abermals in den Fokus dieser Leute. Das kann niemand wollen. Und mein Job ist es, Frau Jansen davor zu bewahren.«

Ohne es zu realisieren, hatte sich der Anwalt zum Beisitzer der Vernehmung mit Jenny gemacht. Claudia würde in aller Ruhe dem Professor die dubiose Liste des Malers vorlegen und seine Reaktion darauf testen können. Für das Gespräch bot er Hilpert sein Arbeitszimmer an. Kaum war das Trio entschwunden, stürzte sich Claudia auf den Hausherrn. Aus einem anfänglichen Plausch in scheinbar entspannter Atmosphäre entstand zügig ein verkrampftes Miteinander. Bardenhagen stierte auf den Zettel mit den Überschriften und reichte ihn ihr anschließend zurück.

»Sie haben recht, es könnte sich durchaus um Titel von Bildern dieser Künstler handeln. Bisher sind sie mir noch nicht untergekommen. Das muss nichts bedeuten. Mit Sicherheit schlummern Werke insbesondere von renommierten Malern, die während der Nazizeit gearbeitet haben, bei irgendwelchen Familien oder vergammeln auf feuchten Spitzböden. Denken Sie an die Sammlung dieses Gurlitt. Wir reden über 1.500 Exponate, die niemand vermisst hat.«

»Wenn die Titel bekannt sind, muss es unweigerlich die entsprechenden Bilder dazu geben.«

»Dieser Logik kann ich nichts entgegenhalten. Mir sagen die Titel trotzdem nichts.«

»Und wenn man sie für Bildfälschungen verwendet hätte?«

Der Mann blieb äußerlich gelassen. Seine schweißnassen Hände hatte er vor ihr in den Hosentaschen vergraben. »Warum nicht? Sie würden durchaus auf Plagiate passen. Selbst davon ist mir aktuell nichts untergekommen, sieht man von dem großen Prozess einmal ab, der vor wenigen Jahren in Deutschland stattgefunden hatte.« Er sah sie mit zerfurchter Stirn an. »Vielleicht gehören sie zu einem verkappten Talent, der im Stil dieser Künstler arbeitet.«

Claudia Ernst steckte den Zettel ein und nickte ihm zu. Bardenhagen war entweder abgebrüht wie ein Berufsverbrecher oder sie missdeuteten die Bedeutung dieser Aufstellung. Sie gesellte sich zu Florian Jansen. Aber auch ihm ließ sich nichts entlocken. Diese Familie hielt fest zusammen. Sie hatte sogar Verständnis dafür. Sie kämpften ums Überleben, physisch wie sozial.

Das Gespräch mit Jenny fiel entspannter aus, als Hilpert es sich vorgestellt hätte. Fritsche versuchte im Vorfeld bereits Fragen auszuschließen, bevor der Hauptkommissar auf die Idee gekommen wäre, sie zu stellen. Zu seinem Erstaunen machte sich Jenny für ihn stark. Energisch pfiff sie den Anwalt zurück.

»Wir verhalten uns ja geradezu so, als ob wir etwas zu verbergen hätten!«, fuhr sie ihn an. Sie wandte sich Hilpert zu. »Fragen Sie. Ich weiß alleine, wann ich den Mund halten muss.«

Trotz allem benötigten sie ein paar Minuten, bis sie es schafften, auf die Entführung zu sprechen zu kommen.

»Während des Semesters in London lernte ich einen Engländer

mit italienischen Wurzeln kennen. Jedenfalls gab er sich als solcher aus. Er war charmant, sah gut aus, er gefiel mir.«

»Wo haben Sie ihn genau kennengelernt?«

»In der Mensa. Er stand vor oder hinter mir und sprach mich an. Wir haben uns dann zusammen an einen Tisch gesetzt. Von da an sahen wir uns regelmäßig.«

»Wie ging es weiter?«

»Am Ende des Semesters, nach der letzten Prüfung lud er mich ein, mit ihm Verwandte in Sardinien zu besuchen. Wer sagt dazu schon Nein?«

»Er hat somit keine Gewalt angewendet, um mit Ihnen diese Reise zu unternehmen?«

»Nicht nur das, ich bin gern auf seinen Vorschlag eingegangen. Die Klausuren hatten viel Kraft gekostet. Ich fand das 'ne gute Idee, wieder Energie aufzutanken.«

»Ich verstehe«, erwiderte Hilpert. »So gesehen ist alles von langer Hand geplant worden. Wir haben es augenscheinlich mit absoluten Profis zu tun. Es ging also ab nach Sardinien.«

»Zumindest unterstellte ich das. Wir sind von Rom aus mit einer Limousine gefahren und spät in der Nacht angekommen. Während der Fahrt habe ich die meiste Zeit geschlafen. Ich könnte Ihnen nicht einmal sagen, ob wir nach Norden oder Süden gefahren sind. Mein Orientierungssinn ist nicht gerade der Beste, bei Nacht gleich gar nicht.«

»Wo sind Sie dann untergekommen?«

»In einem herrlich restaurierten Landhaus. Von dort aus konnte man das Meer riechen und die Brandung hören. Das war anfangs wie Urlaub. Wir lagen die meiste Zeit am Strand und genossen das sonnige Wetter. Das war das exakte Gegenprogramm zu London. Bei unserem Abflug in Heathrow hatte es zu regnen begonnen. Es war ungemütlich.« Für einen kurzen Moment schien es, als schaute sie verklärt in seine Richtung. »Die Umgebung in Italien war wie im Kino. Weißer Sand, weit und breit außer uns keine Menschenseele. Gelegentlich besuchten uns Umbertos Verwandte. Eine ältere Dame kümmerte sich ums Essen und um unser Zimmer. Es war wie in einer Pension mit Familienanschluss. Umberto war anfangs ausgesprochen lieb zu mir.«

»Umberto?«

»Ja, er nannte sich Umberto Errani.« Sie lachte auf. »Mit Sicherheit ist der Name falsch, ebenso wie die Geschichte von seinen Eltern mit dem Spitzenrestaurant in London.« Sie blies eine Haarsträhne aus ihrem Gesicht. »Ich stehe dazu, er ist ein attraktiver Mann. Wer konnte schon ahnen, welche Motive hinter allem standen? Ich glaubte, er mag mich.«

Sie beschrieb ihn in plastischen Farben. Irgendwie aber schien es Hilpert, als redeten sie über einen klassischen Latin Lover ohne besonders herausfallende Eigenschaften, sah man von dunklen kurzen Haaren und einem durchtrainierten Körper einmal ab. Als er sie bat, sich mit einem Polizeizeichner zusammenzutun, grinste sie ihn fröhlich an.

»Ich werde einen Teufel tun. Was hinter mir liegt, reicht mir für die nächste Zeit.« Sie beugte sich vor, sodass er voll in ihr hübsches, ebenmäßiges Gesicht schauen konnte. »Muss ich Ihnen erzählen, welche Interessen hinter allem stehen? Das hat mit mir verdammt wenig zu tun.«

Fritsche stöhnte auf, als habe sein Zahnarzt gerade seinen Nerv ohne Betäubung beim Bohren getroffen. Jenny winkte energisch ab. »Tun wir doch nicht so, als sei unser Kommissar blöd. Der versteht genau, worum es geht.« Wieder strahlte sie ihn an. »Wir werden uns nicht weiter outen. Ich habe gelitten, meine Familie hat gelitten. Wir wollen endlich Ruhe haben. Dafür muss ich Sie um Verständnis bitten.«

»Klar, verstanden. Nur, ab wann drehte die Geschichte? Oder haben Sie einfach nur ein paar Wochen Urlaub genießen dürfen?«

»Das weiß ich ganz genau. Als ich anfangen musste, mit meiner Familie diese seltsamen kurzen Telefonate zu führen. So nach knapp zwei Wochen, begann ich zu begreifen, dass da etwas nicht stimmen konnte. Abgesehen davon wollte ich zurück nach London und dann nach Hause. Mehr als 14 Tage hatte ich für Italien nicht vorgesehen.«

»Was geschah anschließend?«

»Im eigentlichen Sinne nichts. Umberto verließ mich und überließ mich irgendwelchen schrägen Typen.«

»Wurden Sie im Haus festgehalten?«

»Das war nicht nötig. Um von dort verschwinden zu können, hätte ich fliegen müssen. Glauben Sie mir, Zwangsaufenthalte am Strand, und sei der Sand noch so feinkörnig und die Sonne noch so heiß, werden schnell lästig. Wir hatten zeitweise bis zu 37 Grad.«

Hilpert gab es auf, etwas über ihren Aufenthaltsort in Erfahrung bringen zu wollen. Wahrscheinlich wusste sie tatsächlich nicht, an welcher Stelle des Landes sie sich aufgehalten hatte. Sie konnte nicht einmal sicher sagen, ob es Sardinien war. Was ihm letztlich blieb, war der vermutlich falsche Name eines Italieners, der nach ihrer Aussage in London lebte. Am Ende lehnte sich Fritsche zufrieden zurück, die Hände vor seinem Bauch gefaltet. Er grinste in sich hinein. Jenny hatte die Meisterleistung vollbracht, dem Kommissar so gut wie nichts mitzuteilen und trotzdem eine freundliche Gesprächsatmosphäre zu schaffen. Diesem verblieb allenfalls, einen Namen per Handy weiterzureichen, der mit ziemlicher Sicherheit falsch war.

Vielleicht half ihnen Scotland Yard weiter. Obwohl Hilpert wenig optimistisch war, sollte ihn die moderne Technik an diesem Tag einmal mehr begeistern. Eine drei viertel Stunde später bekam er ein gestochen scharfes Bild auf sein Handy gemailt. Er schaute in das Gesicht eines attraktiven südländisch aussehenden Mannes. Sein Name war Umberto Errani. Sie hatten sich bereits entschlossen zu gehen, als er Jenny das Bild unter die Nase hielt. Interessiert blickte sie darauf. Dann schüttelte sie den Kopf.

»Nie gesehen. Aber ich gebe zu, der Mann könnte mir gefährlich werden.« Zum wiederholten Mal lachte sie ihn mit entblößten Zähnen an. »Das gilt nicht nur für ihn. Sollten Sie mal etwas anderes im Kopf haben als die Aufklärung schrecklicher Morde, rufen Sie mich an. Ich stehe im Telefonbuch.«

Unsicher schaute Hilpert woanders hin. Als spürte sie seine Unsicherheit, strahlte sie in seine Richtung, als sei er der erste Mann in ihrem Leben, für den sie sich wirklich interessierte.

Claudia hatte die letzten Worte mitbekommen, vor allem registrierte sie Jennys Blicke. Bewusst schaute sie weg. Für einen interessierten Beobachter war allerdings zu erkennen, dass sie jede Bewegung deutlich wahrnahm und dass ihr nicht gefiel, was sie sah.

Auf dem Weg zurück nach Hamburg kam Hilpert an der einen oder anderen bissigen Bemerkung nicht vorbei. »Was wohl deine Petra zu dieser hübschen Person sagen würde?«

»Vermutlich würde sie sie töten«, antwortete er entnervt. »Ich glaube, sie neigt zur Eifersucht.«

Claudia ließ nicht locker. »Wirst du sie mal anrufen?«

»Privat? Ich bin doch nicht bescheuert!«

Sie schlug sich auf die Oberschenkel. »Wer's glaubt. Ihr Kerle seid nämlich alle gleich. Ihr greift zu, wenn sich euch eine Chance bietet.«

Er verzichtete auf eine Erwiderung. War man als Mann erst einmal klassifiziert, kam man in eine Schublade und hatte dort gefälligst stecken zu bleiben, unabhängig davon, ob man sich darin wohlfühlte oder nicht. Jeder Versuch dagegenzuhalten hätte seine Situation nur verschlechtert. Er seufzte. Wann durfte er sich endlich emanzipieren? Mit der flachen Hand schlug sie ihm diesmal kräftig auf den Oberschenkel. »Lass dich von mir nicht ärgern. Ich weiß, dass du ein treuer Mensch bist. Das hat schon so manche Kollegin beklagt.«

Damit war er ebenso wenig zufrieden. »Worüber ihr euch in der Kantine unterhaltet! Das hört sich an, als sei ich ein Langweiler.«

Sie blickte ihn ernsthaft an. »Du bist exakt das Gegenteil davon. Da kenne ich mich aus.« Sie klatschte in die Hände und zerstörte die sich anbahnende Stimmung. »Was halten wir von der Familie?«

Hilpert ließ sie mit der Antwort nicht ungebührlich warten. »Die haben Angst.«

»Angst wovor?«

»Gute Frage. Vor den Fälschern? Davor, dass die Wahrheit herauskommt?«

»Du meinst wegen des Großvaters und seiner Gefälligkeitsgutachten?«

»So sehe ich das. Jenny hat zwar einen auf abgebrüht gemacht, aber mehr als vier Wochen in den Händen von Entführern gehen garantiert nicht spurlos an einem vorbei. Wer weiß, was die ihr abverlangt haben. Sie hat bestimmt keinen Bock darauf, Gleiches nochmals durchzumachen.«

Sie nickte, kaum dass er es wahrnahm. »Wer wollte es ihr verdenken. Und was die Bardenhagens betrifft, halten die selbstredend ebenfalls dicht.«

»Gerät an die Öffentlichkeit, dass er getürkte Gutachten erstellt hat, interessiert sich niemand für seine Motive. Die Kollegen werden über ihn herfallen wie die Löwenmeute übers Gnu. Dann explodiert deren gesamtes Selbstverständnis, ihre gesellschaftliche Stellung.«

»Wenigstens das der beiden alten Leute«, fügte Claudia hinzu.

»Dem Schwiegersohn ist es völlig egal«, ergänzte Hilpert. »Wie die Tochter, die Enkelkinder das sehen, vermag ich nicht einzuschätzen. Manch einer fällt tief, wenn er aus dem Rhythmus gerät, und kommt oft nicht mehr auf die Beine. Von unten nach oben zu gelangen, ist schwer genug. Von oben nach unten zu plumpsen und wieder hochzukommen, ist zehnmal herausfordernder.«

Claudias Ton wurde deutlich schärfer. »Dieser arrogante Professor kann sicherlich einen Schuss vor den Bug vertragen.«

»Meinst du, der hat es verdient, auf dem Buchholzer Marktplatz an den Pranger gestellt zu werden?«

»Wer hat das schon? Wir leben ja nicht mehr im Mittelalter.«

Sie blieben uneins, als sie sich im Präsidium trennten und jeder sich an seinen Schreibtisch zurückzog. Hilpert spürte, dass Bardenhagens akademische Arroganz ihr gegen den Strich ging. Das konnte selbst der gut aussehende Enkelsohn nicht wettmachen. Hilpert war mit den Jahren gelassener geworden. Durch die Beziehung zu Petra und ihrer Familie war er oft genug auf Menschen gestoßen, die gerade noch den europäischen Hochadel als ebenbürtig betrachteten. Mittlerweile ließ er solche Typen nicht mehr an sich heran. Manche von ihnen wurden zu ihrer eigenen Karikatur. Ein alter Freund gab ihm vor Urzeiten den Rat, sich diese Typen auf der Kloschüssel vorzustellen. Das half ungemein. Man musste sie nicht ernst nehmen. Selbst Hass oder Ablehnung gegen sie zu entwickeln, war den Schweiß der Edlen nicht wert.

Es ging auf acht zu. Es zog Hilpert nach Hause. Er überlegte, ob er seinen Schreibtisch aufräumen oder alles liegen lassen sollte. Wie er sich kannte, würde er am nächsten Tag eh wieder Unordnung schaffen. Das Telefon verhinderte vorerst eine Entscheidung. Zu Hilperts Erstaunen meldete sich Jenny Jansen. Fröhlich lud sie ihn für den Abend auf einen Cocktail in einer dieser In-Bars ein, die schneller gingen, als sie kamen. Eine Spur zu naiv fragte er sie, ob es neue Informationen gäbe. Ihr Lachen reichte selbst ihm als Antwort. Schließlich einigten sie sich darauf, sich erst nach der Aufklärung der Fälle privat zu treffen. Er hätte ihr auch erzählen können, in festen Händen zu sein. Nur, welcher Mann ließ sich nicht gerne von einer attraktiven jungen Frau anmachen? Grinsend beendete er das Gespräch. Er klackerte mit seinem Bleistift auf der Schreibtischunterlage herum und dachte angestrengt nach. Er war zu lange im Geschäft, als dass er gerade noch auf die Einladung eines jungen Mädels hoffte, um sich vorführen zu lassen. Was wollte Jenny tatsächlich von ihm? Nur einen Drink nehmen oder hatte sie etwas anderes im Hinterkopf, was relativ wenig mit ihm als Person zu tun hatte? Diese letzte Antwort des Abends nahm ihm Claudia ab, die zum Tschüss sagen zu ihm reinschaute. Erstaunt nahm sie seine Frage zur Kenntnis.

»Hast du denn gar nicht mitbekommen, wie dich die charmante Dame angeguckt hat?«

»Ich bedanke mich für den qualifizierten Rat. Ich komme wieder auf dich zu, wenn ich keine Frage an dich habe.«

Diesmal blieb sie ernst. »Ich halte die liebe Jenny für clever genug, dass sie versucht, bei dir ihren Charme einzusetzen. Auch ihr kann es nicht lieb sein, wenn ihr Großvater auffliegt.«

»So was habe ich mir beinahe gedacht. Ganz so blöd bin ich auch nicht, obwohl ich ein Mann bin.«

Provozierend tätschelte sie seine Wange. »Mit deinen begrenzten Möglichkeiten hast du zu leben. Man kann nicht gleichzeitig Mann und intelligent sein.«

»Was täte ich ohne deine Lebensweisheit«, antwortete er ungerührt. »Gut, dass es dich gibt. Doch noch bin ich dein Boss, egal, wie blöd ich bin. Und dieses Spielchen beherrsche ich recht gut. Vielleicht weil ich ein Mann bin.«

Sie begriff, dass die Zeit für gegenseitiges Necken vorbei war und verzichtete auf eine Antwort. Sie verabschiedete sich und verließ sein Büro. Er verspürte kein Verlangen, weiter über sie nachzudenken und ging ebenfalls.

Beim Hinausgehen ärgerte sie sich über ihre Worte. Sie hatte sich mehr oder weniger wie ein eifersüchtiges junges Mädchen verhalten. Sie wusste ja, dass er eine Beziehung hatte. Seine Freundin war darüber hinaus intelligent und ganz am Rande furchtbar reich. Vor allem aber war sie nett. Was wollte sie dem entgegensetzen? Hinzu kam, die Männerwelt verzehrte sich nicht gerade nach ihr. Es musste ihr reichen, dass er ihre Arbeit offensichtlich schätzte und ihr alle Freiräume gab, die sie für sich benötigte, um motiviert ihren Job zu machen. Das war mehr, als sie sich erträumt hätte.

Hilpert hatte das kleine Geplänkel längst vergessen, als er sich in seinen Wagen setzte. Er war müde und wollte einfach nur nach Hause. Er beschloss, darauf zu verzichten, Petra von Jenny Jansens kleiner Einladung zu erzählen. Irgendwie kam sie ihm albern vor. Bei Mordermittlungen wurde Leuten wie ihm gern besonderes Interesse entgegengebracht. Es war meist ein Gemisch aus Neugier und Abenteuerlust und verlor sich schnell wieder. Er wusste aus bitterer Erfahrung, wo man landete, wenn man privaten Emotionen Einlass in die eigene Ermittlungstätigkeit gewährte. Jenny war eine attraktive Frau, aber bei Weitem nicht die einzige in Hamburg. Und er war auf dem Weg zu einer davon.

31

Claudia fuhr aufgewühlt durch die Stadt. Von den großen Stauexzessen, über die sie vor geraumer Zeit in der Zeitung gelesen hatte, bekam sie nichts mehr mit. Der Verkehr floss gleichförmig dahin. Zuweilen erwischte sie sogar nacheinander drei grüne Ampeln am Stück. Sich selbst konnte sie eingestehen, dass sie Fabian sehr viel mehr als nur Sympathie entgegenbrachte. Sie wusste, wie er zu ihr stand. Er würde ihr nie zu nahe treten. Und eigentlich wollte sie es auch nicht, obwohl sie es zulassen würde. Mehr als alles andere liebte sie ihren Beruf. Kam ein anderer Zungenschlag in ihr Miteinander, zerplatzte ihre gleichberechtigte Harmonie. Trotz seiner letzten Bemerkung führte sich Fabian nicht wie ein Chef auf, sondern wie ein Kollege. Er verteilte keine Anweisungen. Vielmehr beriet er sich mit ihr oder bat sie um etwas. Das durfte sie keinesfalls gefährden. Sie beschloss, sich weiter zurückzunehmen. Herzhaft lachte sie auf. Ihre Beziehung war unschuldig. Solange sie es blieb, brachte ihre gemeinsame Arbeit Freude und Zufriedenheit.

Den nächsten Vormittag hatte Hilpert exklusiv für sich zum Nachdenken reserviert. Es sollte bei diesem frommen Vorsatz bleiben. Ein Familiendrama mit Messereinsatz in der Oldachstraße führte ihn nach Barmbek-Nord. In der kleinen Altbauwohnung hockte ein offensichtlich Angetrunkener auf dem Küchenboden und hielt ein Handtuch gegen eine stark blutende Wunde am rechten Oberarm. Am Küchentisch saß eine kräftige Frau mittleren Alters. Sie stierte auf einen imaginären Punkt an der Wand und gab keinen Laut von sich. Ihren unkoordinierten Bewegungen nach zu schließen, war sie ebenfalls nicht ganz nüchtern. Ein etwa vierzehnjähriges Mädchen stand am Küchenfenster und schaute hinaus, als gäbe es draußen etwas Interessantes zu entdecken. Hilpert wollte sich der Frau zuwenden, als Claudia ihn sanft zur Seite drückte.

»Ich sollte das machen, das ist Frauensache.«

Er ließ ihr gern den Vortritt. Die Tatwaffe lag auf dem Tisch. Der Verletzte bekam nur die Hälfte mit. Offensichtlich stand er unter Schock. Den Rest erledigte der reichlich genossene Alkohol. Die Sanitäter behandelten die Fleischwunde provisorisch und nahmen ihn zur weiteren Behandlung mit in die nächste Klinik. Lebensgefährlich verletzt war er nicht. Großartige Ermittlungsarbeiten standen keine an. Die Sachlage war eindeutig. Mit etwas Glück konnte man der Hausfrau Notwehr zugestehen. Es gab nicht viel aufzunehmen. Die Anzahl der Zeugen hielt sich in Grenzen, sodass keine aufwendigen Aufzeichnungen anzufertigen waren. Sie hielten sich knapp eine Stunde in der Wohnung auf, bevor sie ins Büro fuhren. Trotzdem beschäftigten ihn die administrativen Arbeiten bis in den frühen Nachmittag hinein. Gegen 15 Uhr setzte sich Claudia zu ihm. Sie hatte bereits Kopien der Vernehmungsprotokolle dabei. Er wollte einen Blick hineinwerfen, aber sie winkte ab.

»Die dürftigen Ergebnisse kann ich dir in kürzester Zeit mitteilen. Die Mutter gibt die Tat zu. Ihr Mann sei betrunken gewesen und habe sie bedroht. Das Messer lag griffbereit neben ihr auf dem Tisch. Sie sah keine bessere Möglichkeit, sich zu wehren.«

»Was sagen die Nachbarn?«

»Das Übliche. Wobei beide Ehepartner wohl ein Alkoholproblem haben.«

»Und die Tochter?«

»Sie schweigt sich aus.«

Hilpert kratzte sich angestrengt die Stirn. Plötzlich sprang er von seinem Sessel hoch. »Da stimmt was nicht.«

»Ach ja?«, merkte sie wenig intelligent an.

»Allerdings. Du erinnerst dich an die Frau, kräftig gebaut, mächtiger Busen?«

»Klar, ich habe mich mit ihr längere Zeit unterhalten.«

»Wie sieht es mit dem Mann aus?«

»Ihn habe ich mir nicht so genau angeschaut.«

»Ich hatte das Privileg. Es handelt sich um einen zittrigen, vom Alkohol gezeichneten Mann, klein und schmächtig.«

»Was willst du damit sagen?«

»Seine Frau benötigte kein Messer, um ihn sich vom Leib zu halten. Das schafft sie mit dem kleinen Finger.«

»Aber sie hat es doch getan«, erwiderte sie verunsichert. Sie verstand nicht, worauf er hinauswollte.

»Fragt sich nur warum. Das sollten wir versuchen herauszufinden, beste Claudia. Hoffentlich haben wir keinen Fehler gemacht. Oder hast du sie verhaftet?«

»Nicht wirklich. Bis eben habe ich keinen Grund dafür gesehen.«

»Los, wir fahren nochmals dorthin.«

»Wie du willst.«

Sie fuhren die Hindenburgstraße hinunter in den Jahnring. Über den Rübenkamp gelangten sie in die Oldachstraße. Sie hatten Glück. Unweit von dem blaurot verklinkerten Mehrfamilienhaus entfernt fanden sie einen Parkplatz. Sie mussten sich nicht weiter orientieren, um die Loggia zu identifizieren, die zu der Wohnung der Familie gehörte. Ein netter Nachbar ließ sie ins Haus ein. Gut in Form, wie sie waren, stiegen sie die zwei Treppen hoch, ohne dass sich ihr Blutdruck merklich erhöhte. Im dritten Stock drückte Hilpert den Klingelknopf. Hinter der Wohnungstür vernahmen sie laute Stimmen. Die Frau des Hauses öffnete mit rotem Kopf.

»Was wollen Sie denn schon wieder?«, fuhr sie ihn an.

»Sie«, antwortete Hilpert ruhig. »Und natürlich Ihre Tochter.«

»Was wollen Sie von der?«

»Das lassen Sie mein Problem sein.«

»Sie ist nicht da.«

»Davon möchten wir uns gern selbst überzeugen.«
»Ich lass Sie nicht rein!«
»Hast du nicht auch die Schreie gehört, Claudia?«
»Eindeutig!«
»Wir müssen nach den heutigen Ereignissen eine Straftat unterstellen«, fuhr er die Frau an. »Geben Sie den Eingang frei.«
Machtvoll stemmte sie sich ihm entgegen. Einmal mehr bewies Claudia ihre physische Präsenz. Sie machte einen Schritt auf die Frau zu, griff nach einem Arm und drehte ihn mit ungeahnter Kraft und Geschwindigkeit nach hinten. Nun hatte sie den richtigen Hebel, um Druck auszuüben. Wie in Zeitlupe ging die massige Frau in die Knie.
Stöhnend fauchte sie in ihre Richtung: »Das lass ich mir nicht bieten! Ich verklage Sie!«
Hilpert ließ sich nicht stören. Er stieg über sie hinweg. In der Küche stieß er auf die Tochter. Sie musste ihm nichts sagen. Hämatome in ihrem Gesicht zeugten von einer anderen Form häuslicher Gewalt, als er sie üblicherweise kannte. Die Frau des Hauses brachte die Aggressivität ins Spiel. Das Mädchen brach in Tränen aus, als er eintrat. Er ging auf sie zu und strich ihr übers Haar.
»Wir werden wohl dafür sorgen müssen, dass sich deine Lebenssituation ändert. Was ist das nur für eine Mutter!«
»Sie ist nicht meine richtige Mutter.«
»Noch schlimmer. Hier bleibst du jedenfalls nicht mehr. Wie war das mit deinem Vater?«
»Zum ersten Mal, seit ich denken kann, hat er versucht, mich zu beschützen. Da ist sie mit dem Messer auf ihn losgegangen.«
»So was habe ich mir schon gedacht.«
Claudia hatte der Frau mittlerweile Handfesseln angelegt. Sie ging ganz dicht mit dem Mund an ihr Ohr heran. »Solltest du irgendeine Scheiße vorhaben, warte ich nur drauf. Typen wie dich vernasche ich bereits vor dem Frühstück.«
Sie ließ sich folgsam wie ein Lamm von ihr abführen. Offensichtlich jagten ihr Frauen mehr Respekt ein als Männer. Claudia war eher schmal gebaut. Wer allerdings den Griff ihrer Hand verspüren durfte, verstand, dass unter ihrer Kleidung gut ausgebildete Muskeln steckten. Im Gegensatz zu Hilpert hatte sie keine Probleme damit, Frauen zu attackieren. Für Männer galt

das eh. Hilpert gratulierte sich einmal mehr zu dieser trefflichen Mitarbeiterin.

Ein Fall neigte sich dem Ende zu, von dem sie anfangs angenommen hatten, dass er sich im Vorbeigehen lösen würde. Das Familiendrama ging garantiert weiter. Die heranwachsende Tochter durfte dieser Hölle jedoch künftig großräumig ausweichen.

Anfangs plante Hilpert, sich an den Verhören zu beteiligen. Die Ausreden der Frau bezüglich der Gründe ihres Verhaltens machten ihn aggressiv. Das wollte er sich nicht antun. Da überließ er lieber den Kollegen nach wenigen Minuten das Feld. Der Ehemann durfte sich noch ein paar Tage im Krankenhaus von seiner Frau erholen. Die Nachricht vom Weggang des Mädchens nahm er eher gelassen hin. Wie er in einem Prozess aussagen würde, blieb dahingestellt. Wahrscheinlich würde er schweigen. Alles kam letztlich auf die Tochter an. Wollte sie in der Familie bleiben, blieben ihre Lippen ebenfalls versiegelt. Hatte sie überhaupt eine Alternative? Welche Perspektiven hatte sie in einem Jugendheim? Gab es für sie einen Platz in einer Pflegefamilie? Wo waren sie in der Gesellschaft angekommen. Gewalt in der Familie war eigentlich das Privileg der Männer. Die Mütter warfen sich schützend vor ihre Kinder. Nun stand die Pyramide auf dem Kopf. Nach wie vor stellte dieser Fall die Ausnahme dar, leider mit steigender Tendenz.

Erst als Hilpert seinen Wagen in der Garage abstellte, fiel ihm ein, dass er nur zum Nachdenken ins Büro gefahren sein wollte. Dieser Absicht durfte er nach den Ereignissen des Tages ein Begräbnis erster Klasse geben. Dafür blieb ihm sein trautes Heim. Petra war für zwei Tage auf Geschäftsreise gegangen. Unter Zuhilfenahme seiner Finger rechnete er sich aus, dass seine Freundin in einem Monat durchschnittlich gut eine Woche unterwegs war. Zum Ausgleich genoss sie lange Arbeitstage. Demnächst war es vermutlich angesagt, darüber nachzudenken, künftig gemeinsame Termine zu vereinbaren, um sich zumindest gelegentlich zu sehen. Dagegen mussten sie etwas unternehmen. Ansonsten zerbrach ihre Beziehung trotz aller gegenseitigen Emotionen. Dabei wusste er selbst, dass er ebenso wie Petra den Job über alles stellte und keine Rücksicht auf seine Partnerin nahm.

Der Fernseher hielt ihn nicht weiter vom Nachdenken ab,

dafür war das Programmangebot zu schwach. So was funktionierte erfahrungsgemäß am besten mit einer kalten Flasche Bier. Er hatte Glück, der Eisschrank war gut bestückt. Trotzdem kam er mit seinen Überlegungen nicht so recht weiter. Wenigstens hatte er sich entschieden, sich für Claudias Beförderung starkzumachen. Mit ihr hatte er die richtige Partnerin zur Seite. Dessen ungeachtet war es an der Zeit, den Ausbau seiner Kommission voranzutreiben. Zu zweit wuchs ihnen die Arbeit über den Kopf. Er grinste bitter. War er bereits auf der Suche nach ersten Ausreden, weil sich die Fahndungserfolge nicht wie erhofft einstellten? Erst gegen Mitternacht wurde er gelassener. Im Fall der rabiaten Mutter durchschaute er die Struktur des Falls ohne große Umstände. Als entfernte er mit einem scharfen Messer die Häute einer Zwiebel, legte er dessen Kern frei. Es kostete ihn keine Anstrengungen oder verzweifelte Überlegungen. Bei den Morden an dem Wissenschaftler und der kaufmännischen Mitarbeiterin schwabbelte er in einem Strom mit unterschiedlichen Wirbeln. Er geriet in keine konkrete Richtung, wurde nicht zurückgeworfen, aber auch nicht nach vorne getrieben. In seinem Kopf bildeten sich keine Thesen, die man bestätigen oder widerlegen konnte. Niemand suchte ihn mit einer noch so verwegenen Mutmaßung auf. Manchmal beschlich ihn das Gefühl, als würde er in diesem Leben nicht einmal in die Nähe einer Lösung gelangen. Bardenhagen nahm ohne Frage eine Schlüsselstellung ein, nicht als Tatverdächtiger, sondern eher als Opfer. Opfer von wem? Warum war klar. Hilpert suchte eine Fälscherbande, die gradlinig ihren Weg ging und offensichtlich perfekt organisiert war. Sie setzte ihre Interessen konsequent durch und schreckte weder vor Mord noch vor Entführung zurück. Mafiös, international orientiert. Diese Begriffe zuckten durch seinen Kopf. Und was tat er? Er hüpfte durch Buchholz und suchte in der Nordheide nach Ansatzpunkten für seinen Fall. So sehr er seine Heimatstadt mochte, hier würde er keine geeigneten Antworten auf seine Fragen erhalten. Ihm kam Vreeburg in den Sinn. Amsterdam machte zumindest mehr her als der Kampf um einen Krötentunnel in Holm-Seppensen. Nur, wie passte der Wissenschaftler ins Bild? Als weiterer Sachverständiger wie Bardenhagen, als Ersatzmann für Obal? Würde man versuchen, ihn auf ähnlichem Weg zu greifen, wie Obal es versucht hatte? Wussten sie um seine Schwachstelle?

Oder war er mittendrin und hatte es mit der Wahrheit bislang nur nicht so genau genommen? Aber war er wirklich Teil der Mörderbande?

Schließlich gab Hilpert auf. Egal, wo er ansetzte, er kam ständig am gleichen Punkt wieder heraus. Alle Fragen, alle Mutmaßungen brachten ihn nicht einmal in die Nähe seines Ziels. Für keine seiner Thesen verfügte er über so etwas wie einen konkreten Hinweis. Warum war das so? Unterlief ihm an entscheidender Stelle ein Denkfehler? Arbeitete er akribisch genug? Würdigte er ihre vorliegenden Fakten in geeigneter Form? Oder betankte er fleißig sein Dieselauto mit Benzin und wunderte sich, dass es nicht auf Touren kam? Nicht einmal diese Frage konnte er schlüssig beantworten.

32

Bardenhagen fand entgegen seiner sonstigen Gewohnheiten an diesem Tag nicht aus dem Bett. Am liebsten hätte er sich die Decke über den Kopf gezogen und sich bis auf Weiteres abgemeldet. Tatsächlich stemmte sich die Realität dagegen. Schaffte er es noch, seine Frau aus dem Schlafzimmer zu verscheuchen, musste er bei seiner Enkeltochter passen. Als sei es das Selbstverständlichste auf der Welt, betrat sie sein Zimmer.

»Opa, was ist los mit dir? Bist du krank? Dann kann ich ja gleich wieder abdampfen.«

»Nein, nein, Kleines, mir war nur unpässlich. Wenn ich dich sehe, geht es mir gleich besser. Ich springe schnell unter die Dusche und bin gleich bei dir.«

Jenny winkte ihm flüchtig zu und verließ den Raum. Bardenhagen hüpfte aus dem Bett, als sei er einem Jungbrunnen entsprungen. Kurz darauf vernahm man das Plätschern des Wassers. Schon bald saß er ihr im Esszimmer gegenüber. Seine Frau hatte sich ausgeklinkt und die beiden sich selber überlassen. Seit Jennys zehntem Lebensjahr spielten sie einmal die Woche gegeneinander Schach. Je älter sie wurde, desto größer wurden die zeitlichen Abstände. Freundinnen, Freunde wurden zusehends wichtiger. Daneben raubte erst Schule, dann das Studium die kostbare Freizeit. Soweit er sich erinnerte, war dies in diesem Jahr das erste gemeinsame Spiel, zu dem sie kamen. Nun saßen sie einander gegenüber und bewegten die Figuren. Bevor sie an diesem Samstag etwas registrierten, schlug der Hund an. Jenny sprang auf und ging ans Fenster. Mit zittrigen Händen wandte sie sich ihrem Großvater zu.

»Opa, im Vorgarten steht einer meiner Entführer.«

»War er es, der dich ...?« Er verzichtete darauf, seinen Satz zu Ende zu bringen.

Sie verstand ihn auch so und nickte. Unnatürlich ruhig erhob sich der ältere Herr. Mit resoluter Stimme wandte er sich Jenny zu.

»Das wird hier und heute geregelt.«

»Was hast du vor?«, fragte sie erregt.

»Das lass meine Sorge sein.«

Er verließ das Zimmer. Sie dagegen traute sich nicht einmal zurück zum Fenster.

Bardenhagen betrat mit festen Schritten die Diele und ging an den Gewehrschrank. Er griff sich die doppelläufige Schrotflinte. Er wusste, sie war geladen. Trotzdem knickte er den Doppellauf ab und vergewisserte sich nochmals. Gelassen öffnete er die Haustür, ging hinaus und legte an. Der ungebetene Gast begriff zu langsam, wie ihm geschah. Es war viel zu spät, als er sich hastig an die Seite fasste. Zwei Schüsse zerrissen die Stille dieses Vormittags. Auf kurze Entfernung bewirkte eine Doppelladung Schrot Fürchterliches. Der Fremde sank mit zerfetztem Oberkörper zu Boden. Bardenhagen ließ die Waffe wie einen lästigen Gegenstand fallen, den man nicht mehr benötigte. Seine Arme hingen schlaff herunter. Mit aufgerissenen Augen drehte er sich zu seinem Enkelkind um, das schreiend zu ihm lief. Ausdruckslos starrte er Jenny an. Christel Bardenhagen war aus dem Obergeschoss heruntergekommen. Mit offenem Mund ging sie auf ihn zu, packte ihn an den Schultern und schüttelte ihn.

»Was hast du getan, Claus!?«

»Das war mehr als überfällig. Das Schwein hat bekommen, was es verdient hat.«

Jenny beugte sich zu dem Toten herunter. »Da liegt eine Pistole. Das war reine Notwehr von Opa.« Ächzend, als habe sie schwere Gewichte gestemmt, kam sie wieder hoch. »Wir müssen die Polizei rufen«, bemerkte sie ruhig. »Fasst bloß nichts an. Am besten, wir informieren auch diesen Kommissar Hilpert. Nicht dass hier noch weitere Polizisten rumgurken. Mir reichen die, die normalerweise bei uns aufschlagen.«

Sie hatte die Führung übernommen. Ihre Großeltern folgten schweigend ihren Anweisungen. Bardenhagen atmete schwer, als er sich an den Esstisch setzte. Er stierte auf einen imaginären Punkt an der gegenüberliegenden Wand. Seine Frau gesellte sich zu ihm, eine Whiskeyflasche und ein Glas in ihren Händen. Sie schenkte ihm großzügig ein.

»Den kannst du jetzt gebrauchen.«

Wortlos griff er nach dem Glas und leerte es in einem Zug. Er schüttelte sich. Langsam kehrte die Farbe in sein Gesicht zurück. Man erschoss nicht jeden Tag einen Menschen mit einer Doppelladung Schrot.

Hilpert hatte sich eigentlich ein geruhsames Wochenende mit seiner Freundin erhofft. Der Tod des Unbekannten brachte ihre gesamten Pläne durcheinander. Statt eines gemeinsamen Alsterspaziergangs landete er einmal mehr in der Nordheide. Er beließ seine Kollegin zu Hause. Es reichte, wenn er einen Teil seiner Freizeit opfern musste. Vor Ort traf er auf die Kollegen aus Buchholz und den Amtsarzt. Die Sachlage schien eindeutig. Ein Bewaffneter bedrohte einen Hauseigentümer. Dieser wehrte sich und gewann. Fast wie in Texas, dachte er. Doc Holliday gegen den Rest der Welt.

Hilpert nahm die Pistole, eine österreichische Glock, in die Hand und untersuchte sie. »Hm, nicht durchgeladen und gesichert.«

»Das konnte der Professor nicht wissen«, wandte sein Buchholzer Kollege ein.

»Richtig, der Fremde wusste es allerdings. Das heißt, von ihm ging objektiv keine direkte Bedrohung aus, sonst hätte eine Patrone in der Kammer gesteckt.«

Er legte die Waffe in der gleichen Position hin, wie sie vorher gelegen hatte. »Also, wie es aussieht, hatte er die Waffe gezogen und wurde von den beiden Schüssen getroffen.« Er warf einen Blick zur Eingangstür. »Das heißt, Bardenhagen trat mit der Waffe im Anschlag nach draußen. Wahrscheinlich hatte er ihn durch das Fenster kommen sehen. Fragt sich nur, was wollte er von dem Professor? Und wie kommt der darauf, mit dem Gewehr im Anschlag vor die Haustür zu gehen? Fragen wir ihn.«

Bardenhagen stand unweit von ihm. Er sah inzwischen relativ erholt aus, als habe ihn der Alkohol befreit. Hilpert ging auf ihn zu und schoss gleich seine erste Frage ab: »Wissen Sie, wer der Mann ist?«

»Nein, keine Ahnung. Aber Jenny meint, ihn erkannt zu haben. Er gehörte wohl zu ihren Entführern.«

»Deshalb das Gewehr?«

»So ist es. Normalerweise verlasse ich mein Haus unbewaffnet.«

»Kapiert. Der Mann macht durchaus einen südländischen Eindruck. Ich werde Ihre Enkeltochter gleich befragen. Können Sie mir den Vorgang kurz schildern?«

Bardenhagen erzählte ihm nichts Neues. Er sei mit der geladenen Flinte hinausgegangen und habe sofort geschossen, als dieser nach seiner Pistole griff. Hilpert hörte konzentriert zu. Mit dieser Geschichte würde ihn jedes Gericht in Deutschland wegen Notwehr freisprechen. Nur, was wollte dieser Mensch in Buchholz? Wohlweislich verzichtete Bardenhagen darauf, Hilpert darüber zu informieren, dass er den Toten tatsächlich kannte. Dieser Mann hatte ihm die Gutachten abgerungen und ihm das Geld gegeben. Diesen Zeugen gab es nicht mehr. Und diesen Vergewaltiger ebenso wenig. Er fühlte sich gut. Dessen Tod befriedigte ihn ungemein und belastete ihn keineswegs. Über die Folgen weigerte er sich nachzudenken.

Mittlerweile waren die Fingerabdrücke per Technik in Hamburg gelandet und dort abgeglichen worden. Der Tote war tatsächlich gebürtiger Italiener, allerdings kam er nicht aus dem Süden, sondern aus dem Norden. Er lebte seit vielen Jahren in Deutschland. Sein Name war Giovanni Marinello. Erstaunlicherweise verfügte er über eine Vorstrafe wegen eines Wirtschaftsverbrechens. Er war zu drei Jahren verurteilt worden. Ein Teil der Strafe war ihm wegen guter künftiger Prognosen erlassen worden. Er hatte eine vorzügliche Ausbildung, die Familie stand hinter ihm. Tatsächlich war er nicht mehr straffällig geworden oder, vielleicht besser, bei keiner weiteren Straftat erwischt worden.

Jenny bestätigte die Worte ihres Großvaters. Sie identifizierte den Mann tatsächlich als einen ihrer Entführer. Was er bei ihren

Großeltern gesucht hatte, konnte sie Hilpert ebenfalls nicht sagen. Wollte er nur Präsenz zeigen, um der Familie deutlich zu machen, dass sie weiter den Mund zu halten hatten? Wie verhielt es sich mit dem Rest der Bande? Musste mit einem Revancheakt gerechnet werden? Konnten die es sich erlauben, einen weiteren Sachverständigen über die Klinge springen zu lassen? Zumindest riet er seinen Kollegen, Bardenhagen für dieses Wochenende Polizeischutz zur Seite zu stellen. Wie lange konnte das durchgehalten werden? Aber eigentlich war er viel zu wichtig für sie als Zeuge, als dass ihm etwas geschehen durfte.

Marinello hatte sein Fahrzeug an der Steinbecker Straße geparkt, einen flotten Flitzer aus japanischer Produktion. Der Innenraum war bis auf eine Packung Zigaretten leer. Sie fanden keine persönlichen Gegenstände, keine Papiere. Der Tote wohnte in der Oderfelder Straße, im Erdgeschoss einer der hochherrschaftlichen Häuser, die das Bild der Umgebung prägten. Da Hilpert eh zurück nach Hamburg musste, übernahm er es, die Wohnung zu inspizieren. Er griff sich die Schlüssel des Toten, der dafür keine Verwendung mehr hatte, winkte den Kollegen zu und setzte sich ab. Mit einem Grinsen vergegenwärtigte er sich, dass Marinello nur unweit von seiner ehemaligen Wohnung in der Isestraße residiert hatte. Theoretisch hätte man einander begegnen können. Er hielt es nicht mehr für erforderlich, sich an irgendeiner Spurensuche oder der Befragung von Nachbarn zu beteiligen. Für ihn war die Sachlage eindeutig. Selbst wenn sich das Drama ein wenig anders abgespielt haben sollte, würde er es aus den Familienmitgliedern nicht herausbekommen. Die hielten zusammen.

Als er im Auto saß, fiel ihm das entscheidende Wort ein: Revanche. Hatte sich der Professor für das revanchiert, was man seiner Enkeltochter angetan hatte? Er wollte es nicht ausschließen. Interessierte es ihn? Eher nicht. Er glaubte nicht, dass der Staatsanwalt Anklage gegen Bardenhagen erheben würde. Für den Rückweg nahm er von Buchholz aus die A1. Der Verkehr floss ruhig dahin. Kurz vor den Elbbrücken telefonierte er mit Petra und vertröstete sie um eine weitere Stunde, wissend dass es dabei nicht bleiben würde.

In der Oderfelder Straße ließ es sich durchaus leben. Es gab weitaus unattraktivere Gegenden in Hamburg. Trotzdem durfte man auch hier manchen architektonischen Stilbruch beklagen. Marinello hatte seine Wohnung kühl eingerichtet. An die Wände hatten sich ein paar unbedeutende Grafiken verirrt. Helles Mobiliar, ergänzt um matt poliertes Chrom, bestimmte die Einrichtung. In der Küche hielt er sich anscheinend nur auf, um sich morgens ein Brötchen zu schmieren und am Abend eine Flasche Wein aus dem Eisschrank zu holen. Als Koch hatte er sich eher nicht versucht. Backofen und Herd sahen aus, als hätte er sie sich gerade erst kommen lassen. Ansonsten fand Hilpert wie in Marinellos Auto kaum persönliche Notizen. Auf seinem Girokonto wurde Monat für Monat dafür gesorgt, dass Deckung für seine Daueraufträge vorhanden war. Offensichtlich zahlte er darauf regelmäßig Beträge zwischen 1.800 und 2.000 Euro ein. Monatliche Einkünfte aus einem Arbeitsverhältnis entdeckte er nicht. Er überprüfte das Schlüsselbund des Toten. Einer der Schlüssel passte vermutlich zu einem Schließfach. Vielleicht beantwortete es die Frage nach seinen Einkünften. Damit sollte sich Claudia zu Wochenbeginn befassen.

Nach einer knappen Stunde brach er ab, telefonierte mit dem Präsidium und sorgte dafür, dass ihn zwei Mitarbeiter der Spusi aufsuchten. Sollten die sehen, ob sie irgendwo ein verstecktes Geheimfach oder wichtige Notizen entdeckten. Ihm reichte es. Er informierte die Kollegen mit knappen Worten und übergab ihnen das Schlüsselbund.

Endlich schaffte er es, sich ins Wochenende abzusetzen. Als er Petra gegenüberstand, erblickte er in der Diele ihrer Wohnung zwei gepackte Hartschalenkoffer. Sie hatte konsequent für Fakten gesorgt. Auf dem Plan stand eine Übernachtung in Sankt Peter-Ording. Er ließ es auf keine Diskussion ankommen, sondern folgte ihr willig zu ihrem Auto. Mit ihrem flotten Flitzer schafften sie es allemal so zeitig an die Nordsee, dass es für ein ordentliches Fischgericht langte. Sie würde fahren. Er konnte sich zurücklehnen und die Tour genießen. Zuweilen liebte er emanzipierte Frauen. Und sie genoss es, wenn der Partner ohne große Diskussionen nachgab. Sie wusste, dass er ihre Fahrkünste schätzte. Sie wollte nur weg von Hamburg. Seinen Kollegen traute sie zu, dass sie ihn demnächst sogar um Mitternacht aus dem Bett scheuchten.

Das Wochenende war viel zu kurz, dafür ausgesprochen heftig. Sie genossen ein hervorragendes Hotel und einen noch besseren Fisch. Auch über den Abschluss des Abends konnte sich keiner von ihnen beschweren. So gesehen retteten sie von ihrer Freizeit, was es zu retten gab. Unabhängig davon entschieden sie sich für eine individuelle Verlängerung des Wochenendes und erreichten ihre Arbeitsstellen erst am Montagnachmittag. Petra musste mit ihrem Vater darüber nicht weiter diskutieren. Hilperts Chef Weber wäre nie auf die Idee gekommen, ihn an eine Arbeitszeitordnung zu erinnern. Bei den Überstunden, die er stehen hatte, könnte er bequem bis zum Jahresende zu Hause bleiben, ohne seinen Urlaub anzuknabbern. Und beide wussten, sie würden die Zeit nachholen müssen. Um sie herum wieselten keine Assistenten, die nur darauf warteten, ihnen die Arbeit abnehmen zu dürfen. In der freien Wirtschaft wie bei der Polizei wurde akribisch auf die Kosten geachtet. Die einen, weil sie gewinnorientiert arbeiteten, die anderen, weil die öffentliche Hand seit Jahren klamm war.

Das verlängerte Wochenende hatte Hilpert viel Energie gegeben. Sie neigten dazu, von der Substanz zu leben. Ein gelegentliches Auftanken tat daher jedem von ihnen gut. Der Fall hatte ihn wieder voll im Griff. Er überdachte die tödlichen Schüsse auf Marinello. Mit der Distanz weniger Tage begriff er, dass Bardenhagen vermutlich mit der Absicht, den Mann zu töten, vor die Tür getreten war. Ihm das zu beweisen, würde schwierig - wenn nicht unmöglich - werden. Was blieb ihm anderes übrig, als ihn zu sich zu bestellen und nochmals zu vernehmen? Am besten brachte er seine Enkeltochter als einzige Zeugin gleich mit.

Er warf einen Blick auf seine Stichwortliste. Was fing er mit Vreeburg an? Er hatte gegen ihn keine Anhaltspunkte, dass er stärker in das Fälschergeschäft involviert war, als sie ihm bislang nachweisen konnten. Mit solch einem lauen Lüftchen an Verdachtsmomenten war es unsinnig, sich an seine holländischen Kollegen um Unterstützung zu wenden. Nach wie vor fehlten ihm konkrete Beweise für gefälschte Bilder und damit verbundene getürkte Gutachten. Er hatte Wellner gebeten, seine Fühler auszustrecken, bisher ohne Erfolg. Petras Vater hatte, unabhängig davon, andere Probleme zu lösen, als ihm bei seinen Ermittlungen behilflich zu sein. Hilpert organisierte sich einen Kaffee. Wirklich fördern wollte der die Produktion seiner Hirnzellen nicht. Machte er so weiter, verlor sich der Wochenendeffekt schneller, als er den Becher leeren konnte. Er war nicht motiviert, die verstockten Familienmitglieder abermals zu interviewen. Die Ergebnisse wären eh unbefriedigend. Es verblieb ihm nur Sibelius, der Immobilienspekulant, und der war Weltmeister im Formulieren von Bandwurmsätzen ohne Inhalt. Eine Verbindung zu den Morden sah er bei ihm beim besten Willen nicht. Letztlich kam er auf seine Ausgangsidee zurück, den Professor nebst Enkelkind laden zu lassen. Diesmal durfte sich Claudia an ihnen die Zähne ausbeißen. Mit dieser Entscheidung ging es ihm ungleich besser. Er war überzeugt, sie würde sie keinen Zentimeter weiterbringen. Schließlich hatten sie ein ähnliches Prozedere schon mal ohne Erfolg versucht. Er dachte an seine Eltern. Selbst unter der Folter würde die niemand dazu bewegen können, etwas Belastendes gegen ihn auszusagen. Glücklicherweise machte niemand die Probe aufs Exempel. Ihnen blieb nichts weiter übrig, als am Ball zu bleiben.

33

Bardenhagen fand sich wieder in seinem Leben zurecht, als sei nichts geschehen. Er schlief den Schlaf des Gerechten, obwohl ihm klar war, dass er mit dem eindeutigen Vorsatz nach der Büchse gegriffen hatte, den Mann vor seinem Haus zu töten. Dass der seine Pistole gezogen hatte, erwies sich für ihn in der Nachbetrachtung als glückliche Fügung. Ansonsten wäre es für ihn problematisch geworden. Als er abdrückte, hatte er sich über die Folgen seiner Tat keinen Kopf gemacht. Die polizeilichen Ermittlungen gingen an ihm vorbei wie ein sanfter Windstoß von der Alster. Für ihn zählte ausschließlich die Situation seines Enkelkindes und seiner Familie. Nur langsam setzte sich sein Denkapparat in Bewegung. Wie würden sich dessen Komplizen verhalten? Seine Bewacher waren abgezogen worden. Konnte es eine Idee sein, sich Gedanken über einen Leibwächter zu machen? Nach reiflicher Überlegung vermutete er, vorerst auf der sicheren Seite zu stehen. Die Logik gebot, dass sie ihn noch benötigten. Vielleicht begriffen sie ebenso wie alle anderen, dass er sich durch den Mann bedroht gefühlt hatte. Als Gutachter war er in gebrauchsfähigem Zustand für die andere Seite nicht zu ersetzen. Keineswegs um neue Werke auszuzeichnen, sondern um zu verhindern, dass von ihm testierte Bilder in die Diskussion gerieten. Am späten Nachmittag hatten sie einen Familienrat einberufen. Aller Voraussicht nach würde auch diese Thematik diskutieren werden. Er hatte darauf gedrungen, Dr. Fritsche einzubeziehen. Dessen kühle, fast schon mitleidlose Art kam nicht bei jedem an. Gleichwohl versachlichte er jegliche Diskussion, schaltete unerwünschte Emotionen aus wie andere das Licht.

Sie kamen pünktlich um siebzehn Uhr zusammen. Ohne gefragt oder gebeten worden zu sein, übernahm Fritsche das Kommando. Bardenhagen nickte ihm zustimmend zu. Damit traute sich niemand in seinem Haus, dessen Rolle infrage zu stellen. Er sah nacheinander jeden in der Runde an. Ruhig entwickelte er dabei seine Argumentationslinien.

»Hilpert ist ein Fuchs. Kommt es ihm in den Sinn, lädt er einen nach dem anderen zu sich ins Präsidium nach Hamburg ein und konfrontiert ihn oder sie mit den gleichen Fragen. Das Recht steht ihm zu. Niemand könnte es ihm verwehren. Von Interesse wären die jeweiligen Abweichungen Ihrer Antworten auf diese Fragen. Und glauben Sie mir, diese Methode zieht.«

»Und warum hat er es nicht längst getan?«, wollte Birgit Jansen wissen.

»Dieser Aufwand macht vermutlich erst Sinn, wenn jemand aus Ihrer Runde tatverdächtig wäre. Sie sind potenzielle Zeugen, keine Verbrecher.«

»Was wollte man uns denn vorwerfen?«, betonte Florian mit der Inbrunst der Überzeugung.

»Ihr Großvater hat gestern einen Menschen getötet. Schon vergessen?«

»Dabei handelte es sich eindeutig um Notwehr.«

»Die Ermittlungsbehörden müssen das untersuchen. Egal, zu welchen Ergebnissen die letztlich kommen. Eine Frage bleibt im Raum stehen.«

Auch Jansen senior ließ sich zunehmend von einem Gemisch aus Hektik und Neugier anstecken. »Und die wäre?«

»Was hat der werte Herr dort gesucht? Hat jemand dazu 'ne Idee?«

Die Familienmitglieder sahen einander ratlos an. Wieder setzte Fritsche an: »Die Antwort ist ganz simpel. Keiner von Ihnen hat die geringste Ahnung. Äußern Sie bitte keine Vermutungen. Sie wissen es nicht.«

»Das ist doch die Wahrheit. Wir wissen nicht, was er bei meinem Vater wollte«, bestätigte Birgit Jansen.

»Ach wirklich? Warum haben Sie ihn dann erschossen, Professor?«

»Er hatte nach seiner Pistole gegriffen.«

»Und Sie konnten ihn nicht auffordern, das sein zu lassen und die Hände zu heben?«

Bardenhagens Selbstbewusstsein verlor ein wenig von seinem Glanz. »Daran habe ich in dem Moment nicht gedacht, ich hatte einfach nur Angst.«

»Gute Antwort, der Kandidat hat 99 Punkte.«

Das Telefon unterbrach ihr Gespräch. Bardenhagen hörte aufmerksam zu. Am Ende bestätigte er einen Termin, beendete das Telefonat und nickte zu Jenny herüber. »Wir haben übermorgen um elf einen Termin bei der Polizei in Hamburg. Ich hoffe, du kannst dann. Sonst müsstest du dort nochmals anrufen.«

»Geht in Ordnung, Opa.«

Bardenhagen sah Fritsche an. »Sie scheinen das zweite Gesicht zu haben, anders kann ich mir diesen Anruf der Polizei nicht erklären. Sie wollen Jenny und mich ein weiteres Mal vernehmen.«

»Keine Angst, das war nur das Ergebnis logischer Schlussfolgerungen. Umso wichtiger ist es, die Argumentationslinien beizubehalten. Ihnen darf kein Fehler unterlaufen. Jenny hat wenig zu sagen. Sie kann nichts verkehrt machen. Kommen wir auf Sie zurück, Professor. Das Wichtigste ist: Sie haben in den letzten Monaten kein Gutachten erstellt.« Er warf einen kritischen Blick in die Runde. »Garantiert hat die Fälschergruppe noch nicht alle Bilder veräußert. Schließlich handelt es sich nicht um Brötchen beim Bäcker um die Ecke. Nach meinen bisherigen Recherchen wurde im Großraum Hamburg kein Objekt untergebracht. Offensichtlich wurde gezielt außerhalb unserer Stadt agiert. Professor, ein Wort zu viel von Ihnen und denen zerplatzen ihre Geschäfte. Die Konsequenzen für die Familie wären nicht auszudenken. Den Leuten ist alles zuzutrauen.«

Jenny schluchzte auf und verschwand im Bad. Der Anwalt ließ sich von seiner kalten Diktion nicht abbringen. »Soweit ich informiert bin, geht es zusätzlich um einen van Gogh. Der dürfte alles toppen. Bleiben die darauf sitzen, brennt der Himmel.«

Viel gab es seinen Ausführungen nicht hinzuzufügen. Er erhob sich und verabschiedete sich mit den Worten: »Nehmen Sie meine Warnung ernst und reden nochmals im Familienkreis darüber. Ich kann Ihnen keine Vorschriften machen.«

Nachdem er gegangen war, stieß Jenny mit rot geweinten Augen wieder zu ihnen. »Ich hasse diesen Anwalt. Es kommt mir vor, als würde er sich an meiner Angst weiden. Der spricht die Dinge so direkt an. Fast automatisch würgt man die Erinnerungen hoch, die man schon verdrängt glaubte.«

»Aber seine realistische Sicht trifft den Punkt«, entgegnete ihr Vater. »Dabei ist es gleichgültig, ob man sie hören will oder besser nicht. In diesem Fall geht es um deinen Großvater. Wir müssen ihn schützen.«

Die anderen nickten zustimmend. Wenig später trennten sie sich.

Endlich saß Bardenhagen allein im Wohnzimmer. Für einen kurzen Augenblick dachte er daran, sich eine Zigarre anzuzünden. Seine Frau war mit den anderen nach Hamburg gefahren. So gesehen gab es niemanden, der sich über den Qualm beschweren konnte. Er erwartete sie erst am nächsten Tag zurück, sodass er ausreichend Zeit zum Lüften hätte. So weit war er noch nicht gekommen, dass er sich wie ein Pennäler nach draußen verkrümelte, um zu rauchen. Er war auf der Suche nach einem Cutter, als sein Telefon läutete.

»Professor Bardenhagen«, vernahm er eine ihm unbekannte Stimme. »Vor mir liegt ein Beckmann mit einem von Ihnen unterzeichneten Zertifikat aus dem Jahre 2009.«

»Ja und? Ich habe in den Jahren meiner Tätigkeit eine ganze Reihe an Gutachten erstellt.«

»Halten Sie dafür einen Preis von 1,5 Millionen für gerechtfertigt?«

Er ließ kurze Zeit verstreichen, um sich zu sammeln. Dass

man so schnell auf ihn zukommen würde, hatte er nicht erwartet. »Da müsste ich erst in meine Unterlagen schauen, um konkreter werden zu können.«

»Sie wollen mir doch nicht erzählen, dass Ihnen verschollene Werke renommierter Künstler im Stundentakt vorgelegt werden.«

»Wer behauptet das? Trotzdem werden Sie sich wundern, wie häufig man damit konfrontiert wird. Zumeist handelt es sich um Fälschungen oder schlechte Kopien. Aber in diesem Fall kann ich Sie beruhigen, 1,5 Millionen sind ein Schnäppchen.«

»Das erleichtert meine Entscheidung ungemein. Ich danke Ihnen.«

Wie ein Korkenzieher drehte er sich zunehmend tiefer in die kriminellen Machenschaften der Fälscherbande hinein. Platzte die Geschichte, musste er sich auf größte Unannehmlichkeiten einstellen. Garantiert bezahlte der eine oder andere mit blütenweißem Geld, weil er seinem Urteil vertraute. Er hatte Jahrzehnte gebraucht, sich national und international einen Ruf zu erwerben. Nun stand er am Abgrund. Wenn er nur an die Schadenersatzklagen dachte, die unweigerlich auf ihn zukamen, sollten seine Gutachten zerpflückt werden. Er hatte keines der Bilder begutachtet, sondern nur seine Unterschrift unter vorformulierte Texte gesetzt. Seine gesamte materielle Existenz stand auf dem Spiel. Und das in seinem Alter. Ihm wurde schlecht. An eine Zigarre war nicht mehr zu denken. Vermutlich würde er sich übergeben. Wusste seine Familie eigentlich zu schätzen, welches Opfer er für sie auf sich nahm? Am ehesten noch seine Frau. Er entschied sich für einen doppelten Whiskey. Es war niemand im Haus, der oder die die Stirn krausziehen konnte. Er nahm einen ordentlichen Schluck und schüttelte sich anschließend kräftig. Normalerweise genoss er das sanfte Brennen, wenn der Alkohol sich seinen Weg durch die Speiseröhre in den Magen bahnte. Diesmal wollte sich das wohlige Befinden nicht einstellen wie zu anderen Gelegenheiten. Trotzdem schenkte er sich nach. Das abermalige Läuten des Telefons schreckte ihn hoch. Er griff nach dem Hörer und meldete sich. Atemlos hörte er zu. Endlich gab ihm der Anrufer die Gelegenheit zu einer Antwort.

»Sie können sich doch nicht so ohne Weiteres bei mir einladen!«

Der Mann am anderen Ende reagierte unwirsch. »Es geht um

so viel Geld. Da will ich absolut sichergehen, mit dem Beckmann keine falsche Entscheidung zu treffen. Selbstverständlich bin ich gerne bereit, Ihre Bemühungen zu honorieren. Kommen Sie, geben Sie Ihrem Herzen einen Stoß.«

»Na gut, ich bin morgen Abend eh allein, meine Frau hat da ihren Bridgeabend. Besuchen Sie mich mit dem Bild nach 20 Uhr. Es wird uns niemand stören.«

»Ausgezeichnet. Wie hoch ist Ihr Honorar?«

»Lassen Sie Ihr Geld stecken. Die Begutachtung wird nicht lange dauern.«

»Trotzdem, Sie investieren Ihre Zeit.«

»Stiften Sie einen Betrag Ihrer Wahl der Welthungerhilfe.«

»Gute Idee.«

Verwirrt starrte er in sein Whiskeyglas, bevor er es in einem Zug leerte. Das Telefonat wirkte nach. Wer war dieser Mann? Erst jetzt vermeinte er, einen englischen Akzent herausgehört zu haben. Vorgestellt hatte er sich ebenfalls nicht. Seltsames Benehmen. Vielleicht hätte er doch ein saftiges Honorar fordern sollen. Die Wellen, die gegen seinen Deich der Beherrschung anrollten, nahmen mittlerweile Tsunami-Format an. Da musste er durch. Er hatte sich weit vorgewagt. Es gab keine Alternativen für ihn. Er goss sich erneut ein. Wenigstens dieses Vergnügen konnte man ihm an diesem Abend nicht nehmen. Langsam erreichte ihn ein sanftes Gefühl der Trunkenheit. Seine Probleme schienen an Bedeutung abzunehmen. Spätestens wenn die Wirkung des Alkohols sich verzog, würden sie sich mit voller Wucht wieder über ihn hermachen.

Am nächsten Morgen wachte er erst nach zehn Uhr mit dickem Kopf auf. Er hätte besser auf die letzten beiden Drinks verzichten sollen. Er war zu alt für große Trinkgelage. Das Telefon lärmte gnadenlos. Als er abnahm, hatte er einen Journalisten vom Wochenblatt an der Strippe. Er bügelte ihn ebenso kurz ab wie dessen Kollegen vom Abendblatt, der wenig später bei ihm sein Glück versuchte. Als sogar das Fernsehen um einen Termin ersuchte, schaltete er das Telefon ab. Wer ihn kannte und etwas von ihm wollte, wusste ihn übers Handy zu erreichen. Eigentlich wollte er sich mit niemandem unterhalten. Seine Frau kehrte am Nachmittag zurück, allerdings nur, um sich für ihren

Bridgeabend umzuziehen. Er würde auch den zweiten Abend allein verbringen und er wollte ihn genießen. Diesmal sollte eine Zigarre dran glauben. Dafür blieb der Whiskey in der Flasche. Schließlich hatte er mit Jenny am kommenden Vormittag eine Verabredung bei der Polizei. Vom Küchenfenster aus beobachtete er, wie seine Frau davonfuhr. Vor zweiundzwanzig Uhr erwartete er sie nicht zurück. Manchmal kam sie noch eine Stunde später. Ihm war es recht, wenn er an seine Zigarre dachte. Den abendlichen Termin wegen des Bildes hatte er komplett vergessen. Sein Hund schlug an, bevor er die Schritte vor dem Haus vernahm. Dann ertönte die Türglocke. Jetzt fiel ihm der Max Beckmann ein. Vielleicht war es ganz gut, sich der Prüfung des Gemäldes unvoreingenommen anzunehmen. Erstmals bekam er ein Objekt, das er testiert hatte, zu Gesicht. Er musste sich in jedem Fall clever verhalten, nicht dass seine schweißnassen Hände ihn und sein schlechtes Gewissen verrieten. Hoffentlich war die Fälschung gekonnt und nicht dahin gepinselt. Ansonsten musste er hohes rhetorisches Geschick beweisen. In seiner augenblicklichen Situation glänzte er nicht gerade durch ein ausgeprägtes Selbstbewusstsein.

Bardenhagen öffnete die Eingangstür und blickte in die Mündung eines vernickelten Revolvers. Den Schuss nahm er nicht mehr wahr. Ungläubig starrten seine Augen ins Nichts. Er fiel nach hinten, als hätte man ihm die Beine weggeschlagen. Claus Bardenhagen war tot, bevor man ihm die Chance gab, zu begreifen wie ihm geschah. Der Mörder interessierte sich nicht für die Ergebnisse seiner Tat. Auf diese kurze Distanz hätte ein Schimpanse getroffen. Er entfernte sich mit schnellen Schritten zu seinem Wagen, den er vorsorglich an der Hauptstraße hatte stehen lassen. Das Glück war auf seiner Seite, er begegnete keinem der Nachbarn. Bevor die realisierten, was geschehen war, hatte er sich bereits Richtung Bundesstraße, die zur Autobahn führte, abgesetzt. Als die Polizei eintraf, war er schon auf Höhe des Autobahnkreuzes Maschen angelangt. Er hielt sich akribisch an die Geschwindigkeitsbegrenzungen und entkam damit vor den Elbbrücken dem Blitzgerät. Mit 60 Stundenkilometern fuhr er daran vorbei und bog in die Amsinckstraße ein. Längst hatte sich sein Atem beruhigt. Gedanken machte er sich nur wegen der Waffe in seiner Tasche. An und für sich war es an der Zeit, sie in einem der Hamburger Fleete zu entsorgen. Andererseits konnte sie ihm noch gute Dienste leisten. Er war zufrieden. Die Tat hatte problemloser funktioniert, als er sich vorgestellt hatte.

34

Hilpert sprang wie von der Tarantel gestochen von seinem Sitz hoch. Eigentlich wollte er die Ruhe in seinem Büro zu späterer Stunde nutzen, um sich mit den Ermittlungsakten eingehender zu befassen. Insbesondere die quälenden Anrufer, die letztendlich nur seine Zeit stahlen, legten gegen Abend erfahrungsgemäß eine Pause ein. Mit ihnen durfte er wieder ab dem frühen Vormittag rechnen. Die Mitteilung der Buchholzer Mordkommission, die ihn gerade erreichte, wirbelte zum wiederholten Mal sein gesamtes Denkgerüst durcheinander. Bardenhagen war erschossen worden. Man erwartete ihn in der Nordheide. Nichts passte mehr. Alle Überlegungen wurden auf einen Schlag hinfällig. Er rief seine Assistentin zu sich, die ähnlich wie er Probleme mit dem Feierabend hatte und zu später Stunde ebenfalls gerne über ihren Unterlagen brütete. Sie fuhren gemeinsam. Wenigstens war die Autobahn frei. So häufig wie in letzter Zeit war er in den letzten Jahren nicht mehr in seiner Vaterstadt aufgeschlagen. Davon profitierten allerdings nicht seine Eltern oder Freunde.

Das Grundstück war weiträumig mit Absperrband abgesichert worden. Erste Journalisten versuchten, von ihm eine Stellungnahme zu erhalten, nachdem sie realisierten, mit wem sie es zu tun hatten. Profi, der er war, hielt er sich bedeckt. Der leitende Beamte der Buchholzer Mordkommission erhob keine Einwände gegen ihn. Eher war er froh, in diesem unübersichtlichen Fall jemanden zur Seite zu haben, der hoffentlich ein wenig mehr von den Umständen der Tat verstand als er. Hilpert ließ ihn bei dem Glauben. Er hielt sich nicht einmal für den Einäugigen unter den Blinden. Für ihn stand fest, die Morde waren miteinander verbunden. Damit hatte es sich bereits mit seinem Herrschaftswissen. Man musste es ja nicht an die große Glocke hängen.

Bardenhagens Witwe saß zusammengekauert in ihrem Sessel. Sie hatte ihren Mann gefunden. Ihre Tochter versuchte, sie liebevoll zu trösten. Das funktionierte umso schwerer, da sie selber betroffen war. Schließlich war der Tote ihr Vater. Schaute Hilpert genauer hin, machte die Seniorin eher einen erschütterten als einen betroffenen Eindruck auf ihn. Der Rest der Familie war mittlerweile eingetroffen. Fritsche, der unbequeme Anwalt, hatte sich ebenfalls bequemt, den beschwerlichen Weg von Othmarschen in die Provinz auf sich zu nehmen. Er versuchte wie gewohnt, das Heft in die Hand zu nehmen, wobei sich zeigte, dass Vater und Sohn Jansen eher zögerlich auf seine Vorhaltungen eingingen.

Florian platzte der Kragen. »Mein Großvater ist ermordet worden. Da ist es unsere Pflicht, alles zur Aufklärung der Tat beizutragen. Mit Vertuschungsaktionen werden wir wohl kaum den Täter zu fassen bekommen.«

Das reichte dem Anwalt. Wenig später verschwand er grußlos. Man hatte ihm seine Hauptrolle genommen. Für den Nebendarsteller verfügte er über keinerlei Talent oder Motivation. Das Aufheulen des Motors seines Sportwagens dokumentierte, dass mit ihm vorerst nicht mehr zu rechnen war. Dies blieb Hilpert nicht verborgen. Er nahm den Junior zur Seite und fragte ihn nach den Gründen für seine ablehnende Haltung.

»Ich will keine Verdächtigungen ausstoßen, seltsamerweise ist der Herr Anwalt meines Erachtens besser informiert, als man gemeinhin erwarten kann.«

»Wie darf ich das verstehen?«

»Fragen Sie ihn selber. Davon abgesehen, was hat seine defensive Haltung erbracht? Mein Großvater ist tot. Ginge es nach mir, ich hätte Ihnen gegenüber längst die Schotten geöffnet.«

»Dann tun Sie es jetzt.«

»Ich kann mich nicht gegen die Familiendisziplin stemmen. Das macht mich zu einem Waisenknaben.«

Hilpert ließ es dabei bewenden. Um den Juristen würde er sich demnächst kümmern müssen. Nun bedauerte er dessen frühen Abgang. Aber er war ja nicht aus der Welt.

Ein jüngerer Oberkommissar winkte ihm. Er trat auf ihn zu. »Was gibt es?«

»Wie man den Unterlagen entnehmen kann, hat der Tote in den letzten Wochen Finanzanlagen aufgelöst und die frei werdenden Gelder jeweils in bar abgehoben. Wo sie gelandet sind, ist nicht nachzuvollziehen. Haben wir es vielleicht mit Erpressung zu tun?«

»Guter Aspekt, ich werde darüber nachdenken. Danke für den Hinweis.«

Der Schwiegersohn stand etwas verloren in einer Ecke des Wohnzimmers. Es war zu spüren, dass ihm Bardenhagens Tod nicht wirklich naheging. Eher war er über die Tat als solche betroffen. Wollte man es ihm verdenken? Hilpert ging auf ihn zu.

»Zeit für die eine oder andere Frage?«

»Na klar. Die erste Antwort bekommen Sie frei Haus von mir. Nein, Bardenhagens Tod geht mir am Allerwertesten vorbei. Dafür hat er mich zu lange gepiesackt. Der Mord an John Lennon betraf mich stärker. Und den kannte ich nicht einmal persönlich. Aber wenigstens seine Musik habe ich gemocht. Meine Frau tut mir leid. Sie hat ihren Vater geliebt.«

»Dabei hatte ich das Gefühl, dass Sie sich zuletzt recht gut verstanden haben.«

»Da muss ich Ihnen tatsächlich zustimmen. Jennys Entführung hat uns allesamt enger als zuvor zusammengeschweißt.«

»Hierauf wollte ich Sie gar nicht angesprochen haben. Ihr Schwiegervater hat größere Beträge von seinen Konten in bar abgehoben. Wissen Sie, wer der Empfänger war? Wir reden über gut eine halbe Million Euro.«

»Oh ja, da kann ich Ihnen weiterhelfen.«

»Doch für Ihre Tochter?«

Er schüttelte den Kopf. »Sie bewegen sich auf der falschen Fährte, mir hat er das Geld gegeben. Er hat mich so in die Lage versetzt, mit der Bebauung meiner Sahnegrundstücke zu beginnen. Hätte er das Geld auf eines meiner Konten überwiesen, hätten sich die Banken die Kohle gegriffen. Wie heißt es so schön, Bargeld lacht. Und meine Kreditgeber sind inzwischen ebenfalls entgegenkommender geworden. Sie sehen unsere Verkaufserfolge und sind zufrieden.«

»Es geht also wieder aufwärts mit Ihrem Geschäft?«

»So ist es. Und glauben Sie mir, irgendwann hätte er sein Geld zurückbekommen.«

»Kommen wir auf Jenny zurück. Sie wurde folglich nicht freigekauft?«

»Das entspricht der Wahrheit.«

»Wie sieht es mit Gutachten aus? Waren die der Preis? Ging es nicht unter anderem um einen van Gogh?«

»Da fragen Sie mich zu viel. So tief ging unsere neue Freundschaft nicht, dass mein Schwiegervater mich ins Vertrauen gezogen hätte. Uns verband unsere gemeinsame Sorge um meine Tochter. Nicht mehr gehasst zu werden, heißt noch lange nicht, geliebt zu werden.«

»Ich verstehe. Was ist mit Fritsche? Ich habe vorhin mit Ihrem Sohn über den Anwalt gesprochen.«

»Wir hatten beide getrennt voneinander das Gefühl, dass er mehr weiß, als wir ihm erzählt haben.«

»Worüber?«

»Unter anderem über Gutachten meines Schwiegervaters. Als hätte ihn jemand beauftragt, uns davor zu warnen, darüber zu reden.«

»Welche Gutachten hatte Ihr Schwiegervater denn angefertigt?«

»Wie ich schon sagte, keine Ahnung.«

»Und Sie verschweigen mir wirklich nichts?«

»Weshalb sollte ich? Mal unterstellt, er hätte Gefälligkeitsgutachten unterschrieben. Die können die Fälscher doch jetzt in die Tonne treten. Immer unterstellt, dass es darum geht. Etwas anderes will mir nicht einfallen.«

»Fritsche wusste Ihrer Meinung nach darüber Bescheid?«

»Ganz offensichtlich. Der kannte sich besser aus als wir alle zusammen. Und noch eines: Wenn sich die beiden in größerer Runde unterhielten, siezten sie sich. Ich habe aber mitbekommen, dass sie sich, wenn sie allein waren, duzten und sehr vertraut miteinander waren. Bislang habe ich dem keine größere Bedeutung beigemessen.«

»Sie meinen, der steckt da mit drin?«

»Ich will keine Gerüchte aufbringen. Zuzutrauen wäre es ihm. Ich halte ihn für korrupt und raffgierig. Außerdem hat er 'ne junge Frau. Bei der Auslegung der Gesetze geht es ihm ausschließlich um die Frage, wie man diese für die eigenen Interessen nutzen kann.« Er lachte heiser auf. »Das ist selbstredend hilfreich, wenn er für einen tätig wird.«

»Interessante Aspekte. Ich werde darüber nachdenken.«

Sie unterhielten sich ansonsten nur über eher Belangloses.

Konkreteres ließ sich Jansen nicht entlocken. Claudia hatte sich ohne messbare Erfolge auf die weiblichen Familienmitglieder gestürzt. Sie erfuhr nichts, was sie nicht längst wusste. Trotz des Mordes hatte die Mauer des Schweigens keine Risse bekommen. Fragen zur Tat selbst erübrigten sich. Als Bardenhagen erschossen wurde, hielt er sich mit dem Täter allein im Haus auf. Soweit es Zeugen gab, mussten sie diese in der Nachbarschaft aufstöbern. Das überließen sie gern den Buchholzer Kollegen. Allerdings sollten die ebenso wenig fündig werden. Die Häuser im Umfeld wurden überwiegend von älteren Menschen bewohnt. Die hatten zumeist ihre Fernseher laut eingestellt oder gingen früh ins Bett. Bis die realisierten, was geschehen war, hatte sich der Täter oder die Täterin längst verabschiedet.

Der Amtsarzt informierte ihn schnörkellos. »Das Opfer wurde durch einen einzelnen Schuss ins Herz getötet. Der Schütze stand dicht vor ihm. Die Waffe war beinahe aufgesetzt gewesen. Das belegen Schmauchspuren und die Einschusswunde eindeutig. Auf diese geringe Distanz ist es nahezu unmöglich, ihn nicht zu töten. Vermutlich Kaliber 38.« Er wies mit einer Hand ins Rund. »Die Hülse wurde nicht gefunden. Ich tippe daher auf einen Revolver. Es sei denn, der Mörder hat sich die Mühe gemacht, bei dem diffusen Licht danach zu suchen. Halte ich fast für unwahrscheinlich. Der dürfte sich zügig vom Acker gemacht haben. Solch ein Schuss macht ordentlich Lärm. Das reißt den einen oder anderen Nachbarn schon mal weg von der Mutter.«

Mit Bardenhagens Ermordung zerbröselte das wenige an Verständnis für den Fall, das sich bei Hilpert entwickelt hatte. Den Kunsthistoriker als Sachverständigen zu missbrauchen, konnte er nachvollziehen. Ihn zu töten, widersprach hingegen jeglicher Logik. Dieser Mord lenkte alle Aufmerksamkeit einer interessierten Öffentlichkeit auf Exponate, die von Bardenhagen testiert worden waren, unabhängig davon, ob es sich letztlich um Originale oder Fälschungen handelte. Mit seinen Expertisen konnte bis auf Weiteres kein Staat gemacht werden. War dieser Aspekt bei seiner Ermordung eingeplant worden? Oder bedeutete sein Tod für die Fälscher den Supergau? War da etwas aus dem Ruder gelaufen, vielleicht vor dem Hintergrund der Vergeltung für Marinellos Tod? Immerhin stammte er aus Italien, wo man das Thema Blutrache durchaus noch zu intonieren verstand. Er überlegte. Der Tote kam aus dem Norden. Seines Wissens hatten sich die Menschen in dieser Gegend Italiens dem längst abgeschworen. Davon abgesehen, in dieser Geschwindigkeit einen Killer zu beauftragen, war eher unwahrscheinlich. Selbst in Italien holte man die nicht beim Arbeitsamt ab, entlohnte und bewaffnete sie. Egal, wie er es drehte und wendete, der Tod des Professors widersprach jeglicher Vorstellung mafiöser Verhaltensweisen. Obals Ermordung war bereits nicht nachvollziehbar und entzog sich jeglicher Schlüssigkeit. Zumindest gab es Bardenhagen als Alternative. Der hatte nun ebenfalls ausgedient und konnte nicht mehr reaktiviert werden. Mussten sie sich auf eine weitere Tätergruppe mit anderen Motiven einstellen? Nach wie vor sperrte er sich gegen diese Vorstellung. Er dachte über die Unlogik der Morde nach. Von welcher Logik ging er aus? Von seiner, ohne zu überprüfen, ob sie final auf die Verbrechen passte? Offensichtlich verstand er weniger von den Ereignissen, als er bislang annahm. Und die Familie machte es ihm schwer, mehr zu begreifen. Insbesondere die Frauen schwiegen sich gnadenlos aus. Von denen würde er in nächster Zeit nichts erfahren, was er nicht längst wusste. Frustriert zog sich Hilpert in Bardenhagens Studierzimmer zurück und schaute sich dort eher gelangweilt um. Er war sich unsicher, ob dieser Wust an Büchern, der auf ihn eindrang, zum Selbstverständnis des Intellektuellen gehörte wie das Hirschgeweih an der Wand zum Jäger. Oder ob Bardenhagen diese Berge an Literatur wirklich bewältigt hatte. Was suchte er? Wollte er hier einen Hinweis auf den Täter oder dessen Motive finden? Das war wohl eher nicht zu erwarten. Während er sich orientierte, betrat Claudia den Raum. Sie interpretierte seinen eher hilflosen Blick richtig.

»Du weißt nicht, wonach du suchen sollst, stimmt's?«

»Eigentlich habe ich nur keinen Bock auf die Familie. Die mauern, was das Zeug hält. Selbst der Tod des Ehemanns, Vaters und Großvaters hat deren Front nicht aufgebrochen.«

Sie ging auf ihn zu und stupste ihn sanft gegen die Brust. »Die haben Angst, vor allem Angst um Jenny. Verstehen kann ich sie.«

Er versuchte sich mit einem gequälten Lächeln. »Wer wollte dir widersprechen. Ich frage mich nur, was die vor uns zurückhalten.« Er zuckte mit den Achseln. »Na gut, diese Probleme werden wir heute nicht mehr lösen. Komm, durchwühlen wir das Kabinett des Professors. Entweihen wir die heilige Stätte.«

Er setzte sich hinter den mächtigen Eichenschreibtisch des ehemaligen Besitzers. Nicht hübsch, aber selten, dachte er. Mit bekannter Routine blätterte er die Kontoauszüge durch.

»Bardenhagen hat tatsächlich gut eine halbe Million für seinen Schwiegersohn lockergemacht«, wandte er sich Claudia zu. »Hoffen wir, es reicht der Firma zum Überleben. Jansen klang zumindest einigermaßen zuversichtlich.«

Was sich ansonsten anfand, mochte allenfalls für einen Kunsthistoriker von Interesse sein. Hinweise auf eine konkrete Bedrohung entdeckten sie nicht. Offensichtlich arbeitete er auch nicht an neuen Gutachten. Hilpert erhob sich aus dem Sessel und ging in die Knie. Kurz darauf war er unter dem Schreibtisch verschwunden.

»Hab ich's mir doch gedacht«, hörte Claudia seine Stimme von unten. Sie vernahm ein Klacken und eine Lade schoss seitlich aus dem Schreibtisch heraus. Hilpert schraubte sich ächzend hoch. Neugierig sahen sie in das Geheimfach. Wirklich klüger wurden sie nicht. Bis auf einen Safeschlüssel war es leer.

»Dann schauen wir uns weiter um«, entschied Hilpert. In ihm war das Jagdfieber ausgebrochen. Den Safe entdeckten sie sinnigerweise hinter der Lithografie eines zeitgenössischen Künstlers, mit dem sie nichts anzufangen wussten. Das Bild ließ sich ohne größeren Aufwand zur Seite klappen. Wie nicht anders zu erwarten, passte der Schlüssel. Jeder Dieb, der dieses Fach gewaltsam geöffnet hätte, wäre bitter enttäuscht worden. Sie fanden darin gerade fünf Schulhefte, die ihr Alter nicht verbergen konnten. Auf der ersten Seite lasen sie: Tagebuch von Karin Bardenhagen, Hamburg 1949.

»65 Jahre alt«, brummelte Hilpert. »Was kann so wichtig sein, dass man es so lange aufbewahrt?«

»Wir werden sehen«, antwortete Claudia. »Aber wer ist Karin Bardenhagen?«

»Fragen wir die Ehefrau, die wird es schon wissen.«

»Schicken wir die Spurensicherung in dieses Zimmer?«

»Es bleibt uns wohl nichts anderes übrig. In den Büchern kann eine Menge verborgen sein.«

»Na, die werden sich freuen.«

Hilpert lächelte sie freundlich an. »Lesen bildet und Bildung hat noch niemandem geschadet.«

Christel Bardenhagen sah den Kriminalbeamten erstaunt an, als er sie auf den Frauennamen ansprach. Sie ließ ihn sich auf der Zunge zergehen wie ein Brausebonbon. »Karin, natürlich weiß ich, wer das ist. Ich habe sie nicht vergessen. Sie war die jüngere Schwester meines Mannes. Sie hat sich Ende der Vierzigerjahre das Leben genommen oder wurde Opfer eines Unfalls. Suchen Sie sich die passende Alternative aus.«

»Weiß man, warum?«

»Keine Ahnung, es ist so lange her. Wir gingen in dieselbe Klasse. Ich meine, ihre schulischen Leistungen hatten sich irgendwie verschlechtert. Nimmt man sich deshalb gleich das Leben? Eigentlich kann ich mir das nur schlecht vorstellen.«

»Waren Sie Freundinnen?«

»Nein, das kann man so nicht sagen. Aber warten Sie.« Sie zog ihre Stirn in Falten und schien nachzudenken. »Genau, Elisabeth Beckmann war sehr eng mit ihr zusammen.«

»Ah ja.«

»Sie heißt mittlerweile Hagen und wohnt nicht weit von hier in Hanstedt. Die Familie ist damals ausgebombt worden. Es hat sie in die Heide verschlagen. Dort sind sie geblieben. Für die Gegend interessierten sich die englischen und amerikanischen Bomber nicht. Wir sind ja erst später hierher gezogen.«

»Ich denke drüber nach, ob ich sie aufsuchen werde. Fragt sich nur, was sie uns erzählen könnte.«

»Das müssen Sie selber wissen. Mehr kann ich dazu nicht sagen.«

Wieder erstaunte ihn, wie gefasst die Frau war. Ansonsten hatte er es satt, sich mit den Familienmitgliedern zu unterhalten. Er gab auf und verabschiedete sich kurz darauf.

Hilpert überließ seiner Kollegin das Steuer. Lieber blätterte er neugierig in den Tagebüchern von Bardenhagens Schwester. Selbst die sollten ihn enttäuschen. Offensichtlich hatte jemand konsequent alle Seiten herausgerissen, die ihm nicht ins Konzept passten. Folgte er der Logik, konnte nur Bardenhagen selbst dafür verantwortlich gewesen sein. Oder jemand aus der Familie, der oder dem der Inhalt zu brisant gewesen war. War das überhaupt eine relevante Information? Erlebnisse eines jungen Menschen aus den Vierzigerjahren, Jahrzehnte vor Hilperts eigener Geburt. Er konzentrierte sich auf die steile kindliche Schrift. Was veranlasste ein junges Mädchen, sich das Leben zu nehmen, sollte diese These stimmen? Hatte es über seine Beweggründe geschrieben, waren diese nachträglich vernichtet worden? Konnte es doch eine Idee sein, die ehemalige Freundin zu befragen? Er wollte sich gleich am nächsten Morgen damit befassen. Es war spät geworden.

Petra empfing ihn zu Hause mit einem deutlichen Knurren, das nur von seinem Magen übertroffen wurde. Seine Freundin hatte für ein ordentliches Abendbrot gesorgt. Sie schluckte ihren Ärger hinunter, als er ihr von dem Mordfall und den störrischen Verwandten des Toten berichtete. Als sie endlich im Bett nebeneinanderlagen, hatte das Schlafbedürfnis eindeutig gewonnen.

35

Am nächsten Morgen entschied Hilpert, Elisabeth Hagen zu befragen. Sie verfügten über so wenig verlässliche Hinweise, dass er nach jedem Strohhalm greifen musste. Er hatte Glück und erreichte die Frau am Telefon. Sie reagierte freundlich, aber erstaunt. »Ich soll Ihnen etwas über Karin Bardenhagen erzählen? Wissen Sie, wie lange die tot ist?«

»Selbstredend. In der letzten Nacht ist ihr Bruder erschossen aufgefunden worden. Da gehen wir allen Spuren nach.«

»Tatsächlich? Claus ist also tot?«

Sie klang gefasst, eher überrascht als betroffen, von Trauer oder Betroffenheit keine Spur. Eigentlich reagiert sie ähnlich wie die werte Gattin, dachte er während des Telefonats. Bardenhagen war anscheinend auch in jungen Jahren nicht beliebt gewesen. Er musste mit der Frau nicht lange diskutieren. Sie verabredeten sich für den Vormittag, da sie ihre Tochter und ihre Enkelkinder am Nachmittag in Stade besuchen wollte.

Eine Stunde später verließ der Kommissar Hamburg über die Elbbrücken. Am besten durchfuhr man die Hansestadt spätabends oder zur Mittagszeit wie jetzt. Am Maschener Kreuz nahm er gewohnheitsgemäß die A1. Doch diesmal ging es nicht nach Buchholz. Die A7 zu nehmen, wäre theoretisch günstiger gewesen, praktisch standen dem Monsterstaus entgegen. Diese Strecke war gerade noch Masochisten zuzumuten. Er verließ die Autobahn an der Abfahrt Hittfeld. Über Jesteburg und Asendorf erreichte er Hanstedt. In diesem Heideort lebten ehemalige Klassenkameraden von ihm, die mit ihm das Gymnasium in Buchholz besucht hatten. Ob sie sich hier eingerichtet hatten oder weitergezogen waren? Mit Hamburg verfügte man über beinahe alle beruflichen Optionen, die einem in den Sinn kamen. Wer als Anwalt oder Notar tätig war, blieb dagegen häufig in seinem Heimatort hängen. Manch einer lebte in seinem Elternhaus weiter, soweit es passte. Juristischer Rat war in der Provinz genauso gefragt wie in der Metropole.

Hilpert ließ die Backsteinkirche im Ort rechts liegen und bog in die Olsener Straße ein. Von dort aus gelangte er in den Kreienberg. In dieser Gegend dominierten ältere Einfamilienhäuser das Bild, obwohl man vergeblich nach der Romantik von Niedersachsenhäusern suchte. Die fanden sich an anderen Stellen. Das Haus der Familie Hagen war in den frühen Siebzigern entstanden. Es war rot verklinkert und verfügte über ein klassisches Krüppelwalmdach mit Gauben im Dachgeschoss. Sah er genau hin, so entdeckte er Kunststofffenster, wahrscheinlich doppelt verglast. Die Moderne hatte auch vor Hanstedt keinen Halt gemacht. Man stieß durchaus auf mediterrane Baustile, gerne kombiniert mit einem rotblauen Verblendstein oder verputzt wie in Südeuropa. So gingen Spanienurlaub und kühle Nordwinde eine Liaison ein, mit der sich leben ließ. Fachwerk und gekreuzte Niedersachsenpferde aus Holz entsprachen halt nicht mehr dem Lebensgefühl der weit gereisten Bundesbürger. War einem danach, konnte man ja in die Umgebung fahren. Im Alten Land gab es davon noch genug. Zum Eingang ging er über einen gepflasterten Gehweg. Der Garten war gepflegt, ohne dass man jemanden mit einer Nagelschere auf dem Rasen erwartete. Elisabeth Hagen empfing ihn freundlich, aber reserviert. Sie bat ihn herein.

Bevor er die erste Frage stellen konnte, begann sie zu reden: »Sie wollen mir hoffentlich nicht erzählen, dass der unglückliche

Tod meiner Freundin etwas mit dem Mord an ihrem Bruder zu tun haben könnte?«

»Wie käme ich dazu?« Er nahm einen vorsichtigen Schluck aus der Tasse. Er hätte unmöglich den angebotenen Kaffee ablehnen können, sah man davon ab, dass er vorzüglich war. »Es geht mir nur darum, einige Ungereimtheiten zu verstehen.«

»Ungereimtheiten?«

»Die Familie gibt sich ziemlich verschlossen. Der Tote hat die Tagebücher seiner Schwester aufbewahrt. Es fehlten darin allerdings eine Reihe an Seiten.«

»Ich verstehe.« Sie strich ihr Kleid automatisch glatt und presste die Lippen zusammen. Sie war eine kleine, zarte Frau. Ihre grauen Haare umrahmten ein freundliches Gesicht, in das sich nur vereinzelte Falten geschlichen hatten. Dem Anschein nach war sie eine zuverlässige Mutter und liebevolle Großmutter. Trotzdem machte sie nicht den Eindruck, als wollte sie ihm wirklich weiterhelfen. Er richtete sich bereits wieder auf eine unergiebige Befragung ein. Dieser Fall schien ihn gnadenlos zerlegen zu wollen. Von der Tür des erstaunlich modern eingerichteten Wohnzimmers erklang die kräftige Stimme eines Mannes, der etwa im Alter der Frau war. Im Gegensatz zu ihr trug er mindestens 20 Kilo zu viel mit sich herum. Es schien ihn hingegen nicht zu belasten. Vermutlich bekochte sie ihn hingebungsvoll. Hilpert kannte sich damit aus. Er musste nur an seine eigenen Eltern denken. Im Gegensatz zu Elisabeth Hagen ließ es sich seine Mutter ebenfalls gut schmecken, wie ihre runden Hüften eindrucksvoll bewiesen.

Jürgen Hagen, der Ehemann der älteren Dame, war ins Zimmer getreten und hatte die letzten Worte mitbekommen. »Nun zier dich nicht, Elisabeth. Dein Wissen belastet dich schon so lange. Erzähl dem Kommissar, was du weißt, sonst tu ich es.«

Als fiele eine schwere Last von ihrer Schulter, wurde ihr Gesicht freier und ihre Stimme klarer. »Ich bin davon überzeugt, dass sich Karin das Leben genommen hat. Sie hatte sich vorher nie getraut, den Betonpfeiler hochzuklettern. Daran wagte sich von den Mädchen nur Heike Bruhns. Und die war ein paar Jahre älter als wir. Dort oben sah man ansonsten nur die größeren Jungen.«

»Wie zum Beispiel Claus Bardenhagen?«, warf Hilpert ein.

»Ja, wie Claus Bardenhagen. Er war immer gern vorneweg.«

»Ist das der einzige Grund, weshalb Sie an einen Selbstmord glauben?«

»Selbstverständlich nicht. Claus war ein Schwein. Er hat seine Schwester sexuell missbraucht. Er hat sie bedroht, wollte allen erzählen, dass sie sich ihm angeboten hätte.«

Diese Nachricht musste Hilpert erst verdauen. Zögernd fand er seine Sprache zurück. »Hätte man ihm denn geglaubt?«

»Für seine Mutter galt nur er. Was er sagte, war Gesetz. Karin hätte keine Chance gehabt. Sie wäre die Böse gewesen. Sie erduldete es und hielt den Mund darüber.«

»Glauben Sie, die Mutter wusste davon?«

»Was weiß ich? Zumindest wurde darüber nie gesprochen. Sie kann man nicht mehr befragen, sie ist lange tot.«

»Und Sie?«

»Ich hatte Karin versprechen müssen, mit niemandem darüber zu reden.« Sie wies auf ihren Mann. »Er war der Erste, dem ich davon erzählt habe. Sie sind Nummer zwei.«

»Wusste Bardenhagen, dass Karin Sie ins Vertrauen gezogen hatte?«

»Ich denke, er hat es befürchtet, denn er brach alle Kontakte zu mir ab. Ebenso wie Christel, seine spätere Frau. Nun sind wir miteinander nicht sonderlich eng befreundet gewesen. Beide waren bereits als junge Menschen mehr als gewöhnungsbedürftig. So gesehen haben wir in diesen Jahren nichts verpasst.«

»Wie hat er sich denn nach dem Tod seiner Schwester verhalten?«

»Er hat da weitergemacht, wo er bei Karin aufgehört hatte. Er suchte sich vor allem junge Mädels aus, die sich von ihm einschüchtern ließen.«

»Und die hat er vergewaltigt, ohne dass es ein Elternteil gemerkt hätte?«

»Nein, dazu war er zu clever. Sie mussten ihm anderweitig dienlich sein. Sie wissen doch selbst, da gibt es ausreichende Möglichkeiten.«

»Hat er Sie auch belästigt?«

»An mich hat er sich nicht rangewagt. Er hatte Angst vor meiner Mutter.«

»Das alles ist nie rausgekommen?«

»Die Betroffenen haben sich zu sehr geschämt. Vor allem aber hatten sie Angst vor ihm. Überall fehlte es an Vätern, die einem hätten helfen können.«

»Und Leute wie Sie haben geschwiegen.«

»So ist es. Wir wollten unsere Freundinnen schützen und haben ihm damit den Boden bereitet, sich zu bedienen.«

»Wie lange ist das gegangen?«

»Nach dem Abitur, als es ans Studieren ging, wurde es ihm offensichtlich zu riskant. Er ließ die Mädchen zufrieden.«

»Zu der Zeit haben Sie in Hanstedt gelebt. Wieso sind Sie so gut informiert?«

»Ich bin viel bei meinen Großeltern gewesen. Die hätte kein Mensch aus Altona wegbewegt.«

Die Information war wichtig für ihn. Er fragte sich nur, ob Bardenhagens Ehefrau nichts davon gewusst hatte. Also fasste er nach: »Hat denn seine spätere Frau nichts davon mitbekommen?«

»Ach, die hatte Scheuklappen vor den Augen. Die lebten eh nur kurz in unserer Gegend. Ihre Eltern konnten sich vom Wirtschaftswunder ein ordentliches Stück abschneiden.«

»Wo haben die sich denn wieder getroffen?«

»Ich meine an der Uni. Sie studierte Germanistik, wollte Lehrerin werden.«

»Alle Welt scheint sich an der Uni wiedergefunden zu haben«, murmelte er vor sich hin.

»Wie bitte?«, fragte sie verwundert.

»Entschuldigung, ich war mit meinen Gedanken kurz woanders.«

Die Frau des Hauses stand auf und ging in die Küche, um wenig später mit einer Kuchenplatte zurückzukommen. Er nickte zu dem unausweichlichen Käsekuchen und beließ es nicht bei einem Stück. Sie unterhielten sich eine ganze Weile weiter und stellten fest, dass er gemeinsam mit einem Nachbarsjungen zur Schule gegangen war. Den hatte es in die große weite Welt nach Buchholz verschlagen. Tatsächlich führte er dort ein Notariat. Es ließ sich leben und arbeiten in der Nordheide. Hamburg war da eher eine Herausforderung der besonderen Art. Die Metropole mit den vielen Menschen, die dort lebten, schreckte manchen.

Bevor Hilpert ging, kam ihm eine Idee. »Sagt Ihnen der Name Sibelius etwas?«

Trotz gerunzelter Stirn musste sie passen. So schnell ihm der Einfall gekommen war, so schnell verpuffte er.

Auf dem Parkplatz telefonierte er mit Claudia. Seine Kollegin pfiff überrascht. »Hm, ich habe auch eine Neuigkeit für dich. Die Seiten aus dem Heft sind nach Aussage der KTU erst vor Kurzem herausgerissen worden.«

»Das ist interessant. Ich schaue auf dem Rückweg in Buchholz vorbei. Wo ich schon mal in der Gegend bin.«

Christel Bardenhagen ließ Hilpert verwundert ein. Im Esszimmer traf er auf ihre Tochter. Sie saß mit rot geweinten Augen am Tisch. Ihre Kaffeetasse war unberührt.

»Ich habe nur kurz ein, zwei Fragen an Sie, Frau Bardenhagen. Können wir uns irgendwohin zurückziehen?«

»Natürlich, gehen wir ins Arbeitszimmer meines Mannes.«

Sie verzichtete darauf, ihm einen Platz anzubieten oder sich selber zu setzen. »Sie kommen wegen der herausgerissenen Seiten, stimmt's.«

»Sie sagen es.«

»Sie wissen bereits Bescheid?«

»Ja.«

Sie ging an den Schreibtisch und drückte den Knopf für das versteckte Fach. Ruhig entnahm sie einen dünnen Stapel zusammengefalteter Zettel und reichte sie ihm herüber. »Ich habe versucht zu retten, was zu retten ist.«

»Seit wann kennen Sie das Geheimnis Ihres Mannes?«

»Oh, es ist 30 Jahre her. Ich war eifersüchtig und bin auf die Suche gegangen. Das Ergebnis waren die Tagebücher.«

»Sie haben in der Jugendzeit nichts davon mitbekommen?«

»Was seine Schwester betraf, nein. Getratscht wurde ja immer. Ich wollte nicht glauben, was sich tatsächlich vor meinen Augen abgespielt hatte.«

»Haben Sie ihn darauf angesprochen?«

»Selbstverständlich. Er erklärte es mit pubertärem Überschwang. Er bedauerte den Vorfall und hatte darunter gelitten. Vor allem, weil er ihn nicht rückgängig machen konnte.«

»Wie haben Sie das gesehen?«

»Er war 15 Jahre alt, als es geschah. Damals kannten wir uns zwar, an eine Ehe hat zu der Zeit niemand gedacht. Obwohl ich von jeher für ihn geschwärmt habe.«

»Sie müssen sich doch irgendeine Meinung dazu gebildet haben. Schließlich reden wir nicht über gespaltene Haarspitzen.«

»Ich habe ihm geglaubt, und zwar gern. Überlegen Sie selbst. Als ich die Tagebücher las, lagen die Ereignisse beinahe drei Jahrzehnte hinter uns. Wichtig dabei ist, es gab bis dahin in unserer langen Ehe keinen Grund, an seiner Treue zu zweifeln. Als er jünger war, machte er gelegentlich einen Zug um die Häuser. Aber das war's dann auch. Ich kann mich nicht beschweren. Seit er die Uni verlassen hat, ist er geradezu ruhig geworden. Ein gutes Glas Wein, eine heimliche Zigarre und natürlich sein Schäferhund. Was gab es dagegen einzuwenden? Er hat ein langes Eheleben für mich, für die Familie gesorgt. Schauen Sie sich um. Für all das hat er gearbeitet.«

»Hieß es nicht, Sie kämen aus begütertem Haus?«

»Davon ist nicht viel übrig geblieben. Die Reederei meines Vaters ist in den frühen Siebzigern den Bach runtergegangen. Mein Erbe war bis auf ein paar Bilder überschaubar.«

»Ich verstehe.«

Hilpert war sich unsicher, wie weit er ihren Worten glauben sollte. Andererseits lagen die fraglichen Ereignisse zu lange zurück, als dass sie für den Fall irgendeine Relevanz hatten. Er fuhr bedrückt zurück. Dass er manchmal im Rahmen seiner Ermittlungen tief in die verborgenen Strukturen einer Familie eindrang und alte Wunden dabei aufbrachen, war nicht das erste Mal. Häufig wäre es besser gewesen, sie nicht berührt zu haben. Zuweilen aber lag manche Antwort tief vergraben in der Vergangenheit. Unabhängig davon steckten sie inmitten ihrer Ermittlungen. Es ging um die Aufklärung mehrerer Morde. Man konnte auf die Gefühle Beteiligter keine Rücksicht nehmen. Selbst wenn sie mit den Taten nichts zu tun hatten. Gegenüber der Familie musste er eh kein schlechtes Gewissen haben, so miserabel wie sie die Polizei unterstützte. Die Geschichte alter Menschen war oft auch die Geschichte der Leichen, die sie im Keller aufbewahrten. In diesem Fall fand er allerdings nur noch ein Skelett vor. Der Rest war Opfer der Zeit geworden. Vor dem Haus blickte er sich um. Irgendetwas hatte ihn gestört, fragte sich nur was.

Ihm kam seine Mutter in den Sinn. Er versuchte zu verstehen, wie sie sich in der gleichen Situation verhalten hätte. Jetzt verstand er. Seine Mutter würde trauern. Diese Frau hatte keine Träne vergossen. Sie verarbeitete den Tod ihres Mannes geradezu unbeteiligt. Als hätte sie über das Unglück eines entfernten Bekannten in der Zeitung gelesen. Sie war gefasst, beherrscht und das nach der überraschenden Ermordung des heiß geliebten Gatten. Gab es an dem Skelett im Keller etwa doch interessante Bestandteile? Fraglich war nur, inwieweit dies überhaupt für die Klärung der Verbrechen von Bedeutung war. Dies wäre nicht die erste Sackgasse, in die er sich begeben würde. Er musste hineingehen. Am Ende sollte sich zeigen, ob es die richtige Entscheidung war.

36

Rudi Vogelsang stellte sich ans Fenster und reckte sich. Die Arbeitswut der letzten Wochen hatte sich ein wenig gelegt. Die Motivation zum Malen blieb ihm jedoch erhalten. Er wollte sich nicht mit der Produktivität eines van Gogh vergleichen, obwohl er sich zeitweise in eine gewisse Hysterie hineinbewegt hatte. Dabei galt es, den jeweiligen Stil des kopierten Künstlers beizubehalten und nicht zu patzen. Je intensiver er am Ball blieb, desto besser gelangen seine Plagiate. Nach wie vor betrachtete er den van Gogh als sein bestes Werk. Dabei war es seltsamerweise noch während der Phase seiner Alkoholexzesse entstanden. Wie hieß es so schön: Genie und Wahnsinn lagen dicht beieinander. Trotzdem beabsichtigte er keineswegs, wieder mit dem Trinken anzufangen. Er gab die fertigen Objekte nur zögerlich weiter. Ständig fielen ihm Ausreden ein, weshalb an der einen oder anderen Stelle nachgearbeitet werden musste. Von seinem italienisch anmutenden Begleiter hatte er schon länger keinen Rockzipfel mehr gesehen. Er konnte nicht von sich behaupten, ihn zu vermissen. Seine dunkelhaarige Schönheit mit der Hornbrille versorgte ihn weiterhin vorzüglich. Fiel sie aus, konnte er sich problemlos aus dem Gefrierschrank bedienen. Verhungern würde er in diesem Haus vorerst nicht. Wäre da nicht die unterschwellige Angst, ihm könnte das Gleiche widerfahren wie Professor Obal, würde er die augenblicklichen Bedingungen in vollen Zügen genießen. So gut war es ihm seit Jahren nicht mehr ergangen, sah man davon ab, dass sich seine Ansprüche bedingt durch seine Alkoholsucht deutlich reduziert hatten. So gesehen bedurfte es keiner sonderlichen Anstrengung, ihm die Tage angenehmer zu gestalten als in der hinter ihm liegenden Zeit. Der Drang nach Alkohol hatte sich beileibe nicht verflüchtigt. Aber mit jedem Tag der Abstinenz verstärkte sich in ihm das Gefühl, besser mit der Sucht umgehen zu können. Andere Bedürfnisse lugten hervor, die er längst vergessen glaubte. Leider stand ihm die Frau nicht für seine leise erwachenden sexuellen Begierden zur Verfügung. Damit ließ es sich leben. Schließlich war er keine achtundzwanzig mehr. Nervös machte ihn, dass er seinen letzten Auftrag weitgehend abgearbeitet hatte und keine neuen Anforderungen an ihn gestellt wurden. Benötigte man ihn überhaupt noch? Was geschah mit ihm, wenn er als Auslaufmodell herumstand? Er horchte auf. Im Erdgeschoss hörte er die Tür klacken. Kurz darauf entfernte sich ein Pkw. Seine Begleiterin ließ ihn allein. Daran dürfte sich vermutlich bis zum Abend nichts ändern.

Er ging die Treppe hinunter und setzte sich ins Wohnzimmer. An der Wand hing ein gewaltiger Flachbildschirm. Der sorgte zwar nicht für ein besseres Programm, wohl aber für ordentliche Proportionen. Jedes Fußballspiel bekam beeindruckende Dimensionen. Jetzt am Vormittag lief im Fernsehen eh kein Fußballspiel. Also ließ er es ausgeschaltet und begnügte sich mit den Radionachrichten auf NDR 90,3. Entsetzt horchte er auf. Er musste zweimal hinhören, bis er verstand. Mit Professor Bardenhagen war ein weiterer Kunsthistoriker ermordet worden. Klar, es gab keine Aufträge mehr. Fast alle Bilder hatte er nach seinen Gutachten angefertigt. Bei den meisten fehlte nur die Signatur oder ein unbedeutender Pinselstrich. Er würde ebenfalls bald nicht mehr gebraucht werden. Panik stieg in ihm hoch. Brachte man ihn hier in diesem einsam gelegenen Haus um, fand man ihn erst, wenn die Ratten und Würmer sein Skelett blank genagt hatten. Sein Magen begann zu rebellieren und er musste würgen. Er wollte hier raus. Hastig zog er sich feste Schuhe über. Die Haustür war abgeschlossen, ebenso die Fensteroliven. Ins Obergeschoss musste er sich gar nicht erst begeben. Er war kein Kamikaze und sprang aus dem ersten Stock. Verblieb der Keller. Der Außeneingang war gleichfalls abgesperrt worden. Die Tür machte jedoch keinen sonderlich soliden Eindruck auf ihn. Und Handwerkszeug fand sich genug an, um sie gewaltsam öffnen zu können. Vogelsang kramte seine wenigen persönlichen Sachen und vor allem die letzte Geldrate zusammen und verließ seine bisherige Behausung, in der er sich alles in allem wohlgefühlt hatte. Draußen folgte er der Zufahrt. Sie führte auf einen provisorisch befestigten Waldweg, der allenfalls für durchschnittliche Fahrzeuge geeignet war. Folgte er diesem Weg, musste er unweigerlich auf eine ausgebaute Straße gelangen. Sollte allerdings einer seiner Begleiter zurückkehren, wäre es für den ein Leichtes, ihn von dort einzusammeln. Er entschied sich für den Wald, selbst auf die Gefahr hin, sich darin gnadenlos zu verirren. Andererseits schien die Fläche nicht so gewaltig, dass ihn einsame Wanderer irgendwann verhungert fänden. Er dachte wieder an sein abgenagtes Skelett. Das funktionierte im Wald garantiert schneller als in einem Wohnhaus. Hatten die in dieser Gegend nicht Wölfe ausgewildert? Wurden die in diesen Breitengraden überhaupt satt oder hatte man sie auf Diät gesetzt? Griffen die Menschen an? Er wusste es nicht, also nahm er den Supergau an. Hektik machte sich in ihm breit. Er schaute zum Himmel. Noch ließ sich die Sonne durch die Baumwipfel erahnen. Jagten Wölfe eigentlich am Tag oder waren sie nachtaktiv? Sollte er die Flucht überleben, wollte er als Erstes ein Fachbuch über die heimische Fauna erwerben.

Während der nächsten Stunden verblieb ihm ausreichend Zeit zum Nachdenken. Stimmten seine Überlegungen, so konnte man ihm nichts nachweisen. Die Bilder im Haus hatte er glücklicherweise nicht signiert. Damit hatte er stets bis zuletzt gewartet. Den künstlichen Alterungsprozess hatten sie bisher nicht eingeleitet. Im Stil anderer zu arbeiten, war kein Verbrechen, solange die Bilder nicht mit falscher Signatur versehen waren. Er kannte keine Namen. Folglich konnte er niemanden verraten. Niemand konnte beurteilen, inwieweit seine Personenbeschreibungen, die er Dritten gegenüber abgab, richtig oder falsch waren. Er wollte es sich mit seinen gefährlichen Auftraggebern nicht verscherzen, vor allem trieb ihn nichts danach, ins Gefängnis zu gehen. Bis er seine Strategie umsetzen konnte, musste er aus dem Wald heraus und durfte dabei seinen Partnern nicht begegnen.

Eine weitere Stunde später traf er auf Spaziergänger, er war gerettet! Vermutlich hielten sie ihn für einen Blödmann, der sich in einem geordneten Wald nicht zurechtfand. Das war ihm gleichgültig. Am frühen Abend stand er endlich in seiner Wohnung. Erst jetzt fiel ihm ein, dass er keinerlei Lebensmittel im Haus hatte, zumindest keine, die man verzehren konnte, ohne die eigene Gesundheit zu gefährden. Ihm blieb wohl nichts anderes übrig, als das nächste Restaurant aufzusuchen. Geld genug trug er bei sich. Dazu sollte es vorerst nicht kommen. Die Nachbarin hatte Wort gehalten und Hilpert angerufen, als sie sah, dass Vogelsang eingetroffen war. Kurz nach 20 Uhr klingelte der Kommissar an dessen Wohnungstür. Es hätte durchaus jemand gewesen sein können, dem Vogelsang weniger gern begegnet wäre. So gesehen war der Kriminalbeamte die beste aller schlechten Lösungen. Über kurz oder lang wäre er sowieso nicht drum herumgekommen, der Polizei Rede und Antwort zu stehen. Je früher er es hinter sich brachte, desto eher ließen sie ihn in Ruhe. Seine Taktik stand fest. Er musste halt nur mit dem Abendessen warten. So schnell verhungerte man nicht.

* * *

Der Mann am Telefon zog den Atem scharf durch die Nase. Es war ihm anzumerken, dass ihn das Gespräch nervte. Wütend fuhr er seinen Gesprächspartner an: »Vogelsang hat sich also aus dem Staub gemacht. Du sagst, das Radio lief, als du zurückkamst? Dann hat er bestimmt was über den Tod des Professors gehört und es mit der Angst bekommen. Daran habe ich nicht gedacht. Scheiße!«

»Was ist mit den Bildern?«

»Willst du die durch die Gegend fahren? Du lässt alles, wo es ist und wie es ist. Verschwinde aus dem Haus! Achte darauf, dass du nicht gesehen wirst. Da taucht bestimmt bald die Polizei auf. Halte dich akribisch an die Verkehrsregeln. Den Van kannst du irgendwo in der Innenstadt stehen lassen. Der ist auf niemanden aus unserem Umfeld zugelassen. Du unternimmst nichts, sondern wartest einfach nur ab. Ich muss umdisponieren. Es kommt jetzt darauf an, was unser Künstler bei der Polizei aussagen wird.«

»Du meinst, er geht zur Polizei?«

»Nein, der verkriecht sich bestimmt in seiner Wohnung. Die Polizei wird ihn finden. Die sind auf der Suche nach ihm.«

»Ist es da nicht besser, wir kümmern uns um ihn?«

»Das ist momentan zu gefährlich. Wir können nicht riskieren, dabei beobachtet zu werden oder auf die Polizei zu treffen. Es gilt jetzt, sich kleinzumachen und still zu verhalten.«

»Was kann er denn erzählen? Er weiß nicht, wer wir sind, und kennt unsere Organisation nicht.«

»Wir müssen den van Gogh zu Geld machen. Plaudert er darüber, war's das.«

»Sollte man ihn warnen, die Schnauze aufzureißen?«

»Wie denn? Ich geh gegenwärtig davon aus, dass er zügig einkassiert wird. Wer weiß, vielleicht wird er anschließend überwacht. Wer von uns sollte sich ihm nähern, ohne Gefahr zu laufen, entdeckt zu werden? Nein, ich vertrau da auf seinen eigenen Überlebenstrieb. Der hat keine Lust ins Gefängnis zu wandern. Der wird die Schnauze halten. Oder hat er wieder zu trinken angefangen?«

»Nein, keinen Tropfen.«

»Das ist gut.«

»Was ist, wenn er sich als Kronzeuge zur Verfügung stellt?«

»Gegen wen? Solange wir die Füße still halten, kann nichts geschehen.«

»Aber Sibelius weiß, wer du bist.«

»Den müssen wir uns beizeiten vornehmen. Jetzt muss der erst einmal den van Gogh an irgendeinen Ausländer verkaufen. Ohne das Geld sind wir in den Hintern gekniffen. Sein Anteil ist vermutlich so groß, dass die Gier ihn nach vorne treibt.«

»Was ist, wenn er uns betrügt?«

»Das werden wir zu verhindern wissen. Ich bin mir eigentlich sicher, er hat seine Lektion gelernt.«

»Mal unterstellt, Sibelius ist erfolgreich mit der Aktion. Soll er tatsächlich das viele Geld behalten dürfen?«

»Warten wir es ab. Jetzt bloß keine Hektik. Der Topf ist so prall gefüllt, das reicht für alle. Er stört aus anderen Gründen. Er weiß zu viel über uns. Gerät der in eine Zwickmühle, wird der plaudern wie ein Comedian, nur um seinen Arsch zu retten.«

* * *

Sibelius legte erstaunt sein Handy zur Seite. Sein neuer Geschäftspartner hatte sich wieder bei ihm gemeldet. Er hatte ihn beauftragt, seine Geschäftskontakte außerhalb Hamburgs möglichst im Ausland zu aktivieren, um den van Gogh zu verkaufen. Er verlangte für sich unabhängig vom zu erzielenden Preis 30 Millionen Euro. Machte er alles richtig, blieb für ihn bei diesem Kurs ein erklecklicher Teil übrig. So sehr ihn diese Mitteilung erfreute, so verunsichert war er über den Tod des Professors. Auf N3 war darüber lang und breit berichtet worden. In seinen Ohren klangen Revolver und Kaliber 38 nach. Er glaubte, die Tatwaffe zu kennen. Und er war davon überzeugt, dass seine Fingerabdrücke darauf erhalten geblieben waren. War sein Versuch, ins Bildergeschäft einzusteigen, wirklich eine gute Idee gewesen? Diese Leute machten ihm weiterhin Angst. Sollte er sich da herauswinden? Nur, wie würden die darauf reagieren? Anscheinend war er in deren engeren Kreis aufgenommen worden. Da kam er nicht raus. Er hatte sich von der Flugschanze gestürzt. Ihm schien, dass eine ordentliche Weite garantiert war. Jetzt kam alles auf den Flug und vor allem auf die Landung an. Hoffentlich machte er dabei eine gute Figur. Vermasselte er es, war's das. Dabei war es gleichgültig, wer sich an ihm gütlich tat, die Polizei oder diese Fälscherorganisation. Fürs Gefängnis war er zu alt. Um einen gewaltsamen Tod zu sterben, fühlte er sich noch nicht bereit. Seine Gedanken führten ihn zu dem Geld zurück, das es zu verdienen galt. Alles stand und fiel mit der Qualität des Bildes und mit den Gutachten. Da reichte ein Feld-Wald-und-Wiesen-Wissenschaftler, der keinen Namen hatte, nicht aus. Ohne wenigstens eine echte Kapazität gingen ihre Bemühungen ins Leere. Obal und Bardenhagen waren verbrannt. Mit diesen Namen war nichts anzufangen. Deren Tod hatte sich in der Szene wie ein Lauffeuer verbreitet. Wahrscheinlich saß manch ein Käufer auf einem Exponat mit deren Expertise in seinem Wohnzimmer, unsicher darüber, wie er sich verhalten sollte. Ein inneres Gefühl sagte ihm, dass dieses Problem gelöst sei. Die Organisation war offensichtlich groß genug, dass weitere Kenner der Materie zur Verfügung standen. Stimmten die Rahmenbedingungen, sah er 50 bis 70 Millionen in dem Topf. Man wollte ihn mitverdienen lassen. Das war wichtig. Es gab keine Diskussionen um seinen Anteil von dem Kuchen. Sein Problem war, er musste schnell handeln. Für endlose Debatten und Alternativangebote gab es keinen Raum. Im Kern galt es, die erste Offerte zu akzeptieren. Glücklicherweise kannte er sich mit solchen Verhandlungen aus. Je größer der Druck, desto besser seine Form. Zu seiner Verwunderung wollte ihm sein Kontaktpartner das Bild persönlich vorbeibringen. Hatten ihn die Morde in die Ecke getrieben? Er stützte seinen Kopf auf einer Hand ab. Ganz in Denkerpose fragte er sich, ob die Toten auf deren Rechnung gingen. Irgendwie passte zumindest das letzte Opfer nicht zu den Regieanweisungen eines rational agierenden Kriminellen. Er kannte Bardenhagen gut. Der wäre für die nie zu einer Bedrohung geworden. Ganz im Gegenteil, denn er war viel zu sehr an seiner Reputation interessiert gewesen. Die Angst um die Familie hätte das Ihrige getan. Allem Anschein nach verstand er nur die Hälfte. So sehr hing sein Herz nicht an dem Mann, dass er sich darüber weiter einen Kopf machen wollte.

Diesmal plante er, weniger blauäugig vorzugehen. Nochmals gestattete er niemandem, ihn vorzuführen. Unruhig warf er einen Blick auf die Kaminuhr. Er erwartete seinen Besucher am frühen Abend. Seit 16 Uhr führte er keine Telefonate mehr aus seinem Festnetz. Einmal mehr rieb er seine Hände aneinander. Er war nervös wie vor der ersten Tanzstunde. Hätte er doch einen Bodyguard hinzuziehen sollen? Woher wollte er wissen, dass er nicht wieder in eine Falle tappte. Stand er vielleicht auf der Abschussliste? War das zu erwartende Geld das Risiko wert? War man tatsächlich an ihm als Partner interessiert? Gönnte man ihm seinen Anteil? Es war zu spät, sich diese Fragen zu stellen und auf eine befriedigende Antwort zu hoffen. Er hatte genickt. Diese Autobahn hatte bis zum Ziel keine Ausfahrt. Mittlerweile war es nach 22 Uhr. Nichts rührte sich vor seinem Haus. Garantiert stand er unter Beobachtung. Die Leute gingen mit ihm mit Sicherheit kein Risiko ein. Prüften sie, ob er sich an die Regeln hielt oder ein doppeltes Spiel mit ihnen trieb? Er musste eine weitere Stunde warten, bis seine Türglocke läutete. Vor ihm stand sein dringend erwarteter Gast. Trotz Hut und hochgeschlagenem Jackenkragen wusste er, wen er vor sich hatte. Sibelius trat zur Seite und ließ ihn eintreten.

»Ich vermute, Sie haben das Terrain sondiert, bevor Sie mich aufgesucht haben«, begrüßte er ihn.

»Sie sagen es, nur der Vorsichtige überlebt. Augenscheinlich werden Sie nicht mehr überwacht. Und Sie haben es auch nicht mit der Polizei.«

»Halten Sie mich für bescheuert?«

»Alles, nur das nicht.«

»Wo haben Sie das Bild?«

»Sie erwarten nicht, dass ich es durch Harvestehude trage? Es liegt im Kofferraum eines Golfs am Ende der Straße. Es wäre ratsam, Sie befördern es zügig an einen sicheren Platz. Hier sind die Autoschlüssel.«

»Ich informiere Sie umgehend über den Standort des Bildes.«

»Das interessiert mich nicht. Sie schulden mir ab sofort 30 Millionen Euro in sauberen echten Banknoten. Sollte Ihnen die Geschichte eine Nummer zu groß sein, noch können Sie zurück. Ansonsten ist das Ihr Bild.«

»Und wenn ich 100 Millionen dafür bekomme?«

»Dann sind Sie intelligent genug, Ihren Partner am Überschuss zu beteiligen.« Er tätschelte die Wange des älteren Mannes. »Sie wissen sicherlich, wie man mit guten Partnern umspringt.«

»Was ist mit den Gutachten?«

»Eines liegt im Kofferraum. Das andere wird nachgeliefert.«

»Es ist doch nicht von Obal oder Bardenhagen?«

»Halten Sie mich für bescheuert? Das besteht vor jeder Kommission. Es ist auf Englisch formuliert für den internationalen Markt. Damit kommen Sie bis nach Australien und zurück.«

»Japan, mein Favorit ist Japan.«

»Von mir aus. Lassen Sie nichts anbrennen. Die Zeit wird zusehends knapper. Wir brauchen nur einen Käufer. Verzichten Sie darauf, den letzten Preis auszuhandeln. Geben Sie andererseits nicht sofort nach, das schadet Ihrer Glaubwürdigkeit. Holen Sie das Bild schnellstens aus dem Wagen. Lassen Sie ihn dort stehen. Da frisst er kein Brot.«

»Was mache ich mit Ihrem Geld?«

»Organisieren Sie es erst mal. Kommt Zeit, kommt Rat. Den Kofferraum des Golfs benutzen wir bei Bedarf als eine Art Schleuse. Ich habe einen Zweitschlüssel.«

»Und Sie vertrauen mir so einfach?«

»Natürlich kein Stück. Bei 30 Millionen kann man schon schwach werden. Wir sind alle nur Menschen. Aber Sie sind intelligent. Ich tausche das Geld selbstredend gegen den Revolver, der sie belastet. An Ihrer Stelle würde ich den anschließend schnellstens entsorgen.«

»Worauf Sie sich verlassen können. Eine Frage hätte ich noch.«

»Man immer zu.«

»Warum musste Professor Bardenhagen sterben?«

»Glauben Sie mir, das wollen Sie nicht wissen.«

Er beließ es bei den knappen Worten. So sehr interessierte Sibelius das Schicksal des Kunsthistorikers nicht, dass er weiter insistieren wollte. Es ging um ihn, um seine Interessen. Bardenhagen war tot. Den juckte nichts mehr. Man schien ihn tatsächlich als Partner zu akzeptieren, das zählte. Trotzdem machte er sich seine Gedanken. War er erfolgreich, durfte er sich ebenfalls Sorgen um seine Gesundheit machen. Irgendwann war er überflüssig und störte nur. Überließen sie ihm seinen Anteil? Ließen sie ihn weiterleben? Wie gierig war sein Gegenüber? Der Mann verließ ihn mit einem knappen Nicken. Große Gesten gehörten anscheinend nicht zu seinem Repertoire.

In derselben Nacht beorderte Sibelius einen seiner Leute zu dem Fahrzeug. Alles war wie angekündigt. Er fand das Bild eingerollt in einer Pappröhre. Das Gutachten lag daneben in einem C4-Umschlag. Sie packten alles in seine Limousine um. Niemand interessierte sich für ihr Tun. Gut gelaunt machten sie sich auf den Weg zu einem seiner Appartements in Wedel, das er ständig für sich frei hielt. Es war klein und unauffällig. Das Mehrfamilienhaus, in dem es lag, beherbergte eine ausreichende Anzahl an Bewohnern, sodass sich niemand um den direkten Nachbarn kümmerte. Es gab eine ganze Reihe an Eigentümern. Hier war er einer von vielen. Bei Eigentümerversammlungen wurde er nie gesehen. Prinzipiell stimmte er mit der Mehrheit. Seinen Chauffeur schickte er nach Hause zurück. Er blieb allein mit seinem Schatz zurück. Sein Puls schnellte hoch, als er vorsichtig das Bild aus der Hülle zog und aufrollte. Er hätte sein Leben darauf verwettet, ein Original vor sich liegen zu haben. Am liebsten hätte er es nicht mehr aus der Hand gegeben. In ihm stiegen Emotionen hoch, wie lange nicht mehr in seinem Leben. Er hatte sich weiße Leinenhandschuhe übergezogen wie ein Oberkellner im Hotel Vier Jahreszeiten. Liebevoll strich er über das Gemälde. Beeindruckt registrierte er die sensibel angebrachten Altersmerkmale. Diese perfekte Fälschung durfte man nicht verschleudern. Was die wohl bei einer Versteigerung bei Sotheby's erbringen würde? Er war kein ausgewiesener Van-Gogh-Spezialist, aber er wollte den Fachmann sehen, der dessen Identität infrage stellte. Er öffnete den Briefumschlag und schaute nur auf die Unterschrift des Gutachters. »Vreeburg«, flüsterte er erstaunt. Er kannte den Namen des Wissenschaftlers. Der hatte einen Namen. Wenn der zusätzlich Flankenschutz erhielt, konnten sie nur gewinnen. Durch frühere Immobiliengeschäfte verfügte Sibelius über gute Kontakte in japanische Kreise. Da musste er sich nicht sonderlich anstrengen, diese wieder zu aktivieren. Vor allem erübrigte es sich, nach Tokio zu fliegen. Allein der Gedanke drehte seinen Magen um. Seit er denken konnte, hatte er Angst vorm Fliegen. Zwei-, dreimal in seinem Leben hatte er sich überwinden müssen und da ging es nur um innereuropäische Flüge. Er grinste. Japan war dichter dran, als mancher vermuten mochte. Er wusste, wen er in Düsseldorf anzusprechen hatte, um mit den richtigen Leuten ins Gespräch zu kommen. Noch in der Nacht erhielt er auf seinem Handy einen Anruf. Ihm musste niemand sagen, wer ihn am anderen Ende sprechen wollte, und er sollte nicht falsch liegen.

»Na, haben Sie das Bild in Augenschein genommen?«

»Ja und ich bin schlichtweg begeistert. Ich will nicht glauben, es mit einer Fälschung zu tun zu haben. Der Maler ist genial.«

»Sie sagen es. Schade, dass er nicht weiß, wer seine Freunde sind. Er ist uns durch die Lappen gegangen. Da müssen wir jetzt durch.«

»Kann das für unsere Pläne nicht gefährlich werden?«

»Durchaus, aber kurzfristig sehe ich keine ernsten Probleme. Trotzdem müssen wir uns sputen. Wie gehen Sie weiter vor? Ist schon gut, dass Sie in Hamburg einen Standortwechsel vorgenommen haben.«

»Ich werde meine Beziehungen über Düsseldorf spielen lassen.« Sie lassen dich nicht aus den Augen, dachte er, während er sprach. Hätte er die Absicht gehabt, seine Partner über den Tisch zu ziehen, diesen Vorsatz würde er spätestens in diesem Moment über Bord geworfen haben. Er war nicht lebensmüde.

»Sie denken ans Rheinland?«

»Bin ich bescheuert? Nein! Nippon ist nach wie vor angesagt.«

»Stimmt, in Düsseldorf laufen beinahe mehr Japaner herum als Eingeborene. Sehr guter Ansatz, wir hätten uns früher kennenlernen sollen. Die Welt ist durchsetzt mit Dilettanten. Spezialisten sind rar.«

»Sie sind sicher, ich hätte das überlebt?«

»Nicht wirklich.«

»Sag ich doch. Alles ist gut, so wie wir es jetzt machen. Ich benötige etwas Zeit. Sie wissen vielleicht, die fernöstliche Mentalität unterscheidet sich von unserer. Wer in Hektik gerät, hat verloren.«

»Sie machen das schon. Es gibt gute Gründe, weshalb ich auf den Elder Statesman setze. Solange Vogelsang den Mund hält, kommt es auf eine Woche nicht an. Er ist leider unberechenbar. Und wir kommen kurzfristig nicht an ihn ran. Somit ist Eile angesagt, aber keine Hektik.«

»Warum bieten Sie ihm nicht einen Teil der Beute an? Ich will mich gern beteiligen.«

»Das Angebot nehme ich dankend an. Ich denke darüber nach. Werden Sie Vermittler bemühen?«

»Ich habe einen Kontaktmann. Ab einer Million holt der mir die Sterne vom Himmel.«

»Bekommen Sie das gewuppt?«

»Wir werden sehen. Gibt es Probleme, sollten wir miteinander reden.«

»Wenn Sie ehrlich spielen, können Sie auf mich zählen.«

»Ich bin alt und gierig. Vor allem möchte ich gern weiterleben, wenn Sie verstehen.«

»Keine Angst, wir sind keine Freaks, die mordend durch die Gegend rennen. Wir sind daran interessiert, dass unsere Geschäfte rundlaufen.«

»Da haben Sie in mir den richtigen Partner.«

»Das höre ich gern. Gutes Gelingen.«

Sibelius ließ das Gespräch nachwirken. Der Mann am anderen Ende der Leitung hatte offen mit ihm geredet und ihn vor allem wie einen gleichberechtigten Partner behandelt. Trotzdem war er zu lange im Geschäft, als dass er sich darauf etwas einbildete.

37

Vogelsang rutschte nervös auf seinem Sessel hin und her. Das Duo, das ihn vernahm, beunruhigte ihn. Das waren keine Warmduscher. Zum Glück gehörten sie zu den Guten und mussten sich an Recht und Gesetz halten. Betrachtete er die sehnigen Unterarme der Frau eingehender, so verflüchtigte sich sein Bedürfnis, ihr im Dunkel zu begegnen. Ihre Blicke schienen in ihn einzudringen wie Pfeile. Er war sich sicher, sie durchschaute seine Taktik. Die Reaktion beider Beamten machte ihm klar, dass sie ihm kein Wort glaubten. Wer wollte ihm nachweisen, dass er log?

Claudia Ernst eröffnete den Fragenmarathon. »Sind Sie der Künstler der Bilder, die wir in dem Haus in der Nähe von Ahrensburg gefunden haben?«

»Ja«, erwiderte er wortkarg.

»Spezialisten haben uns mitgeteilt, dass hierin der Stil renommierter Maler kopiert worden sei. Zu Ihrem Glück sind sie alle längst tot.«

»Man spricht von vorzüglichen Arbeiten«, ergänzte Hilpert.

»Danke für das Kompliment. Es ist meine Absicht gewesen, diese Meister so gut wie möglich nachzumachen. Das ist nicht verboten. So kann der Interessent einen Vogelsang im Stil eines Macke oder Dix erwerben. Leider nur zu meinen Preisen.«

Hilpert fuhr fort: »Sie weisen also den Vorwurf weit von sich, zielgerichtet Fälschungen angefertigt zu haben?«

»So ist es. Das ist schließlich verboten. Die Signatur weist eindeutig den Künstler aus. So weit bin ich noch nicht gekommen.«

»Haben Sie sich auch an einem van Gogh versucht?«, hakte Claudia nach.

»Das ist eines meiner nächsten Projekte. Ich denke ebenso über einen Cézanne nach.«

Hilpert wurde es langsam zu bunt. Wütend schlug er mit der flachen Hand auf die Tischplatte. »Mann, Sie verarschen uns doch nach Strich und Faden. Kein Mensch richtet Ihnen ein Atelier ein, nur damit Sie mehr oder weniger wertlose Faksimile produzieren können.«

»Also gegen den Begriff wertlos verwahre ich mich.«

»Fein, was soll denn solch ein Schinken bringen?«

»3.000 Euro denke ich, müssten drin sein.«

»Damit kommen Sie doch nie auf einen grünen Zweig.«

»Es waren ja mehr Bilder geplant.«

Man merkte Hilpert seine Wut an. Dieser Mann hatte keineswegs die Absicht, mit ihnen zu kooperieren. »Na großartig. In 20 Jahren könnten Sie davon dann eine zweiköpfige Familie ernähren.«

»Warum sind Sie so zynisch? Wir hätten daraus einen Trend entwickelt.«

»Klar, den Trend durch gute Fälschungen viel Geld zu verdienen.«

Vogelsang lehnte sich merklich entspannt zurück. Fast schien es, als hielte er die Dramaturgie des Verhörs in Händen. »Ich gebe zu, ein leiser Verdacht hat sich in mir schon breitgemacht.«

»Verdacht?«

»Na ja, dass mit den Bildern andere Interessen verbunden sein könnten, als mir vorgegaukelt wurde.«

»Ihnen ist hoffentlich klar, dass es im Zusammenhang mit Ihren Bildern mehrere Tote gegeben hat?«, warf Claudia ansatzlos ein.

Vogelsang blieb gelassen, wie ein Mann, der sich nichts vorzuwerfen hatte. »Nein, aber Sie werden es mir sicherlich gleich erklären.«

Vertraulich beugte sich Hilpert vor. »Mann, sollten Sie Angst vor Ihren bisherigen Partner haben, wir stehen Ihnen gern zur Seite.«

»Tut mir leid, Sie enttäuschen zu müssen, warum sollte ich Angst vor meinen Geschäftspartnern haben? Trotzdem vielen Dank für das Angebot. Ich komme bei Gelegenheit gern darauf zurück.«

Hilpert ließ sich nicht weiter verdrießen. Dies war nicht das erste Verhör, bei dem sich der Befragte in sein Schneckenhaus verkroch. Irgendwann würden sie es knacken.

»Gut«, setzte er neu an, »wenn Sie keine Angst hatten, weshalb haben Sie sich dann aus dem Haus abgesetzt. Sie mussten sogar Gewalt anwenden, um da rauszukommen.«

»Es war mir langweilig geworden.«

»Und weshalb hatte man Sie eingesperrt, wenn alles doch so harmlos war?«

»Sehen Sie, das habe ich mich auch gefragt. Unterschwellig war das wohl der Grund, weshalb ich abgehauen bin.«

»Und oberschwellig?«

»Es waren die Bilder. Irgendwie habe ich mir dieselben Fragen gestellt wie Sie. Eine Signatur nachzumachen, ist weiter kein Problem. Wer weiß, was meine Partner damit vorhatten? Eins, zwei, drei wäre ich als Fälscher angeklagt worden.«

»Wechseln wir das Thema. Wer sind Ihre Partner? Die würden wir gern befragen.«

Vogelsang hob beide Hände. »Das ist ein weiterer Grund, weshalb ich mich abgesetzt habe. Ich kenne weder deren Namen noch deren Adresse.«

Hilpert stand kurz davor aufzubrausen. Nur mühsam beherrschte er sich. Am liebsten hätte er den Maler so lange geschüttelt, bis er mit der Wahrheit herausgerückt wäre. Was hielt ihn davon ab, reinen Tisch zu machen? Festhalten konnten sie ihn nicht, ebenso wenig festnageln. Ihnen lagen keine Beweise für kriminelles Handeln des Mannes vor. Sie glaubten zu wissen, dass er ein begabter Fälscher war. Aber Glaube reichte für einen Haftbefehl nicht aus. Warum sollte er sich selbst belasten? Und er vermeinte, bei aller Gerissenheit so etwas wie Angst bei Vogelsang zu spüren. Wer wollte es ihm nach den letzten Morden verdenken? Er schaute sich den Künstler genauer an. Hatte er die Absicht, seine bisherigen Partner zu erpressen? War das ein Typ, der solch ein Risiko einging? Er war unsicher. Ging es um das große Geld, war möglich, was man sich ansonsten nicht so ohne Weiteres zutraute. Wie knackte er diesen Menschen? Die Spusi hatte diverse Hinweise gefunden, dass Vogelsang sich nicht allein in dem Haus aufgehalten hatte. Vielleicht kam er damit ein Stück weiter. Mit wenig Euphorie ging er darauf ein. »Sie haben sich nicht allein in dem Haus aufgehalten?«

»Das ist richtig. Gelegentlich schaute ein südländisch aussehender Mann um die 30 vorbei. Er sollte sich um den Verkauf der Bilder kümmern. Er kam mir nicht ganz koscher vor.«

»Wie das?«

»Ich sollte die Bilder weder signieren noch datieren.«

»Kam Ihnen das nicht seltsam vor?«

»Anfangs war es mir egal. Aber nach und nach wurde ich hellhörig.«

»Wie kamen Sie zu den Motiven? Haben Sie sich die selber ausgedacht?«

»Bedingt. Meist gab er sie mir vor. Wenigstens sollten sie ins Gesamtwerk des jeweiligen Künstlers passen.«

»Das heißt kein Stillleben bei einem Landschaftsmaler.«

»Genau.«

»Kommen wir jetzt mal auf Ihren gelegentlichen Besucher zu sprechen. Was war das für ein Typ?«

»Eigentlich mochte ich den nicht.«

»Und weshalb?«

»Ich empfand ihn als brutal.«

»Hat er Sie geschlagen?«

»Gott bewahre, nein. Er hat sich korrekt verhalten. Es war mehr so ein Gefühl. Unterschwellig fühlte ich mich von ihm bedroht.«

»Wie ist der denn auf Sie gestoßen?«

»Keine Ahnung, eines Tages stand er in Wilhelmsburg vor meiner Tür.«

»Er hat Ihnen nicht erzählt, wie er auf Sie gekommen ist?«

»Sie sagen es.«

Hilpert versuchte die erste konkrete Information des Verhörten zu verarbeiten. Dann kam ihm eine Idee. Er griff nach dem Telefon und orderte die Akte Bardenhagen ins Vernehmungszimmer. Wenig später lag sie vor ihm. Er musste nicht lange blättern, bis er fand, was er suchte. Er entnahm ein Foto. Es zeigte den von Bardenhagen erschossenen Mann. Er schob es Vogelsang zu.

»Kann es sich um diesen Mann gehandelt haben?«

Erstmals an diesem Tag gelang es ihm, den Künstler zu verblüffen. Der hätte auf eine Antwort verzichten können. Sein Gesichtsausdruck sprach Bände.

»Sie müssen sich keine Lüge ausdenken«, bemerkte Hilpert bitter. »Der Mann ist tot.«

»Tot? Wie ist das geschehen? Auf mich machte er einen gesunden Eindruck, als ich ihn zuletzt gesehen habe.«

»Gesund war er auch. Doch leider nicht resistent gegen eine Ladung Schrot.«

Vogelsang reichte ihm das Foto zurück. »Er hat sich tatsächlich zuweilen im Haus aufgehalten.«

»Er hat Sie nicht bewacht?«

»Den Eindruck machte er nicht auf mich. Und anfangs hatte ich keinerlei Veranlassung, mich absetzen zu wollen.«

»Was war sein eigentlicher Job?«

»Wie ich schon sagte, er sollte sich um Abnehmer für die Bilder kümmern.«

»Hatte er denn Ahnung davon?«

»Ging so, aber kaufmännisch schien er ganz gut drauf zu sein.«

»War er erfolgreich?«

»Ich hatte ein gutes Gefühl. Er klang zumindest optimistisch. Trotzdem schätze ich, war sein Job nicht leicht. 3.000 Euro sind für unsere Zielgruppe viel Geld.«

Claudia wechselte überraschend das Thema und versuchte auf diesem Weg, ihn zu verunsichern.

»Sie hatten Ihrer Nachbarin eine Liste mit Bildertiteln überreicht, die sie nach einer gewissen Zeit der Polizei übergeben sollte. Was hatte dies auf sich?«

»Ja richtig, die hatte ich längst vergessen.«

»Noch mal, was war der Zweck der Übung?«

»Die Einladung nach Ahrensburg kam spontan. Der Vorschlag, im Stil verstorbener Künstler zu arbeiten, ebenso. Ganz blöd bin ich schließlich nicht. Es handelte sich um eine Art Lebensversicherung.«

»Aber Sie hatten doch nach eigener Aussage keinerlei kriminelle Interessen.«

»Hatte ich auch nicht. Wie gesagt, dieser Italiener, der wie ein Deutscher sprach, hatte mir Angst eingejagt.«

»Warum sind Sie dann überhaupt mit ihm gegangen?«

»Sind Sie mal in meiner Wohnung gewesen? Wenn ja, erübrigt sich jede weitere Antwort. Ich habe in dem Ahrensburger Angebot 'ne Chance für mich gesehen.« Er zögerte kurz, ob er mehr sagen sollte, entschied sich dann dafür. »Ich hatte 'ne längere Phase, in der ich eine Menge getrunken habe. Das hat mich in vielem zurückgeworfen.«

»Sie sind also gegen Ihr Gefühl mitgegangen?«

»Das Risiko war's mir wert. So wie ich gehaust habe, wollte ich nicht weiterleben.«

Sie ließen weiterhin nicht locker. Allerdings zeigte Vogelsang ein hervorragendes Stehvermögen.

Diesmal setzte Hilpert nach: »Sie sprachen vorhin von ›denen‹. Es gab nicht nur den Ermordeten als Ansprechpartner?«

Vogelsang begriff, einen Fehler gemacht zu haben. Aus der Ecke kam er nicht mehr heraus. So entschied er sich für ein weiteres Stück Wahrheit. Die Frau spielte vermutlich keine besondere Rolle in dem Stück.

»Das stimmt, tagsüber hat sich eine nette Dame um mich gekümmert.«

»Wie sah sie aus?«

»Hübsch, dunkle kurze Haare, Hornbrille.«

»Wie alt?«

»Ich habe ihren Ausweis nicht gesehen. Ich schätze um die dreißig. Keine Ahnung.«

Mehr war aus dem Mann an diesem Tag nicht herauszubekommen. Er half ihnen nicht wirklich weiter, weil er eindeutig nicht wollte. Sie ließen ihn gehen. Was wollten sie ihm vorwerfen? Jeder Feld-Wald-und-Wiesen-Anwalt hätte ihn aus der U-Haft herausgeholt. Hilpert war sich sicher, dass aus ihm wesentlich mehr Informationen gepresst werden konnten. Der hatte beileibe nicht alles erzählt, was er wusste. Sie mussten ihn im Auge behalten. Er blickte ihm hinterher, als er den Raum verließ.

»Dem müssen wir eine Bewachung verpassen«, wandte er sich der Kollegin zu. »Der Mann kann der Fälscherorganisation garantiert gefährlich werden, selbst wenn er keine Namen kennt. Reißt der die Klappe auf, können die den gefälschten van Gogh ebenso in die Tonne treten wie die fertigen signierten Bilder. Bislang ist es uns nicht einmal möglich zu beweisen, dass es Fälschungen gibt. Über Mutmaßungen kommen wir nicht hinaus.«

Er erhob sich von seinem Sitz und reckte sich. »So wie der aussieht, hat der nicht nur gelegentlich einen über den Durst getrunken. Der stinkt geradezu nach Alkoholiker, auch wenn er zurzeit trocken zu sein scheint. Solche Leute sind für andere latent ein Unsicherheitsfaktor, wenn sie etwas wissen, das unter der Haube gehalten werden soll. Er wird irgendwann umfallen. Mit Sicherheit sind die sich darüber im Klaren. Das bedeutet, er darf auf keinen Fall Opfer seiner Partner werden.«

Seine Kollegin nickte ihm zu. »Ich kümmer mich darum. Der bekommt eine Rundumüberwachung.«

»Sehr gut, sprich bitte Weber darauf an. Er sitzt wie auf heißen

Kohlen. Sag ihm, wir versprechen uns dadurch einen Durchbruch in dem Fall.«

»Du meinst, er wird mir glauben?«

»Eher nicht. Wenigstens hat er so gute Argumente, sollte er sich wegen neuer Überstunden erklären müssen.«

»Ja, ja, die öffentliche Hand mit ihrem Geldmangel. Ich tu, was ich kann.«

»Du kriegst das schon gebacken.«

38

Müde grinsend blätterte Hilpert einen Tag darauf den Stoß seiner Protokolle durch. Sie waren bislang nicht sonderlich erfolgreich, dafür fleißig gewesen. Claudias Schreibtisch war verwaist. Man hatte sie zu einer Ermittlung zu einem Totschlag auf dem Kiez hinzugezogen. Da dümpelten sie gerade mal als Duo durch Hamburgs Unterwelt und er durfte seine einzige Mitarbeiterin abgeben. Stellte sich der Erfolg der eigenen Bemühungen nicht ein, wurde man gleich etwas nachlässiger als gewohnt behandelt. Unabhängig davon konnte er sie an diesem Tag durchaus entbehren. Es stand nichts Dringliches an. Vor ihm lag ein ganzer Schwung an nichtssagenden Aussagen. Ging es um die Nachbarn der Toten, verstand er deren Zurückhaltung, gegebenenfalls sogar deren Gleichgültigkeit. Wer nahm schon gern das Risiko auf sich, nachzuschauen, wenn nebenan Ungewöhnliches passierte? Wer wollte freiwillig in Mordermittlungen verwickelt werden? Doch auch die direkt in den Fall involvierten Personen gingen ihnen weiträumig aus dem Weg. Dies war nicht das erste Mal, dass sich potenzielle Zeugen sperrig zeigten. Dass man aber durch die Bank versuchte, die Ermittler für dumm zu verkaufen, indem man ihnen wichtige Informationen vorenthielt, war selbst für ihn neu. Dies galt vor allem für die Familien Jansen und Bardenhagen. Er führte es insbesondere auf den negativen Einfluss von Fritsche, diesem unsäglichen Anwalt, zurück. Der hatte sicherlich die Devise ausgegeben, nur schlecht informierte Polizisten konnten keinen Blödsinn anstellen. Und Hilpert waren mehr oder weniger die Hände gebunden. Er kaute auf deren Namen herum wie auf einer Nuss, die er in Ermangelung eines Nussknackers mit den Zähnen erledigen wollte. Wie war das noch mit Vater und Sohn Jansen? Erinnerte er sich richtig an das letzte Gespräch mit ihnen, so hatten beide mit den Fingern auf Fritsche gewiesen. Sie unterstellten ihm mehr oder minder ein Insiderwissen, über das er so ohne Weiteres nicht verfügen durfte. Sie waren nicht sehr konkret geworden. Wie hieß es so schön, der Täter weiß alles. Traf dieser Satz nicht auf den Anwalt zu, so musste ihn jemand schlaugemacht haben. Und zwar offensichtlich schlauer als die anderen. Wer war dieser Jemand? Was wurde damit bezweckt? Ob Fritsche bereit war, ihm vernünftige Antworten zu geben? Er würde sehen. Hilpert blieb in Bezug auf ihn skeptisch. Was erwartete er sich von einem der vermutlichen Verursacher seiner Probleme? Dass er umschwenkte, sich vom Saulus zum Paulus wandelte und wie ein Wasserfall redete? Wer's glaubte. Bislang hatten sie es nicht einmal geschafft, blutigen Amateuren wichtige Informationen zu entlocken. Wie stellte er es da mit diesem Profi an? Der ließ sich weder bluffen noch bedrohen. Dem mussten sie erst ein Messer an die Kehle setzen, um wenigstens seine Schuhgröße in Erfahrung zu bringen.

Hilpert wollte gerade gehen, als er Claudia auf dem Flur traf.

»Wo willst du hin?«, fragte sie ihn.

»Herrn Dr. Fritsche meine Aufwartung machen.«

»Ich komme mit, das will ich mir nicht entgehen lassen.«

»Was ist mit dem Toten auf der Reeperbahn?«

»Das war wahrscheinlich sein eigenes Mädel, das er für sich laufen hatte. Selbst in diesen Kreisen gibt es Eifersucht.«

»Klar, sind ja auch nur Menschen.«

»Wahr gesprochen, großer Meister.«

Obwohl er Mitte siebzig war, residierte Fritsche Tag für Tag in seinem Büro am Ballindamm. Er erschien morgens pünktlich um halb neun, machte exakt 45 Minuten Mittagspause und verließ seinen Schreibtisch nie vor 18 Uhr. Gegenüber der Alsterfontäne unweit von der U-Bahn-Station am Jungfernstieg saß er als Seniorpartner in einer der Hamburger Sozietäten, die nicht jeden Auftrag annehmen mussten, um die Miete für die Räume in dem ehrwürdigen Gebäude zahlen zu können. In dieser Toplage wurden einem Quadratmeterpreise abverlangt, zu denen man an anderen Standorten ganze Straßenzüge anmieten konnte. Die beiden Beamten wurden in ein Besprechungszimmer mit Fensterfront zur Alster hin geführt. Das Mobiliar war dunkel gehalten wie in der Kapitänskajüte auf einem Großsegler. In den Regalen standen dicke juristische Jahrbücher. Ob sie wirklich genutzt wurden, blieb dahingestellt. Zumindest beeindruckten sie die Besucher. Wuchtige Ledersessel machten es einem schwer, daraus aufzustehen. Wer wollte überhaupt noch in sein karges Büro zurück, wenn man es sich in diesen Räumen gütlich machen durfte?

Eine dezent gekleidete Mitarbeiterin bot Kaltgetränke, Kaffee, Tee und Kleingebäck an. In diesem Geviert galt man sicherlich schon als progressiv, wenn man dunkelblau statt schwarz trug. Träger von Jeans wurden garantiert an den Verfassungsschutz als Umstürzler weitergereicht. Fritsche ließ sie nicht lange warten. Er begrüßte sie angemessen distanziert. Nun gut, sie waren nicht zu einem Klönschnack gekommen.

Hilpert überlegte die Formulierung der ersten Frage, als Claudia bereits blankzog. Ihm gefiel's. Vermutlich gab es nicht viele Chefs, die ihre selbstverständliche Art zu schätzen wussten. Er genoss es. Korrigierend eingreifen konnte man immer noch. Sie trat einmal zu, prompt war das Gespräch in Gang. Er durfte sich zurücklehnen und die Wirkung ihrer Worte genießen.

»Weshalb wurden Sie nach Bardenhagens Tod so unsensibel aus dem Verkehr gezogen?«

»Sind Sie sicher, dass Sie das interessieren sollte?«

»Würde ich sonst fragen?«

Er antwortete überraschend offen: »Ich habe mich das ebenfalls gefragt. Anscheinend empfanden Teile der Familie meinen Einfluss auf Professor Bardenhagen als zu dominant. Der König ist tot. Der Nachfolger macht die Gesetze. Für die Herren Jansen bin ich augenscheinlich ein alter Sack, der sich zu sehr aufplustert.«

»Kannten Sie einander so gut?«, hakte Hilpert nach.

»Es bestand seit mehr als 60 Jahren blindes Vertrauen zwischen uns.«

»Er hatte Sie hinsichtlich der Gefälligkeitsgutachten ins Benehmen gesetzt?«

»Das hat er und wir haben unsere Strategie bei den Vernehmungen aufeinander abgestimmt.«

»Was waren die Ziele?«

»Vornan stand stets Jenny, allerdings dicht gefolgt von seiner Reputation. Letztlich ging es um sein gesamtes Lebenswerk. Ein falsches Wort in der Öffentlichkeit und er hätte sich sozial beim Abschaum unserer Gesellschaft wiedergefunden.«

»Übertreiben Sie da nicht ein wenig?«

»Das mag sein, aber eigentlich habe ich ihn nur wörtlich zitiert. Ich habe ihm zumindest zugestimmt. Wissen Sie, Bardenhagen kam wie ich aus kleinen Verhältnissen. Sein Vater ist im Krieg geblieben, seine Mutter hätte für ihn das letzte Hemd hergegeben. Er wusste, wie es ganz unten aussieht. Dorthin wollte er unter keinen Umständen zurück.«

»Diese Aspekte sind nun wohl bedeutungslos geworden«, bemerkte Claudia kühl.

»Auf jeden Fall, was ihn betrifft. Fragt sich nur, wie die Familie das sieht, seine Frau, seine Enkel. Ich will nicht glauben, dass denen ihre gesellschaftliche Stellung gleichgültig ist.«

Langsam verlor Hilpert die Lust an diesem Thema, also gab er Gas: »Werden Sie sich vollständig als Berater der Familie zurückziehen?«

»So wie es aussieht, ist meine Mitarbeit nicht mehr erwünscht«, antwortete er distanziert. »Die Herrschaften werden mich wohl nicht mehr um Rat bitten.«

Claudia kam auf die Bilder zurück. »Ist Ihnen bekannt, wie viele Gutachten aus seiner Feder stammen?«

»Nein. Da hat er sich bedeckt gehalten. Und ich wollte es im Grunde gar nicht wissen.«

Hilpert arbeitete nach. »Und wenn wir Ihnen versichern, mit dieser Information diskret umzugehen?«

Fritsche überlegte. »Klar, Sie wollen wissen, wie viele gefälschte Exponate dort draußen rumschwirren.« Er bewegte den Kopf sachte hin und her, als wollte er mehrere Entscheidungsalternativen gegeneinander abwägen. »Es hat insgesamt 16 Gutachten ausgestellt.«

»War ein van Gogh dabei?«

»Ja, der machte ihm die meisten Sorgen.«

»Warum?«

»Können Sie sich das nicht denken? Ein unbekannter van Gogh, testiert von ihm, hätte einen riesigen Wirbel entfachen können.«

»Ich verstehe. Sind Ihnen sonst noch Namen renommierter Künstler untergekommen?«

Er zuckte die Achseln. »Sorry, da kenne ich mich nicht so aus.«

»Eine andere Frage«, warf Hilpert ein, »wussten Sie, dass der Professor eine Schwester hatte, die vor langer Zeit verstorben ist?«

»Ja, ich habe sie gekannt. Sie war ein oder zwei Jahre jünger als ich. Ich mochte sie.«

»Sie soll sich das Leben genommen haben.«

»Er hat bis zuletzt auf einen Unfall gehofft.«

»Sie hatten also nicht nur beruflich miteinander zu tun gehabt, sondern durchaus auch privat?«

»Man kann sagen, wir waren gute Freunde. Wir sind manches Mal durch die Gegend gezogen. Das ist in den letzten Jahren zugegebenermaßen deutlich weniger geworden und war zum Schluss ganz eingeschlafen.«

Claudia beugte sich vertraulich vor. »Haben Sie gelegentlich, sagen wir mal, die Sau rausgelassen?«

»Immer sachte mit den jungen Pferden, Gnädigste. Wir wollen doch nicht aus dem Nähkästchen plaudern. Ein Stückchen Privatsphäre möge man mir und dem Verstorbenen zugestehen.«

Hilpert winkte ihr beruhigend zu. Er wusste, sie konnte es nicht leiden, als unbedeutendes dummes Mädel abgekanzelt zu werden. »Alles ist gut. Kommen wir noch einmal auf die Fälschungen zu sprechen. Haben Sie einen Verdacht, wer dahinterstecken könnte?«

»Große Gedanken habe ich mir darüber nicht gemacht. Vergessen Sie nicht, das Thema ist für mich relativ frisch. Ich wurde darauf angesprochen, als der Professor diese Gutachten erstellt hatte. Dadurch habe ich ja erst von Jennys Entführung erfahren. Zumindest habe ich nicht die Spur eines Verdachts, Claus ging es ebenso.« Er hüstelte und sprach leise weiter: »Ich denke da an die organisierte Kriminalität. Wenn ich Sardinien höre und mir vergegenwärtige, dass man sich Jenny in London gegriffen hat. Das ist garantiert nicht die Tat von Amateuren.«

»Das ist richtig, aber wir sind auch auf deutsche Beteiligte gestoßen.«

»Wer sagt, dass Deutsche Mafia nicht können? Davon abgesehen werden diese Jungs im Rahmen der Globalisierung ebenfalls internationaler.«

»Haben die sich nicht auf deutsche Künstler spezialisiert, sieht man mal von dem van Gogh ab?«, entgegnete Hilpert.

»Wo steht geschrieben, dass die nicht in Holland oder Spanien das Gleiche veranstalten?«

Der Hauptkommissar stutzte. Mit der flachen Hand schlug er sich an die Stirn. »Darauf hätten wir selber kommen können. Man organisiert ein, zwei national renommierte Kunsthistoriker, dazu einen ordentlichen Maler, ab geht die Post. Möglicherweise haben wir es mit einem internationalen Coup zu tun.«

Claudia lachte schallend auf. »Na klar, an allen Ecken Europas werden die Plagiate verscherbelt und niemand hat es bemerkt. Oder gab es etwa Anzeigen? Wohl kaum, mit Sicherheit wären die bei uns gelandet.«

Hilpert ließ nicht locker. »Wir wissen, dass in Deutschland was läuft. Hier hat sich jedenfalls noch niemand gemeldet. Keiner fühlt sich bislang betrogen.«

Claudia blieb gelassen. »Oder die trauen sich nicht. Wir können ja später 'ne Anfrage über Europol starten.«

Fritsche hatte das Gespräch mit Interesse verfolgt. Ihm war anzumerken, dass er sich für einen Schmusekurs mit der Polizei entschieden hatte. Die Ursachen hierfür mochten vielfältig sein. Vermutlich aber lag es am Verhalten der Familie ihm gegenüber. Er war zutiefst beleidigt. Ein Fritsche ließ sich nicht wie ein ausrangierter Waggon aufs Abstellgleis schieben. Den beiden Beamten sollte es recht sein. Trotzdem hielt sich der Informationsgewinn in Grenzen. Sie wollten das Gespräch bereits beenden, als Hilpert Fritsche auf Sibelius ansprach.

»Ob ich Peter Sibelius kenne? Sie machen Witze. Er war der Dritte in unserer Runde. Wir studierten zur gleichen Zeit in Hamburg Jura.«

»Bardenhagen kannte ihn also auch?«

»Klar, ich habe die vor etwa 20 Jahren miteinander bekannt gemacht.«

»Verdammt!« Hilpert rückte mit seinem Sessel zurück und sprang auf.

Fritsche blickte von seinem Platz aus verwundert zu ihm hoch. »Habe ich was Bemerkenswertes gesagt?«

»Worauf Sie sich verlassen können. Einige Herrschaften nehmen es mit Wahrheit nicht so genau oder lassen es bei Bruchstücken der Wahrheit bewenden. Da liegt noch ein echtes Stück Arbeit vor uns. Vielen Dank für das aufschlussreiche Gespräch.«

Man merkte Hilpert seine Verstimmung an. Diesmal war es Claudia, die fragte: »Hat Bardenhagen Sibelius den Tipp mit Jansens Schieflage und den Grundstücken gegeben?«

»Wer denn sonst? Der kann doch nicht hellsehen. Und auf die Köhler hat er ihn ebenso gebracht. Er meinte, die müsse für den eigenen Unterhalt sorgen und könne daher Geld gut gebrauchen.«

»Dann war er ja ein richtiges Schwein!«, entfuhr es Claudia.

»Das kann man sehen, wie man will. Er hat seinen Schwiegersohn aus tiefster Seele abgelehnt. Für einen Proleten hat er ihn gehalten. Eliminieren wollte er ihn aus seiner Familie.«

»Zum Schluss hat es dann einigermaßen mit den beiden funktioniert.«

»Die Entführung seiner Enkeltochter hat bei ihm etwas bewirkt. Plötzlich hat er wohl verstanden, wie wichtig Familie ist. Und dass es ihm nie gelingen würde, den Ehemann seiner Tochter und gleichzeitig Vater seiner Enkel auszuschalten. Da war's leider zu spät. Es hätte eine nette Familie werden können. Nun ist es anders gekommen. Zumindest für ihn. Im Übrigen, seine Frau ist da ein ganzes Stück schlimmer. Sie hält sich für was Besseres, weil sie aus einer relativ begüterten Familie stammt.« Er lachte gehässig auf. »Am Ende war da auch nicht mehr viel zu holen. Heute nennt man so was Missmanagement.«

Zufrieden verließen sie Fritsche. Bedachte Hilpert, wie sehr ihm das Gespräch vor dem Kopf gestanden hatte und wie wenig er erwartet hatte, war er alles in allem zufrieden. Sie fuhren in dem engen Fahrstuhl hinunter. Vermutlich war er nachträglich eingebaut worden. Das allerdings bereits vor einigen Jahrzehnten. Im unteren Treppenhausbereich würdigten sie den aufwendig verarbeiteten grünen Granitfliesen keinen Blick.

Vor dem Haus giftete er seine Kollegin an, während sie sich auf den Weg zum Parkplatz machten: »Wir haben gearbeitet wie die letzten Dilettanten. Unsere internationalen Verflechtungen können wir uns tatsächlich irgendwohin schmieren. Darauf nehme ich jede Wette an.« Wütend schlug er mit der Faust in seine

Hand. »Wir haben nichts kapiert! Die hängen alle enger zusammen, als wir bislang herausgefunden haben. Wir müssen präziser arbeiten! Scheiße! Bardenhagen können wir nicht mehr befragen, aber Sibelius. Dieser Herr hat uns einiges zu erklären. Fahren wir zurück ins Präsidium und bitten ihn zu uns.«

Claudia Ernst blieb stehen. »Schütt bloß nicht das Kind mit dem Bad aus. Ein Typ wie Sibelius ist doch der ideale Handlanger für eine kriminelle Organisation. Dabei ist es gleichgültig, ob die in Palermo oder in Frankfurt sitzen.«

Er stimmte ihr zu und fuhr nachdenklich fort: »Das gilt natürlich gleichermaßen für einen Typen wie Fritsche. Wieso war der so auskunftsfreudig? Gut, stürzen wir uns erst mal auf seinen Kumpel.«

Ihre Euphorie bekam bald einen Dämpfer. Sibelius hatte sich auf Geschäftsreise begeben, Adresse unbekannt. Niemand war informiert. In dieser Woche würden sie ihn nicht mehr zu fassen bekommen.

Hilpert brauchte einige Minuten, um seine Wut verrauchen zu lassen. Sie hätten diesen Mann nicht monatelang überwachen können. Das galt für eine Reihe der Befragten, mit deren Informationswut es nicht weit her war. Es reichte gerade noch für den Maler.

* * *

Vogelsang klaubte seine schlecht geordneten Unterlagen zusammen, auf der Suche nach einem Zettel, den er irgendwo hingelegt hatte. Bis er in seiner Wohnung so etwas wie Ordnung hergestellt hatte, würden einige Tage vergehen. Er arbeitete daran, mal mit mehr, mal mit weniger Elan. Egal, ob er trank oder trocken war, er neigte zur Unordnung. Dinge, die ausgedient hatten, ließ er einfach fallen. Benötigte er sie, musste er suchen. Dauernd nahm er sich vor, bestimmte Sachen an einen festen Ort zu legen. Das funktionierte mal besser, mal schlechter, mal überhaupt nicht. Endlich hatte er sie gefunden, die Telefonnummer von Obals ehemaliger Freundin. Ruhig griff er zum Handy. Rebecca Rehm reagierte erstaunt auf seinen Anruf. Er hielt sich nicht mit großen Vorreden auf, sondern kam sofort auf sein Anliegen zu sprechen.

»Berichten Sie den Hintermännern dieser Fälscherorganisation, dass ich bei den Bullen die Schnauze gehalten habe. Nach offizieller Lesart gibt es keinen van Gogh. Man kann das Teil in aller Seelenruhe vertickern, soweit die Gutachterfrage geklärt ist.«

Sie versuchte, ihn zu unterbrechen, ihm klarzumachen, dass sie ihm nicht behilflich sein könne.

Er blieb unbeirrt. »Ich will meinen Teil abhaben. Und zwar eine Million. Den Betrag halte ich für angemessen.«

»Mein Gott, ich ...«

Wieder ließ er sie nicht ausreden, sondern beendete das Gespräch. Anschließend rief er bei der Mordkommission an. »Ich habe das Gefühl, beobachtet zu werden.«

»Bleiben Sie gelassen«, antwortete Stange, der das Gespräch angenommen hatte. »Das sind unsere Leute. Bisher ist uns nichts Auffälliges untergekommen.«

Grinsend rieb sich Vogelsang die Hände. Er hatte sie, seine Bodyguards, und zwar kostenlos. Er konnte weiterhin beruhigt schlafen. Er gratulierte sich insgeheim zu der Entscheidung, mit dem Trinken aufzuhören. Vor wenigen Monaten hätte er nichts wahrgenommen und vor allem keine Idee gehabt, wie er an sein Geld kommen könnte. Hätte er weiter getrunken, wäre er vermutlich nicht mehr heil aus dem Haus in Ahrensburg herausgekommen. Nun musste er darauf achten, nicht in Wilhelmsburg über die Klinge zu springen. In Zusammenarbeit mit der Mordkommission würde sich das schon richten lassen.

39

Hilpert hatte sich einigermaßen beruhigt. Sie waren dabei, den Sumpf aus Lüge und Halbwahrheiten trockenzulegen. Trotzdem war er sich unsicher darüber, welche Wahrheit ihnen nutzte, welche Lüge letztlich gleichgültig war. Trotz seiner inneren Distanz zu der Idee des international agierenden Bildfälscherrings, folgte er Claudias Rat. Sie mussten diesen Aspekt im Auge behalten, auch wenn sie in diese Richtung kaum Hinweise bekommen hatten, sah man von Jennys Entführung einmal ab. Ihm kam der italienischstämmige Mann in den Sinn, der Bardenhagens Opfer geworden war. Er sperrte sich gegen das Vorurteil Italiener gleich Mafioso.

Nach wie vor begriff er nicht, weshalb Bardenhagen sterben musste. Diese Frage begleitete ihn, seit er dessen Leiche am Boden hatte liegen sehen. Seine Ermordung widersprach jeglicher Logik. Es gab keine Motive. Mit ihm schied bereits der zweite Sachverständige aus. Obals Tod war nachvollziehbar. Der hatte versucht, auf eigene Rechnung zu arbeiten. Das war ihm nicht gut bekommen. Für Bardenhagen bot ihm niemand eine Antwort an und wäre sie noch so weit hergeholt. Ihm kam einfach keine zündende Idee. Abermals schoss ihm der Begriff Blutrache durch den Kopf. Je mehr er darüber nachdachte, desto weniger glaubte er daran. Nicht weil dieses Phänomen mittlerweile in Europa weitgehend ausgerottet war, vielmehr bezweifelte er, dass es den Verwandten innerhalb von zwei Tagen gelungen war, völlig unvorbereitet einen Racheengel ins Ausland zu schicken. Selbst in Sardinien rissen sich wohl kaum die männlichen Familienmitglieder darum, als Auftragskiller durch die Lande zu reisen. Und in Deutschland standen die Killer auch nicht gerade Schlange. Dieser Mord war vorausschauend geplant und eiskalt durchgeführt worden. Solch ein Konzept ließ man sich nicht innerhalb von zwei Tagen im fernen Italien einfallen und in Deutschland ausführen. So oder so waren Vorbereitungen zu treffen. Man musste sich mit den Gewohnheiten des Opfers vertraut machen, über den Tatort nachdenken.

Mit Bardenhagen, Sibelius und Fritsche war er auf ein Trio gestoßen, das in der Vergangenheit enge Kontakte zueinander pflegte. Hatten die drei vielleicht schon früher ihre Konten mit dem Verkauf von Fälschungen aufgefrischt? Mit Bardenhagen stand ihnen ein exzellenter Fachmann zur Verfügung, dessen Wort in der Fachwelt etwas galt. Sibelius gab garantiert einen abgefeimten Verkäufer ab und Fritsche konnte überall eingesetzt werden. Waren ihnen neue Konkurrenten auf derselben Spielwiese in die Quere gekommen? Jüngere, konsequentere Leute? Hatten die erst mit Obal zusammengearbeitet, um dann später Bardenhagen zu erpressen, für sie tätig zu werden? Und dann lief ihnen Vogelsang, der Künstler, aus dem Ruder. Die Bilder, die zurückgelassen werden mussten, erwiesen sich nach Aussagen von Spezialisten als vorzügliche Nachahmungen. Diese als Fälschungen zu enttarnen, sei nur schwer möglich. Ein angesprochener Kunsthistoriker hielt wenigstens zwei Exponate für authentisch. Vermutlich würde er bis ans Ende seiner Tage an deren Echtheit trotz der fehlenden Signatur glauben. Wollte die Fälscherorganisation ihre Tätigkeit vielleicht einstellen? Wäre es da nicht logisch gewesen, erst die letzten Bilder zu veräußern und danach Bardenhagen zu töten, egal, welche Motive hinter dem Verbrechen gestanden haben mochten? Vogelsang, er dachte wieder an den Maler. Wie wollte man ihm eine Betrugsabsicht nachweisen? Zum Beispiel wie Picasso zu malen, war so lange kein Verbrechen, wie man das Bild nicht mit dessen Signatur versah und versuchte, es unter dessen Namen zu verkaufen. Ihm kamen abermals die drei Männer in den Sinn, die in jüngeren Jahren zuweilen Hamburg unsicher machten. Einer von ihnen war tot, einer verschwunden. Was hatten sie in dieser Zeit angestellt, wenn sie nicht in das Geschäft mit den Bildfälschungen verwickelt waren? Was veranstalteten sie gemeinsam, um dem Stress des Alltags zu entfliehen, wie es Bardenhagens Ehefrau mit der Inbrunst der Überzeugung behauptete? Steckte mehr dahinter, wäre sie bestimmt die Letzte gewesen, der man es mitgeteilt hätte. Oder wusste sie mehr und hielt sich bedeckt? Sollte er sie nochmals aufsuchen? War zu erwarten, dass sie ihm diesmal die volle Wahrheit erzählte? Am besten, er lud sie zu sich ins Präsidium ein. Nahm er ihr den Heimvorteil, waren seine Chancen besser, sie zum Reden zu bringen. Eine Frage konnte er sich nicht beantworten: Brachte die Wahrheit etwas in diesem Fall oder verrannte er sich da in eine Sackgasse, die ihn nicht weiterführte? Machte er einer Witwe das Leben schwerer, als es eh schon war? Riss er möglicherweise alte Wunden auf und verharrte trotzdem auf der Stelle? Dafür fehlte ihm bislang jegliche verbindliche Antwort. Da musste sie ebenso durch wie er. Er wurde an den Ergebnissen seiner Arbeit gemessen, nicht an der Frage, wie groß der Flurschaden war, den er dabei angerichtet hatte. Immerhin versuchten sie, einem mehrfachen Mörder das Handwerk zu legen. Davon abgesehen hätte sie längst Ruhe vor ihm, wäre sie nicht so verstockt. Entschieden griff er zum Telefon. Christel Bardenhagen nahm die Einladung ins Polizeipräsidium alles andere als gelassen auf. Zähneknirschend stimmte sie zu und verzichtete sogar darauf, gleich mit ihrem Anwalt zu drohen.

Seinem Vorwurf, sie tue nicht genug, um den Mord an ihrem Mann aufklären zu helfen, bewirkte wahre Wunder. Sie wusste, dass er nicht so weit entfernt von der Wahrheit argumentierte. Ihr waren andere Dinge wichtiger, als den Namen des Mörders ihres Mannes zu erfahren. Sie wollte ihre gesellschaftliche Position bewahren. Die Wahrheit rüttelte augenscheinlich daran.

* * *

Sibelius hatte sich von einem privaten Fahrservice nach Düsseldorf bringen lassen. Im Rheinland verfügte er über gute Kontakte, die an japanische Industrielle heranreichten oder zumindest an deren Repräsentanten. Einen van Gogh bekamen die Kunstliebhaber unter ihnen auch nicht jeden Tag geboten. Das noch zu einem Kurs von deutlich unter 100 Millionen Euro oder Dollar. Da kam es schon nicht mehr auf die Währung an. Er verbrachte zwei Tage, ohne dass etwas geschah. Er nutzte die Zeit, sich einen Mietwagen zu leihen. Seinen Fahrer hatte er längst zurück nach Hamburg geschickt. Er hatte sich von ihm am Hauptbahnhof absetzen lassen. Es sollten so wenige Linien wie möglich nachgezogen werden können, sollte jemand auf die Idee kommen, seine Wege zu verfolgen.

Die Leute, die er sprechen wollte, ließen sich ungern unter Druck setzen. Er war in dem Appartement eines Geschäftsfreundes untergekommen. Dieser hatte es extra eingerichtet, um den einen oder anderen Bekannten für ein paar Tage gegen Bares aus dem Verkehr zu ziehen. Das konnten durchaus mal die neugierigen Blicke des eifersüchtigen Ehepartners sein. Sollte die Polizei nach ihm fahnden, würde es ihr für gewisse Zeit garantiert schwerfallen, ihn aufzustöbern. Trotzdem nervte das Warten. Er war ein ungeduldiger Mensch. Am dritten Tag lag tatsächlich ein erstes Angebot vor. Man bot 25 Millionen Euro, zahlbar innerhalb von 48 Stunden. Nun begann die heiße Phase des Pokerns. Wie bekam man heraus, wie weit die andere Seite gehen konnte oder wollte? Eines wusste er, das erste Angebot war nie das letzte. Wer 25 Millionen abzweigen konnte, nickte auch 30 Millionen.

Scheinbar wütend fuhr er den Vermittler an, der den Kontakt

hergestellt hatte: »Brechen Sie umgehend die Gespräche ab! Ich soll das Bild verkaufen, nicht verschenken!«

»Der Interessent will einen Blick auf das Werk werfen. Danach kann über ein neues Angebot geredet werden.«

»Sagen Sie dem Herrn, er möge nach Amsterdam fahren, will er einen van Gogh sehen. Ich habe nicht die Absicht, ein Museum zu eröffnen.«

»Ich rede mit ihm.«

Am Abend lag die Offerte bereits bei 35 Millionen. Das Ganze auf Grundlage eines Bildes von einem Handy. Der Name van Gogh machte sie alle verrückt. Sibelius blieb stur. Nun ging es darum, Nerven zu bewahren. Er hatte den Interessenten am Haken, das spürte er. Zu seinem Glück konnte dieser nicht seine Schweißperlen auf der Stirn sehen. Bei welchem Betrag sollte er in konkrete Verhandlungen eintreten? Er musste hinnehmen, dass ein eigener Sachverständiger hinzugezogen werden sollte. Irgendwo war der Wendepunkt und er musste professionell agieren, wie ein Verkäufer, der etwas Wertvolles anzubieten hatte, nicht wie jemand, der eine billige Kopie an den Mann bringen wollte. Noch ein, zwei Tage und das Bild musste seine Feuerprobe bestehen. In seiner Magengegend begann es zu kribbeln. Jetzt ging es um sein Geld. Ihm würden fünf Millionen verbleiben. Dieser Betrag reichte ihm nicht. Dafür hatte er sich nicht krummgelegt. Sein Gefühl sagte ihm, da war deutlich mehr drin. Vielleicht sollte er seine Taktik ändern und dynamischer nach vorne preschen. Andererseits verhandelten sie mit gerade einem Interessenten. Sprang der ab, standen sie wieder am Anfang ihrer Bemühungen. Er wusste, dass seine Partner wegen der ungeklärten Situation mit dem Maler nervös geworden waren.

* * *

Hilpert fragte sich, weshalb er sich das Gespräch mit der Witwe des Kunsthistorikers überhaupt antat. Sie antwortete gefasst und konzentriert, vor allem aber inhaltsleer. Egal, in welche Richtung er sie zu führen versuchte, sie blieb auf ihrer Linie, als habe sie ihre Worte wie eine Schauspielerin vorher auswendig gelernt. Den Namen Sibelius wollte sie nie gehört haben. Er sei nie in ihrem Beisein genannt worden und sei nie Gast in ihrem Haus gewesen. Die Erlebnisse ihres Mannes mit seinen Freunden in Hamburg seien ihr stets gleichgültig gewesen. Sie habe nicht danach gefragt, er habe nichts darüber erzählt. Ansonsten habe er nur für seinen Beruf und seine Familie gelebt, genau in dieser Reihenfolge. Da war ihm ein wenig Abwechslung durchaus gegönnt. Entgegen ihrem sonstigen Auftreten tat sie ganz auf tolerant und weltoffen. Hilpert glaubte ihr kein Wort. Diese Frau wollte unter allen Umständen wissen und verstehen, was um sie herum geschah. Sie war beileibe nicht der Typ, der alles dem Zufall überließ. Die sah nicht verschämt zur Seite, wenn Dinge geschahen, die ihr gegen den Strich liefen. Garantiert begab sie sich nicht an den Herd, bereitete ihrem geliebten Gatten sein Leibgericht und erduldete seine Eskapaden. Das bedeutete, sie verschwieg Hilpert, was sie wusste. All das aus Gründen, die er nachvollziehen, aber nicht billigen konnte. Ihm fiel kein probates Mittel ein, mehr aus ihr herauszubekommen. Er konnte nur hoffen, dass ihre kleinen und großen Geheimnisse für ihn nicht weiter interessant waren. Ihr Handy unterbrach das Gespräch.

»Es ist Herr Trodler, der ehemalige Fahrer meines Mannes. Er steht mir bei Bedarf zur Verfügung. Er will wissen, wann er mich abholen kann.«

Hilpert atmete einmal heftig durch. Dann gab er vorerst auf. »Er kann gerne kommen. Ich bin erst mal durch mit meinen Fragen.«

Sie versuchte, sich zu erklären: »Sie müssen wissen, durch Buchholz fahre ich noch selbst mit dem Auto. Hamburg ist mir zu aufregend.«

»Herr Trodler wohnt in Ihrer Gegend?«

»Ja, quasi um die Ecke im Wilhelm-Raabe-Weg.«

Hilpert begleitete die Frau zum Fahrstuhl und blickte ihr angesäuert hinterher. Diese Frau sorgte sich vermutlich um den Ruf ihrer Familie über das Grab ihres Mannes hinaus. Darüber ging wohl nichts. Ungnädig suchte er seine Kollegin auf. Er konnte sich ihr gegenüber nicht äußern, ohne etwas über seine Gemütsverfassung preiszugeben. Also gönnte er ihr eine Kurzzusammenfassung des Gesprächs, garniert mit ein, zwei Flüchen.

Sie strahlte ihn an. »Was erwartest du von der Frau? Jetzt nach dem Tod ihres Mannes verbleiben ihr die Familienangehörigen und der Ruf der Familie. Da steckt sie ihre Kraft hinein.«

Kehlig lachte sie auf. »Ich verstehe die ganze Aufregung nicht. Wem willst du weismachen, dass die gelegentlichen Freizeitvergnügungen der drei älteren Herren etwas mit den Morden oder dem Fälschungsgeschäft zu tun haben? Das glaubst du doch selber nicht. Pass auf, dass du dich nicht verrennst. Die haben sich in irgendwelchen Bordellen oder Striplokalen amüsiert und die Schnauze gehalten. Nach dem Motto, der Kavalier genießt und schweigt.«

Es war gut für ihn, einen Menschen an seiner Seite zu haben, der klaren Kopf behielt, wenn er Gefahr lief, sich mit unnützen Dingen zu belasten oder in einer Ecke zu verbohren. Trotzdem wollte er wissen, was die Männer miteinander verband. Gönnten sie sich gelegentlich ein Getränk zu viel? Vergnügten sie sich dabei mit netten Damen, die gegen ein entsprechendes Entgelt fünfe gerade sein ließen? Solche privaten Informationen waren für ihn eigentlich belanglos. Gelegentlich führten sie einen gleichwohl in die Nähe seiner Ziele. War davon auszugehen, dass das Trio die Gelegenheit versäumte, gemeinsamen Geschäften nachzugehen? So viele Talente auf einem Haufen und niemand interessierte sich für Geld? Hilpert wollte es nicht glauben. Nur, wie kam er weiter? Er konnte weder Fritsche noch die Witwe auf die Streckbank legen und so lange am Rad drehen, bis sie nachgaben und mit der Wahrheit rausrückten. Diese Zeiten waren vorbei und kamen hoffentlich nicht wieder. Auf anderem Weg erwartete er sich von ihnen keine zusätzlichen Informationen. Der Anwalt hatte erzählt, was er für angebracht hielt. Die Witwe hatte im Kern nichts gesagt oder gelogen. Daran gab es für ihn keinen Zweifel. Nach den vielen Jahren Polizeiarbeit hatte man seine Nase für falsche Fährten, auf die man gehetzt werden sollte. Er war vor allem auf sich selber wütend. Er stand mit seinen Ermittlungen vor einem dunklen Tunnel, unfähig einzuschätzen, ob es sinnvoll war, hineinzuschlüpfen oder dran vorbeizutrotten. Und die Leute um ihn herum weigerten sich, ihre Lampen einzuschalten. Er hatte keine Idee, wie er sie dazu bewegen konnte, ihm behilflich zu sein.

Nervös klackerte er mit seinen Fingern auf der Schreibtischplatte. Zu seinem Glück saß ihm niemand gegenüber, der sich gestört fühlen konnte. Das änderte sich, als Claudia mit zwei Bechern Kaffee beladen sein Zimmer betrat. Bevor er ihren strafenden Blick einfing, stoppte er mit seiner unseligen Angewohnheit. Er konnte ja stattdessen mit den Knien wippen. Schon in der Schule hatte er damit seinen Tischnachbarn in den Wahnsinn getrieben. Die Gelassenheit wollte sich bei ihm trotz des heißen Getränks nicht einstellen. Wie kam er weiter? Hatte er alle Alternativen durchdacht, alle infrage kommenden Zeugen und Verdächtige befragt? Ein Funke entzündete sich in seinem Kopf. Wie war das noch mit den Bäumen und dem Wald?

»Trodler«, knurrte er, »dich habe ich ganz vergessen. Du kommst mir wie gerufen.«

Wenn jemand etwas über Bardenhagens gelegentliche Feierabendaktivitäten aussagen konnte, dann sicherlich der ehemalige Chauffeur. Garantiert hatte er ihn gefahren, wenn es auf die Sause ging. Irgendwie musste er schließlich zurück nach Buchholz kommen. Trank man Alkohol, war es mit dem eigenen Auto zu riskant. Verfügte man über einen Fahrer, sparte man am teuren Taxi. Hilpert setzte sich an seinen PC und rief das Telefonbuch auf. Der Mann lebte in Buchholz. Glücklicherweise hatte Herbert Trodler nicht von der unsäglichen Angewohnheit Gebrauch gemacht, seinen Namen für das Telefonbuch zu sperren. Sogar die Adresse war vermerkt. »Wilhelm-Raabe-Weg«, las er leise. Christel Bardenhagen hatte nicht gelogen. Er wählte die Nummer und bekam Trodler gleich zu fassen. Ob er abgenommen hätte, wäre ihm klar gewesen, wer der Anrufer war? Der Mann verhielt sich zugeknöpft, als wollte man etwas über sein Liebesleben in Erfahrung bringen. Hilpert wurde es langsam zu bunt.

»Wenn Sie nicht wollen, dass ich Sie in Handschellen von zwei meiner uniformierten Kollegen abholen und bei uns vorführen lasse, backen Sie kleine Brötchen und seien Sie kooperativ.«

»Halt, halt! Ich will ja ... ich wollte nicht ... Sie haben mich falsch verstanden!«

Hilpert grinste in sich hinein. Die schlechten Bluffs waren immer noch die besten.

»Was wollen Sie wissen?«, erklang die zittrige Stimme des Mannes am Telefon.

»Wenn Sie mit dem Professor und seinen Kollegen auf Tour waren, wo sind Sie da gelandet?«

»Na ja, also ...«

»Keine Ausreden, keine Ausflüchte«, unterbrach ihn Hilpert.

»Das waren in all den Jahren unterschiedliche Lokalitäten.«

»Mich interessieren nur die wichtigen, aber der Reihe nach. Vielleicht ist ja ein Tipp für mich dabei.«

»Das begann vor 25 Jahren im Pegasus-Club, anfangs noch ohne Dr. Sibelius. Irgendwann änderten sie ihre Anlaufadresse. Es gab wohl eine Meinungsverschiedenheit mit dem Inhaber. Keine Ahnung, worum es ging. Danach haben die bald 10 Jahre fast ausschließlich das Central aufgesucht.«

»Regelmäßig?«

»Ein-, zweimal im Monat.«

»Haben die sich auch anderweitig getroffen?«

»Keine Ahnung, meine Hilfe wurde dafür nicht in Anspruch genommen. Ich brachte den Professor unter der Woche nach Hamburg und holte ihn zu einem vorbestimmten Termin wieder ab. Er war stets überaus pünktlich, selbst wenn er getrunken hatte. Er hasste Unpünktlichkeit.«

»Was haben Sie zwischenzeitlich gemacht?«

»Ich bin nach Hause gefahren, habe mich um mein Haus, meinen Garten gekümmert.«

»Toller Job.«

»Keine Angst, ich bin Frührentner, 'ne Herzgeschichte. Für einen fest angestellten Chauffeur mit Sozialkosten und so, reichte selbst das Gehalt des Professors nicht. Wenn wir unterwegs waren, haben mich die drei Herren gemeinsam bezahlt.«

»Wie viel war das?«

»'n Hunderter pro Tour. Zumeist erhielt ich das Geld von Herrn Dr. Fritsche.«

»Und für den Rest?«

»Pauschal 150 Euro im Monat. Gelegentlich gab's mal einen Bonus. Ich konnte mich nicht beschweren. War ja immer brutto für netto.«

»Sie kutschieren für 150 Euro einen Menschen einen Monat lang von Buchholz nach Hamburg und empfinden das als großzügig?«

»Ich bekam jeden Monat von den Herrschaften 350 Euro in bar. Das hat gut gepasst. Vor allem aber hatte ich eine Aufgabe. Freizeit ist wertvoll, wenn man sie sich vom Munde absparen muss. Ich bin kein großartiger Gärtner, mich treibt nichts an die Staffelei, um selber zu malen. Ich lese wenig. Die Fahrten nach

Hamburg haben mir etwas gegeben. Seit Professor Bardenhagen in Pension ist, fällt mir die Decke auf den Kopf.«

»Wenn Sie es sagen. Zurück zu unserem Thema. Ist Bardenhagen manchmal alleine losgezogen?«

»Selten, ausgesprochen selten.«

»Na gut. Wie lange ist das mit den Jungs gegangen?«

»Also vor fünf, sechs Jahren war alles vorbei. In letzter Zeit wechselten sie zwischen der Taurus-Bar oder dem Bacchus-Club.«

»Warum hörten sie auf? Waren sie zu alt für ihre Spritztouren geworden?«

»'ne Operation, der Professor hatte eine Operation.«

»Prostata?«

»Man munkelte so. Mit mir hat er darüber nicht gesprochen. Ist ja im Grunde kein Thema, das man in der Öffentlichkeit ausbreitet. Kurz darauf ging er in Pension. Seitdem fahre ich gelegentlich Frau Professor.«

»Was haben die denn in den Bordellen veranstaltet?«

»Keine Ahnung, ich bin stets draußen geblieben und durfte im Auto warten. Zum Glück hatte es eine Standheizung. Das war im Winter ausgesprochen angenehm. Von denen wäre nämlich keiner auf die Idee gekommen, mich mal einzuladen.«

»Hätten Sie denn Lust darauf gehabt?«

»Schwer zu sagen, aber neugierig bin ich schon gewesen. Ich war schließlich auch mal jünger. Für mein Herz war das so wohl das Beste.«

Die konnten keinen Zeugen gebrauchen, dachte sich Hilpert. Er beendete das Gespräch. Sollte ihm noch eine Frage unterkommen, Trodler stände garantiert für die Antworten zur Verfügung. Nachdem er ihn erst mal überzeugt hatte, mit ihm zu reden, sprudelte es nur so aus ihm heraus. Wären alle Zeugen so redselig wie er, die Morde wären vermutlich längst aufgeklärt. Hilpert musste sich vorläufig weiter im Kriechgang vorwärtsbewegen und durfte sich nicht beschweren, niemand hatte ihn gezwungen, zurück zur Polizei zu gehen. Er hatte es so gewollt. Ganz im Gegenteil, seine Petra hätte ihm jeden Tag sein Leibgericht organisiert, wäre er im Konzern ihres Vaters geblieben. Folgerichtig musste er den Mund halten. Mit wem hätte er sich darüber austauschen wollen, ohne ausgelacht zu werden?

40

Hilpert hatte sich die Klubs notiert. Am besten, er fragte bei Hauptkommissar Winkler nach, einem alten Hasen von der Sitte. Was der nicht wusste, fand er in keinem Computer. Er meldete sich telefonisch bei ihm an und saß ihm 10 Minuten später bereits gegenüber. Der kräftige Mann mit den schütteren Haaren grinste, als ihm die Namen der Bordelle genannt wurden. Er kannte sie alle und hatte dort manche Razzia durchgeführt.

»Hm, das Central lag auf dem Kiez, unweit von der Großen Freiheit. Das haben wir in den späten Neunzigern dichtgemacht. Die hatten minderjährige Thai-Mädchen beschäftigt, denen bei uns goldene Zeiten versprochen worden waren. Goldig war es nur für die Zuhälter und für die Freier.«

»Ist euch dieses Trio mal aufgefallen?« Er reichte ihm die Namensliste. »Wurden die vielleicht mal festgenommen?«

»Nein, nie gehört.«

»Welches Alter hatten denn die Mädchen?«

»Das ging schon runter auf 13 Jahre. Ähnliches galt für die Taurus-Bar, die du auf dem Zettel hast. Die wurde im Jahr der Einführung des Euro geschlossen. War mir ein besonderes Vergnügen. Die hatten sich auf Mädels aus dem Osten spezialisiert, aus Tschechien, der Ukraine. Die wurden von ihren eigenen Landsleuten hierher gelotst und gnadenlos ausgebeutet. Das Pegasus wurde irgendwann Opfer der Aidshysterie. Da blieben die Kunden aus. Den Bacchus-Club in Wandsbek kann man auch heute noch beehren.«

»Sind die seriöser als die anderen?«

»Nee, nur cleverer.«

»Und deren Spezialität?«

»Schwer zu sagen. Wirklich auffällig sind sie nicht geworden. Die Szene ist inzwischen sehr vielfältig. Heutzutage findet viel in privaten Wohnungen statt. Die Freier schreien durch die Bank nach hübschen, jungen Mädchen. Viele haben ausgefallene Wünsche. Suchen nach dem, was sie sich zu Hause nicht zu fordern wagen. In Hamburg bleibt kein Auge trocken. Du musst dich nur lange genug umgucken und du findest, wonach du suchst.«

»Gut zu wissen, man wird ja immer mal um Rat gefragt.«

An diesem Abend besuchte Hilpert zum ersten Mal seit Längerem wieder ein Bordell in dienstlicher Mission. Im Prinzip ähnelten sich die Läden. Sie verfügten über eine Theke, wo man das erste Geld für Getränke loswerden und Kontakt zu den weiblichen Angestellten aufnehmen konnte. Schlecht einsehbare Sitzgruppen in der Tiefe des Raumes vervollständigten das Bild. Nicht fehlen durfte natürlich die schwulstige Musik. Gelegentlich gab es eine kleine Tanzfläche. Das Bacchus machte da keine Ausnahme. Für ihn als Hardrocker kostete es einige Überwindung, das Klangerlebnis zu ertragen. Glücklicherweise hatte er vorher eine Metallica-CD in seinem Wagen aufgelegt, deren Songs in ihm nachklangen. Er orientierte sich. Irgendwo im hinteren Bereich ging es in die Zimmer. Wenn diese Türen klapperten, begann es für die Herren der Schöpfung teuer zu werden. Die Preise für Bier und Schaumwein steigerten sich ins Unermessliche. Andererseits wusste jeder, der in einem Bordell landete, dass er nicht auf dem Weg zur Jugendweihe war.

Die aufgetakelte Dame hinterm Tresen bekam wohl ihr Gnadenbrot. Er steuerte sie direkt an. Den Mädchen, die vor ihr an der Bar saßen und gelangweilt auf Kundschaft warteten, hätte man besser einen Beratungstermin für ihre Zukunft angedeihen lassen. Auch sie hatten nicht aus dem Jungbrunnen getrunken. Garantiert interessierte sich niemand für seine weisen Gedanken. Kamen sie selbst drauf, war es meist zu spät. Die kräftige Frau warf einen verkniffenen Blick auf seinen Ausweis. Schließlich winkte sie einem breitschultrigen, groß gewachsenen Mann zu, der sich dezent im Hintergrund aufhielt, wie es sich fürs erste Haus am Platze gehörte. Er trat auf sie zu, sah sich Hilperts Ausweis an und konzentrierte sich auf dessen Frage. Die Polizei gehörte beileibe nicht zu seinen Freunden. Aber sie gegen sich aufzubringen, wäre ein Fehler, den man nur schwerlich korrigieren konnte.

»Drei ältere Männer, die regelmäßig bei uns einkehrten?«, wiederholte er Hilperts Frage. »Und das vor fünf, sechs Jahren? Keine Ahnung, ich bin noch nicht so lange in diesem Laden beschäftigt.«

Der Hauptkommissar blieb gelassen. Er kannte das Spielchen. Selbst wenn einem kein offener Hass entgegenschlug, hieß das nicht unbedingt, dass man unterstützt wurde.

Er wies auf die Eingangstür. »Ich habe ein paar Kollegen draußen stehen. Die würden sicher gern mit mir Gästebefragungen durchführen. Das zweimal die Woche, sagen wir mal freitags, samstags.« Er grinste den Geschäftsführer herausfordernd an und griff in die Jackentasche nach seinem Handy. Sein Gegenüber stutzte einen kurzen Moment. Er war zu lange im Geschäft, als dass er sich von der Vorstellung vom bösen Mann im Keller erschrecken ließ. Anscheinend nahm er eine kurze Interessenabwägung vor. Was scherten ihn ehemalige Gäste, die zuletzt vor mehreren Jahren ihr Etablissement aufgesucht hatten?

»Worum geht es denn?«

»Um Mord. Ich bin weder von der Sitte noch von der Drogenfahndung.«

Sein Gesprächspartner schaute etwas genauer hin, was bei den schlechten Lichtverhältnissen nicht gerade einfach war. Vermutlich hatte er seine Augen trainiert.

»Sie sind dieser Hilpert, stimmt's?«

Er nickte.

»Babsi, die junge Frau hinterm Tresen könnte was wissen. Die arbeitet hier lange genug. In ihren besseren Jahren auf der anderen Seite des Tresens.«

Er winkte sie zu sich. »Der Kommissar hat ein paar Fragen an dich. Es geht um Mord.«

»Aha«, antwortete sie, ohne wirklich kooperativ zu klingen.

Hilpert wiederholte seine Frage.

»Einige Jahre her«, murmelte sie. »Drei ältere Männer.« Plötzlich bekam sie einen hasserfüllten Blick, als habe sie jemand geschlagen. Sie presste ihre Lippen zusammen. »Diese arroganten Schweine werde ich nie vergessen. Aufgeblasen waren sie und schrien immer nach Frischfleisch. Einer von denen nannte sich Professor. So ein Widerling. Der war der Unangenehmste. Einmal stand er kurz davor, nach draußen geprügelt zu werden, und zwar von den Mädchen!«

Hilpert reichte ihr ein Foto. Sie warf einen Blick darauf.

»Genau, der war es.«

»War der pervers? Hat der die Mädchen geschlagen?«

»Nein, solche Beschwerden hab ich nicht mitgekriegt. Er war vor allem ein arroganter Arsch.«

»Mit dem Bezahlen gab es keine Probleme?«

»Nicht dass ich wüsste.«

Hilpert griff in die Tasche und reichte ihr einen Zwanziger. »Danke, Sie haben mir weitergeholfen. Der ist für die Kaffeekasse.«

Erstaunt stierte sie auf den Geldschein. »Ein Bulle gibt mir Geld?«

»Ja, das ist der neue Stil seit dem Regierungswechsel. Demnächst beteiligen wir uns an euren Gehältern.«

Kopfschüttelnd wandte sie sich ihrem Arbeitsplatz zu. Hilpert reichte dem Geschäftsführer die Hand und verabschiedete sich. Ihm genügte vorerst, was er gehört hatte. Ob es allerdings für seinen Fall eine Bedeutung hatte, blieb dahingestellt. Nach wie vor sammelte er nur Eindrücke. Der Herr Professor besuchte mit seinen Freunden über Jahre die teuersten Bordelle dieser Stadt, ließ die Sau raus und konservierte seine akademische Arroganz. Auf der Rückfahrt dachte er über die Männer nach. Er ließ Christel Bardenhagen vor seinem geistigen Auge vorbeiziehen, die Ehefrau und Mutter, die von den Eskapaden ihres Mannes nichts mitbekommen haben wollte. Sollte er sie nochmals aufsuchen und mit den neuen Fakten konfrontieren? Selbst wenn sie ihren Widerstand aufgeben würde, was wäre gewonnen? War sie tatsächlich unwissend, so würde er einer frischen Witwe nur das Leben schwerer machen. War sie informiert und gab es zu, half ihm das ebenso wenig weiter. Sie unterstützte ihn so oder so nicht. Wichtiger war für ihn die Frage, was er mit den neuen Informationen anfing. Er fuhr nach Hause, zumindest mit der theoretischen Chance, Petra im Wachzustand anzutreffen. Er hatte Glück.

Christel Bardenhagen saß am nächsten Nachmittag mit ihrer Tochter im Esszimmer ihres Hauses. Ruhig, die Hände auf ihrem Schoß gefaltet, redete sie auf ihre Tochter ein. »Kind, ich bin entschlossen, das Haus zu verkaufen. Dr. Fritsche unterstützt mich dabei. Uns wurde vor Kurzem ein Angebot von gut einer Million unterbreitet. Ich werde wohl annehmen.«

»Bist du ganz sicher, dass du das wirklich willst, Mama?«

»Ja ich ziehe in unsere Wohnung nach Bendestorf. Der Mieter will eh raus. Da muss ich mich um keinen Garten kümmern und keine Treppen steigen. Das wird für mich zunehmend anstrengender.«

»Das hört sich vernünftig an. Vermutlich ist es besser für dich.«

»Du weißt, dir gehört als Erbin deines Vaters wenigstens ein Viertel unseres Vermögens.«

Birgit Jansen winkte ab. »Ich verzichte darauf. Es ist euer Geld.«

»Blödsinn, was soll ich damit? Die Wohnung ist bezahlt. Mit Papas Pension komme ich hervorragend über die Runden. Ich werde eine Hälfte des Kaufpreises einstreichen, davon ein wenig für mich behalten und den Rest den Kindern geben. Die andere Hälfte bekommst du. Macht damit, was ihr wollt. Geht auf Reisen, steckt es in die Firma deines Mannes. Mir ist es gleich.«

»Aber ...«

»Kein Aber. Ich bin bereits mit den Käufern einig und habe den Entwurf eines Notarvertrages vorliegen. Er liegt zur Prüfung bei Dr. Fritsche.«

»Fritsche!« Birgit Jansen spuckte diesen Namen geradezu aus. »Diesen selbstherrlichen Kerl habe ich nie gemocht.«

»Keine Angst, da geht es mir nicht anders. Er ist jedoch ein vorzüglicher Anwalt. Dem gräbt so schnell keiner das Wasser ab.«

»Du musst es wissen.«

Sie blickte ihrer Tochter in die Augen. »Oder würdet ihr gern das Haus übernehmen?«

»Nein, Mama, wir fühlen uns in Wilhelmsburg sehr wohl.«

»Wilhelmsburg, wenn ich den Namen nur höre, dreht sich mir der Magen um.«

Sie erwiderte den Blick ihrer Mutter. »Mit deiner Arroganz bewegst du dich am Rand der Spießigkeit. Weißt du das eigentlich?«

»Wenn du meinst. Es gibt halt Themen, da werden wir uns nie einig werden.«

»Da kann ich dir nur zustimmen. Kommen wir auf das Geld zurück, das du uns überlassen willst. Es kommt uns natürlich gelegen. Der Verkauf der Wohnungen auf den beiden Grundstücken in Hamburg läuft ebenfalls prächtig. Ich freu mich, dass du den Kindern einen ordentlichen Batzen überlassen willst. Nur, was ist mit dir?«

»Keine Angst, Papa hat mir neben den Immobilien einiges an Geld hinterlassen. Es bleiben für mich neben der Rente ausreichende Mittel übrig. Es langt allemal für einen Urlaub oder einen neuen Wagen.«

Sie griff nach den Händen ihrer Mutter. »Ich will das nicht glauben. Vor einigen Monaten waren wir noch ganz verzweifelt, was unsere finanzielle Situation betraf.«

»Kind, wir sind eine Familie. Gerade jetzt müssen wir zusammenhalten.«

Am Abend führte Christel Bardenhagen ein ähnliches Gespräch mit ihren Enkelkindern. Diese beschlossen, sich mit diesem Geld in die Firma ihres Vater einzukaufen. Dieser versuchte, das Unvermeidliche abzuwenden, biss bei seinen Kindern aber auf Granit. Von nun an waren seine dringendsten finanziellen Probleme gelöst und die Banker begannen umgehend, den roten Teppich für ihn vorzubereiten. Den Staubsauger hatten sie bereits geordert. Sein Kundenbetreuer setzte wieder sein professionelles Lächeln auf, wenn er die Filiale betrat. Das sollte nicht mehr sehr häufig der Fall sein. Mit der endgültigen Tilgung seiner Kreditverpflichtungen wollte Werner Jansen eine neue Hausbank auswählen. Er war kein Naivling, der glaubte, dass es gute und böse Banken gab. Das funktionierte allenfalls bei FBI-Agenten. Er würde in diesem Leben keine Kredite mehr aufnehmen, sondern nur noch über Habenzinsen verhandeln wollen und das mit neuen Gesprächspartnern. Bis dahin musste er sich sputen. Hätte ihm vor Jahresfrist jemand erzählt, dass ihn seine Schwiegereltern an den Haaren aus seinem finanziellen Sumpf ziehen würden, er hätte ihn für schwachsinnig erklärt. Er konnte kaum glauben, dass sich selbst seine Schwiegermutter auf seine Seite gestellt hatte. Es war wie ein Wunder. Leider hatte diese Medaille mit dem Tod seines Schwiegervaters eine Schattenseite.

41

Vogelsang fühlte sich in seiner Haut unwohl. Auf seinen Anruf bei Obals Freundin hatte bisher niemand reagiert. Er fand es nur legitim, ein Stück von dem Kuchen abzubekommen. Wie konnte er zusätzlich Druck erzeugen? In seinem Ärmel steckte ein letztes Ass. Er war seinem Kontaktmann vor einigen Monaten neugierig gefolgt und hatte ihn im Gespräch mit einer anderen Person vor seinem Haus beobachtet. Die Fotos, die er mit seinem Handy geschossen hatte, waren wackelig, da er getrunken hatte. Trotzdem konnte man beide gut erkennen. Einer von ihnen war nun tot. Er kannte den anderen nicht, aber ein inneres Gefühl sagte ihm, dass es ihm sicherlich nicht recht war, identifiziert zu werden. Diesen Trumpf wollte er eigentlich erst am Schluss ausspielen, sollte nichts anderes mehr gehen. War es an der Zeit, ihn zu ziehen? Er wusste, dass er damit ein nicht zu unterschätzendes Risiko einging. Nicht umsonst war er aus dem Haus in Ahrensburg geflohen. Reichte die Bewachung vor seiner Tür durch die Polizei aus? Er war sich unsicher. Am besten dachte er in aller Ruhe über den nächsten Schritt nach, damit er bloß keinen Fehler machte. Vorher wollte er nochmals diese Obal-Freundin anrufen und Druck machen. Leider wusste er nicht, wo sie wohnte oder wie sie aussah. Es blieb bei der Absicht. Ihr Handy war ausgeschaltet. War es ein Fehler gewesen, sie anzurufen? Unruhig schaute er auf seine Leinwand. Was er dort erblickte, stellte ihn wenig zufrieden. Er war auf Plagiate ausgerichtet. Eigene Ideen wollten nicht sprießen. Seine Gedanken schweiften ab. Unter den gegebenen Umständen konnte sich keine Kreativität entwickeln. Sollte er sich diesem Hilpert anvertrauen? Der war gewiss in der Lage, ihn zu beschützen. Damit ließ sich leider kein Geld verdienen. Und er benötigte einiges davon, wollte er seine Lebenssituation auf Dauer verbessern. Dabei vermeinte er, den Stein der Weisen in der Tasche zu tragen. Kam er nicht an das große Geld heran, würde er schon bald wieder dort aufschlagen, wo er herkam. Betrunken in einer stinkenden Bude mit Toastbrot, das sich wellte. Er kam nicht drum herum, er musste die Initiative ergreifen. In den nächsten Stunden entschloss er sich, seine Zurückhaltung vollends aufzugeben. Wie hieß es so schön: hopp oder top. Sein Handy sollte als eine Art Lebensversicherung dienen. Wo konnte er es verstecken, ohne dass es ein unliebsamer Besucher entdeckte und mitnahm?

Rebecca Rehm warf einen beunruhigten Blick auf das Display ihres Handys. Warum hatte Obal diesem Maler nur ihre Telefonnummer gegeben? Sie kannten sich nicht persönlich. Vor allem hatte sie kein Bedürfnis, sich groß mit ihm zu unterhalten. Bereits das erste Telefonat mit ihm empfand sie als unangenehm. Als sie seine Nummer erneut realisierte, wies sie das Gespräch ab. Mit dem Tod ihres Liebhabers gingen zwar diverse Blütenträume in die Brüche, aber sie lebte. Von dem Einkommen, das sie bezog, konnte man sich keinen First-Class-Flug nach Neuseeland mit anschließendem Tophotel leisten. Doch für die Holzklasse reichte es allemal und eine Jugendherberge war ebenfalls nicht angesagt. Sie wollte mit dem gesamten Fälschungsgeschäft nichts mehr zu tun haben, war entschlossen, niemandem mehr ihr Know-how zum Geldwaschen zur Verfügung zu stellen. Die Kontakte waren allesamt über Obal gelaufen und das war gut so. Die handelnden Akteure waren ihr unbekannt. Abermals vernahm sie das Läuten des Telefons. Wie wurde sie diesen verkrachten Künstler, der bei ihr die großartigen Kontakte vermutete, bloß los? Machte es Sinn, sich eine neue Telefonnummer zu besorgen? Innerlich winkte sie diese Idee durch. Dafür musste sie zu viele Geschäftskontakte darüber abwickeln. Erreichbarkeit war ein absolutes Muss in ihrem Job. Bekam sie ein wichtiger Geschäftsfreund nicht zu fassen, konnte sie das teuer zu stehen kommen. Sie überlegte angestrengt, wer ihr behilflich sein konnte. Ihr fiel nur Vreeburg ein. Bei einem nächsten Treffen würde er seinen Preis dafür sicherlich einfordern. Sie hatte kein Problem damit. Sie fand ihn nett und hatte nichts dagegen, mit ihm ein paar Stunden im Bett zu verbringen. Das klappte in der Vergangenheit schon recht ordentlich. Zurzeit erwartete niemand von ihr ewige Treue. Davon abgesehen hatte sie auch ihre Bedürfnisse. Ohne weiter nachzudenken, gab sie seine Kurzwahl ein.

Vreeburg hörte ihr am Telefon angeregt zu. »Das ist eine wichtige Information, dass sich Vogelsang an dich gewandt hat. Tu mir einen Gefallen und versuch herauszufinden, ob er irgendetwas Wichtiges in Erfahrung gebracht hat.«

»Willst du auf etwas Konkretes hinaus?«

»Nein, keine Ahnung, das musst du rausfinden.«

»Eigentlich hab ich keine Lust, mich mit diesem Widerling zu unterhalten.«

Der Holländer blieb hartnäckig am Ball. »Bitte tu mir den Gefallen und ruf mich anschließend zurück. Es geht auch um meinen Kopf.«

Wirklich weitergeholfen hatte ihr der liebe Ruud nicht. Ganz im Gegenteil hetzte er sie auf diesen Vogelsang. Sie konnte ihm seinen Wunsch nicht abschlagen. Er würde sie wieder aufnehmen, sollte ihr danach sein. Außerdem, welches Risiko ging sie ein? Von dem Maler war nichts zu befürchten. Da gab es andere, die ihr Angst einjagten, Leute, die sie nicht einmal kannte. Die Last des Anrufs blieb ihr erspart. Vogelsang versuchte gerade, sie zu erreichen. Diesmal nahm sie das Gespräch an. Er verlangte, dass sie die Hintermänner der Fälscherorganisation mit seiner Geldforderung konfrontierte. Nach wie vor glaubte er ihr nicht, dass ihr diese unbekannt waren. Sie begannen sich im Kreis zu drehen. Egal, welches Tempo sie gingen, es brachte sie nicht weiter. Wider bessere Vernunft glaubte Vogelsang, sich ihr gegenüber mit seiner Beobachtung hervortun zu müssen und prahlte mit dem Handyfoto. Sie nahm es beunruhigt auf und beendete das Gespräch. Was fing sie mit dieser Information an? Behielt sie sie für sich oder gab sie diese weiter? Verunsichert langte sie nach dem Telefon. Sie berichtete Vreeburg mit einem flauen Gefühl in der Magengegend. Sie vermeinte das Runzeln seiner Stirn durch den Äther mitzubekommen. Offensichtlich hatte sie irgendeinen Nerv getroffen. Ein Bauchgefühl vermittelte ihr, einen Fehler gemacht zu haben. Garantiert hatte sich Vogelsang damit an die Spitze der gefährdeten Personen katapultiert. Und sie hatte ihr Scherflein dazu beigetragen. Aber wollte man die eigene Haut retten, passierte es gelegentlich, dass jemand anders dafür geopfert werden musste. Erstmals in ihrem Leben genoss sie ihre Unwissenheit. Selbst zu Obals Lebzeiten hatte sie gezielt darauf verzichtet, sich von ihm irgendwelche Namen nennen zu lassen. Dieses Unwissen würde in diesem Fall der Verlängerung des eigenen Lebens dienen. Vreeburg wusste dagegen, wen er anrufen musste. Von ihm wurde Loyalität verlangt. Und er entsprach dieser Forderung. Funktionierte das nächste Geschäft, konnte er eh seinen eigenen Weg gehen. Er war zu intelligent, als dass er nicht begriff, für bestimmte Leute zu viel zu wissen. Obal hatte das Loyalitätsprinzip durchbrochen. Das konnte man Vreeburg nicht vorwerfen. Selbst im Geschäftsleben wurden manchmal die Unschuldigen geopfert. Der Arzt, der einen Tumor beseitigte, entfernte um diesen herum stets auch gesundes Gewebe.

Als Vogelsang zur Ruhe kam, hätte er sich nachträglich lieber auf die Zunge gebissen. Gesagt war gesagt, er konnte nichts mehr davon rückgängig machen. Ab sofort musste er äußerst vorsichtig agieren. Trotzdem wollte er nicht auf seinen Anteil verzichten. Er ging ans Küchenfenster und schaute hinaus. Dort draußen stand seine Lebensversicherung. Hoffentlich handelte es sich um einen Profi.

Das Gespräch der beiden Männer, das am selben Tag nach Vreeburgs Anruf stattfand, hatte Vogelsang zum Gegenstand.

»Da sind wir unvorsichtig gewesen«, konstatierte einer von ihnen. »Dieser verdammte versoffene Maler ist cleverer, als wir bisher angenommen haben. Der muss mich in der Nähe seines Hauses beobachtet haben.«

Sein Gesprächspartner gab sich gelassen. »Was will man dir vorwerfen? Eine Unterhaltung?«

»So einfach können wir es uns leider nicht machen. Immerhin lebt mein Gesprächspartner nicht mehr. Hinzu kommt, stellt man eine Verbindung von uns zu ihm her, könnte das nach hinten losgehen. Und vergiss nicht, mein Gesprächspartner ist zu Lebzeiten eindeutig belastet gewesen. Dieser Hauptkommissar ist nicht dumm. Der zählt eins und eins zusammen. Wie heißt es so schön: Unterschätze nie deinen Gegner.« Er überlegte. »Der Maler will Geld sehen. Frage: Wenn er es bekommt, hält er dann die Schnauze? Klappt das mit dem van Gogh, können wir ihn damit zuschütten.«

»Wie mir scheint, denkt er, der Deal sei längst gelaufen.«

»Wir wissen, dass es nicht so ist. Wir sollten ihn mit 20.000 Euro erst einmal beruhigen. Wir stellen ihm mehr in Aussicht. Gierig, wie der ist, hält der dann für eine Weile die Füße still. Danach werden wir weitersehen. Sibelius muss in die Puschen kommen.«

42

Sibelius hatte insgesamt dreimal mit seinem Vermittler zusammengesessen, der in zähen Diskussionen mit einem Vertreter des Interessenten einen Einstiegspreis von fünfundvierzig Millionen Euro aushandeln konnte. Erst jetzt war er bereit, ein erstes Gespräch mit dem Industriellen aus Japan und einem Mann seines Vertrauens zu führen. Er wusste, dass man im asiatischen Raum viel Zeit mitbringen musste, wollte man erfolgreiche Verhandlungen führen. Sein Vermittler sprach vorzüglich Japanisch und übersetzte zügig ins Deutsche. Sibelius war davon überzeugt, dass wenigstens einer der beiden Japaner ihn auch ohne Übersetzer verstand. Er blieb ganz konsequent bei seiner Linie. Einer seiner Gäste stand mehrfach auf und warf einen prüfenden Blick auf das Gemälde. Von einer Prüfung im eigentlichen Sinne konnte man nicht sprechen. Das Gutachten überflog er nur flüchtig. Offensichtlich interessierte ihn nur der Name des Gutachters. Garantiert würde man sich an Vreeburg wenden und ihn befragen. Kaum stand irgendwo die richtige Unterschrift, schon begann der Leichtsinn Raum zu greifen. Nach zwei Stunden und oberflächlichem Geplauder erhob sich der Ältere seiner Gäste und sagte etwas zu seinem Vermittler. Dieser übersetzte folgsam. Für das Honorar, das ihm zustand, hätte er nach jedem Satz den Boden mit der Stirn berührt, ohne dabei die Knie zu beugen.

»Sie werden morgen einen letzten Vorschlag unterbreitet bekommen, den sie entweder annehmen oder ablehnen.«

Sibelius lehnte sich entspannt in seinem Sessel zurück, die Arme vor der Brust verschränkt. »Das ist total in Ordnung. Das heißt, die Herren können sich ruhig einen Tag mehr Zeit lassen. Ich führe morgen außerhalb weitere Verhandlungen und werde erst übermorgen zurück sein.«

Der Mann übersetzte. Der Wortführer der beiden Asiaten wurde zusehends nervöser.

»Er will wissen, ob Sie ein Gespräch über das Gemälde führen werden?«

»Das ist korrekt. Es gibt da eine überraschende Anfrage aus Peking. Ein Kontakt aus alten Zeiten.«

Wieder redete der Japaner auf den Vermittler ein.

»Er bietet 65 Millionen, wenn Sie ihm versichern, die anderen Gespräche einzustellen.«

»Wann kann ich über das Geld verfügen? Sie wissen, ich bin nur Zwischenträger.«

»Übermorgen«, antwortete diesmal der jüngere der beiden in vorzüglichem Deutsch.

»Wie macht der das denn?«, fragte Sibelius verwundert. »So viel Geld hat man doch nicht zu Hause im Sparstrumpf rumliegen.«

»Das lassen Sie unsere Sorge sein«, blockte der Japaner ab.

»Reden wir nicht um den heißen Brei herum. Wenn der Herr die Provision meines Vermittlers übernimmt, bin ich einverstanden.«

»Sie sorgen für das zweite Testat?«, fragte der Begleiter abermals.

»Selbstverständlich. Sie können vorher gerne einen Blick darauf werfen. Es wird kurzfristig verfügbar sein.«

»Das ist nicht nötig. Wir werden uns direkt an den Gutachter wenden.«

»Wie Sie wollen. Wir haben kein Problem damit.«

Nachdem die Männer gegangen waren, musste er sich setzen. Er atmete schwer. Dies war die beste und erfolgreichste Verhandlung seines Lebens. Nun hatte er dafür zu sorgen, dass das Geld bei ihm ankam. 65 Millionen Euro trug man nicht in einer Aktentasche davon. Es mussten ordentliche Hartschalenkoffer organisiert werden. Trotz größter Stückelungen kam ein beachtliches Volumen zustande. So gesehen war es ein Vorteil, dass er teilen musste. Doch auch sonst hatte er kein Problem damit. Was für ihn übrig blieb, reichte für mehr als ein Leben. Leider konnte man sich keine zusätzliche Zeit erkaufen. Geld genug dafür hätte er schon bald.

Am Abend telefonierte er mit seinem Geschäftspartner. Dieser versprach, die fehlenden Unterlagen beizubringen. Tatsächlich stand er damit noch am selben Abend vor seiner Appartementtür. Ihre Unterhaltung war kurz und sachlich. Sibelius blieb grinsend zurück. Er konnte damit leben, dass seine Leistung keine sonderliche Anerkennung fand. In seinem Alter gierte man nicht mehr nach dem Lob anderer. Es zählten ausschließlich die Ergebnisse der eigenen Bemühungen. Er verzichtete darauf, nachzuschauen, wer das fehlende Gutachten ausgestellt hatte. Es lag vor, mehr interessierte ihn nicht.

Zwei Tage später fuhr er mit seiner Leihlimousine in die Tiefgarage eines Patrizierhauses in Rheinnähe. Wer hier lebte, kannte Entbehrungen vermutlich nur aus dem Fernsehen. Die Einrichtung des Raums, in den er geführt wurde, war sparsam, aber hochwertig. Der ältere Japaner war nicht anwesend, nur sein vorzüglich Deutsch sprechender Adlatus. Diesmal wurde auf Etikette wie Getränke oder umständliche Begrüßungen gänzlich verzichtet. Auf einem edlen Teakholztisch standen drei Geldzählmaschinen, wie man sie aus Bankfilialen kannte, wenn man eine größere Summe abheben wollte. Diese zählten nicht nur das Geld, sondern stellte auch dessen Echtheit fest. Vor jedem Gerät erblickte er einen Japaner im dunklen Anzug. Auf dem Boden stapelten sich die in Plastik eingeschweißten 500-Euro-Bündel. Krampfhaft überlegte Sibelius, wie viele Scheine zu zählen waren. Er kam auf 130.000. Allein das Zählen mochte Stunden dauern. Sollte er es zählen lassen? Wer wollte die Banknoten anschließend wieder in Folie einschweißen? Das Thema Falschgeld winkte er durch. Wer wollte in dieser kurzen Zeit diese Mengen produzieren? Möglich waren allenfalls Papierschnitzel unter einer Lage Geldscheine.

Nein, er hatte die Absicht, sich so schnell wie möglich abzusetzen. Das letzte Restrisiko ging er ein. Er ließ ein zufällig von ihm ausgewähltes Paket öffnen und prüfte mit einem eingehenden Blick, ob sich darin Geldnoten befanden. Diese ließ er durch die Maschinen jagen. Er wiederholte diesen Vorgang zweimal, stets mit positivem Erfolg. Er winkte ab und ließ das gesamte Geld in die Hartschalenkoffer packen. Die zum Geldzählen vorgesehenen Japaner boten sich an, die Koffer in seinen Wagen zu packen. Er überreichte dem Spezialisten die Röhre mit dem Bild und bestand darauf, dass dieser es sorgfältig prüfte. Er warf einen letzten bedauernden Blick darauf. Vor allem faszinierten ihn die Spuren des Alterns, die dem falschen van Gogh beigebracht worden waren. Man konnte unmöglich glauben, dass das Werk kein halbes Jahr alt war.

Zehn Minuten später saß er hinter dem Steuer seines Fahrzeugs. Er gab ins Navi ein nahe gelegenes Parkhaus ein. Vorsichtig fuhr er wenig später die Rampe hoch, darauf bedacht, mit dem sperrigen Van anständig um die Kurven zu kommen. Was man sich für Geld nicht alles antat. Ein Unfall fehlte ihm noch in seiner Sammlung. Trotz seiner Unsicherheit erreichte er sein Ziel ohne Probleme. Dort packte er seinen Anteil in den Kofferraum einer Limousine, die er hier bereits abgestellt hatte.

Gegen seine sonstigen Gewohnheiten würde er selbst zurück nach Hamburg fahren. Ihm wurde übel, wenn er daran dachte, wie viel Geld in den beiden Wagen deponiert war. Er griff sich sein Handy und beorderte seinen Partner zu sich. Eine Viertelstunde später standen sie einander gegenüber. Sibelius führte ihn zu dem Van und öffnete die hintere Tür.

»Da drin sind 35 Millionen Euro. Mir selbst verbleiben 30 Millionen. Ich halte diese Aufteilung für fair. Den Vermittler haben die Japaner bezahlt. Sie dürfen gerne nachzählen.«

»Das können wir uns wohl schenken. Tolles Verhandlungsergebnis. Da kann ich nur gratulieren. Das war clever, dafür einen alten Fuchs wie Sie gewonnen zu haben. Sie haben jeden Cent verdient. Würde mich freuen, wenn wir wieder mal Geschäfte miteinander machen könnten. Vielleicht läuft uns irgendwann ein gemeinsamer Immobiliendeal über den Weg. Da können Sie dann einmal mehr zu Hochform auflaufen.«

Sibelius reichte ihm den Autoschlüssel. »Den Wagen sollten Sie in Hamburg zurückgeben.«

Er gab nicht viel auf das Lob des Mannes. Irgendetwas musste der ja sagen. Und am Erfolg seiner Aktion gab es nichts zu deuteln. Er blickte ihm hinterher, als er davonfuhr. Da musste er über siebzig werden, um seinen größten Geschäftsabschluss über die Runden zu bringen. Dass er an einem groß angelegten Betrug maßgeblich beteiligt war, ließ ihn kalt. Moralische Werte hatten in seinem Leben nie in erster Reihe gestanden. Ihm ging es stets nur um den eigenen Vorteil. Ab sofort hatte er mehrere Probleme zu lösen. Die Rückfahrt nach Hamburg stand vor ihm. Er musste sich sputen, um wenigstens einen Teil der Strecke bei Tageslicht zu schaffen. Er hatte in der letzten Zeit über vieles nachgedacht. Langsam begriff er, sich die wichtigste Frage nicht gestellt zu haben: Wo deponierte man 30 Millionen Euro in großen Scheinen? Die packte man nicht in einen Schuhkarton, den man anschließend unters Bett schob. Er konnte das Geld schlecht in seiner Wohnung in der St. Benedictstraße unterbringen, da er ständig mit dem Besuch der Polizei rechnen musste. Beim nächsten Mal präsentierte ihm dieser Hilpert einen Durchsuchungsbefehl. In dem Fall hätte er viel zu erklären. Seine neuen Geschäftspartner kannten seine Wohnung in Wedel. Die kam damit als Aufbewahrungsort ebenso wenig infrage. Da verblieb nur seine

Ferienwohnung an der Ostsee. Sie war klein und unscheinbar. Dort wollte er in Ruhe über die weitere Vorgehensweise nachdenken. War es sinnvoll, Hamburg zu verlassen und sich ins Ausland abzusetzen? Vielleicht nach Florida. Er musste nur einen Weg finden, das Geld dorthin zu transferieren. Das war schwierig, aber nicht unmöglich. Er schüttelte den Kopf. Hamburg war seine Stadt. Hier wollte er den Rest seines Lebens verbringen, nirgendwo anders. Ihm war eine Wohnanlage in Eimsbüttel angeboten worden. Vielleicht ließ sich da was drehen. Zufrieden erreichte er die Autobahn. Das Navigationssystem führte ihn sicher. Mittlerweile setzte sich bei ihm eine Art Fahrpraxis durch. Trotzdem fuhr er aufmerksam und defensiv.

In seinem Alter zwang ihn die Prostata zu einem gelegentlichen Stopp. Die letzte Raststätte hatte er verpasst. Bevor er drohte, undicht zu werden, erreichte er mit Schweißperlen auf der Stirn einen Parkplatz mit Toilette. Inzwischen war es dunkel geworden. Als er sich wieder hinters Steuer klemmte, wurde die Beifahrertür aufgerissen und ein vermummter Mann setzte sich neben ihn. Sibelius begriff, alles falsch gemacht zu haben. Die Waffe in der Hand des ungebetenen Fahrgastes kannte er nur zu gut. Er konnte nichts mehr korrigieren. Alle Alternativen waren seinen Fingern entglitten. Der Mann neben ihm hatte eindeutig kein Interesse, sich mit ihm zu unterhalten. Als Ironie des Schicksals wurde er mit seinem eigenen Revolver erschossen, keine 100 Kilometer von Hamburg entfernt. Sein vieles Geld fand eine neue Verwendung. All seine Bemühungen waren für die Katz. Es ging weniger um das Geld als um sein Insiderwissen. Seine Geschäftspartner hatten kein Interesse, auch nur die Spur eines Risikos einzugehen. Er hätte es eigentlich wissen müssen.

Bisweilen klappte die Kooperation zwischen den Behörden. Exakt drei Stunden, nachdem die Autobahnpolizei die Leiche gefunden hatte, war Hilpert informiert worden. Wie sich zeigte, hatte das zuständige LKA keine Probleme damit, ihnen den Mord zu überlassen. Viel Mord, viel Ehr, zählte nicht. Eher hieß es: Sollen doch die anderen den Dreck wegschaffen. Hilpert fragte sich, weshalb ihn Sibelius' Tod nicht verwunderte. Mit ihm starb das zweite Mitglied des Seniorenteams, das sich über eine Reihe von Jahren gelegentlich in Hamburger Bordellen herumgetrieben hatte. Welche Rolle spielte dieses unselige Trio? Er lehnte die These ab, diese Konstellation könnte sich zufällig ergeben haben. Waren sie ihren Partnern nicht gewachsen und wurden deren Opfer? Blieb nur noch der Anwalt übrig. Steckte der als letzter Überlebender möglicherweise tiefer in der Geschichte drin, als er sie glauben machen wollte? Oder stand der als Letzter auf der Abschussliste?

Was suchte ein Mann wie Sibelius abends auf der Autobahn? Vor allem wenn man bedachte, dass er eher als Automuffel galt? Die Papiere in seinem Fahrzeug verrieten, dass er sich anscheinend in Düsseldorf aufgehalten hatte.

Interessiert betrachtete Hilpert die weiteren Aufnahmen, die er von seinen Kollegen erhalten hatte. Spätestens, als er die Bilder des Kofferraums des Leihwagens ansah, beantwortete sich diese Frage von allein. Es wurden Reste einer Kunststofffolie und Fetzen einer Banderole für 500-Euro-Noten gefunden. Hilpert hätte Wetten dafür angenommen, dass sich darin das Entgelt für den van Gogh befunden hatte. Sibelius hatte sich ins Rheinland abgesetzt, um einen Käufer dafür zu finden. Hamburg war ihm anscheinend für einen Verkauf zu heiß geworden. Es war für Hilpert sinnlos, sich den Tatort eingehender anzuschauen. Die Limousine würde die KTU gewissenhaft unter die Lupe nehmen. Trotzdem erwartete er sich keine weiteren Hinweise. Der Täter hatte mit Sicherheit Handschuhe getragen und es vermieden, einen genetischen Abdruck zu hinterlassen. Sie hatten es mit eiskalten Killern zu tun. Denen unterliefen keine Anfängerfehler. Er zerbrach sich den Kopf über mögliche Täterschaften. Fritsche kam ihm wieder in den Sinn. Als Kopf des Ganzen schien er ausgezeichnet zu passen, weniger als ausführendes Organ. Er verfügte über alle Erfahrungen, das nötige Kleingeld und hatte in Bardenhagen einen langjährigen Freund, der sich in der Kunstszene wie kein Zweiter auskannte. Dessen Alibi zu überprüfen, würde sie kaum weiterbringen. Das Dumme war, alle Zeugen hatte man aus dem Weg geschafft. Es würde eine schwere Aufgabe für sie werden, ihm die Beteiligung an den Verbrechen zu beweisen. Hilpert konnte nur mit Intuition aufwarten und einem Gefühl für die Täterschaft des Anwalts. Oder konnte er ihn einfach nur nicht leiden? Letzeres wollte er nicht abstreiten. Aber war jeder, der ihm unsympathisch war, gleich ein Mörder? Oder war er ganz im Gegenteil unschuldig und sein Leben in Gefahr? Mussten sie auf den Letzten im Bunde besonders achten? Wäre es also besser, sie bewachten ihn, als dass sie ihn überwachten? Letztlich lief es auf das Gleiche hinaus. In jedem Fall war es wohl angeraten, auf ihn zu achten. Hoffentlich konnte er bei Weber ein paar Kollegen loseisen. Ihre langwierigen weitgehend ergebnislosen Ermittlungen hatten seinen Stand nicht gerade verbessert. Zumindest begriff Weber die Komplexität ihrer Ermittlungen. Entnervt lehnte sich Hilpert in seinem Sessel zurück. Warum landeten diese scheußlichen Fälle ständig bei ihm? Als würde er sie magisch anziehen.

Die Durchsuchung der selbst genutzten Räumlichkeiten von Sibelius ergaben kaum Hinweise auf ihren Fall. Was sie in seinem Haus in Hamburg sichteten, mochte höchstens das Finanzamt freuen. Hinweise auf eine Beteiligung an den Bildergeschäften entdeckten sie nicht. Das musste nichts bedeuten. Clevere Täter hinterließen nie Spuren, die auf sie hinweisen konnten. Wer beschrieb schon Mordaufträge in seinem PC oder Kalender? Das passte gerade noch für jugendliche Amokläufer, nicht für ältere Herren im Rentenalter. Es fanden sich ein paar codierte Namen und Telefonnummern in seinem Terminkalender an, den er bei sich getragen hatte. Wie sich herausstellte, handelte es sich um Zuträger aus mehreren Bezirksämtern. Die Zahlen dahinter verrieten vermutlich die Höhe von Bestechungsgeldern. Bestechung im Land der Pfeffersäcke. Was hätten ihre Vorfahren, die ehrbaren Kaufleute, dazu gesagt, die per Handschlag Schiffe nach Indien entsandten? Aber auch diese mussten sich strecken, wenn sie ihre Ziele erreichen wollten. Manchem Fürsten rang man Handelsprivilegien ab, die sich dieser mit Krediten entlohnen ließ, die er nie zurückzahlte.

Sie stießen auf das Angebot eines Fahrservices für eine Tour nach Düsseldorf. Das half ihnen nur bedingt weiter, da Sibelius am Hauptbahnhof ausgestiegen sei, die Rechnung bar bezahlt habe und nicht mehr gesehen wurde. Dem Fahrer war es gleichgültig, wohin sich der Mann entfernte. In der Landeshauptstadt verlor sich seine Spur, als habe er sich unsichtbar gemacht. Ein Aufruf im Regionalfernsehen blieb ohne Erfolg. Spektakuläres fiel ihnen ansonsten nicht in die Hände. Die Situation veränderte sich, als sie sein Schließfach bei seiner Hausbank öffneten. Neben gut 3 Millionen Euro Bargeld durften sie sich über eine uncodierte Liste freuen. Hierauf standen ein paar durchaus bekannte Namen. Die Beträge dahinter ließen sie die Lippen spitzen. An diesem Tag mutierte Hilpert bei seinen Kollegen, die sich im Schwerpunkt um solche Fälle kümmerten, zum Helden. Ein, zwei hohe Beamte, ein hoffnungsfroher Politiker würden in den kommenden Tagen einiges zu erklären haben.

Sie waren bereits im Gehen, als Hilpert ein Stück Papier in die Hände fiel, auf dem die Namen Rolf und Gerd Kanter notiert waren. Dahinter waren ebenfalls kleinere Beträge vermerkt. Sibelius' Mitarbeiterin wusste damit nichts anzufangen. Doch ihm kamen die Herrschaften bekannt vor. Im Rahmen früherer Drogenermittlungen war er auf das Brüderpaar gestoßen. Man nutzte sie gern für die schmutzigen Geschäfte. Sie traten zuweilen als Kuriere auf, sammelten schon mal das Geld säumiger Schuldner ein und wussten dabei, ihre Fäuste zu gebrauchen. Was hatten die mit Sibelius am Hut? Er blätterte dessen Adresskartei durch und stieß auf deren Telefonnummer. Es zeigte sich, dass die Geschwister über einen festen Wohnsitz verfügten. Noch am selben Tag fanden sie sich zu Verhören im Präsidium ein. Claudia staunte nicht schlecht, als sie in einem der Brüder den Motorradfahrer wiedererkannte, der vor ihr Auto gerutscht war. Überraschend berichteten sie, ohne groß aufgefordert werden zu müssen, über ihre Tätigkeit für Sibelius. Sie ließen nichts aus. So erfuhren sie, weshalb der Bilderdeal in Hamburg gescheitert war. Einmal mehr fanden sie bestätigt, wie ausgeschlafen ihre Gegner waren, weil sie nichts dem Zufall überließen. Trotzdem half ihnen diese Vernehmung nicht wirklich weiter. Gegen die Brüder lag nichts vor. Nach dem Verhör durften sie sich vorerst verabschieden. Auch sonst fiel für Hilpert kaum etwas bei ihrer weiteren Recherche ab. In den nächsten Tagen stießen sie auf von Sibelius privat genutzte Immobilien. Diese machten deutlich, dass er Vorsorge dafür getragen hatte, kurzfristig aus dem Blickwinkel von Ermittlungsbehörden zu verschwinden. Bilder gab es in den Räumlichkeiten nicht. Für Hilpert blieb die Frage offen, weshalb der Mann sterben musste. Missgönnten ihm seine Geschäftspartner seinen Anteil? Oder wusste er zu viel?

43

Vreeburg las gelassen den Brief, den er seinem Dekan geschrieben hatte. Ein inneres Gefühl verriet ihm, dass es an der Zeit war, vorerst einen Standortwechsel vorzunehmen. Der letzte Coup allein hatte ihm 4 Millionen Euro eingebracht, ohne dass er auch nur einen Cent Steuern entrichten würde. Sein Kollege durfte die Hälfte seines Anteils einstreichen. Vorerst wollte er aus der Schusslinie verschwinden. Der van Gogh war zwar meisterhaft gefälscht worden, aber vielleicht fand jemand anderes ein Haar in der Suppe. Er und sein Kollege waren beileibe nicht die einzigen Kenner der Materie. Wichtiger für ihn war, was als lukrativer Nebenjob begann, hatte sich zu einem blutigen Moloch gemausert. Wo stand geschrieben, dass nicht er als nächstes Opfer auf der Abschussliste seiner Partner stand? Bevor er deren Kreise störte, verschwand er lieber aus ihrer Reichweite. Sie würden seinen Wink verstehen. Trotz des vielen Geldes hätte er sich besser nicht auf diese Geschäfte eingelassen. Anfangs war alles einfach. Er war Feuer und Flamme, als Obal ihm von den Plänen erzählte. In Deutschland war während der Nazizeit manches Exponat verschwunden oder zerstört worden. Der Krieg tat sein Übriges. Da war es durchaus plausibel, dass das eine oder andere Bild wieder auftauchte. Noch fröhlicher wurde er, als er das erste Geld in Händen hielt. Mit dem ersten Mord kippte das System und er war ein Teil davon. Bisher fühlte er sich als Herr des Geschehens und meinte nach eigenem Gutdünken handeln zu können. Gleichzeitig war ihm klar geworden, dass es für ihn nur eine einzige Ausstiegsoption gab. Er war entschlossen, diese wahrzunehmen. Fiel diese Tür zu, lief er Gefahr, Obals Weg zu gehen. Was hatte er von seinen Millionen, wenn er irgendwo im Wald mit einem Einschussloch im Kopf lag? Er musste sich absetzen. Also plante er, sich wegen eines Burn-outs beurlauben lassen. Das erklärte vielleicht seinen überhasteten Abschied. Tatsächlich ging es ihm allein darum, zu verschwinden, bevor er Besuch aus Deutschland bekam. Sollte die Universitätsverwaltung sehen, wie sie damit umging. Das Museum konnte seinen Abgang verschmerzen. War erst einmal Gras über die Sache gewachsen, konnte er darüber nachdenken, seinen alten Job wieder aufzunehmen. Lehnte man seinen Wiedereinstieg ab, würde er damit leben müssen, mit Betonung auf leben.

Außer ihm wusste niemand von dem kleinen Haus, das er sich vor Jahren schon an der Algarve geleistet hatte. Einschließlich der anderen Einnahmen und Ersparnisse verfügte er über mehr als 5 Millionen Euro. Einen Teil davon hatte er in mehreren Schließfächern deponiert. Das sollte unter normalen Umständen bis ans Ende seiner Existenz reichen. Seine Wohnung in Amsterdam behielt er, sodass ihm auch künftig ein Leben an zwei Standorten möglich war. Diese musste er noch abbezahlen. Er hatte für die kommenden Jahre so vorgesorgt, dass die monatlichen Raten regelmäßig abgebucht wurden. Dem Wunsch, diese zu entschulden, hatte er in letzter Konsequenz nicht nachgegeben. Seine gesamten privaten Verhältnisse hatte er auf sein offizielles Einkommen abgestimmt. So kam niemand auf dumme Gedanken. Sein einziges Problem war, er musste reichlich Geld mit sich herumschleppen. Eine gute Idee, wie er es bestmöglich gewaschen bekam, hatte er nicht. Rebecca, seine Beraterin in Gelddingen, wollte er nicht mehr befragen. Er hatte keineswegs die Absicht, sie mitzunehmen, sah man davon ab, dass ihm keine Zeit für die erforderlichen Transaktionen verblieb.

Er überflog seinen Brief, korrigierte ein paar Flüchtigkeitsfehler und sandte ihn ab. Die Mail würde vermutlich erst am Montag geöffnet werden. Bis dahin war er über alle Berge. Er musste das Auto nehmen. Ein Flugzeug war zu riskant. Am Samstag wollte er in einen Zug umsteigen. Er sah sich prüfend um. Auf die Wohnung würde seine Schwester achten. Die konnte die 10.000 Euro, die er ihr überlassen hatte, gut gebrauchen. Er würde seine Arbeit, seine Bilder, seine Bücher vermissen. Schöne Frauen gab es dagegen auch in Portugal. Davon abgesehen stieß man dort während der Saison auf Unmengen an lebenshungrigen Touristinnen, die nicht gleich geheiratet werden wollten.

Mehr als zwei Jahre gab er sich nicht. Spätestens dann wollte er zurück sein. Bis dahin war der Trubel um die Morde hoffentlich verrauscht. Eine Problemecke konnte er allerdings nicht ignorieren. Kam heraus, dass der van Gogh falsch war, konnte er Urlauberboote in Portugal vermieten. Dieses Restrisiko durfte man für das viele Geld schon mal eingehen. Zufrieden mit sich und der Welt, griff er nach den beiden Koffern und verließ die Wohnung. Sein Auto stand betankt vor der Haustür. Er würde es in zwei Stunden wechseln. Je länger er über seine Entscheidung nachdachte, desto ruhiger wurde er. Sein Freund und Kollege Obal hatte sich für cleverer als alle anderen gehalten. Der durfte sich viel zu früh die Radieschen von unten anschauen. Im Gegensatz zu ihm hatte Obal ihre Partner eindeutig unterschätzt. Sie waren clever, brutal und konsequent. Durch ihn hatte er die handelnden Akteure kennengelernt. Wenn jemand eine Gefahr für die Organisatoren darstellte, dann er. Als man sich vor zwei Jahren zusammenfand, waren Morde kein Thema. Sie wollten mit gefälschten Bildern deutscher Künstler unauffällig ihr Geld verdienen. Und das funktionierte ganz vorzüglich. Ihm kam Rebecca in den Sinn. Er machte sich tatsächlich weiter keinen Kopf über sie. Jeder musste sein eigenes Leben auf die Reihe bekommen. Als sie ihm über Vogelsang berichtete, hatte sie sich da über den genialen Fälscher Gedanken gemacht? Nicht eine Sekunde. Und sie musste gewusst haben, in welche Bredouille sie ihn bringen würde.

* * *

Einen Tag nach der Beerdigung ihres Mannes stand Christel Bardenhagen an dessen Grab. Alle Kränze und Blumengrüße, die die Trauernden für ihn erübrigt hatten, waren sorgfältig darauf geschichtet worden. Schon in den nächsten Tagen würde die ganze Pracht entsorgt werden. Sie las ihren Text auf der Schleife. ›In ewiger Liebe Deine Frau‹. Sie hatte die Lippen so stark zusammengepresst, dass ihr Mund beinahe wie ein Strich wirkte. »Ewige Liebe«, murmelte sie. Die war bereits vor Jahren erloschen. Wie verlogen war man selbst noch im Angesicht des Todes. Hilpert lag richtig, wenn er bei ihr mehr an Wissen vermutete, als sie zuzugeben bereit war. Was ihr Mann sich hinter ihrem Rücken erlaubt hatte, konnte sie nicht für sich akzeptieren, als sie es erfahren hatte. Sie konnte es ihm nicht verzeihen. Also hatte sie sich mit Ende 40 aus dem gemeinsamen Schlafzimmer zurückgezogen. Eine Trennung oder gar Scheidung wäre für sie nie infrage gekommen. Sie spielte vorbildlich die Rolle der fürsorglichen Ehefrau. Aus Überzeugung war sie Mutter und später Großmutter geworden. Kein Außenstehender wäre auf die Idee gekommen, dass in ihrer Ehe etwas nicht stimmte. Das galt selbst für ihr engstes Umfeld. Was sie ihrem Mann am stärksten vorgehalten hatte, war die Gleichgültigkeit, die er ihr entgegenbrachte. Er hielt es keine Minute für erforderlich, ihr gegenüber seine Eskapaden zu rechtfertigen oder zu erklären. Er tat, was ihm in den Sinn kam und scherte sich einen Dreck um ihre Gefühle. Was sie weiterhin verband, waren ihre gesellschaftlichen Verpflichtungen, denen sie gerne entsprach. Sie waren über die Jahre ein gewichtiger Teil ihres Lebens geworden. Ihr Mann war als renommierter Kunsthistoriker gefragt. Und sie bekam einiges von seinem Ruhm mit. Sie spielte die gebildete Ehefrau an seiner Seite perfekt wie keine andere. Sie genoss die Einladungen innerhalb Deutschlands und ins Ausland. Man stellte etwas dar. Zu ihnen wurde aufgeschaut oder ihnen neidvoll hinterhergeblickt. Diese letzte Festung ihres Selbstverständnisses verteidigte sie mit aller Kraft, die ihr zur Verfügung stand. In diese Welt passte ihr Schwiegersohn nicht hinein. Für ihn war sie unbedeutend. Er machte seine Witzchen darüber. Erst spät brachte sie ihm so etwas wie Respekt entgegen. Zuneigung würde daraus nicht mehr entstehen. Sie hatte mitbekommen, dass ihre Enkelkinder große Teile des Geldes, das sie ihnen überlassen hatte, in die Firma ihres Vaters gesteckt hatten. Es war in ihrem Sinne. Wie man ihr vertraulich mitgeteilt hatte, standen die Banken mittlerweile in Warteposition. Mit ihrem Geld hatte er ein neues Bauvorhaben gestartet und einen Teil seiner Schulden zurückgeführt. Das musste sie ihm lassen, er verwendete keinen Cent für sich persönlich. Sie dachte an die Diskussionen mit ihrer Tochter zurück, als sie ihnen Jansen zum ersten Mal vorgestellt hatte. Damals trug er die Haare schulterlang und tauchte überall mit einer schrecklichen Gitarre auf. Birgit hatte sich über all ihre Bedenken hinweggesetzt. Tat ihre Einwände mit einer Handbewegung ab. Sie konnte lange nicht verstehen, was ihre Tochter an diesem Mann fand. Er war fraglos attraktiv, aber das durfte nicht alles sein. Ihre Enkelkinder liebten ihren Vater. Dem konnte sie nie etwas entgegensetzen. Traurig drehte sie sich um. Sie musste ihm lassen, er war treu sorgend. Kam er von einem Richtfest nach Hause, hatte er allenfalls ein Bier zu viel getrunken, andere Frauen gab es für ihn nicht. Reichte das bereits für ein Leben? Waren ihre Ansprüche antiquiert? Galten ihre Werte nichts mehr?

Interessierte sich niemand mehr für Kultur, Loyalität und Tradition? Dann dachte sie wieder an ihren ermordeten Mann. Bei ihm haperte es an der Moral. Wie musste man diesen Wert bemessen? Er wurde üblicherweise nicht in großer Runde diskutiert. Energisch setzte sie einen Schritt vor den anderen. Sie ließ die Waldschule links liegen und ging die Parkstraße hoch Richtung Schützenstraße. An diesem warmen Herbsttag hatte sie sich zu Fuß auf den Weg gemacht.

In den letzten Jahren hatte sie mit ihrem Mann wenig Gemeinsames erlebt. Nach seiner Pensionierung war es stiller geworden. Dafür hielt er sich mehr im Haus auf. Die Operation tat ein Übriges. Und jetzt nach seinem Tod würde sie sein Grab eher nicht regelmäßig aufsuchen. Für die Pflege hatte sie einen Gärtner beauftragt. In einer Dienstleistungsgesellschaft konnte man nahezu jede Verantwortung weiterreichen. Es kam nur auf das nötige Kleingeld an. Niemand sollte ihr nachsagen können, sie würde sich nicht kümmern. Sie blieb stehen und blickte an ihrem dunklen Kostüm herunter. Die Farbe ihrer Kleidung wollte sie bald ändern. Sie musste sich nicht selbst belügen. Die Zeiten der schwarzen Witwen gehörten, unabhängig von ihrer individuellen Gefühlslage, längst der Vergangenheit an. Jetzt, wo die dunkle Jahreszeit angesagt war, verboten sich leuchtende Farben von allein. Sie ging weiter und bog in die Steinbecker Straße ein. Der Weg begann lang zu werden, zu lang. Sie nahm ihr Handy aus der Handtasche und tippte eine Nummer ein. Trodler würde sie aufpicken. Er hatte ihr vor Jahren die Augen für das Zweitleben ihres Mannes geöffnet. Zuweilen war er so etwas wie eine Stütze für sie geworden, auch wenn sie in ihm nur den nützlichen Handlanger sah.

44

Hilpert bewegte sich nach wie vor in der gleichen Zwickmühle. Er fühlte sich, als habe sich die Familie gegen ihn zusammengerottet. Je nach Tagesform hielt er es für problematisch oder bedeutungslos. Ihm fielen die erwachsenen Enkel ein. Die machten einen wachen Eindruck auf ihn. Vielleicht sollte er sich nochmals mit einem von ihnen unterhalten. Denen durften aufgrund ihrer

Jugend Aspekte wie gesellschaftliche Stellung, im Sinne von ›man stellt was dar‹, weitgehend abgehen. Zumindest erhoffte er es. Er wägte ab, wen er ansprechen sollte. Jenny hatte gerade eine bedrohliche Entführung überstanden. Die konnte er unmöglich erneut mit Fragen traktieren. Ihr Bruder sollte dagegen problemloser zu einem offenen Gespräch zu bewegen sein. Er fackelte nicht lange und rief ihn an. Mit seiner Vermutung lag er richtig. Florian Jansen sagte für den nächsten Tag zu.

»Verbinden wir doch das eine mit dem anderen. Ich muss Überstunden abbummeln und werde meine Großmutter besuchen. Sie sind Buchholzer. Schauen Sie bei Ihren Eltern vorbei, das macht allemal einen schlanken Fuß. Gegen Abend treffen wir uns bei Henry's auf ein Bier und Sie stellen Ihre Fragen.«

Fast schien es, als könnte Jansen seine Gedanken lesen, denn sein Vorschlag löste gleich mehrere Probleme. Seine Mutter rief seit geraumer Zeit nach ihm. In seinem Stammlokal war er gefühlt schon ein halbes Leben nicht mehr gewesen. Also ging er gern auf Jansens Vorschlag ein. Petra klang dagegen weniger erfreut, als er ihr von seinem Vorhaben erzählte. Trotzdem nickte sie dazu. Die Strecke Buchholz - Hamburg war zu lang, als dass man sie angetrunken mit dem Wagen zurücklegen sollte. Andererseits lagen zwischen ihnen gerade 45 Kilometer, die würde sie ohne Schaden an Leib und Seele überstehen.

Florian Jansen saß am Tag darauf bereits vor seinem zweiten Bier, als Hilpert den Schankraum betrat. Die Fahrt von Hamburg nach Buchholz dauerte meist länger als geplant, weil man nie zeitig loskam. Ein kurzer Wink und Bernd, der Oberkellner, stellte ein leeres Glas unter den Zapfhahn. Jansen winkte dem Kommissar von seinem Platz aus fröhlich zu.

»Ich bin lange nicht mehr hier gewesen«, begrüßte er Hilpert. Dieser setzte sich zu ihm an den Tisch. »Es hat sich einiges verändert, bis auf den Tresen. In jungen Jahren gingen wir gelegentlich mit unseren Großeltern hierher ins Restaurant. Ich liebe die Bratkartoffeln.«

»Sie haben sich oft bei ihnen aufgehalten?«

»Kann man so sagen. Unsere Mutter konnte sich dann in Ruhe um die Buchhaltung und die Rechnungen der Baufirma meines Vaters kümmern.«

»Da Sie gerade von Bratkartoffeln sprechen, sollten wir uns was zu essen bestellen?«

»Bloß das nicht. Das gäbe Ärger mit meiner Großmutter. Wenn ich bei ihr bin, wird sie garantiert groß auffahren.«

Hilpert war froh über die Absage. Mit Sicherheit wartete seine Mutter ebenfalls mit vollen Tellern auf ihn. Jansen nahm einen kräftigen Schluck und grinste ihn an. »Na, Herr Hauptkommissar, womit kann ich dienen?«

»Ihr Großvater ist jahrelang mit seinen Kumpels unterwegs gewesen. Wie man munkelt, nicht nur, um Land und Leute kennenzulernen.«

»Sprechen Sie es ruhig an, Sie meinen seine Bordellbesuche.«

»Genau.«

»Ich bin nie dabei gewesen. Was wollen Sie von mir hören?«

»Wusste Ihre Großmutter Bescheid?«

»Hundertprozentig! Der entgeht nichts. Wäre sie in der DDR aufgewachsen, sie hätte bestimmt Mielke abgelöst.«

»Mögen Sie Ihre Oma nicht sonderlich?«

»Darum geht es nicht. Wir Kinder hatten damit nichts am Hut. Wir standen unter Welpenschutz, im Gegensatz zu unserem Vater.«

»Ich verstehe, aber hat Ihre Großmutter die Eskapaden ihres Mannes einfach so hingenommen?«

Jansen zuckte mit den Achseln. »Keine Ahnung, mit mir oder meiner Schwester hat sie nie darüber gesprochen. Vielleicht mit unserer Mutter?«

»War das ein Thema in Ihrer Familie?«

»Nein. Gelegentlich gab es eine bissige Bemerkung meines Vaters, wenn er sich mit meiner Mutter gestritten hatte. Das kam selten genug vor. Er ist ein harmoniebedürftiger Mensch.«

»Ihren Großvater hat er nicht sonderlich geschätzt?«

»Kann man so sagen. Der gehörte zu den wenigen Personen, mit denen er Probleme hatte. Natürlich dürfen wir meine Großmutter nicht vergessen. Die mochte ihn noch weniger.«

Der Oberkellner blickte in ihre Richtung und deutete mit einer Handbewegung an, ein Bier einzuschenken. Hilpert nickte. Verdursten würden sie an diesem Abend nicht.

»Fritsche«, setzte Hilpert erneut an.

»Ja, was soll mit dem sein?«

»Nun, er ist der letzte Überlebende des Trios.«

»Sie meinen, er dürfte etwas mit den Morden zu tun haben?«

»Ihr Vater könnte es sich vorstellen. Je länger ich darüber nachdenke, desto plausibler erscheint mir diese Option.«

»Welche Gründe hätte er?«

»Letztlich dreht es sich um die Frage, ob für die drei die Bordellbesuche das einzig verbindende Glied waren.«

Man sah Jansen an, dass er über diese Frage nachdachte. Seine Antwort kam zögerlich. »Ich mag diesen Mann nicht. Er ist furchtbar dominant, weiß ständig alles besser. Für meinen Großvater schien er eine Art Guru gewesen zu sein. Sein Wort war Gesetz. Man muss ihm allerdings zugestehen, dass er selten falsch lag. Er ist ein großartiger Anwalt, ohne Moral, ohne Gefühl. Als Mensch kann man ihn meiner Meinung nach in der Pfeife rauchen. Aber ich will ihn ja nicht heiraten.«

»Sie kennen sich bereits aus Jugendtagen?«

Jansen nickte. »Sie sollen zusammengehalten haben wie Pech und Schwefel. Es muss einen Vorfall gegeben haben, der in den späten Vierzigern für Aufregung gesorgt haben soll. Ich kann jedoch nicht sagen, was damals geschehen ist. Richtig ist vielmehr, dass sie sich für Jahre aus den Augen verloren hatten, weil Fritsche mit seinen Eltern weggezogen war. Sie haben sich wohl während des Studiums wieder öfter getroffen. So genau bin ich darüber nicht im Bilde. Was ich weiß, habe ich mir in den Jahren aus Gesprächsfetzen bei Familienfesten zusammengeklaubt, wenn zu viel getrunken wurde.«

»Ich komme nochmals auf den Vorfall zurück. Hatte der mit seiner Schwester zu tun?«

»Sie meinen deren Tod auf dem Bunkergelände?«

»Genau.«

»Nein, es ging da um 'ne andere Sache.«

»Wie sind Sie hinter die Geschichte mit der Schwester gekommen?«

»Ich habe zufällig mitbekommen, wie sich meine Eltern darüber unterhielten.«

Jansen griff nach dem neuen Glas und wollte trinken, als ihm offensichtlich eine Idee in den Sinn kam. »Wenn Sie Genaueres wissen wollen, fragen Sie meine Großmutter. Die kennt garantiert alle Geschichten von früher bis ins letzte Detail.«

»Ob sie sich darüber mit mir unterhalten will? Ich habe da so meine Zweifel. Das letzte gemeinsame Gespräch verlief eher unbefriedigend für beide Seiten.«

»Ich könnte ja mal mit ihr reden.«

Endlich schaffte er es, einen Schluck zu nehmen. Hilpert tat es ihm nach.

»Das würde mir gut in den Kram passen. Ich unterhalte mich derweil mit Fritsche.«

»Sollte ich erfolgreich sein, komme ich in jedem Fall auf Sie zu.«

»Das finde ich großartig, danke.«

Sie tranken gemeinsam ein weiteres Bier, bevor sie sich trennten. Auf dem Weg zurück zu seinen Eltern ließ Hilpert im Taxi das Gespräch nachwirken. In seiner Magengegend hatte er Fritsche längst als Verdächtigen auf dem Zettel. Bis auf seine Emotionen gab es hingegen nichts vorzuweisen. Damit konnte er selbst Weber nicht kommen. Und der gab viel auf seine Intuition. Aber eben nur bis zu einem bestimmten Punkt. Und der war längst überschritten. Er machte sich nichts vor. Es gab keine eindeutigen Erkenntnisse, die gegen Fritsche sprachen. Und als Täter kam der ältere Herr eh nicht infrage, höchstens als Initiator. Dachte er über seine Antipathie ihm gegenüber nach, wusste er sich in bester Gesellschaft. Wen immer er bislang auf Fritsche angesprochen hatte, er stieß überall auf eine vehemente Ablehnung, die dem Mann entgegengebracht wurde. Er musste grinsen. Die Killer in Mafiafilmen sahen stets grimmig aus. Zumeist hatten sie narbenübersäte Gesichter und einen kleinen Verstand. Dies alles galt für Fritsche nicht. Ihn zeichneten eine kalte Arroganz und ein wacher Geist aus. Und die Pocken oder eine Akne hatte er als junger Mensch ebenfalls nicht gehabt. Der Begriff Mafia verfestigte sich in seinem Kopf. Ein cleverer Anwalt als deren Interessenvertreter in Deutschland passte allemal. Ihm kam wieder das Trio der älteren Herren in den Sinn. Wurden sie das Opfer ihrer Cleverness?

45

Während des erwartungsgemäß reichlichen Abendessens bei seinen Eltern erreichte Hilpert ein Anruf seiner Kollegin aus Hamburg, die es offensichtlich zum Sport entwickelt hatte, bis zum späten Abend am Schreibtisch zu sitzen. »Rebecca Rehm sitzt völlig verstört vor mir. Vreeburg scheint sich in Amsterdam aus dem Staub gemacht zu haben.«

»Verdammt, den haben wir ja völlig aus den Augen verloren. Was erzählt sie so?«

»Bislang nicht furchtbar viel. Sie hat Angst um ihr Leben.«

»Angst vor wem?«

»Nach ihrer Aussage hat sie keine Ahnung. Sie behauptet, die Hintermänner des Fälschungsrings nicht zu kennen.«

»Glaubst du ihr?«

»Hältst du mich für 'ne Wahrsagerin?«

»Wie ich dich kenne, wirst du dir eine Meinung gebildet haben.«

»Es klingt, als sage sie die Wahrheit.«

»Wovor hat sie dann Angst, wenn sie nichts weiß?«

»Das versuche ich gerade herauszufinden. Sie meint, die Organisatoren könnten einfach vermuten, dass Obal oder Vreeburg mehr erzählt haben, als für sie gut wäre. Ansonsten bekommt sie die Zähne nicht auseinander. Davon unabhängig, die Frau ist zwar verängstigt, aber beileibe nicht dumm. Da kommt man mit irgendwelchen Tricks nicht so furchtbar weit. Die durchschaut sie bereits, wenn ich nur den Versuch andeute, sie anzuwenden.«

»Scheiß Welt, in der die Frauen dabei sind, die Männer zu überholen«, reagierte er scheinbar verbittert. Er überlegte kurz. »Halt sie fest, ich komme zurück nach Hamburg.«

»Wolltest du nicht Alkohol getrunken haben?«

»Von den drei Bieren sind zwei längst verarbeitet.«

»Du musst es wissen.«

»Wie immer hast du recht. Du bist ja ebenfalls 'ne Frau.«

»Merkst du das auch endlich, du Klugscheißer«, flüsterte sie, nachdem sie aufgelegt hatte. Entschieden stand sie auf und ging zurück ins Vernehmungszimmer.

Seine Mutter hatte Gesprächsfetzen mitbekommen und wusste, dass ihn nichts davon abhalten konnte, nach Hamburg zurückzukehren. Traurig nahm sie ihn in den Arm.

»Pass auf dich auf, Junge.«

Sein Vater reichte ihm die Hand. »Du machst das schon.«

Während der Fahrt rief er Petra an. »Schmeiß deinen Liebhaber raus. Ich komm heute Nacht zurück. Jetzt muss ich ins Präsidium.«

»Du gönnst mir rein gar nichts«, erwiderte sie erfreut. »Ich hoffe, du hast nicht zu viel getrunken.«

Erst später fiel ihm auf, dass sich inzwischen zwei Frauen Gedanken über seinen Alkoholkonsum machten. Dabei hielt er sich eher für einen sparsamen Trinker.

Rebecca Rehm saß sichtlich verstört vor Claudia Ernst. Sie blickte hektisch zur Tür, als Hilpert eintrat. Mittlerweile ging es auf 23 Uhr zu. Wen erwartete sie zu so später Zeit bei der Polizei? Einen Auftragsmörder? Sie entspannte sich sichtlich, als sie den Kommissar erkannte. Er setzte sich ihr gegenüber und strahlte sie an.

»Es ist stets erfreulich für uns, wenn sich wichtige Zeugen freiwillig melden und unsere Ermittlungen mit ihrem Wissen unterstützen«, plapperte er auf sie ein.

Sie hielt sofort dagegen. »Ich bin hier, weil ich Schutz benötige. Vreeburg hat sich abgesetzt, weil er sich bedroht fühlt. Darauf nehme ich jede Wette an.«

»Sie haben darüber mit ihm gesprochen?«

»Nein, aber das liegt wohl auf der Hand.«

»Warum kann man es auf ihn abgesehen haben und wer?«

Erst jetzt begriff sie, bereits zu viel gesagt zu haben. Konnte sie noch zurückrudern? Schaute sie in das fröhliche Gesicht des Hauptkommissars, begriff sie, dass diese Chance vertan war. Sie gab ihren Widerstand auf. Vreeburg hatte sich ohne sie abgesetzt. Er interessierte sich nicht für sie. Sie war ihm zu nichts verpflichtet. Warum sollte sie den Mund halten?

»Er hat gemeinsam mit Professor Obal Gutachten getürkt.«

»Aha, gilt das ebenso für den van Gogh? Der war doch wohl die große Nummer, mit der man richtig zulangen konnte.«

»Ich meine, dazu ist es nicht mehr gekommen. Zumindest weiß ich nichts darüber.«

»Können Sie uns gefälschte Gemälde nennen? Um welche Künstler ging es?«

»Tut mir leid, da kann ich Ihnen nicht weiterhelfen. So tief hat man mich nicht eingeweiht. Warum auch? Ich bin in diesem Metier relativ unterbelichtet. Ich kann gerade einen Impressionisten von einem Expressionisten unterscheiden.«

»Das heißt, man hat Sie nicht ins Vertrauen gezogen? Sie haben keine Idee, wer hinter allem steht?«

Sie hob spontan ihre Arme und zeigte ihm ihre Handflächen. »Man hat mir nichts gesagt und ich habe keine Fragen gestellt. Unkenntnis ist in diesem Business der Garant dafür, zu überleben.«

Hilpert hatte sich eingeschossen. Selbst wenn die Frau vorgab, nichts zu wissen, unterstellte er ihr einige Rudimente an Informationen. Sie war weder blind noch taub und hatte mit zwei Beteiligten gelegentlich das Bett geteilt. In solchen Situationen wurden Männer gern mal redselig.

»Kannten Sie Professor Bardenhagen näher?«

»Na ja, durch Obal. Wir haben uns vielleicht zwei-, dreimal gesehen.«

»Sagen Ihnen die Namen Sibelius oder Fritsche etwas?«

Sie schüttelte den Kopf. »Nie gehört.«

»Können Sie mir erklären, wie Sie ins Schema passen?«

»Wie darf ich das verstehen?«

Er beugte sich zu ihr hin. »Sie sitzen hier und bitten um Polizeischutz, behaupten aber gleichzeitig, keine Ahnung von den Geschäften der Kunstfälscher zu haben. Das passt irgendwie hinten und vorne nicht. Vor wem sollen wir Sie beschützen und warum?«

»Ich weiß es nicht!«, schrie sie ihn an. »Ich kann Ihnen mit keinen Namen dienen.«

»Heißt das, Ihr Ersuchen um Schutz ist rein intuitiv? Wie soll ich das meinem Boss klarmachen? Der lacht mich aus, wenn ich ihm damit komme. Da muss ich ihm schwerwiegendere Gründe liefern.«

Erneut steckte sie in der Zwickmühle. Hilperts Vorhaltungen klangen plausibel. Hier kam sie nur heraus, wenn sie auf Polizeischutz verzichtete. Angst schlug Vernunft.

»Ich habe Geld gewaschen«, brach es aus ihr heraus.

»Wie viel?«

»Einige Millionen.«

»Das ist ja nun nichts Neues. Können Sie tatsächlich keine Namen nennen?«

»Glauben Sie mir, es lief alles über Obal. Er kannte zumindest einen Teil der Leute, genau wie Vreeburg.«

»Und was hatte es mit dem van Gogh auf sich?«

Sie schluckte. »Er wollte sie betrügen und gemeinsam mit dem Maler abkassieren.«

»Das ist ja nun völlig danebengegangen.«

»Wohl wahr.«

Hilpert ließ nicht locker. »Wenden wir uns dem Künstler zu, diesem Vogelsang. Wie gut kennen Sie den?«

»Ausschließlich vom Telefon her. Getroffen habe ich ihn nie. Was ich weiß, ist, dass er ein Stück von dem Kuchen haben will. Er hatte mich dazu angerufen. Offensichtlich hatte Obal ihm meine Handynummer gegeben.«

»Und Sie, was haben Sie gemacht?«

Betreten schaute sie nach unten. »Ich habe Vreeburg darüber informiert.«

»Scheiße!«, entfuhr es Hilpert. »Da haben wir vermutlich das nächste potenzielle Opfer. Die killen jeden, der sich ihnen in den Weg stellt.«

»Das heißt, wir müssen besonders auf ihn achtgeben«, meldete sich Claudia zu Wort. Die Kommissarin hatte bislang schweigend dem Zwiegespräch gelauscht.

»Er wird noch überwacht?«, fragte Hilpert.

»Soviel ich weiß, ja.«

»Dann sollten wir das aufrecht erhalten.«

»Und was geschieht nun mit mir?«, fragte Rebecca Rehm.

»Heute Nacht bekommen wir nichts mehr geregelt«, antwortete Hilpert ganz entspannt. »Da bleibt kurzfristig nur Schutzhaft übrig.«

»Sind Sie verrückt, Sie wollen mich ins Gefängnis stecken?«

»Wir lassen natürlich die Tür offen.«

Wütend sprang sie von ihrem Stuhl auf. »Da mache ich nicht mit!«

Als seien all ihre Lebensgeister zurückgekehrt, verließ sie den Raum. Den Weg hinaus würde sie problemlos finden. Trotzdem folgte er ihr und begleitete sie zum Fahrstuhl. Ohne sich zu verabschieden, stieg sie ein. Er zuckte mit den Achseln und ging zurück.

Claudia grinste ihren Vorgesetzten an, als er den Raum betrat. »So, so, in Schutzhaft wolltest du sie nehmen. Ich meine, dieser Begriff ist mehr als negativ belegt.«

»Sonst wären wir sie nie losgeworden.«

»Du hältst sie nicht für gefährdet?«

»Keine Ahnung. Entscheidend ist wohl, was die andere Seite glaubt.«

Sie sah ihn streng an. »Deine Ruhe möchte ich haben.«

»Und ich genügend qualifizierte Leute, die alle überwachen sollen, die ich für gefährdet oder verdächtig halte.«

Rebecca hatte sich nach hinten ins Taxi gesetzt, das sie gerufen hatte. Nach wie vor war sie über das Ergebnis des Gesprächs wütend. Ihr war klar, sie musste sich um ihre eigene Sicherheit sorgen. Nur, wie bekam sie das geregelt? Was musste man dafür hinblättern? Konnte man sich überhaupt wirksam schützen, wenn man nicht wusste, wer einen bedrohte? Ein Gefühl von Verzweiflung stieg in ihr hoch. Sie benötigte einige Minuten, bis sie sich beruhigte. Konnte es sein, dass sie die eigene Situation zu krass sah? Verunsichert blickte sie aus dem Fenster. Die Scheinwerfer der entgegenkommenden Fahrzeuge, die Straßenbeleuchtung, die vorbeihuschenden Lichtflecken der erleuchteten Schaufenster tauchten die Stadt in ein unwirkliches, schemenhaftes Gebilde. Obwohl es bereits spät am Abend war, empfand sie die Umgebung wie ausgeleuchtet, bis ihr einfiel, dass sie Vollmond hatten. Die kurze Überlegung half ihr zu sich selbst zurück, bis sich ihr Handy bemerkbar machte. Wer konnte etwas von ihr wollen? Die Person am anderen Ende verzichtete darauf, sich vorzustellen. Eine männliche Stimme redete auf sie ein. Mit klopfendem Herzen hörte sie zu.

»Wie war denn das Gespräch bei der Polizei? Hoffentlich haben Sie nicht zu viel erzählt.«

Sie begriff sofort, woher der Wind wehte. »Was sollte ich denen denn mitteilen? Ich weiß doch nichts Interessantes.«

»Haben Sie sich denn keine Notizen gemacht, als Sie uns über Professor Obal behilflich waren?«

»Halten Sie mich für bescheuert?«

»Das war Obal auch nicht, und wir mussten ihn ausschalten.«

»Was wollen Sie von mir?«

»Wir würden es begrüßen, wenn Sie etwa 60 Millionen für uns reinwaschen könnten.«

»60 Millionen? Das ist viel Geld.«

»Können Sie es? Und wenn Sie es können, wollen Sie uns diesen Gefallen tun?«

Sie musste nicht lange nachdenken. »Ich muss vorsichtig agieren und sollte nur in kleinen Schritten vorgehen. Grundsätzlich habe ich kein Problem damit.«

»Die Antwort gefällt uns. Sie erhalten dafür ein Honorar von 1,5 Millionen Euro.«

»Mir ist lieber, Sie geben mir eine Überlebensgarantie.«

»Unsere Freunde haben von uns nichts zu befürchten. Als Beweis unseres Vertrauens leisten wir Vorkasse. Ich erwarte Sie vor Ihrem Haus mit einer Plastiktüte.«

»Und ...« Weiter kam sie nicht, das Gespräch war unterbrochen worden. In einem Gemisch aus Neugier und Vorfreude blickte sie aufs Handy. Um einen dummen Scherz handelte es sich garantiert nicht. Wenig später war sie vor dem Haus angelangt. Der Taxifahrer durfte sich über ein ordentliches Trinkgeld freuen. Sie blickte sich erwartungsfroh um. Plötzlich überkamen sie Zweifel, ob sie nicht einer Finte aufgesessen war. Aber warum Finte? Wollte man sie töten, bedurfte es keiner Tricks. Auf der gegenüberliegenden Straßenseite löste sich ein Mann aus dem Schatten eines Laubbaumes. Er trug einen Schlapphut, den er sich weit ins Gesicht gezogen hatte. Und sie sah den Plastikbeutel in seiner Hand. Sie erahnte schwach, wie er ihr zuwinkte. Sie atmete tief durch und überquerte die Straße. Zu so später Stunde erübrigte es sich, nach links und rechts zu schauen. Sie entdeckte weder Passanten noch Autos. Der Unbekannte drückte ihr den Beutel in die Hand. Sie verzichtete darauf, ihm ins Gesicht zu blicken.

»Ich rufe Sie täglich an und Sie informieren mich darüber, was zu tun ist«, sagte er unaufgeregt. »Der Anruf findet jeweils zwischen 22 und 23 Uhr statt. Stellen Sie sich bitte darauf ein. Die weitere Geldübergabe erfolgt stets an dieser Stelle.«

»Woher wollen Sie wissen, ob nicht gerade die Polizei bei mir ist?«

»Ich werde es wissen.«

»Sie vertrauen mir so ohne Weiteres?«

»Nicht Ihnen, vielmehr Ihrer Intelligenz.«

Er drehte sich um und entfernte sich mit ausladenden Schritten. Kurz darauf vernahm sie das Aufheulen eines hochgezüchteten Motors. In ihrer Wohnung im Dachgeschoss bestaunte sie die dicken Bündel mit 500-Euro-Scheinen. Davon ließ es sich trefflich leben. Sie musste wieder ihre Bankkontakte spielen lassen. Das dürfte nicht ihr größtes Problem werden. Gerade hatte die Angst um ihr Leben vorgeherrscht, nun sah sie einer rosigen Zukunft entgegen. Der Traum vom First-Class-Flug nach Neuseeland könnte Realität werden. Gut, dass die Polizei darauf verzichtet hatte, für sie eine Bewachung abzustellen. Doch ganz so war es nicht. Hilpert hatte dafür gesorgt, dass ein Streifenwagen in unregelmäßigen Abständen an ihrem Haus vorbeifuhr. Er wusste selbst, dass er sich damit eher ein Deckmäntelchen leistete als eine wirksame Hilfe für sie. Es fehlte an Leuten, die für Bürger abgestellt werden konnten, deren Leben unter Umständen gefährdet war. Das System lief unrund. Entweder man war prominent oder Politiker, dann funktionierte es wie geschmiert. Oder man gehörte nicht zu den Privilegierten. Dann war eine ordentliche Prise Glück erforderlich. Am besten besorgte sie sich vorsichtshalber eine Panzerweste und schlief mit 'ner geladenen 38er unterm Kopfkissen.

46

Christel Bardenhagen saß den gesamten Vormittag nachdenklich an ihrem Esstisch. Sie war uneins mit sich. Sollte sie ihr gesamtes Wissen preisgeben? Wie schwer würde der Ruf ihrer Familie Schaden erleiden? Wie wichtig war das für sie? Es gab nur einen, mit dem sie darüber reden konnte, Fritsche. Egal, wie er von den anderen gesehen wurde, er verfügte über einen wachen Verstand. Entschlossen griff sie zum Telefon und vereinbarte mit ihm für den Nachmittag einen Termin in seiner Kanzlei. Trodler konnte sie fahren. Erleichtert schenkte sie sich eine Tasse Kaffee ein. Gut zu wissen, dass da jemand in Hamburg saß, der sie bei dieser Entscheidung unterstützen konnte.

Der Anwalt empfing sie eher distanziert. Sie begriff schnell, dass es ihm primär um seine und nicht um ihre Bedürfnisse ging. Er riet ihr eindringlich, nicht an den Dingen zu rütteln, beschwor ein Szenario, wo niemand mehr aus ihrem Umfeld mit ihr kommunizieren würde. Das Schreckensbild sozialer Isolation erschien vor ihrem geistigen Auge. Ansonsten hätte sie sich dieses Gespräch schenken können. Sie spürte, mit dem Tod ihres Mannes waren die Karten neu verteilt worden. Sie war so oder so bereits auf dem Weg ans Ende der Warteschlange. Wofür wollte sie eigentlich noch kämpfen? Sie machte sich gerade. Es ging um all die Werte, die ihr Leben über Jahrzehnte bestimmt hatten. Die warf man nicht einfach weg.

Für den Abend hatte sich ihr Enkel angemeldet. Ihn wollte sie um Rat bitten. Er war jung und verfügte über einen klaren Verstand. Auf der Rückfahrt war sie hin und her gerissen. Früher war Florian auf ihren Schoß geklettert. Heute wollte sie sich mit ihm zu ihren Problemen austauschen? Wie sich die Welt veränderte. Sie blickte vom Fond der Limousine auf Trodlers Rücken. Nein, als Ratgeber kam der Mann vor ihr nicht infrage. Die Liga, in der er spielte, war nicht ihre. Säße ein neutraler Beobachter neben ihr, er hätte vermutlich festgestellt, dass sie trotz aller Geschehnisse um sich herum im Kern unverändert geblieben war. Dazu bedurfte es keiner psychologischen Kenntnis.

* * *

Hilpert rieb sich mit beiden Händen die Augen. Danach sah er zwar wie ein Albino aus und es brannte, aber es tat ihm im ersten Moment gut. Und das zählte. Wen konnte er noch zu der Beziehung Bardenhagen und Fritsche befragen? Verband die beiden ein Erlebnis, das sie bis in die Gegenwart verfolgte? Was mochte in den späten Vierzigern geschehen sein, das vielleicht bis heute nachwirkte? Inwieweit ließ sich eine Brücke zu den aktuellen Ereignissen schlagen? Oder sah er Gespenster? Nach wie vor durchwanderte er das Tal der Ahnungslosen. Gäbe es nicht seine Meriten aus der Vergangenheit, man hätte ihm wahrscheinlich längst den Fall abgenommen. Vreeburg kam ihm in den Sinn. Den Holländer hätten sie sich greifen müssen. War es zu der Zeit plausibel, dass er an den Gefälligkeitsgutachten mitgewirkt hatte? Hätten sie es ahnen müssen? Selbst wenn, ohne stichhaltige Verdachtsmomente wären sie nicht weit gekommen. Er sah sich in Gedanken im Gespräch mit einem Kollegen aus Amsterdam über einen renommierten Kunsthistoriker. Und das alles auf Grundlage irgendwelcher verworrenen Spekulationen. Auf solche deutschen Deppen warteten die nur. Den Löwen hätten sie ihn in der Arena vorgeworfen und dabei genüsslich applaudiert. Es blieb ihm nichts anderes übrig, als Fritsche abermals zu interviewen, selbst auf die Gefahr hin, von ihm abgeledert zu werden. Er hatte Pech. Der Mann saß im Gespräch. Die Sekretärin konnte Hilpert am Telefon nicht sagen, wann er wieder frei sein würde. Nervös klackerte er mit den Fingern auf seiner Schreibtischplatte. Irgendwann gesellte sich Claudia zu ihm. Sie trug ein ärmelloses Shirt. Einmal mehr durfte er ihre muskulösen Arme bewundern. Das gemeinsame Gespräch brachte sie nicht weiter. Eigentlich mussten sie sich gegenseitig ihr Scheitern eingestehen. Er dachte an Florian Jansen. Ob der sich inzwischen bei seiner Großmutter vorgetastet hatte? Mangelte es an Rettungsinseln, griff man nach Strohhalmen. Er erreichte den jungen Mann in seinem Wagen.

»Ich bin auf dem Weg nach Buchholz«, erklärte er ihm. »Ich habe vorhin mit ihr telefoniert. Sie hat sich mit Fritsche beraten. Er hat ihr empfohlen, aus Familienräson den Mund zu halten. Ich werde versuchen, sie umzustimmen.«

»Wie schätzen Sie Ihre Chancen ein?«

»Mau, ich denke, sie sind mau. Was meine Großmutter nicht will, will sie nicht. Da kommt niemand an sie ran. Das hat nicht mal mein Großvater geschafft. Aber warten wir es ab.«

Zwei Stunden später erreichte Hilpert ein weiterer Anruf von ihm. »Man kann von einem Teilerfolg reden. Sie will drüber nachdenken. Ich bin auf dem Weg zurück nach Hamburg und werde mich mit meiner Schwester treffen. Vielleicht hat sie noch 'ne brauchbare Idee.«

»Na wenigstens etwas«, reagierte Hilpert lustlos.

Er wollte entmutigt Feierabend machen, als ihm Elisabeth Hagen in den Sinn kam. Die nette Dame aus Hanstedt und ihr Ehemann waren ausgesprochen kooperativ gewesen, als er sie aufgesucht hatte. Und sie war wie Christel Bardenhagen eine

Zeitzeugin. Unter Umständen gab sie ihm die Chance auf Informationen aus erster Hand. Er blätterte seine Unterlagen durch, bis er ihre Telefonnummer fand.

»Ah, Sie schon wieder, Herr Kommissar«, begrüßte sie ihn freundlich distanziert.

»Ich hatte Sie nach einem Herrn Sibelius befragt und Sie glaubten, den Mann nicht zu kennen. Wie ist es denn mit einem Dr. Fritsche?«

»Ich kenne nur einen Theo Fritsche. Und den habe ich seit Jahrzehnten nicht mehr gesehen. Er war mit Bardenhagen befreundet. Das war ein wildes Paar.«

»Wie darf ich das verstehen?«

»Na ja, die liefen jedem Rock hinterher.«

»Auch nach dem Tod von Bardenhagens Schwester?«

»Danach erst recht.« Sie legte eine kleine Kunstpause ein. »Jetzt wo Sie den Namen nennen, fällt mir etwas ein. Man munkelte seinerzeit, sie hätten die Freundin eines Nachbarjungen belästigt. Als der sie zur Rede stellte, haben sie ihn fürchterlich zusammengeschlagen.«

»Ist das unter den Teppich gekehrt worden?«

»Der Vater des Jungen hatte wohl keine so reine Weste. Sie wissen, NSDAP-Mitgliedschaft, strammer SA-Mann. Da hielt man sich lieber zurück und vermied es aufzufallen.«

»Verstanden. Was war mit dem Mädchen?«

»Es ging das Gerücht um, dass die beiden ihr Gewalt angetan hatten. Sie sei danach schwanger geworden. Zur Engelmacherin soll man sie gebracht haben. Aber sie hat kein Wort darüber verlauten lassen. Zu der Zeit lastete man eine Vergewaltigung gerne dem Opfer an.«

»Erinnern Sie sich an ihren Namen?«

»Selbstverständlich, sie hieß Helga Köhler. Sie bekam später ein uneheliches Kind. Ich glaube, sie nannte sie ...«

»Gisela?«

»Genau, so hieß sie. Woher kennen Sie sie?«

Er wich aus. »Reiner Zufall. Lebt die Mutter noch?«

»Nein, sie ist vor einigen Jahren gestorben, sie hatte Krebs. Ich war auf ihrer Beerdigung in Hamburg. Dort habe ich auch zuletzt Gisela gesprochen, eine aparte Frau, ihrer Mutter wie aus dem Gesicht geschnitten.«

Beinahe haute es ihn vom Hocker. Er bedauerte, dazu niemanden mehr befragen zu können. Die Parallelen im Universum begannen, sich einander anzunähern. Würden sie sich bald schneiden? Hilpert bedankte sich für das Gespräch und beendete das Telefonat. Er musste sich schleunigst Fritsche greifen. Langsam aber sicher rückte dieser Mann immer stärker in ihren Fokus. War es günstiger, ihn in seinem Büro zu stellen, oder sollte er ihn ins Präsidium beordern? Das Problem würde sich an diesem Abend nicht mehr lösen lassen. Er hob es sich für den nächsten Tag auf. Der Fall bekam Fahrt. Stand er endlich vor dessen Lösung? Lag er richtig mit seinen Annahmen, wäre es jedoch ein weiter Weg, die erforderlichen Beweise vorzulegen. Kein Staatsanwalt oder Richter legte sich gern mit einem Berufskollegen an, wenn man über vage Vermutungen nicht hinauskam. Vielleicht musste er nur ein Stück tiefer graben.

47

Christel Bardenhagen hatte Herbert Trodler am Vorabend gebeten, sie am nächsten Vormittag nach Hamburg zu fahren. Sie erwartete ihn gegen 10 Uhr. Die wenigen Schritte von seinem Haus am Wilhelm-Raabe-Weg zum Butterberg legte er ohne große Mühe zurück. Seine körperlichen Beschwerden, die ihn zum Frührentner gemacht hatten, waren längst überwunden. Manchmal fragte sich Trodler, ob er wahrhaftig unter einem schwachen Herzen litt. Zumindest weinte er seiner Arbeit als Sparkassenangestellter keine Träne nach. Durch seine Aushilfstätigkeit für Bardenhagen und dessen Freunde hatte er sich ein ordentliches Zubrot zu seiner Rente verdient. Im betrunkenen Kopf waren die drei gelegentlich recht großzügig gewesen. Dieses Geld hatte er nie für sich verwendet, sondern akribisch zurückgelegt. Sein großer Traum war eine Reise nach Australien zur besten Jahreszeit, also im Winter. Eigentlich war seine Kasse prall gefüllt, sodass er jederzeit loslegen könnte. Was hielt ihn zurück? So genau konnte er es nicht sagen. Vielleicht glaubte er in seinem tiefen Inneren zu wissen, dass nichts so schön war wie ein unerfüllter Traum. Mit Christel Bardenhagen erging es ihm ähnlich, sah man davon ab, dass es in diesem Fall die Frau war, die ihn auf Distanz hielt. Schon frühzeitig hatte er ihr gesteckt, wo und mit wem sich ihr Mann amüsierte. Sie nahm es ihm gegenüber auf wie eine Meldung der Tagesschau, distanziert betroffen, vor allem aber ohne jegliche Emotionen. Ihm gab sie nicht die Spur einer Chance, sich zu erklären. Erst Jahre später begriff er, dass er nicht in ihr Weltbild passte. Titel und Ehrenzeichen konnte er keine bieten. Niemand lud ihn ein zu spektakulären Veranstaltungen oder in gewichtige Gesprächsrunden. In der Buchholzer Filiale der Kreissparkasse saß er in früheren Zeiten an der Kasse. Sein Angebot an sie wäre Liebe und Respekt gewesen. Offensichtlich war das für sie zu wenig. Inzwischen hatte er ein Alter erreicht, wo das drängende Verlangen nach einem Menschen keine wirkliche Dynamik mehr auf ihn ausübte. Heute reichte es ihm, sie gelegentlich zu sehen, mit ihr zu sprechen.

Als er sich ihrem Haus näherte, stellte er zu seiner Überraschung fest, dass die Haustür offen stand. Irgendetwas stimmte nicht. Er kannte sie als vorsichtigen, eher ängstlichen Menschen. Mit zögernden Schritten ging er darauf zu. Er klingelte, ohne dass er eine Reaktion vernahm. Schließlich rief er laut den Namen der Hausherrin, ebenfalls ohne Erfolg. Er atmete einmal tief durch und drückte die Tür vollends auf, sodass er eintreten konnte, immer darauf gefasst, von Christel Bardenhagen angesprochen zu werden und sein Eindringen rechtfertigen zu müssen. Nichts dergleichen geschah. Diese Situation war nicht normal. Er ging durch die Diele ins Speisezimmer. Neben dem reichlich dimensionierten Esstisch sah er Christel Bardenhagen liegen. Sie bewegte sich nicht. Eine hässliche, klaffende Wunde am Hinterkopf wies auf die Ursache hin. Jemand hatte sie erschlagen. Die vermutliche Tatwaffe lag neben ihr, ein Stemmeisen. Er war unfähig, etwas zu sagen, sich zu bewegen. Nur langsam löste sich seine Starre. Er beugte sich zu ihr hinunter und versuchte, ihren Puls am Hals zu fühlen. Er spürte kein Pochen. Die Frau war tot.

Hilpert begann, an der Welt zu zweifeln. Wieder einmal musste er seine Heimatstadt aufsuchen, wieder einmal war ein Mitglied der Familie Bardenhagen getötet worden. Die Nachricht erreichte ihn beim Frühstück und warf sein gesamtes Programm für den Tag über den Haufen. Claudia holte ihn in der HafenCity ab. Zum ersten Mal durfte sie Petras Wohnung bestaunen. Irgendwie passte sie ihrer Meinung nach nicht zu Hilpert. Sie selbst zeigte sich davon wenig beeindruckt. Sie hatte von solchem Luxus nie geträumt. Folglich vermisste sie ihn nicht. Es erstaunte sie eher, dass sich die Tochter aus wohlhabendem Haus wie jede andere Angestellte für ihren Job fertig gemacht hatte. Somit beschloss sie für sich, Petra trotz ihres Reichtums zu mögen. Wer wie sie einer zeitfressenden Arbeit nachging, hatte keine Muße, zu üben, wie man die Nase möglichst hoch trug. Das verstanden die am besten, die sich ins gemachte Nest setzten und sich dort nicht mehr rührten.

Hilpert hing seinen Gedanken nach und überließ das Auto und damit den Straßenverkehr seiner Kollegin. Er unterließ es, Einfluss auf ihren Fahrstil zu nehmen und verzichtete darauf, sie zu nötigen, auf der Autobahn schneller zu fahren. Seine lockeren Erkenntnisfäden zerfaserten Stück für Stück. Er versuchte zu verstehen. Was sollte Christel Bardenhagen mit den Bildfälschern gemein haben? Konnte es sein, dass sie ihren Mann bewegt hatte, sich in irgendeiner Form daran zu beteiligen? Er verwarf diese Idee, bevor sie sich in seinem Hinterkopf festsetzen konnte. Garantiert hatte sie nichts mit dem Trio zu tun, das sich jahrelang in Hamburger Bordellen mit jungen Mädchen vergnügte. Zusehends begriff er, es anscheinend mit zwei Handlungssträngen zu tun zu haben, die so dicht beieinanderlagen, dass man sehr genau hinsehen musste, um die unterschiedlichen Muster zu erkennen. Der Tod der Ehefrau konnte nichts mit den Bildfälschungen zu tun haben. Doch selbst diese Überlegung musste er bald über Bord werfen. Ohne Zweifel waren Sibelius und Bardenhagen mit derselben Waffe erschossen worden. Also musste es unweigerlich ein durchgängiges Muster geben. Bardenhagen war tot, seine Frau nun ebenfalls. Es musste einen gemeinsamen Kern geben. Hilpert presste seine Finger gegen die Schläfen. Er durchschaute die ganze Sache nicht. Claudia spürte, wie es in ihm arbeitete, und ließ ihn zufrieden. Seine Stimmung sollte sich nicht ändern, als sie endlich am Ziel angekommen waren. Wie zuvor verhielten sich seine Buchholzer Kollegen kooperativ. In der Diele wurde er bereits in Empfang genommen.

»Die Tote liegt im Speisezimmer«, informierte ihn einer der Beamten. Er wies auf die Haustür. »Die wurde gewaltsam geöffnet. Sie war nicht verriegelt. Mit dem entsprechenden Werkzeug schafft es ein halbwegs begabter Einbrecher im Handumdrehen, sie zu öffnen. Vermutlich war das verwendete Brecheisen auch die Mordwaffe.«

»Aber so was macht unglaublich Krach«, wandte Hilpert ein. »Das muss sie doch gehört haben.«

»Kommt darauf an, wo sich die Ermordete zu dem Zeitpunkt befand. Höchstwahrscheinlich hat sie sich im Speisezimmer aufgehalten. Ich schätze, sie war nicht schnell genug. Brauchte möglicherweise ihre Zeit, bis sie verstand, was sich an der Haustür abspielte.«

»Hat der Täter sie direkt nach dem gewaltsamen Eindringen getötet?«

»Nein. An ihren Händen, Fußknöcheln und ihrem Mund waren Reste eines Klebebandes entdeckt worden. Sie wurde also zuerst gefesselt.«

Ein Kollege der Buchholzer Mordkommission kam die Treppe herunter und wandte sich Hilpert zu. »Das Studierzimmer des Professors ist durchwühlt worden.«

»Glauben Sie, die haben was gefunden?«

»Schwer zu sagen. Dafür ist die Unordnung zu groß. Alles hat man auseinandergenommen, die Akten, Bücher wurden aus den Regalen gerissen, Polster aufgeschlitzt. Der Safe stand offen.«

»Was mögen die gesucht haben?«, murmelte Hilpert.

Claudia stand dicht hinter ihm und hatte verstanden, was er von sich gegeben hatte. »Hat er vielleicht Gutachten zurückgehalten und man hat versucht, sie sich gewaltsam zu holen?«

»Klingt plausibel«, stimmte er ihr zu. Er winkte den Arzt zu sich. »Wann war der Todeszeitpunkt?«

»Ich schätze mal, sie starb zwischen zwei und drei Uhr nachts. Die Todesursache ist eindeutig. Die Frau wurde erschlagen. Zwei kräftige Schläge auf den Hinterkopf mit einer stumpfen Waffe.«

»Halten Sie das Brecheisen für die Tatwaffe?«

»Ich gehe davon aus.«

Hilpert versuchte zu rekonstruieren. »Zwei oder drei Uhr kommt mir reichlich spät vor. Ich habe gestern Abend mit ihrem Enkelsohn telefoniert, der sie besucht hatte. Ich meine, es muss so gegen 19.30 Uhr gewesen sein. Er war auf dem Rückweg nach Hamburg. Der oder die Täter sind irgendwann danach ins Haus eingedrungen, haben die Frau gefesselt und dann das Arbeitszimmer des Ermordeten durchwühlt.« Er kratzte sich am Kopf. »Es kann nicht so furchtbar spät gewesen sein, sonst hätte sie die Haustür verriegelt. Sagen wir mal der Mörder hat die Haustür um 21 Uhr aufgebrochen. Dann hätte er mindestens fünf Stunden Zeit gehabt, das Arbeitszimmer zu durchwühlen. Warum wurde die Frau getötet, warum so spät?« Nachdenklich blickte er den Arzt an. »Wurde sie gefoltert? Hat man sie geschlagen?«

»Sieht ganz danach aus. Die Hämatome im Gesicht sprechen dafür.«

»Das hieße, sie haben nicht auf Anhieb gefunden, was sie gesucht haben und mussten nachhelfen. Das klingt plausibel.«

Einer der Buchholzer Ermittler war zu ihnen getreten. »Ich gehörte zu der Gruppe, die nach dem Mord an dem Professor sein Arbeitszimmer durchsucht haben. Ich wüsste nicht, wonach den Eindringlingen der Sinn gestanden haben dürfte. Wir haben jedes Buch in die Hand genommen, jedes Papier beäugt.«

»Aber die Polster hattet ihr nicht aufgeschlitzt.«

»Die haben wir uns sehr genau angeschaut. Daran wurde nicht manipuliert. Darin war nichts versteckt. Wir sind doch keine Dilettanten.«

»Das nehme ich euch unbesehen ab. Ich schau mir mal das Arbeitszimmer an.«

Wie unbeteiligt überblickte er die Unordnung. Ein Teil der Bücher befand sich in den Regalen. Andere hatte man wahllos auf den Boden geworfen. Die Couch war aufgeschlitzt worden, nicht dagegen der Sessel. Man hatte sich auch an den Fußleisten versucht, dann aber davon Abstand genommen. Die hatten alle Zeit der Welt, dachte er und arbeiteten so lausig? Diese Unordnung war bewusst angelegt worden. Hier hatte niemand etwas gesucht. Umso weniger verstand er den Tathergang. Vom Hauseingang her vernahm er laute Stimmen. Christel Bardenhagens Tochter und ihre beiden Kinder waren eingetroffen. Er verließ das Zimmer und ging auf die Neuankömmlinge zu. Erschüttert standen sie vor der Leiche der Mutter, der Großmutter.

Hilpert nahm Florian zur Seite. »Wo ist Ihr Vater? Warum ist er nicht mitgekommen?«

»Der ist in Meck-Pomm, auf der Suche nach einem vernünftigen und bezahlbaren Maurerbetrieb.«

»Wie das?«

»Die Geschäfte laufen gut. Er ist dabei, das zweite Grundstück ebenfalls zu bebauen. Dafür reichen die eigenen Leute nicht. Die Firmen im Umfeld sind entweder ausgelastet oder zu teuer.«

»Wo genau hält er sich auf?«

»Erst Schwerin, dann Rostock. Ich habe mit ihm telefoniert. Er ist auf dem Weg zurück. Ich erwarte ihn in etwa zwei Stunden.«

Birgit Jansen ging mit zittrigen Beinen auf den Kommissar zu und schaute ihn an, dicke Tränen in den Augen. Innerhalb kurzer Zeit hatte sie ihre Eltern durch brutale Morde verloren. Niemand war ihr mit einer Erklärung behilflich. Die Polizei tappte ebenso im Dunkeln wie sie und ihre Familie.

Hilpert nahm sie in den Arm und führte sie ins Wohnzimmer. »Wenn Sie momentan nicht in der Lage sind, mir Fragen zu beantworten, können wir vorerst auf eine Befragung verzichten.«

»Nein, nein, fragen Sie ruhig. Ich fürchte nur, ich habe keine Antworten für Sie.«

»Ihre Mutter wollte nach Hamburg gefahren werden. Haben Sie eine Ahnung, wen sie aufsuchen wollte?«

»Sie hatte sich gestern, nach dem Gespräch mit Florian, für heute mit mir in Hamburg verabredet. Sie wollte über etwas Wichtiges, wie sie sich ausdrückte, reden.«

»Hat sie eine Andeutung gemacht?«

»Kein Stück. Sie hat es stets abgelehnt, Dinge, die sie bewegten, am Telefon zu erörtern. Wirklich neugierig war ich nicht. Möglicherweise hatte es mit Geld zu tun. Sie hat mir und den Kindern ein kleines Vermögen geschenkt.«

»Ich gehe davon aus, das meiste Geld ist in der Firma Ihres Mannes gelandet?«

»So ist es. Die Kinder werden künftig als Mitgesellschafter fungieren.«

»Haben sie darauf bestanden?«

»Die beiden nicht, wohl aber mein Mann. Die größten Probleme sind überwunden. Mit dem frischen Eigenkapital hat sich der Firmenwert deutlich gesteigert. Der Verkauf der Wohnungen verläuft sensationell.«

»Als der oder die Mörder ins Haus eindrangen, war die Tür nicht verriegelt.«

»Das ist eher ungewöhnlich. Spätestens gegen 21 Uhr wurde

der Schlüssel herumgedreht. Sie war ein vorsichtiger Mensch.«

»Fiel Ihnen sonst etwas an Ihrer Mutter auf?«

»Jetzt, wo Sie es sagen. Sie wirkte nach dem Tod meines Vaters kaum wie eine bedrückte Witwe, eher kam sie mir erleichtert vor.«

Hilpert verstand beide Antworten. Einerseits hatte ihr Sohn offensichtlich Wort gehalten und versucht, auf seine Großmutter einzuwirken. Vermutlich wollte sie sich mit ihrer Tochter beraten. Und die Erleichterung, von einem Mann erlöst worden zu sein, der sie über Jahre betrogen hatte, konnte er nachvollziehen. Er beendete zügig das Gespräch. Ihm fielen keine weiteren Fragen mehr ein. Was sollte ihm die Frau denn erzählen? Übrig blieb eine schwache Vermutung, Werner Jansen könnte die alten Leute umgebracht haben, um an deren Geld zur Lösung seiner Probleme zu gelangen. Er empfand diesen Verdacht an den Haaren herbeigezogen. In seinem Beruf hatte er gleichwohl gelernt, möglichst keine Frage auszulassen und jeder Spur nachzugehen, und sei sie noch so vage. Wie sich später im Verlauf des Tages zeigen sollte, konnte Jansen unmöglich den Mord begangen haben. In Rostock war er mit seinem Gesprächspartner total versackt. Sie trennten sich weit nach Mitternacht. Da hätte er einen Hubschrauber nehmen müssen.

Der Kommissar nahm Fritsche verstärkt in den Fokus. Einmal gefiel er ihm in der Rolle des Bösen besser als etwa Jansen, zum anderen passte er ins Bild. Und was er von Elisabeth Hagen erfahren hatte, unterstützte seine Vorbehalte gegen ihn. Doch es bewies nichts. In der Küche saß Trodler wie ein Häufchen Elend. Hilpert setzte sich zu ihm. Er war längst vernommen worden, was hätte er ihn darüber hinaus fragen sollen? Was hätte er groß erzählen können?

Unaufgefordert sprudelte es aus ihm heraus: »Wer hat das dieser großartigen Frau nur angetan, Herr Hauptkommissar?«

»Wenn ich das wüsste, ginge es mir besser. Dann wäre ich ein ganzes Stück weiter.«

»Dort draußen muss irgendein Psychopath herumlaufen, der sich die Bardenhagens vorgenommen hat. Und das in der Nordheide.«

»Sie haben die Frau sehr gemocht?«

»Oh ja, sie war die Liebe meines Lebens. Und für mich so unerreichbar wie der Jupiter.«

Er schnäuzte in das Leinentaschentuch, mit dem er sich vorher die Tränen abgewischt hatte. Zu seinem Gemütszustand erübrigte sich jede weitere Frage. Hilpert stand auf, schlug Trodler kameradschaftlich auf die Schulter und blickte sich suchend nach Claudia um. Er entdeckte sie im trauten Gespräch mit Bardenhagens Enkelin. Diese nickte ihm zu, als er sich zu ihnen gesellte. Für flotte Sprüche fand sich diesmal kein Raum. Die waren unter dem Schwall der Ereignisse begraben worden. Viel erzählen konnte sie ihnen nicht. Ihr Bruder hatte sie nach dem Besuch der Großmutter aufgesucht. In Gedenken an den Großvater beschlossen sie, ein Glas Wein zu trinken. Daraus seien zwei Flaschen geworden. Am Ende habe sie ihn in ihrem Gästezimmer untergebracht. Beide verband, seit sie denken konnten, eine innige geschwisterliche Beziehung. Eine Viertelstunde später saßen Hilpert und Claudia wieder im Wagen nach Hamburg. Ihn beschlich das Gefühl, dass es sinnvoller gewesen wäre, Fritsche zu vernehmen, als mit klugen Fragen am Tatort zu glänzen. Dieser Mann war nach seinem Dafürhalten das verbindende Teil der Morde. Er sorgte als Einziger für Plausibilität.

48

Fritsche reagierte einigermaßen überrascht auf den Besuch der beiden Kriminalbeamten. Seine Versuche, das Gespräch zu verschieben, versandeten, weil Hilpert ihm als Alternative eine Einladung ins Präsidium in Aussicht stellte. Mit dieser Drohung bekamen sie nahezu jeden zum Verhör. Die geballte Faust in der Tasche, stimmte er schließlich zu. Selbstbewusst drohte er Hilpert unverhohlen. Von seiner bisherigen jovialen Art war nichts mehr übrig geblieben.

»Ihr Stern ist dabei zu sinken, werter Herr Hauptkommissar. Dort draußen wird fleißig gemordet und Sie irren durch die Gegend, als hätten Sie den grauen Star. Noch dürfen Sie mitspielen. Aber warten wir den Tag ab, an dem meine Trümpfe stechen.«

»Wollen Sie mir drohen, werter Herr Dr. Fritsche? Das fehlte mir gerade noch, um mir den Tag zu versüßen.«

»Wie kommen Sie denn darauf? Nein, ich bezeichne meine Worte lieber als realistische Feststellung. Gehen Sie davon aus, meine Prognosen hatten schon immer eine ordentliche Qualität.« Er beugte seinen Oberkörper ein Stück in Hilperts Richtung. »Glauben Sie bloß nicht, Ihre Gegner im Rathaus hätten sich verabschiedet. Die warten nur darauf, es Ihnen heimzuzahlen. Die haben sich tief im Schlamm vergraben und hoffen auf die nächste Regenzeit. Dann schnappen sie zu. Wie mir scheint, ist der Himmel verdammt wolkenverhangen.«

Hilpert ließ sich nicht erschrecken. Er war kein kleiner Junge, dem man mit dem schwarzen Mann drohen konnte. Sah er zu Claudia herüber, so galt dies gleichermaßen für sie. Sie zeigte sich völlig unbeeindruckt von den Worten des Anwalts.

»Wie kommen Sie nur auf die Idee, mich könnten Ihre Äußerungen schrecken?« Er winkte ab, als bemerkte er selbst, sich auf eine Gesprächsebene zu begeben, die ihm nicht weiterhalf. Fritsches Ansinnen war, ihn aus dem Rhythmus zu bringen. Das sollte ihm nicht gelingen. Sachlich fuhr er fort: »Wenn ich Ihnen den Namen Köhler nenne, was fällt Ihnen da ein?«

»Hieß nicht die ermordete Mitarbeiterin von Jansen so?«

»Sie haben offensichtlich ein gutes Namensgedächtnis. Dann wird Ihnen der Rest sicherlich auch einfallen. Denken Sie weiter nach. Ich mache es Ihnen leichter und nenne Ihnen zusätzlich den Vornamen: Helga.«

Fritsches Teint schien eine Spur blasser zu werden. Er musste schlucken, bevor ihm eine Antwort gelang. »Sie haben tief gegraben, Herr Hilpert. Nun glauben Sie in der Wüste auf eine Wasserader gestoßen zu sein.«

»Da gebe ich Ihnen recht. Ich halte diese Information tatsächlich für wichtig und finde es erstaunlich, dass Sie damit bislang hinterm Berg gehalten haben.«

»Ich muss Sie enttäuschen.« Entspannt kreuzte er die Arme vor seiner Brust und lehnte sich so weit zurück, wie es der Sessel zuließ. »Ich erzähl Ihnen, wie's damals war. Es ist in meinen Kopf eingebrannt, als wäre es gestern geschehen.« Er hüstelte vornehm, als benötigte er die gewonnene Zeit, um sich zu konzentrieren. »Helga, eine Nachbarstochter, war ein, zwei Jahre älter als wir. Claus und ich waren schon immer scharf auf sie. Sie hatte zwar einen Freund, aber wir wussten, sie nahm es nicht so genau mit der Treue. Uns war es egal.«

Claudia unterbrach ihn ungeduldig. »Also was hat sich abgespielt?«

»Nicht so ungeduldig, junge Frau. Ich komme gleich auf den Punkt. Wir hatten 'ne Flasche Korn organisiert, die wir im erhaltenen gebliebenen Keller eines Ruinenhauses köpfen wollten. Helga hatte das mitbekommen und wollte was davon abhaben. Uns war's recht.«

Es schien ihn zu schaudern, als er über den muffigen Keller sprach, als könne er nicht verstehen, sich dort als junger Mensch hineingewagt zu haben. Sie hätten kräftig zugelangt. Er habe den Alkohol nicht vertragen und sei gegangen. Den Rest kannte er vom Hörensagen. Bardenhagen sei bei dem Mädchen wohl zum Angriff übergegangen. Und sie habe nicht nur mitgemacht, sondern sogar Spaß an der Sache gefunden. Einige Zeit später habe auch er bei ihr landen können.

»Gab es keine Eifersüchteleien zwischen Ihnen und Ihrem Freund?«

»Woher denn. Helga liebte die Abwechslung, sie ließ uns gewähren. Verliebt war keiner von uns in sie. Davon abgesehen, wer hätte sie halten wollen?«

Tatsächlich sei Helga schwanger geworden. Von wem, war nicht klar. Das Problem löste für alle Beteiligten ein ehemaliger Wehrmachtsarzt.

»Und wie war es mit ihrem Freund, den ihr zusammengeschlagen habt?«

»Na ja, irgendwie ist die Geschichte rausgekommen. Und sie hat die Version ein wenig abgeändert. Behauptete plötzlich, wir seien über sie hergefallen.« Er starrte zu Claudia herüber. »Wenn wir uns trafen, fand das im Keller der Ruine statt. Wir sind dort des Öfteren gelandet. Hätte sie sich gewehrt und zu schreien versucht, das wäre garantiert nicht unentdeckt geblieben. Gestöhnt hat sie, weil es ihr gefallen hat. Soweit ich mich erinnere, war sie mindestens so aktiv wie wir.«

»Was war denn nun mit dem Freund von ihr?«

»Er hat lieber ihr als uns geglaubt und ist frech geworden.«

»Und da habt ihr ihn zu zweit zusammengeschlagen?«

»Zu zweit? Dass ich nicht lache. Bardenhagen war bärenstark. Der hat ihn sich allein vorgenommen. Da reichten ein paar Schläge. Ich stand daneben, die Hände in den Hosentaschen. Im Übrigen hat er die Wahrheit über seine Helga später auf anderem Weg herausgefunden und anschließend Schluss gemacht.«

»Wie das?«, wollte Hilpert wissen.

»Na ja, diese Nummer hat sie in anderer Besetzung wohl häufiger durchgezogen. Nach unserem Erlebnis war sie allerdings vorsichtiger. Irgendwann hat er es geschnallt und hat sie vom Hof gejagt. Das muss ihn hart angegangen sein. Sie war wohl seine große Liebe.«

»Tja, und dieser Zeitzeuge ist verschwunden oder hat das Zeitliche gesegnet?«, ging Claudia bissig auf ihn ein.

»Da muss ich widersprechen. Er heißt Paul Rohr und lebt meines Wissens in Rissen.«

Hilpert zog sein Handy aus der Tasche. »Da wollen wir mal sehen, wie weit wir kommen.« Eine Viertelstunde später verfügte er tatsächlich über eine Telefonnummer. Er hatte Glück. Sie erwischten den Mann am Telefon.

»Helga Köhler«, wiederholte Paul Rohr den Namen der Frau, »die hätte ich in jungen Jahren gern geheiratet. Sie war meine große Liebe.«

»Und woran ist es gescheitert?«

»Sie nahm es mit der Treue nicht so ernst.«

»Erinnern Sie sich an Fritsche und Bardenhagen?«

»Oh ja, die zwei haben mich abgeledert. Das hat 'ne ganze Zeit gedauert, bis ich wieder ganz war.«

»Ursache war Helga?«

»Sie sagen es. Heute weiß ich, sie war es nicht wert. Trotzdem habe ich sie geliebt.«

»Und was können Sie über die Männer sagen?«

»Bardenhagen war ein Frauenheld durch und durch. Der hatte nur Weiber im Kopf. Und stark war er, vor allem hochintelligent. Fritsche lief hinter ihm her wie ein Hund.«

»So was soll es ja geben.«

»Das grenzte beinahe an Hörigkeit. Wir sind einige Jahre Nachbarn gewesen. In Rissen bin ich erst in den späten Siebzigern gelandet.«

»Wissen Sie denn noch irgendetwas aus den alten Zeiten bezüglich dieser beiden Herren?«

»Bardenhagens Mutter war ja irre stolz auf ihren Sohn. Sie hat meiner Mutter irgendwann mal gesteckt, dass er Fritsche während des Studiums wohl sehr behilflich gewesen sein soll. Sie meinte, der habe unter anderem seine Dissertation geschrieben.«

»Hm, darauf haben wir bislang nicht geachtet. Danke für den Hinweis. Vielleicht komme ich nochmals auf Sie zu.«

»Es wäre mir ein Vergnügen.«

Fritsche spürte, dass sein Zeuge zu viel von sich gegeben haben musste. »Was hat Rohr gesagt?«

Hilpert grinste ihn an. »Können Sie sich das nicht denken?«

Der Anwalt blickte ihn verstört an. »Wenn Sie etwas konkreter werden könnten.«

»Es heißt, Bardenhagen soll erheblich an Ihrer Dissertation mitgewirkt haben, und nicht nur da.«

Man sah es in Fritsches Gesicht arbeiten. Ganz offensichtlich führte er eine innere Auseinandersetzung mit sich. Sollte er alles bestreiten oder die Wahrheit sagen?

»Jetzt kommt es auch nicht mehr drauf an. Claus Bardenhagen war ein Genie mit einem Gedächtnis, um das man ihn nur beneiden konnte. Ich bin während des Studiums mehr oder weniger mitgeschwommen. Also fing er an, sich nebenbei mit der Juristerei zu beschäftigen und mich bei Referaten und Seminararbeiten massiv zu unterstützen.«

»Geht denn so was so einfach?«, fragte Hilpert erstaunt.

»Der hat mich bei Vorlesungen begleitet. Wo andere einen Repetitor brauchten, hörte er hin und kapierte es aus dem Stand. Hätte der sich mit der Juristerei ernsthaft beschäftigt, aus dem wäre garantiert ein Bundesrichter geworden.«

»Aber in späteren Jahren hat er doch Wert auf Ihre Beratung gelegt.«

»Meine Stärken liegen eher im taktischen Bereich. Natürlich kenne ich mich in der Gesetzeslage aus. Ich bin seit mehr als fünfundvierzig Jahren Anwalt. Da macht mir heute keiner mehr was vor. Und Claus hat sich mit dieser Materie nicht weiter beschäftigt, nachdem ich fertig war.«

»Es heißt, er soll Ihre Dissertation weitgehend angefertigt haben.«

Fritsches Stimme wurde um Nuancen leiser. »Wer will das Rohr erzählt haben?«

»Es waren die Mütter, die das Wasser nicht halten konnten.«

»Scheiße. Es stimmt, ich wäre allein nie zu einem summa cum laude gekommen. Ich sag ja, er war ein Genie.«

»Da sind Sie ja Ihrem verstorbenen Freund zu großem Dank verpflichtet«, schaltete sich Claudia in das Gespräch mit ein.

Fritsche grinste matt. »Das meinen Sie. Er hat mich über Jahre kräftig bluten lassen. Der Scheißkerl hat mich erpresst. Ich musste ihm behilflich sein, seine Weiber aufzureißen. Ich musste ihm mit Geld aushelfen. Unsere monatlichen Vergnügungstouren durfte *ich* mir an die Backe schmieren. Das ging über Jahrzehnte bis zu seiner Operation. Gelobt sei die Prostata. Es wäre besser für mich gewesen, mit schlechteren Noten über die Runden zu kommen und gegebenenfalls auf die Promotion zu verzichten.«

Die Kommissarin entwickelte beinahe so etwas wie Mitleid mit dem Mann. »Mussten Sie in all den Jahren denn so viel Geld abdrücken?«

»Das war es nicht. Der Arsch hatte die Belege für seine Arbeit fein säuberlich aufbewahrt und hätte jederzeit den Beweis erbringen können, dass er die Dissertation angefertigt hat. Eine seiner damaligen Ischen hat die Tipparbeiten übernommen. Natürlich auch gegen Entgelt. Es war eine Sekretärin aus der Reederei des Vaters seiner Frau. Die hat fein säuberlich dokumentiert, wer der Verfasser der weltbewegenden Arbeit war. Diese Unterlagen waren eine tickende Zeitbombe für mich und sind es bis heute.«

»Sie wissen, dass Sie uns vorzügliche Mordmotive liefern?«, merkte Hilpert an.

»So, tu ich das?« Für einen kurzen Moment dachte er nach.

»Ich verstehe, Bardenhagen könnte seiner Frau alles erzählt haben. Also bringe ich beide um. Das passt.«

»Und wer weiß, warum sollen Sie drei nicht ins Fälschergeschäft eingetreten sein?«, ergänzte Hilpert.

»Irgendwie kann man mir daraus einen Strick drehen, Hauptkommissar. Es gibt nur ein Problem.«

»Die Beweise?«

»Die auch, aber ich bin unschuldig. Sie setzen aufs falsche Pferd.« Er wies mit der Hand zum Fenster hin. »Dort draußen läuft der Mörder herum. Ich habe niemanden getötet oder den Auftrag dafür erteilt, obwohl ich manches Mal darüber nachgedacht habe. Vor zwanzig Jahren wäre ein Schuh draus geworden. Heute regt es mich kaum noch auf.«

Hilpert erhob sich aus seinem Sitz, unsicher darüber, wie er sich zu Fritsches Worten stellen sollte. War er schuldig, musste er lügen. Sagte er die Wahrheit, flutschte ihm der letzte Verdächtige wie ein Aal durch die Finger. Er musste die neuen Informationen erst einmal verdauen.

»Er ist es!«, stöhnte Claudia auf, als sie Richtung Europa Passage schlenderten.

Hilpert hatte sich entschieden, sie auf ein Mittagessen einzuladen. »Ich werde mich mit Weber unterhalten, ob wir einen Haftbefehl beantragen sollten. Das wird ein hartes Stück Brot, seine Schuld zu beweisen.« Er blieb stehen und warf einen Blick auf die Binnenalster, als sähe er sie mit anderen Augen. »Seltsam, die ganze Zeit hoffe ich darauf, ihn festsetzen zu können. Nun haben wir gute Verdachtsmomente und ich zögere.«

Claudia war entschiedener. »Ich habe in der Vergangenheit Leute mit sehr viel schwächeren Indizien aus dem Verkehr gezogen.«

»Das ist nicht mein Problem«, entgegnete er nachdenklich. »Fritsche ist mir unsympathisch, er hat beste Motive, aber irgendwie sagt mir mein Bauch, dass er unschuldig ist.«

Sie nahmen den Eingang vom Ballindamm aus und blickten auf die tragende Konstruktion der eleganten Verkaufspassage. Als hätte man gigantische Hufeisen mit großer Kraft so zusammengedrückt, dass sie im oberen Bereich spitz zuliefen, dachte Hilpert. Das Essen war, wie man es gemeinhin in Verkaufspassagen erwarten durfte. Es haute einen nicht vom Hocker. Es war zu genießen, vor allem bezahlbar. Satt wurde man ebenfalls und sie waren schnell durch damit. Wer zügig bedient wurde, konnte umgehend dem nächsten Besucher einen Platz frei machen und sich wieder dem Einkaufserlebnis widmen. Das Duo dachte darüber allerdings nicht nach. Hilpert hatte sich für den Nachmittag mit Weber verabredet. Vielleicht hatte der eine brauchbare

Idee. Seine Kollegin wollte sich nochmals auf die Ermittlungsergebnisse stürzen, soweit man davon überhaupt reden konnte. Wenig später machten sie sich auf den Weg ins Präsidium.

49

Der Kriminaldirektor begrüßte ihn mit spürbarer Zurückhaltung. »Mensch, Sie Superstar, da schlagen Sie bei uns mit allen Vorschusslorbeeren dieser Stadt auf und trotzdem kommen wir mit den Fälschermorden nicht weiter. Die Buchholzer wollen schon wissen, ob sie übernehmen sollen. So 'n bisschen scheint mir, ist der Lack bei Ihnen ab.«

Hilpert verstand Webers Bauchschmerzen. Druck wurde stets von oben nach unten verteilt. Er saß an der Nahtstelle zu Staatsanwaltschaft und Politik und durfte sich ständig von den Klugscheißern einschenken lassen. So gut es ging, ließ er seine Leute damit unbehelligt. Er setzte auf deren Motivation und hatte keineswegs die Absicht, seine Beamten zu frustrieren. Das taten ungelöste Fälle bereits zur Genüge. Doch gelegentlich musste auch er Dampf ablassen. Schnell beruhigte er sich wieder und hörte aufmerksam zu, als der Hauptkommissar berichtete.

»Sie haben den Juristen ja seit Längerem im Visier. Ich fürchte nur, die Beweislage ist ziemlich dürftig.«

»Das stimmt und das weiß Fritsche. Deshalb ist der relativ gelassen. Wenn der was fürchtet, dann am ehesten ein Outing. Aber mit Mitte siebzig hat ein Doktortitel vielleicht nicht mehr die Bedeutung.«

»Oder erst recht. Hat die Spusi zu dieser Thematik was gefunden?«

»Bisher nicht, aber ich habe sie nochmals darauf angesetzt. Wir wissen ja konkret, wonach wir suchen müssen.«

»Gut. Warten wir die weitere Entwicklung ab. Ich schätze es, dass Sie sich nach wie vor in den Fall verbeißen. Ich weiß, wie schwer man sich gelegentlich tut. Wenn ich mir überlege, dass Sie bis in die späten Vierzigerjahre zurückgehen mussten, um Fritsche auf die Spur zu kommen, ist das schon 'ne satte Leistung. Ich werde den Staatsanwalt und die Presse mit ein paar Allgemeinplätzen zufriedenstellen.« Webers Miene hatte sich zusehends erhellt. »Trotzdem würde ich empfehlen, vorerst auf eine Verhaftung zu verzichten. Der Kerl ist schneller wieder draußen, als Sie eine Krawatte gebunden haben. Schließlich gehört er zur Spitzengarde der Hamburger Anwälte.«

»Sehe ich genauso«, stimmte Hilpert ihm zu. »Rühren Sie bitte nicht am Thema Dissertation. Ist er unschuldig, soll er irgendwann mit seinem akademischen Titel in die ewigen Jagdgründe eingehen.«

»Einverstanden.« Der Kriminaldirektor blickte einen Moment lang nach draußen. Herbst war angesagt. Die Sonne hatte sich von den Wolken verdrängen lassen. Das Wetter legte sich aufs Gemüt vieler Leute wie eine Öllache aufs Wasser. Die Sommerzeit war vorbei und es begann nach 16 Uhr schummrig zu werden. Ein widerlicher Nieselregen tat das Seine. Positive Empfindungen wurden erbarmungslos zurückgedrängt und unterstützte seine schlechte Stimmung.

Hilpert wollte sich verabschieden, als Weber ihn bat, sitzen zu bleiben. »Sagt Ihnen der Name Simon Wolf etwas?«

»Muss er?«

»Sie verkehren doch ab und zu in der feinen Gesellschaft. Dieser Herr gehört zu den reichsten Männern Hamburgs, was sage ich, Deutschlands. Der spielt wirklich in der obersten Liga.«

»Jetzt haben Sie mich beeindruckt. Ein normaler Milliardär hätte mir in keinem Fall gereicht.«

»Dachte ich mir fast. Er, besser einer seiner Enkel, hat ein gewaltiges Problem.«

»Ist seine Versetzung gefährdet? Bekommt seine Freundin ein Kind? Ärger wegen Drogen?«

»Beim Thema Drogen kommen wir der Sache schon näher.«

»Und was habe ich damit zu tun?«

»Seien Sie nicht so aufgeregt. Sie bekommen gleich alle Informationen, die Sie brauchen.«

Hilpert war nicht aufgeregt. Er kannte sich zur Genüge mit den Scherereien aus, die die Ableger aus reichem Haus gelegentlich verursachten. Am liebsten hielt er sich da raus. Er neigte manchmal zu Überreaktionen, die selten gut ankamen. Weber gab ihm keine Chance.

»Was sagt Ihnen Liquid Ecstasy oder Liquid X?«

»Sie meinen diese verdammten K.-o.-Tropfen?«

»So ist es.«

»Die tut man kleinen Mädchen gern in den Drink, bis die umfallen. Danach hat man sie dann da, wo man sie hinhaben will. Am Ende können die sich an nichts und niemanden erinnern.«

»Wolfs Enkel steckt in solch einer Kiste.«

»Ermittelt die Staatsanwaltschaft?«

»Schön wär's. Dann hätte ich Sie gar nicht erst angesprochen. So wie es aussieht, haben sie sich das falsche Opfer ausgesucht. Schon mal was von Drobny gehört?«

»Sie belieben zu scherzen. Prostitution, Drogen, Waffen, der ist sich für nichts zu schade.«

»Eine Nichte von ihm ist auf die falschen Typen in der Disco gestoßen.«

»Wurde sie vergewaltigt?«

»Nein, man hat Bilder von ihr gemacht.«

»Das ist fast genauso schlimm. Wurden die ins Internet gestellt?«

»Noch nicht, aber es ist zu befürchten.«

»Und wie kommt Wolf ins Spiel? Sein Enkel hat doch gewiss nicht geplaudert.«

»Man hat ihn angerufen.«

»Nette Geschichte. Mit den Leuten ist nicht zu spaßen.«

Das Telefon unterbrach ihr Gespräch. Simon Wolf sagte sich an. Hilpert schaute auf die Uhr. Es war zwei Minuten vor drei. Anscheinend hatte er sich für drei Uhr mit Weber verabredet. Wolfs Vermögen wurde auf fünf Milliarden geschätzt. Es konnte gern auch eine Milliarde mehr sein. Wahrscheinlich wusste er selbst nicht genau, wie reich er war. Kurz darauf betrat er in Begleitung eines Mannes, vermutlich seines Anwalts, Webers Büro. Er war gertenschlank. Sein ehemals dunkles welliges Haar war auf dem Weg von grau zu weiß. Hilpert schätzte ihn auf Anfang, Mitte 70. Den seidenglänzenden Anzug hatte er zweifelsfrei nicht bei Karstadt erworben. Seine Schuhe strahlten, als habe er sie kurz vorher nochmals mit einem Tuch abgerieben. Die Krawatte saß wie abgezirkelt um seinen Hals. Das weiße Hemd leuchtete ihnen entgegen. Sein Begleiter stellte sich als Dr. Schneider vor. Tatsächlich handelte es sich um seinen Anwalt. Wolf reichte Hilpert irritiert die Hand.

»Ich dachte, wir hätten Vertraulichkeit vereinbart«, wandte sich Wolf an den Kriminaldirektor.

»Hauptkommissar Hilpert ist garantiert der richtige Mann für Ihre Angelegenheit.«

»Hilpert! Oh ja, der Name ist mir geläufig. Ich muss mich bei Ihnen entschuldigen, Herr Weber. Er ist mit Sicherheit der Richtige.«

»Der Richtige wofür?«, mischte sich Hilpert ein.

»Nun, es geht um den Schutz meines Enkels.«

»Schutz vor Drobny?«

»So sieht es aus«, antwortete Wolf mit fester Stimme. Ein gewisser Befehlston schien ihm bereits in die Wiege gelegt worden zu sein.

»Ist er in die Geschichte direkt verwickelt?«, erkundigte sich Hilpert wenig interessiert.

»Das tut nichts zur Sache«, meldete sich erstmals der Anwalt.

Hilpert reagierte gelassen. »Da irren Sie sich kolossal. Wenn uns keine gute Idee kommt, sind alle Beteiligten in kürzester Zeit tot.«

»Das werde ich zu verhindern wissen«, brauste Wolf auf. Energisch schlug er mit der Faust auf den Besprechungstisch. »Und wenn ich Rafael ins Ausland schicken muss.«

»Was ist mit den Eltern Ihres Enkels, hat er Geschwister?«, fragte Hilpert.

»Wie kommen Sie darauf?«

»Wenn ich die Sachlage recht verstehe, so geht es um Bilder, die mit den Handys gemacht wurden. Erscheinen die im Internet, ist es das Todesurteil für die Beteiligten. Kommt man an die Verantwortlichen nicht sofort heran, schnappt man sich die Menschen in dessen direktem Umfeld. Die haben kein Problem damit, selbst Kleinkinder zu töten.«

Der Unternehmer war bleich geworden. Ein Stück seines Selbstbewusstseins hatte sich wie Alkohol verflüchtigt. »Was schlagen Sie vor?«

»Ich will Ihren Enkel sprechen. Ich brauche die Namen aller Beteiligten und deren Handys. Geht ein einziges Bild des Mädchens raus, wandern Sie lieber mit Ihrer Familie aus. Am besten nach Feuerland oder auf den Mond.«

Wolf musste schlucken. In den letzten Jahren hatte sich niemand getraut, in dieser Form mit ihm zu reden. Gleichwohl spürte er, dass es Hilpert bitterernst war. »Mein Enkel ist in unserem Haus.«

»Gut, wer bewacht ihn da?«

»Unser Hausmeister ist ein ehemaliger Polizist. Er führt eine Waffe bei sich.«

»Sehr professionell. Wollen wir mal hoffen, dass beide noch leben.«

»Malen Sie den Teufel nicht an die Wand!«

Hilpert wandte sich seinem Chef zu. »Organisieren Sie bitte ein MEK. Die sollen mit großem Getöse vorfahren. Drobny wird keinen Krieg mit uns anfangen wollen. Der wartet, bis die Truppen wieder abgezogen sind.«

»Und nun?«, fragte Wolf beunruhigt.

»Fahren wir zu Ihnen und hoffen, dass alles im grünen Bereich ist. Wenn Sie nichts dagegen haben, begleite ich Sie.«

Der Fahrer erwartete sie in der verlängerten Mercedes Limousine. Ganz treuer Diener seines Herrn hielt er ihm die hintere Tür auf. Handschuhe, Schirmmütze, eine dezente graue Uniform. Es mangelte an nichts. Wolf spielte im Olymp der Reichen, der nur wenigen Platz bot. Der Anwalt setzte sich nach vorne. Kaum dass sie saßen, begann Wolf Hilpert zu löchern. »Was haben Sie vor? Selbst mir ist klar, dass das MEK uns nur kurzfristig zur Verfügung steht.«

»Ich fürchte, wir haben wenig Zeit. Ihr Enkel wird mir einige Fragen beantworten müssen.«

»Und wenn er sich sperrt? Ich kenne ihn gut.«

»Überlassen Sie ihn mir. Schauen Sie weg, egal, was ich tu.«

»Ich lasse mich überraschen.«

Das Anwesen an der ›Bellevue‹ konnte man eher als Palast bezeichnen. Hanseatisch zurückhaltend war es weiter nach hinten heraus gebaut worden. Wollte man von dort aus in die Alster spucken, musste man schon einen Anlauf nehmen. Säulen im Eingangsbereich, Balkone, diverse Terrassen, es mangelte an nichts. Hilpert fragte sich, wie oft sich Besucher in diesem Haus verlaufen hatten. Der Leiter der Kunsthalle wäre vermutlich zum Massenmörder geworden, hätte er dafür die Originale an den Wänden und die Skulpturen in den Räumen für sein Museum bekommen.

Hilpert nahm sich für seine Eindrücke wenig Zeit. Er begrüßte Wolfs Ehefrau mit einem kurzen Händedruck. Erwartete man von ihm etwa einen Handkuss? Garantiert nicht in Hamburg, oder doch? Er verwarf die Gedanken und bat den Hausherrn, ihnen ein Zimmer zur Verfügung zu stellen und den Enkel kommen zu lassen.

»Nur Sie, Ihr Enkel und ich. Niemand soll uns stören. Wäre gut, wenn sich Ihr Hausverwalter vor der Tür platzierte.«

»Gehen wir in die Bibliothek.« Er winkte einen der Bediensteten zu sich. »Rafael möge zu uns kommen und Herr Förster.«

Hilpert kannte den ehemaligen Polizisten aus dessen Zeit beim Raubdezernat. Er war ein besonnener Mann, auf den man sich verlassen konnte. Er instruierte ihn kurz. »Solltest du Schreie des jungen Mannes mitbekommen, hör weg!«

»Tu ihm ordentlich weh! Er ist ein verwöhntes Arschloch!«

»Ich streng mich an, meine Hand darauf. Diese Scheißkerle habe ich ohnehin gefressen. Du hast von der Geschichte mit den K.-o.-Tropfen gehört?«

»Von meinem Chef. Der ist übrigens in Ordnung, noch vom alten Schlag.«

Wolf winkte ihm zu und ging vor. Sie betraten einen Raum, der mindestens 100 Quadratmeter maß. In den prall gefüllten Regalen standen Bücher, die die Familie über Generationen gesammelt hatte. Hilpert vermutete wertvolle Erstausgaben und unbezahlbare Kleinode der Buchdruckkunst. Wie Raumteiler stellten sich ihnen mehrere Glasvitrinen in den Weg. Darin lagen handgeschriebene Exponate aus der Zeit vor Gutenberg weitgehend luftdicht verschlossen. Sie setzten sich an der Stirnseite des Raumes in tiefe Ledersessel. Zwischen ihnen stand eine Art Couchtisch, auf den eine nette Seele eine Kanne Kaffee und Tassen mit Untertassen gestellt hatte. Wolf schenkte ihnen, ganz hanseatischer Gentleman, ein. Durch eine Seitentür betrat ein hochgewachsener, etwa zwanzigjähriger junger Mann den Raum. Er hatte ein schmales Gesicht, trug die halblangen Haare zurückgekämmt unter Einsatz entsprechender Gelmengen. Man konnte ihn durchaus als gut aussehend bezeichnen. Er blickte gelangweilt drein.

Wolf wies mit einer Hand auf ihn. »Mein Enkelsohn Rafael.«

Er nickte in Richtung des Hauptkommissars. »Der Herr ist von der Polizei.«

Desinteressiert sah er zu Hilpert herüber. »Ich habe Sie schon mal in der Zeitung geseh'n. Auf Sie ist geschossen worden. Was kann ich für Sie tun?«

»Nichts, ich habe keine Probleme, danke.«

»Dann sind wir uns ja einig. Ich habe auch keine Probleme.«

»Und wie es ausschaut, werden Sie bald überhaupt nie mehr welche haben.«

Der junge Mann schien kurz über die Worte nachzudenken.

»Sie meinen damit, ich habe bald keine Probleme mehr, weil ich tot bin?«

»Richtig! Manche Fehler kann man leider nicht korrigieren. So umgeht man zum Beispiel die Verwandten von Kiezgrößen möglichst weiträumig.«

»Wer konnte das ahnen?«

»Tja, vielleicht sollte man das böse Spielchen, Mädchen was in ihre Drinks zu mixen, überdenken.«

»Ich habe niemandem was ins Glas geschüttet.«

»Das scheinen gewisse Herrschaften anders zu sehen.«

»Wollen Sie mir Angst machen? Wir sind doch nicht in Chicago in den Dreißigern.«

»Mir egal, wie Sie die Dinge sehen. Ich möchte alle Aufnahmen des Mädels, außerdem die Namen und Adressen der sonstigen Beteiligten.«

»Ich weiß nicht, wovon Sie reden.«

Hilpert blickte zu Simon Wolf hinüber. »Wir haben keine Zeit. Ich kann Ihren Enkel und seine Freunde nicht nächtelang verhören.«

»Tun Sie, was Sie für passend halten.«

Hilpert stand auf und stellte sich vor den aufmüpfigen, jungen Mann. Sie begegneten sich in etwa auf Augenhöhe. Er packte ihn mit einer schnellen Bewegung im Nacken und drückte kurz zu.

»Großvater, lässt du das zu?!«, schrie er auf.

Wolf schwieg beredt.

Hilpert wiederholte seine Forderung, mit dem gleichen Erfolg. Diesmal schlug er ihm mit der flachen Hand ins Gesicht. Bei der zweiten Ohrfeige holte er stärker aus. Der Getroffene versuchte rückwärts laufend auszuweichen und stolperte über seine eigenen Füße. Schluchzend fiel er zu Boden. Sein Widerstand war gebrochen. Auf diese Form der Kommunikation war er nicht eingestellt. Er gab Namen und Adressen seiner Freunde preis. Langsam erhob er sich. Sein Haar war zerzaust. Seine Lippen waren aufgeplatzt und bluteten ein wenig.

Konzentriert fuhr Hilpert fort: »Ihr wart mit dem Mädchen draußen und habt garantiert noch was anderes mit ihr vorgehabt. Was hat euch davon abgehalten?«

»Einer der Türsteher hat was davon mitbekommen. Er kannte sie wohl und hat uns weggejagt.«

»Ihr Glücklichen, das hat möglicherweise euer Leben gerettet.«

Hilpert erteilte kurze Anweisungen am Telefon. Anschließend richtete er das Wort an den Hausherrn: »Ich treffe die Herrschaften im Präsidium.«

Wolfs Enkel tupfte sich das Blut von seiner geplatzten Unterlippe ab. »Großvater, wie kannst du das zulassen?«

Dieser blickte ihn zornig an. »Halt bloß den Mund! Wie konntet ihr das dem Mädchen antun?«

»Wir wollten uns nur einen Spaß machen.«

Der Senior sprang wütend von seinem Sessel auf. Er wies auf das Handy mit den Fotos. »Das nennst du Spaß? Ihr habt doch viel Schlimmeres vorgehabt. Ich nenne das eine absolute Sauerei, was ihr dem Mädchen antun wolltet! So etwas dulde ich in meiner Familie nicht!«

Er atmete keuchend, bis sich sein Puls beruhigte. »Herr Hauptkommissar, Sie würden mir einen riesigen Gefallen tun, wenn Sie diesen missratenen Spross meines Sohnes aus meinen Augen verschwinden ließen.«

Hilpert erhob sich mit einem Ruck. »Mit diesem Material komme ich um eine Verhaftung eh nicht herum.«

Er zog Handfesseln aus seiner Jackentasche und legte sie dem ehemals hoffnungsvollen Spross der Familie an. Er reichte dem Senior die Hand. »Danke für die Zusammenarbeit.«

»Ich habe Ihnen zu danken. Mittlerweile habe ich begriffen, dass Sie dabei sind, meinem Enkel das Leben zu retten. Und vermutlich nicht nur ihm.«

50

Es ging auf 23 Uhr zu, als er die Verhöre der drei jungen Männer endlich hinter sich gebracht hatte. Deren Handys und Notebooks lagen ebenso vor ihm wie die bereits ausgedruckten Bilder. Sie hatten sich an weitere Freunde gewendet und denen versucht klarzumachen, welches persönliche Risiko sie eingingen, sollten sie Material von einem der Täter erhalten haben und es verwenden wollen. Er konnte nur hoffen, dass sie intelligent genug waren, auf eine Veröffentlichung im Internet zu verzichten. Vorsichtshalber hatten sie deren Eltern ebenfalls informiert. Zum Teil saßen diese mit der Creme der Hamburger Anwälte in den Fluren des Präsidiums. Zum Glück waren diese intelligent genug, zu begreifen, dass es weniger um strafrechtliche Fragen als um die Gesundheit der jungen Männer ging.

Die Tatbeteiligten hatte ihre Geständnisse unterschrieben. Da keine Fluchtgefahr bestand und feste Wohnsitze nachgewiesen werden konnten, hätte man die drei gut und gern nach Hause schicken können. Weitgehend geläutert nahmen sie sein Angebot an, vorerst in Untersuchungshaft zu gehen. Selbst Rafael Wolf begann zu begreifen, an wem sie sich vergriffen hatten. Nach Recherchen der Polizei wurden Drobny in den letzten fünf Jahren wenigstens drei Morde zugerechnet. Beweise, Zeugen, Fehlanzeige. Gebrochene Finger, Stich- und Schussverletzungen hatten sie gleich gar nicht mitgezählt. Hilpert wollte mit ihm reden, um das Schlimmste abzuwenden. Ob dieser jedoch gesprächsbereit war, musste bezweifelt werden. Er benötigte einen Vermittler. Und er wusste, wen er bitten würde, ihm behilflich zu sein: seinen Freund Ivo Pristic. Hoffentlich verfügte er über Kontakte zu Drobny. Überlegte Hilpert es sich richtig, so mussten die beiden erbitterte Konkurrenten sein.

Dieses Thema wollte er am nächsten Tag angehen. Es zog ihn heim zu Petra. Hoffentlich lag im Eisschrank noch etwas Ordentliches. Er konnte Chips, Schokoriegel und andere Dickmacher nicht mehr sehen. Allein der Gedanke daran bereitete ihm ein Gefühl von Übelkeit. Er sollte an diesem späten Abend Glück haben. Petra hatte für Nachschub gesorgt. Selbst an Brötchen hatte sie gedacht. Als er nach Hause kam, lag sie mit einem Roman im Bett. Offensichtlich hatte sie auf ihn gewartet.

»Du bist ein Blödmann!«, schalt sie ihn. »Für weniger als 15 Prozent deines alten Einkommens arbeitest du mindestens die gleiche Zeit, in Spitzenzeiten sogar mehr. Das ökonomische Prinzip dürfte an dir verzweifeln.«

Jemandem, der so herrliche Sachen zum Abendbrot eingekauft hatte wie sie, durfte man nicht widersprechen. Auf beiden Backen kauend stimmte er ihr zu, allerdings ohne die Absicht, etwas zu ändern. Alle Tiefschläge und Misserfolge ließen ihn keine Sekunde daran zweifeln, den rechten Weg gewählt zu haben. Sie wusste es und lebte inzwischen damit. Später lag er neben ihr und erzählte von den Ereignissen des Tages.

»So, so, du bist bei dem alten Wolf zu Hause gewesen. Dort wird nicht jedem Einlass gewährt. Findest du nicht, dass es bei ihm aussieht wie in einem Museum?«

»Wohl wahr. Mit seinen Kunstschätzen könnte der vermutlich das Haushaltsdefizit Hamburgs halbieren.«

»Du irrst«, widersprach sie. »Er könnte es ausgleichen, und es bliebe immer noch etwas übrig. Die haben in ihrem Palast Sachen stehen, von denen träumen andere. Die haben schon vor dem Ersten Weltkrieg angefangen, den Kunstmarkt abzugrasen.«

Wieder kam ihm sein Fall in den Sinn. Ob man Wolf auch getürkte Bilder untergeschoben hatte? Er verzichtete darauf, dazu die Meinung seiner Freundin einzuholen. Dieses Problem wollte er nicht zu ihrem machen. Seinen Vorsatz, friedlich zu schlafen, wusste sie zu unterbinden. Am Ende gewann er ihren Plänen einiges ab. Sie würden entgegen ihren sonstigen Gewohnheiten ihren jeweiligen Dienst am nächsten Tag etwas später aufnehmen.

Nach mehreren Anläufen erreichte der Kommissar Pristic telefonisch am Vormittag. Mit der Hamburger Unterweltgröße verband ihn ein tiefes Gefühl der Freundschaft. Stände er vor der Entscheidung, sich von jemand in die Hölle begleiten zu lassen, seine Wahl würde auf ihn fallen. Und trotzdem standen sie einander in zwei verschiedenen Lagern gegenüber.

»Lange nichts von dir gehört, Fabian. Was kann ich für dich tun?«

»Es geht um Drobny. Könntest du mir einen Gesprächstermin mit ihm machen?«

»Hm, wir sind alles andere als Freunde. Hoffen wir mal, er vermutet keine Finte.«

»Er weiß doch, dass du seit geraumer Zeit auf der Fahndungsliste stehst.«

»Eben, vielleicht glaubt er, ich wollte mich freikaufen.«

»Hast du solch einen schlechten Ruf in der Branche?«

»Wer weiß? Ich komme auf dich zu.«

Geistesabwesend stierte Hilpert sein Telefon an. Da war er wieder mal dabei, mit einem gesuchten Kapitalverbrecher zusammenzuarbeiten. Er grinste in sich hinein. Fronten verschoben sich leicht, wenn man in einem Land zu tun gehabt hatte, in dem die meisten Regeln außer Kraft gesetzt worden waren. Aber sie lebten nicht in Somalia oder im Sudan, sondern in Deutschland. Hier glaubte man noch an den Unterschied zwischen Gut und Böse. Wie erklärte man das eigene Vorgehen Vorgesetzten oder Kollegen? Am besten gar nicht. Dachte er daran, wie er Wolfs Enkel verhört hatte, würde er umgehend vom Dienst suspendiert werden und dürfte das Polizeipräsidium in diesem Leben nicht mehr aufsuchen, von einem Gerichtsverfahren ganz abgesehen.

Zu seinem Erstaunen meldete sich bei ihm gegen Mittag ein Anwalt, dessen Name ihm nicht geläufig war. »Mir ist zu Ohren gekommen, dass Sie versucht haben, Kontakt zu meinem Klienten aufzunehmen.«

Hilpert verzichtete darauf, irgendwelche Namen zu nennen. »Es hat mit einem jungen Mädchen zu tun, dem übel mitgespielt worden ist.«

»Was schlagen Sie vor?«

»Eine Vereinbarung, durch die unnötiges Blutvergießen vermieden wird.«

»Und Sie meinen, das löst alle Probleme?«

»Ich bin Polizist, kein Seelenklempner. Beurteilen müssen meinen Vorschlag andere.«

»Natürlich. Mir scheint, Sie finden diese Angelegenheit ähnlich widerlich wie die Betroffenen?«

»So ist es.«

»Mein Mandant ist einverstanden. Er wird Sie auf dem Präsidium gegen 14 Uhr aufsuchen. Ist die Zeit recht?«

Für einen kurzen Moment verstand Hilpert die Welt nicht

mehr, fing sich aber schnell. »Selbstverständlich. Er will tatsächlich zu mir kommen?!«

»Wo ist er sicherer als bei der Hamburger Polizei?«

»Sie werden ihn begleiten?«

»Nein, er kommt allein.«

»Er ist herzlich willkommen.«

Claudia wollte ihren Ohren nicht trauen, als er sie auf den unerwarteten Besuch ansprach.

»Drobny besucht uns freiwillig und ohne Begleitung eines Anwalts? Ich will es nicht glauben. Wenn der sich mit Polizisten abgibt, dann nur, um ihnen ihr Salär aufzubessern oder das Lebenslicht auszublasen. Wie kommst du an den ran?«

»Ja, in einem langen Polizistendasein baut man sich seine Kontakte auf.«

»Am Ende wirst du noch Ehrenvorsitzender der sizilianischen Mafia«, meinte sie ungerührt. Sie kannte seine Gratwanderungen und sie schätzte sie. »Darf ich bei dem Gespräch dabei sein?«

»Ich fürchte, der Herr wünscht ein Vieraugengespräch.«

»Das ist wieder typisch. Die Filetstücke reservierst du für dich.«

»So ist das Berufsleben. Die einen machen die Arbeit, die anderen lassen sich feiern.«

»Man kann viel von dir lernen. Aber was ist mit unseren Morden? Was machen wir mit Fritsche? Lassen wir den weiterhin fröhlich durch die Gegend ziehen oder wollen wir den festsetzen?«

»Sehr gute Frage. Meine Antwort ist: Ich habe keine Idee, wie es weitergehen soll.«

»Kann es sein, dass du dich ein wenig hinter der Drobny-Geschichte versteckst?«

Er fühlte sich wie ein Kind, das beim Lügen erwischt wurde. »Diese Frage ist noch besser. Ich werde über die Antwort nachdenken.«

»Feigling.« Sie ließ ihn unzufrieden allein.

Er musste nicht nachdenken. Die Antwort war eindeutig. Claudia lag total richtig.

Drobny war mindestens einen halben Kopf größer als Hilpert und so breit, dass er kaum durch die Tür zu passen schien. Vermutlich hatte er die fünfzig noch nicht ganz erreicht. Sein Haar war an den Schläfen leicht ergraut und lichtete sich im Stirnbereich. Hilpert hatte einen austrainierten Mann vor sich, der den Aufstieg in seiner Organisation garantiert nicht aufgrund seiner akademischen Verdienste geschafft hatte.

Trotz seiner kräftigen Statur vermittelte er nicht den Eindruck eines Schlägers. Er sprach vorzüglich Deutsch. Ein leichter Akzent ließ sich gerade mal erahnen.

»Ich wollte Sie immer mal kennenlernen, Herr Hauptkommissar. Ich meine, wir hatten zumindest indirekt ein paar Berührungspunkte, unter anderem in Harburg.«

»Ach, das waren Ihre Leute! Ansonsten hatte ich von Ihnen bislang ebenfalls nur gehört.«

»Hoffentlich nur Gutes.«

Hilpert grinste ihm zu. »Selbstredend.«

Ein Getränk lehnte sein Gast ab. Er setzte sich dem Hauptkommissar gegenüber an dessen Schreibtisch. »Sollte ich meinen Rechtsanwalt nicht falsch verstanden haben, möchten Sie mir einen Vorschlag unterbreiten.«

»Genauso ist es. Vorab hätte ich trotzdem eine Frage, ansonsten platze ich. Warum kommen Sie in die Höhle des Löwen? Wir hätten uns ebenso gut auf freier Flur unterhalten können.«

»Das ist ganz einfach. Man hat sich für Sie verbürgt. Der nette Herr ist nicht mein Freund. Uns verbindet trotzdem eine tiefe gegenseitige Achtung. Und er respektiert Sie, einen Polizisten! Das hat mich neugierig gemacht. Da wollte ich Sie in Ihrem direkten Umfeld kennenlernen.« Er blickte sich um. »Sie müssen ein Idealist sein. Wie man hört, stehen Ihnen ganz andere Türen offen.«

Hilpert ging nicht weiter auf die Worte des Mannes ein. Vor ihm saß ein eiskalter Mörder, der sich für kein Verbrechen zu schade war. Der würde eher eine Granate in sein Auto werfen, als ihn auf ein Bier einladen. Aber er war am Zug.

»Es geht um ein junges Mädchen, dem furchtbar mitgespielt wurde. Glücklicherweise ist es wohl nicht zum Äußersten gekommen.«

Drobny nickte beifällig und wartete ab.

»Wir haben die Verantwortlichen ermittelt. Die Geständnisse liegen vor. Der Staatsanwalt wird Klage erheben. Ich habe alles

Fotomaterial einkassiert. Nach menschlichem Ermessen geistert nichts mehr durch die Gegend.«

»Ich habe die Angelegenheit eingehend durchdacht und werde empfehlen, von Sanktionen abzusehen. Wie Sie vermutlich wissen, bin ich nur indirekt betroffen. Erscheint ein Bild in der Öffentlichkeit, kann ich für nichts garantieren. Bis dahin mache ich meinen Einfluss in der Familie geltend, dass die Sache mit der Strafe durch ein deutsches Gericht beglichen ist.« Er grinste in Hilperts Richtung. »Ein Schmerzensgeld in Höhe von einer Million Euro sollte angemessen sein.«

»Ich nehme an, die jungen Männer werden mit einer Bewährungsstrafe davonkommen.«

»Das ist völlig okay. Sie werden vorbestraft sein, das reicht vorerst. Erscheint ein einziger Abzug im Internet, ist diese Vereinbarung hinfällig. Mein Anwalt wird die Bankverbindung meiner Nichte an Sie weiterreichen.«

»Einer der Türsteher hat das Mädchen wohl vor dem Äußersten bewahrt.«

»Danke für den Hinweis. Wir werden uns zu revanchieren wissen.«

Sie reichten sich die Hand. Fehlte nur noch, dass sie einander abklatschten. Wenig später saß Hilpert allein in seinem Büro. Hätte ihm jemand von einem Gespräch wie diesem erzählt, er hätte mit dem Zeigefinger gegen seine Stirn getippt.

Am Nachmittag nahm sich der Kommissar abermals die Missetäter vor und informierte sie über das Gespräch. »Ich verweise erneut darauf, dass keiner von Ihnen überleben wird, sollte auch nur ein Foto durch die Gegend geistern. Ansonsten wird man Sie auf Kaution entlassen.«

Rafael Wolf starrte ihn entgeistert an. »Wir können gehen und es wird uns nichts geschehen?«

»Sieht ganz so aus.«

»Und wenn der Mann sein Wort bricht?«

»Dann haben Sie Pech gehabt. Bitten Sie Ihre Eltern, dass keine juristischen Winkelzüge versucht werden, um einer Strafe zu entgehen.« Er sah jedem ins Gesicht. »Sorgen Sie dafür, dass das Geld schnellstens überwiesen wird. Für mich ist die Geschichte gelaufen. Ich mische mich in diese Angelegenheit nicht mehr ein.«

Er erhob sich und verließ grußlos den Raum. Er konnte die drei nicht mehr ertragen. Sie durften froh sein, dass Drobny nicht nur über Muskelmasse, sondern auch über einen ausgeprägten Verstand verfügte. Erstmals seit Wochen fühlte sich Hilpert einigermaßen entspannt. Zügig und ohne große Gesten konnte er ein Problem lösen und alle Seiten einigermaßen zufriedenstellen. Das bildete in den letzten Monaten eher die Ausnahme.

Weber war voll des Lobes, Simon Wolf äußerte sich wohlwollend über seine unkonventionelle Art, allen Seiten gerecht zu werden. Großer Verlierer war Rafael Wolf, der die Zuneigung seines Großvaters vorerst verloren hatte. Da würde er mit seinen Eltern lange arbeiten müssen, um dessen Respekt und Sympathie zurückzugewinnen. Auf seine Art gehörte Hilpert ebenfalls zu den Verlierern. Er hatte gegen eherne Prinzipien des demokratischen Staates verstoßen. Gelangte das an die Öffentlichkeit, müsste er sich nach einem neuen Job umsehen. Von seinen Verhörmethoden stand nichts in den Lehrbüchern der Kriminologie. Beklagte schlagen, mit Kriminellen Vereinbarungen treffen. Zumindest konnte er damit das Leben mehrerer junger Männer retten. Schwerer für ihn wog, dass seine Schonzeit abgelaufen war. Er musste erneut in seinen ungeliebten Fall einsteigen. Seine Kollegin erwartete ihn vermutlich sehnsüchtig. Auch sie litt unter ihrer Unzulänglichkeit, die für einen allein kaum zu ertragen war. Mit vor der Brust verschränkten Armen stierte er auf die Wand vor sich, ohne etwas bewusst wahrzunehmen. Egal, wie intensiv er sich bemühte, ihm kam keine zündende Idee. Langsam fragte er sich, ob er den Fall abgeben sollte.

51

Claudia funkelte Hilpert wütend an. Mit geballten Fäusten saß sie am nächsten Vormittag vor ihm.

»Warum willst du Fritsche nicht festsetzen lassen? Ich sage dir, er ist der Kopf dieser Fälscher- und Mörderbande. Passen wir nicht auf, setzt der sich ab.«

»Das glaubst du ja selber nicht. Fritsche ist über 70 Jahre alt. Wo sollte er sich hinbegeben? Nein, der nimmt den Kampf gegen uns hier in Hamburg auf.« Er schaute sie mit der Gelassenheit an, die ihm der gerade gelöste Fall gab. »Wir behalten ihn im Auge. Aber glaub mir, die Geschichte kneift an allen Enden.«

Sie hatte sich längst wieder beruhigt. »Vielleicht hast du recht. Gib mir ein wenig Zeit zum Nachdenken. Wir sind möglicherweise in letzter Zeit zu sehr zum Aktionismus gezwungen gewesen.«

»Claudia, der Kopf ist das mit Abstand wichtigste Hilfsmittel, um in unserem Job über die Runden zu kommen. Benutz ihn und wenn du beweist, dass ich falsch liege, bin ich der Erste, der dir Abbitte leistet. Ich ziehe den Mann dann eigenhändig an den Haaren von seinem Ledersessel runter und schleife ihn ins Präsidium.«

»Dein Wort in Gottes Gehörgang. Ich werde dich daran erinnern, wenn es so weit ist.«

»Es sei dir gegönnt.«

Aufgewühlt verließ sie ihren Vorgesetzten. Egal, ob sie auf ihn wütend war oder ihn gerade bewunderte, er zeigte in jeder Lebenslage Format. Warum taten sie sich mit diesem Fall so unendlich schwer? Irgendetwas durchschauten sie nicht. Fragte sich nur, was? Was sahen sie verkehrt, was begriffen sie nicht?

Hilpert blätterte gedankenverloren seine Unterlagen durch und stieß dabei auf eine kleine Randnotiz. Er wollte Trodler, den zuvorkommenden Chauffeur, nochmals befragt haben. Aus einem nicht nachzuvollziehenden Grund war es in Vergessenheit geraten. Dieser Mann hielt sich jahrelang in größter Nähe zu dem unseligen Trio auf. Wenn jemand etwas über sie wissen konnte, dann er. Diesmal sollte er nicht vergessen werden.

Trodler stimmte, ohne groß zu diskutieren, einem Termin in Buchholz am selben Tag zu. Hilpert wollte ihn in seinem Haus am Wilhelm-Raabe-Weg aufsuchen.

Trotz seiner Frühpensionierung war es Trodler gelungen, das Haus zu halten, das er in den Siebzigerjahren hatte bauen lassen. Das Grundstück war leicht hangig, wie man es in dieser Gegend häufig antraf. Die Architektur war typisch für die Nordheide, Krüppelwalmdach, rot verklinkert, dunkles Dach. Es war nicht sonderlich groß und verfügte über keinen Keller. Den konnte er sich damals nicht leisten. Da er nie geheiratet hatte und folglich keine Kinder bei ihm groß geworden waren, langte ihm einerseits das Raumangebot über beide Stockwerke allemal, andererseits reichte es nicht aus, sich vollzumüllen. Nicht zwangsläufig ein Nachteil für einen Junggesellen, dem der korrigierende Einfluss einer Partnerin fehlte. Er erwartete Hilpert im Garten. Er war gepflegt, aber nicht sonderlich spektakulär angelegt. Zur Straße hin durfte man sich an einigen Blumenbeeten erfreuen. Nach hinten heraus blickte man auf eine überraschend große Rasenfläche. An das Haus war seitlich ein Carport rangeklatscht worden. Man hätte besser darauf verzichtet. Es beleidigte in seiner Schlichtheit das Auge, bewahrte allerdings das Auto vor Regen und Schnee. Der ältere Astra unter dem schützenden Dach dankte es dem Besitzer mit Langlebigkeit.

Trodler sah seinen skeptischen Rundumblick und antwortete Hilpert, ohne dass der eine Frage gestellt hätte: »Das Grundstück habe ich von meinen Großeltern geerbt. Ansonsten hätte ich mir eine eigene Immobilie nicht leisten können. Die Grundstückspreise waren in dieser Gegend auch damals für Buchholzer Verhältnisse schon recht hoch. Heutzutage sind sie geradezu unbezahlbar geworden.«

»Wem sagen Sie das, ich bin hier aufgewachsen.«

»Tatsächlich?«

Der Hausherr ging vor und hielt seinem Gast die Tür auf. Vom Windfang aus gelangten sie sofort ins Wohnzimmer. Es war überraschend geschmackvoll eingerichtet. Ein massiges Highboard nahm beinahe die gesamte Längsfläche des Zimmers ein. Eine dunkle Couchgarnitur aus Cord stand ihm gegenüber. Mit Sicherheit hatte sie ihre besten Jahre längst hinter sich gebracht. Sie repräsentierte eher den Stil der Siebzigerjahre. Auf einen mächtigen Couchtisch hatte er verzichtet, sondern einen eher schmächtigen Glastisch davor gesetzt, der auch von einem bequemen Ohrensessel aus gut zu erreichen war. Ansonsten wäre es schwer geworden, sich in dem Raum zu bewegen. Dafür war er zu klein.

Hilpert hatte sich angewöhnt, prinzipiell keine Getränke bei Vernehmungen außerhalb des Präsidiums anzunehmen, wenn der Gesprächspartner nach seinem Dafürhalten zu dem Kreis der Verdächtigen gehörte. Deshalb lehnte er eine Tasse Kaffee ab, obwohl ihm danach war. Vielleicht schaffte er es auf dem

Rückweg in der Stadt einen Milchkaffee zu trinken. Trodler bot ihm den Sessel an und setzte sich ihm gegenüber auf die Couch.

»Was kann ich für Sie tun, Herr Hauptkommissar? Sie machen sich sicherlich nicht auf den Weg zu mir, um mein hübsches Haus zu bewundern.«

»Da gebe ich Ihnen recht. Wissen Sie, ich musste die letzten Stunden über Sie nachdenken.«

»Wie das?«

»Da kutschieren Sie das unselige Trio jahrelang durch die Gegend und wollen so gar nichts von dem mitbekommen haben, was die angestellt haben?«

Trodler war nervös. Unruhig rieb er seine feuchten Hände aneinander.

»Na ja, also ich habe mitbekommen, dass Professor Bardenhagen und Dr. Fritsche sich gelegentlich zofften.«

»Worum ging es dabei?«

»Schwer zu sagen. Es endete meist damit, dass der Professor ihn als wissenschaftlichen Zwerg oder Pfeife beschimpfte.«

»Und dann?«

»Nichts. Dr. Fritsche blieb danach stumm und erwiderte kein Wort darauf. Es war aber zu spüren, dass er tief betroffen war.«

»Und Bardenhagen?«

»Dem war das irgendwie gleichgültig. Er hatte die Auseinandersetzung gewonnen. Das war wohl Zweck der Übung.«

»Gab es in all den Jahren nichts Auffälliges, das Sie mir erzählen könnten?«

»Ich kann nicht einschätzen, welche Vorstellung Sie von der Rolle haben, die ich in dem Stück gespielt habe. Ich bin eher Statist ohne Text gewesen. Und dementsprechend wurde ich behandelt. Die Herren kamen meist betrunken angewankt und ich habe einen nach dem anderen nach Hause gefahren. Da Bardenhagen als Letzter ausstieg, schlief er die meiste Zeit.«

»Bei Ihnen ist kein besonderes Erlebnis hängen geblieben?«

»Es gab einen Vorfall, an den ich mich erinnere. Bardenhagen hatte anscheinend einem Mädchen in dem Bordell arg zugesetzt. Daraufhin hat sie wohl das heulende Elend bekommen. Einer der Mitarbeiter war richtig wütend auf ihn und hat ihn hinauskomplimentiert.«

»Und wie ist das ausgegangen?«

»Wie wohl? Fritsche ist dazugestoßen und hat das Problem mit Geld geregelt.«

»Und Sie?«

»Er hat mich nicht vergessen.«

»Hat man in Ihrem Beisein über Geschäfte gesprochen?«

»Nein, nie. In den ganzen Jahren nicht.«

»Was war mit Sibelius?«

»Der war eher das fünfte Rad am Wagen, auch wenn sie nur zu dritt waren. Es war zu spüren, dass er nicht so eng mit den beiden anderen harmonierte.«

»Verstanden, überlegen Sie nochmals. Egal, ob die drei zusammen unterwegs waren oder Sie Bardenhagen allein gefahren haben. Ist Ihnen irgendetwas aufgefallen?«

»Es gab da ein Telefonat mit seiner Frau vor einigen Monaten. Ich fuhr ihn nach Hamburg zu einem Symposium, wo er als Gastredner angesagt war. Sie redeten über ihren Schwiegersohn. Dabei fiel der Name Sibelius. Es hatte irgendetwas mit Grundstücken zu tun.«

»Und warum ist Ihnen gerade dieses Telefonat im Gedächtnis haften geblieben?«

Trodlers Augen begannen zu funkeln. »Er hat anschließend gehässig gelacht. Da lief was gegen Jansen und er hatte seine Frau mit hineingezogen.«

»Und sie?«

»Schwer zu sagen, mir schien, sie spielte mit.« Erstmals zeigte der Mann ein anderes Gesicht. Er war Emotion pur. Dieser Wandel hatte offensichtlich mit Bardenhagens Ehefrau zu tun. Plötzlich gerieten sie in eine völlig andere Dimension.

»Sie mochten Frau Bardenhagen?«

»Ich habe sie geliebt.«

»Und sie?«

»Sie war ebenso arrogant wie er.« Er unterbrach sich. »Falsch, sie war schlimmer. Eigentlich hat sie mich nicht als Menschen gesehen. Für sie war ich nichts anderes als ein Lakai, der zu funktionieren hatte, ein Sklave, der keine Fußfesseln trug. Das habe ich leider erst sehr spät bemerkt.«

»Und wie sind Sie damit umgegangen?«

»Was für eine Frage. Ich fühlte mich natürlich verletzt.«

»Warum haben Sie sich weiterhin diese Touren angetan?«

»Wenigstens konnte ich sie so sehen. Obwohl es mir in der

Nachbetrachtung vorkam wie eine besondere Art der Selbstverstümmelung.«

»Und der Professor?«

»Für den fand ich gleich gar nicht statt.«

»Haben Sie ihn gehasst?«

Seine Augen bekamen einen harten Glanz. »Am Ende beide.«

»Sie wissen, dass Sie sich mit dieser Aussage verdächtig machen?«

»Von mir aus. Aber glauben Sie mir, die Schizophrenie ist, dass mit dem Tod der beiden ein wesentliches Stück meiner Existenz vernichtet wurde. Dabei geht es nicht um Geld.« Er wies mit der Hand nach draußen. »Ich hasse Gartenarbeit. Niemand verlangt mehr nach mir. Ich hätte Frau Bardenhagen nie etwas antun können. Eher hätte ich mich aufgehängt.«

»Und ihm?«

»Ihm!« Er lachte bellend auf. »Jederzeit! Im Traum habe ich ihn schon vor 20 Jahren getötet.«

»Und konkret daran gedacht haben Sie nie?«

»Nein, ich bin überzeugter Christ. Ich könnte keinen Menschen töten.«

Das musste der Kommissar so stehen lassen. Er fuhr mit einem seltsamen Bauchgefühl zurück. War das der Mörder des Ehepaars Bardenhagen? Hatte er auch die anderen getötet? Hatte er durch die Verbindung zu Bardenhagen die Fälscherorganisation aufgebaut? Verfügte dieser Mann über das Know-how, Aufträge für Plagiate zu erteilen? Sorgte er für Kundenkontakte? Hilpert musste über sich selbst lächeln. Das Haus, dessen Ausstattung, der Mann selber, der führte keine kriminelle Organisation. Vielleicht wäre Trodler über seinen Schatten gesprungen und hätte Bardenhagen getötet. Aber er und Sibelius waren mit derselben Waffe erschossen worden. Die Morde hingen zwangsläufig miteinander zusammen. Trodler passte da nicht hinein. Er verzichtete auf seinen Kaffee und fuhr durch nach Hamburg. Das Gespräch hatte länger gedauert als geplant.

* * *

Allein hinter ihrem Schreibtisch fühlte sich Claudia wohl. Solange ihre Kommission personell unterbesetzt war, genoss sie das Privileg eines Einzelzimmers. Sie spürte ähnlich wie Hilpert, dass sie die Möglichkeiten ihrer Zeugen nur unzureichend nutzten. Fritsche stand im Brennpunkt ihrer Ermittlungen. An allen Ecken suchten sie nach Beweisen für seine Schuld. Nur was fingen sie an, sollte sich seine Unschuld herausstellen? Sie grinste in sich hinein. Da ging ein Mann jahrelang regelmäßig mit Freunden ins Bordell und gab viel Geld dafür aus. Dabei wurde er ständig von einem seiner sogenannten Freunde vorgeführt. Stimmten ihre Vermutungen, machten die drei nebenbei noch das dicke Geschäft mit gefälschten Bildern. Und das seit Jahren. Mit Bardenhagen als Gutachter im Rücken, konnte schließlich nichts passieren. Sein Wort galt etwas. Plötzlich flippte Fritsche aus, brachte seine Kumpane um und wurde zum mehrfachen Mörder oder beauftragte damit Dritte. War das folgerichtig? Ja und nein. Ja, weil er vielleicht die Nase voll hatte, mit der Angst zu leben, seinen akademischen Titel aberkannt zu bekommen. Nein, weil er es jahrzehntelang erduldet hatte, ohne sich zu wehren. Sie schüttelte den Kopf und verstand Hilperts Zweifel zunehmend besser. Hatten sie das Feld der potenziell Verdächtigen anständig beackert? Konnte es eine Idee sein, mehr Druck auszuüben? Waren sie zu nett, zu umgänglich? Manchmal empfand sie Hilpert als zu nachgiebig. Sie wusste, er konnte auch anders. Obwohl er ihr reichliche Freiräume zugestand, war sie zu feige, ihn hierauf anzusprechen. Es konnte ja sein, dass sie seine Strategie bei seinen Fragen nur unzulänglich durchschaute. Doch in diesem Fall glaubte sie nicht daran. Er kam ihr gehemmt vor. Sie hatten ihre Möglichkeiten weitgehend ausgeschöpft und waren nicht wirklich weitergekommen. Sie fuhr sich durchs Gesicht und fahndete anschließend ohne Erfolg in ihrer Schreibtischschublade nach einem Müsliriegel. Dabei fiel ihr ein, dass sie Vogelsang, den genialen Fälscher, zwar überwachten, aber eigentlich ließen sie ihn mehr oder weniger zufrieden. Seine dürftigen Aussagen standen im Raum. Es bedurfte keiner sonderlichen Menschenkenntnis, um zu begreifen, dass er log oder es zumindest mit der Wahrheit nicht so genau nahm. Vielleicht war es sinnvoll, ihn sich nochmals persönlich vorzunehmen. Wie er wohl reagieren würde, suchte sie ihn in seiner Wohnung auf? Je länger sie darüber nachdachte, desto besser gefiel ihr die Idee. Für diesen Abend trug sie sich selber für die Überwachung des Malers bis Mitternacht ein. Sie nahm sich allerdings vor, anders als gemeinhin üblich vorzugehen. Sie hatte nicht die Absicht, vor seinem Eingang auf und ab zu gehen und die Leute zu betrachten, die ins Haus wollten. Sie plante, ganz dicht an ihn heranzugehen. Auf dem Weg nach Wilhelmsburg steuerte sie die nächste Tankstelle an und besorgte sich eine Tafel weiße Schokolade mit ganzen Nüssen. Gierig schlang sie die süße Versuchung in sich hinein. Als sie im Auto saß, konnte sie bereits darüber nachdenken, die Verpackung zu entsorgen. Erfolgreich widerstand sie dem Verlangen, sich ein zweites Mal in der Tankstelle zu bedienen und startete den Motor. Um die Kalorien der einen Tafel wieder loszuwerden, konnte sie im flotten Tempo um die Alster laufen. Bei zwei Tafeln musste sie sich vermutlich zum Hanse-Marathon anmelden.

Der Kollege, den sie ablöste, berichtete nur von ein paar älteren Herrschaften, die das Haus betreten hätten. Es handelte sich überwiegend um Frauen. Ansonsten sei alles ruhig gewesen. Nachdem er gegangen war, drückte sie so lange den Klingelknopf, bis sie das Geräusch des Türöffners vernahm. Der Künstler wusste, dass sie kam. Klugerweise hatte sie sich vorab bei ihm angemeldet. Seine Reaktion klang alles andere als erfreut. Seine Versuche, sie abzuwimmeln, gingen ins Leere. In der letzten halben Stunde hatte sich seine Einstellung hinsichtlich ihres Besuchs nicht geändert. Er verzichtete darauf, sie vor der Wohnungstür abzufertigen und ließ sie eintreten.

»Was wollen Sie von mir?«, fuhr er sie barsch an.

»Ich soll auf Sie aufpassen.«

»Sie? Eine Frau? Das ist doch wohl ein Witz!«

»Keine Angst, ich bin besser als mancher Mann.«

»Na gut, dann stellen Sie sich gefälligst wie Ihre Kollegen vor die Haustür.«

»Keine Lust.«

»Woll'n Sie mich verarschen?«

»Nur ein kleines bisschen. Eigentlich möchte ich mich mit Ihnen in netter Umgebung unterhalten. Ich empfand das letzte Gespräch als ausgesprochen unbefriedigend. Sie waren so verschlossen.«

»Blödsinn, ich hab euch alles erzählt, was ich wusste.«

»Da bin ich mir nicht so sicher. Kann es sein, dass Sie es mit der Wahrheit nicht so genau genommen haben?«

»Was Sie nicht sagen! Also, worum geht es?«

»Fangen wir mit den Namen der gefälschten Bilder und der Künstler an. Außerdem möchte ich eine exakte Beschreibung des van Goghs, den Sie gemalt haben.«

Als müsse er krampfhaft nachdenken, kratzte er sich am Kopf. Hätte sie besser auf seine flackernden Augen geachtet, wäre vielleicht alles anders gekommen. So vernahm sie das Geräusch im Rücken zu spät, als dass sie noch hätte reagieren können. Der Schuss bellte auf. Sie fiel wie in Zeitlupe.

»Was tun Sie da?!«, schrie Vogelsang auf.

Mehr Zeit verblieb ihm nicht. Der zweite Schuss traf ihn in die Brust. Auf diese kurze Distanz war es unmöglich, danebenzuschießen. Der Täter sah sich gelassen sein Werk an. Offensichtlich waren beide tot. Mit langen Schritten eilte er zur Wohnungstür und stürmte das Treppenhaus hinunter. Erste Türen öffneten sich vorsichtig, als der Schütze längst das Haus verlassen hatte. Für eine ordentliche Täterbeschreibung lief alles zu schnell ab.

* * *

Hilpert kam sich in seinem Büro an diesem Abend verlassen vor. Claudia war bereits gegangen, Stange ermittelte bei einer Familientragödie in Osdorf. Die Akten starrten ihn an, ohne einen Reiz auf ihn auszuüben. In Ermangelung einer besseren Idee verließ er seinen Arbeitsplatz. Da würde er einigermaßen pünktlich zu Hause aufschlagen und durfte sein Abendbrot allein genießen. Petra war mit ihrem Vater in Düsseldorf. Sie hatten sich vorsorglich in seiner Firmenlimousine fahren lassen, da unklar war, wie viel Zeit die geplanten Verhandlungen in Anspruch nehmen würden. Züge oder Flugzeuge hatten Fahrpläne, nach denen man sich richten musste. Und sie brachten einen selten direkt vor die Haustür des Gesprächspartners. Er hatte kein Problem damit, allein zu sein. Ganz im Gegenteil, so konnte er ungestört seine Gedanken kreisen lassen. Die Diskussion mit Claudia am Vormittag hatte ihm deutlich gemacht, dass der Alltag mit dem ungeliebten Fall wieder über allem stand. Ihre divergierenden Meinungen in Sachen Fritsche zeigten, wie wenig aussagefähig ihre Fahndungsergebnisse bislang gewesen waren. Sie ließen unterschiedlichste Interpretationen zu. Sie bewiesen nichts. Das Gespräch mit Trodler war aufschlussreich, führte ihn allerdings nicht weiter. Was konnte er mit den Informationen anfangen? Während der Heimfahrt fragte er sich, wie lange man ihn noch mit den Morden betrauen würde. Abgelöst wegen Erfolglosigkeit. Vermutlich wäre das ein gefundenes Fressen für bestimmte Medien und gewisse Journalisten. Das hielte er aus, nicht aber die Tatsache, dass sich in ihrem Umfeld ein mehrfacher Mörder aufhielt, den sie absolut nicht zu fassen bekamen. Ihm fehlten Konturen, die sie in die richtige Richtung lenkten. Zum wiederholten Mal fragte er sich, ob sie die vorhandenen Indizien korrekt bewertet hatten, ob sie ihre bisherigen Verdächtigen wirklich zu Recht aus dem Blickfeld entfernt hatten. Fritsche stand nach wie vor obenan. Doch irgendwie glaubte er nicht an späte Rache. Er hatte Bardenhagen zu lange ertragen, als dass ihm nun plötzlich die Hutschnur hochgegangen wäre. Selbst wenn man diese Aspekte außer Acht ließ, was sollten dann die anderen Morde? Für die These, das Trio könnte an dem Geschäft mit Bildfälschungen aktiv beteiligt sein, gab es nicht ein konkretes Indiz, geschweige denn einen Beweis. Er spürte, wie sich nervöse Spannung in ihm breitmachte. Er rekapitulierte das Gespräch mit Trodler, dem treuen Chauffeur. Irgendwie fand er auf den Touren der Freunde nicht statt, als sei er ein Mensch ohne jegliche Bedeutung oder Bedürfnisse. Man behandelte ihn wie einen Gegenstand. Oder war das seine Masche, einfach übersehen zu werden? Hatte er nicht dezidiert genug gefragt? Hatte er sich zu früh mit dessen Antworten zufriedengegeben? Und die drei Männer, hatten sie ihn in der Zeit, in der er als deren Chauffeur tätig war, ebenso wenig auf dem Zettel gehabt? War seine Unauffälligkeit seine beste Tarnung? Andererseits Trodler, ein Krimineller und Killer? Dieser Verdacht war weit hergeholt. Er wollte sich darüber mit Claudia besprechen. Vielleicht fiel ihr dazu etwas ein. Auch wenn es wie ein Vorurteil klang, es gab sie, die weibliche Intuition. Bei ihr kam der wache Geist hinzu. Was trieb sie eigentlich in diesem Augenblick? Sie hatte sich verzogen, ohne ihm das Wort zu gönnen. Sie hätten gut und gern mal wieder gemeinsam ein Bier trinken können. Hatte er sie verärgert? Er war sich keiner Schuld bewusst. Er wollte sie dazu am nächsten Tag im Büro befragen. Sie war nicht nur eine vorzügliche Kollegin, sondern fast so etwas wie eine Freundin geworden.

Er kaute ohne großen Appetit auf seiner Brotstulle herum, die er sich geschmiert hatte. Das Gefühl von Einsamkeit stellte sich schnell ein, war man daran gewöhnt, zumeist von jemandem erwartet zu werden. Erst jetzt realisierte er, wie groß die Wohnung geraten war, in der sie lebten. Ohne Petra fehlte etwas. Als er vor dem Eisschrank stand, musste er sich der weltbewegenden Frage stellen: Bier oder Wasser? Er entschied sich für die gesündere Alternative. Kaum hatte er die Bierflasche geöffnet, meldete sich sein Mobiltelefon. Er vernahm Stanges Stimme.

»Du musst schnellstens nach Wilhelmsburg kommen! In der Wohnung des Malers ist etwas Schreckliches passiert!«

»Und was, wenn ich fragen darf?«

»Claudia ist erschossen worden und der Künstler gleich mit!«

»Wie konnte das geschehen? Wir hatten doch eine Bewachung vor der Haustür abgestellt.«

»Frag mich nicht, die Meldung ist brandheiß.«

Er verließ die Wohnung in einem Tempo, als sei ihm ein Rottweiler mit gebleckten Zähnen auf den Fersen.

52

Hilpert fuhr wie von Sinnen durch die Innenstadt. Glücklicherweise schaffte er es gerade noch, das Blaulicht zu installieren. Dies half den anderen Verkehrsteilnehmern, sich früh genug vor ihm zu verkrümeln. Trotzdem war es für alle Beteiligten besser, dass die Verkehrsfrequenz deutlich abgenommen hatte, sodass keine Unfälle beklagt werden mussten, als er zwei rote Ampeln überfuhr. Die Straßen schienen für ihn exklusiv verkehrsberuhigt worden zu sein. Er parkte eine Ausfahrt zu, als er sein Ziel erreicht hatte. Der Uniformierte vor dem Flatterband im Eingangsbereich des Hauses erkannte ihn und trat wohlweislich zur Seite, sonst wäre er Gefahr gelaufen, von dem Hauptkommissar umgerannt zu werden. Die grelle Helligkeit eines Blitzlichtes dokumentierte, dass die Presse ebenfalls vor Ort war. Sie lebten von ihrer Schnelligkeit. Viele Bildjournalisten arbeiteten frei. Nur für die besten, vor allem aktuellsten Fotos gab es ordentliches Geld.

Stange erwartete ihn vor der geöffneten Wohnungstür. Er klopfte ihm mit der Hand auf die Schulter und machte den Weg für ihn frei. Claudia lag im Wohnzimmer auf dem Bauch, den Kopf seitlich weggedreht. Wer immer auch in ihren Rücken gelangt war, musste es auf leisen Sohlen getan haben. Das Einschussloch war verhältnismäßig klein. Das musste auf ihrer Brustseite anders aussehen, da sich eine relativ große Blutlache gebildet hatte. Hilpert ging in die Knie und streichelte der toten Partnerin sanft über die Wange. Mit feuchten Augen erhob er sich und schaute zur Seite. Dort erblickte er die Leiche des Kunstmalers, der offensichtlich von vorne erschossen worden war.

Ein Mitarbeiter der Spusi hatte sich zu ihm gesellt und berichtete mit belegter Stimme: »Wir glauben, dass beide mit einem Revolver erschossen wurden, vermutlich Kaliber 38. Aber das werden wir gesichert erst in den nächsten Stunden wissen. Wir haben keine Hülse gefunden. Nach Auskunft der Nachbarn hat der Täter direkt nach den Schüssen die Wohnung verlassen und ist die Treppen runtergestürmt.«

»Ich bin überzeugt, dass wir die Tatwaffe kennen. Hat jemand etwas gesehen?«

»Nein, die Nachbarn haben sich erst in den Hausflur gewagt, nachdem der Mörder bereits auf der Straße stand. Wer will es denen verdenken?«

Hilpert nickte zu den Worten des Kollegen. »Klar, nicht jeder ist zum Helden geboren. Davon abgesehen, fand die gesamte Aktion anscheinend in einem Affentempo statt. Bis die Ersten begriffen haben, was geschehen ist, war der Täter wahrscheinlich über alle Berge. Hat jemand aus dem Fenster geschaut?«

»Selbstredend, aber es war schon dunkel und die Straße ist mäßig beleuchtet. Ein älterer Herr will von hinten eine Frau gesehen haben.«

Etwas abseits stand ein uniformierter Polizist. Hilpert wies auf ihn. »Ist das der Kollege, der als Letzter für Vogelsangs Bewachung zuständig war?«

»Du hast es erfasst«, beantwortete Stange, der sich wieder zu ihm gesellt hatte, die Frage.

Hilpert winkte ihn zu sich. »Sie hatten vor der Haustür gestanden?«

»Das ist korrekt. So gegen 20 Uhr löste mich Kommissarin Ernst ab. Sie meinte, sie wolle den Maler nochmals befragen und würde damit gleichzeitig seine Bewachung übernehmen. Vielleicht hätte ich sie begleiten sollen.«

Hilpert legte ihm eine Hand auf die Schulter. »Das hätte sie nie zugelassen. Dafür kannte ich sie gut genug. Sie ist stark und erfahren gewesen. Sie hat einfach Pech gehabt.«

»Aber sie war eine Frau.«

»Keine Angst, sie wusste genau, was sie tat. Ist irgendetwas Auffälliges geschehen, als Sie Wache hielten?«

»Das hatte die Kollegin auch gefragt. Nein, es gingen ausschließlich ältere Herrschaften ins Haus, zuletzt eine recht betagte Dame mit Kopftuch und Rollator.«

Hilpert wurde hellhörig. »Sind Sie sicher, dass es eine Frau war?«

»Jetzt, wo Sie fragen, nein. Trotz allem ist mir nichts Ungewöhnliches aufgefallen. Wäre es besser gewesen, alle Ankömmlinge zu befragen und zu untersuchen?«

»In der Nachbetrachtung schon, aber wer konnte mit dem Schlimmsten rechnen? Danke erst mal, Hauptmeister.«

Er wandte sich Bernd Stange zu. »Weißt du, ob jemand einen Rollator in der Wohnung entdeckt hat?«

»Nicht dass ich wüsste, ich frag mal nach.«

Wenig später hatten sie ihre Antwort. Solch ein Gerät war verwaist im Hausflur aufgefunden worden. »Weg damit zur KTU«, entschied Hilpert. »Man nimmt einen Rock, ein Kopftuch, einen Mantel und einen Rollator, geht ein wenig gebückt, prompt kommt man an jeder Polizeisperre vorbei.«

»Willst du unserem Kollegen einen Vorwurf machen?«

»Beileibe nicht. Wir sind zu wenig auf die simplen Tricks eingestellt, mit denen man eine Überwachung ausschaltet. Hinzu kommt, eine Person reicht nicht aus. Irgendwann fängst du an, dich zu langweilen, wirst unkonzentriert. Was will man machen? Vermutlich könnten wir den Personalstand verdoppeln und hätten trotzdem nicht genug Leute.«

An diesem Abend stießen sie auf keine weiteren Hinweise, sah man davon ab, dass sie einmal mehr mit der Kaltblütigkeit ihrer Gegner konfrontiert worden waren. Gegen eins war Hilpert endlich zu Hause. Selbst ein längeres Gespräch mit Baumgartner half Stange und ihm nicht weiter, wie denn auch?

Petra hatte ihm eine Mitteilung auf dem Anrufbeantworter hinterlassen. Sie würde erst gegen Mittag zurück sein. Die Verhandlungen, die sie mit ihrem Vater in Düsseldorf zu führen hatte, zogen sich hin. Sie hatten sich ein Hotelzimmer genommen. Jetzt hätte er sie gut gebrauchen können. So musste er allein mit der Trauer fertig werden.

* * *

Der nächste Tag begann für Hilpert wie im Horrorkabinett. Er hatte schlecht geschlafen und war früh ins Präsidium gefahren. Zum Frühstück hatte er gerade eine Tasse Kaffee geschafft. Sein Magen lehnte feste Nahrung vehement ab. Selbst ein trockener Toast blieb ihm im Hals stecken. Im Minutentakt suchten ihn Kollegen aus anderen Dezernaten auf und versicherten ihm ihre Solidarität. Er wusste, jeder würde, ohne zu murren, Überstunden schieben. Nur hatte er keinen Auftrag für sie. Später fasste er in die Schublade seines Schreibtisches und zog einen schmalen Umschlag heraus. Darin steckte Claudias Beförderungsschreiben. Eigentlich wollte er es ihr an diesem Tag gegeben haben. Er wusste, es hätte sie gefreut. Mit feuchten Augen ließ er es auf den Schreibtisch sinken. Damit konnte er sie nicht mehr überraschen. Stange kam leise zu ihm herein.

»Ich muss wohl nicht fragen, ob es neue Informationen gibt? Dies sollte uns aufmuntern.« Hinter dem Rücken holte er eine Cognacflasche hervor. Aus den Hosentaschen zauberte er zwei Gläser. Er wischte sie mit einem sauberen Taschentuch aus und stellte sie vor sich auf den Schreibtisch. Anschließend füllte er sie bis zum Rand und schob Hilpert eines zu.

Fast schien es, als wollte er sich sträuben. Dann griff er zu und prostete dem Kollegen zu. »Gute Idee, Alter. Schnaps schmeckt vormittags am besten.«

Beim zweiten Glas stand Weber vor ihnen, als habe er gerochen, was sich bei Hilpert im Zimmer abspielte.

»Alkohol im Dienst! Werden Chefs dazu nicht eingeladen?«, fragte er mit belegter Stimme.

Statt zu antworten, schenkte Stange ihm ein. Sein Vorrat an Gläsern schien unerschöpflich zu sein.

Wenige Minuten später erhob sich der Kriminaldirektor von seinem Sitz. »Was halten Sie davon, wenn wir einen Tapetenwechsel vornehmen?« Da können wir wenigstens in Ruhe flennen. Der Apparat ist in Bewegung. Der kommt auch ohne uns für ein paar Stunden aus.«

Gute Ideen mussten nicht lange um Zustimmung buhlen. Es wurde ein langer Tag. Da sie spontan eine Telefonhotline aufgebaut hatten, blieben sie am Ball und tranken regelmäßig, aber gesittet. Diesen Abschied waren sie ihrer Kollegin schuldig.

Petra empfing ihn im Verlauf des Abends ohne erhobenen Zeigefinger, als er leicht schwankend den Hausflur betrat. Vielmehr nahm sie ihn in die Arme und drückte ihn an sich. »Ich hab's schon gehört. Wenn du mit ihr unterwegs warst, hatte ich stets ein gutes Gefühl. Nicht wahr, du greifst dir den feigen Mörder?«

»Und wenn es die letzte Tat meines Lebens ist. Der wird zerlegt!«

»Pass nur auf dich auf. Nicht dass du das gleiche Schicksal wie sie erleidest.«

»Ich habe keine Angst.«

»Und genau das macht mir Angst.«

53

Die nachfolgenden Tage unterschieden sich in nichts von den vorangegangenen monatelangen Ermittlungen. Hilpert und zwei Kollegen, die ihm Weber abgestellt hatte, durchpflügten das vorliegende Material. Sie führten spontan Verhöre durch, ohne einen Zentimeter weiterzukommen. Es gab keine neuen Fragen, keine neuen Antworten. Geändert hatte sich, dass Hilpert zusehends an Schwung verlor. Er nutzte jede Gelegenheit, länger als sonst im Bett liegen zu bleiben. Seine Lust auf Petra schien sich zu verflüchtigen. Er war nicht mal mehr in der Lage, mit ihr ein Streitgespräch zu führen. Es drückte in seinem Magen, ständig stieg ein Gefühl der Verzweiflung in ihm hoch. Am schlimmsten war, er begann an sich, an seinen Fähigkeiten zu zweifeln. Ihn quälten Albträume. Seine Freundin sah sich diese Entwicklung wenige Tage an und handelte. Sie informierte ihren Vater, dass sie ein paar Wochen Auszeit nehmen wollte. Sie musste ihm nichts erklären. Er kannte ihre Beweggründe zur Genüge und respektierte sie. Als Nächstes suchte sie Polizeidirektor Weber auf. Der stimmte ihrem Vorschlag vorbehaltlos zu, Hilpert vorerst aus dem Verkehr zu ziehen. Offiziell nannten sie es Urlaub. Tatsächlich war es der Versuch einer unkonventionellen Therapie. Selbst Hilpert begriff, dass er sich mit Riesenschritten in eine gehörige Depression hineinbegab. Einen ähnlichen Zustand hatte er seinerzeit erlebt, als sie erfolglos nach ihrer entführten Kollegin Alexandra gesucht hatten. So etwas zauberte man nicht einfach weg oder ließ sich vom Arzt eine Pille verschreiben. Er ging widerspruchslos auf ihren Vorschlag ein, eine Auszeit zu nehmen. Petra buchte eine Reise zu den Bahamas. Gespart wurde an nichts, die Fluggesellschaft durfte sich über zwei First-Class-Passagiere freuen. Sie wollte ihm Ruhe, Abgeschiedenheit und ein wenig Luxus gönnen. Ihr Vater ließ es sich nicht nehmen, die Kosten des Urlaubs zu übernehmen. Sie behielt es für sich. Unabhängig davon, verzichtete Hilpert auf Nachfragen. Dies war eine von vielen Antworten, die ihn nicht interessierten. So unterblieb selbst die Diskussion über die Teilung der Ausgaben. Wie sie ihn kannte, würde er irgendwann darauf zurückkommen. Er war der einzige Mann in ihrem Leben, den ihr Reichtum störte, der allein nur sie wollte. Entschieden sie sich für Kinder, musste sie vermutlich in eine Doppelhaushälfte in der Nordheide ziehen. Er würde für die Miete aufkommen und sie dürfte sich um den Garten kümmern. Darüber würden sie noch ausführlich reden müssen. Trotzdem war dies bei Weitem nicht ihr größtes Problem. Sie musste Fabian wieder ins reale Leben zurückholen. Der Urlaub war als Anfang gedacht.

Hilpert hatte längst begriffen, dass er an sich arbeiten musste. Die Ereignisse waren auf ihn eingestürzt und drohten, ihn zu zerreißen. Die unlösbaren Mordfälle, seine Unfähigkeit, auch nur den Anflug von Strukturen zu erkennen, ließen ihn zweifeln, ob er wirklich der talentierte Ermittler war, wie es von verschiedenen Seiten behauptet wurde. Claudias Tod bildete für ihn den Höhepunkt seines Versagens. Dass er ihn nicht hatte verhindern können, da sie ohne Abstimmung mit ihm gehandelt hatte, ließ er nicht gelten. Er hatte sich an diesem Nachmittag bei Weber angemeldet und wollte ihm die Gretchenfrage stellen. Wäre es vielleicht besser, abermals aus dem Polizeidienst auszuscheiden und an anderer Stelle weiterzumachen? Petra würde es freuen, ihr Vater würde ihn mit Kusshand aufnehmen.

Weber versuchte, beruhigend auf Hilpert einzuwirken. »Nun kippen Sie nicht gleich das Kind mit dem Bad aus. Gerade der letzte Fall mit den aus den Fugen geratenen jungen Leuten hat mir deutlich gemacht, dass Sie der geeignete Mann für spezielle Aufträge sind. Offensichtlich liegen hier Ihre besonderen Stärken. Wir werden Ihr Ressort entsprechend ausgestalten, dass Sie nach Ihrem Urlaub gleich loslegen können. Dort können Sie zeigen, was Sie können. Vor allem müssen Sie sich weniger mit administrativen Erfordernissen auseinandersetzen. Keine pausenlosen Verhöre, weniger protokollieren, sondern mehr kombinieren.« Er lächelte Hilpert gequält an. »Sie können unkonventionell arbeiten und müssen nicht gleich ängstlich nach der Dienstaufsicht schielen. Sie dürfen sich nur nicht erwischen lassen.«

»Das heißt, Sie halten es ebenfalls für klug, mich von meinem aktuellen Fall abzuziehen?!«

»Nein, keineswegs. So leicht mache ich es Ihnen nicht. Ich frage mich eher, ob Sie ihn nicht besser aus eigenem Ermessen abgeben sollten.«

»Sie gehen davon aus, dass ich da auf keinen grünen Zweig komme?«

»Blödsinn, ich befürchte eher, Sie gehen auf dem Weg zur Lösung kaputt.«

»Und der Mord an Claudia Ernst?«

»Entscheidend ist nicht, wer sich den Mörder greift, sondern dass er gefasst wird. Das muss ich Ihnen doch nicht erklären.«

»Ich werde darüber nachdenken.«

»Wie lange benötigen Sie für Ihre Entscheidung?«

Hilpert atmete tief durch. »Eine Viertelstunde, nicht länger. Ich will nur meinen Kopf ordnen. Wenn ich diesen Raum verlasse, wissen Sie Bescheid.«

Er blickte sich in dem Zimmer seines Vorgesetzten um. Vermutlich hatte sich hier in den letzten 10 Jahren kaum etwas verändert. Im Gegensatz dazu musste er etwas verändern. Egal, ob ein Trainer in der Bundesliga es verdient hatte, entlassen zu werden. Blieb der Erfolg aus, musste er gehen. Obgleich er keine Fußballer trainierte, galten für ihn dieselben Regeln. Er nickte. Das Angebot, das ihm Weber unterbreitete, war angemessen und fair. Der Fall brauchte frischen Wind aus einer anderen Richtung. Er war längst entschlossen aufzugeben.

»Ich bin einverstanden. Setzen Sie Stange daran. Das ist der richtige Mann dafür.«

»Und Sie wollen nicht noch einmal darüber nachdenken?«

»Nein, meine Entscheidung steht.«

»Nicht dass Sie uns nach Ihrem Urlaub wieder verlassen.«

»Keine Angst, ich bin gern Polizist, wäre aber ebenso bereit, die Konsequenzen zu ziehen. Ich weiß selbst, dass ich nicht der Erste bin, der sich an einem Fall die Zähne ausbeißt. Ich gebe zu, diese Erfahrung schmerzt. Zu scheitern heißt nicht zwangsläufig, unfähig zu sein. Ich wollte nur wissen, ob Sie auch künftig Wert auf meine Mitarbeit legen.«

»Diese Frage verbietet sich. Ich schätze nach wie vor die Zusammenarbeit mit Ihnen. Und glauben Sie mir eines, der Tod von Kommissarin Ernst macht mich genauso betroffen wie Sie. Wir werden alles daransetzen, den oder die Verantwortlichen zu fassen zu bekommen. Darauf können Sie sich verlassen. Genießen Sie den Urlaub, entspannen Sie sich. Lassen Sie sich am Meer den Kopf freipusten. Kommen Sie ausgeruht zu uns zurück. Sie werden gebraucht!«

Hilpert verabschiedete sich ohne große Worte und verließ Weber. Er wusste nicht einmal, wohin es ging. Er hatte Petra freie Hand gelassen. Garantiert würde sie das richtige Ziel auswählen. Und mit Sicherheit war es so weit von Hamburg entfernt, dass er nicht mal eben bei seiner Wirkungsstätte vorbeischauen könnte. Claudias Tod belastete ihn so stark wie am ersten Tag. Die Trauer steckte tief in ihm. Wie eine Klammer umfasste sie sein Herz und drohte es zu zerdrücken. Ob er künftig noch einen passablen Ermittler abgeben würde, ließ er für sich offen. Weber hoffte auf ihn in einer Verfassung, wie er ihn aus seinen besseren Tagen kannte. Ob er diese Form jemals wieder erreichte, wagte er zu bezweifeln. Er fühlte sich wie ein Langstreckenläufer, der bereits beim Aufwärmen seine gesamte Kraft verbraucht hatte, und drohte, kurz nach dem Startschuss zusammenzubrechen.

Vielleicht ging es ihm nach dem Urlaub besser. Er wusste, Petra setzte da viel Hoffnung hinein. Er wollte sich bemühen, sie nicht zu enttäuschen. Trotzdem war er skeptisch. Er wusste nicht, wo der Schalter in seinem Kopf war, den er einfach nur umzulegen hätte, und schon lief alles wie geschnitten Brot.

Am übernächsten Tag saßen sie im Flieger in die Karibik. Der Komfort der ersten Klasse prallte an ihm ab wie ein Gummiball, den man gegen eine Wand geworfen hatte. So gut es ging, heuchelte er Petra Begeisterung vor. Er stellte nach dem Start seinen Sitz zurück und versuchte zu schlafen. Später sah er sich einen Film an, dessen Titel und Handlung er bei der Landung längst vergessen hatte. Hätte ihn jemand gefragt, wo er die letzten Stunden mit seinen Gedanken gewesen war, er müsste passen. Die besorgten Blicke seiner Freundin neben sich bekam er glücklicherweise nicht mit. Sie kannte Hilpert in anderer Verfassung. Sie setzte viel Hoffnung in die Sonne, das Nichtstun, die gegrillten Langusten und den Komfort.

* * *

In Hamburg ging das Leben seinen gewohnten Gang. Stange saß an diesem Vormittag Weber gegenüber. Er rutschte unruhig in seinem Sessel hin und her. Es war ihm anzusehen, dass ihm das Gespräch nicht behagte. »Ich soll Fabian den Fall abnehmen, soll da weitermachen, wo er stecken geblieben ist?«

»Trauen Sie sich das nicht zu?«, fragte Weber streng.

»Darum geht es nicht. Ich kann das unmöglich machen. Er ist ein hervorragender Ermittler und zudem mein Freund. Wie ein Trüffelschwein wittert der, wenn es dir schlecht geht, und hilft, ohne Worte zu verlieren.« Er wischte sich eine Träne aus dem Augenwinkel. »Und Claudia passte dazu wie die Faust aufs Auge. Jetzt ist sie tot«, flüsterte er und richtete sich auf. »Nein, ich kann Fabians Job nicht übernehmen. Es käme mir vor wie ein Verrat an ihm.«

Weber lächelte ihn traurig an. »Langsam verstehe ich ihn besser«, erwiderte der Kriminaldirektor. »Er ist es gewesen, der Sie mir als seinen Nachfolger empfohlen hat. Er hat sie als kompetent und loyal geschildert. Mir scheint, beides trifft zu.«

»Fabian will, dass ich seinen Fall übernehme?«, fragte er leise.

»So ist es. Er macht jetzt drei Wochen Urlaub und arbeitet dann wieder in seiner Sonderkommission. Er wird sich mit anderen Fällen befassen. Wer wollte gerade ihm ein Scheitern vorwerfen? Wir haben ihm viel zu verdanken.«

»Akzeptiert, aber ich möchte danach mit ihm direkt zusammenarbeiten.«

»Ihnen ist klar, dass das eine schwere Zeit wird. Ein Star wird fallen gelassen und muss sich neu beweisen. Alle werden mit Fingern auf ihn zeigen. Die Kollegen in seinem Umfeld bekommen ihr Fett ebenfalls weg.«

»Und wennschon. Er hat sich nie als etwas Besseres gefühlt. Er ist immer einer von uns gewesen. Auch wenn ihn Fortuna in diesem speziellen Fall verlassen hat, bleibt er der Beste. Ich kann damit leben. So bekomme ich wenigstens die Chance, mich zu revanchieren.«

»Was schätzen Sie so an ihm?«

»Das ist einfach, seine Treue, seine Intelligenz.«

Weber erhob sich aus seinem Sessel, ging um seinen Schreibtisch herum und reichte Stange die Hand. »Willkommen im Fanklub. Freut mich, Leute wie Sie um mich zu wissen. Ich wünsche Ihnen alles Glück der Welt, dass Sie diesen Fall lösen. Mir scheint, er ist verdammt verfahren.«

»Nicht umsonst hat Fabian das Handtuch geschmissen. Damit werde ich leben müssen. Ich vergrabe mich bis auf Weiteres in die Akten. Wer unterstützt mich?«

»Kriminalrat Baumgartner stellt Ihnen ab, wen Sie benötigen.«

»Zwei Leute würden mir reichen. Ich wüsste schon, auf wen ich zurückgreifen möchte.«

»Regeln Sie das mit dem Kollegen. Er wird Ihnen keine Steine in den Weg legen. Ganz im Gegenteil.«

»Ich weiß.«

54

Am Ende des nächsten Tages hatte sich Stange einen groben Überblick über den Fall verschafft. Gemeinsam mit den Kollegen, die Baumgartner ihm ohne zu murren überließ, teilten sie sich die Schreibtischarbeit untereinander auf. Da er zeitweise den Mord an Gisela Köhler bearbeitet hatte, bohrte er sich zügig in die Akten hinein. Er ließ alle Alibis der Verdächtigen und Zeugen überprüfen. Sie verglichen die einzelnen Aussagen miteinander und suchten nach Widersprüchen - leider ohne messbaren Erfolg. Trotzdem kostete sie diese Arbeit eine halbe Woche. Bald stieß er auf die letzte Vernehmung von Fritsche. Claudia und Hilpert wollten an diesem Mann dranbleiben. Je weiter er sich in die Unterlagen vertiefte, desto plausibler erschien ihm Fritsches Beteiligung an den Verbrechen. Es war nicht zu erwarten, dass er selber als Täter infrage kam. Vielmehr sah Bernd Stange in ihm den klassischen Auftraggeber. Er bedauerte, Hilpert nicht direkt auf diesen Mann ansprechen zu können. Er hielt sich noch keine Woche mit seiner Freundin in der Sonne auf und hatte es verdient, in Ruhe gelassen zu werden. In Ermangelung einer besseren Alternative, suchte er Weber auf. Manchmal sah man von ihm tagelang nicht einmal seine Nasenspitze. Jetzt verging kein Tag, an dem sie sich nicht trafen.

Der Kriminaldirektor hörte ihm aufmerksam zu, ehe er reagierte. »Sie wollen den Mann trotz der dünnen Beweislage einbuchten, habe ich Sie da richtig verstanden?«

»Ich könnte mir vorstellen, dass sich der Rest von allein ergibt, wenn er erst einmal weggesperrt wurde. Es muss Hintermänner geben. Er ist meines Erachtens zu alt, um die Morde selbst begangen zu haben. Außerdem benötigen wir einen Durchsuchungsbescheid für sein Privathaus in Othmarschen und seine Kanzlei.«

Weber fuhr sich über die Stirn. Stanges Worte hatten seine Schweißproduktion deutlich erhöht. Er war sich des Risikos, das sie eingingen, durchaus bewusst. »Was macht Sie so sicher, in Fritsche den Organisator hinter den Kulissen zu vermuten?«

»Es ist fast ein Aufaddieren aller möglichen Verdachtsmomente. Er ist der Einzige, der in das Gesamtschema passt, rational wie emotional.«

»Und warum agiert er so spät? Mehrere Jahrzehnte lang lässt er sich demütigen und nickt zu allem, was ihm Bardenhagen zumutet?«

»Es muss mit den gefälschten Bildern zusammenhängen, vor allem mit dem van Gogh. Ich behaupte, da steckt ein Heidengeld drin. Und wer teilt schon gern? Sitzt Fritsche erst einmal, werden wir ihn weichkochen.«

»Einverstanden, ich kann Sie nicht mit einem komplizierten Fall beauftragen und den Schwanz einziehen, wenn's brenzlig wird. Ich besorge Ihnen den Haftbefehl und den Durchsuchungsbescheid. Morgen Vormittag können Sie loslegen.«

Innerlich angespannt verließ Bernd Stange seinen Vorgesetzten. Hielt er nun das große Los in Händen? Weshalb hatte sich Hilpert gegen eine Verhaftung des Anwalts gesträubt? Interpretierte er die Aufzeichnungen seiner ermordeten Kollegin nicht falsch, so hatte sie massiv darauf gedrängt. Fabian tat oder unterließ selten etwas ausschließlich aus dem Bauch heraus. Er schaltete stets den Verstand mit ein. Stange schüttelte sich einmal. Er musste entscheiden und nach vorne schauen. Sein Freund und Kollege stand zurzeit nicht mit Rat und Tat zur Verfügung. Und er ging davon aus, auf dem richtigen Weg zu sein.

Fritsche reagierte überraschend unaufgeregt, als Stange ihn am nächsten Vormittag aufsuchte. »Ich habe irgendwie damit gerechnet, dass man mich holen wird. Allerdings wundert es mich, dass Sie hier aufkreuzen und nicht Hauptkommissar Hilpert.«

»Der ist auf Urlaub.«

»Während eines laufenden Falls?« Er stockte und setzte neu an. »Hängt das mit dem Tod seiner dynamischen Kollegin zusammen?«

»Wie kommen Sie darauf?«

»Die beiden passten zusammen wie Dick und Doof. Man konnte geradezu spüren, dass sie eine Einheit bildeten. Es hat mir nicht alles gepasst, was sie gesagt hat, aber ich habe sie respektiert und Hilpert sowieso.« Er sah Stange direkt in die Augen. »Ich sage Ihnen jetzt, was ich Ihrem Kollegen ebenfalls gesagt habe. Sie setzen bei mir aufs falsche Pferd.«

»Das müssen Sie schon mir überlassen.«

»Tu ich auch. Herr Stange, mir ist daran gelegen, dass die Aktion so diskret wie möglich über die Bühne geht. Sie erhalten von mir, bis hin zu den Codes für meine beiden Safes, alles, was Sie brauchen. Sie können meinetwegen gern mein Haus auf Sylt auf den Kopf stellen und mein Bankschließfach beäugen. Bitte vermeiden Sie mein Outing, möglichst keine Presse.«

»Was ist die Gegenleistung?«

»Ich lege keine Haftbeschwerde ein. Sie können in aller Ruhe gegen mich ermitteln.«

Stange stand vor ihm mit offenem Mund. Es fehlte nur noch, dass er wie ein Rotbarsch an Land nach Luft schnappte. »Wie viel Zeit geben Sie mir?«

»Bis Hilpert aus seinem Urlaub zurück ist. Ich vertraue voll auf ihn.«

Stange hätte am liebsten alles rückgängig gemacht. Fritsche mochte über Jahrzehnte Erfahrungen im Umgang mit der Polizei gesammelt haben, vor Gericht geglänzt haben wie kein anderer Kollege von ihm, aber als großartiger Schauspieler kam er ihm nicht vor. Er begann, ihm abzunehmen, was er sagte. Und dass dieser Mann solch ein Vertrauen in seinen Freund und Kollegen setzte, beeindruckte ihn. Er sah Hilpert offenbar ebenso wie er. Doch es gab kein Zurück. Er hatte den Degen gezogen, nun musste er vorwärtsstürmen. Fast schien ihm, als folgte Fritsche ihm froh gestimmt. Was erwartete der Anwalt? Sicher keinen Urlaub auf Kosten des Staates.

Sie durchkämmten in den nächsten Tagen alle Liegenschaften, die sich in Fritsches Eigentum befanden. Jede Unterlage, jeder Vertrag wurde durchgeblättert. Sie stießen auf Unterlagen, die auf relativ unbedeutende Steuerhinterziehungen hinwiesen. Diese Infos gaben sie ans Finanzamt weiter. Aber sie fanden keinerlei Anhaltspunkte für eine Beteiligung an der Fälscherorganisation. Da Fritsche stillhielt, konnten sie in Ruhe weiterarbeiten. Am Ende der Woche wusste Stange, weshalb Hilpert von einer Festnahme des Anwalts bislang Abstand genommen hatte. Der Mann hatte entweder Beweise wie ein Zauberer verschwinden lassen oder er war unschuldig. Seine Lebenserfahrung sagte ihm, dass die Zauberei eher nicht infrage kam.

Er suchte Fritsche kurz vor dem Wochenende im Untersuchungsgefängnis auf. »Wir haben die Absicht, Sie zu entlassen. Egal, was Sie in Ihrem Leben veranstaltet haben, im Fälschergeschäft sind Sie offensichtlich nicht gelandet. Wir glauben auch nicht mehr, dass Sie Auftragskiller beschäftigen.«

»Ist Hilpert zurück?«

»Nein, wir sind von allein darauf gekommen.«

»Ihr scheint ein guter Haufen zu sein, Hauptkommissar. Bardenhagen war ein Charakterschwein. Trotz allem haben wir nette Stunden miteinander zugebracht. Die paar Euro, die ich dafür abzwacken musste, sind verschmerzt. Ich will, dass sein Mörder gefasst wird.« Seine Stimme wurde leiser. »Ich habe ihn verehrt: sein Selbstbewusstsein, seine Brutalität, seine überhebliche Art, seinen überragenden Geist.« Ruhig fuhr er fort: »Warum lassen Sie mich nicht noch ein paar Tage einsitzen und kümmern sich in Ruhe um den oder die Täter? Vielleicht wiegt es die in Sicherheit.«

»Das dürfen wir nicht so ohne Weiteres.«

»Ich verzichte auf jegliche Ansprüche gegen den Staat, wenn der Täter dingfest gemacht wurde. Behaupten Sie einfach, es hätten sich neue Aspekte für meine Beteiligung an den Straftaten ergeben.«

»Und welche wären das?«

»Lassen Sie sich was einfallen. Ich bin in den letzten Tagen zum Nachdenken gekommen. Viele Jahre lang gab es einen vierten Mann im Bunde, auf den eigentlich niemand geachtet hat.«

»Und der wäre?«

»Trodler, unser unterwürfiger Chauffeur. Mir schien es gelegentlich, als hätte er an der einen oder anderen Stelle mehr mitbekommen, als uns lieb gewesen wäre. Ich habe dafür manchen Hunderter springen lassen. Und die anderen ebenso.«

»Hat er Geld von Ihnen gefordert?«

Er schüttelte den Kopf. »Nicht einen Cent. Das war ja das Geniale. Irgendwie ließ er einen spüren, als wisse er eine ganze Menge.«

»Sie meinen Ihre kleinen und großen Geheimnisse?«

»Genau.«

»Und wie ist es damit gewesen?«

Er zuckte mit den Achseln. »Keine Ahnung, vielleicht sehe ich Gespenster und der Knabe ist nur ein guter Psychologe.«

In seinem Büro setzte sich Stange an den Schreibtisch und nahm sich einmal mehr die Ermittlungsakte vor. Trodlers Befragung fand wenige Stunden vor Claudias Tod statt. Hilpert hatte sie allein in Buchholz durchgeführt. Die Frage, inwieweit er in die Fälschungsorganisation eingebunden gewesen sein könnte, war nicht schlüssig beantwortet worden. Hilpert hatte dies bezweifelt, ohne dafür den Beweis zu erbringen. Dagegen kam er allemal als möglicher Täter für die Morde an dem Ehepaar Bardenhagen infrage. Er hielt einen Bleistift in der Hand und tackerte damit einen diffusen Rhythmus auf die Schreibtischplatte. Dem unbeteiligten Zuhörer hätte er verraten, über keinerlei musikalisches Talent zu verfügen. Zum Glück für seine Kollegen hielt er sich allein im Zimmer auf. Er griff nach einem zweiten Bleistift und erhöhte damit das Stakkato. Vielleicht verbesserte es tatsächlich seine Konzentration. Nach zehn Minuten gab eine Kollegin nebenan auf. Die dünne Trennwand zwischen ihren Räumen schluckte zu wenig von dem Lärm, den er veranstaltete. Sie verließ ihr Büro und gesellte sich zu ihm, stellte sich vor seinen Schreibtisch und starrte ihn böse an. Mit ungeahnter Geschwindigkeit griff sie nach den Folterinstrumenten und zerbrach sie. Erstaunt blickte er auf die Teile der Stifte und verstand. Verschämt grinste er sie an. Ihr reichte es, dass er offensichtlich kapierte, worum es ging. Wortlos begab sie sich an ihren Platz zurück. Ob sich diese Aktion gegen seine Konzentrationsfähigkeit stemmte, vermochte er nicht zu ermessen. Zumindest vermied er einen größeren Konflikt mit der Kollegin, was schon ein Wert in sich war.

Es zeigte sich, auch ohne den Versuch, seine Musikalität unter Beweis zu stellen, kam sein Denkapparat in die Gänge. Vier Menschen waren mit derselben Waffe erschossen worden: Sibelius, Bardenhagen, Vogelsang und Claudia. Es konnte nur ein verbindendes Glied geben: die gefälschten Bilder. Ganz obenan vermutete Hilpert den van Gogh. Stange folgte nach dem Studium der Ermittlungsakte der Meinung seines Freundes und Kollegen. Der Chauffeur passte da durchaus hinein. Er griff zum Telefonhörer und ließ sich mit der Buchholzer Mordkommission verbinden. Dort versprach man ihm, Trodlers Alibis zu überprüfen.

Anschließend suchte er Fritsche auf, der sich mittlerweile in seiner Zelle eingerichtet hatte. Er hockte auf seiner Pritsche, tief in das Studium eines dicken Buches vertieft. Er empfing ihn nachgerade aufgeschlossen. »Wissen Sie eigentlich, seit wie vielen Jahren ich diese Biografie lesen wollte? Wenn ich wieder auf freiem Fuß bin, schmeiße ich meine Arbeit hin und bin nur noch Privatier.«

»Ausgezeichnet, bis wir so weit sind, hätte ich eine Frage. Können Sie sich vorstellen, dass Trodler mit einem Ihrer Freunde zusammengearbeitet hat?«

»Der Chauffeur? Sie belieben zu scherzen. Dazu fehlt dem Mann einfach die Klasse. Bardenhagen hat sich gern über ihn lustig gemacht, weil der seiner Frau ständig hinterhergeschaut hat.«

»Vielleicht ist Ihnen da was entgangen?«

»Wir sind viele Jahre zusammen gewesen. Da entgeht niemandem etwas. Keiner von uns konnte über diese lange Zeit irgendwelche Geheimnisse für sich behalten.«

»War Bardenhagens Ehe glücklich?«

»Geht ein Mann regelmäßig in den Puff, wenn er eine glückliche Ehe führt?«

»Wohl eher nicht.«

»Frau Bardenhagen hat doch nicht etwa mit ihm ...?«

Lachend winkte Fritsche ab. »Sie und ein Bediensteter? Die Frau war arroganter als alle Mitglieder des europäischen Hochadels zusammen. Trodler durfte sie fahren und ihr die Tür aufhalten, wenn sie ausstieg. Er durfte sie anschmachten. Damit hatte es sich.«

»Danke für die offene Auskunft, so schnell beantwortet sich nicht jede unserer Fragen.«

Er begriff auf dem Weg zurück in sein Büro, dass er diesen Mann endgültig aus dem Kreis der Verdächtigen ausschließen konnte. Für ihn blieb nicht der Hauch eines Verdachts zurück. Er griff zum Telefon und machte einen Termin mit Weber für denselben Tag.

Eine Stunde später saß er seinem Vorgesetzten gegenüber und berichtete ihm in aller Gelassenheit: »Ich will nicht ausschließen, dass Fritsche eine große Show abzieht. Aber ich bin mittlerweile von seiner Unschuld überzeugt. Fabian Hilpert dürfte das ähnlich gesehen und deshalb auf eine Verhaftung verzichtet haben.«

»Sagten Sie nicht, der Anwalt habe selbst darum gebeten, im Gefängnis bleiben zu dürfen?«

»So ist es. Für uns ist das nicht schlecht. Er stellt sich als vorzüglicher Informant heraus und wiegt die echten Täter in Sicherheit.

Und er profitiert davon ebenso. Ich denke, er hat Schiss vor denen.«

Weber schürzte die Lippen. »Er will weiter einsitzen, uns spielt es in die Karten. Belassen wir die Dinge, wie sie sind. Nur, wie sieht es im Bereich der Verdächtigen aus? Wer bleibt denn da übrig?«

»Gute Frage. Also dieser Trodler kommt mir nicht koscher vor. Soviel wir wissen, war er in Bardenhagens Frau hoffnungslos verliebt. Er bringt ihn um, um sie sich zu schnappen. Sie weist ihn ab, folglich erleidet sie das gleiche Schicksal wie ihr Mann. Die Erfahrung zeigt, viele Tötungsdelikte sind das Ergebnis einer verschmähten Liebe.«

Weber schien nicht so recht überzeugt zu sein. »Was ist mit den anderen Morden? Schließlich wurde viermal dieselbe Waffe verwendet.«

»Im Gegensatz zu Fritsche bin ich davon überzeugt, dass er mit einem oder mehreren Mitgliedern des Trios gemeinsame Sache gemacht hat.«

»Verstehe ich Sie richtig? Trodler soll Ihrer Meinung nach gemeinsam mit einem Komplizen all diese Morde begangen oder wenigstens veranlasst haben?«

»So sehe ich das.«

»Wie sieht es mit Beweisen aus, Herr Hauptkommissar?«

»Daran müssen wir noch arbeiten. Vor allem sollten wir uns seine Hintermänner greifen. Haben wir die erst einmal einkassiert, fällt der gleich mit wie beim Dominoeffekt.«

»Gibt es Verdächtige?«

»Leider nicht, aber wir arbeiten daran.«

»Freut mich, dass Sie zügig vorankommen. Ich wünsche Ihnen weiterhin viel Glück.«

»Das können wir gebrauchen.«

»Mit anderen Worten, Sie denken nicht an eine weitere Verhaftung?«

Stange winkte ab. »Nein, der Herr soll sich sicher fühlen wie in Abrahams Schoß. Wir haben doch unseren Verdächtigen hinter Gittern.«

Weber überlegte mit gerunzelter Stirn. »Könnte 'ne gute Idee sein, die Buchholzer Kollegen zu bitten, ein Auge auf ihn zu werfen. Am besten, ich ruf da mal an.«

»Die sollten das bitte sehr verhalten tun. Nicht dass er vorgewarnt wird, sonst können wir unseren Verdacht gleich in den Wind schießen.«

»Wäre großartig, wenn wir diesen verdammten Fall endlich zu den Akten legen könnten.«

Weber hatte mit einem Kugelschreiber abstrakte Gebilde auf einen Block gekritzelt, den er vor sich liegen hatte. Garantiert würde er in einem zweiten Leben kein Kunstmaler werden. Zufrieden bedachte er sein Werk mit einem satten Grunzen, ohne seinen Gesprächsfaden zu verlieren. Schließlich widmete er seine Aufmerksamkeit wieder Stange, der das Geschehen fasziniert verfolgt hatte.

»Ich habe mich massiv in den Ermittlungsberg hineingewühlt. Was Trodler betrifft, erscheint er mir so unverdächtig, dass ihn allein dieser Umstand schon verdächtig macht. Aber wie ich bereits anmerkte, es handelt sich ausschließlich um Spekulationen.«

Wie geistesabwesend griff Weber nach einem anderen Blatt Papier und versuchte sich mit einem neuen Kunstwerk. Offensichtlich war er diesmal weniger zufrieden. Energisch zerknüllte es zu einem kleinen Ball und ließ ihn in seinem Papierkorb verschwinden. Stange verwirrten dessen Konzentrationsübungen. Er war beinahe versucht, nach der Hand seines Chefs zu greifen, um sein Tun zu unterbinden. Er hielt sich zurück. Wegen solch einer Banalität legte man sich nicht mit seinem Vorturner an. Dieser stellte irgendwann selber fest, dass die Pferde wieder mal mit ihm durchgingen und schob seinen Kugelschreiber weit von sich.

Schwer atmend beugte er sich vor. »Wie sieht es mit der Familie Jansen aus? Wer von denen hatte ein Problem mit den Bardenhagens? Die Tochter, die Enkel? Nein, die wurden gehätschelt und getätschelt. Nur unser Bauunternehmer musste leiden. Und zwar über Jahrzehnte. Seine Schwiegereltern lehnten ihn ab und ließen es ihn gnadenlos spüren. Und er hatte Schulden. Mit deren Tod lösten sich all seine finanziellen Probleme. Mit einem Fingerschnipsen steht ihm nun ihr Geld zur Verfügung.«

Stange schüttelte den Kopf. »Daran hat Fabian ebenfalls gedacht. Den Unterlagen zufolge haben ihn seine Schwiegereltern schon zu Lebzeiten unterstützt. Außerdem müsste er in irgendeiner Form in die Fälscherorganisation involviert gewesen sein.

Da dürfte es doch an ein, zwei Millionen Euro nicht scheitern, die sein Baugeschäft benötigte, um weiter am Markt zu bestehen. Nein, Werner Jansen passt absolut nicht als Täter.«

»Sie machen einen gedanklichen Fehler. Das geschenkte, beziehungsweise ererbte Geld war blütenweiß und konnte jederzeit von ihm verwendet werden. Die Erlöse aus den Bildergeschäften sind schmutzig. Jansen durfte die nicht so ohne Weiteres in seinem Betrieb einsetzen. Da wäre das Finanzamt schneller bei ihm gewesen, als er die Waffe gereinigt hätte.«

Stange nickte. »Daran hab ich bislang gar nicht gedacht, Fabian vermutlich ebenso wenig.«

Weber grinste in seine Richtung. »Wenn es Sie tröstet, auf diese Idee bin ich während unseres Gesprächs gekommen.«

Stange fühlte Euphorie in sich aufsteigen. »Fritsche, Jansen, Trodler, was fällt uns dabei auf?«

»Scheiße!«, entfuhr es dem Kriminaldirektor. »Die kennen sich alle drei.«

»Richtig«, ergänzte der Hauptkommissar. »Und einem von ihnen gewähren wir gerade Asyl. Egal, was demnächst passiert, Fritsche erhält durch uns ein bombensicheres Alibi. Uns macht er durch die Blume weis, dass wir mit der Verlängerung der Haft sein Leben schützen. Biografien will er künftig lesen. Soll ich Ihnen was sagen, der verarscht uns nach Strich und Faden!«

Energisch schlug Weber mit der Faust auf seine Schreibtischplatte. »Gewähren wir ihm im Gefängnis die geeignete Zuflucht. Wenigstens für die nächsten 15 Jahre.«

»Das wird aufwendig, diesem neuen Trio etwas nachzuweisen. Da müssen wir einen Haufen Leute einsetzen.«

»Das lassen Sie meine Sorge sein. Hilpert hatte eine gute Nase, als er mir riet, Sie mit dem Fall zu betrauen.«

»Aber eigentlich leben wir von seiner Vorarbeit, von seiner und der seiner Partnerin.«

»Darauf kommt es nicht an. Ich zitiere ihn wörtlich: ›Die Lösung des Falls ist entscheidend, nicht wer die Täter überführen konnte.‹«

Stange nickte zu den Worten seines Vorgesetzten. Er konnte ihnen nur zustimmen. Fabian würde ihm den Ermittlungserfolg gönnen. Ihn gelüstete es nie nach großer Presse, Schlagzeilen oder einem Interview bei NDR 3. Und Stange ging es nicht viel anders. Fabians Standardsatz war: ›Heute feiern sie dich. Morgen lassen sie dich wie 'ne heiße Kartoffel fallen.‹ Was sie verband, war der Ehrgeiz, einen anständigen Job zu machen.

Werner Jansen wirkte wenig erfreut, als er in den Vernehmungsraum des Polizeipräsidiums gebeten wurde. Noch im Verlauf des Tages hatte Stange ihn angerufen und zu einem Gespräch gebeten. Trotzdem schien seine Neugier größer zu sein als sein verhaltener Unmut. Verwirrt blickte er sich um. »Ist Ihr Kollege Hilpert nicht mehr da? Wurde er aufs Abstellgleis abkommandiert?«

»Keine Angst, der nimmt sich nur eine kleine Auszeit in der Karibik. Den sehen wir bald wieder.«

»Sei's drum. Was kann ich für Sie tun, Hauptkommissar? Gibt es in den Mordfällen neue Gesichtspunkte?«

»Schwer zu sagen, irgendwo hängt das von Ihnen ab.«

»Von mir? Wie kommen Sie gerade auf mich?«

»Wir haben lange darüber gegrübelt, wer Ihre Schwiegereltern getötet oder den Auftrag dafür hätte erteilen können. Wie's der Zufall so wollte, kommen Sie da ins Spiel.«

»Ich?« Konsterniert schaute er ihn an. »Und warum sollte ich die beiden ermordet haben?« Er unterbrach sich selbst. »Halt, sagen Sie nichts. Es ist das Geld, das mir auf diesem Weg in den Schoß gefallen ist, stimmt's?«

»Unter anderem, ja. Hinzu kommt, Sie hätten großartige Möglichkeiten gehabt, sich in aller Ruhe an dem Fälschergeschäft zu beteiligen.«

»Aha, in dem Fall würde ich im Geld schwimmen und hätte die alten Leute nicht umbringen müssen.«

»Und Ihre Verbindlichkeiten mit Schwarzgeld ausgleichen? Das wäre doch reichlich riskant gewesen. Meinen Sie nicht auch?«

Es war Jansen anzusehen, dass es vorbei war mit seiner guten Laune. »Profi in diesem Geschäft sind Sie offensichtlich nicht. 'ne illegale Million bringe ich in meinem Metier in der Frühstückspause unter, wenn ich will. Das ist am Bau so gang und gäbe. Aber darüber will ich gar nicht weiter mit Ihnen streiten.« Wütend schlug er mit der Faust auf den Tisch. »Wissen Sie nicht, dass meine Tochter von dieser Bagage von London nach Sardinien weggelotst und dort wochenlang gegen ihren Willen festgehalten wurde? Was glauben Sie wohl haben diese Schweine dort mit ihr angestellt? Schnulzen zur Gitarre gesungen? Mein Schwiegervater hat einen von denen ausschalten können. Allein dafür bin ich ihm weit über seinen Tod hinaus dankbar.«

Diesen Aspekt hatten Stange und Weber völlig übersehen. Er konnte sich nicht vorstellen, dass dieser Mann daran beteiligt gewesen sein könnte, die eigene Tochter zu entführen. Ein Stück seiner Blütenträume zog dahin und machte der bitteren Realität Platz. Recht bald zeigte sich, dass er für keinen der Morde an seinen Schwiegereltern infrage kam. Zu dicht waren seine Alibis. Eine Stunde später ließen sie ihn mit einer dicken Entschuldigung ziehen. Verblieben nur Trodler und Fritsche. Der eine saß ein. Worüber sollte er sich noch mit ihm unterhalten? Der andere gefiel sich in der Rolle des unschuldigen Verlierers. Handfeste Verdachtsmomente lagen allenfalls gegen Fritsche vor. Bei dessen Vorwürfen gegen Trodler handelte es sich lediglich um Mutmaßungen. So sehr Stange die Idee faszinierte, einem kriminellen Trio auf die Spur gekommen zu sein, so sehr spürte er, sich damit auf den Holzweg begeben zu haben. Er lehnte sich in seinem Sessel zurück. War möglicherweise einer der Toten der dritte Mann im Spiel? Abermals begann er damit, die Ermittlungsakte zu studieren. Ähnlich wie Hilpert begab er sich auf den Weg in die Vergangenheit. Lag dort der Schlüssel für die Verbrechen? Es dauerte nicht lange und er verzichtete darauf weiterzulesen. Zusehends formte sich in seinem Kopf ein anderer Gedanke. Völlig unreflektiert waren sie bislang davon ausgegangen, dass die Morde den gleichen Ursprung hatten. Fabian hatte es stets abgelehnt, an einen Zufall zu glauben, dass im selben Umfeld Morde mit unterschiedlicher Motivation von diversen Tätern begangen wurden. Lag darin ihr Versagen? Damit war Jansen ebenso wieder im Spiel wie Trodler. Der eine brauchte das Geld, dem anderen ging es um unerfüllte, verschmähte Liebe. Mit Kunst hatte niemand von ihnen etwas am Hut. Jeder handelte aus ureigenen Motiven. Nur konnten sie keinem von ihnen etwas nachweisen. Um dieses Dilemma zu lösen, galt es die Alibis der Männer akribisch und vor allem voller Misstrauen zu durchforsten. Dabei sollte jeder Mord individuell betrachtet werden, als handele es sich um ein singuläres Ereignis. Er war sich sicher, dass es sich bei einem von ihnen um den Mörder des Ehepaares

Bardenhagen handelte. Verzweifelt verwarf er eine halbe Stunde später seine kunstvolle These. Wieder scheiterte er an der Waffe. Sie hatten es mit einer Kette an Ereignissen zu tun. Jedes hing mit dem anderen zusammen. Er musste sich tiefer in die Sachlage einarbeiten. Die Ergebnisse monatelanger Recherchen erarbeitete man sich nicht innerhalb weniger Tage. Seine Kollegen hatten ordentlich gearbeitet. Gerade Hilpert war ein Mensch, der sich nicht auf Kreativität und Kommissar Zufall verließ. Eine seiner großen Stärken lag darin, alle Ergebnisse sachlich zu dokumentieren, die Fakten ständig zu hinterfragen. So unordentlich Hilpert ansonsten war, die Ermittlungsakten befanden sich in einem tadellosen Zustand. Er kannte ihn und wusste, dass er sich darum meist in Schüben kümmerte. Und Claudia hatte ihm da in nichts nachgestanden. Er musste sich insbesondere davon lösen, eine unbewiesene Theorie nach der anderen zu formulieren, um sie dann durch die Macht der gewonnenen Erkenntnisse wieder fallen zu lassen. Ein inneres Gefühl sagte ihm, dass er noch einen weiten Weg vor sich hatte. Wie gut verstand er mittlerweile Hilpert. Standen sie tatsächlich vor einem unlösbaren Fall? Zum ersten Mal begann er daran zu zweifeln, dass es ihnen gelingen würde, den oder die Mörder zu fassen.

55

Hilpert lag derweil gelangweilt auf seiner Liege im Schatten einer Palme. Petra hatte sich mittlerweile zu ihm gesellt. Es war am Nachmittag dermaßen heiß, dass es nicht ratsam war, barfuß durch den weißen Sand zu gehen. Aber wozu hatte menschliche Genialität die Schuhe erfunden. Man durfte sie nur nicht im Appartement liegen lassen. Glücklicherweise gab es dafür die Partnerin, die das einsame Paar neben seinem Bett entdeckt und mitgebracht hatte. Ging es ihm inzwischen besser? Er horchte in sich hinein und kannte bereits das Ergebnis. Die Ruhe, das Nichtstun, Langusten vom Grill, eine besorgte, liebevolle Freundin trugen viel dazu bei, dass der Druck in der Magengegend nachließ, sein Kopf klarer wurde. Er spürte trotzdem, mit allem noch nicht durch zu sein. Nachts wachte er häufig auf, weil er träumte, dass Claudia ihre Suite betrat. Ihm war unklar, ob sie ihm etwas mitteilen wollte. Bevor sie etwas sagen konnte, saß er aufrecht im Bett. Danach war es für ihn schwierig, wieder einzuschlafen. Während des Urlaubs war das nicht weiter tragisch. Was man in der Nacht nicht schaffte, konnte man bequem am Tag nachholen. In Hamburg musste er sich vermutlich eine neue Methode ausdenken. Sich ein, zwei Stunden im Präsidium hinzulegen, um den Schlaf zu finden, den man nachts nicht fand, war eher unüblich. Das Problem würde er angehen, wenn es sich ihm konkret stellte.

Er zwang sich dazu, seine trüben Gedanken beiseitezuschieben, ging in dieser Zeit tauchen, segeln. Gemeinsam mit Petra rasten sie im Powerboot über das glatte Wasser, machten einen Abstecher nach Mexiko, flogen nach Miami. Nach gut zwei Wochen wurde er ruhiger, seine Albträume übermannten ihn in kleineren Schüben und größeren Abständen. Aber sie waren weiterhin präsent.

An diesem Abend wollten sie sich bei einem karibischen Grillabend verwöhnen lassen. Mittlerweile sehnte er sich nach einem ordentlichen Schweinebraten, den seine Mutter trefflich zuzubereiten verstand. Bis dahin musste er mit Fisch in vielerlei Variationen vorliebnehmen. Glücklicherweise gingen die Einheimischen damit perfekt um. Er gestand sich ein, dass er ihm trotz allem schmeckte. In einer Woche konnte er sich immer noch bei seiner Mutter anmelden. Die würde ihm gegebenenfalls ein Schwein schlachten lassen, sollte ihm danach sein. Ihm würde ein einfacher Braten reichen. Er spürte den Geschmack der dunklen Soße auf seiner Zunge. Am liebsten würde er eine Annonce aufgeben: Tausche Languste vom Grill gegen Schweinebraten nach Hausmacherart.

* * *

Stange bewegte sich zusehends in dem gleichen Trott wie sein Vorgänger. Den Hamster hatte man ausgetauscht. Nun raste er mit höchster Geschwindigkeit durchs Rad, legte eine unglaubliche Wegstrecke zurück und kam doch keinen Zentimeter weiter. Von gelegentlichen Nachfragen abgesehen, hatten sich die Medien aus dem Fall weitgehend zurückgezogen. Die Tagesaktualität beanspruchte den Platz in den Zeitungen und den Fernsehberichten. Gelegentlich setzte er sich mit Weber zusammen und diskutierte mit ihm die irrsinnigsten Theorien. Zeitweise kam ihnen sogar ein Lächeln über die Lippen, wenn sie wieder mal begriffen, weit am Ziel vorbeizuschießen. Bei früheren Fällen kreuzte wenigstens ein später Zeuge ihre Fährte und half ihnen weiter. Stattdessen blieb das Telefon still. Ihre sonstigen Informanten hielten sich ebenfalls bedeckt.

Von der Fälscherszene erwarteten sie sich ebenso wenig. Fast schien es so, als habe es sie nie gegeben. Tatsächlich standen die vermutlich mit leeren Händen da. Ein großer Teil ihrer Bildervorräte war einkassiert, der Künstler, der für Nachschub hätte sorgen können, ermordet worden. Der Verkaufserlös für den van Gogh tat allem Anschein nach das Seinige. Vielmehr sorgte er augenscheinlich dafür, dass man auf eine Fortsetzung der kriminellen Aktivitäten verzichten konnte. Manchmal fragte sich Stange, in welcher Welt sie lebten. Behauptete ein ernst zu nehmender Wissenschaftler, dass ein bestimmtes Bild echt sei, hatte es einen Wert, der gegebenenfalls in die Millionen ging. Behauptete er zu demselben Objekt das Gegenteil, konnte man es auf dem Sperrmüll entsorgen. So gesehen ging es ausschließlich um subjektive Wahrnehmungen. Mit Ästhetik oder objektiver Meisterschaft hatte dies alles nichts zu tun.

Eine Woche vor Hilperts geplanter Rückkehr kam so etwas wie Bewegung in ihren Fall. Ein Kunstliebhaber aus Stuttgart meldete sich bei ihnen. Die Kollegen aus der Baden-Württembergischen Hauptstadt hatten ihn an sie verwiesen. Er hielt ein Bild von Dix in Händen, von dem ein Kunsthistoriker aus München behauptete, es könnte sich trotz der vorliegenden Expertisen nur um eine Fälschung handeln. Eine radiologische Untersuchung schien diese Unterstellung zu bestätigen. Allerdings hatte sich inzwischen ein weiterer Sachverständiger eingemischt, der von der Echtheit überzeugt war. Darüber entfachte sich ein Expertenstreit erster Güte. Was der eine für eindeutig bewiesen hielt, bestritt der andere vehement. Trotzdem hatte sich der Erwerber entschlossen, bei der Polizei Anzeige zu erstatten. Stange beschloss daraufhin, persönlich nach Stuttgart zu fliegen. Wirklich weiter brachte ihn das Gespräch mit dem Käufer nicht. Es handelte sich um einen betuchten Unternehmer, der erfolgreich als Automobilzulieferer tätig war. Schwabe, der er war, akzeptierte er nicht den Hauch des Verdachts, bei dem Bild könne es sich um eine Fälschung handeln.

Das Gutachten hatte Professor Obal erstellt. Ihn konnte man aus gegebenem Anlass nicht mehr befragen. Er weigerte sich, verstehen zu wollen, welche Argumente für oder gegen die Echtheit des Kunstwerkes sprachen. Bei Stange gingen ganze Kronleuchter auf, als er feststellte, wer das Geschäft abgewickelt hatte. Der Mann berichtete, die Verhandlungen mit einer dunkelhaarigen Frau, um die dreißig, geführt zu haben. Stange ließ sich ein Bild von Rebecca Rehm zumailen und landete sofort einen Haupttreffer. Sie wurde eindeutig als die Verkäuferin identifiziert. Dem Käufer sei es eigenartig vorgekommen, dass die Frau nicht einen Cent von dem geforderten Preis heruntergegangen sei und eher das Gespräch hätte platzen lassen, als ein unbedeutendes Zugeständnis zu machen. Er sei letztlich auf die Forderung eingestiegen.

»Vermutlich durfte sie es nicht«, murmelte Stange. »Garantiert hat man sie als Zwischenträgerin benutzt, ohne jegliche Befugnis.«

Bezahlt worden sei in bar. Sie habe den Geldkoffer in Empfang genommen. Der Käufer meinte, dass sie anschließend damit in ein Auto mit Hamburger Kennzeichen gestiegen sei. Noch von Stuttgart aus, besprach sich der Hauptkommissar mit Weber. Sie entschieden, einen Haftbefehl gegen Rebecca Rehm zu erwirken. Diesmal waren sie erfolgreich. Sie verhafteten die Frau in ihrem Büro an der Uni. Stange kam bereits im Verlauf des Nachmittags aus dem Süden der Republik zurück. Das Verhör wollte er sich nicht entgehen lassen.

Rebecca Rehm saß relativ entspannt in dem Vernehmungszimmer. Sie verhielt sich wie ein Mensch, der sich nichts vorzuwerfen hatte. Stange begann ohne große Umschweife mit der Befragung.

»Stimmt es, dass Sie in Stuttgart einen gefälschten Dix verkauft haben?«

»Sie belieben zu scherzen. Ich habe nie in meinem Leben eine Fälschung verkauft.«

»Sie sind eindeutig identifiziert worden.«

»Sorry, das Bild, das ich für Dritte veräußert habe, soll eindeutig echt gewesen sein. Zumindest stand das in dem Gutachten, das mein damaliger Freund, Professor Obal, erstellt hatte. Ich hatte mir selbst erlaubt, einen Blick hineinzuwerfen. Der Käufer bestand auf Barzahlung. Ich habe das Geld in Empfang genommen, quittiert und bin damit zurück nach Hamburg gefahren.«

»Sind Sie selbst gefahren?«

»Nein, am Steuer saß Professor Obal.«

»Warum hat er nicht das Bild angeboten?«

»Er meinte damals, das sei nicht seriös, dass der Gutachter gleichzeitig als Verkäufer auftritt.«

»Verstanden, und wer war Eigentümer des Bildes?«

Sie zuckte mit den Schultern. »Da fragen Sie mich zu viel. Mir wurde es von einem Herrn, um die dreißig, übergeben. Ich glaubte zuerst, er sei Südeuropäer. Diese Meinung musste ich schnell revidieren, da er perfekt Deutsch sprach.«

»Sie haben ihm das Geld übergeben?«

»Nein, Professor Obal.«

»Und was haben Sie dafür bekommen?« Zum ersten Mal strahlte sie so etwas wie Nervosität aus. Stange beruhigte sie. »Wir sind hier in der Mordkommission. Uns interessiert nicht, ob Sie das Honorar zu versteuern gedenken oder nicht.«

»Na gut, 5.000 Euro. Solch eine Vergütung erhalte ich nicht jeden Tag. Da habe ich gern zugegriffen.«

»Und Obal?«

»Was soll mit dem sein?«

»Nun, wie viel Geld hat der erhalten?«

»Keine Ahnung, vermutlich aber einiges mehr als ich. Er hatte ja auch den deutlich höheren Aufwand.«

»Und Sie haben keine Vermutung, wer hinter den Verkäufen gesteckt haben könnte?«

»Kein Stück. Wenn ich ehrlich bin, interessierte es mich überhaupt nicht. Über eine Fälschung habe ich zu keinem Zeitpunkt nachgedacht.«

»Hat Obal vielleicht so am Rande eine Bemerkung fallen lassen?«

»Nicht wirklich. Ich kann Ihnen dazu nicht mehr sagen.«

Das Gespräch zog sich noch eine knappe Stunde hin, ohne dass sie zu Ergebnissen gekommen wären. Am Ende ließen sie die junge Frau gehen. Ihre Verdachtsmomente hatten sich verbraucht. Es gab keine Veranlassung, sie festzuhalten. Der Haftbefehl wurde aufgehoben.

Rebecca sah sich nach einem Taxi um, als sich ihr Telefon meldete.

»Was wollten die Bullen von Ihnen?«, vernahm sie eine männliche Stimme, die es nicht für erforderlich hielt, sich mit Namen zu melden.

»Es ging um den Stuttgarter Dix. Man hat mich wohl als dessen Verkäuferin identifiziert.«

»Und was haben Sie gesagt?«

»Was schon? Dass ich davon ausgegangen bin, dass das Bild echt sei.«

»Sehr gut. Bleiben Sie bloß auf dieser Linie.«

»Meinen Sie, ich will im Gefängnis landen? Ich werde jeden verklagen, der behauptet, ich hätte wissentlich jemandem eine Fälschung verkauft.«

»Das ist genau der richtige Ansatz. Glauben Sie, Sie können die letzte Geldtranche loswerden?«

»Ich warte ein paar Tage ab. Vielleicht werde ich überwacht. Aber eigentlich bin ich davon überzeugt, dass man mich vorerst in Frieden lassen wird.«

»Ausgezeichnet. Sie erhalten in den nächsten Tagen nochmals 6 Millionen. Ziehen Sie davon das vereinbarte Honorar ab. Danach sind wir mit allem durch. Sie haben bereits jetzt einen guten Job gemacht. Vielleicht kommen wir mal auf Sie zurück.«

»Besser nicht. Sehr häufig halten das meine Nerven nicht durch.«

»Sie lassen sich doch sonst durch nichts erschüttern.«

»Mir wurde zu viel gestorben. Dazu fühle ich mich einfach zu jung.«

»Keine Angst, niemand hat etwas gegen Sie.«

»Vermutlich haben Sie das Obal auch mal gesagt.«

»Der wollte uns bescheißen, das ist ein ganz anderes Ding. Ich halte es für unvorstellbar, dass Sie den gleichen Fehler begehen könnten wie er.«

»Keine Angst, dafür lebe ich zu gern.«

»Eine vernünftige Einstellung, die wir zu schätzen wissen.«

Sie entdeckte ein Taxi und ging darauf zu. »Ich muss das Gespräch jetzt beenden.«

»Gut, Sie erhalten das Geld wie besprochen.«

* * *

Der Fisch, der Wein waren vorzüglich. Hilpert und seine Freundin genossen den Abend und würden ihn nicht wie ein altes Ehepaar beenden. Er hatte sich zum Abschluss einen Rum gegönnt. Die besten Sorten nahmen es durchaus mit manchem Cognac auf. Aber wer trank in der Karibik schon Cognac? Zeitig gingen sie zurück zu ihrem Appartement.

Erstmals in den letzten zwei Wochen betrachtete er Petra wieder mit den Augen des Liebhabers. Sie spürte es und nahm es mehr als wohlwollend zur Kenntnis. Als er sie unter die Dusche steigen sah, wusste er, dass er ihr zügig folgen würde. Kurz darauf strich er ihr über den ebenmäßig gebräunten Rücken. Das weiße Dreieck, das die Bikinihose verdeckt hatte, zeigte ihm den Zustand vor ihrem Abflug auf. Es schien ihn geradezu blenden zu wollen. Sie drehte sich ihm zu und fuhr ihm mit beiden Händen über die Brust. Auch sein Mittelbau strahlte in einem hellen Weiß. Da er Bermudashorts getragen hatte, sonnten sich auch Teile seiner Oberschenkel weitgehend in ihrer Originalfarbe.

Als sie anschließend im Bett zueinanderfanden, spürten beide, dass er noch nicht die alte Verfassung wiedererlangt hatte, wohl aber auf gutem Weg dorthin war. Manchmal war es durchaus kompliziert, Mensch zu sein. Sie liebte ihn dafür, dass er um die Kollegin trauerte und nicht in der Routine des Polizisten erstarrt war, der früh genug lernen musste, dass ihr Job zuweilen gefährlich war. Sie lag auf dem Bauch und genoss es, wie er ihr über den Rücken strich. Plötzlich hielt er in der Bewegung inne und stöhnte auf.

»Was ist mit dir?«, fragte sie erschrocken.

»Oh Gott!«, stieß er hervor. »Wie kann man nur so blind sein?«

»Ist irgendetwas geschehen, das mir entgangen sein könnte?«

»Nicht dir! Mir! Wir müssen unseren Urlaub abbrechen.«

»Was ist geschehen?«

»Ich glaube, ich habe den Fall gelöst!«

»Jetzt hier in der Karibik? Haben die dir was in den Rum getan?«

»Keine Angst, es liegt eher an meinen Augen, die plötzlich wieder klar zu sehen scheinen.«

Sie verzichtete darauf, weiter nachzufragen. »Das wird schwierig sein, einen regulären Flieger zu bekommen. Da müssen wir wohl einen Privatjet nehmen.«

»Das ist es wert. Du müsstest mir allerdings die Kosten dafür auslegen.«

Sie grinste ihn an und zog seinen Kopf zu sich herunter. »Ich habe 'ne bessere Idee. Du arbeitest den Betrag bei mir ab. Du hast mich die letzten beiden Wochen nicht gerade verwöhnt.«

»Das gibt es kostenlos.«

»Ich habe dir mein Angebot unterbreitet und es bleibt dabei«, bestand sie auf ihrer Forderung.

Es dauerte einen Tag länger, als es seine Ungeduld ihm erlauben wollte. Auch in der Karibik ließ sich mit Geld viel bewegen. Vor allem, wenn der Vater der Freundin in Miami eine Gesellschaft sein Eigen nannte und der Geschäftsführer der Tochter des Unternehmers gefallen wollte.

Obwohl sie ein gut ausgestattetes Privatflugzeug mit eigener Stewardess für sich hatten, stellten sie fest, dass die relativ kleine Maschine jedes Luftloch mit wachsender Begeisterung mitnahm. Die Ups and Downs waren nichts für schwache Gemüter. Als sie an den Ausläufern eines Gewitters vorbeimussten, hätten sie sich doch einen ordentlichen Airbus als Transportmittel gewünscht. Erst die letzten drei Stunden wurde ihnen mehr Ruhe geboten. Sie aßen gut und gönnten sich eine Flasche Rotwein, die es ihnen leichter machte, die Zeit zu überbrücken. Durchs Geschäftsfliegerzentrum, in der Nähe des Hamburger Flughafens, eilten sie in Rekordzeit. Hilpert gestand sich ein, dass es durchaus seine Vorteile hatte, ausreichend Kleingeld in der Brieftasche mit sich herumzutragen. Nutzer von Privatfliegern kannten keine Warteschlangen. Am Ausgang erwartete sie Wellners Chauffeur, der sie direkt nach Hause bringen würde. Gegen 23 Uhr standen sie in Petras Appartement und genossen den Ausblick auf das Wasser. Sie kamen aus der Sonne und mussten sich an die kühle Witterung erst langsam gewöhnen. In Hamburg stand der Winter vor der Tür. Aber die Elbe entschädigte sie für die Temperaturdifferenz.

56

Am nächsten Morgen saß Hilpert, den Kopf auf beide Hände gestützt am Esstisch. Obwohl er zeitig unter die Dusche fand, war Petra vor ihm aufgestanden und hatte frische Brötchen und Aufschnitt besorgt. Er wusste weder ihre Geste zu würdigen, noch genoss er das Frühstück. Er stopfte es in sich hinein, als habe er in Hagenbeck zu lange der Elefantenfütterung beigewohnt. Er war wieder eins mit dem Fall. Diesmal war er weiter als die Monate zuvor. Wie sollte er nun vorgehen? Sollte er sich im Präsidium melden, da er vermeinte zu wissen, wer hinter den Morden stand? Aber seine Beweise standen auf tönernen Füßen. Eigentlich handelte es sich eher um eine konkrete Ahnung, die ihn den Urlaub hatte abbrechen lassen. Wandte er sich damit an den Haftrichter, würde man ihn des Feldes verweisen. Hinzu kam, dass er nicht den Ansatzpunkt eines Motivs hatte. Ein Gefühl sagte ihm, dass er es in seinen Unterlagen finden musste. Sie hatten unendlich viel Material gesammelt. Fragte sich nur, ob sie es korrekt bewertet hatten.

Er schaltete seinen PC ein. Darin fanden sich die wesentlichen Protokolle und Erkenntnisse des Falles. Was hatte das Herumgestochere in Bardenhagens Vergangenheit gebracht? Er war auf seine Kumpane gestoßen, mit denen er zeitweise die Hamburger Bordellszene beglückt hatte. Inwieweit half ihm das weiter? Wieder sah er die Frau hinter der Bar, die sich nur zögerlich überreden ließ, mit ihm zu kooperieren. Insbesondere die Verachtung für Bardenhagen hatte ihre Lippen geöffnet. Was hatte sie gegen ihn? Schließlich ließ er mit den anderen die Kasse klingeln. Wort für Wort las er deren Aussage durch. Und dann verstand er. Es wäre besser gewesen, er hätte sich diese Arbeit zu Lebzeiten des Wissenschaftlers gemacht. Nur fehlten ihm zu diesem Zeitpunkt wesentliche Erkenntnisse. Mit dem Ehepaar waren seine wichtigsten Zeugen ermordet worden. Doch das begriff er erst jetzt mit zeitlicher Verzögerung. Wer blieb übrig, den er befragen konnte? Im Grunde nur ihre Tochter. Er konnte hoffen, dass sie den Tod beider Elternteile einigermaßen verwunden hatte. Zögernd griff er zum Telefon und zuckte dann mit der Hand zurück. Es war gerade halb neun. Gedankenverloren fasste er nach seiner Kaffeetasse. Sie war leer. Suchend schaute er sich um und blickte direkt in Petras Gesicht. Sie lachte ihn spöttisch an. »Na, überfällt dich endlich mal ein menschliches Bedürfnis und sei es nur, eine weitere Tasse Kaffee zu trinken?«

Lachend schenkte er sich ein. »Du warst es, die mich in den Urlaub zwangsversetzt hat, leb mit den Konsequenzen.«

»Tu ich ja. So gefällst du mir allemal besser als mit sorgenzerfurchter Stirn, leiser Stimme und hängenden Schultern.«

Er nahm einen Schluck und setzte die Tasse vorsichtig ab. »Nimmt man es richtig, ist es zu früh, um groß loszulegen. Sollte ich mich nicht täuschen, haben wir noch Urlaub. Wie sieht's mit dir aus, hast du etwas vor?«

Statt zu antworten, stand sie auf, setzte sich auf seinen Schoß und schlang ihre Arme um seinen Hals. »Dann man zu, mein Gebieter. Ich bin bereit, mich deinem unbändigen Willen zu beugen.«

Sie verzichteten darauf, den Küchentisch auf seine Gebrauchsfähigkeit hin zu überprüfen, sondern entschieden sich fürs Schlafzimmer. Die wenigen Schritte dorthin schafften sie ohne größere Blessuren.

Erst nach 10 Uhr rief er bei Birgit Jansen an. Sie wirkte auf ihn sehr gefasst und sah kein Problem darin, sich mit ihm zu verabreden. Sie trafen sich zur Mittagszeit in ihrem Haus in Wilhelmsburg. Ihren Mann erwartete sie erst in einer Stunde.

»Eigentlich hatte ich Sie im Urlaub vermutet. Dabei sind Sie längst wieder unterwegs. Hat nicht ein Kollege von Ihnen den Fall übernommen?«

»Das stimmt schon, sagen wir mal, ich unterstütze ihn ein wenig.«

»In letzter Zeit haben wir wenig von ihm gehört. Manchmal beschleicht einen das Gefühl, als kämen Sie nicht richtig weiter.«

»Das ergeht nicht nur Ihnen so.« Er verzichtete auf ein Getränk und startete ohne Umschweife mit seinen Fragen. »War die Ehe Ihrer Eltern überhaupt glücklich oder weshalb vergnügte sich Ihr Vater regelmäßig in Bordellen?«

»Schwer zu sagen. Seit ich verheiratet bin, habe ich mich um deren Privatleben wenig gekümmert.«

»Und davor?«

»Ab meinem elften Lebensjahr war ich bis zum Abitur in einem Internat in Süddeutschland. Während der Zeit habe ich naturgemäß wenig von dem Eheleben meiner Eltern mitbekommen. Davon abgesehen ist mein Vater viel unterwegs gewesen. Wir haben uns in den Jahren relativ selten gesehen. Meine Mutter besuchte mich allerdings regelmäßig. Ich hatte immer das Gefühl, dass sie mich sehr vermisst hat.«

»Sind Sie auf Drängen Ihres Vaters ins Internat gekommen?«

»Nein, meine Mutter hatte darauf bestanden. Sie meinte, die Ausbildung an den staatlichen Schulen sei inakzeptabel.«

Hilpert hatte das Gefühl, das Gespräch mit ihr verlief offener als vor einigen Wochen. Sie kamen auf Fritsche zu sprechen.

»Wussten Sie, dass Ihr Vater einen wesentlichen Teil seiner wissenschaftlichen Arbeiten angefertigt hatte?«

»Meine Mutter hat mal 'ne Andeutung in diese Richtung gemacht. Mich hat es nicht interessiert.«

»Und Sibelius?«

»Der war mir gar nicht präsent. Jedenfalls habe ich ihn auf Feierlichkeiten meiner Eltern nie gesehen. Nun fanden die auch selten genug statt.«

»Und Trodler?«

»Das Gleiche in Grün. Ich wusste nur, dass er gelegentlich als Fahrer meiner Eltern ausgeholfen hatte.«

»Er soll in Ihre Mutter verliebt gewesen sein.«

»Keine Ahnung, aber meine Mutter hätte sich nie einen Chauffeur gegriffen. Das war nicht ihr Stil.«

»Das ist mir schon von anderer Seite bestätigt worden.«

Als ihr Ehemann zu ihnen stieß, versandete ihr Gespräch. Alles Wichtige war gesagt worden. Bald darauf verabschiedete sich Hilpert. Auf dem Weg zurück in die Innenstadt überlegte er sich seine weiteren Schritte. Zumindest diesen Tag wollte er gemeinsam mit Petra zu Ende bringen. Sie hatte ihm in schweren Stunden ihre Liebe bewiesen, da war es angebracht, diesen insgesamt erfreulichen Tag zu einem für beide Teile angenehmen Ende zu bringen. Ab morgen wollte er richtig Gas geben. Sie hatten so viel Zeit mit dem Verfolgen falscher Fährten verbracht, da kam es auf ein paar Stunden nicht an. Eigentlich hätten sie auf die Privatfliegeraktion verzichten können. Sie standen nicht unter Zeitnot. Hier ging es mehr darum, seiner Ungeduld Rechnung zu tragen. Seltsamerweise war sie Beleg dafür, dass es ihm wieder besser ging.

Zu seinem Glück konnte es seine Freundin nicht lassen, an diesem Tag im Büro vorbeizuschauen und einen Blick auf ihren Schreibtisch zu werfen. Es war so frustrierend, dass sie zügig zurück zu ihrer Wohnung fuhr. So gesehen stand es pari zwischen ihnen.

Den nächsten Morgen nutzten sie ausgiebig für sich und fanden erst gegen zehn Uhr den Weg aus dem Bett. Zum Frühstück gab es aufgebackene Brötchen, die durchaus genießbar waren. Petra verzichtete darauf, ihn zu fragen, ob sie gemeinsam etwas unternehmen wollten, denn Hilpert beschäftigte sich bereits mit der Frage, wie er seine Verdächtigen in die Zange nehmen konnte. Er benötigte unbedingt gerichtlich verwertbare Ergebnisse, keine Ahnungen. Nach wie vor sah er den Schlüssel bei der Familie Bardenhagen, obwohl das Ehepaar nicht mehr unter den Lebenden weilte. Sollte man nicht die beiden Enkelkinder nochmals vernehmen? Er wollte darüber nachdenken. Vorher war es allerdings an der Zeit, sich im Präsidium zurückzumelden. Stange reagierte erfreut, als er sich bei ihm am Telefon meldete.

»Du hörst dich gut an. Sag mal, wolltest du nicht drei Wochen in der Karibik zubringen, dich in der Sonne tummeln und den Rum in Mengen entsorgen?«

»Das stimmt, aber ich bin dort der Lösung unseres Falls ein ganzes Stück näher gekommen.«

»Das klingt gut. Ich bin nämlich wie du dabei, mir daran meine Zähne auszubeißen.«

»Willkommen im Klub. Ich schau heute noch bei euch vorbei.«

»Gute Idee, wir freuen uns auf dich.«

Petras Augenbraue ging steil nach oben, als sie seine letzten Worte mitbekam. »Aber das Wochenende gehört uns, versprochen?!«

Sie interpretierte sein ansatzweises Nicken als Geste der Zustimmung. Ihm war klar, dass er aus dieser Zwickmühle nicht herauskam. Mit etwas Glück hatte er bis dahin den Sack zugemacht.

Stange nahm den Freund und Kollegen gut gelaunt in die Arme. Diesem war deutlich anzusehen, dass er sein Stimmungstief weitgehend überwunden haben musste, oder trog die Karibikbräune?

»Erzähl, Fabian. Was ist dir jenseits des Atlantiks aufgefallen?«

»Das ist zu banal, als dass ich darüber schon gackern werde. Vorher muss das Ei gelegt werden.«

»So prosaisch heute?«

»Ja und nein. Ich wollte eigentlich wissen, ob sich bei euch neue Fakten ergeben haben. Nicht dass ich um Lichtjahre am Ziel vorbeischieße.«

»Wir haben an allen Ecken gestochert und gebohrt, leider ohne messbare Resultate. Im Kern stehen wir dort, wo du uns vor zweieinhalb Wochen verlassen hast.«

»Klar, ihr leidet unter der gleichen Unlogik der Ereignisse wie ich. Heute weiß ich, dass sie sich von einer ganz anderen Seite erschließen.«

Stange wollte abermals mit einer Frage Land gewinnen. Wieder winkte sein Kollege ab.

»Du kennst doch meine Antwort.«

»Wie sieht es aus, brauchst du Geleitschutz?«

»Eher nicht, ich habe keine großen Aktionen vor. Ich muss nur meine Vermutungen belegen. Ich kau zurzeit drauf rum, wie ich das am besten anstelle. Abwarten, mir wird garantiert was einfallen.«

»Was sind denn deine nächsten Schritte?«

»Ich will mich nochmals mit den Jansen-Kindern unterhalten. Ich denke, die haben uns nicht alles erzählt, was sie wissen.«

»Da stehen sie in der Familie nicht allein da.«

»Du sagst es.«

»Und was hast du dann vor?«

»Das hängt ganz von den Informationen ab, die ich von denen erhalte.«

»Du glaubst tatsächlich, die können dir behilflich sein?«

»Ich hoffe zumindest darauf.«

»Ich drück dir die Daumen.«

Vom Präsidium aus erreichte er Jenny Jansen. »Hätten Sie heute Zeit für mich, so in etwa einer Stunde?«

Sie dachte kurz nach. »Worum geht's denn?«

»Worum wohl? Um die Morde. Ich glaube, ich bin jetzt auf dem richtigen Weg und brauche da Ihre Unterstützung.«

»Von mir aus. Kommen Sie bei mir vorbei.«

Erst als er aufgelegt hatte, fiel ihm ein, dass er ihre Adresse nicht kannte. Stange half ihm damit aus. Außerdem bat ihn Hilpert, ein für ihn wichtiges Telefonat zu führen. Für ihn war es an der Zeit, sich auf den Weg nach Wilhelmsburg zu machen.

57

Jenny wohnte in einer Eigentumswohnung in der Ziegelerstraße, die ihr Vater ihr vor Jahren überschrieben hatte. Das Viertel hatte bereits viel von den Vorurteilen abgelegt, unter denen Wilhelmsburg zu Recht oder zu Unrecht litt. Gepflegte Rasenflächen vor den Mietshäuser, sanierte Fassaden bestimmten das Bild eines aufstrebenden Stadtteils, in dem man für die Menschen nur hoffen konnte, dass ihnen die Mieten in den nächsten Jahren nicht über den Kopf wuchsen. Die junge Frau empfing ihn in einer spärlich, aber funktional, eingerichteten Wohnung. Das Wohnzimmer wurde von einer tiefen, hellen, über Eck gestellten Couchgarnitur dominiert. Zwei Tischchen standen seitlich versetzt davor. Die gegenüberliegende Wand blockierte ein mächtiger Flachbildfernseher. Ansonsten hingen an den Wänden Drucke und Lithografien von Künstlern, die er nicht einzuordnen vermochte. Alles wirkte auf ihn modern, sachlich kühl.

Sie hatte den Kommissar eher neugierig als freundlich begrüßt. Jenny war barfuß. Sie trug eine Jeans und darüber eine bunte Bluse, die sie lässig zugeknöpft hatte. Er blickte sich interessiert um, als würde das Wohnzimmer etwas über sie verraten.

»Nun, womit kann ich Ihnen dienen?«, unterbrach sie die beredte Stille.

Er spürte, dass sie ihn schnell loswerden wollte. Konnte man es ihr verdenken? In den letzten Wochen gehörte es zu seinen regelmäßigen Übungen, Teile der Familie zu vernehmen. Das steigerte nicht gerade die Popularität.

»Lassen Sie mich ein wenig ausholen«, erwiderte Hilpert ruhig, als habe er nichts von ihrem Unmut mitbekommen. »Wenn ich unsere Ermittlungsergebnisse richtig interpretiere, hat sich der werte Herr Bardenhagen, also Ihr Großvater, an Ihnen vergangen, als Sie ein Kind waren.«

Sie blickte mit feuchten Augen zu ihm herüber und nickte. »Sind Sie endlich darauf gekommen?«

»Ja, bedauerlicherweise viel zu spät.«

»Das gilt wohl für manchen in meiner Familie. Sie haben sich also mit der Geschichte meines Großvaters beschäftigt. Sie haben mitbekommen, was er mit seiner Schwester angestellt hat und dass sie sich deshalb vermutlich das Leben genommen hat? Leider war ich nicht so mutig.« Sie massierte ihre Stirn mit Daumen und Zeigefinger, als benötigte sie Unterstützung bei der Formulierung ihrer Gedanken.

»Es hat gedauert, bis mir klar wurde, dass es nicht seine jugendliche Sexualität war, die dabei zum Tragen kam, sondern ein Teil seiner Persönlichkeit«, warf er ein. »Wir haben bis in die späten Vierziger herumgewühlt. Leider ist niemandem von uns klar geworden, dass dies die Lektion war, die wir aus der Vergangenheit lernen konnten. Und Sie waren das künftige Opfer. Wir hatten die wildesten Vermutungen angestellt. Nur darauf sind wir nicht gekommen.«

»Ja, er gab sich stets sehr fürsorglich. Er spielte den konservativen, unbestechlichen Wissenschaftler mit internationalem Renommee wirklich ganz großartig. Und seine Puffbesuche? Was war schon dabei? Jeder Mann hat so seine Macke.«

»Er hatte eine Vorliebe für junge Mädchen?«

»Nicht mehr und nicht weniger als andere Männer auch. Er suchte den kürzesten und vor allem leichtesten Weg, um seine Gelüste zu befriedigen. Und er ging sehr planmäßig vor. Der Herr Professor war ein absolut geiles Schwein. Und ich war sein Opfer.«

»Wann fing das an?«

»Mit zwölf Jahren musste ich ihn das erste Mal anfassen. Anfangs hatte ich mir wenig dabei gedacht. Es war mir irgendwie peinlich, aber ich nahm es hin. Und er wusste, wie er sich bedanken musste. Das größte Eis, die heiß ersehnte Barbiepuppe, die neueste CD. Schritt für Schritt hat er die Dosis erhöht. Als ich 13 wurde, verbrachte ich eine Woche während der Sommerferien bei meinen Großeltern. In dieser Zeit kam es zum Letzten. Er war unersättlich, ließ nichts aus.«

»Hat denn niemand etwas mitbekommen?«

»Meine Eltern waren nicht da. Sie hielten sich in der Woche in Berlin auf.«

»Und Ihre Großmutter?«

»Ich gehe davon aus, dass sie anfangs nichts davon wusste. Später?« Sie zuckte mit den Achseln.

Wie geistesabwesend schüttelte Hilpert den Kopf. »Irgendwann musste sie darüber informiert gewesen sein, dass es ihr Ehemann gern mit jungen Mädchen trieb, und zwar lange vor Ihrer Geburt.«

»Woher wollen Sie das wissen?«

»Ist Ihnen nicht bekannt, dass Ihre Mutter auf Betreiben Ihrer Großmutter mit elf Jahren ins Internat geschickt worden war? Erst zum Abitur kam sie zurück ins Elternhaus.«

»Vielleicht störte sie nur ihre Kreise«, reagierte Jenny unwirsch.

»Oh nein, sie hat ihre Tochter regelmäßig besucht. Sie muss sie vermisst haben. Ich behaupte, sie hat ihr Kind aus dem Einflusskreis des Vaters genommen.«

Skeptisch schüttelte sie den Kopf. »Das will ich nicht glauben. Dann hätte sie mich auch schützen müssen.«

»Überlegen Sie. Als Ihr Großvater Sie mit aller Brutalität vergewaltigt hat, ging das doch nicht lautlos ab.«

»Nein, ich hatte vor Schmerz und Scham geschrien.«

»Das müsste Ihre Großmutter unweigerlich mitbekommen haben.«

»Theoretisch ja, praktisch nein. In der Woche war sie mit einer Blinddarmentzündung ausgefallen und lag im Krankenhaus. Ich war ihm allein ausgeliefert. Verdammt, das habe ich glatt vergessen.«

»Wie war das anschließend?«

»Unterschiedlich. Er fand immer eine Gelegenheit, mit mir allein zu sein. Ein vorgeschobener Besuch bei Hagenbeck, ein Ausflug zum Heidepark Soltau. Manchmal holte er mich von der Schule ab.«

»Warum haben Sie sich gegenüber Ihren Eltern nicht geoutet?«

»Das wusste er mit Geld und bösen Worten zu unterbinden. Er bestach mich, er bedrohte mich. Irgendwann glaubte ich, den Absprung verpasst zu haben. Ab meinem sechzehnten Lebensjahr begann ich, mich ihm zu verweigern.«

»Hat er es so hingenommen?«
»Keineswegs. Aber ich hatte gelernt, mich zu wehren.«
»Trotzdem haben Sie weiter geschwiegen.«
»So ist es. Ich wollte meine Eltern nicht damit belasten. Alle machten einen auf glückliche Familie. Sollte ich dieses Bild der Harmonie zerstören?«
»Meinen Sie nicht, dass es hinter den Kulissen gebrodelt hat?«
»Natürlich, doch das wurde mir erst sehr viel später klar.« Selbstbewusst schaute sie zu ihm herüber. »Irgendwann habe ich damit begonnen, den Spieß umzudrehen. Er hat mein Studium in London bezahlt, mein Auto, meine Urlaube. Er war alt geworden, ich dagegen cleverer. Er durfte kräftig bluten.«
Bevor Hilpert darauf antworten konnte, erreichte ihn ein Anruf von Stange, der für ihn das gewünschte Telefonat geführt hatte. Aufmerksam hörte er zu.
Anschließend wandte er sich wieder Jenny zu. »Kommen wir auf ein anderes Thema zu sprechen.«
»Ja?«
»Es geht um Ihre Entführung. Soweit ich richtig informiert bin, hat man Sie mehr als vier Wochen in Sardinien festgehalten.«
»Das entspricht den Tatsachen.«
»Die meiste Zeit haben Sie am Strand verbracht?«
»So ist es. Von dort kam ich allein nicht weg.«
»Sehr schön, schauen Sie mich doch mal an. Was sehen Sie?«
»Sie sehen erholt aus, braun gebrannt. Ich hörte, Sie waren in der Karibik.«
»Genau. Da sollten Sie erst meine Freundin sehen, die geht glatt als Mulattin durch, so viel Farbe hat sie bekommen.«
»Tatsächlich, wie schön für sie.«
»Tja, und nun müssen Sie mir erzählen, wie Sie es geschafft haben, sich vier Wochen in Sardinien am Strand aufzuhalten und so gut wie keine Farbe abbekommen zu haben.«
»Mit der Zeit geht sie weg.«
»Ich habe Sie einen Tag nach Ihrer Rückkehr gesehen, Sie hatten so viel Farbe wie heute.«
»Ich habe mich stets im Schatten aufgehalten.«
»Das habe ich auch. Schauen Sie mich an. Den Sonnenstrahlen können Sie sich selbst unter einem Schirm nicht entziehen. Außerdem hat mein Kollege in London angerufen. Sie waren zweifellos

mit einem netten Italo-Engländer in Rom, aber nur über ein verlängertes Wochenende. Er flog zurück, Sie blieben dort allein zurück.«

»Er lügt, er gehört zu dieser Bande!«

»So, so. Wir sprechen von dem Mann, den Sie auf einem Foto nicht erkannt haben wollen.«

»Ich habe aus Angst gelogen.«

»Sehr interessant.«

Sie griff nach einer Hängetasche auf der Couch. »Das ist ungeheuerlich, was Sie mir da vorwerfen! Ich brauche jetzt 'ne Zigarette.«

Er hatte sich erhoben und sich neben sie gesetzt. »Lassen Sie sich von mir nicht abhalten.« Gelangweilt blickte er sich um und schien nicht weiter auf sie zu achten. Trotzdem war sie für Hilpert nicht schnell genug. Sie schaffte es nicht, die kurzläufige Waffe aus ihrer Hängetasche zu ziehen. Er umfasste ihr rechtes Handgelenk und drückte mit aller Gewalt zu. Sie gab rasch auf, sich gegen seinen Griff zu wehren. Er war zu stark für sie.

»Au!«, schrie sie auf.« »Sie tun mir weh!«

»Tatsächlich?«, knurrte er zynisch. »Das tut mir leid.« Ihm kam nicht in den Sinn, den Griff zu lockern. »Das war bei meiner Kollegin einfacher, die Sie von hinten erschossen haben!«

Ein letzter Rest an Souveränität hatte sich verflogen. »Was wollen Sie mit mir anfangen?«, fragte sie mit zittriger Stimme.

Er antwortete ihr nicht.

»Was hast du mit mir vor?«, schrie sie ihn an und verzichtete auf das bisherige Sie. Ihr hübsches Gesicht verzerrte sich zu einer hässlichen Fratze. Angst steigerte die Attraktivität eher selten. »Willst du jetzt Mord mit Mord sühnen?«

»Nein, will ich nicht«, erwiderte er ungerührt. »Vielleicht überlasse ich das einem bösen Killer aus Sardinien. Einem von denen, die dich entführt hatten. Vermutlich haben die mitbekommen, wie du deinen Großvater aufgestachelt hast, ihren Kumpel umzubringen.«

»Das kannst du nie beweisen!«

»Böse Killer brauchen keine Beweise. Die handeln auf den leisesten Verdacht hin. Das sehen wir doch jeden Tag im Fernsehen.«

Sie starrte ihn an und glaubte zu begreifen, dass es um ihr

Leben ging. Furcht kroch in ihr hoch und begann, sich im Bereich ihres Kehlkopfs zu verkrallen. Sie spürte eine seltsame Schwäche in ihren Muskeln. Selbst wenn sie es versucht hätte, es wäre ihr unmöglich gewesen, zu fliehen. Er ließ sie endlich los und schlug ihr mit der flachen Hand ins Gesicht. Ihr Kopf schien zur Seite zu fliegen. Er sah sie an, spürte wie in ihm ein unbändiger Hass gegen sie aufstieg. Er musste an sich halten, sonst lief er Gefahr, sie zusammenzuschlagen. Er hatte keineswegs die Absicht, sie zu töten. Schwer atmend saß er neben ihr. Er benötigte seine Zeit, um wieder Herr seiner selbst zu werden. Vorsichtshalber rief er Stange an und bat ihn zu sich. Der würde einen kühlen Kopf bewahren.

58

Hilpert war nicht der Rächer mit der schwarzen Maske. Nicht einmal für Claudia. Wenn Jenny es glaubte, erleichterte es seine Vernehmung. Ihn interessierte die ganze Wahrheit. Er hatte sie als einen der Täter identifiziert. Fraglos konnte sie nicht allein gehandelt haben. Gisela Köhler war erwürgt worden, Professor Obal starb eines ähnlichen Todes. Als Mittäter sah er ihren Bruder. Für den Mord an der Großmutter gaben sie sich gegenseitig ein Alibi. Niemand wäre auf die Idee gekommen, dieses infrage zu stellen. Keiner von ihnen hätte dem armen Entführungsopfer misstraut. Bardenhagens Ermordung konnte er mittlerweile nachvollziehen. Weshalb aber musste seine Frau sterben? Er packte Jenny am Haarschopf und zog ihren Kopf dicht an sich heran und zischte in scharfem Ton: »Du wirst mir jetzt alles erzählen!«

»Und wenn ich den Mund halte?«

»Dann zeig ich dir, was man auf dem Balkan alles lernt, wenn unwillige Zeugen vernommen wurden.«

Er griff in die Jacketttasche und zog sein Messer heraus, das er stets mit sich trug und das ihm so manchen guten Dienst erwiesen hatte. Entsetzt starrte sie darauf.

Ruhig fuhr er fort: »Du musst dir keine Gedanken machen. Damit schneide ich dir keine großen Teile aus dem Körper. Ich steche nur dahin, wo es wehtut. Glaub mir, ich habe schon gestandene Männer schreien hören. Das Schlimme ist, der Schmerz lässt nicht nach. Bitte zwing mich nicht dazu. Du kannst es mir abnehmen, es würde mir keinen Spaß machen. Also, aus welchem Grund musste deine Großmutter sterben? Wo steht dein Bruder in der Geschichte?«

Er bluffte. Zu ihrem Leidwesen wusste sie es nicht. Er hatte bislang in seinem Leben keine brutale Gewalt eingesetzt, um an geeignete Informationen heranzukommen. Der junge Wolf war die Ausnahme. Bei dem langten zwei Ohrfeigen. Es gab zuweilen probatere Mittel. Seine Spezialität war der Bluff. Er wirkte nicht bei jedem, aber oft. Das galt auch für diesen Fall.

Sie begann zu reden wie ein Wasserfall: »Weshalb glaubst du wohl, haben wir sie getötet? Sie hat ziemlich schnell alles gewusst und ihn beschützt. Weggeguckt hat sie, wenn er nach mir griff. Ihr ging es nur um die Familienehre, um die Stellung der beiden in der Hamburger Gesellschaft. Das stand für sie über allem.« Mit fahriger Bewegung wischte sie sich ein paar Tränen aus den Augen. Sie atmete stoßweise durch. »Als ich älter wurde, verstand ich besser, was er mir angetan hatte. Ich wollte Rache. Rache an ihm, Rache an ihr. Als ich 18 wurde, fasste ich den Mut und erzählte meinem Bruder die Geschichte.«

»Wie hat er reagiert?«

»Er war empört wie ich und stellte sich sofort auf meine Seite. Er meinte, die beiden kämen nicht ungeschoren davon.«

»Das habt ihr ja in vielfältiger Form hinbekommen.«

»Wir haben lange gebraucht, bis wir das richtige Konzept fanden. Insbesondere der Alte sollte ordentlich leiden. Meine scheinbare Entführung hatte ihn tief getroffen. Wir ließen ihn Gutachten für Fälschungen erstellen. Er musste mit allen Grundsätzen brechen, die ihm lieb und teuer waren. Er, der alles supergenau nahm. Das war nur gerecht. Allein das ging ihm an die Nieren. Aber das reichte nicht. Daher haben wir ihn schließlich getötet.« Wütend starrte sie ihn an. »Meine Großmutter musste ebenso büßen. Sie hätte mein Elend viel früher beenden müssen. Weggeschaut hat sie, nicht einen Finger gerührt! Jeder, der mein Leiden geduldet und die Bestrafung dieses Monsters verhindert hat, erfährt dieses Schicksal.«

Als er Jenny in die Augen schaute, begriff er, dass sie verwirrt war. Trotz seines Hasses auf sie, stieg in ihm der Anflug von Mitleid hoch. Er sperrte sich dagegen mit aller Macht. Claudia war tot, erschossen von dieser Frau. Trotzdem, er war Polizist. Er hatte Morde aufzuklären. Für seine Emotionen gestattete man ihm dabei keinen Raum. Er zwang sich zu einer sachlichen Befragung.

»Heißt das, ihr habt die Fälschungen weniger aus ökonomischen Gründen fabriziert, sondern eher um Bardenhagen zu fassen zu bekommen?«

»Das war anfänglich unser Ziel. Eigentlich ging es nicht um Geld. Bald begriffen wir, dass der versoffene Maler auf seine Art ein Genie war. Obal hatte sich einige Bilder angeschaut und war total aus dem Häuschen. Vogelsang dachte sich in die Künstler, die er kopierte, in kürzester Zeit hinein. Die Ergebnisse waren grandios.«

»Das heißt, ihr habt schnell erfasst, dass ihr mit eurer Idee eine Menge Geld scheffeln konntet.«

»Genauso ist es. Unsere Rache konnte warten. Wir hatten den Stein der Weisen gefunden. Wir würden so viel Geld verdienen, dass wir später unsere eigenen Wege gehen konnten, unabhängig von anderen.«

»Und dann kam euch Frau Köhler in die Quere.«

»Florian mochte sie. Und sie hatte nichts dagegen, sich den knackigen jungen Burschen zu greifen. Es kam, wie es kommen musste. Ein Glas Wein zu viel, euphorische Stimmung und er erzählte ihr von unserem kleinen Geheimnis. Als die beiden sich trennten, war klar, dass wir sie aus dem Weg räumen mussten.«

»Florian hat sie getötet?«

»Ja, er musste für seine Dummheit büßen.«

»Wer hat ihm denn diese Strafe auferlegt?«

»Er selber. Da gab es keine Fortune. Jeder hatte für sich einzustehen. Und es war relativ leicht für ihn. Sie ließ ihn in euphorischer Stimmung ein. Das ging ratzfatz.«

»Obal musste sterben, weil er in die eigene Tasche wirtschaften wollte?«

»Nicht nur deshalb. Wir sahen die Kopie eines van Goghs anfangs als zu gefährlich an. Solch einen prominenten Künstler auf den Markt zu bringen, hielten wir für zu riskant. Er wusste ja nicht, dass wir andere Ziele vor unseren Augen hatten. Ziele, die weit über das dumme Geld hinausgingen.«

»Was hat bei euch schließlich zu einer Meinungsänderung geführt?«

»Sibelius. Der war clever, skrupellos und verfügte über die richtigen Kontakte. Dem musste man nicht viel erklären.«

»Warum musste er sterben? Wegen des Geldes?«

»Blödsinn, die Hälfte wäre für uns mehr als genug gewesen. Nein, wir hielten ihn für ein Risiko. Ihr wart ihm auf den Fersen. Wäre herausgekommen, dass der van Gogh eine Fälschung ist, hättet ihr Florian über ihn schnellstens am Haken gehabt. Sibelius wusste einfach zu viel. Die Köhler hatte ihm doch alles verraten, sonst hätte er in der Kohle baden können wie Onkel Dagobert. Unser Anteil war groß genug.«

»Wo hält sich Ihr Bruder jetzt auf?«

»Keine Ahnung. Es gibt das eherne Prinzip unter uns, so wenig Information an die anderen weiterzugeben wie möglich. Du kannst mich schlagen oder sonst was mit mir anstellen. Ich kann dir nicht helfen. Er hat es vorhergesehen, dass du uns auf die Schliche kommen würdest. Es war falsch, deine Partnerin zu töten. Sie stand plötzlich in Vogelsangs Wohnung. Leider hatte ich die Nerven verloren. Selbst der Maler hätte nicht sterben sollen. Wir wollten mit ihm weitermachen, in Italien oder Griechenland.«

»Es ist wohl an der Zeit, lieb Brüderlein zu suchen. Nicht dass er uns verloren geht.«

»Macht, was ihr wollt«, erwiderte sie mit matter Stimme. »Der ist zu clever für euch. Den kriegt ihr nicht!«

Inzwischen war Stange eingetroffen. Er legte ihr Handschellen an und dirigierte sie Richtung Tür. Sie würden sie ins Präsidium bringen. Dort konnten sich ihre Kollegen um sie kümmern. Es war nicht gut, wenn sie zu lange mit ihr allein waren. Der Hass auf sie überfiel vor allem Hilpert wie die Wellen, die während eines Unwetters gegen das Ufer schlugen. Telefonisch gaben sie die Fahndung nach Florian Jansen heraus. Jenny wirkte auf sie gefasst wie ein Mensch, der seine Mission erfüllt hatte.

* * *

Am späteren Nachmittag bat Werner Jansen Hilpert um ein Gespräch. Aufgeregt suchte er ihn in seinem Büro auf.

»Was ist mit meinen Kindern? Wieso verdächtigt man sie der

Morde? Da kann es sich doch nur um einen Irrtum Ihrerseits handeln! Jenny ist Opfer dieser Verbrecher, Florian setzt alles daran, sie zu schützen.«

Hilpert versuchte anfangs vergeblich, beruhigend auf den Mann einzuwirken. Es dauerte seine Zeit, bis er sich zu ihm an den Schreibtisch setzte. Er wollte seine Vorwürfe wiederholen, als Hilpert abwinkte.

»Nun lassen Sie mich mal reden. Vielleicht beurteilen Sie die Sachlage dann etwas anders.«

Man sah dem Bauunternehmer an, mit welchem Entsetzen er das Geständnis seiner Tochter aufnahm. Am schlimmsten trafen ihn allerdings die sexuellen Übergriffe seines Schwiegervaters auf seine Tochter. Er schüttelte den Kopf wie ein Eisbär im Zoo, den man in einen zu engen Käfig gesteckt hatte. »Ich will das nicht glauben. Und meine Schwiegermutter hat alles gewusst und ist nicht eingeschritten?« Wütend schwoll seine Stimme an. »Leider ist mein Schwiegervater tot. Sonst würde ich ihn mit 'ner Dachlatte erschlagen.«

Damit schien er seine Kraft verbraucht zu haben. Er verbarg sein Gesicht in seinen Händen und begann zu weinen. Mit roten Augen starrte er anschließend Hilpert an. »Der Scheißkerl hat meine Kinder in die Kriminalität getrieben!« Hoffnungsfroh blickte er ihn an. »Und es handelt sich wirklich nicht um eine Ermittlungspanne? Warum haben sie mich nicht angesprochen? Es wäre meine Aufgabe gewesen, Bardenhagen zu stellen.«

»Falsch«, unterbrach ihn Hilpert, »unsere Aufgabe! Mit der verdammten Selbstjustiz haben sie sich selbst in die Bredouille gebracht. Ihre gesamte Zukunft ist in die Binsen gegangen.«

Jansen blickte stumm zu ihm herüber, bis wieder Bewegung in ihn kam. »Ich muss meine Frau informieren, die weiß ja noch gar nicht Bescheid.«

Vergeblich ließ er das Telefon läuten, niemand nahm ab.

»Sie ist wohl einkaufen.«

Die beiden Männer schwiegen sich an. »Das mit Ihrer Kollegin tut mir leid«, beteuerte Jansen. »Was haben sich die zwei nur dabei gedacht? Ermorden eine Polizistin!«

Sie saßen eine knappe Stunde zusammen. Jansen verließ den Hauptkommissar als gebrochener Mann. Und trotzdem hatte er die Talsohle längst nicht erreicht. Das Schicksal meinte es schlecht mit ihm. Bis vor einigen Tagen glaubte er, es ginge langsam aufwärts. Nun musste er sich eingestehen, es war ein Irrglaube. Die Familie war zerbrochen. Nichts würde sie mehr kitten können.

59

Hilpert konnte von sich nicht behaupten, dass ihn das Gespräch mit Werner Jansen kalt gelassen hatte. Er hatte den Bauunternehmer als gradlinigen, aufgeschlossenen Menschen kennengelernt. Ihm konnte man den Rachefeldzug seiner Kinder wohl am wenigsten anlasten. Sexuelle Übergriffe fanden am häufigsten im privaten Umfeld der Opfer statt. Kinder brachten den engsten Verwandten und Freunden ein unendliches Urvertrauen entgegen. Diese nutzten diesen Umstand und zuweilen die kindliche Neugier gnadenlos aus. Kamen die Verbrechen ans Tageslicht, wurde gerne das Deckmäntelchen des Vergebens und Vergessens darüber ausgebreitet. Was sollten denn die Nachbarn sagen? So schlimm war es bestimmt nicht gewesen. Warum provozieren die kleinen Lolitas den Onkel oder den Freund des Hauses mit ihren kurzen Röckchen? Kinder übertreiben ja gern. Gerade in der Familie wurden Täter-Opfer-Beziehungen gerne umgedreht. Christel Bardenhagen konnte man dafür als Paradebeispiel heranziehen. Am Ende stand das geschändete Opfer in der Ecke und musste sich rechtfertigen, bekam keine Chance, das Trauma zu überwinden. Nicht immer sorgten betroffene Eltern für klare Fronten. Entsprechend hoch war die Dunkelziffer.

Kurz vor Feierabend suchte Hilpert Weber auf, um ihn auf den letzten Stand der Ermittlungen zu bringen. Erschüttert ließ er sich berichten.

»Nun versteh ich erst, weshalb es so schwer war, dem Duo auf die Spur zu kommen. Es sind intelligente Leute, die uns lange an der Nase herumgeführt haben. Mafiöse Strukturen haben sie uns vorgegaukelt. Und niemand sah einen Grund, all dies zu hinterfragen.«

Er sah wohlwollend zu seinem Mitarbeiter herüber. »Ich gebe zu, dieser Fall hat uns an den Rand unserer Möglichkeiten getrieben. Ab sofort werden Sie in den Urlaub geschickt, wenn es irgendwo kneift. Selbstverständlich müssen Sie Ihre Freundin mitnehmen.«

Hilpert grinste seinen Chef an. »Wenn Sie für die Kosten aufkommen, wo ist das Problem?«

»Hören Sie auf, Sie mit Ihren Kontakten in die besseren Hamburger Kreise werden garantiert einen Sponsor dafür finden.« Besonnen fuhr er fort: »Mir tun die Eltern leid. Der größte Teil der Familie liegt entweder auf dem Friedhof oder wird für längere Zeit gesiebte Luft atmen müssen.«

»Noch sind wir nicht durch. Florian Jansen fehlt in unserer Sammlung. Würde mich nicht wundern, wenn der dabei ist, mit seiner Beute das Weite zu suchen. Über ausreichend Kohle verfügt er ja nun.«

»Das sehe ich ähnlich, Hauptkommissar. Allein mit dem Geld aus dem letzten Coup wird er gewisse Schwierigkeiten haben, das Land zu verlassen. Das Flugzeug scheidet aus, mit dem Auto muss er genauso sorgfältig agieren. Koffer voller Banknoten schafft man nicht so einfach über die Grenze. Schengen hin, Schengen her, nachgeschaut wird gern einmal.«

»Und er muss aus Europa raus«, ergänzte Hilpert.

Ihre Überlegungen sollten schneller hinfällig werden, als sie vermutet hätten. Die Jansen-Geschwister hatten selbst die Lösung dieses Problems auf dem Einkaufszettel. Dies unterstrich ein Anruf von der Schweizer Grenze. Rebecca Rehm war am Grenzübergang mit einer größeren Geldmenge aufgeflogen. Wie die Kollegen ihnen mitteilten, redete sie wie ein Wasserfall. Jansen junior konnte somit mit kleinem Gepäck reisen. Das meiste Geld war sorgfältig gewaschen worden und schlummerte in handlichen Portionen auf diversen Konten im befreundeten Ausland. Von dort hatte er es längst weitertransferiert.

Weber brachte es auf den Punkt. »Den jungen Mann werden wir wohl nicht wiedersehen. Der hat tatsächlich an alles gedacht. Wäre es nicht so perfide, müsste man vor seiner intellektuellen Leistung den Hut ziehen.«

Hilpert erhob sich ächzend aus dem Besuchersessel. Ihm behagte es nicht, Florian Jansen gehen lassen zu müssen. War er intelligent, hatte er sich mit dem Auto ins benachbarte Ausland abgesetzt und würde von dort irgendwohin geflogen sein, wo er in Ruhe von seinem Geld leben konnte. Er musste sich nur ein Land herauspicken, mit dem es kein Auslieferungsabkommen mit der Bundesrepublik gab. Und mit den Millionen lebte es sich überall auf der Welt vorzüglich. Neue Papiere besorgte man sich im Vorbeigehen. In den brasilianischen Dschungel würde es ihn wohl nicht ziehen.

Weber hatte sich ebenfalls erhoben. Er reichte ihm die Hand. »Da haben Sie es doch noch geschafft, den Fall aufzuklären. Jeder von uns hat das Recht zu scheitern. Nur aufgeben dürfen wir niemals. Dafür danke ich Ihnen.«

»Wenn bloß Claudia nicht auf der Strecke geblieben wäre.«

Weber löste langsam den Händedruck. »Das ist unser Restrisiko. Wer weiß das besser als Sie!«

Betroffen verließ er den Raum. Auch wenn es sich herzlos anhörte, sein Chef hatte recht. Unwillkürlich fasste er an seine Narbe, die er vor einigen Jahren einem Attentäter aus dem Kosovo zu verdanken hatte. Mittlerweile hatte er sich mit den Betroffenen geeinigt und konnte nur hoffen, dass dieser Pakt auf Dauer hielt. Hilpert kehrte an seinen eigenen Arbeitsplatz zurück, um sich auf den letzten Stand der Ereignisse zu bringen. Von Jansen junior gab es immer noch keine Spur. Aller Voraussicht nach hatte er bereits Europa den Rücken gekehrt. Ob er wohl seiner Schwester behilflich wäre, wenn sie irgendwann das Gefängnis verlassen durfte? Wie lange hielt die Geschwisterliebe?

Auf dem Schreibtisch fand er eine Telefonnotiz. Jansen senior hatte versucht, ihn zu erreichen. Offensichtlich war seine Ehefrau bislang nicht zurück. Der Kommissar lachte gehässig auf. Wahrscheinlich war sie ihrem Sohn bei der Flucht behilflich. Er steckte sein Handy in die Jacketttasche und ließ seinen Schreibtisch leicht chaotisch zurück, wie er es gewohnt war. Er war nicht sehr ordnungsliebend und das würde sich in diesem Leben nicht mehr ändern. Hauptsache, die wichtigen Dinge lagen an der richtigen Stelle. Das funktionierte mal besser, mal schlechter. Trotzdem verbrachte er einen Teil seiner Existenz damit, nach Schlüsseln, der Brieftasche oder dem Führerschein zu fahnden. Er würde den Tag verfluchen, an dem er eine Lesebrille benötigte. Vermutlich ließ er dann lieber seine Augen lasern, als in sich zu gehen.

Zu Hause lümmelte sich Hilpert in seinen Sessel. Seine Freundin würde wie gewohnt erst spät am Abend kommen. Sie war dabei, ihren Spontanurlaub aufzuarbeiten. Das Gespräch mit Jenny wirkte in ihm nach. In ihm kamen alle möglichen Gefühle hoch. Von Mitleid mit dem jungen Mädchen, das vom eigenen Großvater missbraucht worden war, bis zum Hass auf die Frau, die seine Kollegin getötet hatte, reichte die Skala seiner Emotionen. Trauer stieg in ihm auf, wenn er an Claudia dachte, Wut, wenn er die eigene Unfähigkeit beklagte, die Erkenntnisse aus der Vergangenheit korrekt zu deuten. Sie waren dort tief eingedrungen und hatten doch versäumt, die passenden Schlüsse daraus zu ziehen. Er sah wieder Petra an ihrem Urlaubsort unter der Dusche stehen. Und er erschauerte, als er den Moment zurückholte, in dem er begriff, dass Jenny die Sonnenbräune gefehlt hatte, die man sich in Sardinien holte, wenn man Tag für Tag am Strand lag. Abermals stieg Ärger über die eigene Ohnmacht in ihm hoch. Sätze wie: Jeder irrt mal, niemand ist perfekt, ließ er für sich nicht gelten. Das waren letztlich nur Ausreden, die von der eigenen Unzulänglichkeit ablenken sollten. Andererseits konnte er niemandem vorwerfen, bewusst gegen eigene Erkenntnisse gehandelt zu haben, wie es ihm gelegentlich bei der Einschätzung der Umstände der NSU-Morde ging. In den Ermittlungsbehörden saßen manche Kollegen mit schwarzen Klappen auf dem rechten Auge. Das Böse kam stets von links. Ging man mit Material aus dieser Szene ebenso leichtfertig um? Er weigerte sich, das zu glauben. Verbrechen von der Seite wurden gnadenlos verfolgt.

Wo mochte sich Jennys Bruder aufhalten? Wohin hatte er sich mit dem Geld aus dem Staub gemacht? Diese Frage beschäftigte ihn an diesem Abend. Garantiert hatte er einen Alternativplan bereit, saß irgendwo als gemachter Mann und lachte über die unfähigen Ermittler.

Hilpert gähnte und ging in die Küche. Dort holte er sich eine Flasche Bier aus dem Kühlschrank, öffnete sie und kehrte zurück ins Wohnzimmer. Er setzte die Flasche an und nahm einen tiefen Zug. Er dachte über den 38er nach, mit dem ein Teil der Morde ausgeführt worden war. Kein Profi behielt eine Tatwaffe, sondern entsorgte sie umgehend. Bei diesen Tätern war das anders. Einerseits hatten sie es mit intelligenten Leuten zu tun, andererseits begingen sie solch einen Anfängerfehler? Schon das hätte reichen müssen, das Thema Mafia ad acta zu legen. Sie waren auf hochbegabte Amateure gestoßen, ohne dies final zu begreifen. Das erklärte auch, weshalb sie den Revolver nicht entsorgt hatten. Sie verfügten nicht über die Kontakte, um sich ständig neu zu bewaffnen. Er fragte sich, ob sie mit dem Wissen, es nicht mit Berufsverbrechern zu tun zu haben, automatisch bei den Geschwistern Jansen gelandet wären? Da war er sich unsicher. Amateure bewegten sich ausreichend viele im Kreis der Verdächtigen. Sie hatten sie als Teil einer kriminellen Organisation gesehen. Und Jennys Entführung wirkte nach. Ihnen war nicht die Idee gekommen, diese als Teil eines ausgeklügelten Plans zu begreifen.

Er setzte erneut die Flasche an und leerte sie. Entnervt schob er sie von sich weg. Ein Bier reichte ihm als Schlummertrunk. Ihm kam die Ermordung der Großmutter in den Sinn. Ihr Enkel hatte sie früh am Abend aufgesucht und überwältigt. Sie durfte zu diesem Zeitpunkt nicht sterben, weil er kein Alibi hatte. Also fesselte er sie, verließ das Haus und suchte seine Schwester auf. Spät in der Nacht kam er zurück und tötete sie. Aber warum hatte er sie geschlagen? Sadistische Tendenzen hatte er bei den anderen Taten keine festgestellt, nicht einmal bei der Ermordung Bardenhagens. Hielt er sie für besonders schuldig? Schuldiger als den eigentlichen Täter? Er wollte es nicht glauben.

Hilpert lehnte sich in seinem Sessel zurück und verschränkte die Hände hinter dem Kopf. Ohne Frage stand der Großvater in der Skala ganz oben. Warum schlugen sie die Frau, wenn es nicht darum ging, sie zu bestrafen und sie darin keine Befriedigung fanden? Sie wollten etwas in Erfahrung bringen! Fragte sich nur, was! Sie wurden von einem Motiv geleitet: Rache! An dem Großvater, der seine Schwester vergewaltigt hatte, Rache an der Großmutter, die davon wusste und nicht eingeschritten war. Gab es sonst jemanden, der oder die involviert war? Er erinnerte sich an Jennys Ansage, dass jeder der Beteiligten, bestraft werden sollte. Ging es wie bei der Großmutter um Rache an dem, der davon wusste und nicht für eine Bestrafung des Schänders gesorgt hatte? Wer kam da infrage? Mit einem heftigen Druck in der Magengegend stemmte er sich aus seinem Sessel. Viele Alternativen standen ihm nicht mehr zur Verfügung. Spontan kam ihm Fritsche in den Sinn, der am gestrigen Tag das Gefängnis verlassen hatte. Der war dort nicht freiwillig geblieben. Er hatte eindeutig Angst und suchte nach einem sicheren Aufenthaltsort. Die Hände in der Hosentasche vergraben, stierte Hilpert auf einen imaginären Punkt auf der Elbe. Wenn seine Überlegungen stimmten, war Jansen junior nicht in die weite Welt verschwunden, sondern hielt sich nach wie vor in der Gegend auf, weil er noch nicht durch war mit seinem Auftrag. Somit blieb die Frage offen, wer gefährdet war. Vor allem aber: Wo könnte der nächste Mord stattfinden? Der junge Mann würde vermutlich wieder etwas inszenieren. Automatisch nahm er das Telefon zur Hand und rief dessen Vater an. Fast schien es, als habe er neben dem Telefon gesessen und nur auf seinen Anruf gewartet. Heftig atmend ging er auf ihn ein.

»Sie meinen, Florian wird einen weiteren Mord begehen? Was trauen Sie ihm nur zu? Er ist doch kein Massenmörder!«

»Ich fürchte, mein Bauchgefühl spricht für meinen Verdacht. Ich frage mich allerdings, wo er zuzuschlagen gedenkt. Hätten Sie 'ne Idee?«

»Ich soll wissen, wo mein Sohn einen Mord begehen könnte? Sie machen Witze! Will er jemanden erschießen, erwürgen, erschlagen? Das ginge alles schlecht vor dem Hauptbahnhof oder in seiner Wohnung.« Er lachte gequält auf. »Bauchgefühl! Sind Sie ganz sicher, nicht irgendeinem Phantom hinterherzujagen?«

Hilpert respektierte, wie der Vater für seinen Sohn kämpfte. Aber die wenigen Schnipsel, die er in der Hand hielt, ergaben ein Bild. Leider war es verschwommen. Er war viel zu aufgeputscht, um mit Werner Jansen lange zu diskutieren. Rüde beendete er das Telefonat. Für gutes Benehmen fehlte ihm an diesem Abend die Zeit. Er zermarterte sich das Hirn. Kam ihm keine Idee, gab es möglicherweise schon bald ein weiteres Opfer. Unruhig durchschritt er das Wohnzimmer. Drei Fragen begannen ihn zu zermürben. Wer? Wann? Wo? Verblieb ihnen überhaupt genügend Zeit? War sie vielleicht längst abgelaufen? Zaghaft setzte sich ein Gedanke in seinem Kopf fest. Er ahnte, wo der nächste Mord stattfinden könnte. Das Ehepaar Bardenhagen war in seinem Haus umgebracht worden. Von der Logik her passte es als Schauplatz eines weiteren Mordes. Täter und Mitwisser wurden dort bestraft, wo Jenny missbraucht worden war. Hinsichtlich des nächsten Opfers gab es nur eine Option. Er hatte einen Schuss frei. Entweder er traf die 12 oder er lag völlig daneben. Dann müssten sie an anderer Stelle ein Mordopfer beklagen. Er mochte gar nicht daran denken. Hilpert griff nach seinen Autoschlüsseln, beschloss dann, nicht alleine zu fahren. Es kam nur einer infrage: Stange. Mit dem konnte er gemeinsam eine Niederlage verkraften. Er musste dem Kollegen am Telefon nicht viel erläutern.

»Setz dich ins Auto. Wir haben einen Job zu erledigen.«

»Wo soll es hingehen?«

Er teilte ihm die Buchholzer Adresse mit. Ruhig lud er seine Waffe durch, steckte sie ins Seitenhalfter und griff nach einem Reservemagazin. Er hinterließ eine kurze Notiz für Petra und verließ die Wohnung. Es würde doch später als geplant werden. Hoffentlich lohnte der Aufwand und sie konnten einen letzten Mord verhindern.

60

Hinter den Elbbrücken überdachte er die Ergebnisse seiner Recherchen. Er konzentrierte sich auf das Wann. War der Junior abermals darauf bedacht, sich ein Alibi zu verschaffen, war die Tat mit Sicherheit erst nach Mitternacht geplant. Dann würde er in allem dem Schema des Mordes an seiner Großmutter folgen. Florian hatte sich zwar abgesetzt, das stellte allerdings keinen Straftatbestand als solchen dar. Sagte seine Schwester nicht konkret gegen ihn aus, würde es schwer werden, ihm überhaupt einen Mord nachzuweisen. Vielleicht hatte er sich in einer kleinen Pension verkrochen, in der es keinen Nachtportier gab und man mit dem eigenen Schlüssel das Haus verlassen und betreten konnte. So gesehen sprach alles für einen späten Zeitpunkt. Jetzt war es gerade 21 Uhr durch. Er schätzte, etwa 5 Kilometer vor Stange her zu fahren, also blieb er mit gedrosselter Geschwindigkeit auf der rechten Spur und ließ sich schon mal von einem Laster überholen. Kurz vor Maschen erblickte er den Wagen des Kollegen in seinem Rückspiegel. Vorsorglich blendete dieser kurz auf und setzte sich hinter ihn. Hilpert drückte wieder aufs Gas. An der Abfahrt Dibbersen verließen sie die Autobahn, folgten der Bundesstraße und bogen an der Kreuzung zur Steinbecker Straße ab. Von hier aus hatten sie etwa einen knappen Kilometer vor sich. Vorsorglich ließen sie ihre Fahrzeuge im Wilhelm-Raabe-Weg zurück. Ihre Hamburger Nummernschilder waren zu verräterisch. Die wenigen hundert Meter, die sie zu gehen hatten, stellten kein Problem dar. Hilpert hatte nicht gezählt, wie häufig er in den letzten Monaten vor Bardenhagens Haus gestanden hatte. Er suchte vergeblich das Schild eines Maklers, der das Objekt zum Kauf anbot. Es würde bestimmt demnächst folgen, denn noch hatten die Erben andere Ziele vor Augen. Auf einen Blick erkannte er, mit seiner Vermutung richtig gelegen zu haben. Wie bei der Ermordung der Hausherrin hatte man die Eingangstür manipuliert und sie mit einem kräftigen Brecheisen aufgestemmt. Würde man es wieder als Mordwaffe verwenden wollen? Sie betraten die Diele, begaben sich ins Esszimmer und schalteten das Licht an. Ganz offensichtlich waren sie rechtzeitig eingetroffen. Die Person, die vor ihnen auf dem Boden lag, lebte noch. Man hatte darauf verzichtet, sie auf einen Stuhl zu fesseln. Allerdings waren Hände und Füße mit Paketband verschnürt. Wieder sollte eine Frau sterben. Stange ging in die Knie und betrachtete deren Gesicht. Verwirrt kam er hoch.

»Das ist Birgit Jansen. Diesmal soll die eigene Mutter getötet werden!«

»Das war zu befürchten.«

Hilpert versuchte, sie zu wecken. Es war zwecklos. Man hatte ihr anscheinend ein kräftiges Schlafmittel verabreicht.

»Keine Ahnung, ob die Dosis gefährlich hoch gewesen ist. Es ist besser, wir lassen einen Arzt kommen. Das Krankenhaus ist ja ganz in der Nähe.« Wenig später hatte Hilpert einen Notarzt erreicht. Er wandte sich seinem Kollegen zu. »Würdest du den Arzt an der Ecke Steinbecker Straße aufsammeln? Ich erwarte unseren Freund zwar nicht so bald, sei trotzdem vorsichtig. Wir wollen niemanden verscheuchen. Ab sofort bleibt das Licht aus.«

Es sollte sich zeigen, dass ihre Vorsicht mehr als angebracht war. Die Dosis, die der Frau verabreicht worden war, hatte es in sich. Ob sie hiervon von allein aufgewacht wäre, musste bezweifelt werden. Fraglos war sie im Krankenhaus besser aufgehoben als im Haus ihrer Eltern. Hilpert sah ihr hinterher, als sie hinausgetragen wurde. Sie war nicht geschlagen worden. Man wusste anscheinend genug und musste sie nicht gewaltsam befragen. Die beiden Beamten saßen in dem dunklen Esszimmer und warteten. Anfangs unterhielten sie sich leise. Langsam versandete ihr Gespräch. Irgendwann schlug ihre Anspannung in Müdigkeit um. Hilpert wusste nicht, was ihn aufschrecken ließ, ein Geräusch an der Haustür? Das Knarren einer Dielenbohle? Zumindest war er hellwach. Eine knappe Bewegung an seiner Seite signalisierte ihm, dass es Stange ebenso ging. Er griff zur Seite nach der Stabtaschenlampe. Sie würde ausreichend Licht spenden, um den späten Gast gebührend zu empfangen. Doch das war nicht weiter nötig, dieser hatte selbst eine Taschenlampe mitgebracht, die ihm den Weg wies. Spätestens, als Hilpert ihn anleuchtete, begriff er, dass er an diesem Abend maximal zweiter Sieger werden würde. Stange schaltete die Stehlampe neben sich ein. Vor ihnen stand nicht wie erwartet, der Junior, sondern sein Vater. Werner Jansen schaltete seine Lampe aus und ließ das Brecheisen fallen, das er in der anderen Hand trug.

»Da fallen Sie uns ausgerechnet zum Schluss in den Arm, Hauptkommissar. Ich habe es beinahe befürchtet.«

»Was ist mit Ihrem Sohn?«

»Der muss die Zukunft für sich und seine Schwester sichern, wenn sie freigekommen ist. Das wird er hinbekommen.«

»Und nun wollten Sie auch noch Ihre Frau töten?«

»Sie hat sich genauso schuldig gemacht wie ihre Mutter.«

»Woher wissen Sie?«

»Von wem wohl? Meine Schwiegermutter konnte mit Schmerzen nie gut umgehen. Sie hat ihre eigene Tochter verraten, als sie befragt wurde.«

»Wie lange weiß Ihre Frau Bescheid?«

»Seit Jennys 16. Lebensjahr. Meine Schwiegermutter hat es ihr erzählt und sie gleichzeitig zum Schweigen verdonnert.«

»Mit Ihnen hat sie nicht gesprochen?«

Er schüttelte den Kopf. »Nein, mir ist es erst seit dem Tod von Frau Köhler bekannt. Als Florian das Haus verließ, wusste ich nicht, dass er sie erwürgt hatte.«

»Sie hatten ihn gesehen?«

»Eigentlich hatte er sich recht gut getarnt. Aber ich kannte seinen Schritt, schließlich ist er mein Sohn.«

»Und dann?«

»Ich sprach ihn direkt an und er klärte mich über die Geschehnisse auf. Ich wollte gleich am selben Tag meinem Schwiegervater an den Kragen gehen. Florian überzeugte mich hingegen davon, dass die Bestrafungsaktion in geordneten Bahnen über die Bühne gehen müsse.«

»Ist doch gut gewesen, dass ich mich nicht verkrümelt habe«, vernahmen sie von der Zimmertür eine männliche Stimme.

Dort stand der Dritte im Bunde mit einer P 1 aus alten Bundeswehrbeständen in der Hand. Er zielte damit auf die beiden Polizisten. »Tut mir leid, aber ich kann meinen Vater nicht im Stich lassen.«

Hilpert verzichtete auf eine Antwort. Mit einer schnellen Bewegung griff er nach der eigenen Waffe, die den gesamten Abend entsichert neben ihm lag. Er schoss zweimal. Jeder einzelne Schuss hätte den Mann vor ihm getötet. Langsam sackte er in sich zusammen. Auch am Ende zeigte sich, dass der Junior nur ein begabter Amateur war. Den verzweifelten Schrei seines Vaters bekam er nicht mehr mit.

In derselben Nacht suchten sie Birgit Jansen am Krankenbett auf. Die Frau hatte sich einigermaßen von dem Schlafmittel, das ihr Mann ihr eingeflößt hatte, erholt. Im Gespräch mit den Beamten scheiterte sie mit ihren Erklärungsversuchen kläglich, weshalb sie gegen ihren Vater nichts unternommen hatte. Ihre Ausflüchte, die Familie retten zu wollen, ließen sie nicht gelten. Die hatte bereits Bardenhagen zerstört, als er sein eigenes Enkelkind missbrauchte. Ihre Argumente hätten von ihrer Mutter stammen können. Vermutlich hatte sie ihr die in den Kopf eingepflanzt. Am Ende kam die Litanei, man hätte eh nichts mehr ändern können.

Hilpert starrte sie verständnislos an. »Haben Sie nie darüber nachgedacht, Ihrer Tochter zu helfen, den Missbrauch durch ihren eigenen Großvater zu verarbeiten? Sie sehen ja, wohin dieses Trauma geführt hat.«

Die Frau schwieg sich aus. Wie so häufig wurde die Familienehre über alles gestellt, selbst über die Bedürfnisse des eigenen Kindes. Hilpert konnte die Frau nicht mehr ertragen. Sie brachen die Vernehmung an diesem Punkt ab. Sie konnten und durften den Morden des Trios kein Verständnis entgegenbringen. Trotzdem verstanden sie mehr, als ihnen guttat. Jenny hatte ihre Kollegin getötet. Zumindest das war unverzeihlich. Birgit Jansen hatte zwar überlebt, verlor aber in kürzester Zeit ihre gesamte Familie. Den Tod ihres Jungen würde man ihr erst am nächsten Tag mitteilen, wenn sie sich einigermaßen erholt hatte. Diese Strafe war hart genug, die dürfte für den Rest ihres Lebens reichen.

Hilpert fuhr mit dem gleichen Druck im Magen zurück, den er aus der Phase kannte, als ihm der Misserfolg bei den Ermittlungen das Selbstbewusstsein zu rauben drohte. Er hatte einen jungen Mann erschossen. Diese Tatsache belastete ihn. Dass es sich um einen eiskalten Mörder handelte, ließ er für sich nicht gelten. Aber er hatte keine andere Chance gehabt. War man gezwungen, schnell zu schießen, ging es darum zu treffen. Zum Glück war Petra noch wach, als er weit nach Mitternacht in der HafenCity ankam. Ihre sachliche, besonnene Art bewirkte, dass er es schaffte, ruhiger zu werden. Ihre liebevolle Nähe sorgte dafür, dass er irgendwann einschlief.

Spontan beschloss er am nächsten Tag, nicht im Präsidium zu erscheinen. Es ging ihm schon ein Stück besser. Petra blieb bei ihm. Vor ihm standen in den nächsten Tagen Vernehmungen. Auch als Polizist erschoss man nicht mal eben einen Straftäter und ging zur Tagesordnung über. Er würde sich rechtfertigen müssen. Er zuckte mit den Achseln. Er würde am Prozedere nichts ändern können. Die Dienstaufsicht musste ihren Job erledigen.

Jörg von Bargen
Wo das Licht sich bricht

Gerade dem Teenageralter entwachsen, stellen Jenny Mandry, Steve Garnett, Roy Baker und Pierre Marat außerordentliche Fähigkeiten an sich fest. Ihre Wege kreuzen sich in London, wo sie zu einer verschworenen Gemeinschaft zusammenwachsen. Sie sind einander vorher nie begegnet und wurden dennoch in ihren Heimatländern, USA, Frankreich und England auserwählt, als Wächter der Kraft zu dienen. Die ihr innewohnende Gewalt sprengt alle menschlichen Maßstäbe und Vorstellungen.

Principal Verlag, 2004; 498 S.; Pb.
ISBN 3-89969-019-2

Jörg von Bargen
So far away

Eine unerwartete Erbschaft führt Frank Payton nach zwanzig Jahren der Abwesenheit in seine Heimatstadt zurück. Die Hoffnung auf eine kurze Stippvisite schwindet, als ein enger Mitarbeiter von ihm brutal ermordet wird. Er soll nicht das einzige Opfer bleiben.

Payton begreift, daß sich im Spiel um viel Geld hinter der Fassade bürgerlicher Normalität eine hohe kriminelle Gewaltbereitschaft verbirgt.

Principal Verlag, 2003; 270 S.; Pb.
ISBN 3-89969-003-6